El Hombre que Parecía no Querer Nada

Javier Marías

El Hombre que Parecía no Querer Nada

Edición y selección de textos de Elide Pittarello

ESPASA

ESPASA SELECCIÓN

Director Editorial: Javier de Juan y Peñalosa
Editora: Celia Torroja Fungairiño

Diseño de cubierta: Tasmanias
Fotografía de cubierta: © Canal +

Depósito legal: M. 10.146-1996
ISBN: 84-239-7658-0

Impreso en España/Printed in Spain
Impresión: Huertas, S. A.

Editorial Espasa Calpe, S. A.
Carretera de Irún, km 12,200. 28049 Madrid

ÍNDICE

GUARDAR LA DISTANCIA

por Elide Pittarello

Quería escribir una novela y se fugó de casa. Con ni siquiera dieciocho años, Javier Marías había decidido que la historia que acababa de empezar pasaría en Estados Unidos y que para recoger la información adecuada tenía que irse a París. No a sus archivos, sino a sus filmotecas, entonces lugares de culto del cine americano de los años treinta, cuarenta y cincuenta. Alojado en el cómodo piso que le había dejado un tío que es director de cine, en su mes y medio de estancia francesa Javier Marías vio ochenta y cinco películas, escribió casi toda la novela, comió mucho pan con mostaza y ganó algo de dinero cantando y tocando la guitarra en las terrazas de los Campos Elíseos.

En nuestros tiempos acelerados, hasta una bohemia tan corta y suavizada puede marcar para siempre el destino de un artista. Ese narrador casi adolescente que no quería escribir sobre España ni como un español, a falta de sabiduría propia acumuló, entre libros y pantallas, la experiencia necesaria para componer las divertidas historias que, en 1971, publicaría con el título de *Los dominios del lobo*. Esa caricatura cruel de la corrupción humana, cuyos malvados protagonistas llevan nombres como Arthur Taeger, Glenda Greeves u Osgood Perkins y viven en ciudades como Pittsburgh, Chicago o Nueva Orleans, fue su primer ensayo de irrealidad. Para hacer literatura y no crónica, es decir, para representar *artísticamente* no las evidencias del mundo sino sus aspectos más incomprensibles, Javier Marías no dudó en elegir la fabulación de la máscara sobre el testimonio de la persona. Así, descartando su mínima biografía personal, pudo instalarse con la imaginación en la geografía mítica del nuevo mundo y simular la seca voz desencantada del que ha visto y vivido tanto como para no asombrarse de ninguna barbaridad. De ahí los efectos cómicos que producen las muchas truculencias de la obra, desgranadas a ritmo vertiginoso sin fundamento ético ni participación afectiva. Quitadas de en medio la moral y la compasión que cohíben la risa, a lo largo de su hiperbólica variedad de delitos sin castigo, el narrador rompe lúdicamente todos los esquemas de la verosimilitud y renueva el arte antiquísimo de ensartar historias. Son sin embargo historias agresivas, parodias del género negro y sentimental, como deben ser las modernas ficciones de ficciones que tratan con vehemencia de sexo, dinero y muerte: apólogos desenfadados que descomponen cualquier relación civilizada entre los medios y los fines de la acción. Poblados más de fieras que de personas, *Los dominios del lobo* enmarcan así una jungla urbana o rural que le permite al lector español no sentirse involucrado en ninguna situación concreta y gozar de un desarraigo ilusorio y aventurero. Todo pasa al otro lado del océano: es como un juego y no necesita explicación.

Con *Travesía del horizonte,* su segunda novela «extranjera», publicada en 1972, Javier Marías no va a ninguna parte y deja que se desplacen sus personajes. Son artistas ingleses y franceses de finales del siglo XIX que, para buscar la inspiración de sus obras futuras, deciden visitar la Antártida, a la que sin embargo no llegan. La trama y el estilo de la novela siguen sin tener mucha relación con la tradición española, si se exceptúa quizá el vago halo cervantino que desprende toda historia que se inserta dentro de otra, confundiendo el testimonio y la fantasía, la investigación y la mentira. *Travesía del horizonte* es pues el marco de otra novela que se llama, de forma casi idéntica, *La travesía del horizonte,* donde el relato se estructura como una serie de cajas chinas.

En el salón de una elegante casa de Londres, un narrador sin nombre lee en voz alta y para pocos amantes de las letras, un manuscrito cuyo autor, Edward Ellis, cuenta que el protagonista, Victor Arledge, cuenta que el organizador y capitán del crucero, Kerrigan, cuenta... He aquí el placer y el tormento de la literatura, inagotable compromiso entre la irracionalidad de las vidas y la lógica de las palabras. Son fragmentos de biografías noveladas que enseñan el paso de la opacidad del mundo a la transparencia del lenguaje, el fluir del sentido oculto en el significado común. Pero de repente hay hechos que quedan sin fundamento y relatos que quedan sin conclusión. Cualquier travesía puede no llegar a destino, cuando el azar tuerce lo que la voluntad emprende. Frente a este desacierto de la previsión o incapacidad de la conciencia para abarcar los incontables fenómenos del mundo, tanto el proceso de la razón, fundado en la escritura, como la ruta de la navegación (antigua metáfora del texto) pueden desviar sus líneas o cortarlas.

El horizonte incierto es sin embargo propicio para la imaginación, que trabaja en ausencia de las cosas y las reemplaza. El camino elegido por Javier Marías se aparta de las prácticas culturales más conocidas, pues acaba siempre rodeando tierras incógnitas, que un deseo errabundo y una acción caprichosa renuncian a someter y habitar. Contra toda fe positivista, la imaginación que prevalece en esta novela es la que al saber le pide cuentas de sus carencias, echando en falta la expresión verbal conveniente para preguntas que no esperan respuestas. Entonces, si el conocimiento es una estructura imperfecta y el discurso un orden convencional, no hay mejor relato sobre el dudoso estado del mundo que la mezcla de distintos géneros narrativos, donde lo que se ignora se inventa. Así la historiografía que se difumina en la leyenda puede vislumbrar y sugerir el lado en sombra de la realidad. Esta ficción literaria, como unión simbólica de lo que es y no es, se orienta hacia fronteras que lindan con el vacío y el silencio.

Están pues muy equivocados los artistas famosos que, a bordo del *Tallahassee,* se dirigen al Polo Sur, para ver mundos extremos y crear obras excepcionales. Planean con antelación lo que van a recordar y desvelar en lugares exóticos, pero se aferran tanto a las costumbres del viejo continente, que deciden dar primero una vuelta por el Mediterráneo, el más familiar de los mares. El ajuste entre la expectativa y la sorpresa que conlleva todo lo nuevo y provisional empieza ya antes de salir de casa. Las ceremonias de los preparativos, trátese de un hecho privado como hacer las maletas o de un acontecimiento público como una rueda de prensa, obligan a llevar a cabo inventarios, ordenar proyectos, decidir lo que se quiere guardar y lo que se puede perder. Por eso el viaje representa desde tiempo inmemorable una metáfora del conocimiento. Para el cuerpo y el alma es una prueba de identidad, una reorganización de relaciones, cuanto más solitaria más sorprendente.

Un crucero, sin embargo, debería poner a salvo de excesos de desamparo, al menos mientras va de Marsella a Alejandría, haciendo etapa en las ciudades más conocidas de Italia y Grecia. El *Tallahassee* inaugura su travesía como una patria móvil que incluye fugazmente otras tierras civilizadas: breves paréntesis en un espacio y un tiempo domésticos, que en un primer momento refuerzan los vínculos sociales del país de origen. Pero un barco en un puerto está fuera de lugar. Su frágil imitación de la estabilidad se justifica sólo en el mar abierto, donde la técnica desafía la naturaleza y la nostalgia rivaliza con la curiosidad. Es entonces cuando puede empezar la odisea, cuyas catástrofes, como bien se sabe, no siempre llegan de fuera.

En esta novela, por ejemplo, las peripecias son interiores y empiezan frente al perfil septentrional de África, un paisaje del que todo el mundo retira su mirada, pues no está incluido en ninguna de sus perspectivas. Dirigida por fin la ruta hacia el Atlántico, entre el mundo conocido y el mundo por conocer se abre un limbo sin horizontes donde irrumpen accidentes que convierten el barco en unos nuevos «dominios del lobo», una región inhabitable donde cada individuo da rienda suelta a deseos sin miramiento. Al faltar una relación orientada hacia la tierra, se estropea también la relación solidaria con la humanidad. Como si lejos del escenario de la cultura occidental decayera de pronto el uso de la razón que la define y la guía, a bordo del *Tallahassee* estallan pasiones que violan las normas de convivencia más elementales, desde la etiqueta al derecho, empezando por el propio capitán Kerrigan, el máximo representante de la autoridad que resulta ser un delincuente y un asesino. No sorprende por lo tanto que, cuando desde la costa de Marruecos llueven sobre el barco tantas balas enemigas que no permiten continuar la navegación, los pasajeros hayan decidido por su cuenta poner punto final a esa locura y volver a Europa, es decir, a la ley de su territorio.

El viaje sin embargo, aunque no ha conseguido su finalidad, no deja de ser una casual y fundamental experiencia, a partir de la cual nadie será ya como antes. Los que querían ir a la Antártida y en cambio bajan en Tánger, sin superar siquiera las columnas de Hércules, han averiguado, de manera imprevista, que la frontera más remota está dentro de uno mismo y es una línea de sombra. Como dijo Joseph Conrad —marino y novelista— en su libro de recuerdos *El espejo del mar,* que el propio Javier Marías tradujo: «A nadie se le ha presentado nunca una aventura por invocarla. El que deliberadamente emprende la búsqueda de la aventura no sale sino a recoger cáscaras vacías».

Salir por la dificultad de quedar, ensayar por la imposibilidad de repetir: son motivos suficientes para ir en busca de la novedad que no pretende confundirse con la originalidad. En esa zona estética difuminada que no coincide con ninguna de las opuestas teorías que sujetan el arte a las contingencias de la realidad o la liberan de cualquiera de sus necesidades, encontraremos siempre a Javier Marías tratando de inventar no algo inédito, sino algo distinto, a veces tan sólo un detalle que recuerde cómo las palabras se relacionan siempre con las cosas por un arbitrio de la voluntad. El artista no vanguardista ni tradicional, que en el mundo de las apariencias se desentiende de la verosimilitud, es un exiliado todopoderoso, capaz en igual medida de crear o destruir relaciones, a partir de cualquier certeza, incluido algo pacífico como la clasificación de los libros. Deshaciendo pues la correspondencia entre la forma habitual de producir y catalogar la prosa que, de tan antigua, suele tomarse como un hecho natural, el autor decide aplicar la definición de novela a su tercer libro, *El monarca del tiempo,* de 1978, aunque lo que contiene son tres relatos, un ensayo y una pieza teatral. Con este alejamiento parcial del sistema que articula la tipología de los discursos en la cultura occidental, el autor ofrece un ejemplo del acto de nombrar y una muestra del acto de argumentar que inauguran esa práctica de la contaminación de los saberes, destinada a convertirse con los años en una de sus características más atrevidas.

A estas alturas de su nomadismo creativo, Javier Marías ya no se contenta con reivindicar una absoluta libertad de imaginar, escribiendo en castellano historias que parecen incorporadas de otras tradiciones culturales; ahora mezcla el discurso excéntrico de su ficción con el discurso central de la razón, que aquí aparece como la más inhóspita de las patrias. Causa, efecto, necesidad, cálculo, método, sistema, explicación... La exigencia de dominio sobre el devenir ha producido una vasta nomenclatura para una larga tradición metafísica, de cuyo trayecto lineal Javier Marías se aparta, para instalarse al margen de sus exclusiones, mucho más amplio que el de sus contrarios. Oponer, por ejemplo, lo ilógico a lo lógico, lo inconsciente a lo consciente o lo anárquico a lo ordenado, significa mantenerse dentro de una relación de reciprocidad dialéctica que absorbe las divisiones y las neutraliza. Cualquiera que sea la elección, lo negativo presupone lo positivo y viceversa, en una red de implicaciones que salva la totalidad de lo inteligible y la marcha del progreso.

Pero Javier Marías, desde su periferia indefinida y móvil, no aspira a conciliar contradicciones, sino a mantener distancias, registrando de tanto en tanto el valor de ciertas experiencias que ninguna ley hipotética, sobre la que ha crecido la ciencia, ha podido sustraer a los reveses del destino. Así la coherencia militar de un iluminista como el capitán Louvet, en «El espejo del mártir», o el prejuicio hostil del padrino pasional de «Portento, maldición», llevan al fracaso no sólo por evidentes defectos de cálculo, sino porque la previsión, cualquiera que sea su grado de perfeccionamiento, es en sí misma una medida de defensa ineficaz. Esto vale incluso cuando es un acierto, como en el caso del lúcido viajero de «Contumelias», que, a pesar de un leve contratiempo, realiza felizmente su trayecto y su objetivo. Si la vida se considera un tránsito hacia la muerte, cualquier acción mal hecha o bien hecha resulta al fin y al cabo indiferente.

La auténtica novedad de este libro formado por piezas que reúnen la sensorialidad de la imagen, propia del campo artístico, y la abstracción del concepto, propia del campo científico, en una única conjetura fabulosa, es entonces la que hila en transparencia el propio Javier Marías, mientras observa el mundo de lejos, como si fuera el espectador de una gigantesca *vanitas vanitatum.* Desde el horizonte trascendente de su melancolía, la doble perspectiva nihilista del ser y el no ser abarca el espectáculo patético de un saber sin fundamentos. Como recuerda con tonos apocalípticos en el breve drama «La llama tutelar», ni el conocimiento erudito (sistemático, colectivo, transmisible a través de la palabra), ni el conocimiento místico (fragmentario, individual, inefable) permiten rasgar el misterio de la materia o la nada, que es eterna e infinita y, por ello mismo, inhumana.

La transitoriedad incesante de las cosas no permite tener puntos de referencia inmutables, salvo quizá los que logra simular la literatura con los trucos de la retórica, según lo que se sostiene en el extenso ensayo literario «Fragmento y enigma y espantoso azar». Es entonces el decir y no el hacer lo que para artificiosamente el devenir y el dejar de ser. En este análisis de la relación entre la verdad y el tiempo, a propósito de los personajes de Bruto y Marco Antonio, en el *Julio César,* de Shakespeare, el autor muestra cómo, entre dos versiones contrastantes de la realidad, prevalece la que es enunciada en último lugar. Sólo en la ficción de la palabra, y sobre todo en un drama teatral que representa miméticamente los hechos mientras están aconteciendo (y que por ello utiliza el tiempo verbal del presente de indicativo), es posible detener la metamorfosis del mundo y entregar la verdad a un final perdurable. Es este el «monarca del tiempo», un instante convencionalmente impuesto sobre el pasado y sustraído al futuro, que posibilita la enunciación de lo absoluto, de lo que no está sometido al cambio o al azar y seguirá siendo siempre vigente o verdadero.

Curioso, por lo tanto, que le haya tocado en suerte a este libro, que tan heterogénea y explícitamente habla de la verdad, dejar de ser verdadero. Borrado del presente por voluntad de su autor, que no lo ha vuelto a publicar tal como fue concebido, *El monarca del tiempo* se ha convertido en un título fantasma. Fragmentado y sin nombre, lo que ya no existe ni como «novela» ni como libro, en parte ha muerto, pues las piezas que se titulaban «Contumelias» y «La llama tutelar» flotan hoy en el no ser editorial, mientras los otros textos han sido repartidos entre la colección de cuentos *Mientras ellas duermen,* de 1990, y la miscelánea de artículos *Literatura y fantasma,* de 1993. De momento este es el nuevo orden de su existencia y esta la última verdad que le concierne.

De explicación en explicación, Javier Marías había llegado a una región tan negra e insondable que, como novelista, corría el riesgo de no poder ya contar nada. La divagación placentera empezada con *Los dominios del lobo* se había convertido en una seria extravagancia, un sondeo de las condiciones de la experiencia que sacrificaba la representación a la argumentación. Entonces el autor invierte el camino y abandona el estilo excesivamente analítico, procurando que el acercamiento a una escritura más narrativa no coincida con ninguna tradición autóctona. En este sentido *El siglo,* su cuarta novela publicada en 1983 e inspirada, por lo que se refiere a las partes más reflexivas, en Propercio, Sir Thomas Browne y Conrad, es escrita desde un punto de vista que no pertenece propiamente ni al desterrado ni al forastero. Hay personajes de apellido no necesariamente castellano como Bacio, Dato, Monte, y hay ciudades no identificadas que se parecen mucho a Barcelona, Madrid, Sevilla. Única excepción toponímica es Lisboa, aunque es vista más como límite metropolitano de la civilización europea que como capital de una nación ibérica. Pero con una guerra civil que pasa entre 1936 y 1939, las señas de identidad ya no admiten dudas: el lugar es España y el tiempo es el más trágico de este siglo, una encrucijada memorable de sus múltiples posibilidades de ser. ¿Por qué entonces difuminar esta geografía y esta historia que son a la vez tan reconocibles? ¿Qué tiene que ver con la anterior muchedumbre de siluetas extranjeras un personaje español que sueña con ir al frente mientras dura la guerra y elige ser un delator cuando llega la paz? Para

Javier Marías no es sólo cuestión de mostrar cómo el territorio nativo se vuelve genérico si se callan los nombres que le dan apariencia de unicidad. Se trata también de reconocer implícitamente que el final de la juventud se aproxima y que, a partir de esta pérdida, la mirada retrospectiva vuelve insustancial hasta el más íntimo de los paisajes. Es entonces cuando hace falta dibujar el mapa y aprender esa topografía del sujeto que se llama país, región, ciudad, barrio, casa. Como decía Rimbaud, el «yo es otro» y otro el viaje imaginativo. En vez de avanzar en el espacio ajeno, ha llegado el momento de retroceder en el tiempo de uno mismo.

Cuenta el autor, en el prólogo a la reciente reedición de *El siglo,* que desde niño le había causado gran impresión saber que, cuando acabó la Guerra Civil, su padre fue a la cárcel porque le había denunciado quien era entonces su mejor amigo. He aquí cómo nace la novela, que sin embargo nada tiene que ver con ese fragmento conmovedor de memoria familiar. En la edad adulta, la mezcla de sentimiento herido y razón frustrada es solamente el punto de partida personal para abordar literalmente la condición del otro, la figura inexplicable del traidor disimulado.

En su momento, la crítica y el público no prestaron mucha atención a esta poderosa historia de ambigüedades, tan distinta de las anteriores y muy querida por su autor, que confesó haberla escrito con mucho empeño. Por la seriedad del tema y la complejidad del estilo, Pere Gimferrer, su primer editor, la juzgó más propia de un hombre de cincuenta años que de un joven narrador. Lo cierto es que entre *Los dominios del lobo* y *El siglo* hay una concepción tan diferente que no parecen obras de la misma persona. A Javier Marías le quedaba ya poco o nada de la alegría provocatoria de los comienzos, cuando su escritura era un molde flexible para experiencias ajenas, inverosímiles, jocosas. Grave y humorística, sensual y meditativa, su cuarta novela expresa un mundo en crisis con el lenguaje de la crisis.

El protagonista, Casaldáliga, un hombre ambicioso, original, dubitativo, es el mismo personaje que en «Portento, maldición» (uno de los cuentos de *El monarca del tiempo)* fue abandonado un día por su ahijado, al que detestaba y sin embargo necesitaba. Ahora, en *El siglo,* el ahijado es el León de Nápoles, famoso cantante lírico y hombre casado, que ha vuelto a vivir con el padrino, ya octogenario y muy enfermo, tal vez para heredar su fortuna.

La antigua relación de poder entre el verdugo y la víctima ha cambiado, pero no la costumbre de la hostilidad solapada que, al no desembocar en una explícita acción destructiva, produce un estado de permanente vigilancia. En Casaldáliga la demolición del adversario es siempre la proyección oculta de una fantasía desconfiada, la agresión virtual de un sarcasmo puramente retórico, que se renueva una y otra vez porque no puede demostrar lo que argumenta. La difusa y agria comicidad de *El siglo,* que subraya tantos comportamientos incompatibles con las normas corrientes de la sociedad, es un procedimiento de exclusión que crea efectos ridículos, faltos sin embargo de cualquier incidencia exterior. Para el solitario protagonista, hasta la risa es una práctica unilateral y silenciosa que no crea diálogos ni complicidades, porque surge de emociones inconfesadas que dispersan en secreto sus propios ritos de superioridad.

La división entre el mundo de las apariencias y el de las sustancias es radical, subrayada por el propio Javier Marías a través de un desdoblamiento de la técnica narrativa, que alterna capítulos en primera persona, relativos al tiempo presente del Casaldáliga agonizante, con capítulos en tercera persona, relativos a los primeros treinta y nueve años de su vida. Entre estas formas contrastantes de contar, es decir, la que explota la mirada ubicua del narrador omnisciente y la que se circunscribe al horizonte íntimo del autobiógrafo, no hay integración ni oposición. En ambos casos la trama queda a menudo deshilvanada, sin que haya posibilidad de establecer nexos causales cuando, según las ocasiones y los puntos de vista, el protagonista aparece astuto o pueril, cobarde o apasionado, cínico o idealista. En la disolución de la voz única, desaparece también la jerarquía de los valores y la coherencia de los juicios, confundidos por la perspectiva niveladora de la muerte inminente. En el umbral del otro mundo, en la cercanía de la nada, ese cruce de intenciones y relaciones que suele llamarse sujeto, se deshace sin ninguna sanción de tipo ético, porque casi no hay hechos al que aplicarla. En efecto, en la novela no se dice ni cómo, ni durante cuánto tiempo Casaldáliga ejerció su execrable tarea de delator. La reconstrucción autobiográfica se interrumpe cuando el personaje decide llevar una doble vida y abarcar el lado visible e invisible de la realidad, volviendo indeterminable e indecible el conjunto de sus experiencias.

De ahí la imposibilidad del discurso lineal y la interpretación coherente que caracteriza esta novela llena de enigmas, expresados por una exuberante prosa barroca. Es la modalidad simbólica de la palabra que avanza hipotética y analógicamente, cuando la verdad —también llamada sentido común— ya no dispone de conceptos útiles o suficientes. *El siglo* inaugura así la errancia a lo largo de una región sumergida que linda con lo negativo del mundo, es decir, con lo que hay antes y después de la existencia visible y contable. He aquí una variante de la milenaria teoría de la nada en la cultura occidental. Lejos de volver a la historia concreta de España, con esta novela el autor fija tan sólo un punto de partida para las formas trascendentes de su alejamiento.

En efecto, con *El siglo,* Javier Marías empieza a ocuparse sobre todo de inadaptados que se apartan del mundo porque rechazan el orden de sus necesidades. No admiten la fatalidad como fuerza ciega que gobierna el universo, ni ejercen la voluntad como principio racional que determina la conducta. Son personajes sin destino, hombres de funciones y metas dudosas que se condenan a una libertad paralizadora. Ajenos a la dialéctica que resuelve las contradicciones en ese movimiento ascendente que llamamos progreso, lo niegan todo sin afirmar nada, perdiendo poco a poco hasta la categoría de sujetos.

Esta desarticulación de la realidad, que no considera legítimo ningún sistema de conocimiento, implica cambios notables también en la estrategia narrativa. Ya no habrá tantas existencias apresuradas bajo la mirada ubicua de un narrador omnisciente. Ahora pocos hechos de carácter personal, circunscritos a un tiempo relativamente breve, son contados desde la perspectiva de algún solitario que no domina el conjunto de su vida, ni la cohesión de su relato. El discurso, en su doble acepción tradicional de trayecto y transmisión de la razón, se dispersa fuera de los códigos, porque desciende de un saber que no admite controles.

La fragmentación autobiográfica, vuelta hacia una intimidad desbordada, se ha convertido en el rasgo característico de todas las novelas de Javier Marías, especialmente a partir de *El hombre sentimental,* de 1986. El protagonista, ese mismo León de Nápoles que aparece en *El siglo,* aquí es visto en una época anterior, mientras se encierra en una habitación de hotel y cuenta por escrito la historia de una relación amorosa que acaba de romperse. Pero se trata de una memoria excéntrica que mezcla la lógica consecuencial de la experiencia con la potencialidad asociativa del sueño y la conjetura fabulatoria del deseo. El abandono por parte de la misteriosa Natalia Manur —casada con un banquero, al que también había dejado— se vuelve entonces inexplicable e irrepresentable. Borrada la frontera entre la realidad y la imaginación, en la escritura fluye cualquier material, intencional e involuntario, auténtico y ficticio, engendrando un texto híbrido que contamina lo que fue con lo que pudo ser y lo que nunca ha sido.

De esta falta de fundamentos surgen las variaciones arbitrarias que llevan al protagonista fuera del orden natural de los acontecimientos, hacia un limbo estético sin devenir, que es la eternidad mencionada en las primeras líneas de su narración. Para el cantante lírico que se desplaza de país en país y de lengua en lengua, encontrando en las falsas vidas de los teatros la forma ilusoria de su continuidad, recordar, dormir o fantasear constituyen una indiferenciada actividad imaginativa que le permiten sustraerse, hasta fuera del escenario, a los vínculos de la realidad. Poco importa, a estas alturas, que gran parte de la acción contada pase en Madrid. El León de Nápoles, que no revela nunca su nombre verdadero y está de paso hasta en su ciudad natal, es un nómada que habita de forma estable sólo en su fantasía. Allí, donde la cronología es reversible y la topografía es móvil, ningún desenlace es definitivo. La aventura amorosa, que el sueño y el deseo pueden repetir en infinitas combinaciones sobre la trama de la memoria, se manifiesta elípticamente a través de cuatro situaciones fundamentales: el primer encuentro en el tren con Natalia, que viaja con su marido, el banquero Manur, y su acompañante, el secretario Dato; el abandono; el enamoramiento; el suicidio de Manur.

Las competencias emocionales de Eros y Tánatos se suceden en el texto sin ningún respeto del orden causal verdadero, mientras el resto de la historia, es decir, la plenitud de la relación que dura cuatro años, es engullido por el silencio del narrador. El intercambio amoroso, como proceso constructivo de una experiencia perdurable, queda fuera de este discurso, agregado en torno a los momentos extremos del amor pasión, que se padece y no se gobierna.

Indiferente a cualquier ley racional y moral, aquí la experiencia amorosa no tiene desarrollo porque sigue en el eterno presente de la posesión incumplida, entre el comienzo placentero del amante y el final trágico del marido. Son muestras simétricas de una vivencia vacía que se da a conocer solamente como expectativa o como desesperación. El amor hacia Natalia, la gran ausente, no enfrenta a los dos rivales en la lucha por la conquista, sino en el sometimiento a la derrota.

Sólo al final del relato quedará en claro que el auténtico «hombre sentimental» de la historia no es el artista. Frente a la pérdida de la mujer amada —único rasgo común de dos hombres profundamente distintos—, el pragmático banquero Manur, que no concibe futuro sin al menos un proyecto de eficacia amorosa, afirma por última vez su voluntad de poder, quitándose la vida, mientras el León de Nápoles, el virtuoso del *bel canto* que elige únicamente los papeles anacrónicos de la ópera, sustituye la memoria de la realidad con la percepción de la posibilidad.

Al fin y al cabo, esta extraña novela de amor, donde el amor es anticipado o recordado, pero nunca vivido, es también una alegoría de la literatura, entendida como arte de la incertidumbre. El oficio del narrador, según las representaciones del propio Javier Marías, es el de sembrar dudas y negar evidencias, mostrando el origen convencional de lo que parece natural por efecto de la costumbre. El planteamiento es radical, porque no se trata de corregir algún error de interpretación de la así llamada realidad, sino de sustraerse al sistema mismo de relaciones que ha fijado, en nuestra cultura, las formas del conocimiento y de la conducta. Si detrás de cualquier hecho supuestamente objetivo hay una decisión olvidada, si cualquier fenómeno significa dentro de un marco teórico que es literalmente un prejuicio, entonces el saber del hombre carece de fundamentos irrevocables y se reduce a un conjunto de creencias y probabilidades.

La consecuencia más llamativa de esta actitud nihilista es una desorientación decepcionada que llena las novelas de desterrados sin patria, nómadas de los signos que acumulan experiencias sin un modelo de verdad que encauce sus interpretaciones, sus planes, sus actos. Quizá por eso Javier Marías no teme insertar ahora, en esas vidas inventadas, elementos autobiográficos, tan reconocibles como improductivos. El desafío de su escritura consiste justamente en someter cualquier material al mismo proceso de indeterminación que no permite reconocer la diferencia entre lo que podría ser ficticio y es verdadero o lo que podría ser verdadero y es ficticio. La única guía que le queda al lector es el índice de los libros que recogen artículos de periódico y conferencias, porque hasta los títulos *(Pasiones pasadas, Literatura y fantasma, Vida del fantasma)* juegan con la evasión de la racionalidad, anunciando un criterio de valores raro e individual. Es de subrayar, en todo caso, que, a partir de esta época, Javier Marías disemina anécdotas de su vida, del mismo modo que empieza a contar aspectos insólitos de la biografía de varios escritores extranjeros, muy dados a los viajes casi todos ellos, que luego reunirá en el volumen *Vidas escritas,* de 1992. Deshechos todos los pactos realistas, para este autor contar algo que existe y es comprobable no marca un punto de referencia, sino un principio de indeterminación.

Nadie se engañe, entonces, si el protagonista de *Todas las almas,* que se publica en 1989, es un madrileño que trabaja un par de años en la Universidad de Oxford, dando clases de literatura, como hizo en efecto el autor en carne y hueso. Análogamente al escritor inglés John Gawsworth, cuya vida novelesca y sin embargo auténtica es legitimada en esta obra hasta con un par de fotos, entre las personas del mundo real y los personajes del mundo inventado no hay solución de continuidad, porque narrar es imaginar e imaginar es no estar y no ser. La facultad de la memoria, que en *El hombre sentimental* quedaba suspendida en el tiempo por la intrusión del sueño y el deseo, ahora vuelve a recuperar la dimensión del pasado, pero produce un nuevo relato despojado de sustancia.

En palabras del propio protagonista, *Todas las almas* cuenta la historia de una perturbación, elaborada por un pensamiento supersticioso. Así empieza la reconstrucción escrita de una extraña estancia en la ciudad de Oxford, percibida desde el primer momento como un exilio de la realidad, una ruptura imprevista de las costumbres que garantizan la identidad. Es una declaración originaria que influye de antemano sobre la peculiar estructura del texto, denso y fragmentario. Si la intención que causa la acción y determina la responsabilidad es alterada, también el discurso que establece la conexión y posibilita el análisis es anómalo. Entonces hace falta buscar una lógica sumergida para entender qué tienen que ver entre sí tantas situaciones heterogéneas e incomunicadas, contadas según distintos grados de participación, desde el alejamiento cómico hasta la adhesión trágica. Por ejemplo, la del portero Will, que se instala a diario en una fecha casual de su biografía; la de los alumnos y profesores que se dedican a ciencias inútiles; la del bibliófilo Alan Marriott, que busca adeptos para una sociedad literaria, en honor del casi olvidado escritor galés Arthur Machen; la del amigo Cromer-Blake, que ampara al narrador con su doble papel, figurado y provisional, de padre y madre; la de la joven Muriel, amor fugaz de una noche empezada con desgana en una discoteca; la de los mendigos airados y borrachos, que vagan todo el día de una calle a otra, sin más objeto que el propio movimiento.

Lo que reúne a estos y a otros personajes dentro de la perspectiva extranjera del narrador es una cualidad topográfica negativa, una carencia debida al territorio, que deja de pertenecer al curso de la naturaleza y la historia. La fenomenología del destierro, con su variedad de relaciones a plazo, parte pues de un simbolismo geográfico arbitrario, que corta horizontalmente la tierra por la mitad, atribuyendo una quietud mortecina a la parte septentrional e insular y, por contraste, un dinamismo vivificador a la parte meridional y continental. Juzgado desde un punto de vista tan subjetivo, Oxford es un observatorio de la inexistencia, un lugar fuera del tiempo y fuera del mundo, una ciudad «hecha de agua» o «conservada en almíbar» cuyos habitantes llevan constantemente un velo en la mirada, excepto los que proceden de países meridionales y continentales o los que han pasado en ellos largas temporadas.

Así es Clare Bayes, la amante del protagonista que, de niña, vivió en la India y ahora colecciona efímeras historias sentimentales, para hacer soportable su vida conyugal; así es Toby Rylands, el admirado profesor, de posible origen sudafricano, que tal vez llevó a cabo misiones secretas en Brasil y en el Caribe, durante la guerra; así debió de ser el autor inglés John Gawsworth, pseudónimo de Terence Ian Fytton Armstrong, que escribió su primer libro con diecinueve años (como el propio Javier Marías) y publicó más obras en África, en la India, en Italia, durante una vida llena de aventuras, que no lo salvó sin embargo del olvido y la miseria.

Todos los personajes ficticios y verdaderos de esta novela están rodeados de misterio, debido a la ignorancia de quien investiga o a la reticencia de quien recuerda. Son biografías llenas de huecos, imposibles de contar hasta el final, excepto para una imaginación supersticiosa, que las asocia y las contamina con sus proyecciones disgregadoras. Esta generalizada alegoría de la caída termina cuando el narrador español regresa al lugar de origen y recupera la conciencia de su devenir. Prueba de ello es el hecho de que, un año después, ya casado y con un hijo, se dispone a sellar esa estancia como algo concluido y lejano. Pero el paso por la ciudad de Oxford, el Hades transitorio donde descubrió su nostalgia por el Madrid de la infancia, le había revelado mientras tanto que hay otro exilio más perturbador y duradero: el de la edad adulta.

Después de justificar dentro del marco irracional del sueño y la perturbación esa oscilante mezcla de lo acaecido y lo posible que se ha convertido en una característica de su literatura, Javier Marías aborda la representación del indescifrable sentido del mundo a través de un desgaste perdurable de la identidad, como percepción discontinua del ser de uno mismo en el tiempo y en el espacio. Ya no basta con mantener en suspenso la intención y la responsabilidad, la previsión y el desenlace en las aventuras excepcionales de algún viajero ocasional, que luego vuelve a la norma de su país. Estén donde estén, los antihéroes de Javier Marías tratan ahora de rechazar habitualmente la acción, como transformación de la realidad en vista de un resultado. Esta práctica cotidiana de la pasividad, si tuviera éxito, llevaría al hundimiento de la historia como fenómeno y como discurso, puesto que quien no tiene interés en hacer, tampoco quiere saber ni decir nada. Prueba de ello es el hecho de que los protagonistas representan ahora sus autobiografías no a través de la escritura, como reconstrucción duradera de un riesgo pasado, sino a través de la oralidad, como forcejeo azaroso de un estado crónico de indefinición.

Este eclipse generalizado del sujeto no pasa de ser, sin embargo, una expresión negativa de la voluntad de poder, basada, como cualquier otra, en la previsión del dominio sobre los obstáculos que se interponen entre el proyecto de una acción y su cumplimiento. Como muestra la novela *Corazón tan blanco,* publicada en 1992, cuyo narrador admite ya en la primera frase que ha tratado de no saber —pero ha sabido— algo que le cambiará la vida, para el ser humano no hay posibilidad de planear con certeza ni siquiera su propia invisibilidad.

Después del prudente experimento narrativo de *El siglo,* Javier Marías retoma ahora el tema del destino con más decisión, representando un deseo de parálisis que es una utopía de eternidad. Si conocer es poder hacer y modificar la ciega causalidad de la naturaleza, ignorar es no producir eventos y no participar en el ciclo de la existencia humana.

Esto quisiera el traductor profesional que protagoniza la novela: sustraerse a la vida, para no encaminarse hacia la muerte. Portavoz neutral y hasta inerte de palabras emitidas por otros y destinadas a otros, este madrileño que viaja de país en país, transmitiendo mensajes que lo sobrepasan y no le pertenecen, no sólo muestra indiferencia hacia su lengua materna, la primera casa del hombre, sino que desconfía de la propia comunicación verbal, en cuanto principio de vínculos cargados de consecuencias. En la heterogeneidad de informaciones que, gracias a él, intercambian extraños que son, además, extranjeros, las lenguas funcionan como máscaras. Es lo que pone de manifiesto un capítulo muy divertido sobre el coloquio oficial de dos autoridades políticas —una española y una inglesa—, donde la traducción hace viajar de un idioma a otro significados convencionales, que confirman la estructura del mundo, tal como ha sido entregada por la tradición narrativa. Pero, ¿qué pasa cuando la palabra introduce en la versión habitual de los hechos alguna noticia desconocida?

El narrador cree que Teresa Aguilar —la hermana de su madre, casada previamente con Ranz, su padre— había muerto de enfermedad, hasta que alguien le cuenta cómo se había suicidado de forma espectacular, a la vuelta del viaje de boda; asimismo el narrador cree que Ranz, su padre, se había casado solamente dos veces, hasta que oye indirectamente cómo había asesinado en La Habana a su primera mujer, cuya existencia ignoraba. Puestas al comienzo y al final de la novela, estas muertes violentas y lejanas circunscriben el periplo narrativo del protagonista, que procede según una cronología fluctuante y a menudo invertida, porque no depende de la sucesión causal de los hechos, sino del orden azaroso de su descubrimiento. Es, como de costumbre, un relato que insiste sobre los riesgos del decir, especialmente visto como una obligación que se padece y no se elige. Para quien no participa en la vida activa, hasta el hecho de escuchar es peligroso, como muestra el célebre ejemplo shakespeariano de Lady Macbeth, cómplice del marido no por incitarlo a matar a Duncan, sino por oír de sus labios la confirmación de que el proyecto se ha transformado en un hecho. El crimen es compartido cuando es conocido, es decir, antes de que Lady Macbeth se manche simbólicamente las manos con la sangre del muerto y pronuncie las palabras citadas en el epígrafe, de donde procede el título de la novela: «My hands are of your colour, / but I shame to wear a heart so white».

A la voluntad de poder, como fuerza de afirmación social, se contrapone la resistencia al saber, como deseo de aislamiento individual, extendiendo el dominio de la ética hasta el terreno impropio del conocimiento casual. En este aspecto, Javier Marías da un paso más decidido hacia su estética de la desorientación. Si en las dos novelas anteriores representaba la escritura como testimonio de una irracionalidad pasajera e inocua, ahora representa el mismo acto del habla como origen de una responsabilidad ineludible y eficaz. Entonces habitar la sombra requiere, además de la inercia, el silencio. Si transmitir una información es imponer un vínculo, recogerla es modificar la imagen consabida del mundo y ajustar relaciones, perspectivas, proyectos.

La experiencia del pasado y la previsión del futuro cambian ya a partir de la palabra, como muestra el protagonista de *Corazón tan blanco,* obligado a destruir la fábula de sus orígenes cuando sale al descubierto la cadena causal que ha llevado a su nacimiento. Su madre no se habría casado con el viudo de su hermana Teresa si ésta no se hubiese suicidado; ni Teresa se habría suicidado si ese hombre, durante el viaje de boda, no le hubiese dicho que por ella se había convertido en un asesino. Es la irrupción de la tragedia, como espectáculo de la lucha y el tormento que marcan cualquier forma de vida: una regresión al origen que ningún saber puede comprender y conciliar.

He aquí los hechos sangrientos que el narrador trata en vano de ignorar durante un año, desde el día de su matrimonio con Luisa, que le provoca una angustiosa sensación de llegada, hasta el día en que oye a escondidas la revelación ominosa que su padre le hace a la nuera. La novela se reduce a la historia de este fracaso, sin que haya ningún final, es decir, sin que se sepa si la noticia tendrá más difusión y más consecuencias. Lo que le importa al narrador no es planear el futuro, sino revisar el pasado, aceptar la siniestra genealogía que el padre, el ambiguo modelo al que no sigue ni rechaza, le ha impuesto con su locuacidad devastadora. Muerta hace tiempo también la madre, cuya imagen callada y benévola no sale de los escenarios consoladores de la infancia, la figura paterna guarda los amenazantes secretos de la vida adulta, a la que se accede en esta novela a través del matrimonio. Simbólica frontera entre dos fases distintas e incomunicadas de la existencia, para el protagonista de *Corazón tan blanco* el matrimonio constituye una condición parecida a la enfermedad, el derrumbe de ese estado de vaga espera que le protegía a él y a Luisa de la cita con su destino. Por eso, desde que se casa, este personaje se fija solamente en los accidentes pasionales de cualquier pareja, que atrae analógicamente dentro de sus supersticiosos presagios de desgracia. El cumplimiento del amor, como juego febril de posesiones y sujeciones, es el móvil de la acción precipitada que puede anticipar la muerte.

Frente al peligro de que la herencia del padre se renueve, el hijo permanece en el recinto simbólico de la «almohada», una imagen obsesiva que reúne la quietud pasajera de los vivos y la quietud definitiva de los muertos. Es el mismo observatorio doméstico que el narrador utilizaba de niño, cuando estaba enfermo, y que sigue utilizando de mayor, como hombre casado. En ese lugar del éxodo, velado antiguamente por su madre y ahora por su mujer (las figuras admiradas que encierran en un ocioso tarareo femenino el intraducible sentido de la vida), el narrador recupera la posibilidad infantil de ser aún un sujeto potencial: una insostenible libertad que linda con la nada.

Con la última novela, *Mañana en la batalla piensa en mí,* de 1994, Javier Marías vuelve a plantear la misma cuestión de forma más radical, estrechando en un mismo haz de responsabilidades el acto del habla y el testimonio ocular. El escuchar y el creer, que niegan el pasado como necesidad, son sustituidos por el ver y el decir, que determinan el futuro como posibilidad. En vez de no querer oír lo que no ha visto, para que alguien no le cambie la versión de su biografía, el protagonista de esta nueva novela tiende a callar lo que ha presenciado, encaminando a otros sujetos hacia juicios erróneos y conductas inadecuadas. El silencio que antes salvaba, ahora perjudica.

Pero ¿qué debería hacer un hombre, de noche y en un dormitorio que no es el suyo, si la mujer casada con la que iba a empezar una aventura amorosa se le muere de pronto entre los brazos? ¿Borrar las huellas de su paso furtivo por un hogar jamás pisado antes? ¿Avisar al marido que está de viaje en Londres, sin saber cómo se llama ni dónde se aloja? ¿Cuidar al niño de dos años, que había tardado en dormirse, quizá velando por el lugar del padre?

Tras la noche inaugural que se convierte súbitamente en la última noche, Víctor Francés, el protagonista que es un «negro» de la literatura, es decir, un anónimo autor de guiones y discursos que otros firman y explotan como obras aparentes de su propio ingenio, acaba haciendo lo uno y lo otro: sustrae pruebas y siembra señales. Mientas Marta Téllez yace inmóvil en su casi intacta cama de matrimonio, el que es a la vez un testigo y un intruso averigua las señas del marido, intentando localizarle sin éxito; se lleva la cinta del contestador automático, donde la voz de un hombre despechado le descubre la trama de otro adulterio; lava los vasos, tira el vino sobrante de la cena, deja comida para el niño, se prueba un viejo salacot, pone la televisión y finalmente se marcha sin apagar las luces.

La conducta de Víctor Francés es azarosa y ambigua, como lo había sido la cita con la mujer que, sin llegar a ser su amante, es sin embargo su muerta. Hasta que *alguien* más próximo se entere de lo que ha pasado y tome sobre sí la responsabilidad del duelo, este personaje que espía de incógnito el entierro y no quiere dejar de ser *nadie* se convierte a su pesar en el «hilo de la continuidad» entre la que se fue y los que se quedan. Es él el vínculo indebido e ignorado entre el ser y el no ser, el condenado al recuerdo de Marta, cuya duración depende ahora de su pensamiento *encantado* (en el sentido inglés de *haunted,* como se aclara en la novela). Es esta la morada inconsistente que eligen los muertos para aplazar, a través de los vivos, su desaparición definitiva: un lugar indefinido que se percibe y no se describe, un poder de la mente ajeno al sistema de reglas con las que la razón suele explicar la experiencia.

El relato que desciende de este saber mezcla de nuevo lo hecho y lo incumplido, lo real y lo virtual, representando escenarios comparables con los de los sueños, puesto que sólo en ese lado de la vida, tan parecido a la muerte, la imagen del mundo varía de forma incesante e incontrolable. Al igual que quien sueña es involucrado en acciones que no dependen de sus propósitos, así el protagonista de *Mañana en la batalla piensa en mí* no puede estar quieto aunque no quiere nada, aspira a ocultarse, pero busca un contacto con la familia de Marta Téllez.

El pretexto oficial es la redacción de un importante discurso para el más alto cargo del poder —un rey— que el amigo Ruibérriz (otro «negro» o fantasma de las letras) le consigue al protagonista a través del anciano padre de la muerta. Al final, como tantas obras pagadas y jamás estrenadas, también este encargo se quedará en nada, no verá la luz como no suelen verla el nombre y la persona del autor verdadero. Sin embargo, ese trabajo inútil desde el punto de vista social es una oportunidad eficaz para la exploración privada de Víctor Francés, que así puede conocer a la hermana dócil y al marido enérgico de Marta Téllez, la muerta que le ronda en la cabeza. En su doble papel de escritor y usurpador, el encantado protagonista de esta novela escucha e imagina, sabe y calla, sustrae a su antojo la información a la familia de Marta Téllez, hasta que el niño lo ve y lo delata. Un ser tan pequeño que casi no sabe hablar y sin embargo articula de forma reconocible el nombre del narrador, se convierte así en el mensajero involuntario de la madre muerta, cuyo rastro perdura mientras no se deje de hablar de ella.

Roto el espejismo de la desidentidad, Víctor Francés revela lo que había silenciado, es decir, encauza el enredo de su vivencia en la diacronía del discurso. Es esta la parálisis artificial del presente que, insertando los hechos en una cadena de causas y efectos, crea una imagen narrativa de la realidad, al mismo tiempo comunicable e inestable. Se afirma más de una vez, en la novela, que el mundo depende de sus relatores; pero como ninguna historia vuelve a decirse con las mismas palabras y en idénticas condiciones, se afirma también que hay tantos mundos como relatos de los que saben hablar y convencer.

La máquina verbal empieza a producir realidades provisionales en cuanto Víctor Francés se dispone a atar cabos y le cuenta a la hermana de Marta (la sustituta de la muerta, que le sugiere inconfesadas fantasías matrimoniales) cómo han ido las cosas y ella se lo cuenta al viudo, que a su vez exige hablar con quien no llegó a ser su antagonista y sin embargo le causó perjuicio. Pero, en lugar de una escena de celos o de una petición de excusas, entre los casi rivales (los casi «conyacentes», según un escalofriante parentesco del antiguo anglosajón, debido a la afición filológica de Javier Marías) habrá sólo otro acto narrativo, es decir, el relato de la estancia en Londres que el agraviado le impone al culpable como escarmiento por sus omisiones. Víctor Francés está condenado a escuchar lo que había provocado con su silencio: si le hubiera dicho en el momento adecuado que Marta ya no vivía, este cónyuge, también infiel, habría sido compasivo con su propia amante, también mentirosa; le habría ahorrado la desesperación que la llevó a una muerte accidental, en un país extranjero; sería ella su nueva mujer en vez de su muerta; también sería la madre vicaria de su hijo. De haber sabido a tiempo, este personaje lleno de proyectos no habría perdido el tiempo, lo habría dominado y utilizado en su provecho.

La novela termina con este nuevo encantamiento, al que no escapa tampoco el hombre de acción, sometido pese a todo al trato con su fantasma, a sus visitas, a sus maldiciones. Eso por lo menos cree el protagonista que desgrana oralmente toda la historia: una incrustación de testimonios y enigmas que junta y deshace representaciones brumosas de una realidad desmedida, casi impensable pero muy visible, gracias también a la obsesiva interferencia del cine. Y sin embargo es en esta pobreza radical del concepto frente a la imagen donde permanece intacta la potencia del hombre. Para el narrador ver y no saber es poder no hacer y poder no ser; es quedarse en el umbral del mundo y contaminar sus metamorfosis con ficciones; es mezclar, por ejemplo, en una sola figura vengativa, a una puta recogida en la calle, a la ex mujer abandonada tras un breve matrimonio, al fantasma de una reina infeliz que perturba el sueño de su cruel esposo con estas palabras de execración: «Mañana en la batalla piensa en mí, y caiga tu espada sin filo; desespera y muere». Se trata de la escena de una película desconocida (en realidad el *Ricardo III* de Laurence Olivier, otra pieza shakespeariana), que, como un fragmento de nadie o de cualquiera, el protagonista había grabado en su memoria, junto con otras imágenes, cuando puso al azar la televisión (otro simulacro del mundo: una simultaneidad de historias inconexas), durante una turbulenta noche de insomnio. De la irrealidad simbólica que la muerte de Marta Téllez pone en marcha como un imposible modelo de conocimiento, surge el venenoso *leitmotiv* que contagia de nihilismo las muchas batallas atormentadas de esta novela, incluida la que el propio autor está llevando contra la literatura a partir de la literatura.

Desde que ha empezado a escribir, Javier Marías no ha dejado de cruzar fronteras, de escrutar más allá de todo horizonte conocido, cada vez más próximo a esa oscura región de la nada, que es principio y fin de todas las cosas. Viene de ahí la necesidad última de refrenar los pasos y volver atrás la mirada, sobre todo hacia la infancia, la edad que tiene el destino por delante y no contiene aún material para una historia. Pero el regreso no acaba de cumplirse nunca, porque si el espacio admite todo tipo de movimiento, el tiempo impone una sola dirección. El camino es irreversible y sobre la distancia que no se acorta crece la nostalgia de haber sido y la necesidad de contarla. Esta continua disolución de la realidad tiene sin embargo su antídoto intermitente en una sensibilidad humorística que logra enfocar *desde fuera* la ambigüedad de muchas situaciones familiares o extrañas, mezclando al desencanto la gracia, en el instante siempre solidario de la risa.

ELIDE PITTARELLO

NOTA A LA EDICIÓN

Esta antología toma en consideración el conjunto de la obra de Javier Marías, escritor que tanto en sus obras de ficción como en sus otros ejercicios literarios o en sus artículos de opinión ha mostrado siempre un especial interés hacia los personajes y las personas que abandonan el lugar de origen por placer, necesidad o aburrimiento. Sobre el tema del viaje, antigua y siempre actual metáfora de la condición humana, se reúnen aquí textos de procedencia heterogénea en cuatro diferentes trayectos que abren otras tantas brechas a la razón interpretativa. Los títulos de los artículos y cuentos seleccionados integralmente corresponden a los originales, mientras los títulos de los fragmentos de otras piezas, aunque parecen inéditos, están sacados de los propios textos y son en todo caso palabras del autor.

El resultado es un nuevo libro que, desmontando el orden primitivo de lo que ha publicado hasta ahora Javier Marías, construye otro espacio común: un diferente movimiento del sentido, como muestra de la asimétrica labor creativa de quien escribe y quien lee. La primera sección, titulada «Idas y vueltas», se refiere al poder de transformación de los desplazamientos sobre el desconcertado hombre contemporáneo, mientras la segunda, «Amores de paso», trata del destino sentimental de sujetos que no pueden o no quieren integrarse en ningún territorio. Llevada a un campo más trascendente, la sección sucesiva, «Hacia la difuminación», ilustra las salidas sin retorno representadas por las muertes, el definitivo exilio del mundo para todos los seres. Distinta por argumento de las partes anteriores, pero fundamental para la comprensión de un autor que ha reflexionado mucho sobre su propio oficio y que más de una vez ha representado la comunicación verbal dentro de sus novelas, la cuarta sección, «Palabras móviles», recuerda finalmente ese paso a través de los textos —vuelto imperceptible por la costumbre— que supone el acto de leer, traducir y escribir: la más sorprendente de las aventuras, también el principio artístico de todas las otras.

E. P.

El hombre que parecía no querer nada

I. Idas y vueltas

Para Javier Marías el viaje es un destino que marca tanto su vida personal como la mayoría de las historias imaginarias de sus criaturas de ficción o de las biografías verdaderas de sus autores favoritos. Más que un ejercicio de libertad y una búsqueda de placer, en las páginas de este escritor el viaje es a menudo una necesidad de desarraigo y una vocación de nomadismo. Mezcla entre la concepción antigua de la peripecia, que consideraba una pena todo desplazamiento fuera del lugar de origen, y la idea moderna de la errancia, que relaciona el cambio ocasional de territorio con la inestabilidad de la condición humana, el viaje es una experiencia a la vez real y simbólica que transforma la idea del mundo y la identidad de quien lo habita. Partir es más urgente que llegar. Vagabundear es más fácil que volver. Frente a horizontes desprovistos de sentido, el camino coincide con la meta y puede dibujarse sólo de forma retrospectiva como un mapa del azar, cuando todo está hecho y elegido y perdido. Huidas, desafíos, desorientaciones, miedos, risas, hallazgos, nostalgias, regresos: en esta sección se encuentran amplias muestras del trayecto literario de Javier Marías, desde la pura evasión de los años juveniles hasta el testimonio autobiográfico de los últimos tiempos. El interés por España, el reconocimiento del centro, se han manifestado tras algunas estancias en el extranjero, como efecto de un alejamiento que obliga a elegir puntos de vista y medir distancias. Pero es entonces cuando la geografía se combina con la cronología. Para el autor y sus personajes avanzar en el espacio o retroceder en el tiempo es admitir que la vida misma es un tránsito y que sus huellas pueden guardarse al menos en un relato.

E. P.

Acababa de regresar la partida capitaneada por el veterano médico de la Expedición Ballenera de Dundee William Speirs Bruce, y Jean Charcot, desde el *Français,* enviaba noticias que apasionaban a la alta sociedad parisina cuando Kerrigan concibió la idea de organizar una expedición cuyos componentes fueran hombres y mujeres de letras, es decir, aquellas personas que diariamente devoraban las informaciones procedentes de la península de Palmer y se reunían en los cafés para comentar una y otra vez la audacia de aquellos pioneros y expresar sus fervientes deseos de embarcarse, aunque sólo fuera en calidad de lavaplatos, en alguno de aquellos navíos nórdicos o británicos, en pos de aventuras plagadas de riesgos e incomodidades, pero también de insospechadas experiencias cuya narración podría hacer las delicias de sus amistades o lectores.

El plan de Kerrigan, hombre encantador pero dominado por una inconsciencia más digna sin duda de un adolescente que de un hombre de su edad, era desde el principio tan descabellado como atractivo, y fue a todas luces esta falta de rigor y la jovialidad que rodeó a todo el asunto lo que hizo que una mañana, mientras el escritor Victor Arledge desayunaba en su terraza y hacía trabajar a su imaginación en busca de alguna excusa tan veraz y extravagante a un mismo tiempo que le permitiera dejar de asistir al estreno de la adaptación teatral de su última obra sin que la expectación del público decayera a falta de su presencia, fue esto y no otra cosa, repito, lo que hizo que la prudencia y la serenidad que por lo general precedían a sus decisiones desaparecieran sin oposición ante los sugerentes argumentos de Kerrigan. Era aquella idea tan insólita, tan ingenua la excitación de Kerrigan, que al principio Arledge no pudo por menos de sonreír; pero a medida que la locuacidad de su amigo le iba proporcionando imágenes llenas de exotismo e inverosimilitud, y sobre todo cuando éste, morosamente, sacó de su cartera un papel con la lista de personas que ya habían aceptado su ofrecimiento y se la mostró no sin cierta ostentación, sus ya muy debilitadas defensas se vinieron abajo de manera definitiva y no tuvo el menor reparo en estampar su firma en una tarjeta de embarque que ya llevaba impresos su nombre, dirección y nacionalidad.

Pocos días después la noticia se hizo pública, y los futuros pasajeros del *Tallahassee* se vieron asediados por periodistas de toda Europa; los preparativos, fines y carácter del viaje fueron objeto de concienzudos análisis e informaciones hasta el punto de que los expedicionarios llegaron a saber, por medio de la prensa, algo que habían ignorado (y quizá habían tratado de ignorar) hasta entonces: cuáles eran sus intenciones. Los titulares de las primeras páginas, por lo general, rezaban así: «Proyecto literario más allá de toda ambición. Un numeroso grupo de ilustres escritores y artistas ingleses y franceses realizará un viaje a la Antártida con el fin de hacer, a su regreso, una obra literaria conjunta y un gran espectáculo musical basados en sus experiencias en el polo».

Pasaron diez semanas entre el día en que Victor Arledge recibió la visita de Kerrigan y el de la partida, y durante aquella temporada, por otra parte impregnada de un encanto poco común, aquél se vio obligado a alterar su pausado modo de vida y ello le produjo algunos trastornos. No es que se sintiera nervioso ante la perspectiva de un largo viaje de cuya suerte ya empezaba a dudar, pero la agitación y el desbarajuste que por todas partes le agobiaban; las reuniones, de todo punto innecesarias, que los expedicionarios franceses convocaban insistentemente en un obstinado afán por agotar el tema y prever las sorpresas y a las que se vio obligado a asistir, los insaciables reporteros que solicitaban entrevistas (justo es reconocerlo: también él las concedía); y, sobre todo, el gran malestar que le producían sus ardientes, obsesivos e impotentes deseos de borrar de la lista de pasajeros a Léonide Meffre, hicieron que, muy a su pesar, la desazón y el caos reinaran en su diminuto piso de la rue Buffault. Esperaba con ansiedad la fecha señalada para zarpar, no sólo por el viaje en sí, que por capricho de los pasajeros (que al fin y al cabo costeaban la expedición casi en su totalidad) incluía un breve crucero por el Mediterráneo, desde Marsella hasta Esmirna, con escalas en Italia y Grecia, para regresar, bordeando las costas del norte de África, hasta Gibraltar y entonces adentrarse en un océano escandalosamente vasto, sino también por la satisfacción —que le depararía el día de la marcha— de encontrarse con sus buenos amigos Esmond y Clara Handl, los dos comediógrafos más brillantes e ingeniosos que Inglaterra había dado hasta el momento. Conversadores deliciosos e infatigables, sus libretos de canciones eran conocidos por toda Europa y parte de América, y su presencia a bordo, tan dichosa para Arledge que ya la saboreaba de antemano, daba a la travesía un toque de amenidad y agudeza que la hacía aún más prometedora. Confiaba Arledge, además, en que una vez puestos los pies en el barco, podría instalarse confortablemente en un camarote, recobrar su natural y pacífico ritmo de vida y dedicarse a pasear por cubierta con sus mejores galas siempre y cuando el cielo y el vaivén del velero lo aconsejaran. Todo esto hizo que su paciencia, inquebrantable y duradera por lo general, empezara a agotarse. Durante la espera se vio forzado a mantener contacto con personas que no eran de su agrado, a contestar numerosas cartas de editores alemanes, polacos, españoles e italianos que al saber de su participación en la aventura le escribían con el fin de contratar los derechos de traducción sobre la novela que, como era de esperar, escribiría a su regreso; tuvo que hacer un enojoso recorrido en tren para despedirse de sus padres, y otro, en un pequeño buque de vapor, para hacer lo propio con su hermana; y durante cinco días no pudo salir de su casa, ocupado en ordenar y archivar sus papeles, esparcidos sin concierto por mesas, cajones, carpetas y secretaires.

Huelga decir que Arledge no tuvo nada que ver con los preparativos y la organización del viaje: para eso estaban los expertos y Arledge se limitó a escuchar, de vez en cuando, las quejas de Kerrigan, que se desahogaba con él cuando las dificultades que iban sucediéndose parecían insuperables. Gracias a él supo que el gobierno inglés, a través de una empresa privada, había aportado una considerable cantidad de dinero, y que casas de tejidos, pieles, jabones, calzados, patines, bujías, raquetas, alimentos, fósforos, bebidas alcohólicas y un sinfín de artículos más habían ofrecido sus productos completamente gratis, con lo cual los gastos de los expedicionarios se reducían sensiblemente. Supo también que Kerrigan había tenido grandes problemas para encontrar tres docenas de poneys de Manchuria, bestias que se le antojaron, en el momento, un tanto inadecuadas para sus propósitos; y durante aquellos días estaba tan harto de preámbulos y tan deseoso de emprender la marcha que se abstuvo de preguntar cuál era su finalidad. Recibió la desagradable visita de un sastre, petulante y ambicioso, encargado de confeccionar los fuertes ropajes que habrían de utilizar al llegar a las zonas frías, y la de un zapatero, cordial en exceso, que le calzó con gran destreza y sin previo aviso, sin que Arledge pudiera impedirlo, varios pares de botas casi informes por su extremada sencillez y su desmedido grosor, tras de lo cual, sin ningún motivo aparente que lo justificara, pues todas ellas, a pesar (o quizá por ello) de los defectos reseñados, eran igualmente cómodas y cálidas, apartó dos pares de color hueso y decidió adjudicárselos. Desfilaron por su casa, asimismo, un médico, que lo sometió a un severo reconocimiento; diversos funcionarios del gobierno que trataron de cobrarle impuestos especiales sin resultado alguno a pesar del admirable despliegue que de términos burocráticos y amenazas hicieron; un empleado de Franchard cuyo objetivo era lograr un seguro de vida de elevado presupuesto; su banquero; su notario, que, alarmado por su partida, insinuó la conveniencia de dejar hecho testamento antes de que se embarcara en tan arriesgada aventura, y un largo etcétera de personajes más, como Arledge los llamaba: viles estafadores y advenedizos protegidos por las leyes, a los que primero escuchó con indiferencia y más tarde despachó sin contemplaciones y con no muy buenos modales.

Pero no todo fue malestar: durante aquellos dos meses y medio Arledge gozó de la compañía de Kerrigan con más frecuencia de la acostumbrada. Poco sabía de él, pero su conversación, y más aún los relatos con que le obsequiaba, expuestos siempre de la manera más abstracta que pueda concebirse y sin localizar nunca ni en el tiempo ni en el espacio, representaban para Arledge un libro interminable de aventuras y peligros que hacía revivir con toda intensidad las emociones suscitadas por sus lecturas de infancia; y la imaginación de Arledge, a falta de datos concretos que le permitieran situar sus andanzas en algún punto determinado del globo, le presentaba la audaz figura de Kerrigan en los más variados escenarios o atuendos; tan pronto lo veía con una gorra blanca de capitán surcando los mares de China como vistiendo un uniforme gris en Vicksburg, burlando a los aduaneros de Liverpool o junto a los anarquistas de la Mano Negra, en medio de los desiertos árabes o vagando por los muelles de cualquier ciudad portuaria del mundo, cicerone en Florencia en compañía de bellas damas, como único superviviente de la voladura del *Maine* o con Gordon Bajá en el Sudán. De él sólo sabía cuatro cosas seguras: que era americano, que en su primera juventud había trabajado como piloto de un steamboat en el río Mississippi, que en una ocasión había sido protagonista de una apasionada historia de amor —aunque por desgracia desconocía los pormenores, trágicos sin duda—, y que había descubierto una isla en el Pacífico de cuya existencia sólo Kerrigan sabía y que guardaba algo muy querido para él, motivo de extraños viajes y largas ausencias. Aquello era todo lo que las disimuladas y corteses indagaciones de Arledge habían podido averiguar: su familia, su pasado, sus ocupaciones, y por encima de todo, el origen de su fortuna, necesariamente inmensa, que le permitía vivir con holgura sin tener que hacer nada en absoluto, todo ello era un misterio por desvelar. Su inglés, muy maleado seguramente por los constantes viajes, conservaba aún, sin embargo, un acento que delataba su elevada procedencia social, y su conversación, siempre ágil e ingeniosa, revelaba unos conocimientos difíciles de adquirir entre océanos, desiertos, batallas y conspiraciones. Aunque el blanco y el amarillo se confundían en su cabello y en su frondoso bigote, no debía de rebasar los cincuenta años, y su figura, todavía esbelta y erguida, hacía pensar en menos. Su manera de vestir, llamativa en exceso, denotaba cierta falta de buen gusto y sus incondicionales botas altas hacían demasiado ruido al andar, pero en lo que a ademanes y a costumbres se refiere, era un perfecto caballero sin tacha. Su popularidad en París, ciudad en la que residía desde 1899, era enorme, y su presencia, requerida en las grandes ocasiones, hacía las delicias de las insoportables damas entradas en años que, como Mme D'Almeida, alimentaban sin tregua su vanidad y ponían en peligro su vida, merced a sus indiscretos comentarios, con más frecuencia de la deseada.

Kerrigan, sin embargo, no se llevaba muy bien con la mayoría de los ilustres expedicionarios franceses; él gozaba de sus simpatías pero ellos no de la suya. Solía tratarlos con una reservada tolerancia que a veces rayaba en un soterrado desprecio que se manifestaba mediante un repentino laconismo que los demás tomaban por excentricidad, cuando más bien respondía —eso al menos intuía Arledge— a un estado de tremenda desilusión y de tristeza. En tales momentos nada podía hacerle recuperar su amplia sonrisa; buscaba un sillón y permanecía allí durante largo rato, casi acurrucado, meditativo; su mirada despedía insatisfacción por todo lo que había a su alrededor. Estos mutismos, que por lo general iban seguidos de una de sus súbitas partidas hacia tierras bañadas por el mar, eran escasos, pero en los meses que precedieron a su visita matinal a la rue Buffault se habían hecho más frecuentes, suceso tal vez motivado por un artículo sobre los americanos instalados en Europa que había aparecido poco antes, bajo pseudónimo, en una revista británica y en el que le eran dedicadas unas frases descorteses («...envejecido hombre de acción, intenta que la atención recaiga sobre su persona mediante la explotación de pequeñas incógnitas que rodean a su vida, cuando su imagen, tras cinco años de sosegada y confortable estancia en París, se ha convertido en la de un potentado conservador de la sociedad de medianoche, falto de ambiciones y enemigo del riesgo...»), y por ello, dejando de lado la natural excitación que su plan, una vez aceptado, despertó en Arledge, éste no pudo dejar de sentir una inmensa alegría al contemplarle de nuevo lleno de vitalidad y entusiasmo, derrochando energías, los ojos brillantes. Este desdén por el resto de los viajeros llevó a Kerrigan a confiar al escritor inglés afincado en Francia los problemas con que se iba topando a medida que el tiempo avanzaba y la fecha señalada se aproximaba; y aunque Arledge no podía ayudarle a resolverlos, le ofrecía la oportunidad de retroceder en el pasado y de regresar a los paisajes en que había transcurrido su juventud, con lo que sus momentáneos abatimientos encontraban un rápido fin.

LADY HESTER STANHOPE, LA REINA DEL DESIERTO

Lady Hester Stanhope pagó cara su vena satírica, aunque también podría decirse que a ella debió indirectamente su leyenda y su fama. El período más satisfactorio de su vida fue el de los años en que vivió y estuvo al frente de la casa de su tío William Pitt, primer ministro de Jorge III. Al parecer se convirtió en alguien imprescindible, por su discutible belleza, su conversación tan brillante como abrumadora y su capacidad para organizar y amenizar cenas políticas de muy altos vuelos. Sin embargo su inclinación por la sátira le creó tantos enemigos que a la muerte de Pitt, en 1806, se encontró con un gran vacío a su alrededor, si bien con la bolsa bastante llena: el Estado le concedió una generosa pensión vitalicia, es de suponer que para compensar en la sobrina los desvelos patrióticos del muy leal tío.

William Pitt no fue el único hombre, consanguíneo o no, que se vio subyugado por Lady Hester. Aunque gigantesca para la época (medía casi un metro ochenta), su vitalidad y su talento la hicieron irresistible en sus años jóvenes y menos jóvenes, hasta el punto de permitirle no contraer matrimonio. Ella negaba su propia hermosura, y afirmaba poseer más bien «una fealdad homogénea». No tuvo suerte con sus principales amores, pues el famoso general John Moore, de quien pasaron a depender sus noches y días tras la muerte del benefactor, pereció en La Coruña durante la Guerra Peninsular, para nosotros de la Independencia.

Fue en parte esto y en parte la insoportable pérdida de su influjo y sus politiqueos lo que la hizo abandonar Inglaterra a los treinta y tres años, una edad que para una mujer soltera de hace dos siglos no era otra que la de la resignación y el retiro. A partir de ese momento, sin embargo, se empezó a forjar la leyenda de una dama riquísima que viajaba incesantemente por Oriente Medio con un séquito extravagante y siempre creciente —una verdadera caravana en algunas etapas abundantes de su vida— sin meta ni propósito determinados. Grecia,

Turquía, Egipto, el Líbano y Siria fueron testigos de su paso o su estancia, vestida a la oriental y de hombre, rodeada de sirvientes, secretarios, damas de compañía, parásitos, generales franceses fascinados por su carácter, el doctor Meryon que escribió sus hazañas y unos u otros amantes, casi siempre más jóvenes y más apuestos que ella. Su prestigio entre los jeques y emires le permitió llegar hasta Palmira, lugar del todo inaccesible para los occidentales en aquel tiempo. Se estableció entre los drusos en el Monte Líbano, y allí ejerció por sus propios medios la influencia que en su país no logró heredar por la vía del parentesco.

Bien es verdad que en sus ingeniosas cartas —principal fuente de sus andanzas junto con los volúmenes biográficos de su devoto Meryon— Lady Stanhope no era nada modesta y quizá no fidedigna. En una de ellas proclamaba: «Soy el oráculo de los árabes y la favorita de todas las tropas, que al parecer me creen una deidad porque sé *montar*». Lo cierto es que montaba sin pausa, viajando sin fin y sin aparente objeto, y además a horcajadas, lo cual no estaba permitido a las mujeres en aquellas tierras. Pero Lady Hester tenía bula, y llegó con el tiempo a ser en parte lo que afirmaba: no hay nada como estar convencido de algo para persuadir a los demás de ello, y en sus últimos años fue considerada una pitonisa o adivina y se solicitaba en seguida su neutralidad ante cualquier conflicto, sabedores los contendientes de que una toma de partido suya podría arrastrar a demasiadas tribus indecisas.

Se hizo construir en Djoun una especie de laberíntica fortaleza, llena de pabellones y dependencias destinados a albergar a los ilustres fugitivos que antes o después le pedirían asilo huyendo de las numerosas revoluciones que, según creía, se sucedían en Europa. Y en efecto contó con muchos refugiados, pero no tan ilustres ni precisamente europeos: aquel lugar se convirtió en el techo protector de los desheredados y perseguidos de toda la zona.

Lady Hester Stanhope podía ser encantadora, pero era colérica y tiránica las más de las veces, incluso en su solicitud: se sabe que obligaba a sus invitados a tomar pócimas y sales extrañas durante sus visitas para protegerlos de enfermedades y fiebres, y a veces repartía las dosis de siete en siete. Fumaba en pipa continuamente, y en los últimos meses de su vida, cuando apenas salía de sus aposentos, se dice que éstos despedían una permanente humareda y que no había mueble u objeto en ellos que no estuviera marcado a fuego por las chispas y las pavesas. Toleraba mal a las demás mujeres, se jactaba de conocer el carácter de un hombre tras una sola mirada, y su charla infatigable versaba sobre cualquier sujeto: astrología, el zodiaco, filosofía, política, moral, religión o literatura. Era temida por sus imitaciones burlescas, y una de las más celebradas era la del penoso ceceo de Lord Byron, con quien se había cruzado en Atenas.

En los últimos días de su existencia vio, ya debilitada en su lecho de muerte, cómo sus sirvientes iban robando cuanto podían y esperaban a su expiración para llevarse el resto. Era en 1839 y tenía sesenta y tres años. Cuando su cadáver fue encontrado por dos occidentales que iban a visitarla, descubrieron que ese cadáver estaba solo en la fortaleza: sus treinta y siete sirvientes habían desaparecido y allí no quedaba nada, ni siquiera en su alcoba: sólo los adornos que llevaba puestos, ya que nadie se había atrevido a tocarla. Así pues, quizá no mintiera cuando dijo en otra carta: «No bromeo: bajo el arco triunfal de Palmira, yo he sido coronada Reina del Desierto».

OSTRAS Y CHAMPAGNE

La imagen verdadera de Isak Dinesen fue durante mucho tiempo la de una anciana espectral, elegante y teñida de enigma, hasta que el cine la suplantó, con excesivo romanticismo y algo de ñoñería, por la de una sufrida y colonial aristócrata. No es que la Baronesa Blixen no fuera romántica y aristocratizante, pero es más justo decir que jugaba a serlo, al menos desde que fue Isak Dinesen, esto es, desde que empezó a publicar, con ese y otros nombres, y regresó a Dinamarca tras sus largos y fracasados años en África. «En verdad llevamos máscaras según vamos envejeciendo, las máscaras de nuestra edad, y los jóvenes creen que somos como parecemos, lo cual no es el caso.»

Cuando en 1959 visitó por primera vez América, el país en el que sus libros habían tenido más éxito y consideración, su figura llegó precedida de rumores y misterios inacabables: ella es en realidad un hombre, él es en realidad una mujer, Isak Dinesen son dos, hermano y hermana, Isak Dinesen vivió en Boston en 1870, ella es en realidad parisina, él vive en Elsinore, ella pasa la mayor parte del tiempo en Londres, ella es una monja, él es muy hospitalario y recibe a jóvenes escritores, es difícil verla y vive como una reclusa, ella escribe en francés; no, en inglés; no, en danés; no, en... Cuando por fin se la vio, en las numerosas fiestas a que fue invitada y en las sesiones públicas y multitudinarias en las que relataba sus cuentos de viva voz sin ayudarse ni de un guión, se supo que era una anciana frágil y extravagante, llena de arrugas y con brazos como cerillas, vestida de negro, con turbantes en la cabeza, diamantes en las orejas y grandes cantidades de *khôl* alrededor de los ojos. Sin embargo, la leyenda continuó, aunque por cauces más concretos: según los americanos, sólo se alimentaba de ostras y champagne, lo cual no era exacto, pues también admitía de vez en cuando gambas, espárragos, uvas y té. Cuando Isak Dinesen expresó su deseo de conocer a Marilyn Monroe, la novelista Carson McCullers pudo arreglar un encuentro, y, en un famoso almuerzo, las tres mujeres mencionadas compartieron la mesa con Arthur Miller, el marido por antonomasia, quien, sorprendido por las costumbres de la Baronesa, le preguntó qué médico le había impuesto semejante régimen de ostras y champagne. Cuentan que la mirada de desprecio de Isak Dinesen no se había visto nunca en aquel país: «¿Médico?», dijo. «Los médicos están horrorizados, pero a mí me encanta el champagne y me encantan las ostras y me sientan bien.» Miller aún se atrevió a decir algo sobre las proteínas, y al parecer la nueva mirada de desprecio es seguro que no volverá a verse en suelo americano: «No sé nada de eso», fue la respuesta, «pero soy vieja y como lo que quiero». Con Marilyn Monroe la Baronesa se llevó mucho mejor.

Pese a lo mucho que escribió Vernon Lee, parece que su mayor talento lo ponía en la conversación, ese don efímero del que se apropian los supervivientes para relatar y hacer suyas las anécdotas y las ocurrencias de quien, una vez muerto, ya no puede acusar de plagio.

Su verdadero nombre era Violet Paget, y aunque de nacionalidad y expresión inglesa, no visitó Londres hasta los veinticinco años. Había nacido en Francia y se había pasado la niñez y la adolescencia viajando por lo que sus compatriotas llaman «el Continente». Pero más que viajar, los Paget practicaban el nomadismo, cambiando de residencia cada seis meses y estableciéndose en diferentes puntos de Alemania, Francia, Suiza, Bélgica o Italia. Los cuatro miembros de la familia, de hecho, tenían a gala no contemplar ninguna vista, ni consultar ninguna guía, ni visitar ningún monumento o museo durante sus trayectos, y llevar exactamente la misma vida en cada localidad elegida (enemigos declarados del turismo), hasta que en 1873 acabó el traqueteo y se detuvieron en una *villa* llamada Il Palmerino, cerca de Florencia, donde Vernon Lee pasó casi toda su vida adulta.

No cabe duda de que su familia tenía poco de convencional, ya que su madre (casada con su padre en segundas nupcias) era una diminuta mujer de un metro cincuenta, tan despótica como vivaracha, antirreligiosa y megalómana (solía burlarse de las genealogías de la Biblia y en cambio se reclamaba descendiente de los reyes de Francia); las relaciones con su marido no parecían demasiado estimulantes, ya que los visitantes de la *villa* lo tomaban a menudo por el jardinero, y su sola obligación para con su esposa (algo sin embargo infalible) consistía en acompañarla con una linterna durante el paseo nocturno, tras la cena que cada uno había tenido por separado. En cuanto al medio hermano de Vernon o Violet, Eugene Lee-Hamilton, once años mayor que ella, cayó enfermo de los nervios para evitar un traslado diplomático a Buenos Aires y a continuación se pasó dos decenios postrado en un sofá o en un colchón, metido en casa, incapaz de mover las extremidades y escribiendo de vez en cuando algunos versos.

Aunque a ella no se le permitió salir sin la compañía de una doncella hasta los veintitrés años, fue precoz en el aspecto literario: a los trece publicó su primera pieza en un periódico («La biografía de una moneda», en francés), y a los veinticuatro su primer libro, *Estudios del siglo* XVIII *en Italia,* que deslumbró por lo desusado del tema entonces y la gigantesca erudición que encerraba. Fue poco después, en 1881, cuando se presentó en Londres e intentó ir consolidando su carrera por medio tanto de nuevas obras como de relaciones personales, con las cuales, no obstante, tuvo mala fortuna. No es de extrañar si se comprueba la dureza de sus juicios y la pésima impresión que le hacían las más ilustres personalidades: William Morris le pareció «un mozo de estación o un barquero»; a su maestro Walter Pater lo encontró, pese a la admiración, «feo, pesado e insípido»; al pintor Whistler lo describió como «una especie de cosita negra y mezquina, criticona y viperina», de D'Annunzio dijo que parecía «un inferior conde ruso; más bien sospecho que sea... bueno, napolitano»; y a Berenson lo llamó «un asno egocéntrico y malhumorado». A Oscar Wilde lo juzgó «amable», pero él la evitaba, y en cuanto a Henry James, a quien veneraba y dedicó una novela, no tuvo suerte con él: James la alabó y se interesó por sus obras («Tiene una cerebración prodigiosa», dijo), pero se volvió esquivo tras la publicación de un cuento de Lee en el que él aparecía retratado sin disimulo (el mayor pecado no era que lo hubiera utilizado, sino que lo hubiera hecho sin el suficiente filtro literario). Y aunque James no se dignó leerlo, las referencias le fueron bastante para prevenir por carta a su hermano William, el filósofo: «Es tan peligrosa y extraña como inteligente, lo cual equivale a decir muchísimo. Su vigor y la envergadura de su intelecto son de lo más infrecuente y su conversación absolutamente superior. Pero sé moderado en materia de amistad. ¡Es una gata montés!»

La mayoría de las amistades de Vernon Lee fueron femeninas y más bien obsesivas por su parte, aunque basadas tan sólo, según parece, en la comunión de intelectos, lo cual significa que el suyo abrumaba al de esas amigas. Cuando supo que una de ellas se casaba con un hombre al que sólo había visto tres veces, sufrió un ataque de neurastenia que fue sólo el primero de una insistente serie que le duró hasta la muerte. Otra amiga dijo que al verla por vez primera se sintió como la Virgen ante el

Ángel de la Anunciación. Y en efecto Vernon Lee debió de ser una mujer asexuada: desde luego no se casó ni se le conoció amor confesado, y respecto a estos asuntos fue clara: «Amar a las personas hasta el punto de estar dispuesta a hacer cualquier cosa por ellas me resulta intolerable. No puedo amar a costa de que me arranquen la piel a tiras. Puedo prescindir de las personas. Me parece más cómodo prescindir de ellas».

Llevaba trajes sastre, a veces corbata, a veces un sombrero flexible de fieltro, gafas que suavizaban sus encendidos ojos verdigrises —«de tigresa», según otra amiga—. Su labio inferior y su dentadura eran protuberantes, su nariz desagradecida: se dijo que poseía «una fealdad barroca».

Es muy probable que Vladimir Nabokov no tuviera más manías y antipatías que cualquier otro colega escritor suyo, pero sin duda lo parece porque se atrevía a reconocerlas, proclamarlas y fomentarlas continuamente. Eso le valió una cierta fama misantrópica, como no podía por menos de sucederle en un país tan convencido de su rectitud y tolerancia como el que lo adoptó durante los años cruciales de su vida literaria: en Estados Unidos, sobre todo en Nueva Inglaterra, no está muy bien visto que los extranjeros tengan opiniones contundentes, menos aún que las expresen con desenvoltura. «Ese viejo desagradable» es un comentario que se repite entre quienes trataron a Nabokov superficialmente.

En esa región del país pasó Nabokov bastantes años, siempre como profesor de literatura. Primero enseñó en Wellesley College, una de las escasas universidades exclusivamente femeninas que en el mundo quedan, una reliquia apreciable. Se trata de un lugar idílico, dominado por el hermoso Lago Waban y el otoño perenne de sus inmensos árboles cambiantes poblados de ardillas. Aunque hay algunos profesores varones, por el campus no se ven más que mujeres, la mayoría muy jóvenes (*alumnae* son llamadas) y de familias conservadoras y adineradas. Allí existe la vana ilusión de que Nabokov debió de inspirarse *algo* en aquellas multitudes cuasiadolescentes para su más famosa creación, *Lolita,* pero según él mismo explicó en numerosas ocasiones, el germen de esa obra maestra se encontraba ya en un relato de su época europea, *El hechicero,* todavía escrito en ruso. Sus más largos años de docencia los dedicó a Cornell University, que es mixta pero no más sabia, y al parecer Nabokov nunca tuvo una vocación muy fuerte, es decir, se tomaba demasiadas molestias y sufrimientos para dar sus clases, que siempre redactaba y leía luego pausadamente con el texto sobre un atril y como para sus adentros. Una de sus muchas manías era la llamada Literatura de Ideas, así como la Alegoría, por lo que sus lecciones sobre el *Ulises* de Joyce, *La metamorfosis* de Kafka, *Anna Karenina* o *Jekyll & Hyde* versaban principal y respectivamente sobre el plano exacto de la ciudad de Dublín, el exacto tipo de insecto en que se transformó Gregor Samsa, la exacta disposición de los vagones del tren nocturno Moscú-San Petersburgo hacia 1870 y la visualización exacta de la fachada y el interior de la mansión del Doctor Jekyll. Según aquel profesor, la única manera de hallar placer en la lectura de esas novelas pasaba por tener una idea muy precisa de tales cosas.

Con su fama de misántropo, es curioso que las palabras *placer, dicha* o *éxtasis* aparecieran tan frecuentemente en su boca. Confesaba que escribía por dos razones: por placer, dicha o éxtasis y para quitarse de encima el libro que estuviera haciendo. Una vez empezado, decía, el único modo de deshacerse de él es terminarlo. En una ocasión, sin embargo, estuvo tentado de recurrir a un método más rápido e irreversible. Un día de 1950 su mujer, Vera, logró detenerlo cuando iba camino del jardín de la casa para quemar los primeros capítulos de *Lolita,* agobiado por las dudas y las dificultades técnicas. En otra oportunidad achacó a su propia conciencia asustada la salvación del manuscrito, convencido, dijo, de que el fantasma del libro destruido lo acosaría durante el resto de su vida. No cabe duda de que Nabokov tuvo gran debilidad por ese título suyo, ya que, tras tanto denuedo como le costó, todavía encontró fuerzas para traducirlo personalmente al ruso, a sabiendas de que no podría leerse en su país de origen durante más años de los que él viviría.

Hay que pensar, además, que quien no pudo renunciar a esa novela era un hombre acostumbrado a la renuncia: según Nabokov, todos los artistas vivían en una especie de constante exilio, subrepticio o manifiesto, pero esas palabras resultan irónicas en su caso. Nunca se recuperó (por así decirlo) de la pérdida no tanto de su tierra natal cuanto del escenario de su niñez, y aunque estaba seguro de que jamás regresaría a Rusia, de vez en cuando acariciaba la idea de hacerse con un pasaporte falso y visitar como turista americano la antigua propiedad rural de su familia en Rozhestveno, convertida en escuela por los soviéticos, o su casa de la actual calle Herzen de lo que fue y vuelve a ser San Petersburgo. Pero en el fondo, como todo exiliado «manifiesto», sabía que el regreso no le daría nada y en cambio le dañaría, alterándolos, sus inmóviles recuerdos. Seguramente por causa de esa pérdida, Nabokov nunca tuvo una casa verdaderamente propia, ni en París, ni en Berlín (ciudades en las que pasó sus primeros veinte años fuera de Rusia), ni tampoco en América, ni al final en Suiza. En este último país vivía en el Hotel Palace de Montreux, asomado al Lago de Ginebra, en una serie de habitaciones intercomunicadas y, según varios visitantes, de aspecto tan provisional como si estuviera recién llegado. Uno de esos visitantes, el también escritor y lepidopterólogo Frederic Prokosch, mantuvo con él una larga conversación sobre mariposas, la gran pasión de ambos, y a pesar de que durante la charla aparecieron más de una vez las mencionadas palabras *placer, dicha* o *éxtasis,* la voz del huésped Nabokov le sonó «muy cansada, melancólica, desencantada». En la penumbra de un salón lo vio sonreír varias veces, «quizá divertido o tal vez con dolor».

Todas estas percepciones hubieron de ser muy sutiles, ya que Nabokov nunca se lamentaba abiertamente de su condición. Es más, durante sus años americanos y después (conservaba la nacionalidad), no dejó de proclamar lo feliz que se hallaba en Estados Unidos y lo bien que le parecía todo en su nuevo país. La insistencia resultaba sospechosa: en una ocasión llegó a declarar que era «tan americano como abril en Arizona», y en sus aposentos del Hotel Palace se podía ver, extravagantemente, una bandera con barras y estrellas encima de una repisa. Pero también era consciente de que los exiliados «acaban por despreciar la tierra que los ha acogido», y recordaba cómo Lenin y Nietzsche odiaron la Suiza que ahora lo acogía a él, con una invencible nostalgia por el lugar de su infancia.

Sin embargo, y según contó en su extraordinaria autobiografía *Habla, memoria,* en el momento de dejar Rusia, a los veinte años, el mayor aguijón fue la conciencia de que todavía durante algunas semanas, o acaso meses, seguirían llegando cartas de su novia Tamara a su abandonada dirección en el sur de Crimea, donde se había establecido durante un breve período antes de su partida y tras huir de San Petersburgo. Cartas nunca leídas ni respondidas, y eso así por los siglos de los siglos: sobres cerrados eternamente en el momento de pasar por ellos los labios queridos que los remitían.

Antes de París y Berlín, repletas de emigrados rusos durante los años veinte y treinta, Nabokov y su hermano Serguei pasaron tres cursos en Cambridge, en cuya universidad se graduaron. El recuerdo que Nabokov guardó de allí no es muy halagüeño, predominando en él el contraste entre la abundancia rusa dejada atrás y la miseria deliberada de las cosas inglesas. Sus recuerdos más afectuosos se referían al fútbol, deporte al que siempre fue aficionado y que practicó, con notable éxito tanto en su país natal como en Cambridge, en el puesto de portero. Al parecer, salvó goles cantados, y en todo caso prestó encarnación perfecta a la figura misteriosa y ajena de los guardametas más legendarios. Según sus propias palabras, era visto como «un fabuloso ser exótico disfrazado de futbolista inglés, que componía versos en una lengua que nadie entendía sobre un país remoto que no conocía nadie».

EN TREN

Lo que soñé esta mañana, cuando ya era de día, es algo que sucedió realmente y que me sucedió a mí cuando era un poco más joven, o menos mayor que ahora, aunque aún no ha terminado.

Hace cuatro años viajé, por causa de mi trabajo y justo antes de superar milagrosamente mi miedo al avión (soy cantante), numerosísimas veces en tren en un periodo de tiempo bastante corto, en total unas seis semanas. Estos desplazamientos breves y continuados me llevaron por la parte occidental de nuestro continente, y fue en el penúltimo de la serie (de Edimburgo a Londres, de Londres a París y de París a Madrid en un día y una noche) cuando vi por primera vez los tres rostros soñados esta mañana, que son asimismo los que han ocupado parte de mi imaginación, mucho de mi recuerdo y mi vida entera (respectivamente) desde entonces hasta hoy, o durante cuatro años.

La verdad es que tardé en mirarlos, como si algo me advirtiera o yo, sin saberlo, quisiera retrasar el riesgo y la dicha que iba a suponer hacerlo (pero me temo que esta idea pertenece más a mi sueño que a la realidad de entonces). Había estado leyendo un volumen de fatuas memorias de un escritor austriaco, pero en un momento dado, y como me irritaba mucho (de hecho esta madrugada me sacó de quicio), lo cerré y, en contra de mi costumbre cuando viajo en ferrocarril y no voy conversando, leyendo, repasando mi repertorio ni rememorando fracasos o éxitos, no miré 'directamente' el paisaje, sino a mis compañeros de compartimento. La mujer dormía, los hombres estaban despiertos.

El primer hombre sí miraba el paisaje, sentado justo enfrente de mí, con la voluminosa cabeza de cabellos canosos y escarolados vuelta hacia su derecha y una mano llamativamente pequeña —tanto que no parecía poder pertenecer a ningún cuerpo en verdad humano— acariciándose la mejilla con lentitud. Sólo podía ver sus facciones de perfil, pero dentro de la esencial ambigüedad de su edad —uno de esos físicos algo feéricos que dan la impresión de estar aguantando más de lo debido las presiones del tiempo, como si la amenaza de una muerte pronta y la esperanza de quedar fijados ya para siempre en una imagen incólume les compensase el esfuerzo—, se aparecía como más que maduro en virtud de aquella abundante vegetación escarchada que lo coronaba y de dos fisuras —incisiones leñosas en una piel pulida— que, a ambos lados de una boca desdibujada y en principio inexpresiva, hacían pensar, sin embargo, en una personalidad propensa a sonreír a lo largo de lustros tanto cuando fuera oportuno como cuando no lo fuera. En aquel momento de sus años indefinibles se lo adivinaba apacible y se lo veía menudo y adinerado, con unos pantalones elegantes pero un poco rozados y levemente cortos —las canillas casi al descubierto— y una chaqueta flamante cuyo tejido mezclaba demasiados colores. Un hombre al que la riqueza le llegó con retraso, pensé; quizá un hombre de la mediana empresa, independiente pero esforzado. Al faltarme su mirada, que dedicaba al exterior, no habría sabido decir si se trataba de un individuo vivaracho o sombrío (aunque iba muy perfumado, delatando una coquetería marchita pero todavía invicta). En todo caso, miraba con extraordinaria atención, se diría con locuacidad, como si estuviera asistiendo a la instantánea realización de un dibujo o lo que se ofreciese a sus ojos fuese agua o bien fuego, de los que tanto cuesta a veces apartar la vista. Pero el paisaje no es nunca dramático, como lo es la realización de un dibujo o el agua movediza o el fuego titubeante, y esa es la razón por la que observarlo descansa a los fatigados y aburre a los que no se cansan. Yo, pese a mi aspecto fornido y a una salud de la que no me puedo quejar teniendo en cuenta que mi profesión la exige de verdadero hierro, me canso muchísimo, motivo por el cual opté por mirar el paisaje a mi vez, 'indirectamente' y a través de los ojos invisibles del hombre de las manos pequeñas, los pantalones elegantes y la chaqueta sobrada. Pero como ya estaba anocheciendo apenas vi nada —sólo bajorrelieves—, y pensé que tal vez el hombre se estaba mirando a sí mismo en el cristal. Al menos yo, al cabo de unos minutos, cuando por fin se produjo el suave vencimiento de la luz tras el mínimo fulgor vacilante de un atardecer todavía septentrional, lo vi duplicado, desdoblado, repetido, casi con idéntica nitidez en el cristal de la ventanilla que en la realidad. Indudablemente, decidí, el hombre se escrutaba los rasgos, se miraba a sí mismo.

El segundo hombre, sentado en diagonal conmigo, mantenía inmutable la vista al frente. Era una de esas cabezas cuya sola contemplación trae desasosiego al alma de quien aún tiene ante sí un camino sin despejar, o, por decirlo de otra manera, de quien aún depende de su propio esfuerzo. La calva que hubo de ser prematura no había logrado hacer flaquear su satisfacción ni el convencimiento de su sed de dominio, y tampoco había atemperado —ni siquiera nublado— la expresión hiriente de unos ojos acostumbrados a pasar rápidamente por las cosas del mundo —acostumbrados a ser mimados por las cosas del mundo— y que tenían el color del cognac. Su propia inseguridad se había permitido pagar solamente el tributo de un esmerado bigote negro que disimulara sus facciones plebeyas y rebajara un poco la incipiente gordura —que a ojos por él sometidos aún podría haber pasado por reciedumbre— de su cabeza y su cuello y su tórax tendente a la convexidad. Aquel hombre era un potentado, un ambicioso, un político, un explotador, y su indumentaria, sobre todo la chaqueta abrillantada y la corbata con pasador, parecía provenir de más allá del océano, o más bien de una pulida concesión europea al estilo que se juzga elegante en el ultramar. Sería diez años mayor que yo, pero una vena convulsa inmediatamente reconocible en el esbozo de sonrisa que de vez en cuando ensayaban en silencio sus abultados labios —como quien cambia de postura o cruza y descruza las piernas, no más— me hizo pensar que aquel sujeto tan prepotente albergaría en su personalidad un elemento infantil que, en conjunción con su rotundo físico, haría oscilar la reacción de quienes lo captaran entre la irrisión y el terror, con unas gotas de irracional compasión. Quizá fuera eso lo único que le faltara en la vida: que sus deseos fueran entendidos y cumplidos sin necesidad de hacerlos saber. Aun en la seguridad de lograrlos, quizá se viera en la obligación de recurrir una y otra vez a artimañas, amenazas, imprecaciones, desmayos. Pero tal vez sólo para divertirse, tal vez para poner periódicamente a prueba sus dotes de histrión y no perder flexibilidad. Tal vez para sojuzgar mejor, pues bien sé que no hay sometimiento más eficaz ni más duradero que el que se edifica sobre lo que es fingido, o aún es más, sobre lo que nunca ha existido. Este hombre al que en mi sueño he juzgado desde un principio tan pusilánime como tiránico no me miró —como tampoco el otro— ni una sola vez, al menos mientras yo pudiera advertirlo, es decir, mientras yo le miraba a él. Este hombre del que ahora sé demasiado miraba, como digo, impasible ante sí, como si en el asiento vacío que seguramente no veía estuviera escrita la relación detallada de un futuro por él conocido que se limitara a verificar.

Así como este sujeto explotador dejaba ver entero su semblante y el individuo algo feérico nada más que el perfil, la mujer que iba sentada entre los dos, con la que los hombres tal vez viajaban o tal vez no, carecía de todo rostro por el momento. Tenía la cabeza erguida, pero le cubría la cara el pelo castaño y liso echado hacia adelante deliberadamente, quizá para preservar de la luz el ligero sueño ferroviario, quizá también para no ofrecer de balde la imagen de intimidad y abandono que ella misma desconocería, su imagen durmiente y sin vida. Tenía las piernas cruzadas, y las botas invernales de tacón escasísimo sólo permitían ver la parte superior de la pantorrilla, que, prolongada en una rodilla sobre la que el tenue lustre de las medias se intensificaba, terminaba en las lindes de una falda negra que me pareció de ante. Toda la figura, privado el rostro, producía una sensación de impecabilidad, de fijeza, de acabamiento y conformidad, como si en ella ya no cupieran cambios ni enmienda ni negación —como los días ya terminados, como las leyendas, como la liturgia de las religiones firmes, como los cuadros de siglos pasados que nadie se atrevería a tocar—. Las manos, apoyadas en el regazo, descansaban a su vez la una sobre la otra, la derecha con la palma abierta, la izquierda —perpendicularmente caída— con el puño semicerrado. Pero el pulgar de esa mano —largos dedos, dedos algo nudosos, como de quien va teniendo antes de tiempo la tentación de decir adiós a la juventud— se movía intermitentemente con levedad, como son a veces los movimientos involuntarios y de carácter espasmódico de los que duermen a su pesar. Llevaba un anacrónico collar de perlas; llevaba una estola roja alrededor del cuello; llevaba un doble anillo de plata en el dedo corazón. La melena, que a buen seguro había dispuesto de aquella manera con un solo gesto de la cabeza muchas veces practicado, no permitía ni siquiera imaginar el conjunto de sus facciones a partir de un solo rasgo visible, tan densamente caía como un velo opaco. Por eso observé detenidamente las manos. Aparte del movimiento del dedo pulgar, hubo otra cosa que me llamó la atención: no tanto las uñas —firmes, blanquecinas, cuidadas— cuanto la piel que las rodeaba parecía atrozmente mordida o quemada, hasta el punto de que la de los índices —pues era sobre todo la de los índices— se podía decir que no existía y dudar de que hubiera existido jamás. Los bordes de aquellas uñas habían padecido una alteración epidérmica grave que les había dejado como señal un color encarnado y feo, propio de una inflamación, o estaban en carne viva. Pensé que, de ser lo segundo (pues no alcanzaba a distinguirlo bien), aquella era una labor no tanto de los incisivos no vistos de la mujer que dormía y de la niña que había sido cuanto del tiempo mismo, pues la atrofia —y era de eso de lo que parecía tratarse— necesita no menos de la falta de uso y actividad, no menos de la voluntad de supresión sistemática que de la más temporal de las cosas que existen y la que asimismo mejor distrae a las cosas todas de su temporalidad: la costumbre (o su hija siempre tardía la ley, que a la vez es la que anuncia que el tiempo de la costumbre ya va pasando y el fin de la distracción). Estaba empezando a divagar un poco acerca de estas cuestiones sobre las que nada entiendo ni nada sé en realidad cuando una fuerte sacudida lateral del tren hizo que de pronto aquel pelo castaño y luminoso y liso dejara momentáneamente al descubierto el rostro que custodiaba. Ese rostro no despertó, y fueron pocos los segundos antes de que todo volviera a su posición, pero en los labios grandes y apretados y tensos, en los párpados apretados y tensos y recorridos de minúsculas venas enrojecidas (en los ojos cerrados no vistos), vi que la mujer que dormía estaba aquejada, ¿cómo decirlo?, quizá vi que estaba aquejada de disoluciones melancólicas.

EL HOMBRE QUE PARECÍA NO QUERER NADA

Lo más fascinante de George Sanders era que siempre daba la impresión de haber podido estar en otra parte y no en las múltiples películas que interpretó, o ni siquiera en la industria del cine. No es tanto que transmitiera desdén por el arte que lo hizo famoso y le dio dinero y también un Oscar cuanto que parecía haber caído en ese mundo sin desearlo y sin por tanto tomárselo en serio, como un noble destinado a llevar vida de noble que se hubiera visto obligado a trabajar como un burgués en algo cómodo y no muy digno que no estaba a su altura ni le costaba demasiado esfuerzo. Y posiblemente algo había de eso, por los pocos datos que sé de su vida. Como si fuera un segundo Nabokov, había nacido en la misma ciudad que éste, San Petersburgo, siete años después, en 1906, hijo del dueño de una fábrica y de una horticultora, creo que británicos ambos, y hubo de abandonar Rusia con la llegada de la Revolución, asimismo como Nabokov. También sé que se dedicó inicialmente al negocio textil y al cultivo del tabaco, y que sólo en los años treinta, con la depresión económica, empezó a actuar en papeles pequeños de teatro y cine, hasta que fue contratado por Hollywood en 1936 para la película *Lloyds of London.* Quizá fuera literalmente así, un hombre de negocios exiliado y con el sentimiento de estar inmerso en un mundo pueril de villanos y héroes y fingimiento en el que su verdadera vida trazada se iba alejando, o difuminando, o perdiendo. Nunca pensé que el Humbert Humbert de *Lolita* que encarnó James Mason fuera superable, hasta que se me ocurrió la posibilidad de que lo hubiera hecho George Sanders.

En sus interpretaciones hay una especie de extraña superioridad, lo cual puede ser nefasto para un actor pero para él no lo era, tal vez por la clase de papeles altaneros y burlones en que se especializó muy pronto, tal vez porque junto a esa superioridad hay una elegante aceptación de la inferioridad en que se hallaba envuelto. Esto es, George Sanders inquieta y desazona tanto en sus apariciones porque es un individuo que jamás se engaña. Ni él ni sus personajes, que desde luego nunca fueron ingenuos ni autocomplacientes, pero todavía menos autoindulgentes. George Sanders sabe siempre lo que está bien y lo que está mal, es alguien que conoce la rectitud y no sólo eso: la reconoce cuando la ve. Y sin embargo, con plena conciencia, se aparta de ella, la zahiere y le hace burla, la combate y la pervierte, la lastima si puede. Rara vez físicamente: no se trata de un villano clásico y de una pieza como pudieron llegar a serlo grandísimos actores secundarios como Jack Palance, Lee Marvin o el inimitable John Carradine. Es alguien que podría haber sido otra cosa, alguien como cualquiera de nosotros y que parece haber elegido el mal, o quizá es el mal quien a él lo ha elegido. No lo lleva en la sangre como los antes mencionados u otros menos eminentes como Jack Elam o Neville Brand, no estaba abocado a ese mal ni por su aspecto ni por sus modales ni por su carácter, que no es iracundo ni acomplejado ni despótico ni resentido, sino irónico y paciente y a menudo sarcástico. No suele pegar a nadie ni emplear la violencia —a lo sumo una bofetada—, sus únicas armas son las palabras y la actitud, el cinismo más que la hipocresía, a menudo un sombrero y unos guantes. Cuando hace de personaje cruel, sabe que lo está siendo, ha optado por ello; cuando de cobarde, está enterado de que en el mundo existe la conducta contraria, y asiste tranquilamente a su propia cobardía, la consiente; cuando de intrigante, conoce a la perfección las reglas sucias del juego y no se permite vacilaciones ni arrepentimientos. Lo que conmueve en él y desasosiega es que asume su maldad como tal y nunca la excusa ni la disfraza. No se regodea en ella, sino que más bien la incorpora a su persona como algo que pudo evitarse pero no se evitó, con conformidad por tanto: hay que cargar con las consecuencias y llevar hasta el fin esa opción que quizá fue dura de asimilar un día ya muy lejano que sin duda Sanders recuerda perfectamente, pero en el que no se permitirá pensar mucho, menos aún compadecerse ni lamentarse por él, aquel día en que se torció su vida.

Sanders escribió una notable novela policiaca que leí hace mucho, *Crimen en mis manos,* y una autobiografía titulada *Memorias de un sinvergüenza profesional,* que no conozco. En la novela hay una divertida parodia de las películas de los detectives El Santo y El Halcón que interpretó en serie en los años cuarenta y de los que acabó tan harto que logró deshacerse del segundo papel recomendando que lo sustituyera su hermano mayor, el actor Tom Conway, conocido sobre todo por sus apariciones con bigotito enfermizo y maléfico en *Cat People* y en *I walked with a Zombie,* de Jacques Tourneur, y con mucha menos suerte en su carrera pese a compartir con Sanders una voz heladora, esa voz suave y vibrante que parecía ir de fuera a adentro, como si a cada palabra soltada con frialdad o displicencia o indiferencia le correspondiera un tremendo esfuerzo por acallar en su interior tonalidades más cálidas y afectuosas, sepultadas y olvidadas para siempre cuando fue elegido el camino oscuro. Se oye a Sanders cuando se oye decir a Conway: «Todo lo bueno muere aquí. Hasta las estrellas». Y se lo oye también un poco en el Capitán Garfio, a quien prestó la voz el aún más exiliado hermano.

George Sanders resulta enormemente atractivo para algunas mujeres que conozco, aunque su físico no era el de un galán en absoluto. Demasiado grande y levemente cabezón, con un aire nada juvenil ni cuando era joven, el pelo débil y con entradas, había en su aspecto algo blando y suavón que sin embargo desmentía su comportamiento tan cínico y descarado. Rex Harrison lo llamó «serpiente perfumada» en *The Ghost an Mrs Muir,* donde borda su papel de granuja sin escrúpulos, como en *Rebecca* o en *All about Eve, Eva al desnudo.* En esta última película trata fatal a Bette Davis, abofeteó a Anne Baxter y se dirigió a Marilyn Monroe con tanta condescendencia como jamás lo hizo nadie, ni siquiera el más conmovido Louis Calhern (otro maravilloso secundario) en *The Asphalt Jungle.* También es memorable haciendo de convincente nazi con monóculo en *Man Hunt* de Fritz Lang, con quien trabajó asimismo en *While the City Sleeps* y *Moonfleet.* La boca era fina y a la vez carnosa, como si cambiara de forma y tamaño según las intensidades a que sometía a los otros; la nariz algo voluminosa y nada recta, la carne de la cara un poco fláccida, cuando se fue haciendo mayor levemente perruna, la frente siempre bien amplia y las cejas móviles aunque sobrias. Pero los ojos resultaban temibles con su gelidez guasona y su impasibilidad hiriente. Si él no se engañaba a sí mismo, más difícil aún era que lo engañaran los otros. Sanders es alguien que no sólo ve y conoce sus propias flaquezas, sino las de los demás, y al primer golpe de vista, lo cual resulta insoportable. Frente a él cualquier otro personaje —cualquier otro actor o actriz— es vulnerable y está desnudo y por lo tanto no será respetado. Sanders conoce la codicia de quien la tiene y la cobardía de quien la sufre, la envidia y el rencor y el odio; sabe a quién puede convencer o comprar y a quién no, y con éste ni siquiera se molestará en intentarlo. Sanders es el villano que sabe, quizá es el hombre que más ha sabido de cuanto lo rodeaba, en una pantalla.

En *Viaggio in Italia* tuvo uno de sus escasos papeles protagonistas, junto a Ingrid Bergman y dirigido por Rossellini. La verdad es que como marido de ficción respiraba todo menos fiabilidad, y sin embargo es presumible que en la realidad tuviera debilidad por su segunda mujer, la frívola actriz húngara Zsa Zsa Gabor, una de las más célebres devoramaridos de Hollywood, ya que la cuarta y última señora Sanders fue una hermana menor y menos célebre, Magda Gabor.

Estaba ya separado de todas cuando se mató, tras unos últimos años en que se arrastró, con más ironía y distanciamiento que nunca, por cosubproducciones europeas, alguna de ellas dirigida por mi tío Jesús Franco, quien me contó anécdotas excelentes de aquel malvado deliberado. Se mató en España, si mal no recuerdo en su habitación de un hotel de Castelldefels —duro exilio—, con una sobredosis de somníferos. Dejó una nota en la que se quejaba de aburrimiento y en la que se dirigía al mundo en el mismo tono despreciativo y despiadado que tantas veces empleó en el cine: «Ahí os quedáis todos, en esta mierda», algo así decía. Fue en 1972 y tendría sesenta y seis años. Quizá fue la única vez que en verdad quiso algo, porque esa era justamente la sensación espantosa que George Sanders transmitía en sus interpretaciones: parecía el hombre que sabía lo que querían todos, incluso antes de que lo supieran ellos, mientras que él parecía no querer nada.

A diferencia de algunas capitales del norte, tan adormecidas por los prolongados letargos del invierno invidente; o de algunas del este, que sufren los vaivenes y vicisitudes de la fortuna con la cabeza gacha para esquivar los mandobles que sobre ellas se cruzan; o de sus primas del sur, demasiado excitadas y activas para detenerse de vez en cuando a otear o a contar las pulsaciones de los sucesivos años, Lisboa mira. Mira, pero no juzga. Es como el testigo silencioso del continente, al cual, desde su occidente extremo, contempla a medida que es iluminado por el sol que avanza. Mira de reojo para que no la deslumbre el astro, y a veces, aburrida, le da la espalda. Es un lugar acolchado y tenue, sesgado, que se aparece como en un estado de potencialidad infinita, de inacabables morosidad y recato. Hace ostentación continua de sus numerosas reservas —que están siempre intactas—, pero como garantizando que no va a emplearlas, como con la promesa de que jamás se dejará embaucar para hacer uso de ellas; o, lo que es lo mismo, de que nunca caerá en el error de competir o ponerse a tono con sus vecinos, de incorporarse a los acontecimientos de un mundo que está acostumbrada a observar y que suele tocarla de refilón tan sólo. Que la soslaya. En la orilla de la península, en la orilla del continente, no da la impresión de sentirse ofendida por su condición de límite. Parece conformada con su marginación, tan azarosa en su origen como inexorable en su historia. Parece como si para consolarse le bastara con saber que existen tierras que le son afines más allá del océano; y aunque no alcanza a verlas, esta noción le sirve para ratificarse, creyéndola justa, en su actitud insolidaria hacia los territorios que la confinan. Ha preferido no intervenir en el despedazamiento atáxico de los países cercanos, en sus litigios jamás zanjados, en la ebullición sin objetivo y maniática de centurias exacerbadas que apenas si la han salpicado con unas gotas de su efervescente espuma. Tampoco ha querido imitar la edificación sistemática, lucrativa y monótona del septentrión ambicioso, embargado en una afanosa carrera perdida por todos sus integrantes de este lado del mar hace ya mucho tiempo. De vez en cuando, no obstante, las revoluciones telúricas hacen que surjan en ella, diseminados, residuos de otras poblaciones incautas: maltrechos, zarandeados, expulsados de sus hogares, se instalan allí con una poderosísima sensación de provisionalidad que les es necesaria para no sucumbir y diluirse del todo en tan bonancible destierro. Estos grupos desperdigados y mustios, impacientes y aherrojados, poco agradecidos y nada curiosos de su generoso refugio, son el aviso para la ciudad sesteante de que algo grave está ocurriendo en alguna parte. Lisboa actúa como un bajío: frena, con lo que de bueno y de malo tiene ese efecto. Proporciona sosiego al que llegó agitado, pero inmoviliza al que la avistó sereno. Modera los movimientos impetuosos del alma, a la que acoge y envuelve entre sus colinas bajas y embalsama con su estuario. Hasta el clima, estable, templado y de atmósfera húmeda, parece haberse configurado a imagen y semejanza de su temperamento (o quizá fue a la inversa), procurando no hacerse notar, no agobiar ni exaltar en exceso. Todo en ella responde a una respiración distinta, a una lucha distinta de la que el continente libra, y por eso difícilmente llamará la atención de éste. Las catástrofes y sacudidas que la acometen cada cierto tiempo no tienen apenas que ver con la Historia, los pleitos que mantiene son más bien con la Naturaleza, que se ocupa de ella con tan escasa frecuencia que cuando se fija en que alienta tiene que destruirla para compensar el secular olvido; o, en todo caso, su pendencia es consigo misma, con su situación de término, con su conciencia de filo que no corta nada. Por ello, desde el exterior, sus querellas y sus desgracias se sienten como ficticias, y no conmueven. No conmueve nunca lo que acontece al faro, a la torre, al testigo o espectador callado, capaz tan sólo de sobresaltarse y hacer señales; o bien, si se quiere, a la centinela, que una vez sorprendida ya resulta insalvable: lejos de echarle un cabo, habrá que denostarla en sus funerales por el descuido y aplicarse a defender en el acto la guarnición amenazada por su fracaso. Y así, cuando Lisboa se decide a irrumpir en el principal escenario —contadas las ocasiones—, se comprueba que carece de dotes para pisar esas tablas. Siempre en una esquina o en segundo plano, a menudo se desentiende de la tierra firme —harta de su atalaya, cansada de ser comparsa—, y entonces desciende para mirar de cerca los bastidores, las aguas interminables y despobladas que no precisan de vigilancia; o si ellas también la hastían, dirige la vista hacia las islas del norte, en una especie de adivinación ilusa de una soledad hermana. Aunque la ciudad, con su visión tan parcial y estorbada, se engaña por completo en tales apreciaciones cándidas, está convencida de que en su ensimismamiento la acompaña un poco la Gran Bretaña (mientras ésta, infiel y simuladora, transige a sus espaldas con el mundo entero). No la ha abandonado una antigua y arraigada vocación de proa que en algún tiempo compartió con aquélla: está tan a punto de desprenderse del continente que se siente a veces como el tajamar de una gigantesca y anciana nave que dependiera de ella para su avance. Sin embargo, Lisboa intuye que ese larguísimo barco cuya popa no se divisa ya no puede ni quiere seguir navegando. Está anclado definivamente. A la ciudad, no obstante, le ha quedado impregnado, junto con su espíritu de vigía inerte, el anhelo de marcha, y a pesar de que nada la empuja, de que nadie confía en ella ni le encomienda empresas, ha asumido su gastado papel como parte importante de su herencia y de su carácter: así, vive su ficción a fondo, aparentando estar siempre lista para soltar amarras. Esa proa se figura a veces, para no desesperar ante el encadenamiento a que la somete el ancho y pesado cuerpo que la sostiene, haberse visto segada por un temporal del resto de la embarcación y flotar a solas, sin nada que arrastrar en su modesta y fantasmal deriva. Estas fantasías, estas contradicciones entre su realidad y sus ansias la hacen vivir casi aislada, consumiéndose y renovándose en el espejo de sus propios sueños y de su pasado; y esa es la razón por la que, insatisfecha y confusa, nunca duerme del todo ni del todo amanece. Respira a destiempo, no es nunca unísona. Dijo su mejor poeta que se despierta más tarde que las otras ciudades, pero no sería superfluo añadir que al no conocer bien costumbres ni horarios ajenos, ni fiarse tampoco mucho de lo que marca su sol perezoso y tardío, mantiene una duermevela extraña, o quizá una repartida y equitativa vigilia tan inútil como constante: las calles no están jamás en absoluto silencio, como si sus habitantes, imbuidos inconscientemente de su añeja misión bifronte de centinelas de tierra y agua, fueran turnándose en su descanso, dejando siempre algún núcleo alerta. Por eso Lisboa no está nunca parada ni se mueve tampoco en exceso. Se mece. Por eso esas calles tan oscilantes son tristes y alegres, con sus casas de varios colores, sin que acabe de predominar ninguno y sin que la ciudad se avergüence de sus tonos amables y claros, ignorando tal vez que estarían mal vistos un poco más hacia el este, donde se llevan severos. Por eso no parece importarle su extremidad, estar arrinconada en el fronterizo poniente. Ese es su privilegio al tiempo que su condena: un contemplativo encierro. Con sus moradores y sus refugiados lleva a cabo la operación que le dicta su esencia: un envolvimiento. Y así, aunque esos extranjeros atónitos que de cuando en cuando llegan en familias (que no en oleadas) no le dedican demasiada atención, y aunque da la impresión de que Lisboa —tolerante y afable pero con un fondo de despecho o de dignidad herida— tampoco se la presta a ellos, lo cierto es que poco a poco, con su balanceo incesante, con su imaginario vaivén pausado, los va acunando, amansando, limando, hasta que casi se olvidan de los motivos siniestros o trágicos que los condujeron a ella, y se acaban acomodando. Se acoplan. La ciudad es en esos periodos un testigo activo, cuando momentáneamente puede entrar en contacto con los retales de una Historia que por lo regular pasa a su lado como una sombra que se proyecta sin detenerse, una Historia a la que ella contribuye tan sólo con pequeños detalles y el padecimiento de algún agravio. Sabe que no le será posible hacerse una idea cabal de su curso remoto a través de esos pobres y ahuyentados fragmentos que la buscan para esconderse; pero resignada a la postergación, habituada al desconocimiento —incluso indiferente a ambos en algunos días de colorido alborozo o agitación doméstica—, los acepta con cortesía y los acoge en su seno; quién sabe, sin embargo —pese a su altivez—, si con la ingenua esperanza de que al formar ellos parte de su carácter éste pase a configurar en algo el talante del siglo que la rehúye, que tan sólo la roza, cuando los vástagos adoptados regresen más adelante a sus respectivas patrias. Pues lo que Lisboa ignora es que su ritmo es nulo si se lo compara con el de las demás capitales, y que nunca se hará notar ni tendrá influencia fuera de su depresión del Tajo. Parece como si en esa urbe se mitigara el tiempo, o quizá, mejor dicho, como si se deslizara con mayor lentitud que en ningún otro sitio. Enaltecida por la tradición, la parsimonia la invade hasta en medio de sus cataclismos, y tanta hay ya acumulada en sus jardines y en sus avenidas, en sus plazas y en sus iglesias, en sus cafés y en sus tiendas, que nada del exterior puede ya sorprenderla ni alterarle el pulso. Aunque la vida allí es rica, lo es con esa riqueza frugal y modosa de quien no aspira a erigirse en modelo ni a suscitar envidias, de quien no pretende, al menos, que sean sus iguales los que imiten su ejemplo. Bien abastecida, de nada le falta; pero de nada le sobra, y eso la exime de cualquier jactancia. No cabe en ella la vanagloria. Hay zonas de la metrópoli, empero, que parecen querer desmentir este extremo y denunciar su abolido imperio: huelen a cacao, a café, a cera y a caucho, las importaciones de las colonias, con las que en la ciudad, sin embargo, parece contarse como si no hiciera ninguna falta aventurarse a salir y comprobar que existen, es decir, sin subrayar su sometimiento. Lisboa bien es verdad que las usa, las maltrata y desdeña, pero todo a distancia, sin arrogancia, como si no constituyeran más que la compensación natural y debida a su forzoso retraimiento, y no conquistas. Nada la inmuta, ni siquiera su poderío. Sólo se asombra a veces, aunque muy brevemente, cuando se asoma a ver discurrir el río que la bordea; la hace preguntarse durante unos instantes por las vidas que las aguas habrán conocido antes de rendirse a ella. Pero para su enorme fortuna, para su equilibrio, ese destello viajero del estuario no dura apenas: esas aguas llegan ya sin corrientes ni brumas, para desembocar en seguida con su aspecto marino, confundiéndose casi con el invariable océano, para perderse indiscriminadas en él, donde la ciudad se mira. Y así, esos pensamientos desazonantes que por un momento la hacen vislumbrar una existencia que corre y fluye, opuesta a la que se mece sin dar nunca un paso en ningún sentido, desaparecen pronto, se funden con la masa irreflexiva y salada como desdiciéndose de sus ímpetus, como reconociendo lo fútil de su anterior carrera; y la conciencia ciudadana se queda tranquila de nuevo, dispuesta siempre a continuar meciéndose entre sus dos irreductibles frentes, el del horizonte raso y el de tierra adentro: cada vez, no obstante, inclinándose más —aunque ilusoriamente— hacia el primero de ellos, que ya no ofrece nada, ni siquiera misterio, pero que nada por tanto incumple; tratando quizá de despegarse lo más posible de esas naciones despreciativas que de cuando en cuando vierten sobre ella sus recalentadas descargas, sus desechos más insalubres, sus fugitivos y descastados más débiles: quién sabe si para impedir que Lisboa se sienta abandonada del todo y seguir alimentando un antiguo engaño que se empeña en persuadirla de su utilidad para que no deserte, como a un espectro desprestigiado a quien los nuevos y descreídos dueños de su morada rogaran que permaneciera con ellos con el solo fin de conservar el ornamental encanto de su anacronismo; o quizá, ignorantes de su decadencia, aún poseídas de su grandeza extinta, para que haga las veces de fachada, confín y guarda de un continente exhausto y desencajado que ya no encierra promesa alguna ni oculta ningún secreto.

Aparte de ir a ver lo que es obligado ir a ver y nunca se acaba, Venecia no ofrece en agosto más diversión que la de pasear, mirar, volver a pasear y volver a mirar. No es que en invierno haya mucho más que hacer, pero de cuando en cuando se inaugura alguna exposición rosácea bajo los auspicios de Agnelli o se acude a algún concierto. Sólo en su afición por la música coinciden los venecianos con sus antiguos invasores, los austriacos: las salas de conciertos son las únicas para las que se puede no encontrar entradas, y entre los pocos acontecimientos que los habitantes de la ciudad tienen fijos en su niveladora memoria está, por ejemplo, la noche en que el pianista Sviatoslav Richter detuvo el tiempo (aún más) con el segundo movimiento de una sonata de Haydn en La Fenice. Pero en agosto todo se para, y los ciudadanos o turistas que no deseen ir a la película que cada día se proyecta al aire libre en la gigantesca pantalla instalada en Campo San Polo ni estén demasiado afectados por las caminatas diurnas, el calor y el síndrome de Stendhal, que aquí se cobra tantas víctimas, no tendrán más remedio que salir a eso, a pasear y mirar.

La ciudad cambia totalmente de noche. Una de las más animadas que conozco durante el día, al ponerse el sol todo desaparece o se cierra, y a medida que avanzan las horas Venecia se va quedando cada vez más desierta y más poseída por los sonidos individuales. El ruido de los pasos se cruza con el batir del agua, y la apariencia de decorado de cualquier rincón se acentúa, ya que ningún decorado lo parece tanto como cuando está sin acción y vacío. Pero lo que verdaderamente hace cambiar a Venecia es la propia oscuridad. De noche —es la queja de muchos turistas bíblicos— apenas está iluminada: alguna que otra iglesia, algún que otro palacio del Canal Grande, basta. En los canales y calles menores y secundarios, los que principalmente *son* la ciudad, sólo un farol aquí, una linterna allá, una cicatera rendija de luz entre las contraventanas verde sandía. Hay puntos en los que la oscuridad es casi absoluta, y uno puede detenerse en lo alto de un puente durante horas tratando de discernir en vano algo más que el mero perfil de los edificios y el adivinado discurrir del agua. El agua es el elemento fundamental de la ciudad, lo que de día devuelve y potencia la luz y el color (rojo sanguina, amarillo, blanco) de las casas y los palacios. De noche, en cambio, a penas devuelve nada. Absorbe. En las noches sin luna —como la de ayer— es tinta, y por eso parece mucho más estancada de lo que en realidad está. La única iluminación verdadera es, en esas noches, la que viene de los edificios construidos con la blanquísima piedra de Istria, ya mencionada: Santa Maria della Salute o el Palazzo Mocenigo Casa Nova; San Giorgio o Il Redentore, desde el paseo conocido como le Zattere.

El paseante que no desee perderse en tinieblas por los recovecos de la ciudad y quiera andar largo rato por un lugar espacioso junto a las aguas tiene dos opciones: la Riva degli Schiavoni y le Zattere. El primer paseo, que se inicia desde San Marco, será el elegido por aquellas personas que precisen un mínimo grado de semejanza entre los sitios del mundo. Allí, en los Schiavoni, encontrarán todavía gente, y aun demasiada: vendedores, bullicio, masas de jóvenes al pie de los obeliscos, japoneses, españoles, restaurantes, bares. Aunque pocos seguirán abiertos pasada la medianoche: el bronceadísimo camarero del bar Do Leoni, que se afilaba las uñas a media tarde preparándose para recibir a sus clientes rendidos por la fatiga y el éxtasis, estará ya poniendo las sillas vueltas sobre las mesas. Un poco más hacia el este, las hileras interminables de *motoscafi* amarrados son mecidas por el vaivén de las aguas de la laguna, produciendo, al rozarse, un descomunal concierto de chirridos metálicos y falsos abordajes que probablemente constituirá el tormento de los ancianos de un asilo que está justo enfrente. En la Riva degli Schiavoni hay aún mucha gente, pero está ya derrotada. Sólo el Harry's Bar, a poca distancia en dirección contraria, seguirá animado y ufano, con su galería de personajes vistosos y sus familias americanas seguidoras del beato Hemingway: sin duda el mejor restaurante de la ciudad, ese pequeño y mítico comedor mantenido intacto desde 1931 por la familia Cipriani es algo que deben permitirse hasta aquellos que no pueden permitírselo en modo alguno.

Pero la otra larga *fondamenta* o andén por el que puede pasearse junto a las amplias aguas (en el Canal Grande no hay más que breves trechos transitables) son las llamadas *zattere* (balsas, literalmente). Son el extremo, el borde sur de la ciudad, desde el que se contempla la isla de la Giudecca, separada por el ancho canal del mismo nombre, tan ancho y profundo que por él se ven navegar los barcos. La Fondamenta delle Zattere es bien conocida pero queda algo oculta, y sólo aquellos que —por ejemplo— tras ir a ver la iglesia de Santa Maria della Salute avancen hasta la punta de la vieja Dogana y le den la vuelta, se encontrarán con ese andén extraordinario. A diferencia de la Riva degli Schiavoni, es callado y razonablemente solitario. De cuando en cuando se encuentra uno con una terraza en la que algunos habitantes de la ciudad y unos pocos visitantes avisados toman copas o helados sin hacer ruido. Pero lo que predomina son los largos tramos de piedra, en los que a un lado hay un muro y al otro el agua, o bien, de tanto en tanto, la interrupción de ese muro por un puente bajo el que corre un *río* o canal menor, señalando el camino hacia el interior de Venecia.

Al otro lado del canal de la Giudecca se ve el frente de esta isla, con la iglesia palladiana del Redentore iluminada, y también, en escorzo, se alcanza a ver la de San Giorgio Maggiore en su isla, más hacia oriente, también de Palladio. El paseante le da la espalda y la deja atrás y va atravesando puentes: Ponte dell'Umiltà, Ponte Ca'Balà, Ponte agli Incurabili. Lo más multitudinario que encuentra a su paso es una pareja que ha llegado hasta le Zattere por casualidad o capricho y se ha quedado *suspendida* en un puente, sin saber si seguir hacia un lado u otro, o tal vez contemplando el paso de un barco de gran tonelaje, que de pronto se ha convertido en parte móvil de la Giudecca. Pues en Venecia, al surgir de las mismísimas aguas los edificios (de dos o tres o cuatro pisos a lo sumo), cualquier embarcación elevada los oculta completamente, y así hay momentos en los que un buque ruso u holandés o griego suplanta a la iglesia del Redentore o a la delle Zitelle, como en un escenario de Hitchcock, borrándolas de nuestra visión durante unos segundos. También se cruza uno con niños: pescan sepias y platijas con redes desde la orilla. «Una seppia e sette passarini», dicen dos de ellos, con gafas, a los que pregunto por lo que ya contiene su bolsa de plástico. Mientras, por el muro de mi derecha, escapa hacia arriba la lagartija. Tras el siguiente puente, della Calcina, hay una placa que rememora a John Ruskin, «sacerdote dell'arte», al cual, según la inscripción, «cada mármol, cada bronce, cada lienzo, cada cosa le gritó...». Que todo le gritara tan desconsideradamente puede que explique más de una incontrolada página de aquel sacerdote sumo en sus *Stones of Venice.*

Pero es más allá, pasado el Ponte Lungo y hacia el oeste, al acercarse ya uno a la Stazione Marittima y al final de le Zattere y del paseo, donde se encuentra lo más sobrecogedor: al fondo, a poniente, se ven de día las industrias de la vecina Marghera. Pero lo que importa está enfrente, donde la Giudecca acaba. Dos edificios de aspecto nórdico o hanseático, cuadrados, altos, colosal uno de ellos, de siete pisos, como nunca se verá en Venecia, se alzan sombríos al otro lado. El mayor de los dos es una mole que en la noche se ve sin ningún color. Poco antes de llegar frente a ellos las aguas de la Giudecca han devuelto el brillo de los alegres faroles del Harry's Dolci, otro de los establecimientos del imperio Cipriani. Allí, en cambio, bajo las moles nórdicas —como un pedazo de Hamburgo o de Copenhague—, el agua es más negra que en ningún otro punto, pues ni siquiera se ve la bombilla de un insomne en su piso ni la linterna de un vigilante. Allí no hay ventanas góticas ni almohadillado renacentista, no hay blanca piedra de Istria ni la sombra de un color bermejo, sólo una construcción incolora y decimonónica, oscura, lúgubre, derrelicta: son los edificios de Mulino Stucky, la enorme fábrica de harina levantada en 1884 pese a las muchas protestas y que ahora lleva abandonada desde la postguerra. Todavía no se le ha hallado una nueva función posible que pueda justificar el gasto de su restauración, de su vuelta a la vida. El camarero del restaurante que hay enfrente de Mulino Stucky mira con desdén esos edificios del progreso y me dice que allí no hay nada, está todo vacío, sólo «pantegane come gatti», «ratas como gatos» en su dialecto, tan parecido al castellano. Esa masa de hierro, ladrillo y pizarra, que nada tiene que ver con el resto de la ciudad, se erige decaída y adusta como un trofeo de la propia Venecia, lugar de lo desinteresado y lo inútil que se venga —la espalda vuelta— de la única fábrica que fue construida dentro de sus confines. Todo lo desinteresado y lo inútil, todo lo que no permite otra cosa que pasearlo y mirarlo, se mantiene vivo, a veces salvándose por un milímetro de la ruina. En lo desinteresado e inútil hay siempre una luz, aunque sea mínima, aunque su misión no consista más que en iluminar el entenebrecido resto, como dijo Faulkner del fulgor de una cerilla en la noche. Mulino Stucky, por el contrario, está siempre apagado, y el paseante, desde le Zattere, al otro lado de las aguas, se esfuerza por adivinar el pasado, mucho menos lejano pero más indescifrable que el de cualquier palacio, de su torre emblemática y de su pináculo, de sus relegados muros y sus ventanas ciegas.

EL MANOJO DE LLAVES DE LA SABIDURÍA

A juzgar por las carreras que solían darse mis antiguos colegas de Oxford durante los dos años que yo pasé allí enseñando literatura española y teoría de la traducción, su universidad ha de ser la más activa del mundo, y también la de horarios más estrictos. Tal vez el problema sea en realidad una cuestión de distribución geográfica, agravada por el tamaño de la ciudad: casi ninguna distancia es lo bastante grande para coger el coche o un autobús (parece un despilfarro no ir siempre a pie), y sin embargo los *dons* o profesores reparten sus enseñanzas y su saber por varios *colleges* y alguna facultad a lo largo de un mismo día. De ahí, creo yo, que se vean obligados a correr sin cesar de una punta a otra de la ciudad, lo cual, sobre todo cuando tienen a bien vestir sus optativas togas, hace que el conjunto arquitectónico parezca salpicado por el incesante vuelo de cuervos rasantes, una reminiscencia de *Los pájaros* de Hitchcock.

Sin embargo el mayor trabajo (mucho trabajo) se corresponde con las llamadas *tutorials,* esas clases que los alumnos reciben individualmente, por lo general en los aposentos del *don* que las imparte en su *college.* Esto haría pensar que, contrariamente a lo dicho, la vida de estos profesores ha de ser de lo más sedentaria y que serían más bien los alumnos quienes deberían pasarse la jornada corriendo, si no por las calles, sí al menos de unos aposentos a otros en el seno del *college* al que estén adscritos. Pero lo cierto es que jamás vi correr a un discípulo, y en cambio los maestros colegas solían azotarme con sus largos faldones y sacudirme con sus repletas carteras a su raudo paso. Suerte que el birrete no se lleva ya apenas, porque si no el aire se habría visto asimismo lleno de voladoras tejas y los *dons* habrían perdido la libertad de una mano para sujetárselos, cuando tener allí las manos libres es de suma importancia, aunque sólo sea para manejar las múltiples llaves con que han de abrirse las múltiples puertas que un *don* está obligado a franquear a lo largo del día. Aún recuerdo mi sorpresa y mi desolación (ya preveía mis bolsillos agujereados por el desmedido peso) cuando al poco de incorporarme a la universidad me fue entregado el manojo que me correspondía y cuyas piezas nunca aprendí a distinguir: un par de llaves para la biblioteca de español, otro par para la puerta de la calle del edificio de mi despacho, otras dos para una puerta intermedia, dos más para la propia puerta de mi despacho, tres o cuatro para acceder a deshoras a la Senior Common Room de la Taylor Institution, otras tres para mi casillero o buzón personal. A fin de llevarlas todas hube de renunciar a algunos de los habituales inquilinos de mis bolsillos, como mecheros y plumas, y aprender el arte de abrir cerraduras complicadísimas, dobles y triples, con las manos llenas de diccionarios.

Por fortuna yo no tenía que correr, dado que mis actividades se desarrollaban todas *(lectures* o conferencias, más algunas lecciones llamadas jeroglíficamente *Prose and Unseen Classes,* literalmente *Clases Nunca Vistas y de Prosa,* o bien *Clases de Prosa y de lo Nunca Visto)* en el mismo edificio, la Institutio Tayloriana o Facultad de Lenguas Medievales y Modernas. Así pues, me ahorraba no sólo las correrías, sino también el denodado trabajo y los ocasionales disgustos que acarrean las *tutorials* al profesorado. No sólo deben los *dons* preparar concienzudamente cada clase particular, sin la red que supone un aula llena o semillena en la que no importa que se aburran unos pocos si hay otros pocos que prestan o fingen prestar atención, como ocurre en el resto del mundo universitario, sino que pueden encontrarse con la vejación y la humillación de que el alumno particular proteste por lo que considera deficiente nivel por parte del profesor, o incluso lo rechace para determinada asignatura por juzgarlo inadecuado o no demasiado por encima de sus propios y previos conocimientos. Recuerdo la justa ira de uno de mis colegas de francés tras haber sido declinadas sus enseñanzas por un petulante americano, hijo de diplomático. Ese colega es uno de los más penetrantes críticos que yo he conocido, tan penetrante que no se ha dignado publicar nunca nada para, según sus reiteradas palabras, «no añadir más basura con la que sepultar la literatura». Sin duda una exageración mezclada con coquetería, ya que, sobre todo en lo que se refiere a fijación de textos, erudición seria e interpretaciones sensatas, buena parte de lo que produce Oxford en el campo de la literatura es imprescindible para cualquier estudiante o crítico.

Quizá el mayor problema sea justamente la falta de insensatez, y por tanto de riesgo intelectual. En Oxford hay horror a la originalidad: da la impresión de reinar en exceso el sentido común, y como además ese sentido se ejerce con agudeza, parece fácil desbaratar cualquier teoría o interpretación aventurada (es decir, italiana o francesa), al menos en la materia con que yo estuve en contacto. En más de una ocasión asistí a la crucifixión verbal, por parte de mis colegas, de algún profesor norteamericano, español o incluso de Cambridge invitado a dar una charla en nuestro seminario. Ahora bien, esas crucifixiones se llevaban a cabo con enorme delicadeza, como si fuera menor el dolor de unos clavos que se empujan poco a poco y con guante de seda. Es más, el método dialéctico oxoniense no consiste, como en otras universidades del mundo, en una alternancia de afirmaciones más o menos contrarias, sino en una retahíla de dubitativas y educadísimas preguntas envenenadas («¿Me pregunto si...?», es la fórmula inicial) que nadie, por preparado que vaya y aplomo que tenga, estará capacitado para responder a satisfacción. Oxford, por tanto, casi nunca afirma, tan sólo cuestiona, y eso lo hace a la perfección.

Esa misma actitud del profesorado se transmite a los alumnos, quienes, pese al sistema cada vez menos elitista de admisión, adquieren de inmediato una conciencia de *élite,* digamos intelectual. Por ese motivo su postura ante un nuevo *don* (por ejemplo yo mismo cuando me incorporé) no tiene nada que ver con la de los estudiantes de otros países, que el primer día de clase pueden estar aterrados y ofrecer por ello la mejor de sus sonrisas (y en Estados Unidos una manzana). La impresión que un profesor tiene en Oxford ese primer día es la de hallarse ante un grupo de sabihondos *blasés* que, mentalmente repantigados, parecen decir: «A ver, distráiganos; veamos qué tiene usted de nuevo que contar; veamos si sabe algo que no sepamos nosotros ya». La verdad es que no mucho después, y a poco que uno cumpla con el primer y más sagrado precepto tanto de ellos como de cualquier enseñanza (a saber, *distraer),* el alumnado oxoniense se muestra tan receptivo como el que más y sigue siendo uno de los más competentes y agradecidos que pueda desear alguien subido a una tarima. Quizá por eso la mayoría de los estudiantes de letras no se dedicarán luego a nada relacionado con su disciplina, sino a la política o las finanzas: siempre hay tiempo para aprender en un cursillo con posterioridad, y en cambio se considera en la sociedad inglesa que quien ha padecido los métodos oxonienses está capacitado para casi cualquier puesto de responsabilidad, aunque en sus años universitarios se limitara a escandir sonetos de Góngora y a aburrirse con la novela de nuestra postguerra.

Así como pasé dos años en Oxford en calidad de *don* pasajero, sólo conozco Cambridge por diez días de estancia invitado a un seminario de literatura inglesa, y por ello no puedo juzgar con la misma falta de ecuanimidad. Sin embargo, y a primera vista, los dos lugares se parecen como dos gotas de agua, hasta el punto de que esa semejanza extrema en lo superficial hace sospechar diferencias descomunales en lo esencial. No obstante, cabe señalar que en Oxford, donde con facilidad se trasluce un involuntario desdén hacia los graduados por cualquier otra universidad del mundo, se trata con exquisito respeto teñido de odio africano a los que proceden de Cambridge, como si los oxonienses se sintieran más cómodos en una unicidad tan peculiar que en realidad es compartida por dos.

Desde el punto de vista de un escritor continental (o, mejor dicho, meridional), Oxford se aparece como lo opuesto al mundo universitario que ha conocido: la previsión, la sensatez, la agudeza, los buenos modos, las bibliotecas espectaculares, la seriedad didáctica, la ironía, los seculares ritos, el respeto al alumno, el desprestigio de los cantamañanas y el manojo de llaves son todo lo que falta en la universidad española. Pero por encima de todo eso, se percibe en Oxford algo insólito en nuestros días, no ya en mi país sino casi en cualquier otro: en un mundo universitario dominado por la deliberada mediocridad y el deseo de su perpetuación (la garantía de vida de los mediocres ya entronizados), resulta sorprendente y estimulante el aprecio por el talento, al que milagrosamente no se ve como un peligro ni una amenaza. Quizá por eso Oxford es el único lugar del planeta (en esa unicidad compartida de la que hablé) en el que una tarde se puede ir a escuchar a E. H. Gombrich y a la siguiente a P. E. Russell y a la siguiente a Haskell y a la siguiente a Berlin y a la siguiente a Steiner. Y todo ello, además, si uno está de visita, sin apreturas y gratis.

En un reciente viaje a Buenos Aires, ciudad que visitaba por primera vez, he redescubierto a un tipo de librero de viejo que creía desaparecido de la faz de la tierra, salvo quizá en Inglaterra, donde todo parece pervivir en su estado original, es decir, en su estado dickensiano. Se trata del librero completamente ignorante de lo que tiene y vende, y que por ello no suele marcar los precios en los libros sino que los decide sobre la marcha, tras escuchar la pregunta del comprador posible, y sobre todo su tono al hacerla. Pues ese librero no se guía tanto por la encuadernación, la tirada, la fecha o el autor del volumen cuanto por el interés que muestra el cliente y su manera de contemplarlo o manosearlo. Son gente por tanto avezada, o mejor dicho entrenada por la experiencia de años observando a los husmeadores. Para esos hombres yo supongo que los compradores somos como un libro abierto que con nuestra actitud les decimos mucho más acerca del tomo que sostenemos entre las manos de lo que ese tomo podía decirles un minuto antes, cuando aún reposaba en su balda. No saben nada de su mercancía, pero son taladradores psicológos, que han aprendido a interpretar el ligerísimo temblor de los dedos que van hasta el lomo de un libro determinado, el parpadeo instantáneo de quien no da crédito a sus ojos al ver el título que llevaban años buscando con la mirada alerta, o perciben la rapidez con que nos aferramos a ese libro deseado e inencontrable, como si temiéramos que justo entonces, y aunque estemos solos en la librería, fuera a aparecer el más raudo guante de otro cazador que nos lo arrebatara. Ante esos discípulos de Sherlock Holmes uno se siente, por tanto, vigilado como un preso que sale al patio y sabe espiado por el guardián hasta el menor de sus movimientos y gestos. Ante esos libreros uno debe recuperar, en defensa propia y de su bolsillo, el arte del disimulo: ha de controlar su emoción, su impaciencia, su zozobra y su alegría; debe mostrar desinterés o aun desprecio por aquello que más ansía, debe contar hasta diez antes de sacar del estante el volumen en el que sus pupilas se han fijado con incredulidad y codicia.

La verdad es que el mercado del libro de viejo ha cambiado mucho en los últimos quince años, sobre todo en España, donde no sólo no existe ya este tipo de librero acechante e intuitivo que reencontré en Buenos Aires, sino ni siquiera el ecuánime, el justo, el comprensivo. La cada vez mayor escasez de oferta (ha habido una cierta moda, y estamos en tiempos en que los lectores compran para sus bibliotecas pero rara vez venden de ellas) ha hecho que los precios se inflen hasta el disparate, y que los pocos individuos que van quedando dedicados a tan trasegado oficio se hayan documentado hasta el punto de disponer de ordenadores con catálogos informativos, que al instante les hacen saber cuál es el más alto precio que pueden pedir por lo que normalmente han adquirido por la cuarta parte, o quizá por menos. Nada que oponer a ello, pero el aficionado a esta clase de cacería ha perdido para siempre el elemento azaroso que se le aparecía al entrar en uno de esos recintos polvorientos y aparentemente olvidados de los ojos del hombre, que ya soporta poco la penumbra.

Ese sentimiento de pérdida no se debe sin embargo tanto a la imposibilidad de hallar algo de valor por una cantidad discreta cuanto a la improbabilidad creciente de dar con personajes curiosos o aventurados al frente de los establecimientos. El actual librero de viejo es un hombre eficaz e informado, tanto como el encargado de la sección de libros de unos grandes almacenes: la diferencia estriba en que éste consultará los suplementos de los periódicos y las listas de los más vendidos y aquél unos catálogos más recónditos o arcanos. Pero ambos, seguramente, se limitarán a pulsar una tecla.

Así, es difícil encontrar hoy en día a personajes tan delirantes como los que yo he llegado a conocer hace pocos años en Inglaterra. Una de mis mayores sorpresas al penetrar en uno de esos establecimientos sombríos fue ver, sentado a su mesa y cruzado de manos, a un individuo de mediana edad vestido con el hábito blanco y negro de los dominicos (¿o es de los benedictinos? No soy versado en las órdenes). Pensé de inmediato que me había introducido en una librería religiosa, y ya me disponía a abandonarla cuando el hombre me preguntó con voz amable cuáles eran mis intereses. Quería echar un vistazo, respondí, y él me invitó a hacerlo con un gesto reverencial de sus brazos. Aquella librería, si estaba especializada en algo, no era en asuntos religiosos, sino en cuentos y novelas de terror. Al preguntarle el porqué de aquella concentración, me explicó lo siguiente: el local pertenecía a su sobrina, y se nutría en buena medida de los volúmenes que los hermanos de su convento, en las cercanías de Lymington, compraban y leían y de los que en seguida se desprendían, ya que no estaba bien visto que acumularan demasiadas pertenencias. Los vendían una vez usados y así podían adquirir otros nuevos, que nunca guardaban durante mucho tiempo. Al comentar yo que aquello no respondía exactamente a mi pregunta, el dominico se llevó las manos a la calva con mucho teatro —casi con un gesto de homosexual exhibicionista o exagerado— y gritó: «¡Pero claro, usted es extranjero, no tiene por qué saber de los gustos de nuestro clero!» A continuación me explicó que el género de terror era el más frecuentado —«con excepciones», matizó— por los curas y frailes británicos, independientemente de la iglesia u orden a que pertenecieran, y que muchos de ellos también habían escrito maravillosas piezas de dicho género (y mencionó a Malden y a Summers). «Para un sacerdote», dijo, «la mejor manera de estar próximo a Dios es estar próximo al Mal, próximo al Enemigo. Acerca de Dios se aprende todo muy rápido, en realidad basta con unos años de estudiar teología. Pero la bondad es igual a sí misma, no tiene disfraces, y precisamente porque es bondad no hay engaño en su seno, no hay doblez, no hay subterfugio. Es inmutable y muy simple, y por tanto es fácil conocerla y amenazarla. Para defenderla hay que estudiar el carácter de lo que la amenaza, sus meandros y su imaginación, el Mal es imaginativo. Nosotros llevamos una vida tan apartada que no tenemos mucha ocasión de entrar en contacto con eso, con lo malvado e imaginativo, y así nos familiarizamos con ello a través de los libros que han escrito las mentes más retorcidas y las plumas más venenosas. Por otra parte», añadió, «siempre nos aburre lo que más amamos».

La verdad es que al salir de la librería con tres o cuatro adquisiciones bastante apreciables me quedé con la duda de si todo aquello no había sido una escenificación y aquel hombre un pederasta disfrazado de dominico por perversión. Al llegar a mi casa y hojear los libros con más detenimiento observé, sin embargo, que dos de ellos tenían en la primera página el nombre de sus anteriores dueños, y en ambos casos los nombres venían precedidos de la palabra *Father.*

En otra ocasión conocí a un hombre que regentaba una de las librerías con títulos más escogidos y difíciles de encontrar que yo jamás haya visto: primeras ediciones de Joyce, de Dickens y de Jane Austen, de Conrad, algunas firmadas o dedicadas por sus autores; también rarezas descomunales, como —recuerdo— los únicos cuatro libros que publicara el misterioso y estrafalario Conde Stenbock, que logró escandalizar a Oscar Wilde. Aquellas piezas debían de tener precios elevadísimos, y sin duda no habría ninguno que quedara a mi alcance. Aun así, en parte por curiosidad y en parte por probar suerte, pregunté cuánto pedía por uno. La respuesta fue, tras arrebatármelo él de las manos, mirarlo con cuidado y exponerme las características excepcionales de aquella edición: «Este volumen no está en venta». Al cabo de un poco más de ojeo pregunté por otro libro, y el proceso se repitió: el hombre —un hombre atildado, casi elegante— me lo cogió, lo acarició, me cantó sus excelencias y concluyó: «No está en venta». Lo mismo sucedió con todos los tomos por los que me interesé, y aunque en Inglaterra cierto tipo de reacciones resultan groseras, a la quinta no pude contenerme y le pregunté malhumorado: «¿Por qué no me dice cuáles están en venta y así terminamos antes?» El hombre se inmutó un poco: pareció levemente herido en su profesionalidad. Me arrebató el último libro que yo había sacado, sopló del canto un polvo inexistente (en verdad no había polvo en aquella librería, algo insólito) y contestó altanero: «Oh, la mayoría de ellos, la mayoría de ellos, ¿qué le parece? No voy a ir en contra de mi propio negocio». Ante esa contestación, aún indagué acerca de dos o tres títulos más, pero siempre con el mismo éxito. «Desde luego hoy no es su día de suerte», decía; «*ese* tampoco está en venta». Luego supe, por uno de mis colegas de Oxford, que aquel hombre iba justamente en contra de su negocio, o, mejor dicho, no tenía negocio por mucho que su establecimiento diera a la calle y en su puerta hubiera un letrero que rezaba *Open,* o bien *Closed,* según las horas. El individuo era un coleccionista tan fanático y orgulloso de sus posesiones que, tras hacerse con una de las mejores bibliotecas del país, no soportaba que no la viera nadie ni se admirara de ella, o tan sólo sus escasos conocidos que lo visitaban. En consecuencia había decidido hacerse pasar por librero a fin de disfrutar con el asombro y la codicia que sus exquisitos tesoros suscitaban en los transeúntes incautos o aspirantes a clientes. No era de extrañar que nunca nada estuviera en venta.

Estos personajes originales e irrepetibles van desapareciendo, también en el país dickensiano, que cada vez lo va siendo menos. Entrar en una librería de viejo es ya más una transacción que una aventura. Pero al menos yo he tenido aún la suerte, hace poco, de sentir la emoción —una emoción ya antigua— del que nota que le interpretan los estados del ánimo y se estremece al sentirse espiado por ojos escrutadores y expertos y desconfiados: ojos que quizá conocían el Mal imaginativo, aunque fueran de más allá del Atlántico.

Los domingos en Inglaterra no son simples y mortecinos domingos que, como en todas partes, hay que atravesar de puntillas sin llamar su atención ni hacerles el menor caso, sino domingos desterrados del infinito, como me parece que fue Baudelaire quien dijo. Durante el resto de la semana, y pese a mis pocas obligaciones, tenía más distracciones, y una que en esa ciudad nunca falta (puede convertirse en la principal para quien se haga adicto) es la búsqueda de libros agotados, antiguos, raros, de coleccionista enfermizo o estrafalario. Las librerías de viejo, para el que tenga gusto por ellas, son el paraíso polvoriento y recóndito de Inglaterra, frecuentado además por los caballeros más distinguidos del reino. Su variedad y abundancia, la ilimitada riqueza de sus fondos, la rapidez con que se renuevan sus existencias, la imposibilidad de explorarlas nunca a conciencia, el mercado reducido pero pujante y vivo que representan, las convierte en un territorio siempre sorprendente y remunerador. Durante mis dos años de ojeo y caza con mis enguantadas manos encontré maravillas inencontrables a precios ridículos, como los diecisiete tomos de la primera y única edición completa de la traducción de *Las mil y una noches* de Sir Richard Francis Burton (más conocido por los libreros como Captain Burton), que se fue publicando hace ya más de un siglo en limitada tirada de mil ejemplares numerados de cada volumen, sólo para suscriptores del Burton Club y con el compromiso (cumplido) de nunca ampliarla ni repetirla: nunca más, en efecto, la totalidad de ese exuberante texto victoriano ha vuelto a imprimirse, sino sólo selecciones o ediciones espúreas que, pretendiéndose completas, en realidad habían sido expurgadas de cuanto en su tiempo se consideró (o consideró la mujer de Burton) que eran obscenidades. El cazador de libros está condenado a especializarse en lo que se refiere a sus principales presas, a las que rastrea con mayor ahínco, y al mismo tiempo acaba haciéndose, irremediablemente, cada vez más generoso y acomodaticio en sus intereses, según se le va inoculando el virus irrefrenable del coleccionismo. Así fue en mi caso, y a la vez que mi curiosidad se dilataba y se dispersaba, hubo cinco o seis autores a los que decidí convertir en el objetivo sistemático y primordial de mis búsquedas, sin que en su elección interviniera más el deseo de leer y poseer sus libros que la propia dificultad de hallarlos. Autores secundarios, extraños, malogrados, olvidados o nunca apreciados, que pocos conocen y que ni siquiera se reeditan habitualmente en su país de origen, de entre los cuales el más famoso y menos secundario (pero mucho más famoso en mi país que en el suyo) era el galés Arthur Machen, aquel raro escritor de estilo refinado y sutiles horrores que, en una encuesta hecha a cincuenta literatos británicos durante nuestra Guerra Civil, fue el único que —quizá para no desdecirse de sus afinidades con el terror más puro— hizo públicas sus preferencias por el bando de Franco. Sus libros, pese a su fama, no son fáciles de encontrar en sus versiones inglesas originales, y aún menos en ediciones antiguas, muy valoradas por los coleccionistas, de modo que a partir de un momento dado, y en vista de que me costaba dar con muchos de los títulos que me faltaban, advertí a algunos libreros para que me los reservaran si se los cruzaban en su camino y aun me los procuraran.

Los libreros ingleses de viejo viajan todavía por el país, visitando librerías vetustas de ciudades relegadas y de pueblos perdidos, acudiendo a las casas de campo donde ha habido un muerto instruido con descendencia iletrada, pujando ventajosamente en míseras subastas locales, no perdiéndose una improvisada o espontánea feria provincial de libros (celebradas frecuentemente en lugares tales como el parque de bomberos, el vestíbulo de un hotel sin clientes o el claustro de una iglesia). Viajan e investigan y husmean incesantemente, y por eso tiene sentido hablarles de lo que se quiere obtener, porque es muy probable que lo consigan. Entre estos libreros con los que tuve tanto trato había un matrimonio que se apellidaba Alabaster y que contribuyó de manera notable a las extravagancias de mi biblioteca. Su tienda era pequeña, confortable y sombría, ingenua y malsana, una mezcla de lugar acogedor y lugar del espanto, con hermosas estanterías de madera noble completamente combadas y apenas visibles por el peso y el desorden inconcebible de los millares de libros que, más que ocuparlas, las oprimían y sepultaban. Debían de ganar bastante dinero, porque dentro de aquel local rancio, polvoriento y oscuro, iluminado por un par de lámparas con pantalla de vidrio hasta en las horas más claras de la mañana, brillaba con su propia luz un aparato de televisión que, en cerradísimo circuito, les permitía ver el sótano de la tienda y lo que en él sucedía bajo su única bombilla parpadeante sin tener que bajar y subir escaleras cada vez que un comprador posible se atrevía a explorarlo. Aquel matrimonio parecía —como si quisiera participar de la modernidad con la que tan reñida estaba su mercancía— pasarse la jornada mirando por televisión (en blanco y negro) lo que tenía a unos pocos metros, bajo sus pies (en color). La señora Alabaster era sonriente y autoritaria, con una de esas sonrisas inglesas que uno ha visto derrochar en el cine a los afamados estranguladores de esa nacionalidad en el momento de elegir nueva víctima. De mediana edad, con el pelo canoso, la mirada vehemente y los dientes encapsulados, llevaba siempre puesto un chal de lana rosa, y, sentada ante una mesa, escribía permanentemente en un libro de contabilidad de tamaño enorme. A juzgar por su actividad constante, sólo interrumpida (a menudo) para contemplar con atención e interés a través de su monitor el piso de abajo de la librería (casi siempre vacío, siempre sin acontecimientos), las partidas de dinero que manejaba el matrimonio Alabaster debían de ser inmensas y su anotación complicada. El señor Alabaster, el marido y titular original del nombre, era igualmente sonriente, pero su sonrisa se correspondía más bien con la de la anónima víctima del estrangulador justo antes de saber que va a serlo. Era un hombre bien vestido (de sport) y apuesto, con sus cabellos grises intactos y peinados cuidadosamente y un cierto aire de viejo conquistador teórico (de esos a los que la extracción social o un matrimonio temprano y férreo no ha dejado probar sus encantos) al que no han abandonado la coquetería ni el olor a colonia de sus años menos hipotéticos. Pero a pesar de que él estaba también allí invariablemente, no recuerdo que contestara una sola vez a mis preguntas ni a mis consultas. Sonreía y daba los buenos días como un hombre enérgico y espiritoso (toda su actitud era intrépida), pero delegaba cualquier asunto o respuesta, por nimios que fueran, en el mayor saber y autoridad de su esposa. Se volvía hacia ella y repetía con vivacidad —apropiándosela, como si él fuera el interesado en saber— la pregunta que se le acababa de hacer, exacta ('¿Nos ha llegado algo de Vernon Lee, querida?'), limitándose a añadir al final la palabra *darling*. Así como ella se beneficiaba de la mesa y de una cómoda butaca, él debía contentarse con estar sentado en uno de los peldaños de la escalera de mano de la que yo mismo, sintiéndome un poco culpable, lo desalojaba frecuentemente para curiosear en los estantes más olvidados e inalcanzables. Se quedaba de pie hasta que yo había terminado por las alturas, y entonces, tras pasar un paño sólo por el escalón que era su asiento, volvía a ocuparlo sin impaciencia. Cada vez que entraba me los encontraba así, en la misma posición y disposición inmutables, ella haciendo números en su gran cuaderno o vigilando la televisión con sus ojos vehementes, él mal apoyado en la escalera de mano, cruzado de brazos (nunca le vi leyendo uno de sus libros ni hojeando un periódico, menos aún conversando con la señora Alabaster) y en actitud de espera, mirando asimismo el piso de abajo (indirectamente) en el caso de mayor actividad posible. La alegría y mundanidad con que el señor Alabaster saludaba a cualquier cliente que entrase indicaba que, en su pasividad subalterna, la mera aparición de alguien por la puerta de la tienda debía de ser el acontecimiento del día, y su efusivo saludo a ese alguien el momento más glorioso y sociable de su jornada. Porque lo cierto es que luego, como ya he dicho, era incapaz de contestar a una sencilla pregunta o de señalar con el dedo ('¿Tenemos una sección de viajes, querida?') el estante adecuado para lo que el comprador buscara. Absorto en la televisiva observación de su sótano, llegué a preguntarme si el matrimonio Alabaster estaría facultado para ver algo que a los demás humanos resultase invisible. Más de una vez, inspeccionando el sótano, escudriñé los rincones y el suelo más que los libros, en la esperanza de descubrir algún animal minúsculo que allí guardaran o de oír la delgada respiración de un fantasma. Nunca vi ni oí nada, de modo que cuando descendía a aquel piso telarañoso para rebuscar entre la penumbra, suponía al matrimonio Alabaster excitado y conteniendo el aliento ante la aparición de mi propia figura —que acababan de ver arriba— en su aburrida pantalla, y en más de una ocasión estuve tentado de hacer disparates o robar algún tomo para ofrecerles un poco de diversión o alarma. No llegué a ello, pero sí procuraba entretenerme allí y hacer amenos mis movimientos, desplazarme por el sótano veloz e ilógicamente, quitarme y ponerme los guantes repetidas veces, abrirme y cerrarme el abrigo, atusarme el pelo, hacer mucho ruido al sacudir el polvo de los volúmenes, hojearlos aparatosa o detenidamente, tomar notas en mi agenda, taconear fingiendo impaciencia o duda, toser, suspirar, mascullar, lanzar exclamaciones en español y brindarles la mayor variedad posible en el exiguo espectáculo en que sin duda me convertía para aquellos cuatro ojos (dos ingenuos y dos malsanos) que me escrutaban mientras cazaba libros.

La ciudad de Oxford, sobre todo cuando llega lo que allí no tienen más remedio que considerar buen tiempo, es decir en Trinity, está poblada, es más, está abarrotada de pordioseros. Durante toda la primavera y parte del verano la ciudad, que en las demás estaciones cuenta ya con buen número, ve incrementada demencial y desmesuradamente su población mendicante. Da la impresión de que hay casi tantos mendigos como estudiantes. Son éstos la razón principal de la proliferación de aquéllos, que forman un verdadero ejército de ocupación (indisciplinado). Si los mendigos ingleses, galeses, escoceses y aun irlandeses abandonan sus respectivos refugios o cuarteles de invierno y todos a una inician la peregrinación o marcha sobre la ciudad de Oxford cuando llega la primavera (de hecho son sus oleadas las que la van anunciando), es porque Oxford es una ciudad adinerada —riquísima—, porque allí hay un par de casas de beneficencia o asilos en los que se les procura una comida diaria y a veces cama a los menos noctámbulos, y, principalmente, porque la gran mayoría de sus habitantes tienen corazones jóvenes y bisoños. Estos mendigos británicos que invaden las ciudades del sur más prósperas cuando su clima empieza a convertir su empedrado o su asfalto en un lecho admisible (o más bien sus bancos), no tienen nada que ver con los llamados pobres de solemnidad de nuestros países sureños, quienes siempre guardan la conciencia (un resto) de que, por mucho que juzguen que les es *debido,* el dinero lo están *pidiendo.* Estos mendigos británicos e irlandeses son hoscos y fieros y enormemente borrachos. Nunca les vi pedir nada, aunque esto tampoco quiere decir que lo exijan. Simplemente no hablan, no dicen, no actúan según lo acordado desde hace siglos, no mencionan su tarea ni su significado, sino que dan por supuesto que su actitud y su aspecto (desde luego indigente) hacen ya por sí solos las veces del gesto de tender la mano y de las consabidas frases postulantes. Jamás expondrán su caso ni contarán una historia: desconocen la labia. Son casi áfonos. Son interjectivos. Hay en ellos, yo creo, un punto de pereza y un punto de orgullo, uno de aburrimiento y uno de fatalismo. Seguramente no piden porque quien pide no puede —a menos que la petición sea falsa, el primer y disimulado paso para un atraco en regla— tener al mismo tiempo el aire jactancioso, hastiado, pendenciero y bronco que les es tan propio. No son humildes, carecen de picardía. No les interesa. Sin un mínimo o simulacro de aseo, con la mirada perdida en sus negras ojeras, con largas barbas y greñas prehistóricas, las ropas agujereadas o deshilachadas o desgarradas (pero con chaqueta o abrigo todos, casi ninguno con anorak o chándal y otras prendas deportivas), los hay de todas las edades y todos son incansables. Ninguno es sedentario. Blandiendo durante sus paseos botellas de cerveza, ginebra o whisky en sus manos olvidadas del agua, no permanecen en un mismo sitio más que lo suficiente para apurar sentados una botella o cuando caen rendidos tras sus caminatas interminables. Los mendigos oxonienses parecen poseídos por una rabia o fiebre andariega que los lleva a recorrer la ciudad entera varias veces al día con sus largas zancadas, increpando a su paso, haciendo ademanes bravucones u obscenos a los transeúntes, mascullando improperios, blasfemias y maldiciones que uno no descifra al cruzarse con ellos. Los mendigos oxonienses vagan. Son, de toda la población, los únicos que no saben adónde van y dan vueltas y más vueltas por las calles grises y rojizas, bajo la lluvia o las nubes bajas. De vez en cuando se detiene uno de ellos a vomitar sobre el río Isis, encima de un puente, o se queda merodeando un rato a la puerta de un *pub* por si algún parroquiano con prisas (de los que salen a beber al fresco) deja un generoso culo de cualquier licor al alcance de su mano fuliginosa. Pero por lo demás nunca paran, son errabundos. Hay unos pocos que, por así decirlo, trabajan en algo más que en cultivar su aspecto menesteroso y tienen tendencia a estar fijos en un mismo sitio, o al menos arrastran algo en su vagabundeo (su herramienta de trabajo): son los que tocan un instrumento o poseen un animal ingenioso o hacen torpes malabarismos o canturrean baladas o dicen la buenaventura (escasísimos éstos, allí no hay casi clientela, ni curiosidad por el futuro). Estos mendigos activos son los más ricos y por consiguiente los más aborrecidos por sus colegas menos dotados. Yo he visto cómo dos de los más fieros y errantes (siempre barbados) se abalanzaban un atardecer sobre un hombrecillo entrado en años al que solía dar monedas por su apariencia aseada y pacífica y porque tocaba —lo había rescatado, dijo, de una hoguera portuaria en Liverpool— un organillo con chotis madrileños. Avanzar por Cornmarket y escuchar a lo lejos el vibrante sonido de un organillo tocando chotis me producía una hilaridad sólo comparable con la que me causaban los vivarachos grupos de turistas españoles con que me cruzaba algunos sábados y que iban invariablemente batiendo palmas, como es su costumbre en el extranjero (palmas claras). Así que no podía por menos de acercarme hasta el puesto del organillero cada vez que lo oía, aunque no me pillara muy de camino, y darle peniques, cuanto llevara suelto. Aquel atardecer, ya digo, vi cómo aquellos dos barbudos bestiales pateaban al viejo y su instrumento matritense. Corrí hacia ellos lleno de indignación y pánico, gritándoles barbaridades en español, y fue probablemente la sonoridad de una lengua extraña y adecuada al insulto (yo creo que les impresionó nuestra palabra *culo)* lo que los puso en fuga antes de que tuviera ocasión de estar lo bastante cerca para que me patearan a mí también (sin compasión), lo cual habría sido mi normal destino: no soy muy fuerte ni muy valiente. Ni el organillo ni el viejo sufrieron, por suerte, daños irreparables. Unos minutos después los vi desaparecer por St Aldate's, un poco trastabillados, mientras acababa de caer la tarde. Era roja y yo respiraba agitadamente.

Pero para lo que quizá sí tenía valentía y fuerza era para reconocer y darme cuenta de que me iba asemejando algo a ellos, a los mendigos, aunque el mayor enemigo del pordiosero oxoniense es precisamente el profesor o *don* oxoniense, que, al contrario que los estudiantes, tiene el corazón viejo y experimentado y ahuyenta a los limosneros con exabruptos y con el vuelo rasante de su azotadora toga. Yo era un *don* oxoniense en aquellos momentos, y mi aspecto, supongo, era más el de un *don* oxoniense que el de cualquier otro tipo de personaje, por lo que las miradas que recibía de los errantes eran —con exactitud— torvas. Pero yo era un *don* provisional, y por tanto mi conciencia de serlo era aún exigua y no tenía muy arraigados los hábitos que les son más propios, entre ellos el de espantar vagabundos con gran destreza y ensayadas voces al efecto. En cuanto a mi educación y grado de conocimiento, eso no era un obstáculo para percibir la semejanza, ya que hay pordioseros muy cultos en Inglaterra. Allí la condición de mendicante puede no venir dada por el origen paupérrimo o por la quiebra atroz de un negocio o por la paralizadora ignorancia, sino por la afición a la bebida, por la expulsión de un trabajo, por el desengaño, por la pasión del juego o por trastornos psíquicos —en principio menores— de los que el estado suele hacer caso omiso. John Mollineux, el violín solista que tanto tocó en una época con la Academy of St Martin-in-the-Fields, la célebre orquesta de cámara, es hoy un anónimo mendigo alcoholizado del Támesis después de haber hecho una fulgurante carrera como músico durante más de un lustro y haber viajado (con muchos honores y cierta pompa) por todo el mundo. Sólo bebe, ya no toca, detesta el pentagrama. El profesor Mew (católico), un caso perdido de enajenación mental, vagó a lo largo de años por las calles de Oxford esgrimiendo botellas, blasfemando, disparatando, prevaricando, atufando a sus antiguos colegas y subordinados cuando se cruzaba con ellos (quienes no sabían si ahuyentarlo a bufidos o seguirle dando el tratamiento de catedrático), después de haber dejado importantísimos escritos de teología, haber llegado a lo más alto en su ascensión o medro académico e incluso haber formado parte durante varios años del Consejo Pontificio para la Cultura, que preside el mismísimo Papa. Ambos (el primer violín y el teólogo, no el Papa) eran borrachos y trastornados y en un momento dado fueron expulsados de sus respectivos trabajos. Pues bien, yo, en aquellas semanas del Trinity de mi segundo año en Oxford, vagaba también de un lado a otro, o, mejor dicho, de una librería de la ciudad a otra durante buena parte del día, y lo cierto es que en mi deambular me encontraba una y otra vez con las mismas caras esquinadas, con las mismas ropas raídas y pestilentes, con las mismas vaharadas alcohólicas y eructos estruendosos procedentes de bocas que apenas articulaban. Los únicos que vagaban por la ciudad, como yo, eran los pordioseros más violentos y más desesperados y más inactivos y más borrachos, algunos de los cuales eran quizá malogrados talentos de las artes y de las ciencias, como el violín Mollineux y el teólogo Mew. La ciudad de Oxford, o su casco central, no es grande, por lo que uno puede encontrarse con relativa facilidad a la misma persona dos o tres veces en un mismo día. Puede imaginarse cuán fácil resulta si tanto uno mismo como esa otra persona pasan además la jornada en la calle, vagando, errando, caminando sin rumbo, motivo, propósito ni seguramente —siquiera— conciencia de su caminar. Algunos rostros y algunos atuendos empezaron a hacérseme excesivamente familiares. 'Ahí está de nuevo el tipo de los dientes negros, la nariz exangüe y la barba roja', pensaba al cruzármelo por enésima vez. 'Ahí el mendigo de los mitones de color verde higo.' 'Ahí esa mujer de la desdentada sonrisa ausente que quizá fue guapa, pues aún camina como caminaban en los años sesenta las mujeres guapas que se sabían guapas.' 'Ahí ese escocés tan calvo pese a su gorra de jockey, que exagera tanto la pronunciación de sus erres cuando maldice al Gran Dios y a su Madre Virgen.' 'Ahí ese negro joven y tatuado con la pernera derecha del pantalón cortada hasta casi la ingle.' 'Ahí ese viejo pasional y arremolinado, clavado al Filósofo que pintó Fragonard.' Yo temía que ellos empezaran a efectuar el mismo tipo de reconocimiento conmigo y me asimilaran, que empezaran a darse cuenta de que, aunque no era un mendigo ni hablaba como ellos ni iba vestido como ellos, sino que tenía el inequívoco aspecto de un hombre togado aun cuando no siempre llevara la toga puesta, también yo, sin embargo, aparecía en sus recorridos maquinales y desnortados varias veces en el mismo día, y eso un día tras otro, durante una semana y dos semanas y tres semanas y cuatro semanas, como un animal doméstico extraviado.

CUANDO LOS ESPAÑOLES QUERÍAN CORTARSE EL CUELLO

Uno de los libreros londinenses que suelen conseguirme rarezas me ha hecho llegar estos días dos raros panfletos poco o nada conocidos y que, por su valor histórico y por lo que nos toca, quizá vale la pena glosar. Uno, de junio de 1937, se titula *Authors Take Sides;* el otro, de mayo de 1938, *Writers Take Sides (Los escritores toman partido);* ambos contienen los resultados de la misma encuesta, hecha respectivamente a los escritores británicos y norteamericanos y consistente en dos preguntas: «¿Está usted a favor o en contra de Franco y el fascismo?» y «¿Está usted a favor o en contra del gobierno legítimo y el pueblo de la España republicana?» No hace falta decir —o sí— que la abrumadora mayoría de los consultados apoyan a la República y se oponen a Franco (en el panfleto americano sólo hay una autora, Gertrude Atherton, a favor de éste; entre los británicos nada más que cinco). Bajo el epígrafe interrogativo *¿Neutrales?* figuran unos pocos, incluidos quienes, como el poeta e. e. cummings, se limitaron a devolver el cuestionario sin contestación. La mayoría de los nombres presentes (566 sumándolos todos) son hoy totalmente desconocidos hasta en sus propios países, y la mayor parte de sus respuestas son anodinas e intercambiables. Algunas de grandes escritores son asimismo mecánicas o para salir del paso. No tenían por qué ser de otro modo, pero leídas más de medio siglo después decepcionan un poco. Así, William Faulkner se muestra soso: «Deseo sinceramente dejar constancia de que me opongo inmutablemente a Franco y al fascismo, a todas las violaciones del gobierno legítimo y a los ultrajes contra el pueblo de la España republicana». Con todo, queda algo por encima de su compañero de generación, el siempre jactancioso Hemingway: «Simplemente como cualquier hombre honrado, estoy en contra de Franco». Dashiell Hammett siente cierta perplejidad ante las preguntas, pero las contesta: «Me resulta muy difícil creer que nadie pueda aún tener dudas sinceras respecto a Franco y el fascismo, por separado o en equipo». Sherwood Anderson, el maestro de Faulkner, es más expeditivo: «Ya lo creo que estoy contra todos los malditos fascistas y cualquier otra clase de dictadores». Sin embargo los que empiezan diciendo «Of course...» parecen insinceros y causan hoy mal efecto, la boca llena.

La verdad es que casi ninguno resulta simpático ni interesante. Quizá las respuestas más odiosas sean las de algunos *¿Neutrales?,* como el gran poeta T. S. Eliot, que se aparece divino: «Aunque naturalmente siento compasión, sigo aún convencido de que lo mejor es que al menos unos cuantos hombres de letras permanezcan asilados y no tomen parte en estas actividades colectivas». Bastante olímpico se muestra también Norman Douglas: «No sé qué decir... No logro emocionarme con las naciones y las causas y los credos: mi desprecio por la humanidad en general es demasiado grande. Lo único que me interesa son los individuos. Si los españoles quieren cortarse el cuello unos a otros y que los ayuden los alemanes y los rusos, ¿por qué no dejarlos? No es asunto mío». Ezra Pund es más artero: «Cuestionarios mecanismo escapista para jóvenes idiotas demasiado cobardes para pensar; demasiado perezosos para investigar la naturaleza del dinero... Estáis todos pillados. España es un lujo emocional para una cuadrilla de diletantes bobos». El influyente H. G. Wells se quita el problema de encima con una frase lucida: «El verdadero enemigo de la humanidad no es el Fascista, sino el Loco Ignorante». Por su parte, Vita Sackville-West pregunta a los responsables de la encuesta si de veras les importa que el gobierno sea «legítimo» o «comunista»: no los ve movilizándose ante una hipotética rebelión contra los gobiernos legítimos de Hitler o Mussolini.

Entre los escasísimos partidarios de Franco cabe destacar —ay— a un escritor que admiro, el autor galés de cuentos de terror Arthur Machen (quizá era consecuente en sus gustos): «Mr Arthur Machen presenta sus respetos y ruega que se informe de que está, y siempre ha estado, enteramente a favor del general Franco». De los cinco británicos franquistas sólo hay otro, Evelyn Waugh, más conocido hoy que entonces gracias a su televisiva *Retorno a Brideshead:* «Sólo conozco España como turista y lector de periódicos. La "legitimidad" del gobierno de Valencia no me impresiona más de lo que impresiona a los comunistas ingleses la legitimidad de la Corona y el Parlamento. Creo que era un mal gobierno, que se deterioraba rápidamente. Si fuera español estaría luchando a favor de Franco. Como inglés no me encuentro en el apuro de elegir entre dos males. No soy fascista ni me haré tal excepto si fuese la única alternativa al marxismo. Es malvado insinuar que tal elección sea inminente».

Los partidos de la República, sin embargo, rara vez resultan brillantes; muchos tan sólo se adornan con sus respuestas, como tantos hoy que hablan enfáticamente de Bosnia; a menudo suenan cursis y falsos, como el escritor indio Mulk Raj Anand, que empieza así: «Toda la verdad de mi ser, toda la intensidad de la pasión de que soy capaz me impele a deciros que...». El famosísimo mandarín crítico Cyril Connolly, tras una seria advertencia contra la estupidización de la raza humana, concluye parcial e interesadamente: «Los intelectuales primero, casi antes que las mujeres y niños». En cuanto a Arthur Koestler, hace una puntualización muy linda: «Otras guerras consisten en una sucesión de batallas; ésta es una sucesión de tragedias, con el pueblo español como víctima». La respuesta del crítico de arte Herbert Read es sin duda la de un alma bella: «En España, y casi sólo en España, aún existe un espíritu de resistencia frente a la tiranía burocrática del Estado y la intolerancia intelectual de todos los doctrinarios. Por esa razón todos los poetas deben seguir el curso de este combate con abierto y apasionado partidismo». También, claro está, hay contestaciones inteligentes y razonadas dentro de ese apasionamiento requerido y por lo general cumplido, como las del poeta Auden o Ford Madox Ford, autor de una de las mejores novelas del siglo, *El buen soldado.* Pero a la postre, y en la distancia, quizá las más simpáticas y llamativas sean las de dos escritores bien distintos entre sí: la del viejo Aleister Crowley, el satanista, la Gran Bestia (su propio apodo), el hombre más malvado de su tiempo según él mismo y muchos otros, que respondió: «HAZ LO QUE QUIERAS será la totalidad de la Ley. Franco es un vulgar asesino y pirata: debería colgar de cadenas en el Muelle de las Ejecuciones. Mussolini, el asesino secreto, seguramente peor. Hitler puede resultar ser un "profeta"; el tiempo juzgará. El amor es la ley, el amor bajo la voluntad». La otra es la del joven Samuel Beckett, que se limitó a exclamar: «¡ARRIBALARREPÚBLICA!» (Su maestro James Joyce, dicho sea de paso, no aparece por ningún lugar).

Con frecuencia se echa hoy de menos a los intelectuales comprometidos de los años treinta. A la vista de estas encuestas que nos conciernen, no sé si tan gran nostalgia está muy justificada. Lo que quizá no lo está en absoluto es que casi sesenta años después una de las formas triunfantes y favoritas del periodismo sea seguir sometiendo a cuestionarios entontecedores a todo el mundo.

Hay que reconocer que fue una imprudencia, pero lo cierto es que quien esto suscribe pasó los últimos dos años de su vida —con breves e imprescindibles respiros— en la muy famosa ciudad de Oxford. Es decir, en un lugar conservado en almíbar donde uno cena a las siete con la toga puesta y los dedos cruzados para que no le toque al lado (como puede suceder) una lumbrera económica que sólo se dignará hablar del tema sobre el que un día lejano versó su tesis doctoral, a saber: cierto impuesto con que, entre 1762 y 1765, fue gravemente gravada en Inglaterra la producción de sidra *(sic)*. Después de la cena académica —una imposible incursión en siglo XVIII y la Edad Media al mismo tiempo—, a uno no le queda más remedio que regresar a casa y dejar pasar las horas con el mayor y solitario provecho posible, ya que las alternativas de volver al siglo XX en sus postrimerías pasan necesariamente por visitar una discoteca sórdida y maloliente en comparación con la cual la más ruinosa y anticuada de cualquier barriada madrileña o barcelonesa parece sacada de *Blade Runner,* o bien, si no, por acercarse a tomar una copa —siempre mirando el reloj— en uno de los vociferantes, rurales y apestosos pubs de la localidad, que resultan todavía más deprimentes, ya que en ellos se juntan aquellos estudiantes desnortados o rebeldes (es decir, anacrónicos en todo caso en Inglaterra) que no conciben acabar el día sin una borrachera más bien vikinga, los innumerables pordioseros malcarados y brutales (nada que ver con el tipo mediterráneo, con el adulador y locuaz «pobre de solemnidad») que no conciben acabar el día de manera distinta de como lo empezaron, y cuatro empleados de la fábrica de automóviles que se divierten concluyendo su jornada como seguramente habrían deseado iniciarla: tirando dardos. En suma, es mejor quedarse en casa. Pero si por la mañana se ha recibido una carta de la ciudad natal, o se tiene entre manos una revista o un periódico españoles, entonces quizá sea más aconsejable probar a bailar el mambo con una gorda minifaldera que por lo menos ofrece el exotismo de un ejemplar hoy inencontrable en la Península Ibérica, o dejarse convencer por las costumbres locales y caer de lleno en la vikingada.

Porque durante esos dos años las noticias que he recibido de mi país (y sobre todo de Madrid, la ciudad natal) no han hecho sino arrojarme una y otra vez los dientes contra el suelo. Mientras a lo largo de horas escuchaba las salvajes campanadas protestantes de las incontables iglesias oxonienses y procuraba mirar poco por la ventana para no ser demasiado consciente de que no había nadie en la calle, no podía evitar pensar en la rutilante vida que sin duda disfrutaban en aquellos momentos mis amigos, mis conocidos y mis enemigos. Hasta llegué a lamentar no haber puesto nunca el pie en Murcia cuando recordaba que, según informes fidedignos, allí se encuentra, al parecer, la más grande y moderna pista de baile de Europa.

Pero el tormento era Madrid. «Madrid está mejor que Nueva York», leía, dispuesto, en mi desesperación, a poner totalmente en suspenso la incredulidad saludable y trabajosamente conseguida con los años. «Madrid es la capital de la vanguardia mundial», rezaban cartas y artículos: «Está todo perdido de grandes exposiciones, locales depravados, ministros cultos, cantantes calvas, emisoras de radio californianas, terceros y cuartos sexos, periodistas ocurrentes y millonarios extranjeros». O bien: «Florecen las artes plásticas y la arquitectura es buena; abundan los nuevos talentos literarios y se hace el mejor cine del mundo; en música se nos imita y en moda se nos exporta». Todo ello podía resumirse en una sola frase, repetida quizá con tanta insistencia que quizá alguien en una situación menos precaria que la mía podría haber sospechado que, más que de afirmar, se trataba de convencerse. La frase no era otra que «Nos envidian, nos envidian, por fin nos envidian». Yo, desde luego, envidiaba, pero si mi entendimiento no hubiese estado tan entorpecido por la sidra que un par de veces por semana me veía obligado a ingerir, debería haberme dado cuenta de que al menos allí donde yo me encontraba no sólo nadie «nos envidiaba», sino que seguía ignorándose —ufana y voluntariamente— cuanto pudiera suceder o inventarse en la añorada ciudad natal. Pero si alguna vez cruzó velozmente por mi cabeza pensamiento tan poco patriótico fue para desterrarlo en el acto amparándome en el argumento impecable de que en la ciudad conservada en almíbar la pegajosidad es tal que ni siquiera levantar la vista y mirar a cierta distancia resulta factible sin que se produzca de inmediato un desprendimiento de retina.

EL PAÍS DE HOLMES

Puesto que mi camarada de letras Arturo Pérez-Reverte acabó matizando mucho y sobre todo salvó a Sherlock Holmes, no le enviaré a mis padrinos y por tanto no habrá duelo, como él se temía tras su imprudente frase «Históricamente me caen muy gordos los ingleses» de hace unas semanas. Además, acabo de regresar de Inglaterra, y como resulta que en ese país él y yo tenemos el mismo editor y es escocés, no desearía que Mr MacLehose se pusiera en plan Rob Roy con el vencedor del lance por haber dejado maltrecho a uno de sus autores. Otra cosa sería que Candy-Reverte o Pérez-Kretschmar hubiera insultado a Holmes o al doctor Watson: en ese caso sí habría exigido reparaciones.

Pero todo venía por mi fama de anglófilo empedernido, que por lo general no rehuyo ni desmiento, entre otros motivos porque me divierte ver lo mucho que molesta a algunos escritores patrioteros (y aquí no me refiero al compañero semanal), que han llegado a ordenarme que abandone el español en mis libros y escriba directamente en inglés. Supongo que así tendrían la sensación de ganar algún terreno, cuando el territorio literario se lo crea siempre uno, como los holandeses cuando se lo conquistaron al mar. Lo cierto es que yo viví algunos años en Inglaterra y es un país en el que sólo me quedaría si tuviera que exiliarme un día (todo puede ser, dado lo mal que soportamos los españoles a quienes disienten). Una cosa es la *idea* de un país y otra el país mismo. Por eso las generalizaciones no sólo son absurdas y peligrosas, sino indefectiblemente inexactas. Los aficionados a la literatura y al cine solemos tener tantas referencias previas de los lugares y las épocas, que prevalecerán en gran medida sobre cualquier realidad que las ponga en tela de juicio. Esos tópicos a veces dañan la imagen de un país, pero otras veces la benefician. En el caso de España ocurre lo primero, desde mi punto de vista, y además hemos contado siempre con escritores y pintores y cineastas deshonestos que, sabedores de que sus obras han de resultar «muy españolas» para vender fuera, no vacilan en perpetuar los lugares comunes; tricornios y navajazos, gente renegrida y mucha venganza pasional, desgarro a mansalva y truculencias varias, toros reales o simbólicos, olor a aceite frito y palillos entre los dientes, una España que existe, pero sólo a ratos y como excepción, conviviendo con muchas otras más verdaderas. El país, pese a todo, es mejor que su imagen.

Con Inglaterra ocurre lo contrario. Hay características que detestaba cuando vivía allí, y la peor era la miserabilidad de lo cotidiano, el enfermizo ahorro y el pavor ante el despilfarro. Cuando, recién llegado, tenía que montar mi casa y preguntaba a mis conocidos dónde podía comprar cada cosa (desde sábanas hasta un sacacorchos), la respuesta era a menudo: «Ahí al lado, pero si te vas a la otra punta de la ciudad podrás ahorrarte diez peniques en tal otra tienda». Yo no quería ahorrarme ningún penique, sino adquirir lo que necesitaba sin perder tiempo en ello. Una vez me encontré a un colega de la Universidad en la cola de un cine, y al preguntarle si le interesaba la película me contestó: «No especialmente; es sólo que con el frío de estos días he calculado que me sale más barato pasar dos horas aquí, pagando la entrada, que en casa con la calefacción muy alta». Estuve a punto de suicidarme allí mismo, en la cola, imaginen qué triste final. Y en el autobús un señor bien trajeado me vio con el cigarrillo ya listo en los labios y me pidió uno. Se lo di con gusto, y entonces él sacó una moneda e intentó pagarme lo que, según sus cálculos, costaba la unidad. Estuve a punto de arrojarlo por la puerta abierta, por su concepción ruin del mundo: no comprendía que yo no quisiera sus peniques ridículos.

Pero —también generalizando— los ingleses suelen ser gente bastante recta y poco dada a engañar al prójimo, lo cual es una bendición si uno no es pícaro y sin embargo es latino. Y lo curioso es que la *idea* de Inglaterra permaneció después de convivir con Inglaterra misma, como si el territorio marcado por los libros y las películas e incluso por los tópicos no pudiera destruirlo ni siquiera la realidad. En esa *idea* caben Holmes y Watson y los personajes de Conrad y Stevenson, Guillermo Brown y las cumbres borrascosas, Dickens y Shakespeare, aventuras marinas sin fin y el ya anciano Peter Pan. Y cabe sobre todo el país que, con todas sus mezquindades, resistió a Hitler mientras aquí se lo veneraba y el régimen de Franco prohibía cuanto era antinazi y se retrataba a sí mismo. Temo que, «históricamente», los españoles no caigamos por ahí muy ligeros ni muy flacos.

LA CIUDAD MÁS PRESUMIDA

Una de las incontables maneras de dividir a las grandes ciudades sería hacerlo entre jactanciosas y presumidas, en la absoluta certeza de que no hay una sola en el mundo que no se inscriba en una de esas dos categorías. A primera vista podría parecer que ambas se asemejan en exceso, que pertenecen a la misma gama, que la frontera entre ellas es apenas distinguible y por tanto ociosa. Yo veo, sin embargo, una gran diferencia que atañe sobre todo al carácter, y en última instancia es el carácter —mucho más que el paisaje o las costumbres de los ciudadanos— lo que deja su huella en el visitante y lo que a éste le queda cuando se marcha.

Las ciudades jactanciosas suelen ser inseguras, infantiles y dicharacheras (a menudo vociferantes), poco enigmáticas y abrumadoras, impacientes, con prisas por conquistar y recibir el elogio. En cuanto uno se descuida, lo obsequian con un baño de multitud o con un atropello y, por así decir, no permiten que quien las visita vaya indagando o descubriendo por su propia cuenta y a su propio ritmo, sino que intentan por todos los medios (incluidos los más irrespetuosos y también vandálicos) imponer el suyo a quien se atreve a pisarlas. Dicho de otro modo, intentan *incorporarlo,* esto es, someterlo y anularlo. Ciudades jactanciosas como París o Roma o Madrid se ven completamente alteradas por la presencia de forasteros, no tanto porque estén pendientes de ellos (entonces no serían tan jactanciosas) cuanto porque no pueden permitirse dejarlos en paz y a su aire. Digamos que les hacen caso porque se preocupan de embriagarlos, de aturdirlos, de zarandearlos y, si es posible, de corromperlos. Su jactancia consiste precisamente en un rasgo totalitario: no consienten la diferencia. Tampoco —ni siquiera— el distanciamiento, el desapasionamiento, la mirada del espectador. Impregnan, sólo admiten la adhesión, obligan a ella, son ellas las que se adhieren.

Barcelona es, en cambio, la ciudad más presumida que yo conozco.

Más que San Sebastián, más que Londres, incluso más que Nueva York o Venecia. Esta categoría de ciudades tienen en común con las otras que todas ellas se precian de ser estupendas por algún motivo o en su conjunto. Sin embargo, la actitud y el carácter de las presumidas es no ya distinto, sino opuesto. Están mucho más seguras de sí mismas y son por ello más perezosas. También más enigmáticas, más reservadas, más esquivas. No podrían vivir sin la alabanza, cierto, pero a eso prefieren la envidia. Gustan de resistirse, de mostrarse inalcanzables, sobre todo porque saben que se va a intentar siempre alcanzarlas. Jamás hacen nada por el visitante, ni siquiera molestarlo u hostigarlo, y, contrariamente a las jactanciosas, lo toleran desgajado de sí, es más, procuran que no se adhiera ni *incorpore* en modo alguno. Son conscientes de que otorgan un privilegio, a cambio del cual, eso sí, esperan el obligado cumplido, por no decir el asombro y la rendición incondicional.

Lo que hace de Barcelona una ciudad aún más presumida que sus compañeras es que, sorprendentemente y a diferencia de ellas, ni siquiera se molesta en llevar a cabo la elegante y disimulada operación de atraer —operación al cabo, por muy pasiva que sea—. Así como San Sebastián parece estar permanentemente acicalada y engalanada por si llega alguien inesperado, sabedora siempre de que puede ser avisada; así como Londres delata su nerviosismo y coquetería crónicos en su conservadurismo y en la prohibición que se ha impuesto de alterar nada, como esas personas que nunca cambiarán de peinado porque una vez hicieron una conquista importante con el que llevan; así como Nueva York atrae a base de intentar parecerse siempre, y más cada vez, a la imagen previa que se tiene de ella y debe al cine; así como Venecia no sólo no mueve de sitio un ladrillo sino que además se mira sin interrupción a sí misma como si no hubiera otra cosa que hacer en el mundo y de este modo redobla la atención que ya se le presta naturalmente, Barcelona, en cambio, parece distraída de sus propias capacidades o bien es mucho más simuladora y por tanto más presumida. Esa mayor presunción suya consistiría no sólo en que jamás se le ocurriría solicitar formalmente la admiración o la pleitesía ajenas, sino que, a diferencia de las anteriores, ni siquiera hace ademán de esperarlas.

Por eso Barcelona puede parecer, en algunos momentos o en algunos aspectos, una ciudad demasiado tibia o incluso poco hospitalaria. Yo la he visto siempre más bien como un lugar excesivamente pudoroso, demasiado respetuoso, con esa presunción que puede intuirse pero casi no se manifiesta, o lo hace tan vergonzantemente que da la impresión de recibir las lisonjas contra su voluntad, con paciencia y una media sonrisa, como un trámite por el que hay que pasar para no ser descortés tampoco. O quizá es que su presunción es sólo un asunto interno: lo que más le interesa —tal vez lo único— es la devoción de sus propios vástagos, resultándole secundario que se vea o no acompañada por la de los visitantes. Y qué mayor presunción que la de quien sólo estima de veras el aprecio propio, o tiene tan alta idea de sí que la propia aprobación será la única que la dignificará satisfactoriamente.

Es esta una figura que, así enunciada o descrita, podría asemejarse a la del narcisista, o aún peor, a la del ombliguista. Y sin embargo la actitud y el carácter de Barcelona no tiene nada que ver, a mi juicio, con el uno ni con el otro. Creo que se trata más bien de concentración y autoexigencia y reserva, como las de un individuo absorto en un experimento o en una tarea de gran consecuencia. Es, por ejemplo, la única ciudad española (de las que yo conozco) que parece tomarse en serio y sin sarcasmo sus propias tradiciones, sus propias fiestas y sus propias costumbres: los habitantes compran una rosa o un libro el día de San Jorge o comen coca la noche de San Juan porque lo siguen juzgando una buena idea y aunque nadie más que ellos vaya a enterarse de que lo hacen, y no por parodia ni exhibicionismo ni deliberado folklore, como hoy sucede en casi todas partes con este tipo de celebraciones que son del pasado.

Esa idea de hacer las cosas aunque nadie vaya a enterarse configura o ilustra en buena medida el carácter reservado de la ciudad. Si uno de los modos de averiguar el espíritu y las aficiones de un lugar es ver qué clase de establecimientos proliferan en él, Madrid, el sitio en que nací y aún vivo, se distingue por la abundancia maniática de bancos ostentosos y bares cochambrosos, alternados con edificios burocráticos y con restaurantes, cafeterías, tascas y pseudomesones también cochambrosos por lo general. Es decir, por la manifestación del dinero en bruto y de la vida pública y callejera, ésta en forma de comida y bebida. En Barcelona, por el contrario, lo que uno va encontrándose con rara insistencia son tiendas de numismática, tiendas de filatelia, pastelerías y lo que allí llaman colmados y en mi ciudad —tan anacrónica como visionariamente— nada menos que *ultramarinos*. Eso habla de una sociedad consumidora y acumulativa, pero que consume y acumula en privado: los pasteles se suelen llevar a casa, como las adquisiciones de los colmados, y el coleccionismo es una forma muy personalizada de acumular, una forma también privada, singular, que no puede confundirse con la de los demás. Se diría que Barcelona es un lugar en el que no todos aspiran a hacer y poseer *lo mismo,* como es la tendencia generalizada en el resto de España, sino cada cual lo que en verdad le interesa, o aún es más, *cosas únicas.* Y así, no es que no haya competencia, sino que ésta se fundamenta en lo diverso y lo secreto, como si se tuviera conciencia de que nada es tan envidiado como lo que no se sabe a ciencia cierta qué es o en qué consiste. Por eso sus habitantes (es una de las razones) lo serán todo menos jactanciosos, ya que informar de lo que se logra o posee facilita que otros consigan lo mismo, pues sabrán tras de lo que andan, lo que ya es muchísimo para alcanzarlo. Ese mismo comportamiento que puede fantasearse acerca de sus habitantes lo tiene la propia ciudad, que no se compara ni se preocupa por lo que hagan otras, sino que sigue su propio curso. Hasta cierto punto se percibe en ella algo cercano al autismo, como si bien supiera que la curiosidad hacia el exterior es también una amenaza y un riesgo: resulta muy difícil ver sin ser visto.

Tan variadas como son las diferentes zonas de Barcelona, casi todas parecen participar de ese espíritu contenidamente celoso y autosuficiente: las casas elegantes de la parte alta y las Ramblas, Poble Nou y el Ensanche, San Gervasio y Sarrià, el barrio gótico y el de Gracia. A ello contribuye, yo creo, algo tan evidente que no se hace demasiado hincapié en ello: Barcelona es una ciudad en cuesta, en la que resulta fácil orientarse pero que interrumpe de continuo la perspectiva, creando la impresión de hallarse compartimentada, de no ser un espacio continuo y controlable y adivinable, sino, por el contrario, una incógnita perpetua, el fomento de lo secreto. Recuerdo la sensación de expectación y zozobra con que siempre subo una calle desconocida y pequeña, la de Castañer, cuya cuesta, para mayor absurdo, se eleva perpendicular a las inclinaciones más conocidas y justificadas, las que van de la montaña al mar y del mar a la montaña. Esa cuesta, como tantas otras, resulta tan pronunciada que, aun sabiendo por experiencia lo que aguarda al final de ella, uno la sube como quien asciende hacia una inexplorada cima o hacia un cadalso. En Barcelona se camina así, uno no siempre ve, en realidad ve poco, y cuando ve una extensión, un paisaje, éste es la falda del Tibidabo con su excelente observatorio, que corta como si más allá no hubiera nada, o nada más interesante al menos.

Pero no es sólo que los famosos límites del mar y de la montaña hagan de la ciudad un espacio cerrado que quizá se va a abrir o se está ya abriendo con las obras de las Olimpiadas. Es también que Barcelona es tácita y nunca se despliega. Por eso, incluso para quien ha vivido, como yo hice, tres años en ella y no ha sido un mero visitante, resulta bastante indescifrable sin ser por ello hostil o inhóspita. Esto no es debido (aunque seguramente ayuda) a que los barceloneses guarden sus casas, como sus colecciones, de los ojos de los demás e inviten poco, ni a que la mitad de la población lleve sobre la mirada la nube ficticia de quienes creen haber padecido la injusticia y la ofensa secularmente, ni a que la otra mitad (sobre todo los andaluces) se comporten como esos padres o suegros de pueblo que no saben dónde ponerse ni a qué dedicar el tiempo cuando visitan a sus hijos o nueras urbanos, ni a que se atisben a veces aficiones y gustos de otras épocas ya clausuradas: el montañismo y el excursionismo, sardanas en plena calle, la filatelia y la numismática ya citadas. Al lado de todo eso se puede contraponer un desenfrenado callejeo diurno que delata la meridionalidad del lugar, una quizá fingida inocencia que sin embargo despeja la mirada nublada de la mitad ofendida y la torna más bien alegre, una variedad de tipos físicos indispensable hoy en cualquier gran ciudad para que sea respirable, la delectación en aficiones y gustos que son del futuro: la música, los libros, los diseñados restaurantes y bares, los cocktails, el grafismo (es un sitio que se para a pensar en los rótulos de los comercios).

Lo indescifrable o enigmático de Barcelona proviene más bien de ese interiorismo hacia el que todo parece tender: la ciudad se mira a sí misma y no espera nada ni aprende más que de su propia invención; cada tienda o local aspira a distinguirse de los demás, y la mejor manera es desconocerse; los ciudadanos establecen y guardan celosamente sus respectivos territorios, rehúyen la promiscuidad y aun la coincidencia. Recuerdo haber dicho en otra ocasión que, por mucha gente que uno vea en la calle en Barcelona (y a veces es mucha la que se ve, aunque jamás hay *bains de foule),* se tiene siempre la sensación, teñida de certidumbre, de que en el interior de las casas a las que no se accede ha de haber en todo momento aún mucha más gente, ocupada quizá en devorar los pasteles o en colocar y mirar los sellos y las monedas que tanto se ofrecen por la ciudad. Pero lo más intrigante es en realidad que uno deba recurrir a imaginar actividades tan improbables y peregrinas, porque de otro modo lo que se produce en la imaginación es un extraño blanco o vacío (¿qué diablos harán?), apenas poblado por las literarias sombras de financieros carentes de escrúpulos y anarquistas escrupulosos llevando a cabo maquinaciones: ambos sombras del pasado.

Así, para el visitante Barcelona se aparece, sobre todo de noche, como los escaparates para los niños de Dickens por Navidad. Las luces encendidas en el interior de las casas no sirven para iluminar, ni siquiera un poco, al paseante que las contempla desde la calle, sino más bien para subrayarle la oscuridad en que queda, mientras se pregunta por los mundos recónditos cuya desconocida existencia proclaman esas luces insondables. Como antes dije, tal vez sea la mayor presunción posible: anunciar a lo lejos la propia presencia, pero saberse tan atrayente como para ni siquiera necesitar mostrarse.

Madrid es una ciudad a la que no le gusta ser definida, menos aún etiquetada, lo cual es seguramente la principal causa de que tras ya muchos siglos de ser la capital de un reino y de un Estado, nadie sepa a ciencia cierta cuál es su imagen predominante. No existe un Madrid literariamente cuajado, tal vez porque casi siempre le ha tocado ser descrito por la pluma provincial y miope de quienes no habían nacido aquí, desde Galdós hasta algún *beatus* actual: una visión en exceso chocarrera o papanatas o resentida o sórdida, pues ya se sabe que siempre prevalece la mirada del que mira sobre lo mirado. Una visión, por tanto, a la que tradicionalmente se le ha escapado el verdadero espíritu de la ciudad, aunque de esto tampoco pueda acusarse demasiado a nadie, habida cuenta de que es ese «verdadero espíritu» el que Madrid gusta de ocultar, disfrazar, tergiversar, como si se sintiera molesto ante la univocidad, como si no quisiera ser aprehendido ni menos aún comprendido.

Madrid parece fingir, y desde luego cambia continuamente. A un período demasiado heroico (el levantamiento del 2 de mayo, el asedio de la Guerra Civil) le sigue una etapa de apoltronamiento y burocratización, como si los habitantes empezaran a sentirse incómodos ante la idea de *quedar* como un pueblo duro, sacrificado y capaz de gestas. Pero tampoco persevera la ciudad en ese segundo aspecto, y ella misma lo torpedea con el caos y la exasperación cotidianos, como si también le fastidiara *quedar* como sede administrativa y más o menos racional. Quizá se le va más la mano (a veces se deja llevar) en este tercer aspecto de la crispación, y a menudo está a punto de convertirse en un endemoniado cruce de Nápoles, Nueva York y Río, pero antes de llegar a tanto parece asimismo arrepentirse y adopta de pronto la apariencia de una ciudad decimonónica, o en todo caso un poco arcaica. Posiblemente lo que no soporta es *quedar* de ninguna manera, es decir, *quedarse,* o quedarse quieta.

Recuerda en eso a los seres imprevisibles, de los que cada vez va habiendo menos en el mundo entero. De la mayoría de las personas (como de la mayoría de los escritores), ya se sabe lo que van a opinar sobre cualquier asunto nuevo que surja. La culpa de eso la tienen a partes iguales la supersticiosa necesidad de «alinearse» y el deseo universal de poseer lo que suele llamarse «una personalidad» o, aún peor, «una personalidad coherente». Del mismo modo, hay ciudades transparentes y cumplidoras, esto es, que no son más ni menos de lo que parecen y dan siempre lo que uno espera, a veces cosas maravillosas, pero sin sorpresas. Así Londres, Venecia o incluso París. En Madrid, en cambio, suele haber un considerable desequilibrio entre su fama (momentánea, efímera, mudable como ella) y su manifestación efectiva. Cuando he vivido fuera de aquí y por tanto he podido percibirla como forastero, al regresar unos días me he encontrado justamente con lo contrario de lo que se me anunciaba desde la distancia: recuerdo que en los años de la famosa «movida» yo estaba en Oxford, muerto de aburrimiento y de envidia por lo que se me contaba de mi ciudad natal; pero cada vez que venía de vacaciones me parecía verla en uno de los períodos más mortecinos de su historia; en cambio, cuando no mucho después hubo un lamento generalizado por la pérdida de vitalidad de aquel movimiento para mí fantasma, yo venía de Italia y me asombraba al ver todo el centro colapsado de coches y abarrotado de gente a las cuatro de la madrugada de un jueves, un poco como si Madrid se complaciera en engañar al visitante interesado o aprovechado, en castigar a quien acude a ella en busca de medro y placeres fáciles y en premiar a quien se le acerca pese a las promesas de mucho peligro y más bien poca diversión.

Antiguamente, cuando no sólo Madrid sino todas las ciudades españolas eran poblaciones, el madrileño de origen estaba muy definido: era un tipo aparentemente listo, notoriamente chulo e indudablemente estafador, aunque esto último en menor grado que el sevillano. Era también un poco pendenciero, bastante cantamañanas y muy presumido. Solía llevar gorra a cuadros y, en el colmo del casticismo, bailaba danzas bohemias. Pero no todas las versiones coincidían, y es curioso ver de qué lo tilda el divertido poeta satírico Francisco Vighi en su excelente «Regionalismo (Canción patriótica)», de 1920, poema que no viene mal recordar en su integridad en estos tiempos de falso respeto y adulación interregionales: *Para que te exaltes, castellano, / hombre seco, hombre de tierra. / Para que me odies, catalán, / más fenicio que de Grecia; / y tú, manchego retardado, / cazurro de alma plebeya; / isleño cursi y rastacuero, / balear ladrón, hijo de chueta; / leonés rencoroso y zafio; / montañés vano, hombre de cera; / y tú, aragonés, que llamas / a la bestialidad franqueza; / para que me mates, levantino, / simulador de arte y de belleza; / vasco hipócrita y ambicioso, / insúltame con tu pobre lengua; / asturiano traidor y falso; / gallego llorón y sin vértebras; / murciano sucio, feo y torpe; / extremeño de las cavernas; / madrileño que de Real orden / eres tonto por dentro y por fuera. / Yo os desprecio, os maldigo y os odio, / gentes cobardes de mi tierra. / Y para ti, andaluz idiota, / ¡culebra!, ¡culebra!, ¡culebra!*

Quizá lo más llamativo del poema de Vighi sea ese *eres tonto por dentro y por fuera* dedicado al madrileño, pues no ha sido nunca esa precisamente su fama. Y sin embargo habría que pensar si el madrileño (me refiero al verdadero, al nacido y criado en la capital, al aborigen) no tiene, en efecto, algo o mucho de tonto. Vaya por delante que en el caso de que tal hipótesis se demostrara cierta, quien esto suscribe iría incluido de cabeza, ya que nació y pasó su infancia en el mismísimo barrio de Chamberí. No habría escapatoria.

En realidad, la primera característica del madrileño es su falta de características, que se ve inmediatamente acompañada por una segunda carencia, la de apego y orgullo por su suelo natal. De todas las ciudades españolas, no me cabe duda de que fue Madrid la más devastada, desde un punto de vista arquitectónico y urbano, durante los cuarenta años de franquismo. La primera razón que lo explica es que tanto Franco como sus ministros vivían aquí, por lo que no tenían que hacer molestos desplazamientos para inspeccionar terrenos y ver cómo se los podía arruinar, sino que les bastaba con ir en coche de casa a misa o del ministerio al Bernabéu para que se les ocurriera en el trayecto los más crueles destrozos y demoliciones. La segunda razón es que los madrileños eran los que tenían menos conciencia cívica y menos cariño por sus edificios y calles. Antes de tirar un palacio dieciochesco o una gasolinera modernista, los especuladores y dinamiteros franquistas habían de vencer algún que otro obstáculo (aunque fuera sólo verbal) puesto por las mortecinas fuerzas vivas de las ciudades españolas, menos en Madrid, donde a nadie le importaba una higa lo que se hiciera con los vestigios de un pasado que la población ha ignorado siempre metódicamente. Al menos hasta hace poco, Madrid era la ciudad más despreocupada y menos chauvinista de Europa, y probablemente también de América. Esto, como bien sabemos y han traído bien aprendido unos cuantos andaluces que de unos años a esta parte se han hecho si no los amos, sí los administradores de la ciudad, constituye una gran tontería y es muy desventajoso, pues, como bien nos confirma el poeta Vighi (que era de Palencia a pesar del apellido), si uno no se elogia un poco tampoco va a venir alguien de fuera a hacerlo graciosamente.

Pero la mayor tontería consiste sin duda en esa extraordinaria pasividad, nunca vista en ningún otro sitio, con que los madrileños nativos dejan que los forasteros tenaces, ambiciosos y arteros se hagan cíclicamente (y en ciclos brevísimos) con las riendas de su capital. En Madrid sucede lo que en Barcelona (por hablar de la otra gran ciudad del país, es decir, de la *otra* ciudad donde hay poder e influencia que arañar) sería inimaginable. A nadie que venga de fuera se le ponen trabas ni zancadillas por ello, sino que, si vale (y a veces también si no), se le permite, con una mezcla de pereza, displicencia y curiosidad —en esto ha quedado el envidiado señoritismo de antaño—, ascender indefinidamente y hacerse el dueño de la noche, de los periódicos, de la movida, de la televisión, de los negocios, de la alcaldía, de la radio, del cine, de la música y de cuantas cosas y actividades se ofrecen y desarrollan en la ciudad. Por centrarse en el medio que más conozco, el literario, de los numerosísimos escritores que en la actualidad figuran, suenan, venden o son elogiados (la mayoría de ellos residentes en Madrid), sólo se me ocurren cuatro que en verdad sean madrileños: Juan Benet, Juan García Hortelano, Rosa Montero y Luis Antonio de Villena (al primero, dicho sea de paso, le debe haber ayudado bastante el apellido catalán). Parece ser que también Guelbenzu y Sánchez Dragó nacieron en Madrid, pero con gran astucia ofician de guipuzcoano y soriano respectivamente.

Así como los hijos ilustres de las provincias gozan a un mismo tiempo de estimación en la capital y de la protección, veneración, recompensa, homenaje y subvención de sus lugares de origen (en los que con el tiempo, y a menos que se conviertan en renegados, darán su nombre a alguna calle, plaza o *avinguda),* los vástagos notables de Madrid no tienen ningún privilegio por el hecho de ser de aquí, y jamás verán ninguna plazoleta o calleja del extrarradio adornada con sus nombres. Madrid no está orgulloso de lo que produce, quizá porque produce mucho y patrocina más, pero lo cierto es que a nadie le importa en esta ciudad de dónde venga nadie. Aún recuerdo cómo, hace no demasiados años, viviendo yo en Barcelona y picado un día por los constantes insultos y menosprecios que allí oía dedicados a mi ciudad natal, acusada entre otras cosas de esterilidad literaria, me molesté en echar un vistazo a un diccionario de literatura para descubrir con sorpresa que los «hijos de la villa» —aunque sus orígenes fueran de lo más diverso— eran gente como Lope, Ercilla, Calderón, Quevedo y, por aproximación, Cervantes. Nunca antes me había preocupado lo más mínimo el lugar de nacimiento de tales autores, y no conozco a ningún madrileño que lleve cómputos semejantes, muy al contrario de lo que sucede en las demás ciudades.

Me temo que, en efecto, como nos espetaba Vighi, los madrileños somos tontos por dentro y por fuera, aunque se trate de una tontería enternecedora y quizá no antipática, ya que a la postre parece producto de la hospitalidad, la falta de raíces, cierto desinterés por el medro y nuestra inveterada tendencia a cotillear y hacer el zángano mientras los audaces muchachos de Valencia, Burgos, Teruel, Huelva y hasta Barcelona escalan con nuestro beneplácito por nuestras espaldas, o —lo que hace a los aborígenes aún más enternecedores y más tontos— por delante mismo de nuestras narices.

EL EFECTO APLEY

En una vieja película de Joseph J. Mankiewicz, *El mundo de George Apley,* se describía con ironía y comprensión la vida cerrada de una rancia y linajuda familia de Boston, conservadora y cicatera hasta lo grotesco. Sus miembros se pasaban la existencia preocupados por cuestiones mínimas relacionadas con su pasado, presente y futuro raquíticos (incluida su sepultura) y consideraban poco menos que extranjero a cualquiera que no hubiera nacido en su refinada calle, Beacon Street. Entre ellos había un personaje particularmente ridículo, la tía Amelia, que en un momento dado afirmaba: «Cada vez que estoy deprimida, me recuerdo a mí misma que soy una Apley». La acción transcurría en 1912 y la sátira, aunque suave y nada maniquea, resultaba del todo implacable.

Es sorprendente que esta misma actitud decadente y retrógrada, apolillada y miserable, se dé con tanta frecuencia casi cien años después y con mucha mayor amplitud, ya que participan de ella considerables porciones de algunos pueblos, regiones, naciones o como prefieran llamarse, lo mismo da. Una posible definición del nacionalismo sería ésta: «Consiste en pasarse la vida dando importancia a cosas que no la tienen». Otra, más dura, sería: «Consiste en cultivar un espíritu mezquino y excluyente, y en encontrar la razón de ser en algo enteramente accidental, como es el lugar de nacimiento». Consiste en ser «una Apley» y en ejercer de tal las veinticuatro horas del día. Por desgracia no creo que sean pocos los vascos o los catalanes o los gallegos o los andaluces que en instantes de depresión puedan consolarse pensando: «Al fin y al cabo, soy vasco, o catalán, o gallego, o andaluz», como si eso los hiciera personalmente mejores o por lo menos distintos. No se me escapa que también hay individuos que paliarán sus melancolías pensando que al fin y al cabo son españoles o franceses o ingleses o alemanes, y no me parecen menos necios ni menos peligrosos, pero hoy por hoy dan la impresión de no estar obsesionados con lo que se suele llamar, con poco sentido, la «identidad» de sus respectivos pueblos.

Yo soy de Madrid, una ciudad en la que a nadie le importa de dónde procede nadie (tiene mil defectos, pero esta virtud compensa muchos de ellos) y en la que por tanto los ciudadanos no se ven obligados a perder su tiempo —su precioso y único tiempo— con asuntos nimios y disparatados. Desde luego aquí ni siquiera sabemos de dónde es el obispo, ni el alcalde, ni el presidente de la Comunidad, y la verdad es que es cómodo vivir así, sin preocupaciones superfluas y añadidas a las que ya tenemos. Hace algo más de un año, Jordi Pujol, en una visita a Andorra, dijo unas cuantas cosas que apenas fueron comentadas en su momento, como si fueran normales. He aquí algunas: «Cada día debemos defender nuestra identidad. Nuestro primer objetivo es el de ser catalanes». Curioso que nadie se extrañara de que el primer objetivo de unos ciudadanos sea el de ser lo que ya son (?). Tampoco estuvo mal el recordatorio de los lazos que unen a andorranos y catalanes: «Somos todos de origen carolingio; los catalanes somos los únicos de España que tenemos este origen, lo cual contribuye a hacernos diferentes del resto». Buen ejemplo del espíritu de la tía Amelia Apley llevado al absurdo, qué se habrá hecho de tales orígenes a estas alturas. Pero aún más notable fue lo que vino luego: «Los medios de comunicación se cuelan por todas partes, en inglés, en castellano; se nos meten bajo la puerta y no podemos pararlos. Cada mañana, cuando nos levantamos, hemos de defender nuestra identidad». Ímproba tarea, y encima recién levantados todos, taponando las ranuras de las puertas antes de lavarse los dientes, apagando televisiones y radios, colgando teléfonos por si a alguien se le ocurre hablarnos en inglés o en castellano.

Claro que a su vez hay alguna gente del Ampurdán que no soporta la invasión de su tierra por los barceloneses. Por las mismas fechas, una tribuna del diario gerundense *El Punt* afirmaba y proponía lo siguiente: «Los barceloneses son una fuente de corrosión, uno de los elementos más contaminantes que existen en Europa. Mientras continuemos siendo tan tolerantes con esta gente no habrá nada que hacer... Lo que hay que hacer, cuanto antes mejor, es cerrar y barrar definitivamente el Ampurdán...». Dentro de poco habrá nacionalismo de una comarca, de una aldea, de una calle, de un inmueble y hasta de un pisito. Nadie se contaminará de nadie y viviremos todos aislados y —por fin, por fin— mirándonos complacidamente al espejo en medio de la depresión generalizada y diciéndonos con gesto aliviado, asqueado y altivo: «Por lo menos soy una Apley».

Al terminar mi primer año de Universidad, en junio de 1969, cuando contaba todavía diecisiete años, me escapé a París. No fue una huida dramática, y desde luego no se debió a ningún grave altercado con mis progenitores ni tampoco a que yo estuviera en aquella época sometido a una rígida férula. Menos aún se debió a que alguien se adueñara de mi voluntad vacilante y me arrastrara hasta allí con promesas de riqueza o amor. Por entonces París se asociaba ya poco con esa clase de bendiciones. A decir verdad, yo lo asociaba con el cine más incluso que con la libertad, y fue por causa del cine por lo que me escapé.

Creo que tan sólo unas semanas antes había decidido escribir una novela cuya acción transcurriera en Norteamérica. No se trataba, sin embargo, de una América real, y por ello lo que nunca se me ocurrió —receloso, además, de los métodos a lo Zola— fue intentar marchar a los Estados Unidos para escribirla. Tampoco mis medios me lo habrían permitido, ya que a duras penas me daban para ir a París. Yo acababa de ganar mi segundo o tercer dinero maltraduciendo, en colaboración con mi primo Carlos Franco, unos guiones de películas de terror. Aquel trabajo nos había llegado en nuestra calidad de mano de obra barata y a través de un tío común, el director de cine Jesús Franco, que en aquellos años hizo varias versiones de Drácula y Fu Manchú con un decadente Christopher Lee como protagonista. Además de esto, mi tío tenía a la sazón su casa en París.

En París estaba la famosísima filmoteca de Henri Langlois, y yo sabía de la existencia de numerosos cinestudios que, bajo las reglas impuestas por la *nouvelle vague* y *Cahiers du cinéma,* se dedicaban a programar frenéticamente cine americano de los años 30, 40 y 50. Ese iba a ser (lo era ya, de hecho) mi principal material, y consideré que lo mejor que podía hacer para escribir la novela que planeaba era pasar una temporada en el único lugar del mundo en el que podría estar en permanente contacto con ese material.

Mis padres no pusieron, en principio, objeción al viaje. Pero así como era una suerte que mi tío Jesús viviera en París, resultó una desgracia que otro tío mío acertara a encontrarse también allí en aquella época. Este segundo tío —tío segundo en realidad, al que apenas conocía— era el agregado naval de la embajada española en la capital de Francia, y fue a su casa a la que mis padres se avinieron a mandarme, suponiendo que allí llevaría una vida ordenada y bajo control. Esa posible vida yo la veía tan estricta como la de un guardiamarina, mientras que mi tío Jesús me ofrecía su piso para mí solo, ya que él iba a pasar el verano rodando en otro país. Pero Jesús Franco —más conocido como Jess Frank— no estaba del todo bien visto por mi familia. Pues no sólo se había convertido en un especialista de films de terror, sino que también era un prolífico director de películas pornográficas.

Lo que asustaba a mis padres —qué podría sucederme viviendo solo en la casa de un pornógrafo internacional, por muy hermano y cuñado que fuese— era justamente lo que me atraía a mí. Entre alojarme en casa de un agregado naval o de un consumado pornógrafo, la elección estaba clara, pero a lo segundo sí se opusieron mis progenitores. El forcejeo que se sucedió se vio resuelto por mi impaciencia final y mi decisión de escapar.

Había redactado ya algunas páginas de mi proyectada novela cuando un día de julio cogí a escondidas un tren hacia París. Dejé a mi primo una nota para mis padres en la que les daba cuenta de mi fuga, y esa nota —siguiéndose mis instrucciones— sólo les fue entregada después de las diez de la noche, hora en la que estaba previsto que el tren cruzara la frontera. Del viaje apenas si recuerdo nada —veo sólo a un amable checoslovaco que me ofrece de su comida—, pero sí que respiré con alivio cuando alcanzamos el territorio francés.

En París estuve mes y medio, viviendo en cierta contradicción. Por una parte, tenía a mi disposición un piso amplio y cómodo, cercano a los Campos Elíseos —15, rue Freycinet—, con un salón dominado por un piano blanco de cola y estanterías abarrotadas, en efecto, de revistas eróticas. Por otra parte, no tenía casi dinero; y, sobre todo, el poco que tenía y que iba ganando de ruborizante manera lo destinaba enteramente a pagar entradas de cines, y quizá uno de los recuerdos más nítidos de aquella estancia son mis frecuentísimos almuerzos y cenas a base de pan con mostaza (sin ni siquiera la salchicha dentro) en medio del salón erótico. El régimen alimenticio mejoró tan sólo durante la semana que mi primo Carlos pasó conmigo en el mes de agosto. También él se animó a la huida, aunque la suya fue breve y sin que sus padres, de veraneo, llegaran a enterarse. No sólo trajo algo de dinero, sino que su presencia supuso una segunda fuente de ingresos.

En aquel tiempo yo me atrevía a maltratar una guitarra y a entonar, con nula afinación, canciones de Bob Dylan y otros arrastradores de la voz. Mis mañanas parisinas las pasaba en casa, escribiendo con disciplina, pasión e inocencia el libro que tienen ustedes entre las manos. Por la tarde iba de un cine a otro cumpliendo mi objetivo de estar inmerso en el material que me estimulaba. Por la noche tenía la desconsideración de acercarme con mi extinta guitarra a las terrazas de los Campos Elíseos y molestar durante varios minutos a los apacibles ciudadanos en ellas sentados, a los que luego pedía *quelque chose pour un étudiant:* incurrí en todos los tópicos de la época. Y cuando vino mi primo, también ofrecíamos, dispuestos en el suelo, los dibujos que él hacía. Hoy, cuando mi primo Carlos Franco es un pintor cada vez más apreciado, no puedo por menos de preguntarme si aquellos generosos transeúntes que los adquirieron por cinco francos habrán tenido la paciencia de conservarlos.

Durante el mes y medio que aguanté en París a base de pan con mostaza vi —nunca olvidaré la cifra— ochenta y cinco películas, aunque no todas fueron americanas. Y no compré nada. Cuando regresé, la novela estaba casi acabada, y creo que para el mes de octubre le había puesto punto final. Por mi cabeza no había pasado la idea de intentar publicarla, así que me limité a prestarla a algunos amigos, que me dieron su opinión y se divirtieron leyéndola. Siguiendo algunos consejos, la sometí a numerosos cambios y cortes (debieron de caer unas ochenta páginas), y de ahí que la fecha de terminación que aparece al final del libro sea enero de 1970.

He contado de palabra, pero no por escrito, cómo llegué a publicar *Los dominios del lobo.* Lo cierto es que aún no tenía ese título cuando conocí a Vicente Molina Foix, que iba a salir en una antología poética, y poco después a Juan Benet. Durante el curso 1969-70 di en acudir por las noches a un local madrileño en el que se reunía gente de cine y de letras y que por fortuna no era el café Gijón. Algunas de esas noches, a la salida del local, un grupo de amigos nos desplazábamos hasta el cercano Paseo de Recoletos y allí, sobre la dura acera, yo cometía la imprudencia de dar algunos volatines y piruetas, arte en el que era bastante más hábil que con la guitarra. La afición a ganar dinero en la calle hizo que Molina y Benet se convirtieran poco menos que en mis apoderados, y a partir de entonces los volatines fueron efectuados sólo tras colecta previa entre los asistentes, que iban en aumento. Siempre he tenido la sospecha de que Molina y Benet —pero sobre todo Benet— me explotaron durante aquel breve periodo, pero en todo caso la parte que yo percibía solía darme para regresar a mi casa en taxi. Poco después mis improvisados *managers* supieron que, además de dar saltos, yo escribía, o al menos que había escrito una novela. Los dos la leyeron y a los dos gustó. Molina acabó por encontrarle el título que le faltaba y Benet hizo gestiones para su publicación. Por ese motivo *Los dominios del lobo* va dedicado a ambos.

La sala estaba llena, de gente mayor sobre todo. Las tres personas que tomaron la palabra tenían más de ochenta años cada una, y una de ellas era mi padre. Se reunían para inaugurar una modesta exposición en la Residencia de Estudiantes, de la que les informó a ustedes María Antonia Sánchez-Vallejo hace dos semanas. Todos aquellos viejos miraban los restos de algo ocurrido hacía sesenta y dos años, y ellos mismos habían aportado esos restos a la exposición relativa al Crucero Universitario por el Mediterráneo del verano de 1933. Habían pasado mes y medio a bordo del *Ciudad de Cádiz,* que años después fue hundido por los submarinos de Mussolini al servicio de Franco durante nuestra Guerra Civil. Ciento ochenta y ocho pasajeros, profesores y alumnos de muchos sitios en aquel crucero de estudios organizado por la Facultad de Filosofía y Letras de Madrid, con su decano al frente, don Manuel García Morente. Entre los estudiantes y los profesores, nombres que luego han tenido relevancia en la vida cultural española: Vicens Vives, Chueca, Tovar, Espriu, Díez del Corral, Lafuente Ferrari, Ballesteros, Gaibrois, Díaz-Plaja, y también apellidos librescos, de hijos o hermanos: García Lorca, Pérez de Ayala, Ortega, Menéndez Pidal, Marañón, Garrigues. Y una visita de Valle-Inclán. La exposición es breve y modesta, como he dicho: algunas fotos, unas caricaturas de Eduardo Robles, un pasaporte conservado durante tanto tiempo, la lista de pasajeros, algún billete. Mi padre aportó el *salacot* que se compró en Túnez a los diecinueve años y que para mí fue un objeto de fascinación durante mi infancia y la evocación de la aventura, hasta el punto de haberlo introducido en una de mis novelas: «... parecía antiguo», escribí, «con su barboquejo de cuero para fijarlo al mentón y su forro verde gastado, en el cual se veía una vieja etiqueta muy cuarteada en la que aún era legible: “Teobaldo Disegni”, y debajo: “4 Avenue de France”, y debajo: “Tunis”. De dónde habría salido...», dice el narrador de esa novela, cuando el autor lo sabía perfectamente.

Podría hablar aquí de ese crucero y del mundo civilizado y efímero que se adivina al contemplar esos restos, esos despojos, esas fotos amarilleadas y esos rostros jóvenes ilusionados por su viaje de iniciación. Podría hablar de esos breves años de la República de los que no ha quedado ni rastro hasta parecer que nunca hubieran existido, una fugaz fantasmagoría de la que yo seguramente procedo. Podría hablar de esas gentes y esos apellidos, de su vida posterior más dura, de cómo los zahirieron y zurraron por ambos lados, por la derecha y la izquierda, por igual los fascistas y los comunistas. Pero no es eso lo que más me interesa tras esa inauguración.

Lo que más me llama la atención son ellos ahora, aquellos jóvenes que hoy son viejos y a los que vi entusiasmados al rememorar, recuperando su juventud «aunque sólo sea durante una hora», como dijo uno de los ponentes. Sesenta y dos años. Toda una vida transcurrida entre esos dos momentos, tantos muertos y tantas renuncias y tantos logros, la vida por detrás y no por delante como en aquel verano ingenuo del 33. Las suertes ya echadas, las biografías escritas y rubricadas, con satisfacción o lamento según los casos, o amargura o rencor o contento, quién sabe, quizá ni ellos mismos lo sepan, pues toda vida tiene demasiada mezcla. Se hicieron una foto, todos los cruceristas supervivientes presentes, un grupo de cabezas canas o desprovistas de pelo, alegres, divertidos, nostálgicos. Les alegraba que allí hubiera algunos jóvenes, o los que somos más jóvenes que ellos. Les alegraba no ser olvidados y que se les hiciera caso, aunque sólo fuera durante una hora.

Tan poca cosa los hace sin embargo afortunados, a estos cruceristas ya ancianos. Como ellos hay miles por todo el país a los que nadie hace nunca ningún caso, a quienes ni siquiera se escuchan las rememoraciones, a quienes se ha jubilado no sólo de su trabajo sino de la vida.

Yo no sé qué ha ocurrido para que los viejos hayan pasado a ser un mero estorbo, una carga y una lacra. Las generaciones maduras de hoy son tan soberbias que creen poder prescindir de todo, hasta de su origen y también su destino, como si pensaran que ellas no van a ser seniles también muy pronto. Cuando oía hablar a estas personas ya tan mayores, me daba cuenta de que tienen más energía y entusiasmo y frescura que los que hemos venido luego y los dominamos, y sin duda más vocabulario. Y además son simpáticos y mesurados, serenos e irónicos, han visto mucho y saben no dar importancia a lo que no la tiene, lo cual es el fundamento de toda convivencia. Si ellos no estuvieran retirados y gozaran de más influencia, no me cabe duda de que este país crispado y pueril e insensato se beneficiaría de ello y sería así justamente, más sereno y más irónico y mucho más tolerable.

El día que yo nací mi padre, según su propia expresión, me estrechó la mano y cogió un avión hacia América. No es que mi aspecto fuera afrentoso ni que él huyera ante la responsabilidad de un tercer hijo que esperaba hija por primera vez y a la que deseaba llamar Constanza (creo que es mejor que haya sido varón, aunque sólo sea por el nombre), sino que no tenía más remedio que incorporarse a Wellesley College, una Universidad exclusivamente femenina del Estado de Massachusetts que no estaba dispuesta a iniciar el curso sin su profesor contratado. Un mes después fui yo quien montó en avión —o más bien fui montado— junto con mi madre y mis hermanos Miguel y Fernando, con el mismo destino y el propósito de reunirnos con el profesor que me echó una ojeada y se largó por los aires.

Si cuento esto es para subrayar que volé desde edad tempranísima y que eso debería haberme acostumbrado a los aviones como a los coches o a los tranvías, a los que nunca tuve miedo. Y sin embargo he de confesar que todavía hoy me convierto en un niño pequeño (pero no tanto, de unos siete años, diría yo) cada vez que subo a uno de esos disparatados tubos alados. Si voy a confesarlo aquí todo es porque sé que no soy el único y que muchos lectores me comprenderán y apoyarán. Aunque detrás de la mía han venido ya numerosas generaciones que han asumido el volar como algo natural y consabido, observo siempre entre los pasajeros muchos rostros empalidecidos cuando no desencajados, de jóvenes, maduros y viejos; individuos que se convierten a alguna religión repentina y transitoriamente o que —como es mi caso— recuperan de golpe todas las supersticiones y se inventan unas cuantas más. La mayoría intenta disimular, pero es muy sospechoso el artificial silencio que acompaña los despegues, o que todo el mundo necesite tener ante sí un periódico que finge leer con las manos agarrotadas, o que al aterrizar uno perciba una amortiguada explosión de alivio y júbilo que en algunas ocasiones estalla en forma de absurdos aplausos. Seguro que ustedes han visto todo esto alguna vez.

En lo que a mí respecta, siempre llevo algo de madera para tocarla, ya que en los aviones no existe nada de ese material. Al principio manoseaba una cerilla o incluso un mondadientes, hasta que amigas comprensivas me han ido regalando mecheros de madera, láminas de maderas nobles y una especie de canica oblonga de madera, para que no hiciera demasiado el ridículo ni causara tan mal efecto. Voy muy alerta vigilándolo todo, el menor bache o movimiento, las expresiones de las azafatas y su soltura o rigidez al andar; escucho con atención todos los comunicados del piloto o sobrecargo, como compulsivamente cuanto se me ofrece, aunque no me guste o sea asqueroso, y desde luego llevo el preceptivo periódico —bien abierto, para que me tape el vacío a los lados—, que leo sin enterarme de nada. Mi asiento debe ser de pasillo y de fumador, cuando se puede fumar. No me desabrocho el cinturón y procuro no ir al cuarto de baño desde que una vez, en un vuelo intercontinental, al abrir la tapa del retrete vi abajo el Atlántico con mis propios ojos, al igual que en los trenes antiguos uno veía la grava entre los rieles. Todo el mundo me dice que esto es imposible y que miento, pero les aseguro que contemplé el océano con el vértigo y el horror consiguientes.

Bien, todo esto parecerá a muchos una exageración. Y sin embargo estoy convencido de que cualquiera que se pare a pensar verá que ir en avión resulta antinatural. No sólo porque en ellos el cuerpo viaje mucho más rápidamente que el alma, como dijo García Márquez, sino porque en modo alguno es normal permanecer sentado como si nada en un aparato a miles de metros de altura y a una velocidad que no soportaríamos en tierra. Fuera, según se nos comunica con pésima intención, hace un frío monstruoso. El armatoste no hace paradas y no hay posibilidad de bajarse de él. Últimamente he sabido que los responsables ponen en seguida el piloto automático y que en realidad nadie conduce el vehículo. Al iniciar el vuelo hay unas señoritas o señoritos que señalan con extraña e insistente mímica las puertas de emergencia y se prueban muy ufanos un chaleco salvavidas por el que soplan. Nada de esto invita a la confianza ni tiene sentido, sobre todo considerando —esto es lo peor— que esos chalecos se los prueban hasta cuando lo único que va a sobrevolar el avión es tierra, tierra y nada más que tierra. La bendita tierra que, cada vez que desciendo —y ésta es mi última confesión del día—, estoy a punto de besar. Si me contengo es sólo para que nadie piense que al Papa le ha salido un imitador.

«QUE POR MÍ NO QUEDE»

Cuando mi padre tenía mi edad actual, yo tenía cuatro años, casi cinco, y acabábamos de volver de América tras uno de estancia en New Haven, Connecticut. De allí vienen mis primeros recuerdos verdaderamente nítidos, de manera que durante algún tiempo vi a mi padre con pinta de americano de 1955 ó 1956 (y así lo veo también siempre que quiero): un hombre con sombrero, gabardina o abrigo largos, ojos azules, el mentón partido y gafas redondas de concha. Andaba siempre muy erguido, casi inclinando la espalda hacia atrás, con una media sonrisa en los labios y expresión invariablemente optimista, casi ufana. Veo sus pisadas sobre la nieve resbaladiza y perpetua de Nueva Inglaterra, pisadas rápidas e impacientes que solían dejar atrás fácilmente, involuntariamente, a mi madre, a mí y a mis tres hermanos. A veces mi madre, con desesperación irónica, se detenía a su vez para hacerle notar la distancia establecida y que nos estaba perdiendo. Se quedaba mirándolo divertida (como quien mira a un incorregible que le hace gracia), hasta que él retrocedía un poco e intentaba acoplarse a nuestros pasos infantiles, con muy breve éxito: siempre llegaba a todas partes adelantado, con una prisa infrecuente, la prisa del entusiasmo.

Ese entusiasmo no lo ha abandonado en esta casi entera vida mía transcurrida desde entonces, como tampoco unas dosis de ingenuidad que en principio no serían nada recomendables para andar por el mundo. Ahora que llega a los ochenta años bien entero y con la confianza intacta, hay que pensar que tal vez la mezcla no da malos resultados, o que acaso se trata más bien de una *disposición* entusiasta e ingenua. Digamos que es la de un hombre que está dispuesto a dejarse engañar, a correr ese riesgo infinitas veces antes que recelar o andarse con reservas, como si esta última actitud fuera en sí tan estéril que no valiera la pena incurrir en ella tan sólo por protegerse. No en balde su lema es «Que por mí no quede», y lo ha seguido siendo hasta hoy pese a las muchas traiciones que alguien con tal carácter inevitablemente padece, como cuando paró en la cárcel al terminar la guerra, denunciado por quien había sido hasta entonces su mejor amigo, y eso no le impidió seguir creyendo en la gente, seguir dispuesto a dejarse engañar por ella. Quizá sea la única manera interesante de tener trato con los semejantes.

Yo recuerdo a mi padre trabajando siempre a grandes velocidades, si bien de muy niño no acababa de comprender su quietud ante una máquina y que permaneciera tantas horas en su despacho mientras discurría lo que para mí era la verdadera vida, con peleas en el colegio y mi madre y criadas y hermanos y mi abuela y la tita María de visita, ambas cubanas: siempre gente alborotada, casi todo es alboroto en la infancia. Los domingos por la mañana nos dedicaba un poco más de tiempo a los niños, con los que sabía tratar sólo a medias, o quizá nos lo parecía por contraste con la atención inteligente y continua de nuestra madre. Mi padre tenía un lápiz plateado con minas de cuatro colores que nos fascinaba, y los domingos se veía obligado a dibujarnos algo. Poco ducho, recuerdo haber sentido algo semejante a la piedad cuando lo veía repetir una y otra vez sus tres invariables figuras, en un color cada una: un indio con turbante, un pez y una vaca. Menos mal que el hermano mayor, Miguel, empezó pronto a dibujar magníficamente de todo, en especial aviones perfectos a los que no faltaba ni una pieza.

Por el lado de mi padre no había nadie, no había familia, ni abuelos ni tíos ni primos ni nada, a veces llegaba a parecer un intruso en las reuniones. Se lo notaba más a gusto con sus propias tertulias intelectuales, que aún mantiene un día a la semana en su casa, domésticas herederas, supongo, de aquellas célebres de la *Revista de Occidente* de las cuales lo recuerdo volviendo en algunas épocas dos veces al día (uno se pregunta qué se ha hecho del tiempo que se estiraba, sin duda nos ha abandonado). Hablador generoso e infatigable, siempre le he envidiado su formación tan sólida como no la tiene nadie nacido bajo el franquismo ni luego: yo lo he visto siempre leer en latín al filósofo Suárez y en griego a Aristóteles, en alemán a Heidegger y en inglés y francés, respectivamente, a sus favoritos Conan Doyle y Simenon (adora la novela policiaca, y cada vez que voy a Francia le busco los pocos libros de Maigret que aún le faltan: no se sacia, lo relee continuamente, como a Dumas). Desde niños mis hermanos y yo nos acostumbramos a tener en casa una enciclopedia andante en forma de padre que respondía breve pero satisfactoriamente a preguntas de historia, literatura, filosofía, arte, ciencias y cualquier otra disciplina. En cuanto a las dudas lingüísticas, era más de fiar mi madre, pero ella murió para su desesperación y, a falta de la garantía primera, yo aún recurro a su faceta de diccionario cuando alguna vacilación me surge. Le debo mucho como escritor, y no solamente las consultas.

No recuerdo que me haya puesto nunca la mano encima, y a fe mía que hice barrabasadas durante la infancia. O tal vez sí, una vez, aunque mi recuerdo es vago y dudoso: solicitada su intervención material por mi madre ante algún desmán excesivo, me debió de dar una azotaina con tan poca convicción y tanto optimismo en su ánimo que decidí no portarme nunca más tan fatal para no volver a ponerlo en semejante compromiso contrario a su naturaleza. Es un hombre enérgico pero muy afable.

Cuando he vivido fuera de España y no he tenido más remedio que recordarlo, su imagen predominante ha sido sin gafas leyendo, con sus ojos azules bien visibles y la «cara de alemán» que, según decía mi madre, se le pone al quitárselas. Sentado en su sillón, a la noche, perfectamente vestido con traje y corbata aunque ya no vaya a salir de casa, leyendo con entusiasmo, el mismo que pone en todo lo demás que hace. Así lo veo y así lo recuerdo. Y yo sé que, mientras lee, además está pensando, quizá en algo que escribirá mañana.

LA COPA AZUL

Mi familia era madrileña, y supongo que esa fue la razón principal de que no se juzgara oportuno poseer vehículo, pues en Madrid el tráfico fue abominable siempre, desde que yo guardo memoria. Aún recuerdo cómo en los años cincuenta y aun sesenta las calzadas eran tan intransitables como hoy por culpa de la indisciplina, los tranvías, los trolebuses y, sobre todo, la enorme cantidad de carretas tiradas por caballos o mulos que jamás alteraban su paso ni su dignidad porque a sus espaldas hubiera un motor impaciente. Esas carretas, no sé por qué (seguramente a modo de adorno), llevaban indefectiblemente, de pie en su parte trasera, mirando hacia atrás, a alguna niña o joven ataviada de gitana o de pobre. Desde los coches en que yo montaba solía observar esas miradas, las más enigmáticas que he visto nunca, y por ese motivo me ha quedado una singular fascinación por cualquier rostro femenino vuelto desde la parte posterior de un vehículo. Ahora, lamentablemente, suelen verse sólo en la estela de los autobuses, y son casi siempre colegialas sin misterio masticando chicle.

Si creo que desde muy niño fui un pasajero modélico, ello es debido al contraste de mi comportamiento a bordo de los taxis con el de mis hermanos. Cada mañana mi madre o una criada y mis tres hermanos y yo cogíamos un taxi para hacer un inverosímil recorrido de casa al colegio, a saber: de la calle de Génova a la de Miguel Ángel, una distancia de unos diez minutos andando. No era tanto que fuéramos niños flojos y en exceso mimados cuanto que siempre salíamos tarde por culpa de la extravagancia de uno de mis hermanos, quien sólo admitía como desayuno un huevo pasado por agua en una bonita copa azul de su preferencia. Si el huevo no aparecía en la copa azul, no lo tomaba, por lo que el huevo aparecía siempre en la copa azul. Pero, una vez tomado, y cuando ya estábamos en la puerta con carteras, abrigos, bufandas y aun gorras, el huevo pasado por agua de la copa azul amenazaba con ser vomitado. El rato de incertidumbre obligaba al taxi, y debo decir que la mayor desconsideración a la que nunca llegué en uno de aquellos espaciosos coches negros fue disputar un «traspontín» (así se llamaba a los trasportines) con mis demás hermanos. Pero jamás me empeñé en sentarme delante ni, sobre todo, amenacé día tras día con marearme y vomitar allí mismo, como hacía *otro* de mis delicados hermanos. Por suerte, y dada la brevedad del trayecto, este segundo hermano se limitaba al anuncio y, como mucho, a sacar la cabeza por la ventanilla. En su honor debo decir que ninguno de ellos ensució nunca un transporte público, pero desde entonces siempre me parece que los taxistas me ponen mala cara.

LA BIBLIOTECA INVASORA

La casa de mi infancia, como las demás casas en las que he habitado, era una casa llena de libros. Pero en realidad esta definición es muy pobre, como también lo sería decir atestada o abarrotada de libros. Pues no es sólo que todas las paredes estuvieran cubiertas de estanterías y éstas a su vez repletas de volúmenes de todos los siglos imaginables, sino que los libros hacían también las veces de alfombras, de mesas, de sofás, de sillas y hasta casi de camas. No quiero decir con esto que en mi casa no hubiera muebles y que nos sentáramos sobre pilas de libros o comiéramos sobre otras pilas más altas con la consiguiente sensación de inestabilidad continua y la invitación permanente al funambulismo, pero con frecuencia las alfombras, las mesas, los sofás, las sillas y hasta casi las camas se veían sepultadas por tremendos tomos de, por ejemplo, las abundantes y completas obras del filósofo tardorrenacentista Francisco Suárez. Recuerdo esto en particular porque en una ocasión tuve que luchar durante horas con el filósofo Suárez y con el filósofo Condillac a fin de conseguir en el suelo el suficiente espacio para jugar con mis soldaditos. Téngase en cuenta que mi tamaño de entonces (hablo de los siete u ocho años) no me permitía trasladar con facilidad los gruesos volúmenes del siglo XVII o XVIII que se oponían a mis inocentes juegos.

En realidad, para mí y mis tres hermanos la casa era una prolongada carrera de obstáculos de casi doscientos metros, los obstáculos siempre en forma de libros. Por eso, desde muy pequeño, me acostumbré a sortear las palabras de los grandes filósofos y los grandes literatos, lo cual tiene como consecuencia inevitable una arraigada falta de respeto hacia todos cuantos escriben, incluido yo mismo. Todavía me sorprendo cuando veo que otro tipo de persona (sobre todo políticos y locutores) hacen grandes aspavientos ante los escritores o buscan salir en las fotos acompañados de algún pluma, o cuando el Estado acude presuroso a socorrer a los poetas arruinados y enfermos dándoles un incomprensible trato de privilegio y humillando aún más, con ello, a los barrenderos, empresarios, camareros, abogados y zapateros también arruinados y enfermos. Sin duda esa escasa veneración que profeso al gremio al que pertenezco (desde el más anciano académico hasta el más juvenil libelista) viene de la casa de mi niñez, en la que, como ya he dicho, me acostumbré a maltratar y a hacer uso incorrecto de la casi totalidad de los textos capitales de la historia de las culturas. Sentir respeto por el género de individuos que me amargó parcialmente la infancia y me invadió el terreno de mis emocionantes partidos de chapas me parecería una exageración masoquista.

Pero volviendo a la descripción de mi casa, el asunto no terminaba ahí. Quiero decir que mis padres no se contentaban con tener una desmesurada afición por los libros, sino que también la tenían por la pintura. Es difícil imaginar cómo pueden hacerse compatibles esas dos aficiones, sobre todo si confieso que yo, durante mi niñez, jamás vi una pared blanca o vacía en mi propia casa. Aún no habían llegado los absurdos tiempos en los que algunas personas se permiten colgar cuadros en los cuartos de baño y aun en las cocinas, y habida cuenta de que la costumbre por entonces era tener dos criadas (cocinera y doncella, siempre se llevaban mal), tampoco cabía la posibilidad de reservar una habitación (como hacen los dentistas y los notarios) para acumular todos los cuadros en ella, una especie de gabinete museal: la habitación que podría haber desempeñado ese papel, y de hecho la única en que no había libros, estaba ocupada por las infames peleas de la cocinera con la doncella, de las que salía siempre perdiendo ésta por no se sabe qué suerte de avasallamiento prescrito. Y en realidad recuerdo ahora que acabo de ser inexacto: en ese cuarto solían estar los doscientos tomos de Simenon que mi padre coleccionaba y aún colecciona con gran devoción y esmero. Aunque en francés, supongo que se trataba de lo que más tarde se ha llamado advertencias subliminales, a fin de que el servicio no se propasara en sus riñas ni cayera en la tentación de sustraer objetos no impresos a la hora de su inevitable despido: el comisario Maigret siempre al acecho.

Bien, lo cierto es que el entusiasmo pictórico de mis progenitores se las ingenió para colocar los cuadros que iban adquiriendo encima de los libros, con un disparatado mecanismo que convertía los lienzos en pequeñas puertas colgantes. Es decir, los cuadros estaban colgados sólo por su lado izquierdo, de tal manera que pudieran «abrirse» fácilmente y dejar a la vista los volúmenes que normalmente tapaban. Una excelente copia de la *Anunciación* de Fra Angelico debida a Daniel Canellada, numerosos paisajes del decimonónico Ricardo Arredondo, otros tantos del pintor amigo de la familia Alfredo Ramón, unas miniaturas de Vicente López, algunos retratos de Vázquez Díaz, algunos Benjamín Palencia, algún Eduardo Vicente contribuían a restar a las habitaciones más espacio lateral y pendían disparatadamente de las elevadísimas estanterías. Así, me acostumbré a ver la pintura no sobre un fondo blanco o liso o plano, sino rodeado de lomos y cantos de tomos encuadernados, razón por la cual mi respeto por los pintores se ha visto asimismo muy mermado. De hecho, cada vez que veo un cuadro en una exposición o un museo, no puedo por menos de sentir inicialmente el impulso de «abrirlo» con vistas a sacar de debajo un texto de Kierkegaard o bien de Aristóteles, un poco como si fueran tan sólo cajas fuertes tras las que deben hallarse los mayores tesoros bibliográficos. Sólo al cabo de un rato, y pasada la primera impresión que convierte la obra maestra en una mera portezuela decorada, soy capaz de concentrarme y ver en ella lo que ha de verse.

Lo cierto es que, pese a todos estos inconvenientes, aún hoy no concibo una casa acogedora y cómoda en la que las paredes no estén tapizadas de libros de alegres cantos y también de cuadros empotrados, y aunque mis propias casas en diferentes países han sido siempre muy provisionales y en realidad no mías, nunca me he podido sentir mínimamente a gusto en ellas hasta no haber adquirido y colocado en las estanterías unos cuantos libros, pálido reflejo del bienestar de mi infancia. Sólo a partir de ese momento he empezado a sentir que el lugar en cuestión (fuera en Inglaterra, Estados Unidos o Italia) era habitable: las casas se componen de suelos, techos y paredes, y aunque prefiero que los primeros y los segundos estén despejados o a lo sumo con alguna alfombra o alguna lámpara, sólo puedo aceptar que las terceras estén totalmente cubiertas y que desde ellas me hablen los libros por su parte cerrada, por sus multicolores y abigarrados lomos o cantos tan tácitos.

Yo nací en el número 16 de la calle de Covarrubias de Madrid, lo cual significa que pese a la reputación de extranjerizante, traidor a la patria y «anglosajonijodido» (según me llamó en su día un hoy cuasiacadémico rabioso) que me ha acompañado desde que publiqué mi primera novela, soy del barrio más castizo de la capital del reino, a saber, Chamberí. En ese barrio y en los cercanos crecí y me eduqué, y cuando me trasladé de casa, hacia los ocho años, tampoco me fui muy lejos.

Son sin embargo ciertas calles de Chamberí las que asocio con mi infancia, calles que están todavía en pie y conservan sus nombres de entonces, poco o nada ofensivos o ya imparciales a fuerza de olvido: Miguel Ángel, Génova, Sagasta, Zurbano, Luchana, Zurbarán, Almagro, Fortuny, Bárbara de Braganza, Santa Engracia. Y Covarrubias. Las calles están en pie, pero en buena medida también han sido arrasadas. En esa zona, donde hoy hay tantos bancos, había palacetes del siglo XVIII y mansiones de altos portales con doble escalera de mármol. Yo no vivía en una de ellas, a buen seguro, pero eran el escenario del paseo más frecuente con mis hermanos, llevados de la mano por mi madre y por la Leo, nuestra fantasiosa criada que nos hacía creer que era novia de Gento (un ídolo entonces) y nos contaba aventuras apócrifas del Gordo y el Flaco. O bien eran dos dignas damas de origen y acento habanero, mi abuela y su hermana, la tita María, quienes nos acompañaban irónicas y aspaventosas hasta alguno de los cines cercanos. De éstos ya no queda casi ninguno. Eran cines monárquicos: el Príncipe Alfonso, el María Cristina, el Carlos III, aún superviviente. Hasta mi adolescencia duró el Colón, nombre parcial de después de la guerra con el que se borró el de Royalty, demasiado «anglosajonijodido» para el franquismo.

Los taxistas más nuevos se asombran de que yo les indique que «vayan por los bulevares» en ciertos trayectos, cuando en Madrid hace décadas que no queda nada a lo que ni en broma pueda darse ese nombre. Pero es así como los que nacimos en Chamberí en los años cincuenta conocemos todavía a la suma de las calles Génova, Sagasta, Carranza y Alberto Aguilera, limitadas hoy a una inefable riada de coches conducidos por delincuentes habituales. Durante mi infancia la calzada era un lugar cívico y respetuoso, ocupado por enormes taxis negros con «trasportines» (como los llamábamos los niños, que nos los disputábamos) y por automóviles muy limpios y relucientes que sus propietarios llevaban como pidiendo disculpas. También, claro está, era una ciudad de tranvías, trolebuses (¡trolebuses!) y autobuses chatos de dos pisos, exactamente como los de Londres, aunque azules y abiertos por su lado derecho pese a la fabricación indudablemente británica, que exige la puerta a la izquierda. Subir al piso superior corriendo por la escalera de caracol suponía el simulacro diario de la aventura, y ayudaba a identificarse con los personajes de Richmal Crompton o de Enid Blyton, héroes de la niñez nunca decepcionantes. Tampoco era extraño ver carretas tiradas por mulas o burros, abarrotadas de cartones y muebles desvencijados y alguna alfombra enrollada y erguida, los llamados traperos, que, por no se sabe qué suerte de azar o de inconsciente afán ornamental, llevaban siempre, de pie, vueltas de espaldas y por tanto dando la cara a los tranvías o taxis que las seguíamos pacientemente, alguna niña o joven agitanada de extremada belleza y ojos claros. Por eso siempre me produce emoción ver un rostro femenino que mira hacia atrás a bordo de un vehículo, aunque hoy en día esos rostros carezcan por lo general de misterio, quinceañeras masticando chicle con la risa congelada y siempre en grupo, jamás solitarias, nunca solas como las pasajeras de las carretas.

Madrid, o si se prefiere Chamberí, era a los ojos del niño una ciudad dominada por las pastelerías y las tiendas de ultramarinos, escenarios de la abundancia y aun del buen gusto. De las segundas, la más cercana, aún existente, tenía uno de los nombres más atractivos que yo haya visto jamás sobre un rótulo: Viena Capellanes. De otra, Mantequerías Lyón, era de donde venía un chico a casa con el pedido diario, pues no se concebía entonces que los alimentos pudieran comprarse en día distinto de aquel en el que habían de consumirse. En medio del trabajoso refinamiento de aquel barrio no era infrecuente sentir de pronto un fortísimo olor a vaca durante los paseos. Desde mi altura de niño no era difícil agacharse y ver desde la calle, a través de una ventana enrejada, unos cuantos de estos mamíferos tan conspicuos hacinados en un sótano. Aquellos lugares, supongo que para no herir en exceso el carácter capitalino de la ciudad, no se llamaban vaquerías sino lecherías, pese a la asombrosa y delatora presencia de las bestias a dos pasos de los trolebuses. Y así, por increíble que parezca, entre los burros y mulas de los traperos, las vacas y los caballos con jinete que asimismo podían verse a veces cabalgando por algunas calles (Ferraz, la propia Génova, Cea Bermúdez), los niños madrileños de los años cincuenta convivíamos cotidianamente con los animales más clásicos de las ciudades decimonónicas. El recuerdo del Madrid de entonces es el de una ciudad pausada y en orden (quizá en excesivo orden, es el lugar en el que yo he visto mayor concentración de policías por las calles), y, tal vez porque yo era niño y me fijaba sobre todo en mis semejantes, la veo ahora, en lo que se refiere al paisaje humano, dominada por niñas vestidas con uniformes grises o azules o con un jersey rojo, los libros y las carpetas apretados contra sus dubitativos pechos, los calcetines arrugados, los andares indecisos entre la atolondrada carrera infantil y el garbo exigible a cualquier mujer de aquel barrio tan castizo. Tanto que en él los piropos eran casi obligados, aunque con decoro: se me ha quedado grabado lo que le dijo un hombre a mi madre un domingo en que yo la acompañaba después de misa: «Es usted lo más bonito que he visto, en pequeño». Mi madre se echó a reír, y recuerdo que llevaba peineta.

II. Amores de paso

Quien no tiene puntos de referencia fijos tampoco tiene amores eternos. La identidad brumosa que caracteriza a los protagonistas errabundos de las narraciones de Javier Marías —muchas de ellas inventadas, algunas verdaderas— no permite que ninguna historia sentimental dure mucho tiempo y, menos aún, toda la vida. Viajar facilita los encuentros y también las despedidas. Mientras el trayecto no llegue a su punto final, todo se transforma sin descanso, cambiando el orden y la intensidad de las atracciones, las necesidades, los deseos, las fantasías, los compromisos. Entonces los encuentros amorosos no admiten más que ilusiones a corto plazo, conocimientos provisionales gobernados por la vehemencia de pasiones que no tienen futuro. También en el amor el viajero está condenado al espectáculo de las apariencias, a la percepción de las superficies, a la fugacidad de las figuras. Por eso más que almas descubre cuerpos, los objetos extranjeros por excelencia, que aquí no parecen estar hechos para la intimidad erótica ni para la complicidad afectiva. Aún bajo el más familiar de los cielos, son ellos las patrias naturales siempre negadas que —entre la desesperación o la hilaridad de sujetos confusos— llevan a descubrir el fraude de los sentidos y el naufragio de las conciencias. Principios del movimiento y de la quietud, los cuerpos son un fenómeno del devenir, una materia de vida y muerte, inútilmente abiertos a las emociones del mundo, desde que una razón desencarnada y abatida ha renunciado a protegerlos de la soledad originaria. Hay que añadir que se trata casi siempre de una razón masculina. Para el desasosiego de muchos hombres obnubilados, las mujeres no dejan de ser las más imprevisibles y misteriosas criaturas.

E. P.

Poco antes de que Kerrigan concibiera la realización de aquella travesía, Arledge había recibido una larga carta de Esmond Handl —solían escribirse aproximadamente cada dos meses— en la que le hablaba de Bayham y de un extraño suceso que había tenido lugar en torno a él. Cuando Arledge tuvo noticia de ello sintió impulsos de trasladarse a Londres y, por medio de Handl, ponerse en contacto con Bayham, tal era el misterio que rodeaba a su persona; pero la pereza, tan arraigada en él como la curiosidad si no más, le disuadió, y aquel asunto cayó en el olvido; mas no por mucho tiempo: una semana después de haber firmado la tarjeta que decidía su participación en la aventura del *Tallahassee* Kerrigan le anunció que cuatro músicos ingleses habían dado su conformidad para ser parte integrante de la expedición. Y uno de ellos era Hugh Everett Bayham. Desde entonces, espoleado por la perspectiva de un encuentro con él, el interés de Arledge no sólo volvió a aparecer sino que se fue incrementando a medida que los días se sucedían. La carta de Handl fue rescatada de entre sus gigantescas pilas de correspondencia, ocupó un lugar privilegiado en su mesa de trabajo y fue releída con regularidad.

«Mi querido amigo:

Por una vez voy a poder omitir las noticias consabidas y monocordes con que acerca de nuestras actividades y progresos te suelo atosigar. En esta ocasión tengo algo mucho más interesante que contar y estoy seguro de que el relato que voy a ofrecerte será de tu agrado; ello permite que por adelantado goce de tu agradecimiento. Sin embargo, antes de nada, y para que esta carta no resulte demasiado extraña a tus ojos, te diré que Clara se encuentra en perfecto estado de salud después de una ligera afección pulmonar que la retuvo en cama durante diez días y que todo marcha muy bien entre nosotros, que *Adiós, querida Bárbara* cosecha éxitos diarios de público y de crítica, que Margaret

Holloway ha accedido a pasarse por una vez a la comedia e interpretar el papel principal de nuestra próxima obra al lado de Roger Gaylord, y que te deseo gloria y vítores en el teatro Antoine. Y una vez demostrado que soy yo y no un impostor el que escribe, pasaré a narrarte las inauditas jornadas de Hugh Everett Bayham, buen amigo —si bien reciente—, músico de indudable talento, hombre de gran imaginación —aunque no desmesurada—, figura continental del momento, de quien, como recordarás, ya te hablé en mi última carta con motivo de nuestra presentación.

Pues bien; Bayham gusta de dar largos paseos nocturnos, a solas, por las calles de nuestra ciudad; y esta afición se convierte en hábito cuando su velada ha consistido en una de sus algo teatrales, un tanto aparatosas y sin duda agotadoras actuaciones. Hace un par de semanas, después de un apoteósico concierto (Brahms y Clementi) y de los naturales agasajos que lo sucedieron, Bayham, como ya va siendo costumbre, se despidió de todos a las puertas del salón de conciertos, montó en un coche con su esposa y, tras dejarla en casa, se dispuso a dar su obligado paseo. Poco podíamos imaginar entonces que durante los cuatro días siguientes habríamos de emplear todas nuestras fuerzas (dignas de otra clase de actividades, menos inquietantes y más reposadas) en hallar su paradero. En efecto, Margaret Holloway se despertó sola en el lecho aquella mañana, y desde aquel instante ninguno de sus conocidos pudimos vivir tranquilos. Margaret nos obligó a dar una batida por calles, establecimientos públicos y hogares privados (omitiré mis pesquisas, llenas de infortunios y de embarazosas situaciones en las que una persona como yo nunca debería encontrarse), y al segundo se avisó a la policía, la cual, con más experiencia en esta clase de asuntos y con mejores medios que nosotros, obtuvo idéntico resultado.

Finalizaba el cuarto día con Margaret presa de un lamentable ataque de histeria cuando Bayham se presentó en mi casa (allí se encontraba su esposa, sollozando) limpio, fresco e impecablemente vestido. Sonrió cuando yo le abrí la puerta, estrechó mi mano mientras me preguntaba a qué se debía el cansancio que denotaba mi rostro, pasó al salón, abrazó con cariño pero sin calor a Margaret y, una vez que todos nos hubimos sentado ante sus ruegos y mientras él saboreaba un cigarro que había sacado de su chaqueta, empezó a hablar de la siguiente manera:

"Supongo, mis queridos amigos, a juzgar por el cuadro que acabo de contemplar al entrar en esta casa, que tendré que dar una explicación detallada de lo sucedido; y dado que mi figura, si no popular, sí es conocida, me alegro de que esta primera versión de los hechos que naturalmente le dedico a mi esposa, tenga también otros oyentes. Quizá, de esta forma, me ahorre más de una repetición del relato, el cual, no me cabe la menor duda, interesará vivamente a nuestras amistades, que tanto se han preocupado por mí durante mi ausencia y que por ello mismo, me temo, exigirán una relativa satisfacción; por este motivo, y sin que esté en mi ánimo causarles la menor molestia, les guardaré eterno agradecimiento si nos eximen a Margaret y a mí, todavía excitados y nerviosos por los acontecimientos, de esta obligación que, pese a su indiscutible encanto, puede llegar a resultar, al cabo del tiempo, sumamente aburrida."

—Por favor, Hugh, basta de preámbulos —dijo Margaret.

Hugh la miró con frialdad y contestó:

—Ya has visto otras veces, querida, a lo que nos ha llevado tu mal carácter. Déjame seguir como yo lo juzgue conveniente —y, como si el incidente no hubiera existido, prosiguió:

"No es sencillo hacer una exposición clara y completa de lo sucedido durante estos cuatro días puesto que ni yo mismo lo sé con certeza; sin embargo, con las oportunas reservas (que no atañen a la historia en sí, sino al vocabulario empleado por uno de los comparsas y a algunos pasajes que me veré obligado a suavizar en atención a las señoras), lo intentaré.

Todo empezó cuando aún no había dado quinientos pasos desde la puerta de mi casa y el aire aún no había tenido tiempo de disipar el olor a tabaco de mi traje. Yo no me había dado cuenta de que un coche tirado por dos caballos me seguía a unos metros por la calzada hasta que, al pararme para mirar un escaparate, oí que se detenía a mi lado, que una portezuela se abría y una voz dijo:

—¿El señor Hugh Everett Bayham, por favor?

No es del todo infrecuente que algún entusiasta de la música me reconozca por la calle y me salude, por lo que me volví en absoluto sorprendido, esperando encontrarme con uno de ellos o bien con algún conocido, pero la pésima iluminación de la calle y el color oscuro de la tapicería del carruaje sólo me permitieron adivinar un elegante traje de caballero y unos rasgos finos y correctos.

—En efecto —respondí—. ¿Con quién tengo el placer de hablar?

—Señor Bayham —contestó el caballero—, como tal vez habrá notado, vengo siguiéndole desde hace un rato sin atreverme a abordarle, tan...

—Vamos, vamos —le interrumpí—. No había advertido nada. ¿Qué se le ofrece?

—Verá, señor Bayham, no son éstos momentos ni lugar para presentaciones. La urgencia y la gravedad del asunto que me obliga a dirigirme a usted de manera tan poco ortodoxa lo impiden. Le ruego, no obstante, que suba a mi coche sin perder un segundo, donde estaremos más cómodos y más dispuestos a entablar conversación. Por favor.

En menos de quince segundos todo un proceso de comparación pasó por mi mente; si subía al coche corría el riesgo de arrepentirme más tarde; si no lo hacía, tal riesgo no existía: me arrepentiría sin duda. Me dispuse a entrar. El caballero me ofreció su mano como apoyo, y al tocarla, a pesar del guante que la cubría, tuve la impresión de estrujar algo blando y frío que se dispersaba entre mis dedos como gelatina. El contacto de las manos fue breve y anecdótico y no le di mayor importancia. Me acomodé junto al caballero, cuyo rostro ahora podía discernir con claridad (el pelo canoso, la frente despejada, los ojos grises, las cejas arqueadas, la nariz recta) y dije:

—¿Y bien?

Pero no obtuve respuesta. En aquel momento el caballero dio una rápida orden al cochero, éste se la transmitió a los caballos por medio del látigo, y las dos bestias se pusieron en marcha, a galope tendido. Entonces me fijé en que no eran animales de tiro ni los percherones que estamos acostumbrados a ver por la ciudad, sino verdaderos caballos de carreras. Iban a gran velocidad por las calles ya desiertas, y el traqueteo me arrojaba una y otra vez contra el caballero, asimismo zarandeado por el movimiento, y contra las paredes del carruaje, impidiéndome proferir queja o protesta alguna, tan ocupado estaba en no perder definitivamente el equilibrio. La carrera duró unos diez minutos y por fin noté que los caballos aminoraban su marcha y pude ver que nos acercábamos a Victoria Station. El coche se detuvo y entonces, sin que tuviera tiempo para reponerme del ajetreado viaje ni para mostrar mi indignación ante tales procedimientos, dos hombres me sacaron de él y me llevaron prácticamente en volandas hasta un andén. Un tren estaba ya en marcha. Corrieron junto a él y me empujaron a su interior; pude ver cómo el caballero corría detrás de nosotros y subía también, con grandes dificultades. Me arrastraron con idéntica precipitación hasta un compartimento vacío que cerraron con pestillo y me arrojaron de mala manera contra uno de los asientos. El caballero (quizá ya no deba llamarle así) se sentó frente a mí y los dos hombres me flanquearon. Uno de ellos, entonces, empezó a insultarme con un cerrado acento escocés que difícilmente me permitía comprender sus palabras, y a acusarme de oportunista. Su lenguaje era intolerable y su voz, que más tarde me perseguiría como una pesadilla que se repite durante varias noches seguidas, chillona y graznadora. Pareció calmarse al cabo de cuatro o cinco minutos y calló. Por primera vez el silencio reinó en el compartimento y yo, dicho sea toda la verdad, no me atreví a aprovecharlo. No me habían amenazado con armas ni me habían coaccionado con palabras, pero el eficaz salvajismo con que el secuestro (creo que puedo llamarlo así, a pesar de todo) se había llevado a cabo, la gran seguridad de no equivocarse y de tener razón en sus afirmaciones de la que todos hacían gala y la evidente violencia de sus actitudes me aterraban hasta límites insospechados. Sólo cuando hubieron transcurrido más de diez minutos, y en vista de que ninguno de los tres hombres parecía dispuesto a darme una explicación, o por lo menos a darme instrucciones, me atreví a hablar, tímidamente:

—¿Qué significa esto, señores? Debe de haber algún error...

—¡Silencio! —gritó el caballero, al mismo tiempo que el hombre que me había insultado me golpeaba en un costado con un objeto duro y punzante que no pude ver.

—Pero díganme al menos por qué —volví a intentarlo.

Esta vez fue el caballero quien me dio una bofetada. Como podrán imaginar, dado que conocen de sobra mi carácter indolente, amigo de la sutileza, cualquier tipo de violencia me causa pavor, y más aún el daño físico. Ello hizo que mi muy teórico y quebrantado valor acabara de esfumarse a la vista de tal incidente. Opté, pues, por no volver a hablar a menos que se me preguntara y por esperar al desarrollo de los acontecimientos. El haber tomado una decisión proporcionó cierto desahogo a mi maltratado cuerpo y algún descanso, ya que no lucidez, a mi confundida mente. Quizá les parezca extraño que el sueño pudiera vencerme en una situación tan apurada como la mía en aquellos momentos, pero así fue; tengan en cuenta que sólo dos horas antes había estado interpretando a Brahms y que el cansancio, a veces, está más allá de los temores y las tensiones. No pensé, siquiera, en la posibilidad de salvación que suponía un cobrador o un inspector que tarde o temprano tendría que aparecer. Y tampoco medité sobre las diversas clases de secuestros conocidas. Mis asaltantes habían bajado la cortina de la ventanilla y no tenía ni el consuelo de distraerme mirando el paisaje nocturno. Cuando mis ojos se cerraron ya había aceptado los hechos; no los comprendía ni los aprobaba, pero sí los aceptaba, e incluso me atrevería a decir que aún no me arrepentía de haber subido al coche. Creo que ahora tampoco me arrepiento. Todas estas ideas eran muy vagas y fugaces; desfilaban por mi cabeza sin hacer alto y yo tampoco hacía esfuerzos por retenerlas.

Cuando me desperté ya era de mañana y había un fuerte olor a brezos. Miré por la ventanilla, descubierta, y vi un paisaje rural, verde y gris, puede que escocés. Recobré, dentro de lo que cabe, mi sentido del humor, y dije a mis acompañantes:

—Buenos días, caballeros.

Ninguno de ellos, que ya estaban —o quizá todavía seguían— despiertos, me contestó, así que me dediqué a observarlos con detenimiento: el caballero, cuyo rostro ya había podido escrutar levemente antes del engaño, parecía un hombre educado, y su mirada, aunque muy fría y un poco repugnante, era inteligente. Los otros dos, que llevaban gorras caladas y gabardinas blancas, eran tan vulgares que lo más probable es que no los reconociera si los volviera a ver.

Transcurrió más de una hora sin que el tren hiciera paradas y empecé a temer que aquel viaje resultase interminable. La fila de vagones bordeaba una costa desconocida para mí cuando de repente se detuvo ante una estación de pueblo, modesta y anodina, carente de letreros que indicaran en qué lugar nos encontrábamos. La parada duró unos minutos y cuando el tren se puso de nuevo en marcha los tres hombres se levantaron, me cogieron por los brazos y apresuradamente —cómo no— descendimos de un salto. Mientras el tren ya se alejaba atravesamos aquella destartalada estación con la misma rapidez que habíamos empleado en Victoria Station y nos instalamos en una desvencijada diligencia que nos aguardaba fuera (el caballero, el hombre que me había insultado y yo en el interior; el otro en el pescante, junto al cochero). Fue entonces cuando me pusieron una venda negra sobre los ojos, a pesar de mis reiteradas protestas, ya que si algo valía la pena de aquella aventura, ello era el paisaje, muy hermoso en verdad. Noté que pasábamos por una aldea muy breve para luego seguir por caminos pedregosos y estrechos; más tarde, las ruedas de la diligencia se deslizaron por arena de playa, y el mar, sin duda, estaba muy cerca, tan cerca que el barro sustituyó a la arena y la marcha se hizo dificultosa. Aquí terminó mi viaje. Me hicieron descender y, siempre empujado por los dos esbirros del caballero, entré en una casa precedida por dos escalones y un porche. Dentro había un exquisito olor a perfume floral y yo pisaba sobre alfombra. Aquellas fueron mis dos últimas sensaciones claras y totalmente reales. De pronto sentí que me golpeaban en la nuca y supongo que perdí el conocimiento. Y aquí, querida Margaret, queridos amigos, comienza una parte del relato cuyo contenido, prácticamente, ignoro por completo. No puedo dar detalles acerca de lo que sigue, pues desde el instante en que desperté perdí todo sentido del tiempo y no lo he vuelto a recobrar hasta que, hace una hora, compré un periódico y comprobé que sólo habían transcurrido cuatro días desde que acepté la invitación del caballero del coche. Los tres últimos han sido excesivamente confusos como para dar una explicación coherente y cronológicamente ordenada de lo que sucedió. Sólo puedo hablarles de las sensaciones que me invadieron, de las escenas que se repetían y de la mujer que me sedujo.

Vivía yo en un salón lleno de libros y de anticuados muebles rurales dispuestos con excelente gusto, en un segundo piso de una casa de campo cuya fachada nunca pude ver y que, efectivamente, estaba junto al mar. Aunque pasé largas horas allí, no podría describirlo con exactitud, ni tampoco —a pesar de que recuerdo que leía de vez en cuando— citar las obras que se apiñaban en las estanterías. Creo que dormía con frecuencia, lo cual explica en parte mi creencia de que permanecí encerrado durante meses en aquel amplio y espacioso cuarto. A veces entraba el hombre que me había insultado en el tren portando una bandeja con leche o cerveza, pan y carne, sopa o verduras, que depositaba sobre una mesa, y aprovechaba su visita para darme puñetazos en los hombros y ejercer su irrepetible lenguaje en una jerga, para mi desgracia, no del todo incomprensible. En más de una ocasión escuché voces femeninas que, alegres o divertidas, bromeaban entre sí. Sin duda, la casa estaba habitada por tres o cuatro mujeres además del caballero, y todas, menos una tal vez, eran muy jóvenes. Aunque nunca pude captar las palabras que pronunciaban —siempre procedentes del piso inferior— sé, por el tono de las voces, por los agradables murmullos que llegaban hasta mí y por la cadencia de los diálogos, que se trataba de una madre y varias hijas, dos o tres, no lo sé con certeza. Una de ellas tocaba el piano casi constantemente, y tanto su repertorio como su estilo eran impecables y magistrales. La música penetraba en mi habitación a través del suelo y las ventanas, y aunque yo me asomé muchas veces para tratar de ver algo del cuarto que había bajo mi salón, nunca pude discernir más que —arriesgándome no sólo a caer sino también a que uno de los dos hombres del tren, que vigilaba permanentemente mis ventanas desde el exterior de la mansión, me descubriera— la parte derecha de un teclado —el piano, necesariamente, tenía que estar pegado a la pared— y, de vez en cuando, la mano derecha de la joven que lo tocaba desplazándose con suavidad hasta aquellas teclas, las más agudas. También pasaba largos ratos con el oído sobre el entarimado, tratando de descifrar las palabras de las mujeres, con escaso éxito. Sólo cuando la joven intérprete empezaba a tocar una nueva pieza, yo, al reconocerla, comprendía que una de las palabras que previamente había escuchado respondía al nombre del autor de dicha pieza. El ambiente que de manera difusa envolvía a aquellos breves conciertos era el de una lección familiar de piano. Quiero decir que la joven era seguramente una estudiante de música muy aventajada, quizá demasiado, y que el resto de la familia —la madre, las hermanas, raramente el padre, cuya voz yo identificaba con la del caballero— gustaba de asistir, embelesada, a las prácticas virtuosas de aquélla. Yo me distraía ejercitando mis dedos sobre una mesa con las obras que ella interpretaba, y en más de una ocasión deseé fervientemente poder salir de aquel salón, bajar y sustituir mi mesa por el piano de la joven, o más aún, poder tocar aquellas piezas de su elección en su compañía, a cuatro manos. Ahora ya no recuerdo cuáles eran exactamente, pero sí que eran muy conocidas en su mayoría. Sólo tengo presente una ocasión, en la que todo fue distinto. Mi guardián subió a mi habitación y cerró las contraventanas de manera que yo, desde dentro, no pudiera abrirlas. Yo estaba tendido sobre el lecho y le dejé hacer, débil como estaba, preguntándome a qué se debería la novedad. Poco después empezaron a llegar hasta mis oídos murmullos más numerosos de lo habitual, como si abajo hubiera una concurrencia expectante. De pronto se hizo el silencio y sonaron las primeras notas de la sonata en re menor para piano y violín de Schumann. Todo ello delataba un recital. Creo que esto sucedió el segundo día de mi encierro, pero, debo insistir en ello, no podría asegurarlo. El violín, pensé, debía de ser tocado por alguno de los invitados

—cuya llegada, ahora era evidente, se me había prohibido ver— o por el caballero, que tal vez sólo practicaba en las grandes conmemoraciones. Cuando acabaron hubo una pausa y pude oír el tintineo de vasos y las toses características de los entreactos y, poco después, el piano de la joven y el violín de su padre interpretando la sonata a Kreutzer. Mi asombro fue mayúsculo, sobre todo al comprobar que aquellos aficionados se podían codear con los más prestigiosos profesionales, y no tuve más remedio que admirarlos. Fue entonces cuando me pregunté si mi secuestro no se debería a los celos de la competencia o al excesivo entusiasmo de algún amante de la música que más tarde —puesto que estoy aquí— habría de arrepentirse de su bárbara acción. Me temo que jamás llegaré a saberlo. Todos estos recuerdos son borrosos y alucinantes, lo cual me lleva a suponer que me hacían ingerir algún narcótico o droga con la leche, o, quién sabe, tal vez me la inyectaban mientras dormía. A pesar de todo, mi estancia allí, desde luego, fue monótona; nadie más que aquel hombre que me golpeaba me visitó, hasta el último día, es decir, ayer, por la mañana —o al menos esa es la impresión que tengo, ya que, aparte de las sonatas para violín y piano, es lo único que viene a mi memoria con nitidez y proximidad—. Creo que estaba leyendo una aburrida novela de Thackeray y escuchando una bonita pieza para piano que sin duda era composición de la joven cuando la puerta se abrió y una muchacha de unos quince años entró y se acercó a mí. Sus ojos azules despedían dulzura e inteligencia, su largo cabello negro caía por sus hombros desnudos y enmarcaba un pálido rostro de pómulos pronunciados y delicados rasgos. No recuerdo que dijera nada, ni tampoco lo que sucedió después de que acariciara mis labios con los suyos por primera vez. Es fácil imaginarlo, sin embargo, y perdonen, señoras, la crudeza de la narración. No es mi intención ofender, y no creo que, de hecho, lo esté haciendo, pues es evidente que mi estado no tenía nada que ver conmigo ni con mis verdaderos sentimientos, dando por descontado (y tal vez no debería hacerlo) que lo que relato fue real y no un producto de mis fantasías. He de confesar, no obstante, que, fuera en un sueño o en una casa junto al mar de Escocia, yo no opuse ninguna resistencia. La joven partió y yo dormí largo tiempo, acompañado por las hermosas notas del piano que tocaba su hermana.

Esta mañana me desperté en Maidstone, sobre la hierba de un parque, con dinero suficiente para regresar a Londres. Pueden creerme o no, sé que mi historia es harto inverosímil y no muy digna de atención, pero les doy mi palabra de honor de que es así como la recuerdo. Aquí está mi billete desde Maidstone, y mis ropas se encuentran en mi casa, sin lavar, desgastadas y llenas de guijarros y de arena de playa; mis hombros están amoratados y mi nuca presenta un ligero abultamiento; mañana iré a hacerme un reconocimiento médico a fin de comprobar si en efecto he sido drogado, y ya he avisado a la policía para que efectúe las indagaciones pertinentes. Por lo demás me encuentro perfectamente y presumo que todo ha sido un error de mis secuestradores, quienes, al advertir su equivocación, me dejaron en libertad. Todo ha pasado y desearía que no se volviera a hablar de ello en mi presencia. Seamos serios y yo trataré de que, por mi parte, los hechos acaecidos durante estos cuatro días sólo permanezcan, imborrables pero inofensivos, en mi memoria. Gracias por escucharme, queridos Esmond y Clara."

Al día siguiente un médico comprobó las suposiciones de Hugh Everett Bayham. La policía continúa investigando sin ningún resultado positivo, y todo el mundo, salvando el episodio de la hermosa adolescente, cree en la veracidad de la aventura y la comenta con entusiasmo. Y con ellos —es bien patente—, yo, que me honro en tener la exclusiva de la versión directa. Sólo he visto a Margaret y a Bayham en una ocasión desde entonces, a la salida de un teatro, y si bien estaban un poco más graves o menos joviales que de costumbre, parecían haber olvidado lo ocurrido.

Y bien, eso es todo por hoy, querido Víctor. Espero tus noticias, y desde luego, si hay alguna novedad referente a este asunto, te lo comunicaré inmediatamente.

Saludos de Clara y los mejores deseos de tu amigo

Esmond Handl.»

No hubo novedades. También Arledge, como Handl y sus amigos, pensaba que parte de aquella fantástica historia era mentira, pero no se sentía inclinado, como ellos, a dudar de la existencia de la joven. Las palabras que Handl ponía en boca de Bayham eran, con toda seguridad, exactas, pues Esmond era un hombre capaz de recitar de memoria, con haberlo oído tan sólo una vez, el papel de uno de los personajes de cualquier obra de teatro. Y era precisamente el tono empleado por el pianista lo que llamaba la atención de Arledge; su impertinente desenfado del comienzo, su repentino alto en la narración para anunciar la nebulosidad que envolvía a lo que iba a seguir, su súbita seriedad al contar la aparición de la muchacha, sus denodados esfuerzos por mostrar pruebas que garantizaran la autenticidad de los hechos, y aquel trato hosco y frío que había dispensado a su mujer tras cuatro días de angustiosa separación, todo ello le hacía pensar que la media semana que Hugh Everett Bayham había pasado fuera de Londres le había afectado —en uno u otro sentido— más de lo que a primera vista parecía, y fomentaba sus ya de por sí muy lógicos deseos de conocerle, que, unidos a otros más ocultos y animosos, convertían su viaje en una verdadera obsesión.

Arledge no había querido saber cuánto iba a durar la travesía con exactitud, temeroso de que la respuesta a esta pregunta pudiera disuadirle de participar en la aventurada empresa en el último instante, pero llegó un momento, aproximadamente diez días antes de iniciar la marcha, en que tuvo la ocasión de comprobar que las bellas imágenes con que Kerrigan le había tentado y convencido aquella mañana en la rue Buffault habían pasado a segundo término, e incluso era posible que hubieran desaparecido de su mente. Bajo ninguna circunstancia pensaba en el *Tallahassee* como un barco que iba a ser su lugar de residencia durante mucho tiempo, ni en la expedición como lo que —dejando de lado el improcedente crucero previo— en realidad era: un vanidoso intento de adentrarse en la Antártida más de lo que lo habían hecho Bruce, Larsen, Scott y Nordenskjöld; y mientras el resto de los expedicionarios dedicaba la mayor parte de su tiempo a informarse acerca de los anteriores viajes realizados al polo sur y a aprender cosas tan útiles como qué hay que hacer si el suelo se resquebraja y alguien queda a merced del agua helada, Arledge no se preocupó por estas cuestiones más de lo que lo hizo —desde que supo que habría de conocer a Hugh Everett Bayham en Marsella— por borrar de la lista de pasajeros a Léonide Meffre. Y así, cuando diez días antes recibió la visita de un Kerrigan apesadumbrado en demasía por la noticia de que uno de los más populares expedicionarios ingleses había anulado su tarjeta de embarque, tuvo la ocasión de comprobar, mientras preguntaba intentando guardar la calma de quién se trataba, que el único motivo que le impulsaba ya a tomar parte en la aventura era el frenético deseo de saber qué le había sucedido realmente a Hugh Everett Bayham en Escocia. La respuesta de Kerrigan, sin embargo, no sólo le tranquilizó a este respecto sino que le proporcionó una información que venía a confirmar el turbio carácter que el secuestro del pianista inglés tenía: Margaret Holloway se había separado de su marido y, por tanto, renunciaba a la travesía.

Lo cierto es que nunca estaba en el mismo sitio: se sabe que entre 1910 y agosto de 1914 pasó temporadas en una cincuentena de lugares diferentes, por lo que hay que suponer que su vida de esos años transcurrió, más que en ninguno de esos lugares, de viaje entre unos y otros. La errabundia había comenzado pronto tras su Praga natal, con Munich, Berlín y Venecia. Luego vino el primer viaje a Rusia, y al cabo de un año el segundo, ya mencionado. París, Venecia, Viareggio, París, Worpswede en Escandinavia, Alemania, París, Roma, el Norte de África, la esperada España, Duino sobre el Adriático, Munich, Viena, Zürich, Venecia, París, Ginebra, un verdadero caos. Resulta difícil comprender de dónde sacaba el dinero para tanto desplazamiento, y más aún para ayudar, aunque fuera a distancia y en grado mínimo, a la manutención de su hija Ruth, nacida de su matrimonio efímero con la escultora Clara Westhoff: se casaron en la primavera de 1901 y se separaron en mayo de 1902, quizá por eso en buenos términos. Aparte del vástago, algo más le debió a Clara el poeta: fue ella quien lo puso en contacto con Auguste Rodin, al que Rainer María debió a su vez uno de sus escasísimos empleos conocidos: hay constancia de que trabajaba para él «dos horas todas las mañanas».

A tenor de sus cartas y diarios, Rilke se pasó la existencia «esperando» a la lírica y compartiendo esa espera con diferentes mujeres, la mayoría aristocráticas (al menos de porte y nombre) y bien dispuestas a darle albergue en sus diversos castillos y propiedades para que esperara en ellos más cómodamente. Sintió pasiones amorosas o simplemente amistosas por la seductora Lou Andreas-Salomé, la desesperada Eleonora Duse, la Princesa Marie von Thurn und Taxis, Baladine Klossowska, la Baronesa Sidonie Nádherný de Borutin, Mathilde Vollmöller-Purrmann, la Contessina Pia Valmarana, la pianista Magda von Hattingberg, la escritora sueca Ellen Key, la Condesa Manon zu

Solms-Laubach, Eva Cassirer-Solmitz, la Baronesa Alice Fähndrich von Nordeck zur Rabenau, Katharina von Düring Kippenberg, Elisabeth Gundolf-Salomon, Nanny Wunderly-Volkart, la Condesa Margot Sizzo-Noris Crouy, una tal Mimi de Venecia y por supuesto la Condesa y Poetisa de Noailles, hija del Príncipe Bassaraba de Brancovan, sin olvidar, faltaría más, a la Princesa de Cantacuzène. La verdad es que la lista parece y merece ser falsa, pero no lo era, y aún es más, al menos con un par de estas damas cosechó Rilke relativos fracasos: la Condesa de Noailles lo encontró feo, y además la primera frase que le dirigió, nada más ser presentados, fue muy grave: «Señor Rilke», le dijo, «¿qué piensa usted del amor... qué piensa usted de la muerte...?» En cuanto a la diva Duse, por la que Rilke sentía devoción pese a haberla conocido ya con mala salud, envejecida y desquiciada, vio fracasar su acercamiento por culpa de un pavo real que, en medio de un idílico picnic en una de las islas de Venecia, se aproximó astutamente hasta donde ellos estaban tomando el té y lanzó su espantoso chillido rauco al oído de la actriz, quien huyó despavorida no sólo del picnic sino de Venecia misma. Por alguna suerte de identificación caprichosa, Rilke se sintió solidario con el pavo, lo cual le acarreó extraños remordimientos y no pegar ojo durante toda la noche.

La compenetración de Rilke con los animales es bien conocida para cualquiera que haya leído la tan extraordinaria octava de sus *Elegías de Duino.* Probablemente en contacto con los perros dio el poeta lo mejor de sí mismo, siendo notable lo que vio en una perrita preñada y fea de Córdoba con la que compartió un azucarillo de su café y «celebramos en cierto modo la misa juntos». Ella le había solicitado una mirada, y, según Rilke, «en la suya se reflejaba toda esa verdad que transciende más allá de lo individual, para dirigirse, yo no sé bien a dónde, hacia el porvenir, o hacia lo incomprensible». En cambio se sentía incómodo con los niños, aunque ellos lo adoraban. En cuanto a sus colegas escritores, es muy probable que su exagerado trato con las señoras no le dejara tiempo para alternar con ellos, aunque conoció levemente a algunos y durante una estancia en Venecia compartió con Gabriele d'Annunzio un *valet* oportunamente llamado Dante. Al poeta de la voluptuosidad, sin embargo, no llegó a conocerlo personalmente.

Rainer Maria Rilke, que antes se había llamado sólo René Rilke y a quien su amiga Taxis llamaría Doctor Seraphico, se pasó toda la vida aquejado de males tanto físicos como psíquicos mientras esperaba a la lírica. Sus allegadas no recuerdan haberlo visto casi nunca sin algún padecimiento o tormento, y él mismo no se recataba de mencionarlos en sus abundantes cartas y diarios: sus «desgracias constantes» le impedían «trabajar seriamente» allí donde se encontrara, y eso pese a estar siempre dispuesto a sacrificar la vida por el trabajo (el trabajo lírico, bien entendido). Valga un ejemplo: cuando se hallaba alojado en el fastuoso castillo de Berg am Irchel, en el cantón de Zürich, el ruido lejano de una serrería eléctrica al otro lado del parque le dificultaba la concentración y la concepción de sus versos. Según es sabido, la composición de las *Elegías de Duino* le llevó diez años, de los cuales la mayoría fueron sólo de espera. Cuando había suerte oía voces, como aquel día de enero en que, en medio del fragor de una tormenta, escuchó una que lo llamaba, una voz muy cercana que le decía al oído estas hoy famosas palabras: «¿Quién, si yo gritase, me oiría desde los órdenes angélicos...?». Se quedó inmóvil, atendiendo a la voz del Dios. A continuación sacó su pequeño cuaderno lírico que llevaba siempre consigo, anotó estos versos y otros pocos que en seguida se formaron como involuntariamente. Luego, a la tarde, la primera elegía estaba acabada, pero al poco el Dios se calló, y durante diez años, con pequeños y provechosos intervalos parlanchines, sufrió cruelmente ese silencio, esperando. Habría que preguntarse, con todo, cuánto habría de verdad en esta legendaria espera del poeta Rilke que tan en vilo tenía a todas sus amigas aristocráticas, ya que André Gide, que lo trató poco pero en tiempos no muy feminizados, se acordaba de haberle oído contar que la mayoría de sus versos le salían de golpe y de corrido sin que después necesitaran apenas retoques. Le había mostrado el cuadernillo lírico, con bastantes poemas «improvisados en un banco del Jardín de Luxemburgo», sin una sola tachadura.

Como buen poeta, Rilke comulgaba mucho, no sólo con los animales sino con los astros, la tierra, los árboles, los dioses, los monumentos, los cuadros, los héroes, los minerales, los muertos (sobre todo con las muertas jóvenes y enamoradas), algo menos con sus vivos semejantes. El hecho de que un personaje tan sensible y comulgante resultara ser el más grande poeta del siglo (de eso hay escasa duda) ha traído consecuencias nefastas para la mayoría de los líricos que después de él han sido, quienes siguen comulgando indiscriminadamente con cuanto se les ofrece, con resultados, sin embargo, menos excepcionales y con grave menoscabo de sus personalidades. Dicho sea esto de paso.

Rilke era bajo y enclenque, feo al primer golpe de vista (luego menos), con una cabeza alargada y puntiaguda, gran nariz, labios muy sinuosos que acentuaban el mentón un poco fugitivo y su hoyuelo muy hondo, ojos hermosos y enormes, ojos de mujer con un brillo de infantil malicia, según la descripción de la Princesa Taxis. Es innegable que su compañía debía de resultar muy grata, al menos para esta clase de damas, que fueron quienes más se la beneficiaron. Pasó muchos apuros económicos, lo cual no le impidió ser crítico y selectivo hasta con la comida: seguía dietas vegetarianas y detestaba el pescado, que jamás probaba. No se sabe muy bien qué le gustaba, tanto en lo relativo a comidas como a otras cosas, a excepción de la letra *y,* que escribía en cuanto podía, y amén, claro está, de los viajes y las mujeres. Confesaba que no podía hablar más que con ellas, que sólo a ellas comprendía y sólo con ellas estaba a gusto. Debía de ser, sin embargo, durante no mucho tiempo. «Qué quiere usted», dijo una vez su amigo Kassner para explicarle a la amiga Taxis una fuga de Rilke de la que se había enterado; «todas esas mujeres acaban siempre por aburrirle...»

CAMBIO DE ESTADO

El problema mayor y más común al comienzo de un matrimonio razonablemente convencional es que, pese a lo frágiles que resultan en nuestro tiempo y a las facilidades que tienen los contrayentes para desvincularse, por tradición es inevitable experimentar una desagradable sensación de llegada, por consiguiente de punto final, o, mejor dicho (puesto que los días se siguen sucediendo impasibles y no hay final), de que ha venido el momento de dedicarse a otra cosa. Sé bien que esta sensación es perniciosa y errónea, y que sucumbir a ella o darla por cierta es la causa de que tantos matrimonios prometedores fracasen nada más empezar a existir como tales. Sé bien que lo que debe hacerse es sortear esa sensación inmediata y, lejos de dedicarse a otra cosa, dedicarse a ello precisamente, al matrimonio, como si fuera la construcción y tarea más importantes que antes sí se tienen, aun cuando uno crea que la tarea ya está cumplida y la construcción erigida. Sé bien todo eso, y sin embargo, cuando me casé, durante el mismo viaje de bodas (fuimos a Miami, a Nueva Orleans y a México, luego a La Habana), tuve dos sensaciones desagradables, y aún me pregunto si la segunda fue y es sólo una fantasía, inventada o hallada para paliar la primera, o para combatirla. Ese primer malestar es el que ya he mencionado, el que, por lo que uno oye, y por el tipo de bromas que se gastan a los que van a casarse, y por los muchos refranes negativistas que al respecto hay en mi lengua, debe de ser común a todos los desposados (sobre todo a los hombres) en ese inicio de algo que incomprensiblemente se ve y se vive como el fin de ese algo. Ese malestar se resume en una frase muy aterradora, e ignoro qué harán los demás para sobreponerse a ella: '¿Y ahora qué?'

Ese *cambio de estado,* como la enfermedad, es incalculable y lo interrumpe todo, o al menos no permite que nada siga como hasta entonces: no permite, por ejemplo, que después de ir a cenar o al cine cada uno se vaya a su propia casa y nos separemos, y yo deje con el coche o un taxi en su portal a Luisa y luego, una vez dejada, yo haga un recorrido a solas por las calles semivacías y siempre regadas, pensando en ella seguramente, y en el futuro, a solas hacia mi casa. Una vez casados, a la salida del cine los pasos se encaminan juntos hacia el mismo lugar (resonando a destiempo porque ya son cuatro los pies que caminan), pero no porque yo haya decidido acompañarla o ni siquiera porque tenga la costumbre de hacerlo y me parezca justo y educado hacerlo, sino porque ahora los pies no vacilan sobre el pavimento mojado, ni deliberan, ni cambian de idea, ni pueden arrepentirse ni elegir tampoco: ahora no hay duda de que vamos al mismo sitio, querámoslo o no esta noche, o quizá fue anoche cuando yo no lo quise.

Ya en el viaje de bodas, cuando este cambio de estado empezó a operarse (y no es muy exacto decir que empezó, es un cambio violento y que no deja respiro), me di cuenta de que me era muy difícil pensar en ella, y totalmente imposible pensar en el futuro, que es uno de los mayores placeres concebibles para cualquier persona, si no la diaria salvación de todos: pensar vagamente, errar con el pensamiento puesto en lo que ha de venir o puede venir, preguntarse sin demasiada concreción ni interés por lo que será de nosotros mañana mismo o dentro de cinco años, por lo que no prevemos. Ya en el viaje de bodas era como si se hubiera perdido y no hubiera futuro abstracto, que es el que importa porque el presente no puede teñirlo ni asimilarlo. Ese cambio, así pues, obliga a que nada siga como hasta entonces, y más aún si, como suele ocurrir, el cambio se ha visto precedido y anunciado por un esfuerzo común, cuya principal manifestación visible es la artificiosa preparación de una casa común, una casa que no existía para uno ni para otro, sino que debe ser inaugurada por los dos, arficiosamente. En esa misma costumbre o práctica, muy extendida por lo que yo sé, está la prueba de que en realidad, al contraerse, los dos contrayentes están exigiéndose una mutua abolición o aniquilamiento, la abolición de aquel que cada uno era y del que cada uno se enamoró o quizá vio las ventajas, ya que no siempre hay un enamoramiento previo, a veces lo hay posterior y a veces no se da ni después ni antes. No puede darse. El aniquilamiento de cada uno, de aquel que se conoció y al que se trató y se quiso, lleva aparejada la desaparición de sus respectivas casas, o en ella queda simbolizado. De tal manera que dos personas que tenían la costumbre de ser cada una por su cuenta y estar en un lugar cada una, y despertarse a solas y a menudo también acostarse a solas, se encuentran de pronto artificialmente unidas en su sueño y en su despertar, y en su pasos por las calles semivacías en dirección única o subiendo juntos en el ascensor, no ya uno de visita y el otro como anfitrión, no ya uno para ir a recoger al otro o éste bajando para ir al encuentro de aquél, que la espera en el coche o a bordo de un taxi, sino ambos sin elección, con unas habitaciones y un ascensor y un portal que no pertenecían a ninguno y ahora son de los dos, con una almohada común por la que se verán obligados a pelear en sueños y desde la cual, al igual que el enfermo, acabarán viendo también el mundo.

Aunque Turgueniev fue un amo moderado y humanitario, no es raro que sus siervos fueran capaces de imaginar las más alambicadas represalias, dada la tradición familiar. La madre, Varvara Petrovna, no le iba a la zaga a la abuela: hablaba de «súbditos» y los trataba peor que a tales. A modo de ejemplo, y para no relatar demasiadas atrocidades, prohibía tener hijos a sus sirvientas, ya que les hacían descuidar sus obligaciones, y los pocos vástagos que pese a todo llegaban al mundo por un desliz, los abandonaban inmediatamente, recién nacidos arrojados a una charca. A sus hijos (Nikolai e Ivan) no los trataba mucho mejor Varvara Petrovna, ya que los siguió azotando hasta que fueron casi hombres, ni tampoco a sus nietos, sobre todo a la ilegítima hija de Ivan y una costurera al servicio de la casa, a la que su abuela, aprovechando los continuos viajes de Turgueniev, torturaba y se entretenía en vestir a veces como a una señorita para mostrarla a sus invitados; cuando preguntaba a éstos a quién se parecía la niña y la respuesta unánime era que a su hijo Ivan Sergueyevich, hacía que la nieta fuera despojada de sus lindos vestidos y enviada de nuevo a penar en la cocina, donde pasaba la mayor parte del tiempo. Con todo, Ivan era su favorito, como lo prueba el hecho de que, tras una descomunal discusión con él, Varvara Petrovna estampara contra el suelo el retrato juvenil de quien la había ofendido, impidiendo que ninguna criada lo rescatara de entre los cristales rotos durante todo un año.

La relación de Turgueniev con las mujeres no parece, así pues, haber sido nunca muy fácil, pero sería demasiado simple pensar que, detestando como detestaba a su madre, no tuvo más remedio que reproducir el mismo modelo de dominación y vehemencias. El gran amor de su vida fue la cantante Pauline Viardot, también conocida como «La García», sin duda su más verdadero nombre habida cuenta de que se trataba de una gitana (o sucedáneo) española. Estaba casada con Monsieur Viardot, veinte años mayor que ella y al que nunca abandonó, ni cuando rechazó durante un lustro los avances de Turgueniev ni cuando por fin los aceptó. Es más, fue Turgueniev quien hubo de amoldarse a la situación, y se sabe que llegó a pasar largas temporadas conviviendo con el matrimonio, en términos «fraternales» con Monsieur Viardot y más o menos conyugales con «La García». Ésta era una mujer fea pero magnética, de fortísimo carácter y no privada de talento, y de ella existe un retrato literario debido al mismísimo poeta Heine en el que su encendida admiración adquiere tintes de espanto si se piensa que Turgueniev, a diferencia del retratista o del pintor Delacroix, no se limitaba precisamente a admirarla en escena: «... hay momentos en sus apasionadas actuaciones», dice con entusiasmo Heine, «sobre todo cuando abre de par en par su enorme boca con su deslumbrante dentadura blanca, y sonríe con tal cruel dulzura y tan deliciosa ferocidad, en que uno tiene la sensación de que las monstruosas plantas y animales de la India y África estuvieran a punto de aparecerse». La Viardot o García acabó por serle infiel a Turgueniev con un pintor, y la relación quedó cortada, pero no para siempre ni mucho menos: hacia el final de su vida, el novelista escribía libretos para las operetas que ella componía e interpretaba, y no sólo eso, sino que actuaba en ellas, arrastrándose por el suelo rodeado de odaliscas y disfrazado de sultán turco. La Emperatriz Victoria, que asistió a una de estas representaciones familiares, disfrutó mucho, pero expresó sus dudas acerca de la «dignidad» del comportamiento de tan gran hombre.

Tales dudas las compartió Tolstoi con ella tras haber visto a Turgueniev bailar el cancán con una niña de doce años en el transcurso de una animada fiesta de cumpleaños. El conde Tolstoi, severo, anotó esa noche en su diario: «Turgueniev... el cancán. Triste». Claro que entre ambos había habido bastantes diferencias y bastante amistad. Las primeras tuvieron su punto culminante cuando, tras una encarnizada discusión sobre la conveniencia o no de la occidentalización de Rusia, Tolstoi lo retó a duelo y, para evitar que el lance acabara en rasguños y brindis con champagne, exigió que el arma fuera escopeta. Turgueniev se disculpó, pero al oír que Tolstoi andaba tachándolo de cobarde, fue él quien lo retó a su vez, postponiendo sin embargo el encuentro hasta su regreso de su viaje al extranjero, en aquel momento inminente. Fue Tolstoi quien se disculpó entonces, y así se pasaron diecisiete años, al cabo de los cuales dejaron de aplazar el duelo para cancelarlo por fin y reconciliarse. Tanto Tolstoi como Dostoyevski recurrieron a Turgueniev cuando, viajando por Occidente, lo perdieron todo en el juego (Dostoyevski hasta el reloj). Turgueniev les prestó dinero, lo cual no fue obstáculo para que Dostoyevski lo atacara frecuentemente, amén de tardar nueve años en devolverle el préstamo. Turgueniev lo disculpaba por sus ataques epilépticos y lo trataba como a un enfermo, esto es, con desdén y tolerancia.

No cabe duda de que Turgueniev se encontraba más a gusto con sus colegas franceses, que lo veneraban. Cuando visitaba a Merimée o Flaubert se pasaban las noches en vela, charlando. Algunos ingleses fueron menos cálidos: Carlyle se echó a reír cuando Turgueniev le relató una anécdota que él juzgaba triste, y lo mismo hizo el grosero Thackeray al oírle recitar en ruso un poema del adorado Pushkin. Cuando Maupassant fue a visitarlo dos semanas antes de su muerte, Turgueniev le pidió que la próxima vez le trajera un revólver: tenía cáncer de la médula espinal y sufría atroces dolores. Sus últimos días los pasó delirando, llamando Lady Macbeth a Pauline Viardot y reprochándole que le hubiera negado la dicha del matrimonio. De hecho se refería siempre a su relación con ella como a su «matrimonio oficioso». Entró en un coma del que sólo salió para decirle a Pauline: «Acércate más... más. Ha llegado la hora de despedirse... como los zares rusos... He aquí a la reina de reinas. ¡Cuánto bien ha hecho!» Es difícil saber si podía haber alguna ironía en estas últimas palabras.

UNOS CUANTOS AÑOS FELICES

Conrad usaba monóculo y no le gustaba la poesía. Según su mujer, en toda su vida sólo dio su aprobación a dos libros de versos, uno de un joven francés cuyo nombre ella no recordaba, y otro de su amigo Arthur Symons. Aunque también hay quien asegura que le gustaba Keats y que detestaba a Shelley. Pero el autor que más detestaba era Dostoyevski. Lo odiaba por ruso, por loco y por confuso, y la sola mención de su nombre le provocaba arrebatos de furia. Era un devorador de libros, con Flaubert y Maupassant a la cabeza de sus admirados, y tanto gusto tenía por la prosa que, mucho antes de pedir en matrimonio a la que sería su mujer (es decir, cuando aún no había mucha confianza entre ellos), apareció una noche con un paquete de hojas y propuso a la joven que le leyera en voz alta algunas páginas, pertenecientes a su segunda novela. Jessie George obedeció, llena de emoción y temor, pero el nerviosismo de Conrad no colaboraba: «Sáltate eso», le decía. «Eso no importa; empieza tres líneas más abajo; pasa la página, pasa la página.» O bien, incluso, la reñía por su dicción: «Habla claramente; si estás cansada, dilo; no te comas las palabras. Los ingleses sois todos iguales, hacéis el mismo sonido para todas las letras». Lo curioso del caso es que el exigente Conrad tuvo hasta el fin de sus días un fortísimo acento extranjero en la lengua que, como escritor, llegó a dominar mejor que nadie en su tiempo.

Conrad no se casó hasta los treinta y ocho años, y cuando por fin, tras varios de amistad y trato, hizo su proposición, ésta fue tan pesimista como algunos de sus relatos, ya que anunció que no le quedaba mucha vida y que no albergaba la menor intención de tener hijos. La parte optimista vino a continuación, y consistió en añadir que sin embargo, tal como era su vida, creía que él y Jessie podrían pasar juntos unos cuantos años felices. El comentario de la madre de la novia tras su primera entrevista con el pretendiente estuvo en consonancia: dijo que «no acababa de ver por qué aquel hombre quería casarse». Conrad, no obstante, fue un marido delicado: no faltaban las flores, y cada vez que terminaba un libro, le hacía a su mujer un gran regalo.

Pese a haber perdido a sus padres a edad temprana y guardar pocos recuerdos de ellos, era un hombre preocupado por su tradición y sus antepasados, hasta el punto de lamentar más de una vez que un tío-abuelo suyo, a las órdenes de Napoleón durante la retirada de Moscú, se hubiera visto tan acuciado por el hambre como para haberle puesto momentáneo remedio, en compañía de otros dos oficiales, a costa de un «desdichado perro lituano». Que un pariente suyo se hubiera alimentado de carne canina le parecía un baldón del que indirectamente, por cierto, culpaba a Bonaparte en persona.

Conrad murió bastante repentinamente, el 3 de agosto de 1924, en su casa de Kent, a los sesenta y seis años. Se había encontrado mal el día anterior, pero nada hacía presumir su inminente muerte. Por eso, cuando le llegó, estaba solo en su habitación, descansando. Su mujer, en el cuarto de al lado, le oyó gritar: «¡Aquí...!», con una segunda palabra ahogada que no distinguió, y luego un ruido. Conrad había caído desde su sillón al suelo.

EL VÍNCULO MÁS ESTRECHO

Sólo sé reproducir fragmentos de lo que contó Manur, pero si me exceptúo a mí mismo un poco después (y no me puedo exceptuar), no he visto nunca a ninguna otra persona con tanta voluntad de perseverancia en su elección y en su amor. Es más, ahora sé que fue Manur quien me contagió, o bien que fui yo quien se expuso a contaminarse o lo quiso imitar. Pues hasta entonces *sólo* había habido el deseo de seguir viendo a diario a Natalia Manur, el deseo físico de Natalia Manur y el deseo de aniquilar a Manur. Y fue a partir de entonces cuando entendí mejor, del mismo modo que un hombre que escribe puede empezar a entender lo que escribe a partir de una frase casual que le hace saber —no de golpe, sino paulatinamente— por qué todas las anteriores fueron así, por qué fueron escritas de aquella manera (que aún no verá intencionada pero ya tampoco casual) cuando él creía estar tanteando tan sólo, jugando tan sólo con tinta y papel por matar el tiempo, por un encargo o por el sentido del deber que sienten los que no tienen ningún deber. ¿No habéis descubierto nunca, en las actitudes o palabras o gestos de los demás, lo que antes ni siquiera podíais denominar? ¿No habéis visto en ellos el fulgor que nos falta, la claridad inconcebible, la mano firme y el trazo seguro que nunca podremos tener, lo que en un tiempo se llamó la *gracia?* ¿No habéis aspirado a ser ellos por culpa de su propia cualidad trascendente, de su capacidad de infección, de su irradiación natural que nos aniquila? ¿No habéis sentido nunca la tentación, aun es más, la necesidad de copiar escrupulosamente el ser de otro para arrebatárselo y apropiaros de él? ¿No habéis experimentado nunca el deseo incontenible de la usurpación? ¿No la insoportable envidia de la jovialidad o el padecimiento, de la resistencia o la voluntad? ¿No de los celos sufridos por otro, no de su fatalismo, ni de su determinación, ni de su condena? ¿Quién no ha deseado condenarse de una vez para siempre y gozar de la fijeza de la muerte en vida? ¿Quién no ha anhelado ser objeto de una maldición?

¿Quién no ha ansiado quedarse quieto y perseverar? Yo soy el León de Nápoles y todavía llevo el triunfo pintado en el rostro: quiero seguir siendo el que soy. Pero sé que no siempre fui así ni tuve ese nombre. Manur, con su inesperado ejemplo, me enseñó a perseverar: Manur perseveraba en su amor. Y ahora que el hambre me va acuciando y aunque ya es primavera he tenido que encender la luz, vuelvo a ver, como hace cuatro años y como esta mañana, sus ojos repentinamente serios y animalizados (dijo: 'Llevo quince años esperando a ser amado por Natalia Monte, mi mujer; usted, en cambio, es un advenedizo, señor'), que incomprensiblemente no rehuían la despiadada luz matinal de Madrid que entraba por la ventana y le daba de lleno en la cara, encendiéndosela ('Fue una mera transacción comercial, el padre de Natalia se encontraba en la ruina absoluta tras tantos años de gestión incompetente y de despilfarro, y los hijos, Natalia y su hermano Roberto, llegaron a temer que el padre culminara su depresión y su irritabilidad pegándose un tiro o pegándoselo a su mujer, a la madre de ellos, si sus negocios no salían de nuevo a flote y le permitían volver plenamente a la actividad. Era uno de esos hombres para los que lo es todo la actividad') y dotando a sus ojos de reflejos metálicos que los endurecían aún más, aunque la mirada llegaba a resultar afligida en algún instante ('Fue a Roberto a quien se le ocurrió la idea, quien convenció a su hermana de que me aceptara, de la necesidad urgente de nuestro enlace, de que una alianza inmediata con la potente banca de mi familia era la única solución; y él en persona la llevó hasta Bruselas, donde muy apropiadamente fue el padrino de nuestra boda, ya que en verdad era él quien me la entregaba a mí. De esto hace ya tantos, demasiados años') y por ello se asemejaba a la de su mujer, como si tampoco Natalia y Manur, a pesar de lo que contaba él, hubieran podido librarse enteramente de esos parecidos estremecedores que el tiempo tiene a gala desarrollar entre los no consanguíneos que se atreven a verse a diario ('Yo la había conocido tres meses antes, durante unas vacaciones aquí en Madrid, a través de su hermano, que había hecho conmigo en Bruselas unos cursos de especialización comercial; y no sólo la había cortejado convenientemente, sino que le había propuesto matrimonio en un último acto de desesperación dictado por la anticuada idea —yo he tenido una educación convencional— de que sus rechazos y negativas pudieran deberse a la falta de esa proposición formal. Yo estuve siempre enamorado de Natalia Monte, señor, casi desde el primer momento en que la vi'). Esos ojos que parecían translúcidos por efecto de la luz del sol echaban de vez en cuando rápidas ojeadas hacia mi cama deshecha: allí seguían, desoladamente, mi espejo de mano y mi máquina de afeitar ('Llevo quince años esperando a que sea ella la que me ame a mí. Y mientras no exista otra persona, mientras ella no tenga ninguna ilusión y no la quiera nadie más, yo sé que puedo esperar, o al menor ir cumpliendo, un año tras otro, mi viejo propósito de pasar a su lado mi vida entera. Por eso lo que no le consiento a nadie es ese interés excesivo e irregular en el que usted ha incurrido ya. La mayoría de las mujeres —y algunos hombres extraños también— ama por reflejo o, si lo prefiere, por imitación: ama y desea el amor del otro, como está demostrado y usted sabrá. Por ese motivo me casé con Natalia Monte y salvé a su padre de la ruina absoluta y de la destrucción pese a tener conciencia de que ella se casaba conmigo únicamente con ese fin, o, mejor dicho, porque su hermano Roberto había planeado que fuera esa la salvación. Y por ese motivo también he impedido siempre que ella tuviera otro modelo en el que inspirarse y al que remedar, *otro amor del otro* que pudiera tentarla, cuya existencia constituiría —vea que no le engaño— el mayor peligro para mí'); y luego, invariablemente, como habían hecho la primera vez, los ojos se dirigían a mi mentón recordándome mi abandonada barba, y mi estreno del *Otello* de Verdi de aquella noche, y el hecho de que todavía no había podido taparme la boca con esparadrapo —como es mi costumbre el día de una actuación— para forzarme a no hablar durante las horas previas a la función y así mejor atesorar y preservar mi voz ('Durante varios años ella estuvo atada a mí porque habría bastado una palabra o una firma mía para devolver a su calamitoso padre a la misma situación de la que ella lo había sacado con su matrimonio, o más bien yo con el mío al convertirme en su queridísimo yerno tan comprensivo como acaudalado. Más tarde, cuando el padre murió, y murió la madre no mucho después, mi salvaguarda fue y sigue siendo Roberto Monte, tan catastrófico en los negocios como lo era su padre y por quien mi mujer siente una adoración aún mayor'). Sus labios abultados, carnosos, pálidos, se movían a grandísima velocidad, con su habitual soltura en mi lengua, sin apenas cometer errores: una perfección antinatural ('Hace tan sólo unos meses lo he tenido que enviar sin más remedio a la América del Sur, pues estaba a punto de ser detenido y procesado aquí por evasión de capitales, defraudación al fisco y no sé cuántos delitos monetarios más. Es mi salvaguarda, señor, y no se me escapa que mi mujer espera con ansia el momento en que su hermano Roberto —Roberto más que yo— la libere de su compromiso conmigo anunciándole que ya no corre ningún riesgo, que no depende de mí, que se puede valer por sí mismo sin temor a mis represalias ni necesidad de mi protección. Mi mujer cree que yo manejo las cosas de manera que esto no pueda ocurrir jamás, y esa creencia suya contribuye a incrementar su resentimiento hacia mí y a dificultar lo que llevo esperando desde hace tantos años, su amor pleno e incondicional. En efecto, no parece que la independencia o tranquilidad financiera de Roberto Monte se vaya a dar, pero no por mi causa: no hace falta que yo entorpezca sus proyectos ni me dedique a tenderle trampas: él se basta por sí solo para estar siempre al borde de ingresar en prisión. Pero a pesar de esa garantía más o menos vitalicia también exijo que en la vida de mi mujer no haya sombras amatorias. Pensará cuán infeliz debe de ser, pero tenga en cuenta cuánto lo soy yo también'). Manur hablaba con compostura y escaso acaloramiento, pero cruzaba y descruzaba las piernas continuamente en un gesto de inquietud que asimismo lo avecinaba a Natalia Manur, como si él se lo hubiera copiado a ella o tal vez ella a él ('Yo cuento poco en su vida de hoy, pero tampoco hay nadie —ni debe haberlo— que cuente más. Yo ya he contado y ya contaré; dentro de no mucho más tiempo, se lo aseguro, ya no será capaz de prescindir de mí. De momento, al menos, la veo a diario, todas las noches en la misma habitación, al cabo de mi jornada de trabajo y de la suya de entretenimiento o ensimismamiento o puede que de meditación de su negra suerte. Pero, no lo olvide, de entretenimiento también: es a lo que todos aspiramos, a entretenernos, ¿verdad? Vea, la vida que lleva se la envidiarían muchas mujeres, no digamos, por ejemplo, esa prostituta que anoche vino a visitarlo a usted. ¿Acaso se cambiaría por esa prostituta, Natalia Monte, mi mujer? De hecho no sé si resulta aceptable que alguien como ella se pueda quejar, del mismo modo que no sé si sería aceptable que se quejara alguien como yo. ¿Acaso me cambiaría yo por usted?'), y mientras hablaba seguía sirviéndose y bebiendo café solo de las dos cafeteras que había hecho suyas, hasta que comprobó con visible fastidio que ya no les quedaba una gota más ('Es una mujer adinerada, tiene cuanto quiere —eso no nos supone problema—, tiene su propia cuenta que yo me encargo de abastecer, hasta un acompañante fijo que es muy de su agrado, que al parecer la divierte, con el que se lleva bien y con el que siempre que lo desee se podrá desahogar. A mí no me importa, como tampoco me habría importado en absoluto que se hubiera desahogado con usted: de nada de esto hago un secreto, sobre todo con desconocidos perfectos que desaparecerán inmediatamente de nuestra existencia, ¿qué más me da? Y si ella no hace más vida social es porque por lo general prefiere no venir conmigo a mis cenas y reuniones: pero esa es *su* elección, como ha sido *su* elección no trabajar, quizá para castigarme con su inactividad. Óigame, ¿le apetecería un poco más de café? En estos hoteles cada vez son más tacaños con el café'). Entonces se levantó y, tras preguntarme si podía hacer uso de mi teléfono con el aparato ya en la mano, pidió —o más bien ordenó— que subieran una cafetera más a mi habitación; luego volvió a tomar asiento, no sin antes haber aprovechado su paso fugaz por delante del espejo de cuerpo entero para echarse, también él, una veloz mirada y comprobar que la mancha de agua y la gota de café habían desaparecido ya ('Estará usted preguntándose qué ha sucedido desde hace quince años por las noches en nuestra alcoba, y esa curiosidad suya no se la voy a satisfacer. Le bastará saber que esas condiciones por las que se rige nuestro matrimonio excluyen —independientemente de lo que haya pasado en tiempos o pase hoy en nuestra habitación— la posibilidad de que cada cual lleve su vida, como se dice ahora, según creo, con un eufemismo de pobre imaginación. El incumplimiento de cualquiera de esas condiciones sería para mí casus belli, tan grave como el que más. Tan grave como si me abandonara, ¿comprende usted?'). En más de una ocasión a lo largo de su parlamento —en particular después de aquel latinajo, lo recuerdo bien— tuve el impulso de interrumpirle y hacerle alguna pregunta o puntualización, pero su tono calmado, aplastante, alerta, era el de un director de empresa puntilloso y cumplidor al que ha llegado su turno de leer un informe redactado con tanto esfuerzo o tanto placer que no perdonará a los miembros de su junta el más insignificante inciso ni les concederá la oportunidad de objetar ('Usted no puede entenderlo, señor, usted habrá tenido amoríos vulgares. Tan sólo le cuento esto para que vea cuál es la situación y cuál es mi posición; para que sepa que no estoy dispuesto a permitir que estos quince años hayan transcurrido en vano por un descuido de última hora; para que tenga a bien apartarse desde mañana mismo de mi mujer y alejar de su pensamiento todo ese interés excesivo e irregular del cual ya me ha dado anoche demasiada prueba. Yo no soy un marido negligente. Los que le precedieron en ese interés lo entendieron bien: midieron los obstáculos, calibraron las dificultades, les entró la pereza, bajaron los brazos, se echaron atrás, sólo una vez fue preciso desembolsar una cantidad. Usted debe ser como ellos. No me complique la vida ni se la complique usted. Mi mujer no es buen negocio, créame que no hay ganancia'). Cuando llamaron a la puerta y yo fui a abrir, en el umbral no sólo esperaba la camarera que traía más café, sino también una doncella que, guiada por sus propios recorrido y horario, venía dispuesta a hacerme la cama y ventilar la habitación; Manur, torciéndose desde su sillón, invitó a pasar a la primera y a la segunda la despidió ('Vuelva más tarde, ¿no ve que aún estamos desayunando?'), sin pararse a pensar que tal vez yo deseara ver hecha mi cama y ventilada mi habitación, y ver del todo afeitada mi barba, y mi boca tapada por el esparadrapo protector de los días señalados como aquél. Mientras firmaba la nota y pagaba por la sonrisa vi pasar a la pareja cubana o canaria que salía del cuarto de al lado. No eran madrugadores. No les vi la cara, sólo un traje de chaqueta gris o azul y un vestido colorido. Ella era más alta e iba detrás. Me llegó una ráfaga de perfume floral y oí que él decía '¡Pues aguanta!' y ella le contestaba 'Te lo juro que no puedo más'. Cerré la puerta y volví a mi lugar, frente a Manur ('Usted, ahora, está en un momento en el que todavía lo único que tiene son pensamientos. ¿Y qué son los pensamientos? Nada, señor, algo tan simple que hasta se pueden adivinar, algo tan pasajero que, según van viniendo, hasta se pueden contar. Yo adivino los suyos, usted ya sabe los míos, ¿no es así?'). A pesar de haberlo pedido con tanta resolución, de aquel nuevo café Manur no se sirvió ya más. Quizá lo ordenó solamente para restituirme el que me correspondía y yo no había llegado a probar —el de mi taza estaba frío, servido por él— ('Le aplaudiré esta noche'). Descruzó las piernas. Se levantó para irse. Se acarició la corbata. Se alisó la calva. Cogió el fedora. Miró el reloj ('Ella huele muy bien', y no supe si se refería a su mujer Natalia Manur, a la cubana o canaria que acababa de pasar y ya no podía más o a la puta Claudina, cuyo perfume agradable y barato —la habitación sin ventilar— tal vez él estaba en condiciones de percibir aún.) Dijo:

—Tenga en cuenta que no hay vínculo más estrecho que el que anuda lo que es fingido, o aún es más, lo que nunca ha existido —y le vi levantar el índice por tercera vez.

Ellos creen que por hacer sonar música en mi casa durante todo el día —ya sea él al natural con su prodigioso timbre (ensayando), ya sean cintas grabadas (para estudiarse)— yo no oigo ni percibo nada de lo que se traen de continuo entre manos. Están muy equivocados. Y sobre todo ignoran que hace muy poco los vi enlazados con mis propios ojos y fui testigo de sus violencias. Sí, ella tiene tanta imaginación en ese campo —le dedica su tiempo entero— y tantas ansias de novedad —de novedad en él, su idolatrado marido— que barrunto que cualquier alteración de la norma le supone un suplemento de concupiscencia sumamente apreciable, muy estimado. Y así, hará menos de un mes que una noche en la que yo había dado aviso previo de que me quedaría repasando un documento hasta tarde, quizá hasta la aurora, y orden de que nadie me molestara y se acostaran todos cuando les viniera el sueño sin esperar a mi retirada, el León y su mujer viciosa, ya iniciada la madrugada, penetraron de puntillas en el salón, sin duda en la esperanza fútil de encontrarme tal vez suicidado. Yo me había apartado un poco de mi ventana con balcón al lago, pues había relente, y aprovechando la contraluz del alba me había permitido ofrecer mi perfil izquierdo a quien pudiera atreverse (en esta mansión indisciplinada ya nunca se sabe) a entrar sin mi venia en el salón de lectura. En cuanto oí el picaporte, sabedor de que se trataría de ellos por haberlos visto embromándose y risueños durante la cena, incliné la cabeza sobre el pecho y me hice el muerto con la pericia que da la práctica. El León, cauteloso, se acercó hasta mí mientras ella, por indicación del marido, aguardaba junto a la puerta nuevamente cerrada tras su intolerable intrusión y daba saltitos nerviosos, no sé si de excitación o de descontrol. Me llamó por mi apellido (nunca le he consentido que me llame «padrino»), anteponiendo el preceptivo «señor» que le tengo mandado observar desde niño si no emplea el «usía» que también le admito; yo me fingí finado. Entonces él, envalentonado, aplicó su oído a mis labios para comprobar si me quedaba aliento. Estuve tentado de gritar de súbito y desbaratarle el tímpano, o de lamerle el lóbulo para asustarlo y vejarlo, pero decidí mejor contener la respiración durante más de un minuto; y así, creyó el León que había perecido al fin (se vio seguramente apoyado en conclusión tan irresponsable y precipitada por el mucho alcohol que habría ingerido en compañía de la insaciable a lo largo de la velada). Hizo entonces una señas a la mujer lasciva de que se aproximara y la abrazó con frenesí, corrupción y torpeza, mientras murmuraba, creo (no estoy cierto de si era esto o alguna otra frase, pues —es curioso— al creerme muerto bajaron paradójicamente el tono de voz y se mostraron más precavidos si cabe en sus jubilosas manifestaciones): «¡Está muerto, mi niña, está muerto, está muerto!», aunque, como digo, tampoco descarto la posibilidad de que lo que dijera fuera, por ejemplo: «¡Al huerto, mi niña, voy a llevarte al huerto!» En honor a la verdad, no lo sé. Lo que sí sé es que ella, ilusionada en el segundo caso por las salaces y prometedoras palabras de él, o seducida en el primero por la extravagante e irrespetuosa idea de ayuntarse mientras yo me encontrara de cuerpo presente —todavía caliente— e incapaz de resistir a tal tentación al ver la alegría suprema que invadía al León predisponiéndolo sobremanera al acto carnal, empezó a manosearle con desvergüenza y obscenidad allí mismo, a escasos metros de mi figura sedente y muda. Ellos ignoran que con el rabillo del ojo, y amparado en la luz tempranera que dejaba mi rostro en tinieblas y a ellos los iluminaba con un halo ceniciento, como si se hallaran envueltos en una humareda, lo espié y juzgué todo, asistí a su cópula pecaminosa, dificultosa y, en la medida en que mi experiencia personal en tales lances y asuntos me autoriza a opinar, asimismo bastante defectuosa. Al menos yo, con las tres mujeres principales de mi vida (la madre del León, mi prima; mi legítima esposa; Natalia Monte) he procurado obrar con más ternura, más tacto, más elegancia, más limpieza, más diligencia, más sapiencia, más delicadeza, más pulcritud, más prontitud y más eficacia. Durante mucho rato permanecieron de pie y vestidos; ella, a mi modo de ver, retorciéndose más de lo deseable (tal vez de dolor, tal vez de anhelo) y dándole alternativamente el frente y la espalda mientras se subía todo el tiempo las rígidas faldas, que una y otra vez se empeñaban en bajar más de lo que ellos debían de considerar oportuno o cuando menos indispensable. (En seguida vi que a ella las medias le llegaban sólo hasta la mitad del muslo.) Como él es muy alto, por mucho que se agachara para buscar e iniciar el culmen siempre resultaba insuficiente y embarazoso, y como además no es mañoso ni muy flexible, en varias ocasiones estuvieron a punto de perder el equilibrio y rodar ya trabados o casi, lo que a buen seguro habría entrañado cierto peligro para algún miembro. De esto los salvó, no obstante, lo estable y rotundo del enorme abrazo. Toda esta parte fue trabajosa y tuvo más de forcejeo callejero que de engarce amoroso, hasta que por fin él resolvió aligerarse un poco de su indumentaria absurda (gusta de ensayar disfrazado y aquel día no recuerdo si iba trajeado de una especie de Monostatos), y ella, quizá fatigada y harta y desde luego muy sudorosa, se desplomó boca arriba sobre la alfombra y, saltándose los botones —no sé si con deliberación o por efecto del hundimiento—, se abrió impetuosamente la blusa. Tiene unos pechos tan atractivos y firmes, con un canal tan medido, que casi parecen falsos, producto de la química o de alguna materia plástica. Y a pesar de que ya no es esbelta ni expeditiva ni ágil, conserva una extraña gracilidad que no sé en qué consiste pero la hace estimable. Aquí, sin embargo, al cubrirla mi ahijado con su cuerpo muelle y disparatado perdí buena parte del espectáculo, y sólo de cuando en cuando conseguía entrever un instante el rostro de la mujer lasciva. Su expresión, no hace falta decirlo, era de lo más lascivo, y tuvo un detalle que me resultó muy grato: se abstuvo de jadear —como es norma extendida—, demostrando con ello que está enamorada y que su rijo es auténtico y mucho más profundo que el de cualquier novata. Lo suyo no es cosa ordinaria. Lo que menos me agradó de todo fue la masa de carne, un tanto excesiva y aparatosa, que ofreció a mis ojos el conjunto de los cuatro muslos (las medias de ella bajadas ahora hasta los tobillos). Pero en fin, eso es menudencia y no tiene importancia. Lo curioso del caso —y una prueba más de lo dominada que se encuentra ella por su estragamiento y lo muy dominado que está él por ella— fue que una vez consumada aquella barbarie dieron la impresión de haberse olvidado por completo de mi presunto fallecimiento, tan atareadas y absortas debían de estar sus mentes con lo acaecido entre ellos; y así, con relativa presteza considerando su estado (parecían víctimas de un colapso), y sin darse la vuelta para echarme un vistazo ni cerciorarse de mi óbito tan celebrado, salieron los dos a gatas del salón de lectura, medio desvestidos y murmurando, creo, monosílabos inconexos y zafios.

UNA MALLA DE COLOR CARNE

Resulta extraño que al final de su vertiginosa vida la mayor preocupación de Adah Isaacs Menken fuera la publicación de su único libro de poemas titulado *Infelicia,* que por otra parte no logró ver, ya que murió una semana antes de su aparición, el 10 de agosto de 1868. Bien es verdad que a lo largo de todos sus años más conocidos (una docena aproximadamente) no fue ajena a las letras ni sobre todo a los literatos, pero la mayor parte de su tiempo lo pasó atada a un caballo sobre un escenario, y fue más a eso y a sus continuos escándalos a lo que debió convertirse en la primera dama norteamericana internacional del teatro y en la favorita de los periódicos de dos continentes.

Muchos de sus contemporáneos ya pusieron en duda los términos «dama» y «teatro» que acabo de utilizar, relacionados con su persona. A sus cuatro maridos (entre ellos un boxeador y un tahúr, este último muerto de mala manera en Denver) hubo que añadir numerosos amantes, entre los cuales se contaron obligadamente escritores, como Alexandre Dumas *père* al final de sus días y el poeta masoquista por excelencia, Algernon Charles Swinburne, pelirrojo, diminuto, victoriano, borracho, homosexual y adicto a los latigazos. Adah Isaacs Menken mantuvo también trato con otros, pero de diferente índole: Walt Whitman fue su amigo y tuvo en ella a su primera discípula; George Sand fue la madrina de su único hijo, pomposamente bautizado Louis Dudevant Victor Emmanuel y que vivió muy poco; el malogrado Fitz-James O'Brien, amigo de Poe y quizá con tanto talento como él, fue su compañero de juergas; Charles Dickens, cuando ya era un hombre muy respetable y acomodaticio, dio su consentimiento para que La Menken (como ella misma gustaba llamarse) le dedicara su tomito de poesías; Gautier la alabó durante su estancia en París; Verlaine se burló de ella en unos versos malintencionados; y en cuanto a su compatriota Mark Twain, cuando aún se llamaba Clemens dejó para la posteridad la más completa descripción de sus actuaciones. Lástima que a aquel periodista sureño no le convencieran las artes de Menken, y sobre todo lástima —para ella— que Clemens hubiera de hacerse célebre por su capacidad para la sátira. El número fuerte de Adah Menken, el que la hizo famosa en medio mundo, consistía en la cabalgada del final de la obra *Mazeppa,* una adaptación libérrima de la pieza de Byron en la que ella daba vida al héroe del título. Pese a la malevolencia de Twain, parece fuera de duda que las facultades interpretativas de aquella estrella eran cuando menos originales: en una ocasión encarnó a Lady Macbeth y cambió —involuntariamente— todo el texto de Shakespeare sin que el público lo acusase (en este tipo de representaciones más clásicas sus compañeros de reparto, menos dotados para la improvisación, naufragaban todos por culpa de ella). En *Mazeppa,* sin embargo, lo que la gente iba a ver era su aparición final amarrada a los lomos del caballo y vestida con una ajustada malla de color carne que ya a escasa distancia creaba la ilusión de que la actriz iba desnuda (no importaba mucho que La Menken luciera un ridículo bigotillo en consonancia con su papel masculino). Según Twain, que se lamentaba de no haber llevado prismáticos al teatro, más que una malla lo que le pareció que llevaba Menken fue «una prenda blanca de insignificantes dimensiones cuyo nombre he olvidado, pero que resulta indispensable para los niños de muy tierna edad». El comportamiento de la intérprete y héroe lo consideró «lunático» a lo largo de la función entera, y se congratuló de que en la segunda pieza más explotada de su repertorio, *El espía francés,* La Menken incorporara a ese espía, «mudo como una ostra», por lo que las «extravagantes gesticulaciones» de la actriz parecían más pasables.

Si hemos de creer al cronista, resulta inexplicable que una artista tan limitada pudiera llenar las salas de ambos lados del Atlántico durante años. Algo más había de tener. En persona era sin duda una gran seductora, capaz de domar e incluso enamorar a los más acerbos críticos, entre ellos el periodista Newell, que la denostó brutalmente para acabar siendo su esposo durante una semana (pero otro marido le duró sólo tres días). Y, al parecer, su talento para la provocación y la publicidad no ha tenido igual en el mundo hasta bien entrado el siglo XX: cuando Baltimore estaba a punto de caer en manos de la Unión durante la Guerra de Secesión, decidió recordar sus orígenes (había nacido cerca de Nueva Orleans y quizá era cuarterona), y exigió que el decorado del teatro fuera pintado de gris, como el uniforme confederado que ya perdía la plaza; cuando tuvo tiempo para ello (dio conferencias), se mostró como una de las más aguerridas, irónicas y sabias feministas de su tiempo, clamando contra la esclavitud de la mujer y haciendo siempre lo que se le antojaba, hasta cuando se vio detenida por las tropas nordistas: según contó en una carta, «... querían enviarme al Sur, pero sin dejarme llevar más que cien libras de equipaje. Por supuesto que no acepté semejante cosa... No iba a cruzar las líneas sin llevar ninguna ropa».

De la verdad de su vida se sabe poco y mucho de sus leyendas: se llegó a decir que era una judía española natural de Madrid (judía quizá sí era), que en su adolescencia había sido prostituta en La Habana (pervertida antes por un barón austriaco), y que, siendo ya famosa, se presentó ante el emperador Francisco José, en la corte de Viena, con una capa que se quitó al saludarlo dejando al descubierto lo único que llevaba debajo, el disfraz de *Mazeppa* ecuestre que la hacía figurar desnuda (al parecer no llevó el caballo a palacio).

FALTA DE ROPA

La mayoría de las fotos que se conservan de Lowry lo muestran en traje de baño o con pantalones cortos, con el torso desnudo siempre —un torso como un huso, no gordo pero un poco abombado—. Parte de la explicación a esa costumbre podría encontrarse en sus numerosas estancias en lugares tropicales o bien de playa y en su extremada afición a la natación. Pero también es verdad que no debía de tenerle demasiado aprecio a su ropa: no mucho después de casarse por segunda vez perdió un dinero vital tras apostarlo mal a los caballos, y el remordimiento lo llevó a desaparecer en medio de la calle en un descuido de Margerie Bonner, su mujer. Cuando por fin ésta, al cabo de horas de vagar por Vancouver en su busca, dio con él en una casa de putas, lo encontró tirado en una cama sucia y en calzoncillos. La falta de ropa no era debida, sin embargo, a lo que podría pensarse en un primer momento dada la índole del local, sino a que Lowry la había vendido para procurarse una botella de ginebra que ya había casi vaciado para cuando Margerie lo encontró. También en ocasiones más dramáticas perdió todas sus ropas, por ejemplo en los varios incendios de cabañas o casas en las que habitaba. De uno de esos fuegos salvó milagrosamente Margerie el original de *Bajo el volcán.* Hay que decir que de haber ardido quizá no habría resultado demasiado grave, ya que eso era algo a lo que Lowry estaba más que acostumbrado, a perder originales o a que se los extraviaran, y por tanto a reescribir sus libros una y otra vez. Los borradores de esa novela son incontables, tanto por culpa de los editores, que se la rechazaban y le exigían que la revisara siempre una vez más, como de su propia insatisfacción. Diez u once años estuvo con ese texto, que por fin vio la luz (y con considerable éxito) tras negarse Lowry a los penúltimos cambios que sus editores le recomendaban. De no haberse negado en esa oportunidad, quién sabe si la novela por la que ha pasado a la historia no habría sido también póstuma, como casi toda su escasa obra.

El proceso de alcoholización de Lowry fue muy rápido, esto es, se inició en su extrema juventud, tras pasar unos meses embarcado en el *Pyrrhus* porque quería «ver el mundo» (del que, dicho sea de paso, volvió muy decepcionado), y concluyó con la ingestión de la loción de afeitar de un amigo y de su propio pis cuando estuvo internado en un sádico hospital. Ya con anterioridad al *Pyrrhus* había conocido el infierno, durante su infancia inglesa, o al menos eso gustaba de relatar: varias de sus niñeras se habían dedicado a torturarlo o habían tratado de asesinarlo. Una de ellas, por ejemplo, lo había llevado junto con su hermano Russell hasta un brezal solitario, donde le había bajado los pantalones y le había azotado los genitales ante la mirada atónita del otro niño; otra había intentado ahogarlo en un barril de agua de lluvia del que lo había salvado un jardinero benigno; y una tercera había jugado con su cochecito de niño al borde de un acantilado; no es seguro que no fuera una cuarta (o bien una de las tres precedentes) la que quiso asfixiarlo con una manta. Sea como fuera, tres o cuatro, en ambos casos parecen quizá demasiadas para haberlo querido tan mal, cada una por su cuenta.

Lowry, no cabe duda, gustaba de inventar historias, hasta el punto de que nadie daba crédito a algunas que eran muy ciertas. Tenía bastante mala suerte con los animales: una noche, caminando con su amigo John Sommerfield por «Fitzrovia», el barrio bohemio del Londres de los años treinta, vio dos elefantes en la esquina de Fitzroy con Charlotte Street. Los dos hombres salieron corriendo para avisar a otros, pero cuando regresaron los elefantes habían desaparecido y nadie les creyó, pese a que lograron descubrir en el pavimento una elefantina mierda todavía humeante, lo cual Lowry vio más como un desprecio que como una prueba o ni siquiera una suerte. En otra ocasión, al pasar junto a una carreta, el caballo que la tiraba dio un bufido que a Lowry le pareció de irrisión (hasta los objetos inanimados conspiraban contra él); su respuesta fue un puñetazo al caballo bajo la oreja que lo hizo tambalearse y caer de hinojos; aunque no le sucedió nada grave, el remordimiento de Lowry duró semanas. Más triste fue lo que le ocurrió con un pobre conejillo al que distraídamente acariciaba en su regazo mientras charlaba una noche con el dueño de la mascota y su madre: de pronto el conejillo se quedó tieso, Lowry le había roto el pescuezo con sus torpes manos pequeñas. Durante dos días vagó por las calles de Londres con el cadáver, sin saber qué hacer con él y lleno de odio para consigo mismo, hasta que, por indicación de otro amigo, el camarero de una taberna tuvo a bien ocuparse de lo que prometió que sería un entierro como manda el Dios de los animales.

Pese a tantos desaguisados, Lowry tenía numerosos amigos, los cuales coinciden todos en afirmar que aunque era un hombre imposible, tenía un enorme encanto y suscitaba invencibles deseos de protegerlo. Los hechos de su vida ponen los pelos de punta, pero incluso al hablar de esos hechos hay que recordar lo que él mismo decía a veces a sus allegados: «No me toméis demasiado en serio»; o bien lo que observó su mentor Conrad Aiken años después de su muerte: «Su vida entera fue una broma: jamás hubo bufón shakespeariano más jovial. Eso es algo que debemos recordar cuando todo el mundo anda diciendo ¡Qué Tiniebla, Qué Desesperación, Qué Enigmas! Tonterías. Era el más alegre de los hombres».

Aunque tocaba un ukelele que casi siempre llevaba consigo, y cuando algo le horrorizaba divertía a todos haciendo el gesto de dispararse en la boca o ahorcarse con una soga, hay que reconocer que los hechos pueden disimular esa alegría bastante bien, ya que aparte de sus continuas borracheras, sus incendios, sus pasos por hospitales psiquiátricos, sus breves encarcelamientos y sus tentativas de suicidio más o menos reales, se sabe que en los últimos tiempos probó a estrangular dos veces a su mujer, Margerie, quien pese a todo no lo abandonó jamás. En una ocasión, casi de modo experimental, como si dijéramos sin premeditación, se cortó las venas de una muñeca, y otra vez, en Acapulco, se adentró nadando en el Pacífico hasta no poder regresar. Su muñeca fue curada y las olas no colaboraron, como tampoco quiso el destino que sus manos se cerraran demasiado rápidas sobre el cuello de Margerie ni que entonces se encontraran aislados, donde los gritos de ella no podrían haberse oído.

A su primera mujer, Jan Gabrial, sí que habría tenido más motivos de orden clásico para asesinarla, ya que al mes de la boda empezó a ir abiertamente con otros hombres. Los amigos cuentan una patética escena en la que Lowry la despidió al pie del autobús mexicano en el que ella se iba a pasar una festiva semana con unos ingenieros y él le entregó unos pendientes de plata por su cumpleaños, que tendría lugar dos días más tarde y que no celebrarían juntos precisamente. Al parecer Jan los miró molesta y, casi con enfado, los arrojó en su bolso. Tanto su primera como su segunda mujer parecen haberse quejado de sus pobres o más bien nulas prestaciones sexuales, lo cual quizá explicaría su interés por la botella y su desinterés por las putas en aquella ocasión en que vendió sus ropas.

LA CURACIÓN

Cuando Terence Barr llegó a San Francisco, dispuesto a trabajar como nunca y a componer más de cien canciones en seis meses, no sabía que sólo iba a hacer dos, y a duras penas. La casa de discos que generalmente le compraba sus obras había accedido a su petición de darle dinero para pasar medio año en San Francisco y dejarle completa libertad allí con el fin de que pudiera acabar su educación e investigación musical, que había comenzado tres años antes en Nueva York, Detroit y Nueva Orleans, y de que lograra una inspiración que le permitiera realizar variaciones en su estilo, de manera que éste quedara formado, consistente y claramente personal, pero no cerrado, dejando un amplio margen de salidas diferentes que permitieran nuevos avances y posteriores evoluciones. Esto era lo que él había pedido, alegando que notaba que sus fuentes de creación se estaban agotando y que veía el peligro de quedarse encasillado por mucho tiempo en un mismo estilo del que le sería muy difícil salir si no cambiaba en seguida de aires, de ambiente y de figuras musicales a quienes observar. La casa grabadora, y concretamente el encargado de la sección de compositores, el señor Graham D. Nelson, lo había pensado durante dos semanas, había calculado un presupuesto para la estancia de Barr en San Francisco, no demasiado elevado pero que le permitiera vivir en una pensión tranquila y con desahogo, y había accedido, con la condición de que aquello que Barr les prometía se convirtiese en una realidad a su regreso, que escribiese cien canciones durante su estancia, setenta y cinco de las cuales debían ser para el cantante más cotizado de la casa en aquel momento, Buddy Sloper, y que no pidiera ni un centavo más desde San Francisco.

Así pues, había salido de Nueva York, donde tenía un lujoso apartamento, con cinco mil dólares en efectivo en sus maletas, pases gratis para todas las salas de fiestas, clubs de jazz y espectáculos musicales de San Francisco, y quizá una de las más grandes oportunidades de su vida para convertirse en uno de los mejores y más cotizados compositores de canciones de todo el país.

Nada más llegar, Terence Barr se dirigió a los barrios cercanos al puerto, en busca de una habitación en una pensión lo más barata posible, con el fin de ahorrar todo lo que pudiera y quedarse con el dinero que le sobrara. Era necesario que la habitación tuviera un piano, cualquier clase de piano; no le importaba que fuera uno malo o antiguo que no se hubiera tocado en mucho tiempo. Bastaba con que fuera un piano que se pudiera afinar y que no sonara catastróficamente. Le fue muy difícil encontrar lo que quería, pero al fin lo consiguió. Era una pensión en un barrio próximo al puerto, en una de esas calles que suben y bajan y por las que pasan tranvías constantemente. El cuarto estaba en un tercer piso, no era minúsculo aunque tampoco espacioso, estaba bien amueblado con una cama, una mesa, cuatro sillas, un butacón raído, una estantería y un piano viejo y muy usado que sonaba aceptablemente después de ser afinado. Compartía el cuarto de baño con el ocupante de la habitación contigua, había suficiente luz, buenas vistas y lámparas de mesa con la pantalla en forma de mosaico de colores. En definitiva, la habitación era acogedora y se podía trabajar a gusto, que era, al fin y al cabo, lo importante para Barr. Al lado había un bar-prostíbulo que era propiedad de la dueña de la pensión, la señora Burnham. Ésta era una mujer grande, rubia pajiza, de senos prominentes y muy tímida, hasta el punto de que Barr había conseguido, nada más llegar y ver la habitación, que le rebajase el precio, que no le obligara a pagar un mes por adelantado, como era costumbre, y que le dejara tocar el piano sin cobrarle un centavo de suplemento. A pesar de su aspecto putesco y decidido, parecía muy ingenua y bondadosa al hablar, y en cuanto vio a Barr, joven, y pidiendo un piano con su sonrisa que dejaba ver unos dientes perfectamente uniformes y blanquísimos, su actitud hacia él fue la de una madre que está enamorada de su hijo y que no se atreve casi a hablarle por temor a que él la grite, la insulte o deje de quererla si ella dice alguna estupidez o se pasa de solícita. Al entrar los dos en el cuarto que Barr iba a alquilar, que estaba muy limpio, ella opinó lo contrario e inmediatamente llamó a una criada para que lo ventilase y asease, alegando que un pianista debía tener una habitación agradable y ordenada. Le trajo varios cuadros que tenía ella en su cuarto, bastante malos y firmados por Eileen Meredith. Eran paisajes, interiores y algún desnudo. Barr le dio las gracias, la echó fuera, pues sus atenciones empezaban ya a agobiarle, y se dispuso a descansar.

Al día siguiente se levantó temprano, se vistió, salió a desayunar a una cafetería cercana y fue a visitar al señor Philip Lowell, el representante de su casa grabadora en San Francisco. Éste era un hombre pequeño, con muy poco pelo rubio y enormes dientes. Le hizo pasar a una confortable salita y le habló en los siguientes términos:

—La empresa, como usted sabe, ha realizado un gran esfuerzo para que se cumplieran sus deseos de pasar seis meses aquí. Ha arriesgado una gran cantidad de dinero, tanto el que se le ha dado a usted como el que se pierde diariamente en Nueva York, a causa de su ausencia. Se le han impuesto unas condiciones, usted ha prometido cumplirlas, ha puesto otras a su vez, nosotros ya las hemos cumplido. Bien. Quizá le moleste esto que voy a decirle, pero le aseguro que no es asunto mío, sino del señor Nelson, que no se fía de usted. Créame que yo no tengo nada personal en contra suya, acabo de conocerle; pero son ya sabidos sus pequeños escándalos, sus devaneos y su vida agitada y sin orden de Nueva York. Creemos que ninguna de estas cosas sería beneficiosa para usted y para su trabajo mientras esté aquí. Usted pidió tranquilidad, sosiego y libertad de acción, y crea que los va a tener, aunque sea por la fuerza. Para evitar que su vida transcurra íntegramente entre clubs, tugurios y borracheras, le vamos a poner a su lado a un vigilante que vivirá, a ser posible, en su misma pensión, que le acompañará a todos los lugares que visite y que cuidará de que trabaje diariamente ante el piano. Lo siento mucho, Barr, pero son órdenes del señor Nelson, no mías.

Barr, tras escuchar esto, se puso en pie indignado y dijo:

—¡Eso es absurdo! Escúcheme, señor Lowell. Como usted ha dicho hace un momento, una de las cosas que pedí fue libertad de acción, algo absolutamente necesario para que yo pueda desarrollar mis actividades musicales. Y ahora viene usted diciéndome que me van a colocar un moscón que me vigile. ¿Cree que así voy a poder componer una sola canción, sabiendo que hay un tipo acechándome, esperando a que salga o haga cualquier cosa para ponerse a mi lado? Esté seguro de que no. De esta forma no me sirve de nada estar en San Francisco. Mejor me voy, vuelvo a Nueva York y sigo haciendo canciones una igual a la otra hasta que el público se harte de escuchar siempre lo mismo y el ídolo

Buddy Sloper deje de serlo para siempre. Consúltelo con el señor Nelson de nuevo, haga lo que le plazca, pero o me quitan a ese guardaespaldas o adiós innovaciones y seguramente adiós Terence Barr, compositor. ¡Eso es! O me dejan en paz o no volveré a componer ni una sola canción para Buddy, y lo sentiré por él. Ahora está muy alto, pero ya se le está acercando Russ Hackathorne en las ventas, y si le dejo, se hundirá. Sólo necesita renovarse para seguir en la cumbre. Así que elijan, el vigilante o yo.

Lowell sacó un cigarro del cajón más cercano, lo encendió y dijo:

—Mire, Barr, ya le he dicho que esto no es asunto mío y que Nelson me llamó anoche urgentemente diciéndome que se lo advirtiera en cuanto usted se presentase ante mí. Él quiere que tenga un vigilante por encima de todo. Pero yo, personalmente, creo que tiene usted razón y voy a hacer algo que quizá luego me pese. No le pondré vigilante, es decir, nadie le acompañará a donde vaya ni estará pendiente de usted a cada instante. Pero lo menos que puedo hacer es enviarle al vigilante una vez cada dos semanas para que compruebe que trabaja usted y que progresa. Le aviso que no se le comunicará el día exacto en que se le hará la inspección. Por ello le aconsejo que procure no estar con resaca por las mañanas. Si la señorita Maxwell, que será quien le visite, encuentra alguna anormalidad, tendrá que vivir junto a usted y acompañarle adondequiera que vaya. No quiero que luego Nelson me despida por su culpa. ¿De acuerdo?

—Está bien —aceptó Barr—. Y no se preocupe; no perderá su empleo ni yo estaré con resaca por las mañanas. Adiós y gracias, señor Lowell.

—Un momento, Barr. ¿Ha encontrado ya hotel? Dígame su dirección para cuando vaya la señorita Maxwell, por favor.

Barr se la dio. Lowell frunció el ceño.

—Ese es un barrio bajo —dijo—. La pensión será muy barata, supongo.

—Sí —contestó Barr—, pero al final resulta muy cara. Me cobran un enorme suplemento por el piano. Adiós, señor Lowell.

Salió del despacho y fue a dar un paseo. Era el día 15 de mayo de 1962. Había sol, aunque hacía un poco de frío. Compró una guía de espectáculos, entró en una cafetería, y allí tuvo mucha suerte; había un hombre gordo y muy bien vestido en la mesa de al lado, que esperaba a alguien. Después de aguardar un rato, apareció otro hombre que se sentó junto a él y dijo:

—Buenos días, señor Keefer. Malas noticias para usted. Lo siento, pero no he encontrado ningún pianista de categoría que no estuviera ya comprometido para toda la semana. Ya le dije que era demasiado tarde para conseguirlo. Frank Waite se fue ayer a Las Vegas, Ralph McLeod va a estar un mes en Reeves, e Ian Lamont está enfermo. Eran los tres únicos posibles, y nada. No puedo hacer más. Tendrá que ir a Oakland a ver si Lindsay Winwood no está borracho, o contratar a alguno de segunda fila. Llevo tres días llamando a Winwood y su teléfono no contesta. No sé siquiera si estará en Oakland, y si está será muy difícil encontrarle. Le aconsejo que coja a uno de segunda ahora que todavía puede.

—Pero ya le advertí —dijo el señor Keefer— que el señor Elwood sólo quiere un pianista famoso en su yate. Va a ser una semana de fiestas, con muchos invitados, con la mejor gente de San Francisco, y no puede permitirse, dada su categoría y su posición, el desliz de tener a un pianista mediocre. No sé qué voy a hacer. El señor Elwood me dijo que si no traía a un buen pianista podía despedirme de mi empleo.

El señor Keefer parecía muy abatido. Se mordía las uñas nerviosamente y repetía una y otra vez que no sabía qué hacer. Su estado era tan lamentable que Barr sintió pena. Aunque su plan era estar en San Francisco, pensó que aquel señor Elwood debía de ser millonario y que por lo tanto pagaría muy bien una semana de actuación en su yate. Por ello, y por la lástima que le inspiraba el señor Keefer, se levantó y les dijo:

—Perdonen mi intromisión, señores. Sin querer, he escuchado lo que decían. Da la casualidad de que yo soy pianista y compositor. Mi nombre es Terence Barr. He compuesto casi todas las canciones de Buddy Sloper. Creo que usted, al menos, habrá oído hablar de mí —y miró al hombre que no era el señor Keefer.

Éste le miró asombrado y su cara se iluminó.

—¡Terence Barr! Claro que he oído hablar de usted. Pero siéntese, por favor. No sabía que estuviera usted en San Francisco. No sabe cuánto me alegra conocerlo. Soy Harvey W. Roberts, contratista de músicos. Éste es el señor Keefer, secretario del señor Coleman Elwood, uno de los hombres más ricos de la ciudad.

Todos se dieron la mano y Barr se sentó, diciendo:

—Bueno, por lo que he escuchado, y les ruego de nuevo que me disculpen, necesitan un pianista con nombre. Pensaba pasar aquí una semana de vacaciones, pero estoy dispuesto a hacerles un favor, si está bien pagado. Ustedes dirán.

El señor Keefer tomó la palabra:

—Señor Barr, se trata de lo siguiente: el señor Elwood va a dar una fiesta que durará toda la semana en su yate. Tenemos la orquesta privada del señor Elwood, pero nos falta un pianista con categoría.

—Eso ya lo sé —le interrumpió Barr—. ¿Cuánto?

—El sueldo que cobrará, si acepta, es de cinco mil dólares. ¿Qué le parece?

Barr vio la posibilidad de sacar más y dijo:

—No es suficiente. Comprendan que yo venía a descansar, sin la más mínima intención de tocar el piano. Debe existir una buena compensación económica para que acepte. ¿Qué le parece diez mil?

El señor Keefer empezó a morderse de nuevo las uñas.

—Tendría que consultarlo con el señor Elwood —dijo.

—Pues llámele por teléfono —contestó Barr—. Allí hay uno. Pero dése prisa. No puedo perder mi tiempo para nada.

—Pero es muy temprano. El señor Elwood no estará aún despierto.

—Pues despiértelo —dijo Barr, cada vez más seguro de sí mismo—. Eso no es asunto mío.

El señor Keefer, tras dudarlo un instante, fue a llamar. Al cabo de diez minutos volvió y dijo:

—Señor Barr, todo está arreglado. Se le pagarán sus diez mil. Preséntese en el muelle esta tarde a las ocho. Lleve un traje de etiqueta, por si acaso. Normalmente no es obligatorio en las fiestas del señor Elwood, pero a veces se excita y exige cosas extrañas. Nunca se sabe lo que va a ocurrir. Le advierto que, de vez en cuando, tiene muy mal genio y arranques de ira. No quiero decir nada, pero, por si acaso, tenga usted cuidado en no estropearle ninguna de sus conquistas. Eso no le gustaría. El yate es el Colwood. Partiremos a las nueve, pero conviene que esté a las ocho para que conozca al señor Elwood y a su familia, y para que se instale. Bueno, eso es todo, señor Barr. Muchas gracias y adiós.

—Un momento, señor —dijo Barr—. No pretenderá usted que vaya solo al muelle. Alguien tendrá que venir a recogerme en coche, por supuesto. Estaré en el vestíbulo del hotel Cleveland a las ocho menos cuarto. ¿Es suficiente?

—Está bien —dijo Keefer muy colorado—. Perdone que no se lo haya ofrecido antes. A las ocho menos veinte. Adiós, señores.

El señor Keefer salió con aire muy digno, y Barr empezó a arrepentirse de haber sentido compasión por él. Roberts se fue unos minutos después y Barr se quedó solo. Pasó el resto de la mañana vagando por la ciudad. Luego volvió a la pensión de la señora Burnham para recoger su traje de etiqueta, y más tarde se metió en un cine próximo al hotel Cleveland, el más importante y lujoso de todo San Francisco. Salió del cine a las siete y media, entró en el hotel y sobornó a un botones para que recogiera el recado, si alguien preguntaba por el señor Barr, antes de que en la consejería contestaran que ningún señor Barr se hospedaba allí. Esperó tan sólo un par de minutos. El botones vino acompañado por un chófer corpulento que lo condujo hasta un elegante coche. Durante el trayecto hasta el muelle el chófer se mostró muy amable, ofreciéndole cigarrillos y bebidas constantemente, y Barr empezó a sentirse importante, rico y considerado. No le gustaba demasiado aquel tipo de vida, pero reconoció que estaba muy bien si se practicaba de vez en cuando y por poco tiempo.

El yate era muy grande y por todas partes había letreros en los que se leía Colwood: en los camarotes, en los salvavidas, en la piscina, en los ceniceros, en los pasillos. El chófer lo llevó hasta un camarote limpio y bien amueblado y le dijo que esperara allí unos minutos. Barr abrió su maleta, guardó lo poco que llevaba en un fino armario de caoba y se sentó sobre la cama, que era blanda y mullida. Estaba mirando el mar por la escotilla cuando llamaron a la puerta. Él dijo Adelante y entró una joven agradable, con falda corta de tenis y blusa amarilla.

—Hola —dijo—, soy Chris Elwood. Usted es el pianista, ¿no? Mi padre no está, vendrá con todos los invitados, en una caravana de coches, así que yo le enseñaré el barco.

Barr estrechó su mano, dio las gracias y se presentó. Ella continuó:

—Éste es su camarote. Espero que le guste. Y ésta es su cama. Es blanda —y se sentó en ella.

Barr estaba perplejo. Todo aquello ya lo sabía, era obvio, y aquella jovencita quinceañera no tenía por qué explicárselo. Ella añadió:

—Siéntese aquí, a mi lado.

Barr seguía atónito, no comprendía bien lo que quería aquella chica, pero como tenía todo el aspecto de ser una niña mimada, no se atrevió a negarse y se sentó.

Al oírse un enorme griterío de gente que llegaba, Barr se incorporó. Luego el ruido se alejó hacia otra parte del yate. Unos segundos más tarde la puerta de su camarote se abrió de golpe y apareció un hombre alto, ancho, con mucho pelo blanco y un inmenso bigote del mismo color. Iba vestido con una elegante chaqueta de sport y pantalones blancos de marino. Cuando vio a Barr y a Chris Elwood, dio un grito, salto sobre la joven y la abofeteó. La hizo vestir y le ordenó que se fuera a su cuarto y que no volviera a salir sin su permiso. Cuando ella lo hubo hecho, su rostro se calmó y se volvió hacia Barr, que ya se había vestido. El hombre carraspeó y le dijo:

—Señor Barr, soy Coleman Elwood. Primero, quiero agradecerle su amabilidad al ofrecerse para tocar en mi yate. Después, quiero hablarle con franqueza. Esa joven, como habrá supuesto, es mi hija. Tiene dieciséis años y desde los trece se nos ha revelado como ninfómana. La hemos llevado a los mejores médicos del país, a los más caros, y parece que no tiene arreglo. Es cosa de familia, por parte de mi esposa, que también lo es. Yo no lo supe hasta que llevaba casado dos años. La quiero mucho, a pesar de todo, y ella hace lo posible por reprimirse. Mi hija, en cambio, no hace el más mínimo esfuerzo. La tenemos muy vigilada, nunca sale sola, pero a veces se escapa, como ha ocurrido ahora. Ya sé, por tanto, que usted no ha tenido nada dė culpa, y no le guardo rencor. Bien, eso es todo. La orquesta empezará a tocar a las nueve. Si no es demasiado pedir, le agradecería que no saliera de su camarote hasta que se le avise. Quiero que mis invitados tengan una sorpresa. ¿Le importa?

—En absoluto, señor Elwood, en absoluto —contestó Barr amablemente. Le era muy simpático y le inspiraba gran lástima aquel hombre tan paciente y tolerante.

—Gracias de nuevo por todo, señor Barr —Elwood le miró como si notara que él comprendía, y añadió—: Buenas noches. El señor Keefer vendrá a avisarle —y tras sonreír levemente, salió.

El señor Keefer apareció a las nueve y veinte. Lo condujo a través de un interminable corredor hasta un enorme salón donde había unas cuarenta personas en las más diversas actitudes. La orquesta estaba saliendo ya a un pequeño estrado. Cuando los músicos estuvieron colocados en sus respectivos asientos, el señor Elwood subió a la tarima, pidió silencio y comenzó a hablar. Su aspecto era totalmente distinto del que tenía cuando habló con Barr; estaba alegre, jovial y despreocupado. Tras pronunciar unas frases de rigor en las que daba las gracias a todos los presentes por su asistencia, procedió a la presentación de Barr.

—Señoras y caballeros —dijo—, tengo finalmente el placer de brindarles una sorpresa. Les presento con orgullo a un ídolo de la música ligera, al hombre que ha dado vida al gran Buddy Sloper. Señoras y caballeros, he aquí a Terence Barr.

En aquel instante Keefer le dio un empujón y Barr avanzó, abriéndose paso, hacia la tarima. Mientras lo hacía oyó algunos comentarios, tales como ¿Quién es? o No le conozco, o Si fuera Buddy sería mejor, o ¿Ídolo? Aquello le molestó, aunque estaba acostumbrado (pues, como en casi todo, el verdadero autor de algo pasa inadvertido o es el que recibe menos dinero). Sonaron algunos aplausos poco entusiastas, él saludó y se sentó ante un gran piano de cola. Interpretó unas veinte canciones que estaban ya programadas por el señor Roberts, hasta las once de la noche, hora en la que el señor Elwood hizo una seña a la orquesta, que se retiró inmediatamente. Luego se acercó a Barr y le dijo que era la hora de dejar de bailar y de hacer cosas más provechosas. Le guiñó un ojo, sonrió y desapareció. Barr se levantó y salió a tomar el aire. Por todas partes había parejas besándose. Vio al señor Elwood con una sinuosa pelirroja, y al chófer con una joven infantil y de ojos azules. Se sentó en una hamaca junto a la popa y esperó durante media hora a que alguien viniera a hacerle compañía. Nadie vino, y cansado por el ajetreo del día, se dirigió a su camarote. Fue entonces cuando vio algo que atrajo su atención; el señor Keefer iba con un joven bastante agraciado por un pasillo y le daba instrucciones para que el señor Elwood no se enterara de lo que iban a hacer. Barr, intrigado, les siguió sin que le vieran hasta un camarote lateral. Keefer llamó suavemente. La puerta se abrió y Barr pudo escuchar la voz de Chris Elwood que decía:

—¡Cuánto has tardado, Keefer! ¿A quién me traes esta vez? Déjamelo ver.

Keefer se hizo a un lado y dejó que el joven entrara. Ella dijo:

—Está bien, Keefer, pero hubiera preferido al pianista. A ver si lo consigues para mañana. Toma y lárgate —y le entregó dinero.

Cerró la puerta, Keefer se embolsó los billetes y echó a andar en dirección al lugar donde se hallaba escondido Barr. Cuando estuvo a dos metros de él, Barr salió de la sombra y le dijo:

—Buenas noches, Keefer.

Éste dio un respingo y balbuceó:

—Ah, hola, señor Barr, buenas noches. ¿Qué tal lo pasa?

—Muy bien —respondió Barr—, pero lo pasaré mejor si es usted tan amable de concederme unos minutos. ¿Quiere venir a mi habitación, por favor?

—Cómo no, señor Barr, encantado.

Se dirigieron hacia el cuarto de Barr. Cuando llegaron se sirvieron unas copas y se sentaron.

—Dígame —empezó Keefer—, ¿qué sucede?

Barr guardó silencio durante unos segundos antes de hablar. Por fin se decidió:

—Señor Keefer, a mí me trae sin cuidado lo que usted haga. Me da igual que el señor Elwood le despida o que usted suministre amantes a su hija, con lo cual ella no se cura nunca de su enfermedad y usted puede seguir haciendo su trabajo y cobrando unas buenas pagas extras aparte de su bonito sueldo de secretario. ¿Cuánto le da la señorita Elwood cada noche? Creo que eran veinte dólares lo que vi, luego recibe de ella seiscientos dólares al mes. Si quisiera, podría estropearle todo en este mismo instante. Sólo tendría que contarle el señor Elwood lo que acabo de ver. Pero quiero darle una oportunidad, Keefer. Le haré ese favor, si usted me corresponde con otro.

Keefer se removió nervioso en su asiento y preguntó:

—¿Cuánto quiere?

A Barr le encantó aquella pregunta. Se sentía importante y jamescagney. Intentó poner cara de duro y contestó secamente:

—Quinientos ahora y quinientos cuando termine la semana.

Keefer empezó a sudar. Iba a hablar cuando Barr se le adelantó:

—Nada de regateos. Ya le conozco. Quinientos ahora y quinientos después, o nada. No hay trato. Y no se preocupe, no le volveré a pedir más en toda mi vida. No soy un profesional. Si paga no volverá a saber de mí, se lo aseguro, y podrá seguir con el señor Elwood y con su hija. Eso me trae sin cuidado. Bueno, ¿qué dice?

—Está bien —contestó Keefer—. Ahora le traeré el dinero.

Salió, y volvió a los cinco minutos con quinientos dólares en billetes pequeños que le entregó a Barr. Éste los contó, le dejó ir y se acostó completamente feliz.

Al día siguiente se despertó a las diez. Estaba vistiéndose cuando sonó el teléfono que había en la mesita de noche. Era el señor Elwood, que le llamaba para felicitarle por su actuación de la noche anterior y para preguntarle si deseaba el desayuno en su camarote. Se mostraba muy amable y solícito. Barr le dio las gracias y contestó que prefería desayunar en el comedor. Acabó de vestirse, le preguntó a un camarero que pasaba dónde se servía el café, y le siguió hasta una sala donde había muy pocas personas todavía. Se sentó a una confortable mesa en una esquina y pidió tostadas con mantequilla y mermelada, un huevo y café solo. Los tomó con apetito y fue a dar una vuelta por el yate. Llegó hasta la piscina, entró en una cabina cercana, se puso su traje de baño, aunque casi ninguna de las personas que estaban allí lo llevaba, y se tumbó sobre una toalla a tomar el sol.

—Hola.

Barr levantó la cabeza y vio a una mujer de unos treinta y cinco años, o quizá más, morena, alta y que sujetaba un enorme balón de plástico.

—Hola —dijo Barr.

Ella se sentó a su lado.

—Soy Marcia Elwood. ¿Cómo está, señor Barr?

—Bien, gracias, encantado de conocerla —respondió él.

—No le vi anoche, después de las canciones. Incluso estuve buscándole. ¿Dónde se metió?

—Por ahí —dijo Barr no muy cortés. No sabía por qué las únicas personas que le dirigían la palabra eran los componentes de la familia Elwood, repleta de ninfómanas activas. No le hacía ninguna gracia que de repente la señora Elwood se abalanzara sobre él o cosa equivalente, arriesgándose a que apareciera el marido y los viera, adquiriendo un concepto equivocado de él. Pero esto no ocurrió, la señora Elwood le hizo algunas preguntas sobre música y se metió en el agua. Barr se quedó dormido. Encontró a Keefer cuando iba hacia el comedor y le saludó muy amablemente. Keefer parecía haber envejecido cuatro años y su cara estaba muy blanca. Barr pensó, muy satisfecho, que tendría problemas para conseguir los otros quinientos dólares.

Aquella noche, mientras estaba tocando en la sala de baile, se le ocurrió una nueva idea. No le quitó a Keefer el ojo de encima en toda la velada, y en cuanto el señor Elwood hizo la señal para que dejasen de tocar, se precipitó hacia él y le dijo:

—Oiga, Keefer, voy a tener que pedirle otro favor.

—Pero usted dijo anoche que no me pediría más dinero —protestó Keefer con voz implorante.

—No se preocupe, esta vez no se trata de dinero —le cortó Barr—. Escuche: ayer le oí decir a Chris Elwood que le gustaría que yo fuera esta noche. Pues bien, ¿quiere que le ayude a pagarme los quinientos que aún me debe?

Keefer estaba sorprendido.

—No le entiendo, Barr.

—Es muy sencillo. Creo que ella le dará una buena propina si logra que yo vaya.

—¿Qué se propone? No le llevaré. No sé lo que quiere, pero no lo haré.

Barr empezó a impacientarse.

—Oiga, Keefer, no sea estúpido. Haga lo que le digo y sin preguntar o me veré obligado a decírselo todo al señor Elwood ahora mismo. Le advierto que si no me obedece, no me importa en absoluto renunciar a los quinientos que me debe. Usted, de todas formas, saldría perdiendo.

Keefer le miró con irritación y por fin dijo:

—Está bien, Barr. Ahora estoy en su manos, pero veremos si algún día no se arrepiente usted de todo esto.

Barr sonrió abiertamente y respondió:

—Lo dudo. Usted no es capaz de nada. Vamos.

Salieron del salón. Nadie se fijaba en ellos y no había ni un alma en la parte del barco donde se encontraba el camarote de Chris Elwood. Durante el camino Keefer le explicó de dónde salía el dinero que la hija de Elwood tenía personalmente; ya que no la dejaban salir sola ni divertirse, se le entregaba una fuerte cantidad mensual para ropa, discos y revistas. Chris abundaba en estas cosas desde hacía más de dos años, por lo que el señor Elwood no notaba las novedades, y creía que seguía gastando su dinero en ello. La mujer que acompañaba a Chris cada vez que salía de compras, Evelyn Pennick, y Sterne, el chófer, estaban sobornados por Keefer, por lo que no hablaban. De esta forma Chris tenía mucho dinero en su cuarto, con el que pagaba a Keefer, y éste a los amantes.

Cuando llegaron al camarote de la chica, Keefer dio tres golpecitos leves en la puerta, que se abrió inmediatamente. La hija de Elwood apareció en bata. Al ver a Barr su rostro se iluminó. Lo cogió del brazo y lo metió dentro tras darle cincuenta dólares a Keefer. Barr estaba con la conciencia muy tranquila, pues pensaba que, al fin y al cabo, la muchacha no tenía remedio, por lo que, en el plano de su curación, él no podía hacerle ningún daño.

Cuando hubieron terminado, Barr se sentó en un butacón y empezó a hablar:

—Escúchame, Chris —dijo—. Te voy a hablar claramente y sin rodeos. Ya sé que tanto tu madre como tú digamos que sentís una pasión fuera de lo normal por los hombres. Pero también sé que no estáis lo suficientemente enfermas como para no comprender las cosas. Tu padre me habló concretamente de tu caso. Me explicó que te ha llevado, desde hace tres años, a los mejores médicos de la nación, pero que nada se ha solucionado. Desde luego, es lógico si tienes un hombre todas las noches. Sé también que para ti sería muy duro no tenerlos de repente y sé también que tu padre se pondría muy contento si no los tuvieras y pensaría que quizá aún habría solución para ti. Así, me veo en el dilema de elegir entre tu padre y tú, entre tu felicidad y la de él. Lo he pensado mucho y al final he llegado a la conclusión de que es más importante la tuya, y es que creo que la felicidad de una persona joven es mucho más importante que la de una persona adulta. Por eso he decidido estar de tu parte. Sin embargo, temo que mi conciencia no se quede tranquila del todo, pues esta decisión es subjetiva y arbitraria. Creo, por tanto, que tú debes darme algún dinero por elegirte a ti. Así pensaré que lo he hecho por algo sólido y material y estaré más tranquilo. ¿Comprendes bien lo que quiero decir, Chris? ¿Comprendes el problema que se me plantea?

Al salir del camarote de Chris, Barr se encontró a Keefer, muy nervioso.

—¿Qué ha pasado, Barr? ¿Qué ha hecho usted? —preguntó éste.

—Nada de particular —contestó Barr—. Ella lo ha pasado muy bien y es cariñosa y comprensiva. Me ha hecho prometer que iré todas las noches y me ha regalado cien dólares. Eso es todo, no se preocupe, buen Keefer —y le dio unas palmaditas en el cogote, para seguir hacia su habitación.

Al día siguiente, Barr se levantó de muy buen humor y muy temprano. Pensaba que, si no había ningún contratiempo, saldría del yate del señor Elwood con doce mil dólares o más en efectivo, lo cual constituía para él una cantidad fabulosa que nunca había imaginado ganar con tan poco esfuerzo. Estaba tan contento que se le ocurrió la posibilidad de ganar más dinero aún, esta vez por medio del señor Elwood. Nada más despertar hizo que le dieran comunicación con su camarote y le dijo:

—Señor Elwood, quiero verle y hablar con usted de algo muy importante que creo que le interesará. ¿Cuándo podríamos hacerlo?

—Cuando quiera, Barr —respondió Elwood—. Pero dígame de qué se trata.

—No, prefiero decírselo todo cuando le vea. ¿Le parece bien dentro de media hora en las hamacas de popa?

Elwood contestó que sí y colgó. Barr se vistió rápidamente, fue a desayunar y se presentó en el sitio convenido a las diez y media en punto. El señor Elwood ya estaba allí. Se dieron los buenos días y Barr empezó:

—Señor Elwood, ¿se acuerda del día de mi llegada, cuando usted me habló de lo de su esposa y su hija? Pues bien, he estado pensando en ello, he conocido a su mujer y he charlado un rato con ella, y he llegado a la conclusión de que quizá yo pudiera curarla, siempre y cuando usted me diera libertad absoluta para actuar hasta el fin de la semana y para seguir mi método sin ninguna clase de impedimentos.

El señor Elwood permaneció impasible y preguntó:

—¿Cómo?

—Eso es asunto mío, señor Elwood. Tal vez si se lo dijera, usted no daría su consentimiento. Yo sólo le digo que creo que puedo curar a su mujer definitivamente. Usted debe arriesgarse. Si lo consigo, usted me pagará tres mil dólares. Si no, yo cobraré sólo cinco mil por mis actuaciones. Es una apuesta. ¿Sí o no?

El señor Elwood no dijo nada durante unos minutos y al fin contestó que aceptaba, tras exigirle a Barr que, para que el trato se consumase, su esposa no sólo debía quedar curada, sino que también tenía que volver a él. Barr accedió y le hizo firmar un acuerdo.

Durante el resto del día y el siguiente, Barr se dedicó a preparar su plan. Su cerebro funcionaba muy lúcidamente y a gran velocidad, y la apatía y obturación mental que había tenido en Nueva York, antes de salir hacia San Francisco, habían desaparecido por completo para ser reemplazadas por una agilidad mental desconocida en él.

En estos días Barr buscó con frecuencia la compañía de la señora Elwood, pero siempre en lugares donde estuvieran los demás invitados y donde no hubiera posibilidad de conversaciones o situaciones íntimas. La señora Elwood era curiosa, y hablaban de cine, de música, de política, de deportes, sin pasar jamás a temas personales. Después del baile, cuando había más oportunidades de llegar a ello, Barr se mostraba cansado, pedía disculpas por retirarse tan pronto y se marchaba a su camarote. Él notaba que Marcia, la señora Elwood, deseaba llegar a una relación más íntima con él y, para alimentar su esperanza, Barr se atrevía a tocar temas amorosos, pero siempre con un contexto de libros, arte o problemas raciales, de forma que ella viera agudizado su deseo, pero sin la más mínima posibilidad de expresarlo, insinuarlo o realizarlo.

Al tercer día de su conversación con el señor Elwood, es decir, al quinto de su llegada al barco, por la noche, tras terminar su actuación, Barr fue, sin decir nada pero procurando que Marcia le viese, a las hamacas de popa, lugar del yate en el que nunca había nadie. Una vez instalado, se dispuso a esperarla. Ella llegó a los pocos minutos y se sentó a su lado. Empezaron a hablar sobre los invitados y la orquesta. Barr, en dos días, se había ganado por completo la confianza y la admiración de Marcia, que era muy ingenua, hasta el punto de que ella acababa siempre por darle la razón cuando discutían, aceptar todos los consejos que él le daba y pensar que era uno de los hombres más inteligentes del país. Barr, por su parte, estaba verdaderamente asombrado de su capacidad para inventar teorías extrañas, parecer un pedante y hablar con el mayor cinismo de cosas absolutamente desconocidas para él.

Aquella noche, tras charlar durante un cuarto de hora, ella le pidió que fueran a su camarote. Barr dijo:

—No, no sería conveniente, no te gustaría.

—¿Por qué? —preguntó ella—. ¿No te gusto? ¿No quieres?

Barr parecía muy nervioso y azorado.

—Claro que sí —contestó—. Pero te llevarías una desilusión.

—No lo creo, no puedo creerlo, tú me gustas mucho. Vamos, por favor.

—No. Lo hago por tu bien, te lo aseguro. No quiero darte un disgusto.

Marcia, entonces, se acercó aún más a él y empezó a besarle. Barr parecía molesto y desasosegado y trató de frenarla, pero ella, cada vez más excitada, siguió. Entonces Barr, vibrante y sudoroso, le dio un empujón, tirándola al suelo, y saltó sobre ella, gritando:

—¡Déjame en paz, estúpida! ¿No ves que no puedo hacerlo?

Y se puso a darle golpes violentos y mal dirigidos por todo el cuerpo. Ella gritó y Barr le tapó la boca al tiempo que empezó a apretar con sus rodillas los pechos de ella. Ella consiguió desasirse y gritó de nuevo. Barr, al oír sus voces, pareció enfadarse aún más y se ensañó en sus golpes. La abofeteaba con la palma y el dorso de la mano, le clavaba los dedos en los costados y le mordía la nariz. Ella forcejeaba y chillaba diciendo:

—¡Suéltame, monstruo! ¡Suéltame!

Barr, a medida que ella sentía más dolor, aumentaba la paliza y su exaltación le llevaba a extremos insospechados. Se levantó un segundo, cogió un duro flotador que había a mano y la golpeó con él de manera seguida y con gran violencia, hasta que ella perdió el sentido. Entonces Barr paró, se puso en pie, cogió el vaso de whisky que había llevado consigo a las hamacas de popa y se lo echó a Marcia por la cara, al tiempo que intentaba reanimarla con palmaditas. Marcia fue recobrando el conocimiento poco a poco, y cuando le vio se puso a gritar de nuevo. Barr le tapó la boca y le dijo:

—Shs. Ya no voy a hacerte nada. Todo ha pasado. Perdóname. Lo siento, no lo hice conscientemente. Si quieres ahora te explicaré por qué lo he hecho. Pero no grites, cálmate, se acabó, todo ha terminado, nadie va a pegarte más.

Marcia, al ver que ahora Barr se mostraba cariñoso y tranquilizador, calló. Él la ayudó a levantarse y la echó sobre una hamaca. Le limpió con su pañuelo las heridas y contusiones que le había producido. Ella se calmó. Barr, entonces, se sentó a su lado y empezó a hablar con la mirada perdida en el vacío y voz lejana.

—Marcia —dijo—, no sabes cómo siento esta escena, pero yo te avisé y tú lo has querido. La fidelidad es para mí lo más importante en este mundo y soy incapaz de estar con una mujer desde que murió mi esposa. Soy viudo, sí. Nunca hablo de ella, porque recordarla me hace sufrir. Era un ser maravilloso, como nunca lo ha habido en este mundo. Nos casamos muy jóvenes y ella murió un año después de nuestro matrimonio. Desde entonces, siempre que he estado con una mujer, me ha ocurrido esto o algo parecido. No es posible. No puedo tolerar ver a una mujer que trata de suplantar a Joan. En ese instante la odio. Yo te aprecio mucho y lo siento. Lo hablé con tu marido, con Coleman, con quien he hecho una buena amistad estos días. Él lo comprendió muy bien, es un hombre maravilloso. Tienes mucha suerte, Marcia, de estar casada con él, y haces mal en no estar más cerca de él. Cole me comprendió porque hasta cierto punto él está en mi misma situación. Ha perdido a su mujer, te ha perdido a ti, aunque no estés muerta, y es infeliz por eso. Yo sé lo que se sufre cuando se está muy enamorado, y veo que él sufre porque te quiere y tú ya no le correspondes. Creo que deberías volver con él y permanecer siempre a su lado. Él te quiere.

—Ya —dijo Marcia muy pensativa.

Al día siguiente, el sexto y último de crucero, Barr tardó mucho en aparecer en cubierta. Estaba agotado por la noche pasada y se levantó a la hora de comer. Había terminado su almuerzo cuando el señor Elwood vino hacia él con la sonrisa en los labios. Le estrechó la mano y le dijo:

—Señor Barr, gracias, gracias por lo que ha hecho. No sé cómo lo ha conseguido, no me importa si los golpes que tiene Marcia se los ha producido usted o la caída por una escalera, como me ha dicho ella. Me da igual, absolutamente igual. Sólo le diré que anoche, ya muy tarde, Marcia entró en mi cuarto después de dos años de no hacerlo y me dijo que me quería ella también, que siempre me había querido, que la perdonase, que había estado ciega, que los hombres que pierden a sus mujeres sufren, y no sé cuántas cosas más. No comprendo nada, no sé qué ha hecho usted, pero soy muy feliz. Aquí tiene su dinero: trece mil dólares —y le entregó un cheque firmado por esa cantidad. Barr le miró despectivamente y se lo devolvió, diciendo:

—Señor Elwood, habíamos quedado en que mi paga sería en efectivo y creo que me tendrá que dar veinte mil si quiere una información que quizá sirva para que se cure también su hija.

Elwood le miró sorprendido.

—¿Qué quiere decir, Barr?

—Eso exactamente. Veinte mil —contestó Barr con indiferencia.

—Sí, bien, de acuerdo, veinte mil, pero dígame de qué se trata —dijo Elwood muy impaciente.

—Primero el dinero, y en efectivo —respondió Barr—. Y una condición: le diga lo que le diga, tiene usted que prometerme que no se dejará llevar por la ira y que no tomará medidas hasta dentro de tres días a esta misma hora, es decir, hasta el día 24 de mayo de 1962 a las dos de la tarde.

—¿Por qué? ¿Qué es lo que tiene que decirme?

—Eso no le importa, por ahora. Aún no quiero preguntas. Diga antes si acepta o no.

—¡Sí! —estalló Elwood, y salió dando un portazo en busca del dinero.

Barr se levantó, salió del comedor y fue a las hamacas de popa.

Media hora más tarde apareció Elwood con un pequeño maletín.

—¿Dónde se había metido? Le he estado buscando por todas partes. No me canse, Barr —dijo.

Barr no le hizo caso. Cogió la maleta, la abrió y contó los billetes.

—Está bien —dijo—. Ahora firme un papel con el siguiente texto: Si algo malo le sucede al señor Terence Barr, de Nueva York, con domicilio tal que ahora le diré, antes del día 24 de mayo de 1962, juro que entregaré el cincuenta por ciento de mi fortuna y de mis propiedades al señor Philip Lowell, de San Francisco. Haga copia y llame a un notario y a dos testigos.

Elwood estaba atónito e indignado.

—¿Qué se propone usted, Barr? ¿Quién es ese Lowell? ¿Qué culpa tendré yo si tiene usted un accidente? Me está hartando, Barr.

Barr hizo un gesto displicente y contestó:

—Nadie obliga a firmar eso, Elwood. Pero tampoco nadie me obliga a mí a decirle lo que sé. Déjelo si no le gusta. Puede, sin embargo, especificar que usted hará eso si alguien me mata, pero no si tengo un accidente. No creo que, en ningún caso, tenga que entregar su dinero si no toma medidas antes de esa fecha. ¿Qué dice? ¿Desea la curación de su hija o no?

—Sí, la deseo —dijo Elwood completamente agotado y fuera de quicio. Desapareció a grandes zancadas y volvió a los pocos minutos con un notario invitado y dos camareros. Se escribió el documento y los tres hombres se marcharon, dejando de nuevo solos a Barr y a Elwood. Éste dijo:

—¿Y bien?

Barr, llevando hasta el máximo su papel de poderoso dominador de la situación, bostezó indolente.

—¿Y bien? —repitió Elwood.

Barr sonrió y dijo:

—No se impaciente, señor Elwood. Todo llegará. Lo que he de decirle es tan sólo que su secretario, su hombre de confianza, el señor Keefer, proporciona amantes a su hija por una pequeña cantidad de dinero. Todas las noches. También están complicados en ello Sterne, el chófer, y una mujer llamada Evelyn Pennick. Creo que si los despide y pone a Chris en tratamiento, estará curada en poco tiempo.

Elwood apretó los dientes con fuerza y dijo:

—Estoy seguro.

Después se fue y Barr se quedó solo, con su maletín repleto de billetes y su papel que ataba las manos a Elwood.

Estaban llegando a San Francisco cuando fue en busca de Keefer, que le entregó los quinientos que le debía.

Se despidió de todos en el puerto. El señor Elwood pasaba un brazo por encima del hombro de su esposa. Estaba más calmado, e incluso le dio las gracias por todo. Marcia le besó tímidamente en la mejilla y Keefer no se dignó decirle adiós. Chris no salió de su camarote, pues estaba encerrada bajo llave. Sterne le dejó en el vestíbulo del hotel Cleveland y Barr se dirigió, después, a la pensión de la señora Burnham. Logró entrar y salir sin que ésta le viera, tras recoger sus cosas y los cinco mil dólares absolutamente intactos con que había salido de Nueva York.

Bajó a la calle, anduvo unas manzanas, se detuvo ante una cabina telefónica y pidió una conferencia con el señor Graham D. Nelson, de Nueva York. Cuando oyó la pastosa voz de éste, dijo:

—Nelson, soy Terry. Presento mi dimisión como compositor de la compañía. No he hecho más que dos canciones, pero no se las daré y creo que no haré nunca ni una más. Adiós, Nelson —y colgó sin dar tiempo a que su jefe dijera una palabra.

Tenía mucha prisa por salir de la ciudad, así que cogió un taxi y con sus veintiséis mil cien dólares libres de impuestos se dirigió al aeropuerto de San Francisco y sacó un pasaje. Ocho horas después, consumidas entre la espera y el vuelo, Barr se encontraba en Tampa, Florida.

DESEO DE CONTEMPLACIÓN

Unos diez días antes de que Clare y Edward Bayes me fueran presentados y empezara a tratarlos, regresaba yo de Londres —un viernes— en el último tren de la noche, que salía de la estación de Paddington alrededor de las doce. Era el tren que solía coger cada viernes o sábado a mi regreso de la capital, en la que no tenía donde quedarme a dormir a menos que lo hiciera en un hotel, y eso sólo podía permitírmelo de tarde en tarde. Normalmente prefería volver a mi casa y, si acaso, viajar de nuevo a Londres a la mañana siguiente —poco menos de una hora en un tren directo— si algo o alguien me requería allí. El último tren de Londres a Oxford no era, sin embargo, directo. La molestia que suponía cogerlo me la compensaba disponer a cambio de una hora más en la compañía de Guillermo y Miriam, un matrimonio amigo que vivía en South Kensington y que me ofrecía su conversación y su hospitalidad como etapa final de mis errabundas jornadas londinenses. Ese último tren de la medianoche obligaba a efectuar un transbordo en la localidad de Didcot, de la cual nunca he visto más que su lóbrega estación, y siempre después del crepúsculo. Algunas veces el segundo tren, el que nos llevaba desde allí hasta Oxford con parsimonia incomprensible, no estaba sobre su vía cuando llegábamos los seis o siete pasajeros de Londres que hacíamos el enlace (la British Rail debía de considerar que los viajeros de ese tren rezagado éramos noctámbulos irredentos y que bien podíamos acostarnos todavía un poco más tarde), y entonces había que esperar en aquella estación callada y vacía y que, en la medida en que podían discernirse sus contornos en la oscuridad, parecía desgajada de la población a la que pertenecía y rodeada de campo por todas partes, como un falso apeadero.

En Inglaterra los desconocidos no suelen hablarse, ni siquiera en los trenes ni durante las largas esperas, y el silencio nocturno de la estación de Didcot es uno de los más extensos que yo he conocido. El silencio es tanto más extenso cuando está quebrado por voces o ruidos aislados y sin continuidad, como el chirrido de un vagón que de pronto se desplaza enigmáticamente unos pocos metros y se detiene, o el ininteligible grito de un mozo al que el frío despierta de su breve sesteo para ahorrarle un mal sueño, o el golpe seco y distante de unas cajas que unas manos invisibles deciden gratuitamente trasladar de sitio cuando nada urge y es todo aplazable, o el sonido metálico de un bote de cerveza que es estrujado y arrojado a una papelera, o el vuelo modesto de una hoja suelta de periódico, o mis propios pasos que entretienen la espera acercándose inútilmente al borde de la plataforma, como se llama a los andenes en Inglaterra. Unas pocas luces, separadas por decenas de metros para así evitar el despilfarro, alumbran temerosamente esos andenes aún no barridos que semejan el suelo dejado atrás por una fiesta callejera y pobre. (No serán barridos hasta la mañana por mujeres que sueñan ahora en la ignorada Didcot.) Apenas si se distinguen los breves tramos de piedra y riel que cada una ilumina con parpadeos, y una de ellas ilumina también mi rostro que surge de un abrigo azul marino con el cuello subido y unos zapatos y tobillos de mujer cuya dueña queda en sombra. Sólo veo el bulto de su figura con gabardina, sentada, y la brasa de los cigarrillos que ella, al igual que yo, va consumiendo durante la espera, más larga esta o aquella noche que de costumbre. Los zapatos marcaban levemente un ritmo sobre el pavimento, como si quien los calzaba llevara aún en los oídos la música a cuyo son habría tal vez bailado durante su velada entera, y eran zapatos de adolescente o de bailarina ingenua, con hebilla y tacón muy bajo y la punta redondeada. Zapatos ingleses a no dudarlo, que mantuvieron mi vista vuelta hacia mi derecha e hicieron la hora inmóvil de la estación de Didcot más llevadera. Nuestros cigarrillos respectivos se juntaban en el suelo, ya colillas, los míos lanzados de un genuino papirotazo hacia el borde del andén, desde el que no resbalaban siempre, los suyos, en la misma dirección, con un movimiento del brazo semejante al de quien arroja una pelota con poca fuerza. Y al hacer ese movimiento la mano entraba en el haz de luz y yo podía ver una pulsera durante unas décimas de segundo. Yo me levantaba de vez en cuando, en parte para escudriñar la oscuridad de las vías en su lejanía, en parte para intentar ver algo más de la mujer que fumaba y llevaba un ritmo desconocido —cruzadas o no las piernas, alternativamente— con sus pies iluminados. Daba dos o tres pasos por delante de ella y volvía a mi sitio, pero lo único que lograba era ver de frente los zapatos ingleses y los tobillos perfeccionados por la penumbra. Hasta que por fin, tan sólo un par de minutos antes de que apareciera remiso y cansino el tren retrasado, fue ella la que se levantó y caminó pausadamente por el andén al tiempo que la voz enturbiada y amplificada de un ferroviario indio, con tan fuerte acento que para un extranjero era sólo deducible lo que decía, anunciaba la entrada del tren en Didcot y el resto de sus paradas: Banbury, Leamington, Warwick, Birmingham (¿o era Swindon, Chippenham, Bath, Bristol? No quiero mirar el mapa; en mi memoria están ambas series, quizá mezcladas). Ella se quedó ya en pie, con una bolsa pequeña en la mano, haciéndola oscilar mientras aguardaba. Yo le abrí la portezuela.

He olvidado por completo su rostro aunque no sus colores (amarillo, azul, rosado, blanco, rojo), pero sé que es la mujer que al primer golpe de vista más me ha conmovido a lo largo de mi juventud, aunque no se me escapa que este comentario sólo puede acompañar, según la tradición de la literatura y de la realidad, a aquellas mujeres que los hombres jóvenes no llegan a conocer. Tampoco recuerdo cómo le dirigí la palabra, ni de qué hablamos durante la media hora escasa que dura el trayecto entre Didcot y Oxford o sus estaciones. Quizá ni siquiera entabláramos conversación y sólo cruzamos tres o cuatro frases sueltas. En cambio recuerdo que, aunque no lo suficiente para ser una alumna, era muy joven y por tanto no muy elegante, y que el cuello de su gabardina estaba lo bastante abierto para permitirme contemplar el collar de perlas (falsas o verdaderas no sé decirlo) que, siguiendo la moda de hace unos pocos años, las muchachas inglesas más cuidadosas tenían a bien llevar aunque en lo demás fueran vestidas de la manera más informal o aparentemente imperfecta (ella era justamente esmerada, no elegante). También recuerdo que aquella mujer, por su peinado de melena corta y sus facciones hoy olvidadas, me pareció salida de los años treinta. Tal vez Will, el portero, viera así a todas las mujeres los días en que se hallara instalado en aquella década. Lo que hablamos, en todo caso, no fue lo bastante personal para que yo llegara a saber nada de ella. Puede que sus ojos claros se cerraran por la fatiga y yo no me atreviera a impedirlo. Puede que en aquella media hora de trayecto tardío mi deseo de contemplación fuera mucho más fuerte que mi curiosidad y mi capacidad de cálculo. O puede que habláramos sólo de Didcot, de su estación tenebrosa y fría dejada atrás y a la que ambos habríamos de volver. Ella bajó en Oxford, pero yo no supe prepararme el terreno: ni siquiera le ofrecí llevarla en mi taxi.

Clare Bayes y yo fuimos a Brighton en olor de despedida, cuando el niño Eric ya se había marchado y ella aceptó verme una vez más (verme a solas) y escuchar mis proposiciones, hablar conmigo con tiempo y sin prisas ni despertador ni campanas que dan las horas y las medias y los cuartos y también repiquetean desconsideradamente al caer la tarde (y seguirán haciéndolo hasta el fin de los tiempos, aunque yo ya no vuelva a oírlas). A Brighton fuimos un fin de semana, un sábado, para pasar allí una sola noche, la primera y última que pasamos juntos, pues con ella no había dormido nunca como sí había dormido una noche con Muriel (el niño Eric estaba de vuelta en Bristol y Edward Bayes de viaje en el continente). Pero apenas salimos del hotel en Brighton, un hotel distinto y menos convencional que los de Londres y Reading y desde cuyas enfrentadas ventanas veíamos los minaretes y las cúpulas acebolladas del Royal Pavilion tan célebre, con su estilo pseudoindio o indio grotesco, y también la playa, por el otro lado (fue la única vez que estar juntos fue caro: el adulterio tiende a resultar barato). No es cierto que no saliéramos, pero es la sensación que tengo, siempre encerrado con Clare Bayes, en Oxford y en Londres y en Reading y en Brighton. No fuimos en tren a Brighton, sino en su coche, y también aquello tuvo algo de inaugural y nuevo (aunque clausuraba): ir sentados los dos en su coche avanzando hacia el sur, de viaje, a espaldas de Londres y Reading por vez primera, yo con la falsa impresión de ir conduciendo, a la izquierda, ella con la misma impresión (verdadera) de estarme llevando. Pero fue todo falso, creo (lo que nos concernía, y no lo fue en cambio lo que concernía a otros, a quien había muerto treinta años antes en un país lejano y a quien no murió pero debió morir, allí y entonces). Estábamos en olor de despedida, que es un olor intenso y reconocible siempre, pero aun así fingimos que la despedida y la separación no estaban del todo determinadas, como lo habían estado desde el principio (tener lo que se llama *un amor* en el territorio de paso, y en *quién* pensar, esa fue la resolución, y fue el proyecto), sino que podían depender de aquel encuentro o fin de semana, que podían o no decidirse en la ciudad y en una habitación de un hotel de Brighton. Y yo experimenté el gran consuelo (o es placer enorme acaso) de proponer lo que es imposible y se sabe que no va a ser aceptado: pues son justamente la imposibilidad conocida y la negativa cierta —el rechazo que no hace sino esperar quien propone y toma la palabra antes— lo que permite no tener reservas y ser vehemente y mostrarse más seguro al expresar los deseos que si existiera el más mínimo riesgo de que fueran satisfechos. Y Clare Bayes fingió creerme —yo creo—, tomarme en serio, y me dio explicaciones como si de veras hicieran falta y un *no* no bastara, como si hubiera que procurar no herirme y fuera importante que yo entendiera (se comportó delicadamente). Es el trámite con que deben cumplir para enaltecerse las relaciones no consanguíneas, que jamás son fructíferas ni muy interesantes, y sin embargo parecen ser necesarias para el pensamiento, para que el pensamiento fantasee con lo que ha de venir y no languidezca. O no decaiga. Para que no sufra de abatimiento.

Pero no hablamos de nada de esto —yo guardé mi pequeño discurso, y ella guardó su respuesta grande— hasta después de la cena y del paseo por la ilimitada playa, cuando habíamos vuelto a la habitación del hotel sabiendo que el mayor esfuerzo —la representación, la figuración— habría de venir entonces. Por eso habíamos ahorrado energías (verbales, y valedictorias) durante el trayecto en coche y durante la visita al contrahecho palacio o Royal Pavilion con sus almenas y sus pináculos y sus ventanas de celosía meridionales; durante las compras por la ciudad (siempre una librería de viejo esperándome en toda Inglaterra, siempre bolsas para Clare Bayes y un regalo para el niño Eric) y durante la cena mirando la playa y el volver del agua; y durante el paseo con los pies descalzos, también yo esta vez con los pies descalzos y los zapatos colgando de dos de mis dedos, corazón e índice (no enguantados). Y cuando hubimos subido tras tantas frases sueltas y tantas pausas (pero no era tarde, porque sabíamos que aún faltaban horas para dar aquel día por terminado e intentar dormir, y quizá no queríamos hacerlo todo demasiado fatigoso o demasiado verídico), ella volvió a descalzarse como solía y yo ya no, aunque tenía arena en los calcetines, y se echó en la cama y su falda subió como estaba prescrito que debería hacer siempre para mostrar bien sus piernas no musculadas y recias, como serían para tantos otros, sino esbeltas y casi pueriles en sus movimientos. Aquella noche podíamos eternizar el contenido de nuestro tiempo, o tener la sensación de hacerlo, y por eso nada corría prisa, ni siquiera empezar a hablar, ni siquiera besarse, ni siquiera que mi polla fuera a su boca o su boca a ella, o ella a ningún lugar. La noche de primavera era de primavera, y una de las ventanas de la habitación —la que permitía distinguir algún incongruente minarete o cúpula de cebolla iluminados al fondo— estaba abierta. Le di la espalda. Me apoyé en el marco. Desde allí veía la playa y el agua por la ventana enfrentada. Encendí un cigarrillo. Dije:

—Clare, yo no quiero marcharme. No me puedo marchar ahora —y pensé que esas dos oraciones tan parecidas podían bastar para que fuera ella quien tomara la palabra y tuviera que contestar algo (e inmediatamente pensé también que aunque había empezado a hablar yo seguía aún pensando y no descansaba). Tomó la palabra, pero no contestó (no exactamente, no fue una respuesta).

—Quieres decir de Oxford.

Dije:

—Sí, aunque no es Oxford, supongo que de Oxford sí querría marcharme, y además no tengo más remedio, se me acaba el contrato. Pero no quiero separarme de ti. Te he echado demasiado de menos durante estas semanas interminables, y no quiero separarme de ti por razones meramente geográficas, sería ridículo —y pensé que con eso había sido aún más explícito, como requieren siempre las conversaciones serias entre los amantes, que están obligadas a discurrir por una superficie plana, y por lo diáfano, y por el futuro.

—Las geográficas son razones bastante poderosas para separar a la gente. A veces son inapelables. Tú no quieres marcharte y sí querrías marcharte, luego no sabes muy bien lo que quieres. Yo sé que no puedo ni quiero marcharme de ningún sitio. Pero también da lo mismo que tú no lo sepas porque tienes que irte en todo caso, y te marcharás. No tiene sentido hablar de lo que no admite dudas.

Dije:

—Pero tú podrías venir conmigo —y pensé que con eso, para mi sorpresa, había dicho ya casi todo lo que parecía esencial decir (y había de ser explícito) aquella noche de junio y de sábado en la ciudad de Brighton (y también pensé que Clare Bayes diría que eso era imposible).

—¿Adónde? ¿A Madrid? No seas absurdo. Eso es imposible.

Dije:

—Pero, ¿vendrías conmigo si fuera posible? —y pensé que le estaba dando también a ella la oportunidad de decir que haría lo que ambos sabíamos que no iba a ser. Pero no la tomó, porque su papel no era ese, sino que ese era el mío.

—Me gustaría saber cómo, por curiosidad.

Dije:

—No sé cómo, habría que encontrar un medio, siempre hay medios si uno quiere encontrarlos. Pero antes hay que querer buscarlos, necesito saber que tú lo querrías, o que estás dispuesta a planteártelo; y que no vas a permitir que haya de nuevo cuatro semanas como las últimas. Tampoco quiero que si veo a tu hijo me mire con mirada rara, sino que me conozca y viva con nosotros si vivimos juntos, que sea también mi hijo, o mi hijastro. No puedo vivir sin ti, aunque quizá me haya dado cuenta demasiado tarde, cuando ya estoy a punto de tener que vivir sin ti. Pero es así como pasa siempre —y pensé que me estaba atreviendo a decir, y demasiado pronto, lo que ni siquiera tenía previsto y no estaba seguro de querer decir, al principio ni quizá al final (la palabra *juntos,* la palabra *hijo,* la palabra *hijastro);* y pensé también que las últimas frases, incluso la última, habían sido aceptables dentro de la mínima variedad posible de las conductas en las relaciones no consanguíneas. A Clare Bayes le tocaba ya sorprenderse, un poco al menos, aunque su sorpresa tendría que ser fingida. Pero su fingimiento consistió en no sorprenderse, lo cual es una forma de ceder la sorpresa (su fingimiento) a la otra parte.

—No es que sea demasiado tarde —dijo, y encendió su primer cigarrillo en la cama, su primera amenaza para sus medias: no había fumado apenas durante la cena ni durante el paseo, como si se hubiera estado reservando para la noche y la habitación—. No es cuestión de tiempo, porque para eso nunca hubo un tiempo determinado. Eso estaba fuera de todo tiempo, siempre estuvo descartado, y lo sigue estando, ahora todavía más. Tú volverás a Madrid dentro de poco, y es mejor que no nos hayamos visto en las últimas semanas, meses, así nos habremos ido acostumbrando, yo me he ido acostumbrando, bastante. En Madrid no me echarás tanto de menos como aquí, aquí estás solo. Cada día que pases allí me verás más lejana y más difusa. No tiene sentido hablar de esto. Pasemos este fin de semana lo mejor posible y despidámonos mañana. Al menos de vernos a solas. Ya ha sido suficiente.

Dije:

—Así de fácil —y pensé que por fin ella se había hecho cargo de la palabra y quizá yo podría no hablar siquiera, sino escuchar y guardar reposo.

—No, no es nada fácil, no creas que es fácil. He pensado en ti muchas veces mientras Eric estaba en casa, y seguiré pensando a menudo cuando te hayas marchado.

Dije:

—Pero es que yo voy a pensar en ti continuamente, como he pensado continuamente durante estas semanas. Si no quieres venir conmigo entonces yo tengo que encontrar un modo de quedarme aquí, aunque sea en otro trabajo —y pensé que no quería quedarme en Oxford dando clases de español en una academia, ni en Londres trabajando en la radio (fue lo único que se me ocurrió, en aquel instante), ni acabar con cara de chino y los ojos azules, como acaso tenía ella, que había pasado su infancia lejos, en Delhi y El Cairo.

—No resistirías aquí mucho más tiempo, no estás tan olvidado de tu país como crees. Y si te quedaras yo no estaría contigo, o no de forma diferente de como he estado hasta ahora. Seguiríamos viéndonos así, en hoteles, o un rato en las casas entre dos de mis clases. Nunca hemos hablado de esto, supongo que por cortesía mutua y porque se sobreentendía. No hacía falta; y también por falta de tiempo, para no estropearnos nuestras breves fiestas. Nunca hemos hablado mucho de nada. Yo nunca dejaré de vivir con Ted.

Dentro de los pasos que deben darse en las conversaciones diáfanas sobre el futuro (los pasos que son sólo trámites) yo tenía entonces dos opciones: podía preguntar (miré hacia la playa) si ese abandono no se produciría nunca porque pese a todo ella amaba al marido (pero en aquella noche de junio y de sábado en la ciudad de Brighton no quería correr el riesgo de oír que así era ni de tener que intentar negárselo haciendo inevitable uso de la jactancia); o bien —simulando que esa posibilidad no existía— podía reprocharle su falta de atrevimiento y su conformidad con las cosas dadas (me di la vuelta y miré hacia las cúpulas: arrojé el cigarrillo por la ventana —como una moneda—, le hablé de espaldas), con las cosas a las que yo no había asistido y por las que no sentía responsabilidad ni respeto. Fue indiferente que optara por lo segundo, porque Clare Bayes contestó como si me hubiera decidido por lo primero.

—No voy a decirte ahora que estoy enamorada de Ted porque no sé bien si lo estoy ni de qué modo, y en cambio sí sé que no lo estoy como lo estuve hace años, cuando nos casamos y antes, y luego. La verdad es que no me pregunto mucho, no me suelo preguntar por ello. Pero aunque fuera cierto que sí lo estoy y tuviera ese convencimiento, tampoco te lo diría. Es ridículo que una mujer le diga eso a su amante, o un hombre a la suya, y además a un amante no ocasional, sino al que conoce y quiere bien desde hace tiempo. No podía sostenerlo ante ti, aunque estuviera segura. Pero no hace falta. Basta con que te diga que me gusta vivir con él, eso ya lo sabes. No sólo es grato, es que estoy acostumbrada a ello. Es la vida que elegí, y la sigo eligiendo entre todas las vidas que me serían posibles, olvidemos las imposibles. Tener un amante no está en contradicción con esto, ni siquiera lo estaría si te dijera, como una mujer un poco ridícula, que quiero a Ted por encima de todas las cosas.

Dije:

—Los amantes se demoran y son voluntariosos y ponen mucho entusiasmo, ¿no es eso? —y pensé que también me había demorado y había sido voluntarioso con Muriel, la falsa gorda de Wychwood Forest; pero no había puesto ningún entusiasmo.

—Eres un imbécil —me dijo Clare Bayes como me había dicho aquel 5 de noviembre en su despacho de All Souls, en Catte Street frente a la Radcliffe Camera, y por tanto fue la segunda vez que me llamó imbécil (sin que yo me ofendiera ninguna de ellas): se había irritado por mi comentario y seguramente también porque la había interrumpido cuando ya estaba del todo decidida a hacerse con la palabra y a tener una conversación infantil conmigo: a recorrer del todo el proceso del acercamiento, el cumplimiento y el alejamiento; de la plenitud, el combate y las dudas; de las certidumbres, los celos y el abandono; y de la risa (a acabar con aquel cansancio)—. Eres un imbécil —me dijo—. Sí, los amantes os demoráis y sois voluntariosos y ponéis mucho entusiasmo, pero no durante mucho tiempo, y así es como debe ser. Esa es vuestra función y también vuestra gracia. También la mía en tanto que amante tuya, no lo olvides; también la mía aunque tú no estés casado. Nuestra misión es no durar mucho, no persistir, no permanecer, porque si duramos un poco más de lo debido entonces se acaba la gracia y empiezan los sufrimientos y vienen tragedias. Tragedias imbéciles, tragedias evitables, tragedias buscadas.

Dije:

—No he visto que ocurran muchas tragedias en estos tiempos —y pensé que entre Clare Bayes y yo era imposible que fuera a haberlas, ni en Oxford ni en Londres ni en Reading ni en Brighton. Ni siquiera en la estación de Didcot.

—No importa que ocurran en estos tiempos o hayan ocurrido en otros, los tiempos nunca son muy distintos, aunque lo parezca. Quién conoce más tiempo que el suyo. Hace treinta años, es decir en mi tiempo, yo sí vi una tragedia que probablemente fue imbécil, y desde entonces, o quizá desde que supe que la había visto, llevo toda mi vida tratando de ser invulnerable, lo bastante pesimista y fría para ser invulnerable a las tragedias imbéciles; para ser inmune a ellas, y no buscarlas. Tú no has visto nada y aún puedes permitirte mucho, pero yo no puedo. Tampoco quiero.

Fue entonces cuando Clare Bayes, echada en la cama y viendo a un lado la playa y el agua y al otro el remedo estrambótico de un palacio indio al fondo, y en primer término al que había sido su amante durante dieciséis meses y estaba en trance de dejar de serlo, fue entonces cuando Clare Bayes, digo (como si fuera un hombre), se mostró dispuesta a rememorar en voz alta las cosas remotas. Fue entonces cuando la conversación entre los amantes dejó de discurrir por una superficie plana, y por lo diáfano, y por el futuro, para hacerlo por una superficie rugosa y quebrada, y por lo brumoso, y por el pasado. 'Escucha', dijo, y encendió un cigarrillo nuevo y apoyó la cabeza sobre una mano y el codo lo apoyó sobre la larga almohada de la cama de matrimonio (así se puso para contarme aquel episodio tan melodramático relacionado con una muerte concreta que había tenido varios testigos, aunque ya sólo viviera el que no podía recordarla). 'Escucha', dijo, y yo me volví de nuevo cuando lo dijo, dando otra vez la espalda a la ventana de tierra adentro; no pude dejar de observar, al volverme, que con aquel movimiento suyo hacia la lateralidad y hacia mí su falda se había subido aún más: era casi como si no la llevara. 'Escucha', dijo, 'mi madre tuvo un amante que duró demasiado. Se llamaba Terry Armstrong y no sé quién era ni a qué se dedicaba porque supe acerca de ello mucho más tarde de que sucediera, sucedió cuando yo tenía solamente tres años. Él no dejó ningún rastro. Sólo cuando tuve edad para preguntarme más por mi madre pude preguntar a otros, aunque nunca obtuve más que una versión y una respuesta, que he debido dar por buenas porque son las únicas. Mi padre siempre ha guardado un dolido silencio, y quizá no sólo porque no quiera hablar, quizá también, pienso a veces, porque no debe de saberlo todo; no podría contar toda la historia. La única persona que quiso contármela, pasado el tiempo, fue la señora Munshi, Hilla, mi aya, el aya que me cuidaba en Delhi. Mi padre se ha negado en cambio a responderme siempre que le he preguntado o le he acusado de algo, lo cual quiere decir que lo que tampoco ha hecho nunca ha sido negar, nunca ha negado nada de lo que yo le conté en su día que había contado el aya. Cada vez que yo sacaba el asunto, él se levantaba y se marchaba de la habitación con expresión nublada, yo le seguía, insistiéndole, hasta la puerta de su dormitorio, en el que se encerraba y del que no salía hasta al cabo de horas, para la cena, como si nada hubiera pasado. Pero también de estos forcejeos hace ya mucho tiempo, ya no se me ocurre insistirle ni pedirle cuentas, nunca hablo ni intento hablar de ello, ni con él ni con nadie, y Hilla murió hace años, aquí, en Inglaterra, donde vivían sus hijos y tenía nietos. Ni siquiera sé si debo hablarte a ti de esto, pero da lo mismo, y además te marcharás muy pronto', y yo pensé que, aunque no hicieran falta, era grato y honroso que Clare Bayes me diera explicaciones como si aquella noche de Brighton fueran necesarias; y pensé también: 'Es verdad. Una vez que me haya ido, ¿qué importancia tendrá lo que acontezca ahora? No dejaré ningún rastro. Como Terry Armstrong'. Y aún me paré a pensar: 'Terry Armstrong'. Pero mientras pensaba esto Clare Bayes había seguido hablando con la mirada cada vez más perdida o más fija, pues esa es la mirada —la misma— de la rememoración y el relato. 'Según contaba el aya, aquel Terry Armstrong del que ella nunca supo más que su nombre era entusiasta y voluntarioso, como buen amante. Uno de esos hombres que escriben cartas y versos con la suficiente seriedad y la suficiente ironía, y que dan energías y contagian su vitalidad, y hacen reír e ilusionarse demasiado a quien se siente amado por ellos. Aparecía y desaparecía y nunca se sabía bien cuándo iba a reaparecer, él estaba en Calcuta, quién sabe si también en el cuerpo diplomático o por su cuenta, lo segundo probablemente, ya que no consta ese nombre en los archivos del cuerpo, al que escribí preguntando en la época en que mi curiosidad fue mayor y más urgente. Quizá no era su verdadero nombre, no sé; quizá sólo lo supo mi madre, o ni siquiera ella. En todo caso debía de llevar tiempo en la India o había estado allí antes, porque con el aya hablaba un poco de hindi, según ella para halagarla. Halagaba al aya y halagaba a mi madre, según parece eso es lo que hacía principalmente. Para el aya nunca tuvo ni fue más que esa halagadora presencia y ese nombre suyo, nunca se preocupó de hacer averiguaciones, no era de su incumbencia, con eso debía bastarle: era Mr Terry Armstrong o Armstrong Sahib como mi padre era Mr Newton o Newton Sahib y yo era Miss Clare, la niña de la casa, sin que importara qué más fuéramos o si éramos algo más. La relación clandestina de mi madre con Terry Armstrong duró lo que ya lleva casi durando la nuestra, año y medio, y aunque seguramente mi padre tardó en descubrirla, parece que sin embargo llegó a enterarse bastante antes de su final, y que la toleró, o la soportó, o hizo como que la soportaba, tal vez a la espera de ser destinado a otro sitio, o de que fuera trasladado Armstrong si es que pertenecía al cuerpo o dependía de una empresa, los diplomáticos no permanecen demasiado tiempo en ningún lugar, ni tampoco los extranjeros que no establecen vínculos conyugales, como tú no vas a quedarte ya más tiempo aquí. La intermitencia ayuda mucho a sobrellevar las cargas, y quién sabe, si Terry Armstrong iba y venía, si estaba a cientos de millas y sólo las recorría cuando le era posible, entonces puede que la situación no fuera del todo insufrible para mi padre y que estuviera dispuesto a esperar, como puede ser que Ted, si en este tiempo ha sospechado algo, esté esperando ahora a que te vayas tú. Quizá lo estoy esperando yo. No sé. Hace mucho que renuncié a saber nada a través de mi padre, en su día ya lo atormenté bastante, y habrá vivido bastante mortificado si es cierto lo que contaba el aya. Y debe serlo.' '¿Qué más contó el aya?', pregunté desde el marco de mi ventana (de mi ventana de tierra adentro); pero más que nada estaba ya dándole vueltas al nombre de Terry Armstrong, aunque sin atreverme aún a pensar más que eso, el mero nombre. 'Terry Armstrong', volví a pensar. Dicen mucho los nombres. 'El aya contó que mi madre se quedó embarazada', contestó Clare Bayes, 'y que creía que el nuevo hijo sería de Terry Armstrong, aunque no tenía certeza, o quizá sí, pero sin querer tenerla. Fuera como fuese, esa duda fingida o auténtica bastó para que mi padre ya no soportara ni tolerara más. Que mi padre supo de aquella duda sí lo sé, porque el aya Hilla oyó retazos de la que debió ser su última conversación. Su última discusión'. Clare Bayes se giró y cambió de postura: las piernas quedaron ahora sobre la almohada, la barbilla sobre las manos, ambos codos sobre los pies de la cama. Ahora lo que veía era la parte posterior de sus muslos y el comienzo de sus nalgas cubiertas por sus enteras medias. Y pensé: 'Sólo se deja ver tanto sin intención cuando se tiene mucha confianza con aquel que mira, cuando es un hermano, o un marido, cuando se está en familia. Yo no soy su marido ni tampoco su hermano, sino su amante extranjero que está dejando de ser su amante. Pero ella me está confiando esta noche un secreto de su familia'. 'Una noche de mis tres años, estando yo ya dormida desde hacía horas y ella acostada desde hacía minutos, el aya Hilla me oyó llorar. Se levantó y vino, como otras noches, a calmarme y a consolarme y a cantarme alguna canción que me devolviera al sueño, y fue entonces cuando oyó también la segura causa de mi despertar y mi llanto: mis padres acababan de regresar, y de su habitación, cercana a la mía, salían gritos y de vez en cuando el ruido de un golpe, de algún golpe dado en el suelo o sobre una mesa. El aya, asustada, se puso a cantarme en seguida para sepultar los gritos y vencer su miedo, y fue su propio canto unido a mis sollozos lo que le impidió escuchar la conversación, aunque en algunos momentos las voces subían tanto de tono que volvían a sobresaltarla, obligándola a interrumpirse y a oír frases sueltas en contra de su voluntad. Unas pocas frases, ocho exactamente, ocho frases aisladas oídas de dos en dos que a requerimiento mío me repitió tantas veces que ahora es casi como si fuera yo quien las recordara. Pues yo también debí oírlas entonces, pero no es posible que las recuerde, como me resulta casi imposible recordar a mi madre. Sin embargo recuerdo esas frases que primero apunté y luego se me han quedado sin que hiciera esfuerzo, y sé que una de las cosas que aquella noche dijo mi madre fue esta, según el aya: «Pero no estoy segura, Tom, y también puede ser tuyo». Y sé lo que respondió mi padre: «Basta con esa duda para que no pueda ni vaya a serlo». Y sé que en otro momento mi madre dijo: «No sé lo que quiero, ojalá lo supiera, estoy cansada de no saberlo». Y respondió mi padre: «En cambio yo estoy cansado de saberlo y no poder conseguirlo». La tercera frase de mi madre fue ésta: «Si eso es lo que quieres, me marcharé mañana, pero me llevaré a la niña conmigo». Y respondió mi padre: «No estás en condiciones de llevarte más que lo que llevas puesto y lo que llevas dentro, y puede que a Clare no la vuelvas a ver». Y más tarde el aya oyó lo último que le oyó a mi madre: «No puedo más, Tom», dijo mi madre. Y respondió mi padre: «Tampoco yo puedo con esto». El aya

Hilla cantó hasta que me volví a dormir, cada vez más tenuemente a medida que se apaciguaban las voces, y cuando acababa de conciliar el sueño de nuevo y las voces ya se habían callado, contaba el aya que se abrió la puerta de mi habitación y se vio la figura de mi padre a contraluz. No traspasó el umbral. «¿Se ha vuelto a dormir la niña?», preguntó. El aya le miró y se llevó a los labios el dedo índice, y mi padre, bajando el tono, añadió: «Mrs Newton sale de viaje mañana muy temprano. Es mejor que la niña no la vea marcharse. Llévesela a dormir con usted esta noche». La puerta volvió a cerrarse, y entonces el aya, con mucho cuidado, a oscuras, sin despertarme, obedeció las órdenes y me cogió en brazos y me llevó a su cuarto para que pasara con ella el resto de aquella noche. Me dejó su cama y durmió en una silla, alerta.' Clare Bayes, calló, hizo una pausa. Se levantó de la cama de matrimonio que sólo ocupaba ella y fue al cuarto de baño, y aunque estábamos en confianza no lo estábamos tanto como para que no cerrara la puerta. Aun así no pude evitar oír la caída del líquido sobre el otro líquido, y mientras la oía (sin querer oírla) pensé otra vez aquel nombre: 'Terry Armstrong', pensé, y esta vez pensé algo más: 'Armstrong es muy corriente, y también lo es Terry, que en una mujer es Theresa, su diminutivo, pero en un hombre es Terence, su diminutivo. Pero Armstrong es muy corriente, hay millares en Inglaterra y los ha habido siempre, tantos o más que Newton y casi tantos como Blake, y en cambio es raro ese compuesto de Cromer-Blake. Y Terence o Terry es también muy corriente, aunque no como John, ni como Tom, o Ted, que es Edward y Theodore. Armstrong', pensé. 'Armstrong querría decir Brazofuerte.' Y cuando Clare Bayes volvió se sentó encima de la cama y apoyó los riñones sobre la almohada doblada y la espalda contra la pared. Encendió otro cigarrillo y dobló las piernas, y la falda volvió a subir. Se había humedecido la cara y la mirada ya no era tan fija, pero no había perdido el hilo. 'A la mañana siguiente mi madre ya no estaba en casa, dijeron que se había marchado de viaje unos días. Yo seguía teniendo al aya Hilla, y a partir de aquel día la tuve aún más, siempre a mi lado durante los varios años que aún permanecimos en Delhi, sin ser trasladados, pese a lo que pasó allí. Ella ya no pudo restablecer el contacto con mi madre ni por supuesto con Terry Armstrong, a quien ni siquiera sabía dónde localizar. Mi padre, además, la sometió durante aquellos días a una vigilancia discreta, obligándola a estar conmigo en la casa todo el tiempo, a no dejarme un instante, y eso fue lo que hizo a partir de entonces, estar conmigo todo el tiempo y no dejarme un instante, hasta que años más tarde nos fuimos por fin de Delhi y ella prefirió no seguirnos. El aya Hilla no supo nunca qué fue de mi madre durante aquellos días, pero es de suponer que recurriera a Armstrong y se refugiara con él en algún hotel o en casa de alguien que él conociera en Delhi, alguien indio, sin duda nadie de la colonia británica, a cuyos miembros difícilmente podía dar explicaciones de lo sucedido. A mi madre empezaba a notársele ya el embarazo entonces, se le notaba algo según el aya, en el desdibujamiento del rostro y en la figura que empezaba a abultarse, quizá por eso tuvo que hablar con mi padre, contárselo, aquella noche que trajo su marcha. El aya tampoco supo si Terry Armstrong se encontraba ya en la ciudad cuando mi madre abandonó la casa, si estaba ya allí aquella noche y la esperaba a la mañana siguiente en algún lugar o si acudió en cuanto pudo llamado por ella, más tarde, y si por tanto al principio mi madre debió estar sola. Decía el aya que Armstrong nunca le pareció un hombre práctico, ni de recursos, sino un soñador, así lo definía el aya, un soñador, esa palabra. De él recordaba sobre todo su humor excelente y sus continuas bromas. Contaba que con frecuencia sacaba de su bolsillo una petaca metálica que entre risas acercaba a los labios de mi madre e incluso a los del aya, quienes la rechazaban divertidas siempre, y entonces él discurseaba con la petaca en alto, brindaba por nombres ingleses que para el aya no tenían significado y bebía larga y alegremente, aunque ella nunca lo vio borracho. Mi madre reía siempre, se lo reía todo y reía de todo como ríen los jóvenes, y como el propio Armstrong: siempre de broma, decía el aya: una eterna carcajada.' Y mientras Clare Bayes hablaba del hombre del que lo ignoraba todo salvo un rasgo de su carácter y el nombre, yo por fin abandoné mi puesto y me acerqué a la cama, a cuyos pies me senté, en el suelo, para escuchar mejor y pensar menos. Pero todavía entonces hice caso de mi pensamiento, que sin embargo fue rápido y breve, porque lo único que alcancé a pensar (mientras me acercaba y notaba la arena de los calcetines, y a los pies de la cama) fue un mero nombre: 'Terence Ian Fytton Armstrong'. 'Cuatro días después de la noche de la discusión lo vimos a él, a Terry Armstrong. Lo vimos el aya y yo y quizá mi padre, aunque él no lo haya admitido nunca y yo no pueda recordarlo, como no recuerdo las frases que aquella otra noche me hicieron llorar y me despertaron. O acaso olvidé lo que había visto durante mucho tiempo, y sólo mucho más tarde, al saber de ello, y que lo había visto, volví a tener una forma de recuerdo de aquello que, según el aya, yo vi también con mis propios ojos. Es muy probable que si ahora lo cuento como si lo recordara se deba sólo a que ahora lo sé y a que llevo años imaginándolo, desde que lo sé. Pero no puedo evitar, ¿entiendes?, saber que lo vi, y aunque no lo comprendiera entonces ni lo recuerde ahora con la memoria, creo recordarlo ahora con mi conocimiento.' Y mientras Clare Bayes que fue antes Clare Newton me hablaba de su conocimiento o recuerdo de la primera Clare Newton que antes llevaría otro apellido que yo no sé (o bien: mientras la niña Clare me hablaba de su madre muerta), yo seguí pensando en el nombre de Armstrong, y pensé esta vez (al tiempo que oía contar aquel episodio tan melodramático a uno de sus testigos): 'No puede ser y no será y no es. Armstrong es muy corriente y también Terry es corriente, hay millares de Terries y millares de Armstrongs y centenares de Terry Armstrongs, y además no hay forma de averiguarlo porque nadie sabe nada de Terry Armstrong, que no dejó ningún rastro tras haber regresado a Calcuta en los años cincuenta como regresó a Vasto al final de su tiempo, quizá volvió a Calcuta para *una farra última* que se le fue complicando y que le entretuvo y le duró año y medio (fue más que una farra), y que le llevó hasta Delhi; *una farra última,* aunque la celebrara quince años antes de su verdadera muerte'. 'Habían pasado solamente cuatro días, y yo estaba en el jardín con el aya, mirando el río y esperando los trenes del final de la tarde, como te he contado que hice siempre desde muy pequeña y seguí haciendo hasta que nos fuimos de Delhi. Mi padre estaba más alejado, en el borde del jardín, junto a la casa, y por eso es posible que lo viera todo y también es posible que no viera nada. Pero yo sí vi lo que sé que vi y no recuerdo ni recordé más tarde ni tampoco entonces, ni siquiera inmediatamente después de que sucediera, porque aquella noche, cuatro noches después de que mi madre se hubiera ido y mientras esperaba el paso del tren correo que venía de Moradabad y llegaba siempre con tanto retraso, aparecieron dos figuras, una mujer y un hombre, caminando por el puente de hierro que atraviesa el río.' 'El puente sobre el río Yamuna o Jumna que Clare Bayes me ha descrito', pensé. 'El largo puente de hierros diagonales entrecruzados, la mayor parte del tiempo vacío, en tinieblas, ocioso y difuminado, exactamente como una de esas figuras devotas y secundarias de la niñez que luego se hacen recónditas para reaparecer e iluminarse al cabo del tiempo sólo un instante, cuando son llamadas, y volver a perderse en seguida en la oscuridad de sus existencias ignoradas y conmutables tras haber cumplido su breve servicio o revelado el secreto que de pronto se les exige. Exactamente como el aya Hilla o como la criada vieja que me acompañaba con mis tres hermanos por la calle de Génova, o de Covarrubias, o de Miguel Ángel: el aya india Hilla y la criada madrileña vieja, que son conmutables y sólo existen para que por ellas transite, cada vez que le sea preciso, el niño.' Y mientras Clare Bayes me iba contando lo que había visto y recordaba sólo con el conocimiento, yo lo fui pensando a los pies de la cama, mirando sus piernas esbeltas y recias, sus piernas de frente y el pico de sus bragas: 'La niña inglesa mira ahora el negro puente de hierro esperando a que lo atraviese un tren, para verlo iluminado y reflejado en el agua, uno de esos trenes de colores vivos, llenos de luz y de inaudible ruido, que atraviesan el río Yamuna de tarde en tarde, el río Jumna que ella mira pacientemente desde su casa en lo alto cuando ya ha anochecido. Pero ese tren aún no aparece, y por el puente en tinieblas transitan ahora, en cambio, vacilantes y temerosas, tropezando acaso con los rieles, pisando la grava, dos figuras que son John Gawsworth y la madre de la niña que mira, Clare Newton, una mujer que es joven, más joven de lo que lo es su hija esta noche en Brighton. Van cogidos de la mano, y es Armstrong quien guía a la madre, se van apoyando en los hierros diagonales entrecruzados, se van agarrando a ellos, como si temieran caerse y caer al agua, aunque es posible que sea para eso para lo que han ido al puente, para caer y hundirse, o acaso no, y simplemente lo están atravesando a pie, con dificultades, quizá están huyendo, o están aturdidos, o perturbados, o ebrios, o enfermos, quizá no saben lo que están haciendo. La niña distingue en seguida sus dos figuras en la oscuridad porque ambas van vestidas de blanco y porque una de ellas es su madre (y porque quien será Clare Bayes sólo tiene ojos para la estructura de hierro que anuncia carruajes de mil colores). «Ahí está mamá», dice la niña señalando hacia el puente, y el aya no le hace caso en un primer instante, no levanta la vista y sigue canturreando algún canto insignificante mientras cose o no hace nada y se limita a tener juntas las manos sobre el regazo al tiempo que vigila a la niña que se le ha encomendado. La niña ve cómo el hombre que tal vez es Gawsworth avanza hasta la mitad del puente, siempre llevando tras de sí a la madre, y aunque la niña aún no lo sabe —se lo irá susurrando el aya durante su futura infancia, sin contárselo todo hasta mucho más tarde: sin contarlo hasta que se le exija—, están en el puente desde el que se ha arrojado más de una pareja de desdichados amantes. Pero quizá ellos no van a arrojarse, aunque es bien posible que esa noche ya sean eso, una pareja de amantes desdichados que sin embargo están en el puente por otro motivo, quién sabe, puede que el propio Gawsworth, que guía a la madre, no sepa demasiado bien cuál es el motivo. Armstrong saca su petaca metálica del bolsillo de su chaqueta blanca, pero ya no brinda ni discursea ni la acerca a los labios de la primera Clare Newton, que reían tanto (a los labios besados tanto), sino que bebe unas gotas apresuradamente, casi a escondidas de la mujer que le ama y le va siguiendo: ella lleva la mirada baja, mientras que él la lleva alzada, es posible que ella tenga vértigo, que no pueda evitar mirar hacia abajo, hacia el ancho río de aguas azules (o negras, porque es de noche), y que además esa sea la única forma de irse acostumbrando a ellas, porque tal vez la madre sí va a arrojarse, puede que ella esté más decidida y que se pregunte si Gawsworth, o Terry Armstrong, saltará también, como se han prometido y han planeado. A Clare Newton primera no se le escapa que él va bebiendo tragos de su petaca metálica, quizá para irse acostumbrando —él— al líquido que les aguarda; y tampoco se le escapa al aya, que ahora ya mira hacia el puente porque la niña ha insistido («Mira, ahí está mamá con un hombre»), aunque mira atónita y sin comprender todavía lo que está viendo. Quizá se lo hayan prometido y lo hayan planeado y lo hayan acordado la noche anterior, la madre y el hombre, o durante el día, en una habitación de hotel, y lo han acordado (Clare Bayes no lo sabe, nadie lo sabe) porque no se les ocurre otra solución que la de detenerse en seco, Gawsworth es calamitoso y se ofusca y además no es serio y bromea y juega (su pensamiento es errático, su carácter endeble), y no puede aceptar que la vida se ponga al día también con él, que lo centre y lo cargue, el rey de Redonda no puede tener heredero ni hacerse cargo de ningún niño, ni siquiera puede hacerse cargo de la mujer que ama y que lleva uno suyo dentro, quizá no podría aunque no lo llevara. Y Clare Newton lo ha acordado con él (Clare Bayes no lo sabe, no lo sabe nadie) porque está asustada y desesperada, tres noches y cuatro días lleva sola y sin casa y quizá sin dinero, en hoteles baratos o vagando acaso por la ciudad ahora inhóspita mientras Armstrong tarda en aparecer y allí no hay nadie que se ocupe de ella, tres noches y cuatro días desconcertada, aterrada, sin poder creer lo que le está pasando: su voluntad anda errante, ya no sabe retenerla, demorar su marcha, ya no es suya del todo, como la de un enfermo o un viejo o como la de un perturbado. Él bebe, ella mira el agua. Los dos se paran en mitad del puente, se tambalean. Gawsworth le pasa el brazo —su brazo fuerte— por encima de los hombros, como se pasa el brazo a las personas a las que se protege y quiere, y con la otra mano se agarra a un hierro diagonal que se cruzará con otro, y en la primera mano sostendrá la petaca, que seguramente está vacía aunque él no se ha dado cuenta. Ahora Armstrong mira hacia abajo, y la madre en cambio mira hacia arriba, tratando de divisar el jardín de su casa a la que no volverá, y a su hija en lo alto, preguntándose si estará aún mirando, esperando que no esté mirando, que el aya Hilla ya la haya acostado y le esté cantando porque ya haya pasado el tren correo que viene de Moradabad y marca el fin del día para la niña (pero Clare Newton ignora que hoy también ese tren lleva mucho retraso). La pareja de amantes que sólo desde hace poco son amantes desdichados permanece inmóvil, no prosigue su marcha, esa pareja no acaba de atravesar el puente. Y es entonces cuando aparece tras un recodo el tren correo de Moradabad, el tren que la niña inglesa está esperando como todas las noches de su infancia extranjera presente y futura y del Mediodía, ese tren que llega siempre con incalculable retraso (nadie puede calcularlo, y esta noche no lo ha calculado nadie), y que por eso, aunque ya se acerca a su destino, no parece nunca que vaya a aminorar la marcha. Gawsworth vuelve la mirada hacia el tren que surge, mientras que la madre lo oye venir (oye encima el ruido de hierro que es inaudible para la niña) sin necesidad de mirarlo, vuelve a mirar sólo el agua. La luna es pulposa y móvil y como una astilla. Y entonces Armstrong levanta el brazo con que rodea los hombros de la primera Clare Newton, se libera y la suelta, y ahora con ambas manos —con esas manos que pilotaron aviones y que pedirán limosna— se agarra y pega el cuerpo a los hierros diagonales entrecruzados, la borrachera ida repentinamente, la petaca soltada y caída, los ojos muy abiertos y llenos de espanto como los del perro de Alan Marriott justo antes de que le cortaran la pata trasera izquierda en la estación de Didcot. «Son tantas las cosas que nos retienen», quizá piensa Gawsworth aferrado a los hierros, «y todo puede aún darse». O quizá no lo piensa, lo sabe. También la madre debe saberlo, pero sin embargo aguanta hasta el último instante con su cuerpo tan cercano a la vía —su cuerpo que empieza a abultarse, con lo que aún no es ni será el hermano menor de Clare Bayes— y no sigue el ejemplo de Armstrong, los dos amantes no hacen lo mismo, y en vez de aferrarse también a los hierros, la madre cae o salta por entre ellos, se arroja al agua con su vestido blanco (blanco como el pelo de Cromer-Blake, y como el de Rylands, y como los pechos de Muriel, la falsa gorda de Wychwood Forest), Clare Newton su nombre. Y mientras Clare Newton salta y Terry Armstrong no salta, pasa el tren ocupando entero el puente de hierro, de punta a punta, y alumbrando el río con sus ventanillas (los hombres de las gabarras se desequilibran, mirando hacia lo alto), y esa es la imagen que ayuda a la niña a conciliar el sueño y a conformarse con la idea del siguiente día en una ciudad a la que no pertenece y que sólo verá como suya cuando la haya dejado y no tenga más oportunidad de rememorarla en voz alta que con su hijo o con un amante, pues los amantes sirven para lo que los hijos sirven, principalmente para escuchar nuestra historia. La madre cae con su sensación de descenso, con su sensación de carga, con su sensación de vértigo, de caída y gravidez y peso, con su cuerpo abultado y su rostro desdibujado, con su falsa gordura y su abatimiento. Y los ojos de Gawsworth —que ahora llevan años cerrados y sin mirada de ninguna clase— ven cómo cae y se hunde el cuerpo de quien él amaba; y la niña Clare contempla desde lo alto cómo desaparece en las aguas azules de ese río brillante y claro en la noche el cuerpo de quien amaba —la madre que no puede recordar esta noche en Brighton—; y quizá el padre, desde el borde del jardín, junto a la casa, ve también cómo tarda en salir a la superficie y no sale el cuerpo de quien aún amaba. (Los tres ven matarse a la persona que aman.) Y es el aya Hilla, que ve cómo los hombres de las gabarras no dan con el cuerpo amado que se llevó la corriente, quien revelará el secreto, porque no lo harán Terry Armstrong ni el padre, ni tampoco el puente de hierro sobre el río Jumna. Y cuando el tren ha pasado y Clare Bayes que era entonces Clare Newton pierde ya de vista la linterna oscilante del último coche al que con la mano ha dicho un adiós que nunca fue dicho para ser respondido porque allí ya no estaba quien podía responder a él, ese puente vuelve a quedar vacío, en tinieblas, ocioso y difuminado. En él sólo queda durante unos segundos la otra figura blanca, que quizá vomita sobre el río Yamuna como un mendigo oxoniense sobre el río Isis, antes de que se aleje por él corriendo, espantado, el último rey de Redonda, el escritor John Gawsworth, el *Escritor de Verdad* que ya no volverá a escribir ni dejará ningún rastro.

O acaso sólo una petaca metálica que tal vez sigue allí desde aquella noche, aplastada, oxidada y vacía entre los rieles.'

Y cuando Clare Bayes terminó su relato, yo me alcé del suelo y volví a mi ventana y a mirar por ella, pensando: 'Pero no puede ser y no será y no es'.

Ella se levantó de la cama y se acercó a donde yo estaba, y entonces los dos miramos en silencio por aquella ventana que mostraba a lo lejos esa imitación fantástica de los palacios del país de su infancia: había luna y nubes; su pecho rozaba mi espalda. Clare Bayes me acarició la nuca con una mano, y yo me di la vuelta y nos miramos como si fuéramos los ojos vigilantes y compasivos el uno del otro, los ojos que vienen desde el pasado y que ya no importan porque ya saben cómo están obligados a vernos, desde hace mucho: tal vez nos miramos como si fuéramos hermanos mayores ambos y lamentáramos no poder querernos más. O más que como tales. Y fue entonces cuando no pude evitar recordar unos versos leídos como una cita, los versos de otro autor inglés del que (al revés que de Gawsworth) se sabe mucho, menos de su muerte oscura, que fue violenta y es legendaria y ha habido que imaginarla, como la de Clare Newton: fue a morir apuñalado sin haber cumplido los treinta en una fecha de Trinity, un 30 de mayo de hace cuatrocientos años, en Deptford, que querría decir Vadoprofundo, cerca del río Támesis, que es como se conoce al Isis en todo lugar y tiempo menos a su paso por Oxford. Y pensé: *'Thou hast committed fornication: but that was in another country, and besides, the wench is dead'*. O bien, lo mismo: *'Has incurrido en fornicación: pero eso fue en otro país, y además, la moza ha muerto'*.

EL TARAREO DE LAS MUJERES

Yo hablo y entiendo y leo cuatro lenguas incluyendo la mía, y por eso, supongo, me he dedicado parcialmente a ser traductor e intérprete en congresos, reuniones y encuentros, sobre todo políticos y a veces del nivel más alto (en dos ocasiones he hecho de intérprete entre jefes de estado; bueno, alguno era sólo presidente de gobierno). Supongo que por eso tengo (como la tiene Luisa, que se dedica a lo mismo, sólo que no compartimos exactamente las mismas lenguas y ella está menos profesionalizada o se dedica menos, y por tanto no la tiene tan acentuada) la tendencia a querer comprenderlo *todo,* cuanto se dice y llega a mis oídos, tanto en el trabajo como fuera de él, aunque sea a distancia, aunque sea en uno de los innumerables idiomas que desconozco, aunque sea en murmullos indistinguibles o en susurros imperceptibles, aunque sea mejor que no lo comprenda y lo que se diga no esté dicho para que yo lo oiga, o incluso esté dicho justamente para que yo no lo capte. Puedo desconectar, pero sólo en ciertos estados de ánimo irresponsable o bien mediante un gran esfuerzo, y por eso a veces me alegro de que los murmullos sean de veras indistinguibles y los susurros imperceptibles, y de que existan tantas lenguas que me son extrañas y no son deducibles, porque así descanso. Cuando sé y compruebo que no hay manera, que no puedo entender por mucho que lo desee e intente, entonces me siento tranquilo y desentendido y descanso. Nada puedo hacer, nada está en mi mano, soy un inválido, y mis oídos descansan, mi cabeza descansa, mi memoria descansa y también mi lengua, porque en cambio, cuando comprendo, no puedo evitar traducir automática y mentalmente a mi propia lengua, e incluso muchas veces (por suerte no siempre, acaso sin darme cuenta), si lo que me alcanza es en español también lo traduzco con el pensamiento a cualquiera de los otros tres idiomas que hablo y entiendo. A menudo traduzco hasta los gestos, las miradas y los movimientos, es un sucedáneo y una costumbre, y aun los objetos me parece que dicen algo cuando entran en contacto con esos movimientos, miradas y gestos. Cuando nada puedo hacer, escucho sonidos que sé que son articulados y tienen sentido y sin embargo me resultan indescifrables: no logran individualizarse ni formar unidades. Esa es la maldición mayor de un intérprete en su trabajo, cuando por algún motivo (una dicción imposible, un acento extranjero pésimo, una grave distracción propia) no separa ni selecciona y pierde comba, y todo lo que oye le parece idéntico, un amasijo o un flujo que tanto da que se emita como que no se emita, pues lo fundamental es individualizar los vocablos, como a las personas si uno quiere tratarlas. Pero también es su mayor consuelo cuando eso sucede y no está en el trabajo: sólo entonces puede relajarse del todo y no prestar atención ni permanecer alerta, y hallar placer en escuchar voces (el insignificante rumor del habla) que no sólo sabe que no le atañen, sino que además ni está capacitado para interpretar, ni para transmitir, ni para memorizar, ni para transcribir, ni para comprender. Ni siquiera para repetirse.

Pero en aquella habitación del hotel que, según creo, había sido en tiempos el Sevilla-Biltmore, o se erigía donde se había erigido éste muchos años antes (pero puede que no, no sé bien, ni sé apenas nada de la historia de Cuba, pese a proceder de La Habana en un cuarto), mi tendencia no era la de descansar ni desentenderme del murmullo de la habitación vecina, como por ejemplo sí lo había sido antes, al oír el otro murmullo más generalizado de los habaneros pasando por sus calles delante de mi balcón, sino que, por el contrario, me di cuenta de que sin quererlo estaba muy alerta y, como suele decirse, con el oído puesto, y de que para lograr entender algo necesitaba silencio absoluto, sin tintineo de vasos ni ruido de sábanas ni mis propios pasos entre el cuarto de baño y la habitación ni el grifo del agua abierto. Ni tampoco, por supuesto, la voz debilitada de Luisa, aunque no fuera mucho lo que decía ni buscara mantener conmigo una conversación en regla. Nada impide oír tanto como estar oyendo a la vez dos cosas, dos voces; nada impide tanto entender como la simultaneidad de dos o más personas que hablan sin guardar su turno. Por eso quería que se durmiera Luisa, no sólo por su propio bien y para que se curara, sino sobre todo para poder dedicarme con todas mis facultades y experiencia interpretativas a escuchar lo que debía estarse diciendo en aquel murmullo de Miriam y el hombre del brazo zurdo.

Lo primero que por fin oí nítidamente fue en tono de exasperación, como quien repite por enésima vez algo que no cree o no comprende o no acepta quien lo ha escuchado todas las veces. Era una exasperación mitigada, consuetudinaria, y por eso la voz no gritaba, sino que susurraba, la voz del hombre.

'Te digo que mi mujer se está muriendo.'

Miriam respondió al instante, asimismo contagiada de la exasperación en que ambos, corregí en seguida, debían de estar instalados perpetuamente, al menos cuando estuvieran juntos: sus frases y la primera del hombre formaron un grupo que de pronto capté sin apenas esfuerzo.

'Pero no se muere. Se está muriendo pero no se muere desde hace un año. Mátala tú de una vez, tienes que sacarme de aquí.'

Hubo un silencio, y no supe si era porque él callaba o porque había bajado la voz aún más para responder a la petición de Miriam, que quizá no era consuetudinaria.

'¿Qué quieres, que la ahogue con una almohada? Yo no puedo hacer más de lo que estoy haciendo, ya es bastante. La estoy dejando morir. No estoy haciendo nada por ayudarla. La estoy empujando. No le doy algunas de las medicinas que le manda el médico, no le hago caso, la trato sin el menor afecto, le doy disgustos y motivos de sospecha, le quito las pocas ganas de vivir que le queden. ¿No te parece suficiente? No tiene sentido dar ahora un paso en falso, ni que me divorcie, alargaríamos las cosas al menos un año, y en cambio ella puede morirse en cualquier momento. Hoy mismo puede estar muerta. ¿No te das cuenta de que ese teléfono puede sonar ahora mismo para dar la noticia?' El hombre hizo una pausa, y añadió en otro tono, como si lo dijera incrédulo y medio sonriéndose, involuntariamente: 'A lo mejor ya está muerta. No seas imbécil. No seas impaciente'.

La mujer tenía acento caribe, es de suponer que cubano, aunque mi mayor referencia al respecto (los cubanos no han acudido mucho a las reuniones internacionales) sigue siendo mi abuela, y mi abuela había salido de Cuba en el 98 con toda su familia y con pocos años, y, según decía cuando recordaba su infancia, había mucha diferencia entre los acentos de la isla: ella, por ejemplo, sabía reconocer a los de la provincia de Oriente y a un habanero y a uno de Matanzas. El hombre, en cambio, tenía mi acento, un castellano de España o más bien de Madrid, neutro, correcto, como el que adoptaban antiguamente los dobladores de las películas o todavía tengo yo mismo. Aquella conversación era casi rutinaria, debía de variar solamente en los detalles,

Miriam y el hombre la habrían mantenido un millar de veces. Pero para mí era nueva.

'No he sido impaciente, llevo mucho teniendo paciencia y ella no se muere. Le das disgustos, pero de mí tú no le hablas, y ese teléfono no suena nunca. ¿Cómo sé yo que se está muriendo? ¿Cómo sé yo que no es todo mentira? Yo nunca la he visto, no he estado en España, ni siquiera sé si estás casado o es todo un engaño tuyo. A veces creo que tu mujer no existe.'

'Ah ya. ¿Y mis papeles? ¿Y las fotos?', dijo el hombre. Su acento era como el mío pero su voz muy distinta. La mía es grave y la suya era aguda, casi un poco chillona dentro de los susurros. No parecía la voz adecuada para un hombre velludo, sino la de un cantante del tipo frágil, que no se esfuerza en absoluto por variar su timbre natural o artificial cuando habla, es perjudicial hacerlo. Su voz era como una sierra.

'¡Yo qué sé las fotos! Pueden ser de tu hermana, de cualquier persona, de tu amante, yo qué sé si tienes otra. Y a mí de papeles tú no me hables. Ya no me fío de ti. Tu mujer lleva un año muriéndose para mañana mismo, que se muera de una vez o déjame en paz.'

Esto es más o menos lo que decían, en la medida en que lo recuerdo y sé transcribirlo. Luisa parecía estar adormilada y yo me había sentado a los pies de la cama, con los míos en el suelo, la espalda recta y sin apoyo, velándola, un poco tenso para no hacer ruido (los muelles, mi respiración, mi propia ropa). Me veía en el espejo de la pared divisoria, es decir, me veía si quería mirarme, porque cuando uno escucha muy atentamente no ve nada, como si cada sentido forzado al máximo casi excluyera el ejercicio de los otros. Si miraba también veía el bulto de Luisa bajo las sábanas, acurrucada a mi espalda, o, mejor dicho, sólo la superficie del bulto, lo único que, al estar ella echada, aparecía en el campo visual del espejo de medio cuerpo. Para verla más, su cabeza, tenía que incorporarme. Tras esa última frase de Miriam me pareció oír (pero quizá ya tenía elementos para imaginarme lo que no veía y no oyera) que se levantaba airada y daba una o dos vueltas por la habitación, sin duda igual que la nuestra (como si quisiera marcharse pero aún no pudiera y esperara algo, la disipación de su propio enfado), pues me llegó el crujido de la madera pisada: si era así, se había descalzado en efecto, no eran golpes de cascos sino rumor de talones y dedos, quién sabía si estaba desvestida, si no se habían desnudado ambos mientras yo aún no oí nada, si habían iniciado sus efusiones y las habían interrumpido o dejado a medias para hablar con la exasperación que les era propia y consuetudinaria. Una pareja, pensé, que depende y vive de sus obstáculos: una pareja que se deshará cuando ya no los haya, si es que no la deshacen antes esos mismos obstáculos tan fatigosos y prolongados, que sin embargo tendrán que alimentar y cuidar y procurar hacer eternos, si ya les ha alcanzado el momento de no poder pasarse sin ti y sin mí, o sin el uno el otro.

'¿De verdad quieres que te deje en paz?'

No hubo respuesta o no se la aguardó lo bastante, porque entonces, más firme pero siempre en susurros que sonaban hirientes, continuó la sierra:

'Di, ¿eso es lo que quieres? ¿Que no te llame más cuando venga? ¿Que no sepas que he llegado y estoy aquí, ni cuándo? ¿Que pasen dos meses y luego tres y otros dos y en medio no me encuentres ni me veas ni sepas nada de mí, ni si mi mujer ya ha muerto?'

El hombre debió levantarse también (no sé si de la cama o de una butaca) y acercarse a donde ella estaba, de pie, probablemente no desnuda, sólo descalza, nadie se queda desnudo en medio de una habitación más que unos segundos, o si va de camino a otro sitio y se para, al cuarto de baño o a una nevera. Aunque haga mucho calor. Hacía mucho calor. La voz del hombre continuó, ahora con más calma y quizá por eso ya sin susurro, siempre importada como la de un cantante que la está midiendo hasta cuando discute; también era aguda en tono normal, definitivamente, vibrada como la de un predicador o un cantor de góndola.

'Yo soy tu esperanza, Miriam. Llevo siéndolo un año y nadie puede pasarse sin su esperanza. ¿Tú crees que vas a encontrar otra tan fácilmente? Desde luego no en la colonia, nadie se va a meter dentro de donde yo ya he estado.'

'Eres un hijo de puta, Guillermo', dijo ella.

'Piensa lo que quieras, tú verás.'

Los dos se habían contestado con celeridad, tal vez Miriam había acompañado su frase de algún gesto ignoto de su brazo expresivo. Y de nuevo hubo un silencio, el silencio o la pausa necesarios para que quien ha insultado pueda retroceder y congraciarse sin retirar el insulto ni pedir perdón, cuando hay mutuo abuso lo dicho acaba por diluirse solo, como las disputas entre hermanos cuando aún son pequeños. O bien se acumula, pero siempre queda para más tarde. Miriam debía de estar pensando. Debía de pensar lo que sabría de sobra y habría pensado tantísimas veces y lo mismo que yo pensaba, aunque yo no supiera nada ni contara con los antecedentes. Yo pensaba que el hombre Guillermo llevaba razón y tenía la sartén por el mango. Pensaba que a Miriam no le quedaba más que seguir esperando y hacerse cada vez más imprescindible por cualquier medio, aunque fuera fraudulento, y procurar insistir lo menos posible, desde luego no volver a ordenar o exigir la muerte violenta de aquella mujer que se hallaba en España enferma y no estaba al tanto de lo que acontecía en La Habana cada vez que su marido diplomático o industrial o quizá comerciante se trasladaba allí para sus negocios o sus misiones. Pensé que Miriam también podía tener razón en sus sospechas y quejas, que todo fuera un engaño y no existiera esa esposa en España, o bien sí la hubiera, pero estuviera sanísima e ignorara que ante una desconocida mulata de otro continente ella fuera una moribunda de quien se aguardara y deseara la muerte, por cuya muerte tal vez se rezara o aún peor, cuya muerte, en ese otro extremo del mundo, se anticipara con el pensamiento y con la palabra, o se acelerara.

No sabía de qué parte ponerme, porque cuando uno asiste a una discusión (aunque no la vea y sólo la oiga: cuando uno asiste a *algo* y empieza a saberlo) no puede permanecer casi nunca del todo imparcial, sin sentir simpatía o antipatía, animadversión o piedad por uno de los contendientes o por un tercero del que se habla, la maldición del que ve u oye. Me di cuenta de que no lo sabía por la imposibilidad de saber la verdad, la cual, sin embargo, no siempre me ha parecido determinante a la hora de tomar partido por las cosas o por las personas. Quizá el hombre había enredado a Miriam con falsas promesas cada vez más insostenibles, pero también cabía la posibilidad de que no, y de que ella, en cambio, no quisiera a Guillermo más que para salir del aislamiento y de la escasez, de Cuba, para mejorar, para casarse o más bien estar casada con él, para no seguir ocupando su propio lugar y ocupar el de otra persona, el mundo entero se mueve a menudo sólo para dejar de ocupar su lugar y usurpar el de otro, sólo por eso, para olvidarse de sí mismo y enterrar al que ha sido, todos nos cansamos indeciblemente de ser el que somos y el que hemos sido. Me pregunté cuánto tiempo llevaría casado Guillermo. Yo llevaba casado nada más dos semanas, y lo último que quería era que Luisa muriese, al contrario, era justamente esa amenaza traída por su enfermedad momentánea lo que hacía un rato me había provocado angustia. Lo que estaba oyendo al otro lado de la pared no contribuía a tranquilizarme, o a despejar mis malestares que, bajo diferentes formas, como ya he dicho, me rondaban desde la ceremonia. Aquella conversación espiada estaba agudizando mi sensación de desastre, y de pronto me miré a propósito en el espejo mal iluminado que tenía delante, la única luz encendida le quedaba lejos, con las mangas de mi camisa arremangadas, mi figura sentada en penumbra, un hombre aún joven si me miraba con benevolencia o retrospectivamente, con la voluntad de reconocer al que había ido siendo, pero casi de mediana edad si me miraba con anticipación o con pesimismo, adivinándome para dentro de muy poco más tiempo. Al otro lado, más allá del ensombrecido espejo, había otro hombre con quien una mujer me había confundido desde la calle y que tal vez, por tanto, guardaba conmigo cierta semejanza, podía ser un poco más viejo, por eso o por lo que fuera llevaría casado más tiempo, el suficiente, pensé, para querer la muerte de su esposa, para empujarla a ella, como había dicho. Aquel hombre habría tenido, cuando quiera que hubiese sido, su viaje de novios, la misma sensación de inauguración y término que tenía yo ahora, habría empeñado su futuro concreto y perdido su futuro abstracto, hasta el punto de necesitar buscarse él también su propia esperanza en la isla de Cuba, a donde iba con frecuencia por su trabajo. También Miriam era la esperanza de él, alguien de quien ocuparse, alguien por quien preocuparse y temer y a quien tener miedo acaso (no olvidaba el gesto del asimiento, la garra, cuando ese gesto había estado dirigido a mí, 'Eres mío', 'Voy por ti', 'Ven acá', 'Estás en deuda', 'Yo te mato'). Me miré en el espejo y me incorporé un poco, para que mi rostro quedara mejor alumbrado por la distante luz de la mesilla de noche y mis rasgos no se me aparecieran tan sombríos, tan umbrosos, tan sin mi pasado, tan cadavéricos; y al hacerlo entró en el campo visual de ese espejo la cabeza de Luisa más iluminada por su cercanía a la lámpara, y vi entonces que tenía los ojos abiertos y como idos, con el dedo pulgar rozándose los labios, acariciándoselos, un gesto frecuente entre los que escuchan, o en ella cuando lo hace. Al ver que la estaba viendo reflejada, cerró los ojos inmediatamente e inmovilizó el pulgar, como si quisiera que yo siguiera creyendo que estaba dormida, como si no deseara dar ocasión a que ella y yo habláramos ahora ni luego sobre lo que ambos —lo descubría ahora— habíamos oído decir al compatriota Guillermo y a la blanca mulata Miriam. Pensé que el malestar que yo experimentaba lo debía de sentir ella aún más, redoblado (una mujer que aspiraba a esposa, una esposa que aspiraba a muerta), hasta el punto de preferir que cada uno escuchara por su cuenta, a solas, no juntos, y cada uno guardara para sí, inexpresados, los pensamientos o los sentimientos que nos suscitaban la conversación contigua y la situación que se desprendía de ella, e ignorara los del uno el otro, tal vez los mismos. Eso me hizo sospechar al instante que quizá, en contra de lo que parecía (se la había visto tan contenta durante la ceremonia, me manifestaba su ilusión sin reservas, estaba disfrutando tanto del viaje, le había dado tanta rabia desaprovechar una tarde de turismo y paseo en La Habana por culpa de su indisposición), también ella se sentía amenazada e inquieta por la pérdida de su futuro, o por su alcanzamiento. Entre nosotros no había abuso, y por tanto cuanto decíamos, cuanto dijéramos o discutiéramos o pudiéramos reprocharnos (cuanto nos ensombreciera), no iba a diluirse por sí solo o tras un silencio, sino que iba a tener su peso, iba a influir en lo que siguiera, en lo que fuera a pasarnos (y tenía que pasarnos aún media vida unidos); y del mismo modo que yo me había abstenido de formular cuanto estoy formulando ahora (mis presentimientos desde la boda y más tarde), veía que Luisa cerraba los ojos para que yo no pudiera hacerla partícipe de mis impresiones respecto a Guillermo y Miriam y la mujer española enferma, ni ella a mí de las suyas. No era desconfianza ni falta de compañerismo ni ganas de ocultamiento. Era simplemente instalarse en el convencimiento o superstición de que no existe lo que no se dice. Y es verdad que sólo lo que no se dice ni expresa es lo que no traducimos nunca.

Mientras me hacía estas reflexiones (pero fueron muy rápidas) y miraba durante unos segundos (pero fueron prolongados, no sé si minutos) la cabeza de Luisa a través del espejo y veía que persistía en mantener cerrados los ojos que habían estado abiertos y meditativos, perdí la noción del tiempo y la atención momentáneamente (miraba, luego no oía), o tal vez Guillermo y Miriam siguieron callados e hicieron de esa pausa una reconciliación sin palabras, o bien bajaron tanto la voz que ya no eran susurros cortantes en lo que hablaban, sino cuchicheos del todo inaudibles desde mi lado del muro. Volví a prestar oído, y durante un rato no oí nada, no se oía nada, incluso me pregunté si en aquellos instantes de distracción mía habrían salido del cuarto sin que yo lo advirtiera, quizá habían decidido hacer una tregua para bajar a comer algo, puede que su cita original hubiera sido para eso tan sólo y no para verse arriba. No pude evitar pensar que su reconciliación sin palabras, de darse, tendría que ser asimismo una reconciliación sexual, pues cuando hay mutuo abuso los sexos son a veces lo único reconciliable, y que quizá estaban de pie y vestidos en el centro de la habitación, idéntica a la mía, donde se habrían encontrado antes de que Miriam dijera lo último que le había escuchado, 'Eres un hijo de puta, Guillermo', lo habría dicho descalza. Las piernas tan fuertes de ella, pensé, podían aguantar largo rato de pie, cualquier acometida sin flaquear ni retroceder ni buscar apoyo, al igual que habían esperado en la calle hincadas como navajas, ahora ya no se preocuparía por los pliegues rebeldes de su falda si la tenía aún puesta, la falda toda pliegue ahora y por fin olvidado el bolso, o la falda sobre una silla. No sé, no se oía nada, ni respiraciones, y por eso, con mucho tiento pero en realidad no tanto porque ya sabía que Luisa estaba despierta y en todo caso fingiría seguir dormida, me levanté de los pies de la cama y salí de nuevo al balcón. Ahora ya era noche también horaria y los habaneros estarían cenando, las calles que se divisaban desde el hotel estaban casi vacías, menos mal que Miriam no seguía aguardando abandonada por todos. La luna era pulposa y no corría el aire. Estábamos en una isla, en otro extremo del mundo del que yo procedía en un cuarto; el sitio en que se había consolidado todo lo nuestro y en que viviríamos juntos, Madrid, nuestro matrimonio, quedaba muy lejos, y era como si esa lejanía del lugar que nos había unido nos separara también un poco a nosotros en nuestro viaje de novios, o quizá era que nos alejábamos porque no compartíamos lo que para ninguno era un secreto y sin embargo se estaba convirtiendo en uno por no compartirlo. La luna era pulposa y la misma. Quizá desde lejos se puede desear y acelerar la muerte de quien nos es tan próximo, pensé acodado. Quizá hacerlo a distancia, planearla a distancia, lo convierte en un juego y una fantasía, y son todas admisibles, las fantasías. No lo son los hechos, para los que no hay enmienda ni vuelta atrás, sólo ocultamiento. Para las palabras oídas ni siquiera eso, sino a lo sumo olvido con suerte.

De pronto, desde el balcón, a través de él y no ya del muro, a través del balcón de ellos que había quedado entornado y del nuestro que permanecía abierto y en el que yo me hallaba acodado, volví a oír la voz de Miriam con claridad, y ahora no hablaba sino canturreaba, y lo que canturreó fue esto:

'Mamita, mamita, yen yen yen, serpiente me traga, yen yen yen.'

Interrumpió el canturreo apenas iniciado, y sin transición (ni exasperación ya tampoco) le dijo a Guillermo:

'Tienes que matarla.'

'Está bien, está bien, ya lo haré, ahora sigue acariciándome', respondió él. Pero eso no me alteró ni me preocupó ni me sobresaltó (no sé si a Luisa), porque lo había dicho como una madre hastiada que contesta cualquier cosa, sin pensárselo, a un hijo insistente que se empeña en lo que no es posible. Es más, creí saber entonces, por esa respuesta, que si existía aquella mujer en España Guillermo no le haría daño, y que en aquella situación o historia quien saldría dañada sería Miriam en todo caso. Creí saber entonces que Guillermo mentía (mentía en algo), y supuse que Luisa, tan acostumbrada como yo a traducir y percibir los temblores y detectar la sinceridad del habla, también se habría dado cuenta y se habría sentido aliviada no respecto a Miriam, pero sí respecto a la mujer enferma.

Y Miriam, que en esos momentos no se habría dado cuenta de la insinceridad de Guillermo o habría resuelto descansar un rato y no dársela o volver a engañarse o simplemente cejar en el afán de su vida durante unos instantes, canturreó otro poco, y yo sabía lo que sería. Había pasado más tiempo del que yo pensaba, pensé, no podía ser, no había pasado tanto para que pudieran haber llevado a cabo una reconciliación sexual silenciosa y en regla y estuvieran ahora apaciguados por ella. Pero así debía haber sido, pues era como si los dos estuvieran calmados y echados, Miriam hasta distraída, cantaba distraídamente, con las interrupciones propias de quien en realidad canturrea sin percatarse de que lo hace, mientras se limpia con parsimonia o acaricia a quien está a su lado (un niño al que se le canta). Y lo que canturreó fue esto:

'Mentira mi suegra, yen yen yen, que estamos jugando, yen yen yen, al uso de mi tierra, yen yen yen.'

Esas palabras sí me sobresaltaron, aún más que las primeras del canturreo por lo que éstas tenían de confirmación (a veces uno oye bien pero no da crédito a sus oídos), y sentí un ligero escalofrío como los que había padecido Luisa al comienzo de su indisposición. Y Miriam añadió en tono neutro si no desmayado, también ahora sin transición:

'Si no la matas me mato yo. Tendrás una muerta, o ella o yo.'

Guillermo no contestó esta vez, pero mi sobresalto y mi escalofrío eran previos a las frases de Miriam y se debían a la canción, que yo conocía de mucho antes porque esa canción me la cantaba mi abuela cuando era niño, o, mejor dicho, no me la cantaba, pues no era precisamente una canción para niños y en realidad formaba parte de una historia o cuento que, aunque tampoco era para niños, sí me contaba para meterme miedo, un miedo irresponsable y risueño. Pero además de eso, a veces, cuando estaba aburrida sentada en un sillón de su casa o la mía, abanicándose y viendo pasar la tarde mientras esperaba a que llegara mi madre a buscarme o a relevarla, canturreaba canciones sin darse cuenta, para distraerse sin el propósito de distraerse, canturreaba sin observar lo que hacía, con la misma desgana y desentendimiento con que Miriam había canturreado ahora ante un balcón entornado, y con el mismo acento. Era ese canto inconsciente que no tiene destinatario, el mismo canto de las criadas cuando fregaban los suelos o colgaban la ropa con pinzas, o pasaban la aspiradora o perezosos plumeros los días en que yo estaba enfermo y no iba al colegio y veía el mundo desde mi almohada oyéndolas a ellas en su matinal espíritu, tan distinto del vespertino; el mismo tarareo insignificante de mi propia madre cuando se peinaba o se iba poniendo horquillas ante el espejo o se colocaba peineta y se colgaba pendientes largos para ir el domingo a misa, ese canto femenino entre dientes (pinzas u horquillas entre los dientes) que no se dice para ser escuchado ni menos aún interpretado ni traducido, pero que alguien, el niño refugiado en su almohada o apoyado en el quicio de una puerta que no es la de su dormitorio, escucha y aprende y ya no olvida, aunque sólo sea porque ese canto, sin voluntad ni destinatario, es pese a todo emitido y no se calla ni se diluye después de dicho, cuando le sigue el silencio de la vida adulta, o quizá es masculina. Ese canto indeliberado y flotante debió de ser canturreado en todas las casas del Madrid de mi infancia todas las mañanas a lo largo de muchos años, como un mensaje sin significado que vinculaba a la ciudad entera y la emparentaba y armonizaba, un persistente velo sonoro y contagioso que la cubría, desde los patios hasta los portales, ante las ventanas y por los pasillos, en las cocinas y en los cuartos de baño, por las escaleras y en las azoteas, con delantales, mandiles y batas y con camisones y vestidos caros. Fue canturreado por todas las mujeres de aquellos tiempos que no están muy lejanos de estos, las criadas muy de mañana desperezándose, y las señoras o madres un poco más tarde, cuando se arreglaban para salir de compras o a algún recado superfluo, todas ellas igualadas y unidas por su continuo y común zumbido y acompañadas a veces por el silbido de los muchachos que no estaban en los colegios y que aún participaban, por eso, del mundo mujeril en que se desenvolvían: los chicos de las tiendas con sus bicicletas de reparto y sus pesadas cajas, los niños enfermos en sus camas salpicadas de tebeos y cromos y cuentos, los niños trabajadores y los niños inútiles, silbando y envidiándose mutuamente. Ese canto fue cantado en toda ocasión y a diario, con voces eufóricas y voces apesadumbradas, estridentes y decaídas, morenas y melodiosas y desafinadas y rubias, bajo todos los estados de ánimo y en cualquier circunstancia, sin que dependiera nunca de lo acontecido en las casas ni nunca lo juzgara nadie: como lo canturreó una doncella mientras miraba derretirse una tarta helada en la casa de mis abuelos, cuando aún no lo eran porque yo ni siquiera había nacido ni tenía posibilidad de hacerlo; y como lo silbó un muchacho ese mismo día y en esa misma casa al acercarse a un cuarto de baño en el que tal vez una mujer habría también tarareado algo llena de miedo y mojada de llanto y agua muy poco antes. Y ese canto lo cantaban las abuelas y también las viudas y las solteronas por las tardes con voz más quebradiza y tenue, sentadas en sus mecedoras o sofás o sillones vigilando y entreteniendo a los nietos o mirando de reojo retratos de personas ya idas o que no supieron retener a tiempo, suspirando y abanicándose, abanicándose su vida entera aunque fuera otoño y aunque fuera invierno, suspirando y canturreando y contemplando transcurrir el transcurrido tiempo. Y a la noche, más intermitente y disperso, el canto podía seguir oyéndose en las alcobas de las mujeres afortunadas, aún no abuelas ni viudas ni ya solteronas, más quedo y más dulce o más vencido, el preludio del sueño y la expresión del cansancio, el mismo que Miriam me había permitido oír desde su habitación de hotel igual a la mía, ya de noche y con tanto calor en La Habana, durante mi viaje de novios con Luisa y mientras Luisa no cantaba ni decía nada, sino que apretaba su cara contra la almohada.

En otoño, a mediados de septiembre, da comienzo en Nueva York el periodo de sesiones de la Asamblea General de las Naciones Unidas, que se prolonga durante tres meses, y allí hube de irme, como otros años en los que aún no conocía a Luisa, en mi calidad de temporero (se necesitan unos cuantos durante la Asamblea), ocho semanas interpretando para luego volver a Madrid y no moverme ni interpretar al menos durante otras ocho.

Uno no se divierte en esas ciudades, ni siquiera en Nueva York, porque uno está allí trabajando de mala manera durante cinco días a la semana, y los dos restantes resultan tan falsos (como un inciso) y uno está tan exhausto que sólo puede dedicarse a recobrar fuerzas para la siguiente semana, pasear un poco, mirar de lejos a los toxicómanos y a los delincuentes futuros, ir de tiendas (por suerte está abierto casi todo en domingo), leer el *New York Times* gigantesco durante todo el día, beber zumos energéticos o de tuttifrutti y ver la televisión de noventa canales (es fácil que en alguno de ellos aparezca Jerry Lewis). Uno quiere descansar el oído y la lengua, pero es imposible, acaba siempre escuchando y hablando, aunque esté solo. No es mi caso. La mayoría de los llamados temporeros alquila un escuálido apartamento durante su estancia, siempre más barato que un hotel, un apartamento amueblado de cocina empotrada, y todos dudan si cocinar allí y soportar el olor de lo que van a comer o han comido o bien almorzar y cenar siempre fuera, lo cual resulta fatigoso y muy caro en una ciudad en la que nada cuesta lo que se dice que cuesta, sino un quince por ciento más en concepto de obligada propina en los restaurantes y luego un ocho por ciento suplementario para todas las cosas en concepto de impuesto local neoyorquino (un abuso, en Boston es sólo el cinco). Yo tengo la suerte de tener en esa ciudad una amiga española que con gran amabilidad me aloja durante mis ocho semanas asamblearias. Vive allí permanentemente, es una colega que trabaja como intérprete fija para las

Naciones Unidas, lleva en Nueva York doce años, tiene una casa agradable y no escuálida, en la que puede cocinarse de vez en cuando sin que el olor a comida invada el salón y los dormitorios (en los apartamentos raquíticos, como es sabido, todo es uno). La conozco desde hace aún más años de los que lleva fuera de España, la conozco de la Universidad, ambos éramos estudiantes aunque ella cuatro años mayor que yo, lo cual significa que ahora tiene treinta y nueve y que tenía uno menos cuando yo estuve allí después de mi matrimonio, en esa ocasión de la que estoy hablando o de la que me dispongo a hablar. Entonces, cuando éramos estudiantes, esto es, en Madrid y hace ya quince años, nos acostamos dos veces aisladas, o quizá fueron tres o puede que cuatro (no más), seguramente ninguno de los dos nos acordamos bien de esas veces, pero sin embargo *sabemos* de ellas, y el conocimiento de ese dato, mucho más el conocimiento que el hecho mismo, nos hace tratarnos con delicadeza en nuestro caso y a la vez con gran confianza, quiero decir que nos lo contamos todo y nos decimos palabras de consuelo o distracción o ánimo cuando advertimos que esas palabras nos son necesarias al uno o al otro. También nos echamos de menos (vagamente de menos) cuando no estamos juntos, una de esas personas (en la vida de cada cual hay cuatro o cinco, y de ellas se sufre en verdad la pérdida) a las que uno está acostumbrado a informar de lo que le ocurre, es decir, en las que uno piensa cuando le sucede algo, divertido o dramático, y para las que uno acumula hechos y anécdotas. De buena gana se aceptan reveses porque van a relatarse a esas cinco personas. 'Esto tengo que contárselo a Berta', piensa uno (pienso yo muchas veces).

Berta tuvo un accidente de carretera hace seis años. Una pierna le quedó destrozada, con múltiples fracturas abiertas, padeció una osteomielitis, se pensó en amputarla, se la salvó por fin pero perdió parte del fémur, que hubo que acortarle, por lo que desde entonces cojea un poco. No tanto como para no llevar zapatos de tacón (y los lleva con garbo), pero el tacón de uno ha de ser siempre un poco más largo y grueso que el del otro zapato, se los hacen especiales. En esos desiguales tacones no se fija uno si no está advertido, pero sí se fija en que cojea un poco, sobre todo cuando está agotada o en casa, donde no hace esfuerzos para ennoblecer los andares: se abandona al cerrar tras de sí la puerta y guardar en el bolso la llave, ya no disimula, se le duplica la cojera. También le quedó una cicatriz en la cara, es algo leve, tan leve que no ha querido corregírsela mediante cirugía, es como una media luna en la mejilla derecha que a veces, cuando ha dormido mal o ha tenido un disgusto o está muy cansada, se le oscurece y se le hace más visible. Entonces, durante unos instantes, creo que tiene una mancha, que se ha tiznado, y se lo digo. 'Es la cicatriz', me recuerda, que se ha puesto azul o morada.

Estuvo casada cuando era más joven, en parte fue por eso por lo que se marchó a América y buscó allí empleo. Se divorció a los tres años, se volvió a casar dos después y uno más tarde se divorció de nuevo. Desde entonces nada le ha durado mucho. Desde hace seis, tras el accidente, se ha sentido vieja injustificadamente y descree de sus posibilidades para conquistar a nadie (duraderamente, se entiende). Es una mujer guapa, con unos rasgos que no fueron nunca muy juveniles y que por tanto no la han hecho cambiar apenas desde los tiempos de la Universidad. Tendrá en la vejez un aspecto agradable, sin esas transformaciones que hacen irreconocibles a algunos rostros de nuestro pasado, o a nuestro rostro, que nunca miramos adecuadamente. Pero por injustificado que a mi parecer sea su sentimiento, lo cierto es que lo tiene, y aunque aún no ha claudicado ni se ha dado de baja, su relación con los hombres ha estado viciada en los últimos tiempos por ese sentimiento obsesionante e involuntario, una relación angustiada, todavía no indiferente, como probablemente lo será dentro de ya no mucho. En estos años, cada vez que he pasado mi temporada de temporero en la ciudad en que vive, han entrado y salido del piso numerosos individuos (la mayoría norteamericanos, algunos españoles, hasta algún argentino; la mayoría llegaban acompañándola, otros llamaban y la citaban fuera, pocos venían a recogerla, alguno hasta tenía llave) que no han mostrado el menor interés en conocerme y que por tanto no debían de tener el menor interés en ella (interés a largo plazo, quiero decir, uno desea conocer e incluso ser grato a los amigos de quien puede estar con nosotros durante algún tiempo). Cada uno de esos individuos la ha decepcionado o la ha abandonado, en muchas ocasiones tras una sola noche compartida. En cada uno de esos individuos ella ha puesto ilusión, en nadie ha dejado de ver un proyecto, incluso la primera noche que tantas veces prometía ser la última, y lo cumplía. Cada vez le es más difícil retener a nadie y cada vez lo intenta con mayor ahínco (aún no le ha llegado, digo, la hora de la indiferencia, tampoco la del cinismo).

Cuando yo estuve allí tras mi boda, de mediados de septiembre a mediados de noviembre, hacía ya dos años que había empezado a probar con las citas convenidas a través de agencia y también, desde hacía uno, a escribir a las secciones de contactos personales *(personals,* se llaman) de periódicos y revistas. Se había hecho un vídeo para la agencia, que desde allí —previo pago— se enviaba a los interesados en alguien como ella. La expresión es absurda, pero es la que se utiliza y Berta misma utiliza, 'gente interesada en alguien como yo', es decir, Berta acercándose a un modelo anterior pero inexistente en vez de crear el propio. En ese vídeo ella hablaba sentada en su sofá (me lo mostró, conservaba el original, los de la agencia hacían y mandaban copias), estaba guapa, muy arreglada, parecía serena, parecía más joven, hablaba en inglés frente a la cámara, al final dejaba caer algunas frases convencionales en español para atraer a otros españoles solitarios posibles, residentes o de paso, o a quienes gustan de un toque exótico o a los que en América llaman hispanos. Hablaba de sus gustos, de sus aficiones, de sus ideas (no muchas ideas), no de su trabajo, mencionaba su accidente, mencionaba su leve cojera con una sonrisa exculpatoria, era obligado confesar los defectos físicos para que nadie se llamara a engaño; luego se la veía por casa, regando las plantas, hojeando un libro (era de Kundera, un fallo), con música de fondo (se oía un violoncello de Bach al fondo, un tópico), con delantal en la cocina, escribiendo cartas ante una mesa con luz eléctrica. Eran muy breves los vídeos, unos tres o cinco minutos, todos plácidos. Ella (empleo el plural por eso) también los recibía previo modesto pago, los vídeos de hombres que habían o no visto el suyo y querían conocerla o darse a conocer a desconocidas. Recibía un par de ellos cada semana, durante mi estancia los veíamos juntos, nos reíamos, yo la aconsejaba, aunque me sentía incapaz de aconsejarla en serio, me parecía tan sólo un juego, me resultaba difícil creer que ella pudiera hacerse ilusiones con ninguno de aquellos individuos. Tenían que ser individuos anómalos, raros y no muy de fiar, pensaba yo, para prestarse a aquello. Cuando pensaba esto olvidaba que Berta también se prestaba, y era mi amiga, y digna de confianza. La agencia era bastante seria, o al menos así se presentaba, todo estaba controlado hasta el primer encuentro, no había nada de muy mal gusto, censuraban los vídeos si hacía falta, todo era plácido. En los contactos personales por correspondencia la cosa variaba, allí no había control de ninguna clase, ningún intermediario, y en seguida se entraba en materias carnales, los corresponsales pedían al instante vídeos insinuantes y luego lascivos, decían palabras audaces, gastaban bromas repugnantes que a Berta ya no se lo parecían tanto, nada repugna de lo que se forma parte, nada de lo que se convierte en costumbre. Al poco tiempo no se interesó ya apenas por lo que le llegaba a través de la agencia, aunque seguía solicitando cintas para creer que aún contaba con el mundo plácido, sino que se carteaba y se cruzaba vídeos con hombres extraños o más anómalos, gente con cara y cuerpo pero todavía sin nombre, gente con iniciales o con apodos, recuerdo algunos de los que me hablaba, 'Taurus', 'VMF', 'De Kova', 'The Graduate', 'Weapons', 'MC', 'Humbert', 'Sperm Whale' o 'Gaucho', esos eran sus sobrenombres. Todos sonreían ante la cámara con desenfado, vídeos caseros, sin duda se habían filmado a solas, ellos solos en casa, hablando a nadie, a alguien desconocido o por conocer, o tal vez al mundo que los ignoraba. Algunos le hablaban desde la almohada, recostados en la cama y en calzoncillos o trajes de baño minúsculos, metiendo estómago, con el tórax untado de aceite como si fueran atletas. Pero no lo eran. Los más atrevidos (cuanta más edad más osados) aparecían desnudos, erectos pero hablando como si nada, sin mencionar lo que no resultaba conspicuo demasiadas veces. Berta se reía al verlos y yo también me reía, pero con desazón, porque sabía que Berta, después de reírse, le contestaría a alguno, y le mandaría su vídeo, y quedaría con él y acaso vendría con él al apartamento. Y en esas ocasiones, tras cerrar la puerta y guardar en el bolso la llave, seguiría enderezando el paso, y aunque estuviera ya en casa no cejaría en su esfuerzo por disimular la cojera, al menos no hasta llegar a la alcoba, sobre una cama no se anda.

A las dos semanas de llegar yo a Nueva York en el año de mi matrimonio, Berta (era un fin de semana, también el segundo y ya con el inicio de la acumulación del cansancio) me enseñó una carta que le había llegado al apartado de correos que tenía alquilado para recibir sus *personals.* Solía dármelas a leer cuando yo estaba allí por compartir la diversión (la pena, luego, la compartía menos), pero en este caso también quería comprobar si yo veía en la carta lo mismo que ella.

—A ver qué te parece —me dijo al alcanzármela.

La carta estaba escrita en inglés y a máquina y no decía gran cosa, el tono era desenvuelto pero educado, hasta un poco sobrio para esa clase de correspondencia. El individuo había visto el anuncio de Berta en la sección de *personals* de una revista mensual y se mostraba interesado en establecer contacto. Mencionaba que iba a estar en la ciudad un par de meses (lo cual, se daba cuenta, podía ser un atractivo pero también disuasorio), y añadía que sin embargo venía a Manhattan con bastante frecuencia, varias veces al año (lo cual era prometedor y cómodo, decía, garantizaba que no iba a ser un agobio). Como si no tuviera costumbre de escribir este tipo de cartas e ignorara que lo normal es empezar utilizando un pseudónimo o un apodo o las iniciales, se disculpaba por firmar sólo 'Nick' (la firma a mano), y lo justificaba aduciendo que, al trabajar 'en una arena o campo muy visible o expuesto' ('as I work in a very visible arena', eran sus palabras exactas), debía ser muy discreto de momento, si no reservado, si no secreto. Así decía 'si no reservado, si no secreto'.

Tras leer la carta le dije a Berta lo que Berta esperaba:

—Esta carta la ha escrito un español.

El inglés era bastante correcto, pero con algunas indecisiones, una falta inconfundible y varias expresiones no ya poco inglesas, sino que parecían una traducción demasiado literal del castellano: tanto Berta como yo como Luisa estamos muy acostumbrados a detectar estas transparencias de nuestros compatriotas cuando hablan o escriben lenguas. Si el hombre era español, sin embargo, resultaba caprichoso o absurdo que se dirigiera a Berta en inglés, ya que el anuncio que ella iba poniendo y pagando cada mes en esa revista proclamaba antes que nada su origen: 'Young woman from Spain...', así empezaba, aunque se avergonzaba un poco, a la hora de las citas, de haberse presentado como 'young' todavía: al salir se encontraba asquerosa y se veía todas las arrugas, hasta después del colágeno, hasta las que no existían. De la carta de 'Nick' la intrigaba sobre todo la 'arena muy visible'. La verdad es que desde el comienzo de su trato o pretratos con desconocidos nunca la había visto tan excitada tras un primer contacto. '¡Una arena muy visible!', exclamaba y repetía riendo un poco, a medias por lo pretencioso y cómico de la frase, a medias por el entusiasmo de la esperanza. '¿En qué trabajará? Una arena muy visible, eso suena a cine o televisión. ¿Será un locutor? Hay varios que me gustan, pero claro, si es español entonces ya no sé, no los conozco, pero a lo mejor tú sí.' Se quedaba pensando, y al cabo de un rato añadía: 'A lo mejor es un deportista, o un político, aunque no creo que un político se arriesgue a estas cosas. Aunque en España la gente es muy descarada. Decir que trabaja en una arena muy visible es como decir que es famoso. Por eso querrá hacerse pasar de entrada por americano. ¿Quién podrá ser?'

—Puede que lo de la arena sea falso, una artimaña para darse aires y despertar interés. Contigo lo está consiguiendo.

—Puede ser, pero en todo caso la expresión tiene su gracia. Arena. Aunque es muy americana, y si es español, ¿de dónde la habrá sacado?

—De la televisión, donde se aprende todo. También puede que no sea nada famoso pero él crea que sí lo es. A lo mejor es un agente de bolsa, o un médico, o un empresario, y se cree importante y por ello expuesto, cuando nadie conoce a esa gente, sobre todo aquí en América.

Yo le jaleaba los hallazgos y las ilusiones, era lo menos que podía hacer. Esto es, lo menos que podía hacer era escucharla, prestar atención a su mundo, alentarla, dar importancia a las cosas a las que se la daba ella y mostrarme optimista, esa es la función primera de la amistad, a mi parecer.

—A lo mejor es un cantante —decía ella.

—A lo mejor es un escritor —contestaba yo.

Berta contestó al apartado de correos que 'Nick' le indicaba, 'P. O. Box', así se llama un apartado en inglés, todo el mundo los utiliza, hay millones de ellos repartidos por todo el país. Pero si durante mis estancias Berta no dejaba de enseñarme ninguna carta ni vídeo de corresponsal ninguno, no hacía lo mismo con sus respuestas escritas, que enviaba sin guardar copia y sin dejarme ver, y yo lo entendía, pues uno puede tolerar el juicio sesgado de los propios actos nunca visibles íntegramente y que cesan, pero no de las propias palabras íntegramente legibles y que permanecen (aunque el juicio frontal sea involuntario y benévolo por parte de quien lo forma, y no lo exprese).

Unos días más tarde le llegó la respuesta a su respuesta, otra carta que no dejó de mostrarme. Seguía estando en decoroso y dubitativo inglés, lengua en la que también Berta le había escrito, según me dijo, para no herirlo en sus conocimientos lingüísticos ni decepcionarlo, y era más breve y más salaz, como si mi amiga lo hubiera invitado a ello, o tal vez no, quizá en el segundo paso las mínimas formas imprescindibles en todo primer contacto tendían a desaparecer. Ahora no firmaba 'Nick' sino 'Jack', nombre que prefería 'esta semana', decía, y el nombre estaba de nuevo a mano, la *c* y la *k* eran idénticas en los dos. Le pedía ya un vídeo para conocer su rostro y su voz, y se disculpaba por no mandarlo todavía él (luego debía de haber sido Berta quien se lo había solicitado en primer lugar): al estar aún instalándose para sus dos meses en la ciudad, no había tenido tiempo de comprar una cámara o enterarse de en qué tipo de establecimiento podían hacérselo, lo enviaría la próxima vez. En esta ocasión no hacía ninguna referencia a su arena ni contaba nada más de sí mismo, sólo hablaba un poco de Berta, a la que se dedicaba a imaginar brevemente (tres líneas) en la intimidad. Aún empleaba términos cursis y no groseros, frases propias de canciones confidenciales: 'Anticipo ya el momento de desnudarte y acariciar tu piel suave', cosas así. Sólo al final, justo antes de la firma, 'Jack' se despedía con una picardía brutal, como si no hubiera podido contenerse: 'Quiero follarte', decía en inglés. Pero a mí me pareció que aquello estaba escrito en frío y a modo de recordatorio inclemente, no fuera a pensarse Berta que eso podía *no* figurar en el programa que estaban confeccionando. O quizá era una manera de eliminar las previas cursilerías melódicas, o de calibrar el aguante y el vocabulario (la tolerancia léxica) de su corresponsal. Berta tenía aguante y humor para eso y más: seguía riéndose, le brillaban los ojos, cojeaba menos, se sentía halagada olvidando por un instante que para aquel hombre que la deseaba o quería follarla ella todavía no era más que unas letras, unas iniciales, la promesa de alguien, 'BSA', unas palabras escritas en una lengua que no era la de ella ni la de él; y que una vez que él la viera o viera su vídeo y ella fuera algo más, podría no ser ya deseada o ni siquiera follable, como le había ocurrido en alguna ocasión; y que después de cumplirse el deseo —si se cumplía— podía ser rehuida, como le pasaba casi todas las veces desde hacía tiempo, no sabía o no quería saber por qué.

Era consciente de todo eso (pasado el instante), pero contestó a 'Jack' como había contestado a 'Nick' y le mandó una copia de su vídeo de agencia y se puso a esperar. Durante los días de espera estaba nerviosa pero también animada, cariñosa conmigo como lo son las mujeres cuando tienen una ilusión, aunque ella conmigo siempre lo es. Una tarde que yo volví del trabajo antes que Berta y recogí el correo de su buzón se delató más que nunca. Nada más abrir la puerta y guardar la llave en el bolso (y no abandonarse en seguida a los andares domésticos, se lo impedía la concentración), vino a mí y me preguntó a toda prisa, sin saludarme antes:

—¿Has cogido tú el correo o es que no había nada?

—Lo he recogido yo. Está ahí en la mesita lo que hay para ti. Yo he tenido carta de Luisa.

Corrió a esa mesita y miró los sobres (uno, dos y tres), y ya no abrió ninguno hasta que se hubo despojado de la gabardina y hubo pasado por el cuarto de baño y por la nevera y se hubo calzado unos mocasines que la desequilibraban más. Aquella noche no salimos ni ella ni yo, y mientras yo miraba el concurso *Family Feud* en la televisión y ella leía (no Kundera por suerte), me dijo:

—Qué idiota estoy, estoy alterada, se me olvidan las cosas, antes he creído que podía haber en el correo algo de Arena Visible. Si me escribe lo hará al apartado, no aquí, no sabe mis señas ni tampoco mi nombre, qué despistada estoy —se interrumpió un segundo y en seguida añadió—: ¿Tú crees que volverá a contestar?

—Seguro que sí. Cómo no va a escribir después de verte en el vídeo —le contesté yo.

Se quedó callada, siguió conmigo una prueba de *Family Feud.* Luego dijo:

—Cada vez que espero una respuesta me horroriza la idea de que no la haya y también de que llegue. Todo resulta luego un desastre, pero mientras está todo por suceder tengo la impresión de la absoluta limpieza y la infinita posibilidad. Me siento como con quince años, no me cabe el escepticismo, es raro. No puedo evitar hacerme ilusiones. La mayoría de los tipos con los que luego me encuentro son impresentables, tipos repugnantes, a veces acabo saliendo y yendo a cenar con ellos y más allá sólo porque vienen precedidos por la espera y las cartas, de no ser así ni cruzaría la calle en su compañía. Supongo que ellos sentirán lo mismo respecto a mí —hizo una pausa, o quizá atendió a otra pregunta de *Family Feud.* Luego continuó—: Por eso el estado perfecto es el de la espera y el de la ignorancia, lo malo es que si supiera que ese estado iba a durar indefinidamente entonces ya no me gustaría tampoco. Fíjate, de pronto hay un tipo que por la razón que sea me hace particular gracia, sin saber nada de él, como este Nick o Jack, por qué se le habrá ocurrido cambiar de nombre, no es lo habitual. Mientras no lo conozco, sobre todo antes de ver su vídeo si lo manda, o su fotografía, me siento casi feliz. Desde hace tiempo son los únicos días en que de verdad me siento contenta y de buen humor. Luego me envían esos vídeos ridículos que quieren ser osados, lo del vídeo es una plaga, y aun así muchas veces quedo con ellos, pensando que todo lo anterior al encuentro en persona en realidad no cuenta. Es demasiado artificial, pienso, la gente se comporta de otra manera cuando está cara a cara. Es como si les diera otra oportunidad anulando de pronto lo que les dio la primera, o me la diera a mí. Es curioso, pero los vídeos, pese a lo falso de la situación en que normalmente están hechos, no engañan jamás. Date cuenta de que un vídeo se mira impunemente, como la televisión. Nunca miramos a nadie en persona con tanto detenimiento ni con tanto descaro, porque en cualquier otra circunstancia sabemos que el otro también nos está mirando, o que puede descubrirnos si lo estamos mirando a escondidas. Es un invento infernal, ha acabado con la fugacidad de lo que sucede, con la posibilidad de engañarse y contarse después las cosas de manera distinta de como ocurrieron. Ha acabado con el recuerdo, que era imperfecto y manipulable, selectivo y variable. Ahora uno no puede recordar a su gusto lo que está registrado, cómo va uno a recordar lo que sabe que puede volver a ver, tal cual, incluso a mayor lentitud de como se produjo. Cómo va uno a alterarlo. —Berta hablaba cansinamente, tenía la pierna mala escondida bajo su cuerpo, sobre el sillón, y en la mano sostenía el libro, como si no hubiera decidido aún interrumpir la lectura ni interrumpir mi concurso: hablaba, por tanto, como en un paréntesis, es decir, sin querer decir tanto—. Menos mal que sólo se filman algunos momentos del conjunto de una vida, pero esos momentos, fíjate, no engañan nunca, más por el tipo de mirada de quien los contempla que porque haya en lo filmado mucha autenticidad. Cuando veo los vídeos de esos hombres se me cae el alma a los pies, aunque también me ría y luego salga con alguno de ellos. Se me cae el alma a los pies, y más aún cuando los veo llegar con sus estudiados y horrendos trajes y sus preservativos en el bolsillo, nunca hay ninguno al que se le haya olvidado cogerlos, todos han pensado: 'Well, just in case'. Si hubiera uno que no pensara eso la primera noche sería peor, a lo mejor me enamoraba de él. Ahora estoy ilusionada con este Nick, o Jack, un español caprichoso que se hace pasar por americano, ha de ser un tipo gracioso, con su arena visible, a quién se le ocurre ir con eso por delante. Estos días vivo más conforme e incluso contenta porque espero su respuesta y que me mande su vídeo, bueno, también porque estás tú aquí. ¿Y qué pasará? Su vídeo será asqueroso, pero lo veré varias veces hasta acostumbrarme a él, hasta que no me parezca demasiado mal y sus defectos acaben por atraerme, esa es la única ventaja de la repetición, lo distorsiona todo y lo hace familiar, lo que repele en la vida atrae finalmente si se ve las bastantes veces en una pantalla de televisión. Pero ya sabré, en el fondo, que lo único que quiere esa cara es follarme una noche y basta, como ya se encargó de advertir, y que luego desaparecerá, tanto si me gusta como si no, tanto si yo quiero que desaparezca como si no. Quiero verle y no quiero verle, quiero conocerle y que siga siendo un desconocido, quiero que me conteste y que su contestación no llegue. Pero si no llega me desesperaré, me deprimiré, pensaré que al verme no le he gustado, y eso siempre ofende. Nunca sé qué querer.

Berta se tapó la cara con el libro abierto sin darse cuenta: al contacto de las páginas sobre su rostro lo dejó caer y entonces se cubrió con las manos, como había sido su intención. No lloraba, sólo se ocultaba un poco, un instante. Yo dejé de mirar *Family Feud* y me levanté y me acerqué a ella. Recogí el libro del suelo y le puse la mano en el hombro. Ella me la cogió y me la acarició (pero fue un segundo), para apartármela luego muy lentamente, o rechazármela con suavidad.

No hubo cara en el vídeo de 'Nick' o 'Jack', que a la tercera oportunidad quiso llamarse 'Bill', puede que sea mi nombre definitivo, puede que no, decía aún en inglés en la tarjeta que acompañaba a la grabación, y la *i* era idéntica a la *i* de 'Nick'. Quizá había llegado el día que no podía llegar a casa y no llegó, pero Berta lo recogió dos días después, cuando fue a mirar en el apartado de correos de la oficina más cercana, allí donde recibía su correspondencia más personal, o quizá impersonal. Tenía todavía la gabardina puesta cuando yo entré aquella tarde en el piso, se me había adelantado en pocos minutos, seguramente yo habría llegado antes si ella no hubiera pasado por correos ni se hubiera entretenido o puesto nerviosa con la llave que abría el buzón plateado. Tenía el paquete en la mano (el paquete con forma de cinta de vídeo), lo alzó y lo agitó con una sonrisa, para enseñármelo, para comunicármelo. Estaba inmóvil, luego no cojeaba.

—¿Lo vemos juntos esta noche después de cenar? —me preguntó confiada.

—Esta noche ceno fuera. No sé a qué hora regresaré.

—Bueno, si puedo aguantar espero hasta que vuelvas. Si no, te lo dejo encima de la televisión y lo ves tú luego antes de acostarte, para comentar mañana.

—¿Por qué no lo vemos ahora?

—No, no estoy aún preparada. Quiero dejar pasar unas horas, saber que lo tengo y no mirarlo todavía. Intentaré esperarte lo más que pueda.

Estuve a punto de cancelar mi cita. Berta prefería ver el vídeo conmigo, para estar protegida mientras lo viera o para darle la importancia visual que verbalmente le venía dando desde hacía días. Aquello era un acontecimiento, quizá solemne, hay que dar importancia a lo que la tiene para los amigos. Pero mi cita era un compromiso de semitrabajo, un alto funcionario español amigo de mi padre y de visita en la ciudad, con un inglés aceptable pero inseguro, me había pedido si podía acompañarles a su mujer y a él (ella más joven) a una cena con otro matrimonio, un sènador norteamericano y su esposa norteamericana (ella más joven), para entretener a las señoras mientras los hombres hablaban de negocios sucios y echarle a él una mano con el inglés si, como era probable, le hacía falta. Las señoras resultaron ser no sólo más jóvenes, sino unas frívolas alocadas que después de la cena se empeñaron en ir a bailar y lo consiguieron: bailaron conmigo y con otros sujetos durante horas (nunca con sus maridos, enfrascados en lo sucio) y se apretaban mucho, sobre todo la española, cuyos pechos contra mi pecho me parecieron siliconados, como madera tal vez mojada, no osé hacer pruebas digitales. Tenían dinero y mundo aquellas dos parejas, hacían negocios, se inyectaban plásticos, hablaban de Cuba con conocimiento de causa, iban a sitios donde se baila agarrado.

Llegué a casa pasadas las dos, por suerte era sábado al día siguiente (bueno, porque era viernes había accedido a aquella velada). Estaba encendida la lámpara a cuya luz había leído y leía Berta, la que solía dejar cuando se acostaba y yo no había llegado, o dejaba yo cuando era a la inversa. No tenía sueño, aún llevaba en mis oídos la música a cuyo son había bailado con las dos frívolas y el sonido de las voces viriles que preparaban planes para la nueva Cuba (yo había traducido numerosas veces, las dificultades del funcionario). Miré el reloj sabiendo la hora y me acordé entonces del anuncio de Berta, 'Intentaré esperarte lo más que pueda'. No había podido esperarme hasta el fin del baile. Encima de la televisión, como había dicho, estaba una cinta de vídeo con una tarjeta, la tarjeta de 'Bill' ('puede que sea mi nombre definitivo') de la que ya he hablado. La cinta era breve como suelen serlo las personales, estaba en su final, no había sido rebobinada. La introduje para hacerla volver atrás, aún tenía yo mi gabardina puesta. Me senté sobre ella, arrugándola, los faldones, no debe hacerse eso nunca, luego va uno durante semanas con aspecto de indocumentado. Le di al vídeo y empecé a mirar, sentado sobre mi gabardina. Durante los tres o cuatro minutos grabados el plano no cambió, fue siempre el mismo, la cámara quieta, y lo que en él se veía era un torso sin rostro, el encuadre cortaba la cabeza del hombre por la parte de arriba (llegaba a vérsele el cuello, la nuez picuda) y por abajo no alcanzaba más que hasta la cintura, la figura erguida. Ese hombre estaba en albornoz, un albornoz azul pálido recién estrenado o lavado, quizá uno de esos que prestan a sus clientes los hoteles caros. O quizá no, ya que a la altura del pecho, a la izquierda, se leían dos discretas iniciales, 'PH', a lo mejor se llamaba Pedro Hernández. También se le veían los antebrazos, los tenía cruzados ocultando las manos, las mangas del albornoz no eran muy largas, un modelo kimono que dejaba al descubierto los brazos velludos y fuertes y quizá largos, cruzados e inmóviles, secos, no mojados, no estaba recién salido de la ducha o el baño, el albornoz era tal vez sólo una forma de no llevar ropas reconocibles ni significativas de nada, un anonimato indumentario: lo único que se le veía propio era un reloj negro y de gran tamaño en la muñeca derecha (las manos metidas bajo los brazos), acaso un zurdo o meramente un caprichoso. Hablaba en inglés, otra vez, pero su acento lo delataba como español mucho más todavía que su escritura. Aquel hombre no podía creer que podía pasar por americano ante una española residente en Nueva York y que trabajaba de intérprete (pero esto él no lo sabía) hablando de aquella manera; y sin embargo lo hacía, la lengua como disfraz, como pista falsa, las voces cambian ligeramente cuando hablan una lengua que no es la propia, lo sé muy bien, aunque la hable imperfectamente y sin esforzarse (el hombre no hablaba mal, sólo tenía acento). El cuello del albornoz dejaba ver un triángulo de su pecho, también muy velludo y con algunas canas, pocas, el vello era oscuro predominantemente. Con aquel albornoz y con tanto pelo me recordó a Sean Connery, el gran actor, un héroe de mi niñez: cuando hacía de agente con licencia para matar, frecuentemente estaba en toalla o en batín o en kimono, si no recuerdo mal. Al instante le puse al hombre sin rostro la cara de Connery, es difícil oír hablar a alguien en televisión sin imaginar sus rasgos. En un momento de la grabación entró en cuadro su barbilla porque la bajó, muy pocos segundos, parecía partida sin llegar a estarlo, una sombra de hoyuelo, una muesca, la hendidura en el hueso pero no en la piel, que sin embargo la transparentaba (no recuerdo si el actor Sean

Connery tiene el mentón partido). Durante más de un minuto se vio la imagen casi inmóvil del torso con los brazos cruzados (pero respiraba) y no se oyó nada, como si el hombre hubiera puesto en marcha la cámara antes de estar preparado para decir sus palabras, o quizá estuviera meditándolas, o memorizándolas. En realidad se oía muy al fondo una música, como si a lo lejos hubiera una radio o televisión encendidas. Estaba ya a punto de hacer avanzar la cinta aceleradamente para ver si aquello cambiaba y había o no algún mensaje cuando por fin 'Bill' arrancó a hablar. Su voz era vibrada. Tendía al susurro pero era un poco aguda, casi chillona, no parecía muy adecuada para un hombre velludo ni desde luego para Sean Connery. Su nuez se movía. Hacía pausas extrañas al hablar, como si antes de enfrentarse al vídeo hubiera redactado su texto con frases sencillas y cortas y lo estuviera recitando. A veces las repetía, era difícil saber si como recurso estilístico o involuntariamente, para corregir su pronunciación. El efecto era sombrío. Las frases no sólo eran cortas, sino que sonaban cortantes. Su voz era como una sierra. Su voz era como la de La Habana a través del balcón y el muro, como la de Guillermo, cuya traducción es William, cuyo diminutivo es Bill y no Nick o Jack. 'He recibido tu vídeo, gracias', decía esa voz en su inglés inteligible pero españolizado al que él habría traducido y del que traduzco yo ahora, pasado el tiempo. 'La verdad es que promete mucho. Eres muy atractiva. Pero eso es lo malo. Que sólo promete. No es bastante. No es bastante. Por eso yo te mando también algo parcial. Incompleto. Para ti ver mi cara sería como para mí ver tu cuerpo. Tu cuerpo. A las mujeres os importa la cara. Los ojos. Eso decís. A los hombres la cara con cuerpo. O el cuerpo con cara. Eso es así. Ya te dije que trabajo en una arena muy visible.' ('A very visible arena', decía otra vez, y la última palabra la pronunciaba a la española, no podía evitarlo por el español origen de la palabra. Me eché hacia atrás. Se me arrugó más la gabardina.) 'Muy visible. No puedo darme a conocer a nadie desconocido así como así. Si no estoy convencido de que vale la pena. Para saberlo tengo que verte entera. Entera. Tengo que verte desnuda. Con el mayor detalle posible. Dices que sufriste un accidente. Dices que cojeas un poco. Un poco. Pero no me dejas ver cuán poco es ese poco. Quisiera ver esa pierna herida. Cómo ha quedado. Ver tus tetas. Tu coño. Si es posible bien abierto. Ver tus tetas. Tu coño. Deben de ser preciosos. Sólo después de verlos podríamos hacer una cita. Eso es así. Si tus tetas y tu coño y tu pierna me convencen de que vale la pena correr el riesgo. Si aún te sigue interesando. Quizá ya no quieras seguir con esto. Pensarás que soy muy directo. Brutal. Cruel. No soy cruel. No puedo perder mucho tiempo. No puedo perder mucho tiempo. No puedo correr riesgos inútiles. Me gustas. Eres muy guapa. Te lo digo de verdad. Eres muy guapa. Me gustas mucho. Pero con lo que me has mandado sé tan poco de ti como tú ahora de mí. He visto muy poco de ti. No soy cruel. Quiero ver más. Mándame eso. Mándamelo. Entonces me dejaré ver. Si vale la pena. Creo que la valdrá. Sigo queriendo follarte. Ahora más. Ahora más. Eso es así.' La grabación continuaba durante unos segundos, ya sin voz, el mismo plano de siempre, el triángulo velludo y los brazos cruzados, el reloj negro en la muñeca derecha, la nuez quieta que se había movido al hablar, las manos ocultas, no pude ver si llevaba alianza en el anular, como llevaba Guillermo, se la había visto desde mi balcón. Luego el torso se levantó y salió de campo por su izquierda (siempre el largo albornoz), y durante unos segundos más pude ver lo que hasta entonces había tapado, una almohada, una cama grande o de matrimonio deshecha, a cuyos pies él se había sentado para la filmación. Inmediatamente después la pantalla quedó rayada y el indicador cronométrico se paró, era una cinta virgen, una de esas de quince o veinte minutos que van sustituyendo a las cartas o quizá las fotos, puesto que las cartas ya fueron sustituidas con anterioridad. Al apagar la pantalla y perder su luz, mucho más fuerte que la de la lámpara de leer, vi a Berta a mis espaldas, reflejada en el cristal ahora oscuro, y me volví. Estaba de pie en bata, con cara de sueño o más bien de insomnio, cuántas veces habría visto y oído el vídeo antes de mi llegada, y ahora había salido de su dormitorio para verlo de nuevo, en mi compañía o mientras yo lo veía por primera vez. Tenía las manos en los bolsillos de la bata, estaba descalza, con el pelo alborotado por las vueltas que habría dado sobre la almohada, estaba guapa, sin maquillar. Cojearía si andaba, estaba descalza. No se movió. Se me había ido de la cabeza la música de mis bailes, pero no la Cuba de la conversación. Sacó las manos de los bolsillos y cruzó los brazos como había hecho 'Bill' para dirigirse a ella y no dejarse ver; apoyó la espalda contra la pared y me dijo:

—Así que ya ves.

Mi gabardina se estaba poniendo hecha un asco. Me levanté.

—Ya veo —dije yo.

Era, como casi todas las de aquella estancia en Madrid, una noche primaveral. Tenía el balcón abierto y podía escuchar, proveniente del exterior, el rumor de los coches y alguna voz abrupta o iracunda o ebria. También me llegaba algún ruido del interior, llaves que abrían otras habitaciones, fragmentos de conversaciones extranjeras en los pasillos, los golpes en la puerta de un camarero con bandeja o con un carrito; en un momento dado oí el apogeo de una discusión a gritos y algo que se estrelló contra la pared en el cuarto de al lado, pudo ser un cenicero arrojado por la mujer contra el hombre más que por el hombre contra la mujer (él dijo, en español, con acento cubano o puede ser que canario: '¡Pues si no querías saberlo, ya te has enterado!', y ella le respondió: '¡Te vas a enterar tú, cabrón!', y luego sonó el estrépito). Sin duda Natalia y Manur no discutirían como aquella pareja vecina, no les cuadraba, con su aspecto esterilizado y su frialdad aparente. ¿Podría llegar *yo* a ser motivo de discusión un día, pronto, mañana, esta noche, ya? Intenté dejar de pensar mis pensamientos ensayando por penúltima vez —más bien rememorando, pues lo hice para mis adentros— una de mis breves intervenciones del día siguiente en el papel de Cassio: *Miracolo vago... Miracolo vago...,* y otra a continuación, para luego ir alternando las dos: *Non temo il ver... Non temo il ver...* Murmuraba o canturreaba interiormente estas palabras una y otra vez, como si a partir de la tercera o cuarta se me hubieran quedado en la cabeza en contra de mi voluntad, cuando todo se precipitó, del mismo modo que todo se ha precipitado en el sueño de esta mañana. Me rondaba la cabeza la imagen de Natalia Manur durante la cena que habíamos compartido y que había terminado una media hora antes. Llevaba un vestido de seda cruda ligeramente escotado —un escote primaveral— que me había hecho fijarme por vez primera en el comienzo de sus senos. Es muy grave cuando uno repara por primera vez en una de las partes del cuerpo de una mujer, porque el descubrimiento es tan deslumbrador que le impide apartar la vista un solo instante; le hace estar distraído de la conversación y del entorno, y cuando no le queda más remedio que volver la mirada hacia, por ejemplo, un camarero que inquiere algo, los ojos, al regresar, no recorren el espacio que va de un punto a otro, ni acomodan paulatinamente la visión, sino que se posan de nuevo, sin transición, en aquello que desean ver y no pueden dejar de admirar. Y uno no se comporta correctamente. Así me había pasado yo toda la cena, sin dirigirme a Dato en ningún momento, escuchando sin oír a Natalia, respondiendo a sus comentarios mecánica y lisonjeramente, mis ojos serviles casi inmóviles sobre el inicio del canal de los pechos que se me antojaban extraordinarios de Natalia Manur. Fue un descubrimiento convencional, pero yo soy, en muchos aspectos, un hombre convencional (incluso a veces me esfuerzo por resultar vulgar). Ella tuvo que darse cuenta, y yo debía de haber hecho el ridículo si no algo peor, pero al mismo tiempo la circunstancia ofrecía la ventaja de que un avance por mi parte, ahora, en esta noche, no sería recibido con entera sorpresa. Mi deseo fue muy fuerte aquella noche, como lo es siempre el deseo en su primera manifestación identificada o reconocible por la conciencia. Descolgué el teléfono y pedí que me pusieran con la habitación de Natalia Manur. Mientras aguardaba la conexión —fueron, como suele suceder, solamente unos segundos— caí en la cuenta de que también era la habitación de Manur y de que eran las doce y media pasadas. No haría más de media hora que, como de costumbre, Dato, Natalia y yo nos habíamos separado en el ascensor. Estaría aún despierta y quizá Manur no habría regresado de su presumible cena de negocios. Pero si Manur cogía el teléfono colgaría sin hablar, exactamente igual que si fuera uno de los amantes que Natalia Manur no tenía. La voz fue la de Manur ('Allo?', dijo dos o tres veces, para luego enmendarse y decir '¿Diga?', una sola vez) y yo colgué, y fue por ese motivo y no por otro por lo que hice que viniera una puta a mi habitación aquella noche. Comprendo que confesar esto puede hacer muy mal efecto y restarme vuestras simpatías, pero también aquella puta ha aparecido en mi sueño de esta mañana, que es lo que os estoy contando.

No fue un acto de desesperación instantánea ni de despecho primario, ni dictado por la imposibilidad de satisfacer mi deseo de Natalia Manur (quiero creer que en modo alguno intervino la idea de la compensación en ello), sino más bien el recurso a un expediente rápido y seguro para dar salida a la agitación que me había causado descolgar el teléfono y para entretener el insomnio que me aguardaba por haberlo colgado luego. De hecho fue insólito que en la víspera de un estreno se me ocurriera tal idea, tan esporádica era mi frecuentación de las putas a pesar de lo que he dicho antes. (Nunca en fechas señaladas.) Decidí que era mejor hacer la gestión en persona, así que bajé a la conserjería o a recepción y, de manera delicada pero con un billete por delante, pregunté al individuo de aspecto esmerado y respetable que estaba allí de guardia qué posibilidades había de encontrar compañía grata a aquellas horas si salía a la calle o iba a un local a buscarla. Es ésta una buena manera de no comprometer en tales servicios al hotel de buen nombre con una suposición ofensiva, y dar a sus empleados, sin embargo, la oportunidad de ofrecerse a proporcionarlo (sé por experiencia que hasta en los hoteles más dignificados por la clientela y los años pueden prestar esta clase de servicio, muy solicitado, además, por los viajantes de comercio potencialmente suicidas u homicidas que se alojan en ellos de tanto en tanto, así como por los hombres de negocios como Manur cuando se hospedan solos). El conserje nocturno me miró sin ninguna complicidad, me reconoció y, con la misma parsimonia con que le habría explicado a una turista cómo llegar al Palacio Real, me disuadió en seguida de echarme a la calle ('¿Me permite que le hable con claridad? Si no conoce bien el terreno y no dispone de vehículo propio', dijo, e hizo una pequeñísima pausa para que yo negara con la cabeza refiriéndome a ambas cosas, 'puede perder bastante tiempo Castellana arriba', y, sacando de debajo del mostrador un mapa ya desplegado, señaló y recorrió con su cuidadísimo dedo índice el Paseo de la Castellana hasta el final, 'antes de encontrar algo de valor que no sean travestidos ni chicas drogadictas, porque me imagino que lo que tampoco querrá usted será compañía demasiado céntrica y popular, ¿verdad?'. Me llamó la atención que utilizara la palabra 'popular', tan encumbrada en estos y aquellos tiempos, para referirse, supuse, a la baja estofa del centro más céntrico de la ciudad) y me indicó que tal vez él pudiera lograr que alguna de las masajistas *de plantilla* (subrayó la expresión 'de plantilla' como si se tratara de una gran garantía, y añadió 'si le parece a usted bien') subiera a mi habitación al cabo de quince o veinte minutos, si podía esperar ese tiempo. Dije 'Sí, esperaré', y le pregunté si debía abonar el servicio aparte o si me lo cargarían a mi cuenta, olvidando que lo segundo no era posible al no ser yo, sino los organizadores del

Otello de Verdi, quienes la pagarían. El, más consciente, se inclinó por la primera solución y me anunció que la propia encargada (ahora la llamó así, 'encargada') me presentaría factura. Después de decir la palabra 'factura' cogió finalmente el billete que yo había puesto sobre el mostrador y que había permanecido allí, como una mancha de la madera, limpiada, imborrable y antigua que ya no mira nadie, durante la breve conversación. Subí de nuevo a mi habitación.

En el día de hoy, mientras escribo todo esto sin apenas respiro (aunque, impelido por el hambre, acabo de hacer un alto para desayunar por fin, arriesgándome así a abandonar del todo la esfera nocturna), siento enormemente no haberme conducido más relajada y caballerosamente con la mujer que llamó a mi puerta un cuarto de hora más tarde, tal como el conserje me había anticipado. Tal vez si hubiera sido más atento y menos quisquilloso las cosas habrían discurrido de otra manera, con ella y con los Manur. Hoy (pero ya es tarde) le ofrezco mi brazo al entrar, me presento con nombre, apellido y profesión, la ayudo a quitarse el abrigo, le ruego que tome asiento, le sirvo una copa del llamado minibar de mi habitación, le elogio el vestido y la sonrisa o el color de los ojos y, cuando se va —quizá no, como sucedió, tan sólo diez o quince minutos después de llegar, sino media hora, una hora después—, le regalo dos entradas para la función de estreno del *Otello* de Verdi en el Teatro de la Zarzuela y le insisto en que a su término no deje de pasar a saludarme a mi camerino con su acompañante, que bien podía haber sido, pienso, el conserje-paraninfo tan eficaz. Hoy siento, en efecto, mucha más curiosidad de la que ya sentí entonces por aquella puta presta que dejó su sueño o su quehacer (esto último, pues había aplazado una cita) por satisfacer el capricho de un pobre huésped intranquilo y enamorado, aunque ella no supiera de mi enamoramiento ni de mi inquietud.

Recuerdo muy bien que al abrir la puerta vi, antes que nada, el abrigo negro que llevaba puesto. Me causó extrañeza porque ya no se veían abrigos en aquella época del año en Madrid, donde, como es sabido, se pasa tan fácilmente del frío invernal a la templanza casi estival. Debajo de ese abrigo la puta lucía un exiguo vestido malva que parecía de liberty pero podía ser de rayón, y quizá era la cortedad de éste la explicación de aquél: no se podía andar por los pasillos de un hotel dignificado con tela tan reducida y tan pegada a la piel. Se lo quitó y lo dejó sobre un sillón (el abrigo, quiero decir) mientras yo la observaba someramente, y en seguida le pregunté, sin ni siquiera invitarla a sentarse:

—¿Cómo te llamas?

—Claudina. ¿Y tú?

—Emilio —mentí absurdamente, pues el conserje no sólo conocía mi nombre y seguramente mi personalidad, sino que tenía todos mis datos a su disposición, incluido mi domicilio barcelonés: si quería, podía hasta hacerme chantaje cuando regresara. ¿Y qué diría Berta si llegaba a saberlo? Pero recordé que Berta ya no iba a estar en mi vida.

Miré mejor el rostro que surgía del color malva. Esta puta era bastante atractiva al primer golpe de vista, con facciones sinuosas y grandes y una expresión viciada, algo salaz, como debe ser. Lo que no parecía, a juzgar por la escasa atención que me prestaba (no fijaba los ojos en nada concreto, desde luego no en mí), era muy entusiasta; quiero decir que no parecía dispuesta a fingir durante su tarea el entusiasmo que algunos clientes esperan y agradecen tanto. Era de las que se limitaban a estar, pensé. Cerré el balcón y entonces el silencio se hizo más extenso.

—¿De dónde eres? —fue lo siguiente que se me ocurrió decir, o lo siguiente que me interesó saber. Esta pregunta sólo es admisible hacerla en las capitales.

—Yo soy de la Argentina. ¿Y tú? —contestó la puta Claudina sin el menor asomo de acento de aquel país.

Pero era yo quien iba a pagar, y quería dirigir el diálogo, y así como tenía ganas de preguntar, no las tenía en absoluto de contestar.

—Ah. Ah. ¿De Buenos Aires?

—No, nací en la pampa, en la provincia de Córdoba.

Esta afirmación, por si cabía alguna duda, fue hecha con inequívoco acento popular de Madrid, por lo que empezó a parecerme disparatado proseguir una conversación en la que la parte interrogada no sólo mentía sistemáticamente (lo cual era normal) sino que no hacía el menor esfuerzo por dar verosimilitud al embuste. Aun así, quise ver cómo se desenvolvía aquella puta innegablemente española con sus fantasías modestas. Su figura era muy aceptable y el rostro —confirmé tras una inspección algo más detenida— bastante agraciado, aunque, como suele ocurrir en esta profesión, se lo afeaban los exagerados gestos bucales que hacía cada vez que hablaba.

—¿Y allí qué se piensa de la Córdoba de aquí? —fue una pregunta idiota, desde luego, pero por eso mismo difícil de responder para una madrileña que probablemente jamás había salido de su país, y buena, por tanto, para poner a prueba su imaginación. Me molestó que no la quisiera contestar: en buena medida contratar a una puta es *también* adquirir el derecho a *dictar* una representación, y su reacción me enfadó del mismo modo que de niño me enfadaba que un compañero de juegos no se atuviera, en nuestras ficciones, a la trama y los diálogos que yo iba ideando en cada ocasión.

—Oye, Emilio —respondió ella—, no tengo mucho tiempo, ¿sabes? Estoy ya llegando tarde a una cita que tenía desde antes. No te ofendas, pero a ver si me entiendes que te estoy haciendo un hueco porque me lo ha pedido Céspedes.

Así que la puta Claudina llamaba 'Céspedes' al conserje-paraninfo, pensé, inmediatamente me pregunté cómo me llamaría a mí Natalia Manur, por mi nombre o por mi apellido, cuando me mencionara ante Dato o ante el propio Manur. El rumor de los coches volvía a resultar audible, una vez que nuestros oídos (los míos) se habían acostumbrado al silencio más extenso. Toda mi agitación y mi vivacidad estaban desapareciendo, sin embargo, en unos pocos minutos de desgana ajena y de torpeza coloquial. Mi actitud descortés había sido un error, pero pensé que, con todo, son siempre las mujeres las que imponen el tono que desean en un encuentro o una conversación. Hasta la puta Claudina era capaz de desarmarme y hacerme desistir de mis intenciones primeras con tan sólo no fijar sus ojos en mí. Me alegré de no haber forzado aquella noche el segundo encuentro con Natalia Manur: si ella tampoco hubiera fijado sus ojos en mí, muy posiblemente habría dejado de desearla, como no deseaba en absoluto a la puta Claudina al cabo de cinco minutos de tenerla delante, indiferente, mentirosa, poco imaginativa, cansina y (culpa mía) aún de pie. No obstante intenté enderezar mi posición.

—Pues si es así, déjame a mí al menos administrar ese hueco —contesté con acritud.

—Vale, tengo veinte minutos —y miró el reloj como lo había mirado Manur la única vez que había hablado con él—. ¿Qué quieres que te cuente? Mi infancia no, por favor.

No, aquella no era la manera. Ahora sí me sentí ofendido, y la verdad es que no quería que me contara nada, sólo entretenerme a mi manera, cambiar de carácter durante un rato, ensayar, quizá jugar. La había tratado indebidamente, ella se había molestado y había procedido a tratarme a mí con antipatía y precipitación. La charla novedosa, la escena posible, la distribución de papeles armoniosa y justa estaban estropeadas desde el principio.

Ella se había sentado por fin al decir 'vale', y ahora —las piernas cruzadas, la mirada siempre desatenta, errabunda— mostraba los muslos enteramente, de modo que yo me senté a mi vez en el brazo izquierdo del sillón y se los toqué un poco, las puntas de mis dedos sobre su cara frontal. Ella descruzó en seguida las piernas para facilitarme la caricia, pero en ese movimiento no había provocación, sino dejadez. Los muslos eran más blandos de lo que parecían a la visión, de hecho eran demasiado blandos y tenían una textura de cicatriz que no los hacía exactamente agradables al tacto. En aquel instante me percaté, además, de que la puta Claudina no tenía la piel lo bastante morena para ir vestida de color malva. Debería haber esperado algo más, al verano, para ponerse aquel vestido, pero seguramente ella no podía saberlo. Las putas no están educadas en los colores. Seguí tocándola, con la mano entera, y sus muslos pálidos, blandos, de una estirada lisura, de una tirantez artificial, me recordaron súbitamente a mis propios muslos cuando era niño (un niño gordo) y tenía que verlos sin cesar, pues mi padrino, con el pretexto de que el continuo roce de mis gruesas piernas los destrozaría, no me permitió llevar nunca pantalones largos hasta que hube cumplido los dieciséis años. Y aunque los de la puta Claudina eran delgados y bien formados, tuve la sensación de estar tocando los muslos de un yo anterior. El pensamiento me desazonó. La puta Claudina entreabrió los suyos, ofreciéndome la cara interna, pero lo hizo con desidia y con prisa, si es que la mezcla se puede dar.

—No —dije yo, y ella, un poco extrañada, fijó finalmente sus ojos grises en mí. Le cerré los muslos y me puse en pie. Cogí su extemporáneo abrigo del otro sillón: era un gesto mío inapelable—. Lo mejor será que demos ya este hueco por llenado y que corras a tu otra cita. ¿Tienes la factura? Me dijo el conserje que tú traerías la factura.

—Tampoco es para ponerse así, las citas siempre pueden esperar —dijo la puta, aún sentada, con un asomo de amor propio y un tono que tanteaba la reconciliación, esa mínima conciliación necesaria para que el dinero pueda pasar de unas manos a otras, por bien o mal ganado que esté, cualquiera que sea la forma de su obtención.

Pero era inútil volver a empezar. No me apetecía en absoluto permanecer con Claudina, sobre todo si no podía hablar tranquilamente con ella y preguntarle, por ejemplo, cómo era posible que, habiendo nacido en la Argentina, tuviera tantísimo acento de Madrid.

—No tienes ningún acento argentino —le comenté al tiempo que le entregaba no recuerdo si tres o cuatro billetes iguales al que le había pasado al conserje por el favor.

—¿Cómo que no? —respondió ella con sincera sorpresa—. Si justamente el acento, por más que lo intento, no se me va. Lo sabré yo, que ya he perdido varios papeles en teatro y en televisión por eso.

Aquella noche no dormí bien. Tuve sueños muy turbios que sin embargo mi sueño de esta mañana no ha querido reproducir a su vez. Pero al menos conseguí dormirme en cuanto estuve solo, intrigado en medio del silencio cada vez más extenso de la ciudad, con la duda tardía que ya nunca podré disipar de si la puta Claudina sería a la postre una verdadera argentina y una magnífica actriz que había logrado suprimir milagrosamente todo vestigio de sus orígenes y lo ignoraba, o bien, por el contrario, una torpísima madrileña que resultaba que sí se esforzaba por disfrazar su dicción y dar a sus mentiras verosimilitud, aunque en tal caso sólo ella pudiera saberlo. Cuando cerré los ojos tras contemplar brevemente la pared vacía y pensar, como acostumbraba entonces, que nadie velaría mi sueño una noche más, la habitación entera olía todavía a la puta Claudina, y lo cierto es que olía bien.

UN CUERPO NO MANEJABLE

Durante aquellas semanas di en acudir, a partir de las ocho y media o nueve, a una discoteca vecina al Apollo Theatre, en principio más frecuentada por la gente oxoniense de las fábricas y los comercios (pues Oxford, a diferencia de Cambridge, sí tiene industria y trabajadores y clases sociales distintas a la universitaria) que por la gente togada de la que formaba parte. Digo bien *en principio,* porque me llevé alguna sorpresa. Allí me encontraba cada noche con un escenario salido de los años setenta, pero de unos años setenta ingleses que no hubieran tenido en el mundo el menor influjo. Todo era provincial y doméstico, desde la música que sonaba estridente (era una discoteca en regla) hasta la decoración con motivos vagamente árabes, desde el juego de luces sobre la pista (verdes y rosas) hasta los atuendos de los que bailaban, fechados con precisión excesiva. Aquella discoteca gozaba, sin embargo, de enorme éxito a juzgar por lo llena que estaba siempre, quién sabía desde qué vespertina y luminosísima hora. Recuerdo que abundaban más de lo lógico las gordas con minifalda y rizos artificiales: había mesas ocupadas enteramente por grupos nutridos de nutridas gordas (lo que se llaman *gordas infames)* que, en número de seis o siete, se daban continuos codazos y masticaban chicle hundidas en los sofás por su propio peso y molicie y mostrando en fila —descaradamente— sus muslos obesos (en permanente roce) y aun el pico de sus bragas. También había muchos jóvenes dandies del Oxfordshire (de Banbury y Charlbury, Witney y Eynsham, muy locales) que hacían gala de un gusto tan rebajado y chillón como sólo puede darse en el sur de Inglaterra. Aquellos jóvenes rústicos y afeminados era claro que odiaban a las gordas infames, y las gordas infames odiaban a los patanes amanerados: nunca alternaban, pero cuando se encontraban en las colas de los lavabos o coincidían bailando en medio del tumulto o pista, se lanzaban miradas despreciativas (los unos) o escarnecedoras (las otras), y volviendo con complicidad los ojos hacia sus correligionarios de mesa o barra, señalaban sin disimulo —agitando ostensiblemente el pulgar, flaco o grueso— a su risible contrario. Si estas dos especies eran grosso modo los principales dominadores de la discoteca arábiga, no era raro ver en ella a estudiantes (sobre todo a los más refinados, que son los que tienen más debilidad y gusto por lo plebeyo), e incluso a ciertos *dons* —solteros— disfrazados de juveniles. A la mayoría los conocía sólo de vista, lo bastante de lejos para que no tuviéramos que saludarnos en semejante sitio, pero la cuarta noche que me acerqué por allí vi a mi propio jefe, Aidan Kavanagh, el novelista de horror y éxito, bailando en la pista con flexibilidad extraordinaria y ritmo descompasado. Al principio pensé con alarma —no veía bien entre tantos cuerpos con el color alterado— que había sustituido su habitual indumentaria anodina o sobria por un chaleco de color verde Nilo y debajo nada, pero comprobé en seguida —con nada más que mediano alivio— que eran sólo los brazos lo que llevaba al desnudo, aunque hasta los hombros: es decir, bajo el chaleco verde Nilo había corbata y había camisa, como de costumbre (albaricoque y verde botella, respectivamente), pero tenía que tratarse de una extraña camisa que no consistiese más que en la pechera. Me pregunté si llevaría el modelo también a la facultad, y me hice el propósito de fijarme bien en si le asomaban las mangas bajo la chaqueta o no la próxima vez que lo viera en la Tayloriana. (Al fin y al cabo, además de novelista de horror con pseudónimo, era una autoridad internacional en nuestro Siglo de Oro.) Su atuendo discotequero me permitió, en cualquier caso, descubrir que tenía mucho vello en las extremidades (las superiores), coronadas interiormente por dos tupidísimas matas de pelo axilar que —levantados todo el rato los brazos por su frenesí danzante y por la falta de espacio— no tuve más remedio que contemplar. Él me vio a distancia, y lejos de ruborizarse o intentar esconderse, se llegó sin suspender su baile hasta la barra donde yo estaba y me saludó jovial y hospitalariamente. Traía cogida de la mano (alzada) a una gorda tambaleante que empujaba a su paso (corto) y sonreía mucho. Kavanagh tuvo que gritar para hacerse oír, por lo que sólo le salieron frases muy breves, como a Alan Marriott.

—¡Qué sorpresa encontrarte aquí! ¡Creí que no te gustaban estos sitios! ¡Has tardado casi *dos* cursos en aparecer! —Y me puso *dos* dedos delante de los ojos.— ¡Este antro es el mejor! ¡El único divertido de la ciudad! —Apartó la vista para mirar a la pista con genuina estima y satisfacción: la pista parecía un motín operístico.— ¡Yo vengo casi todas las noches! ¡Todas las noches que puedo! ¡Conozco a todo el mundo aquí! —Y con su poderoso brazo desnudo hasta el hombro hizo un gesto que abarcaba el local entero. Bebió un trago largo.— ¡¿Quieres conocer a alguien?! ¡Yo te presento a quien quieras! ¡Mira bien! ¡A tu alrededor! ¡Y si ves a alguien que te apetezca conocer! ¡Dímelo y yo te la presento, seguro! Docenas de chicas —bajó la voz—. Docenas. ¡Ah, déjame presentarte a Jessie! ¡Jessie! —Vaciló un instante.— ¡Este es mi amigo Emilio! ¡Es español también!

—¡¿Qué?!

—¡Emilio! —Y Kavanagh me señaló con el dedo. Casi me dio en un ojo.— ¡Otro amigo español!

—Buona sera! —gritó Jessie por encima del estruendo.

—Ciao! —contesté yo para no defraudarla. Era muy risueña.

—Es mejor que ellas no sepan nuestros verdaderos nombres —me dijo Kavanagh en español al oído—. No hay peligro, sólo vienen de noche a Oxford. Ella cree que yo trabajo en la industria del automóvil. Le tengo prometido un Aston Martin.

—¿Se siguen haciendo?

—No lo sé, pero ella lo acepta. —Y añadió ya en inglés—: ¡Ven con nosotros! ¡Estamos todos en una mesa! Docenas de chicas —murmuró—. Docenas. ¡También está del Diestro! ¡Ha llegado hoy!

Y Kavanagh me agarró del brazo y me arrastró bailoteando hasta una de las mesas de gordas infames que yo tenía más que controladas y que las tres anteriores noches había desdeñado casi tan tajantemente como un joven rústico y afeminado del Oxfordshire (Jessie nos seguía, pisándose sus propios pies y repartiendo empellones). Estaba con ellas, en efecto, el famoso profesor del Diestro, el mayor y más joven experto mundial en Cervantes según él mismo, e inevitablemente conocido en Madrid (según las antipatías) como el diestro del Diestro o el siniestro del Diestro, quien, invitado por nuestro departamento, iba a darnos una conferencia maestra y diestra a la mañana siguiente. Yo lo conocía de fotografías. El profesor, hombre distinguido, petulante, de cuarenta y tantos años, camisa de Ferré y una muy bien llevada calva ('Un profesor español distinguido', pensé con asombro al verlo, y me expliqué su éxito), ya besuqueaba y se dejaba besuquear por una de las chicas más gruesas. Hay que decir que todas estas gordas, como los dandies rurales y los profesores solteros y los estudiantes más refinados (y yo mismo seguramente, pero entonces no me daba demasiada cuenta ni por tanto me lo confesaba), no ansiaban otra cosa que trabar conocimiento con desconocidos —lo cual no era tan fácil considerando lo estable y reiterativo de la clientela— con los principales fines de hacerles unas cuantas y someras preguntas, responderles falazmente a otras tantas, ofrecerles chicle (bailar no era indispensable), besarlos al poco rato y tal vez —según la marcha y la calidad de los besos— follarlos rápidamente en los lavabos o el anfiteatro si alguien tenía un condón a mano, o bien después en casa, más despacio.

El profesor del Diestro llevaba ya muy avanzado el conocimiento trabado de su desconocida, por lo que pudo permitirse una interrupción momentánea para cruzar conmigo cuatro palabras cordiales, y Kavanagh, tras presentarme a las cinco o seis chicas, me obligó a sentarme en un sofá entre dos de ellas. Quedé enclavado entre sus cuatro notorios muslos (dos por cuerpo, de las chicas), y, con repentina conciencia o consentimiento del hecho de que aquella noche no saldría solo de la discoteca muslime, miré de inmediato, a derecha e izquierda para sopesarlas, pensando en elegir al menos la compañía más liviana. La chica de mi derecha —lo vi en el acto— no era exactamente gorda, sino sólo casi, de tal modo que —calculé— al cabo de un rato resultaría posible cierto aprecio sexual por mi parte. Sus facciones, una vez prevista la intimidad que debería alcanzar con ellas, me parecieron muy agradables, y sus rizos leonados eran estupendos, aunque tuvieran todo el aire de existir tan sólo desde hacía unas horas (era jueves). Di la espalda a la otra —gorda innegable e indisimulable— e inicié con la que no llegaba a tanto, de nombre Muriel, una intermitente y poco interesada conversación a gritos de la que apenas recuerdo nada (era un trámite): solamente que dijo vivir en una mínima población —o era una granja— vecina a Wychwood Forest, entre el río Windrush y el río Evenlode. Pero aquello bien podía ser falso, tan falso como los nombres de Emilio y Muriel. Como sus compañeras, masticaba chicle incesantemente, y aunque no era tan sonriente como la joven Jessie que había vuelto a la pista a bailar más con Kavanagh y asegurar su Aston Martin, parecía festiva y contenta de conocerme y no evitaba el roce de mis piernas, cubiertas con pantalones de entretiempo, contra las suyas, tan conspicuas y potentes pero cubiertas sólo por las finas medias; es más, tendía a convertir el ineludible contacto (dadas las estrecheces) en presión deliberada. Tampoco yo la rehuía, así que llegó un momento en el que puso su mano sobre mi rodilla con familiaridad y me preguntó con el grito de turno:

—¡¿Quieres chicle?!

—¡No, gracias! —dije yo, y sólo tras haberlo dicho caí en la cuenta de que aquella podía no ser la respuesta más indicada en aquel lugar de los años setenta.

Ella no volvió a hablar en seguida. Se quedó un poco pensativa, con su chicle detenido en el paladar o en alguna encía. Luego dijo con naturalidad:

—Yo lo tengo en la boca por si nos besamos. Pero si quieres lo tiro ya.

(Aún me dio tiempo a notar el fuerte sabor a menta en aquella boca succionadora y redondeada.) (La mía, seguramente, sabría a tabaco rubio.)

Al salir del local con ella una hora más tarde me encontré con dos miradas, una múltiple y otra singular, aunque de ésta no tengo certeza: varios dandies gañanes a los que ya empezaba a conocer de vista me estaban censurando —catalogando al fin: gran desprecio— por la compañía elegida; y unos metros más adelante, ya en la puerta, creo que me crucé (ella entraba, y si era ella creo que fui mirado como por un relámpago) con la chica de la estación de Didcot que luego fue también, aunque más brevemente, la chica de Broad Street —a la altura de Trinity College, cerca de Blackwell's— que una tarde de viento iba con una amiga que no la dejó pararse. Como en aquella segunda oportunidad (si es que era ella en esta tercera: hacía más de un año que no la veía, y antes fue tan escaso), me di cuenta de que era ella —o así creí, darme cuenta— una vez que nos habíamos dado la espalda. Yo me volví, como aquella otra vez, pero ella no, esta vez que no estoy seguro de que fuera ella. Vi adentrarse su nuca en la discoteca, y la nuca del hombre que la acompañaba, cuya presencia ni había notado cuando lo había tenido que tener de frente —sólo un segundo y los dos hombres andando, y quizá esquivándonos para no chocar—. De espaldas se parecía a Edward Bayes. De espaldas me pareció Edward Bayes. Pero era imposible: Edward Bayes estaría también sentado a los pies de la cama del niño Eric, leyéndole un cuento que Clare Bayes se habría quedado a oír. Ya era demasiado tarde para averiguar nada o retroceder; también ahora, como en Broad Street, hubo un tirón de una manga, pero en esta ocasión era la mía. Aunque fuera no hacía viento, Muriel, ya en la calle, se impacientaba.

En casa, en el segundo piso, volvió a masticar chicle durante un rato, combinándolo con la ginebra (mucha, medida española) que con hielo y tónica le serví en un vaso. Yo no estaba borracho, en modo alguno; ella bastante, me dio la impresión (no sabía lo que había bebido antes de que nos presentaran). Pero fue sólo luego, arriba, en el tercer piso, cuando ya estábamos desnudos y en mi cama, cuando empecé a pensar en Clare Bayes de veras y a echarla de nuevo en falta, o, mejor dicho (pues no era exactamente así, que la echara en falta), a comprobar con extrañeza y un asomo de perplejidad que aquella chica casi gorda y de facciones y rizos tan agradables no era ella. La fidelidad (lo que así se llama para referirse a la constancia y exclusividad con que un determinado sexo penetra o es penetrado por otro igualmente determinado, o se abstiene de ser penetrado o penetrar en otros) es producto de la costumbre principalmente, como lo es también la llamada —contrariamente— infidelidad (la inconstancia y alternación y el abarcamiento de más de un sexo: la promiscuidad literal, en la que, por lo que yo sabía, estaba instalado Cromer-Blake y tenía que estarlo Muriel y tal vez Kavanagh y el profesor del Diestro). Cuando uno está habituado a una sola boca desde hace tiempo, las otras bocas parecen incongruentes y presentan dificultades: los dientes son demasiado grandes o demasiado pequeños, los labios son avaros o en exceso abundantes, la lengua se mueve a destiempo o permanece yerta, como si no fuera músculo sino carne y hueso; el olor de las zonas más olorosas (ingles, sexo, axilas) es desconcertante, como lo es la descompensada intensidad del abrazo, el tacto anestésico de las pieles, el áspero sudor de los muslos (que se debe quizá al escrúpulo), los volúmenes mal acoplados, los desconocidos colores que alteran la luz del cuarto, el tamaño y la humedad del agujero. Las manos no comprenden la medida distinta de unos pechos que tal vez rebosan las propias manos o parecen sustraerse a ellas, o que se endurecen con un pezón poco liso, que casi raspa cuando se lo lame. El cuerpo nuevo no es manejable (ningún cuerpo nuevo es manejable), y siempre hay una reserva o una interrogación respecto al orden y fuerza con que se deben besar sus diferentes partes, o apretarlas, o mordisquearlas, o investigarlas usando los dedos, o respecto al efecto que hará en el otro pararse a mirarlas, interrumpir el contacto y dedicarse a verlas con detenimiento. 'Tengo la polla dentro de su boca', pensé al tenerla, y lo pensé con estas palabras, pues sólo esas palabras vienen cuando se pone en palabras o en pensamientos lo que se está haciendo con lo que denominan (cuando lo que denominan está actuando), más aún si no se conoce apenas el otro cuerpo y sobre todo si las palabras hacen referencia a las partes del cuerpo propio y no a las del otro, con las que siempre se es más respetuoso y para las que sí se buscan y emplean los eufemismos y las metáforas y los términos neutros. 'Tengo la polla en su boca o ella tiene su boca en ella, puesto que ha sido su boca la que ha venido a encontrarla. Tengo la polla en su boca', pensé, 'y no es como otras veces, como tantas veces desde hace mucho tiempo. La boca de Muriel es succionadora, como noté desde el primer momento, desde que la besé, pero no es tan espaciosa y líquida como la de Clare Bayes. Le falta saliva y le falta sitio. Sus labios son bonitos, pero un poco finos, y están parados; o, más que parados (que no lo están, pues noto mucho su movimiento), carecen de flexibilidad, son rígidos. (Son como cintas tensadas.) Mientras tengo la polla en su boca veo sus pechos, son blancos y grandes y de pezón muy oscuro, a diferencia de los de Clare Bayes, que combinan sus dos colores sin estridencias, como la transición del color del albaricoque al de la avellana. Noto en mis muslos (que los aprietan un poco, sin hacerles daño) la contextura de estos pechos blancos, y aunque esta chica es muy joven, la constitución es blanda, como de plastilina nueva y aún no amasada ni endurecida por el uso y las huellas del niño que juega con ella. Yo jugué mucho con plastilina, pero ignoro si el niño Eric jugará con ella. Que tenga la polla en la boca de Muriel es incomprensible (quién lo hubiera dicho hace sólo tres horas, cuando yo hacía tiempo para salir de aquí y me afeitaba vigilando la luz de la tarde y tal vez ella se pintaba los labios en el espejo del cuarto de baño de su casa o granja de Wychwood Forest pensando en un desconocido: los labios tan despintados ahora). Mucho más incomprensible que ir a tenerla, como la tendré muy pronto, metida en su sexo, pues en su sexo —es de esperar— no habrá habido nada durante las últimas horas, mientras que en su boca ha habido chicle y ginebra y tónica y hielo, y humo de cigarrillos, y cacahuetes, y mi lengua, y risa, y también palabras que yo no he escuchado. (La boca está siempre llena y es la abundancia.) Ahora no bebe ni fuma ni mastica ni ríe ni dice nada, porque tiene mi polla en la boca y está distraída, y sólo eso cabe. Yo tampoco hablo, pero no estoy distraído, sino que estoy pensando'.

Y luego, un poco más tarde, todavía arriba, en el piso tercero de mi casa piramidal, aún desnudo en mi cama, volví a pensar y pensé esto: 'Con ella no echo en falta lo que siempre echo en falta cuando me acuesto con Clare, a saber: que la polla tenga ojo, que tenga visión y tenga mirada, que pueda ver *a la vez* que se acerca o entra o ha entrado en su sexo. No quiero verlo ni quiero verla. Pero a ella la veo. Aunque Muriel me gusta y está ayudando a que pase esta tarde o noche de la mejor manera, no la conozco. Sé que no es Clare Bayes, sino una no-gorda de la discoteca vecina al Apollo Theatre. Lo sé por varias razones: por su tamaño y su altura (es algo más baja); porque sus muslos no se separan lo suficiente (tal vez impedimento de la carnosidad, ¿serán separables en absoluto los de la chica más gruesa que besaba al profesor del Diestro? Quizá el profesor esté ahora mismo con un problema); también por sus huesos, que apenas se notan de tan bien envueltos (noto sólo el pubis, pero no las caderas); y por sus jadeos, que son tímidos y avergonzados (soy un desconocido y no me mira a mí al entreabrir los ojos, sino al muro vacío sobre la almohada en la que yo me apoyo). Pero sobre todo lo sé por el olor que siento. No es de Clare Bayes ni quizá siquiera de la ciudad de Oxford ni de la de Londres ni de la estación de Didcot, sino acaso el olor del bosque de Wychwood, y del río Windrush, y del río Evenlode, entre los que Muriel vive y habrá crecido, como Clare Bayes vivió y creció junto al río Yamuna o Jumna con sus cantos insignificantes, sus gabarras rudimentarias y su puente de hierro desde el que se arrojaban los amantes desdichados. Ella está jadeando, pero también está pensando. Piensa en mi olor acaso, y piensa que es olor de extranjero, un continental, un meridional, un apasionado, sangre caliente según la fama. Mi sangre es caliente, o es tibia, o fría. ¿Cómo será mi olor para ella? Los ingleses usan poca colonia, y yo la uso, Trussardi, puede que esa sea la mayor diferencia, una novedad absoluta, puede que la colonia italiana que traigo desde Madrid cada vez que vengo sea lo único que acierta a sentir, en lo que se refiere a olores. Puede que no le guste, puede que le entusiasme, no lo puedo saber a menos que se lo pregunte, luego, porque ahora está muy concentrada en sí misma (piensa sólo en sí misma). Quizá ni siquiera ha reparado en ello, quizá no percibe nada, aunque no parece resfriada ni nada, hay muchos resfriados en esta primavera inglesa o furtivo invierno, y alergia al polen, fiebre del heno la llaman, la padecen los jóvenes principalmente, aunque Clare Bayes —ya no es tan joven— también la tiene. La primavera pasada estornudó varias veces estando en el lugar que ahora ocupa esta chica de Wychwood Forest, un bosque que ya no existe, sólo sus restos, fue talado y arrasado el pasado siglo, pero es muy difícil renunciar a un nombre, dicen mucho los nombres. Muriel no parece que vaya a estornudar, si lo hiciera lo sentiría fortísimamente tal como estamos puestos, y me estremecería, notaría un empuje violento que ahora no existe. Tal vez se cansa, ha bebido mucho. La habitación estaba fría cuando salí de casa, pero ahora hace calor porque el cuerpo de Muriel es caluroso, mientras que el de Clare Bayes es tibio, y el de la chica del tren de Londres bien podría ser frío, según su aspecto. La he visto, creo, pero no me importa, hace más de un año que no pienso en ella, y hace más de un año que pienso en Clare Bayes casi todo el tiempo, aunque nunca nos hayamos visto con la exigencia de quienes tienen ante sí un proyecto. Pero si esta noche hubiera esperado —si no me hubiera encontrado a Kavanagh y a la sonriente Jessie y al profesor del Diestro—, tal vez habría acabado yéndome de la discoteca con esa chica del tren de Londres, y —aún no, porque tendría que haber ocurrido más tarde, pero dentro de un rato— ella estaría aquí (si era ella, y si no lo era), en el lugar de Clare Bayes y en lugar de Muriel, esta chica no-gorda —no es gorda, no es gorda ni tampoco infame— que dice vivir entre el río Windrush y el río Evenlode, en lo que *fue* Wychwood Forest. Es ella la que está aquí, en mi cama, encima de mí —ocultando o guardando mi polla—, porque Clare Bayes no quiere verme durante estas semanas que son para el niño Eric que ha venido enfermo y porque era ella y ninguna otra —era ella y no la chica de la estación de Didcot— la que tomaba chicle por si nos besábamos. Hacía bien, porque nos estamos besando ahora.'

—Dime que me deseas —dijo Muriel separando de la mía un momento su boca succionadora y redondeada.

Oí las campanas todavía despiertas o que no duermen de la iglesia vecina de St Aloysius, o eran las de St Giles. No había que mirar el reloj en la mesilla de noche ni que apresurarse ni que empezar a pensar dónde habían quedado los escondidos zapatos de tacón alto y las prendas desperdigadas por la habitación. Ya era noche cerrada.

—Te deseo —dije. 'Te deseo', pensé, y dejé de pensar después de este pensamiento.

Casi todas las veces los vi en la playa, donde en principio resulta difícil fijarse en nadie. A mí me lo resulta particularmente, puesto que soy miope y prefiero ver borroso antes que volver a Madrid con una especie de antifaz blanco por culpa de un bronceado imperfecto en el rostro, y las lentillas nunca las llevo a la arena y el agua, donde podrían perderse para siempre. Aun así, desde el primer momento estuve tentado de rebuscar y sacar las gafas que mi mujer, Luisa, guardaba dentro de la funda en su bolsa, y en realidad la tentación provenía de ella, que, por así decir, me iba radiando los movimientos más peculiares de los más peculiares bañistas a nuestro alrededor.

—Sí, lo veo, pero borroso, no distingo las facciones —decía yo cuando ella, en voz baja innecesaria por el estruendo playero, divertida, me llamaba la atención sobre algún personaje. Yo guiñaba los ojos una vez y otra, sintiendo gran pereza ante la idea de buscar mis gafas para al poco, satisfecha mi curiosidad, volver a dejarlas en su lugar recóndito. Hasta que la propia Luisa, que sabe las cosas más raras e insignificantes y siempre me sorprende con sus conocimientos útiles, me pasó su sombrero de paja tejida —más a mano que las escondidas gafas, pues estaba sobre su cabeza— y me aconsejó mirar a través de sus intersticios. A través de ellos, en efecto, descubrí que veía *casi* como si llevara los lentes, con más nitidez aunque mi campo visual se redujera muchísimo. A partir de aquel hallazgo yo mismo debí de convertirme en uno de los más peculiares o estrafalarios bañistas, habida cuenta de que con frecuencia tenía un sombrero de mujer con cintas puesto ante la cara, sujetado con mi mano derecha, a través del cual oteaba de aquí para allá a lo largo de la playa vecina a Fornells, donde nos alojábamos. Luisa, sin decirme nada ni poner mal gesto, hubo de comprarse otro sombrero que le gustaba menos, pues el suyo, con el que tenía a bien proteger su rostro —su rostro tallado y cándido y aún sin arrugas—, pasó a ser de mi exclusivo uso, nunca sobre la cabeza, sino ante mis ojos, el sombrero con el que veía.

Un día nos distraíamos siguiendo las hazañas de un marinerito italiano, esto es, de un insubordinado niñito de apenas un año que llevaba por todo atuendo un gorro de marinero y que, según íbamos anticipando, destrozaba fortificaciones de arena de sus hermanos o primos mayores y probablemente amistades firmes de sus progenitores con tanta facilidad como consumía agua salada (yo creo que tragaba litros) al menor descuido de las familias que lo acompañaban. El gorrito lo perdía con demasiada frecuencia y entonces quedaba completamente desnudo y volcado en la orilla, como un Cupido abominado. Otro día seguíamos los comentarios despóticos y las perezosas andanzas de un inglés de mediana edad —la isla perdida de ingleses— que opinaba de continuo sobre la temperatura, la arena, el viento y las olas con tanto énfasis y grandilocuencia como si cada vez estuviera emitiendo una profunda máxima o aforismo largamente meditados. Aquel hombre tenía la virtud, cada vez más en desuso, de creer que *todo* es importante, todo lo que de uno mismo proviene, es decir, tenía la virtud de saberse único. Su carácter holgazán era visible en la posición de sus piernas —siempre estiradas sin armonía— y en el hecho de que no se quitara la camiseta verde con que resguardaba del sol su redondeado tórax ni siquiera para entrar en el agua. Claro que no nadaba, y cuando se adentraba un poco, caminando, en el mar, era sólo persiguiendo a algún otro vástago de su raza para fotografiarlo en acción con mejor perspectiva o desde más cerca. Con el estómago verde mojado —pero no, por ejemplo, el pecho—, regresaba hasta la orilla mascullando sentencias inolvidables que desmenuzaba el viento al tiempo que, inseguro tal vez de que su cámara no hubiera recibido salpicaduras, se la ponía al oído como si fuera una radio, supongo que para comprobar de ese primitivo modo que no había sufrido daños. O quizá, pensábamos, se trataba de una máquina-radio.

Un día los vimos a ellos, quiero decir que nuestra atención reparó en ellos, en realidad la de Luisa primero, luego la mía con mi sombrero visivo. A partir de entonces se convirtieron en nuestros favoritos, y, sin reconocérnoslo, cada mañana los buscábamos con la mirada antes de escoger nuestro sitio y lo escogíamos cercano al suyo. En una sola ocasión llegamos a la playa antes que ellos, pero al poco los vimos avanzar montados en una Harley-Davidson gigantesca, él al manillar con su casco negro (pero las correas sueltas), ella abrazada a su espalda con la melena al viento. Creo yo que lo que nos impulsaba a procurar su vecindad era que nos ofrecían algo visible infrecuentemente y de lo que a duras penas se puede apartar la vista cuando se ofrece, esto es, el espectáculo de la adoración. Como manda el antiguo canon aún no prescrito, era él, el hombre, quien adoraba, y ella, la mujer, el ídolo, como tal indiferente (o quizá aburrido, deseoso de algún agravio). Ella era hermosa, indolente, pasiva, de carácter extenuado. A lo largo de las tres horas que permanecíamos en la playa (ellos se quedaban más, harían allí la siesta y quién sabe si hasta el ocaso) apenas si se movía, y desde luego no se ocupaba de nada que no fuera su propio embellecimiento y aseo. Dormitaba, en todo caso solía estar tumbada y con los ojos cerrados, boca arriba, boca abajo, de un costado, del otro, untada de cremas, brillante, los brazos y las piernas siempre extendidos para que no dejaran de broncearse los pliegues de la piel, ni las axilas, ni aun las ingles (ni por supuesto las nalgas), pues su braguita era minúscula y las dejaba al descubierto sin que asomara lateralmente el menor rastro de vello, lo cual hacía pensar (o a mí me lo hacía) en un previo afeitado pélvico. De vez en cuando se incorporaba o sentaba, y entonces se quedaba largo rato con las piernas encogidas mientras se esmaltaba o pulía las uñas o, con un pequeño espejo en la mano, se buscaba en el rostro o los hombros imperfecciones cutáneas o alguna traza pilosa indeseada. Era curioso ver cómo aplicaba el espejo a las partes del cuerpo más inverosímiles (sería un espejo de aumento), no sólo a los hombros, digo, sino a los codos, a las pantorrillas, a las caderas, a los pechos, al interior de los muslos, también al ombligo. Aquel ombligo no tendría nunca la menor adherencia, estoy seguro, y quizá su dueña no habría deseado más que poder suprimirlo. Además de su traje de baño exiguo, llevaba pulseras y varias sortijas, de éstas nunca menos de ocho repartidas entre cuatro dedos, pocas veces la vi meterse en el agua. Su belleza sería fácil decir que era convencional, pero resultaría una definición pobre o demasiado amplia o vaga. Se trataba más bien de una belleza irreal, lo cual, en este caso, quiere decir lo mismo que ideal. Era la belleza en la que piensan los niños, que es casi siempre (excepto en los ya desviados) una belleza pulcra, sin ninguna arista, en reposo, mansa, privada de gesto, de piel muy blanca y pecho muy grande, ojos redondos —no rasgados al menos— y labios idénticos —quiero decir superior e inferior idénticos entre sí, como si fueran inferiores ambos—:

una belleza de dibujos animados o, si se prefiere, de anuncio, pero no de cualquier anuncio, sino de los que suelen verse en las farmacias, deliberadamente desprovistos de toda sensualidad, para que no turben a las mujeres ni a los ancianos, que son los mayores frecuentadores de las farmacias. En modo alguno era virginal, sin embargo, y aunque no quisiera decir que era una belleza lechosa, lo era, o si no cremosa, a la que costaría adquirir un tono de piel moreno (su piel era brillante, pero no dorada), como el que tenía ya Luisa; era una belleza lisa, exuberante pero que no invitaba al tacto (aunque quizá vestida), como si anunciara derretirse a la menor presión, al menor contacto, como si hasta una caricia o un beso suave se fueran a tornar en ella violencia y ultraje.

Así debía de parecerle también a su acompañante, al hombre, por lo menos en las horas del día. Era lo que se llama un gordo o incluso un gordo infame o también gordo seboso, y debía de llevarle a la joven no menos de treinta años. Como tantos calvos, creía paliar su carencia con un peinado romano hacia adelante (ineficaz, nunca alcanza) y un bigote abundante y cuidado, y disfrazar sus años en aquel escenario con un traje de baño partido en dos, quiero decir bicolor, la pernera derecha verde limón y la izquierda morada aquel día primero, pues tanto él como ella cambiaban de prenda casi a diario. Nunca los dos colores (el modelo era siempre el mismo, eran ellos los que variaban) me parecieron bien combinados, aunque eran colores originales: azul persa y albaricoque, melocotón y malvarrosa, ultramarino y verde Nilo. El traje de baño era tan pequeño como el volumen de su cuerpo le permitía, lo cual hacía que sus movimientos fueran un poco rígidos, la amenaza de un desgarrón siempre presente, impropio hablar de perneras. Y lo cierto es que se movía sin pausa, ágilmente, con una cámara de vídeo en las manos. Mientras su compañera permanecía completamente inmóvil u ociosa durante horas, él no cesaba de dar vueltas a su alrededor para filmarla incansablemente, se empinaba, se retorcía, se tiraba por tierra, boca arriba y boca abajo, le hacía planos generales, planos americanos, primeros planos, travellings y panorámicas, picados y contrapicados, la tomaba de frente, de costado y de espaldas (de ambos costados), le filmaba la cara inerte, y los hombros redondeados, los pechos voluminosos, las caderas lo bastante anchas, los muslos tan firmes, los no mínimos pies con las uñas también esmaltadas, las plantas, las pantorrillas, las ingles y las axilas, tan despojadas. Le filmaba las gotas de sudor que hacía brotar el sol, sin duda los mismísimos poros, aunque justamente aquella piel uniforme y tersa parecía carecer de poros, y de dobleces, de accidentes de ninguna clase, no había ni una estría en sus nalgas. El gordo filmaba todos los días durante horas, con escasos intervalos, y filmaba siempre el mismo espectáculo, la quietud y el tedio de la belleza irreal que lo acompañaba. No le interesaban la arena ni el agua, que cambiaban de color a medida que avanzaba el día, ni los árboles o las rocas en la distancia, ni una cometa al vuelo ni un barco en la lejanía, ni las otras mujeres, ni el marinero italiano ni el inglés despótico, o Luisa. A la joven no le pedía que hiciera cosas —juegos, esfuerzos, posturas—, parecía bastarle con el registro visual, un día tras otro, del cuerpo estatuario y desnudo, de la carne pausada y dócil, del rostro inexpresivo y de ojos cerrados o escrupulosos, de una rodilla que se flexionaba o un pecho que se inclinaba o un dedo índice que lentamente se apartaba una mota de la mejilla. Para él, sin duda, aquella visión monótona resultaba un portento y novedosa siempre, a cada instante. Donde Luisa o yo o cualquier otro veríamos reiteración y cansancio, él debía de ver un espectáculo insólito a cada momento, multiforme, variado, absorbente, como puede llegar a serlo un cuadro cuando el que contempla olvida que le esperan otros en su recorrido y pierde la noción del tiempo, y pierde también, por tanto, el hábito de mirar, sustituido o suplantado —o quizá excluido— por la capacidad de *ver,* que es lo que casi nunca hacemos porque está reñido con lo temporal.

Las mujeres saben que cuanto logran ante los hombres son sólo concesiones de éstos —una renuncia voluntaria a su fuerza, el pasajero descanso de su autoritarismo— y que éstos pueden retirarlas en cualquier instante.

'¿Entonces por qué me preguntas si no me da miedo subirme al coche de un desconocido cuando eso es lo que acabo de hacer contigo?' La había sobresaltado la intrusión de ese miedo, trataba de sacudírselo antes de que se aposentara. Se metió el chicle otra vez en la boca, había hecho bien en no tirarlo. 'Son ganas de joder, también tú eres un desconocido, qué te crees.'

Por qué afirmaba lo que era evidente si yo era yo y ella era Victoria, me pregunté. Ahora le veía la cara de frente, mal iluminada por un farol bajo de luz amarillenta que tapaban o tamizaban las ramas, el rostro de Celia pero no su nombre. Celia tenía entonces veinticinco años y Victoria aparentaba quizá algunos más, veintiocho o veintinueve, como si fuera una premonición a corto plazo de Celia que no se ha cumplido, el anuncio de sus primeras arrugas y del cansancio y el pánico instalados en su mirada, el vaticinio de su vida arruinada o tal vez sólo una mala racha, el maquillaje exagerado para una joven tan joven y la ropa que más que cubrir subrayaba, los pechos acentuados y alzados por aquel body blanco, las piernas al descubierto con la mínima falda hecha un guiñapo de tanto sentarse en los asientos de copiloto de los indiferenciables coches nocturnos, y tal vez luego arrodillarse y aun ponerse a cuatro patas; la expresión asustada o ácida según los momentos, suprimida o disimulada deliberadamente su simpatía, aquella mujer me había hecho gracia durante mucho tiempo y en aquellos instantes volvía a hacérmela con su impermeable lustroso y su boca incesante y sus malos modos, en sus ojos pintada la noche oscura y también el miedo a mis manos y a mi deseo y a mis inminentes órdenes, qué desgracia saber tu nombre aunque ya no conozca hoy tu rostro y aún menos lo conozca mañana. Le puse en el muslo la mano temida, toqué la franja de piel entre la media y la falda, acaricié esa franja.

'¿Lo soy?', le dije, y con la otra mano le cogí la barbilla y le volví la cara, obligándola a mirarme muy de frente. Ella bajó los ojos instintivamente y yo le dije: 'Mírame, ¿no me conoces? Dime que no me conoces'. Se zafó de mi mano con un movimiento del mentón y dijo:

'Oye, qué te pasa, yo a ti no te he visto en mi vida. Así sí que me vas a dar miedo. Mira, no es fácil acordarse de todo el mundo, pero contigo estoy segura de que no he estado antes, y no sé si voy a estar a este paso. Pero qué te ha dado.'

'¿Cómo puedes estar segura? ¿Cómo sabes que no has estado conmigo? Tú misma lo has dicho, no es fácil acordarse de todo el mundo, para alguien como tú se mezclarán las caras, o a lo mejor haces lo posible por no mirarlas ni verlas y así poder imaginarte siempre que estás con el mismo hombre, con tu novio, o con tu marido, a lo mejor estás casada, o lo has estado.'

'Tú te crees que si estuviera casada estaría aquí, estás listo. Y además es al revés, a todos os miramos muy bien por delante y por detrás, para no repetir si os habéis puesto bestias y si hay mal rollo. La primera vez con un tío te puede ocurrir cualquier cosa, pero a la segunda es de pardillo. A los tíos se os ve a la primera por dónde vais. Así que venga, dime por dónde vas tú y acabemos.' El tono de la última frase fue conciliador de nuevo pese a la impaciencia de las palabras.

'Hay mal rollo conmigo', dije.

'Muy bueno no lo estás haciendo, hablando del miedo y de si me das miedo y de si te conozco.'

'Lo siento', dije.

Hubo un silencio. Ella lo aprovechó para quitarse el impermeable —fue otro gesto de conciliación—, no lo tiró al asiento de atrás de cualquier manera, sino que lo dobló y dejó cuidadosamente, como si estuviera en el cine. No llevaba sostén, Celia lo llevaba siempre.

'Mira', dijo, 'andamos todas un poco histéricas por esta zona. Hace cosa de un mes se cargaron a un chiquito que habían cogido en Hermanos Bécquer, ahí mismo donde tú me has cogido. Por eso ya no se ponen ahí los travestis, les da mal fario y nos han cedido la esquina. Hasta que nos pase algo a alguna, y entonces nos largaremos, hay mucha superstición con lo del territorio. Era un chiquito muy joven, muy delicado, muy niña, no como esos tiorros', y señaló con el pulgar hacia atrás como yo había hecho antes, 'parecía de verdad una chica. Llevaba poco tiempo, recién llegado de un pueblo de Málaga. Se montó en un Golf como éste sólo que blanco, se vino a una de estas calles a mamársela al hijoputa, y a la mañana siguiente lo encontraron tirado en la acera con la cabeza aplastada y la boca llena. Apenas si todavía sabía andar con tacones, el pobre, tendría dieciocho años. ¿Y qué pasa? Que a la noche siguiente tenemos que salir otra vez y olvidarnos de eso, porque si no no salimos, ni nosotras ni ellos. Así que no están las cosas para que me vengas tú con el miedo y que si te conozco o no te conozco, no sé si me entiendes'.

No podía ser Celia, pensé; Ruibérriz o sus amigos habrían visto a esta puta Victoria idéntica a ella y habrían querido pensar que se trataba de ella, y quizá habrían creído acostarse con Celia pagándole, si lo habían hecho con Victoria. No podía haber cambiado tanto en los demás aspectos, no podía ser ella; a menos que estuviera fingiendo a las mil maravillas, inventando historias truculentas para asustarme y hacer que me preocupara aún más, hasta el punto de querer salvarla de aquella vida y aquellos peligros volviendo a su lado para que no tuviera que estar aquí ni en ningún local ni en Hermanos Bécquer de tan mala suerte (ella lo había dicho: 'Tú te crees que si estuviera casada estaría aquí, estás listo'). No había leído nada en los periódicos sobre aquel travestido niña con la cabeza aplastada contra la acera, suelo detenerme en este tipo de noticias por mi trabajo. Celia era algo novelera y algo mentirosa, pero no hasta esos extremos ni solía fabular desgracias, su carácter es optimista y ufano. Sin embargo, pensé, si ella era ella llevaría en efecto un tiempo ejerciendo de puta y ya lo sería por tanto, habría conocido el medio y no tendría por qué inventar nada, y eso explicaría su talante más agrio y su léxico más abrupto y su dicción más áspera, todo se contagia. *En realidad no estaría fingiendo.* Cómo era posible que tuviera dudas, cómo era posible que no estuviera seguro de si estaba con mi mujer o con una puta (con mi mujer hecha puta o con una puta sentida como mi antigua esposa), había vivido con ella durante tres años y la había tratado durante uno más antes, me había despertado y acostado con ella a diario, la había visto desde todos los ángulos y conocía todos sus gestos y la había oído hablar durante infinitas horas bajo todos los humores imaginables —la había mirado sobre la almohada a los ojos en otros tiempos—, hacía sólo cuatro o cinco meses que no la veía, aunque la gente puede cambiar mucho en ese tiempo si ese tiempo es anómalo y de enfermedad o sufrimiento o de negación de lo que hubo antes. Lamenté de pronto que no tuviera ninguna cicatriz o mella o lunar muy visible, de haber sido así me la habría llevado a casa para desnudarla entera, aun a riesgo de tener certeza con ello. O quizá es que no recordaba en su cuerpo esas señales que identifican, uno es olvidadizo y no se fija nunca mucho en nada, para qué hacerlo si nada es como es porque nada está quieto en su ser y perseverando, nada dura ni se repite ni se detiene ni insiste, y la única solución a eso es que todo acabe y no haya nada, lo cual no le parecía al Único mala solución a veces, según dijo con nihilismo; y en cambio todo viaja incesantemente y encadenado, unas cosas arrastrando a las otras e ignorándose todas, todo viaja hacia su difuminación lentamente nada más ocurrir y hasta mientras acontece, y hasta mientras se lo espera y aún no sucede, y se recuerda como pasado lo que aún es futuro y tal vez acabe por no cumplirse, se recuerda lo que no ha sido. Todo viaja menos los nombres, verdaderos o falsos, que se quedan para siempre grabados en la memoria como en las lápidas, León Suárez Alday o Marta Téllez Angulo, habrán ya inscrito el nombre de Marta y no será distinto del de 1914. Yo habría sabido que Victoria era Celia si Victoria me hubiera respondido 'Celia' cuando le pregunté su nombre, y puede que entonces yo le hubiera contestado 'Víctor' al preguntarme ella el mío. Y en ese caso nos habríamos reconocido y quizá abrazado y no habríamos ido a la calle Fortuny bajo los árboles aún frondosos y un farol amarillo sino a nuestra antigua casa que ahora es sólo la suya o a la nueva mía, y nada de esto estaría ocurriendo en mi coche ni yo le daría miedo.

'Sí te entiendo. Disculpa', dije. '¿Conocías mucho a ese chico...?'

'No, sólo de vista un poco, dos o tres veces por la zona, había cruzado con él algunas frases. Arrastraba sus tacones altos como si agarrara con los pies los zapatos, por la falta de costumbre o a lo mejor por enfermedad, parecía frágil y andaba muy despistado. Era muy mono, muy tímido, bastante educado, daba siempre las gracias cuando preguntaba algo.' Victoria se quedó pensativa un instante y se acarició con el índice el extremo de una ceja, como hacía Celia Ruiz Comendador cuando en medio de una discusión o un relato se paraba a reflexionar sus siguientes palabras, o las buscaba para bien elegirlas. La coincidencia, sin embargo, no me pareció decisoria en aquel momento. 'Era ese tipo de persona que, si bien se mira, es normal que no haya vivido mucho. Se las ve a la legua, parece que estén de sobra, como si el mundo no las soportara y tuviera prisa por expulsarlas. Pero entonces sería mejor que no nacieran. Porque la realidad es que nacen y están ahí, y es horrible que la gente que uno conoce se muera, aunque la conozca poco, no se comprende que ya no exista quien ha existido. Yo no lo comprendo al menos. Se hacía llamar Franny, supongo que se llamaría Francisco. Menuda muerte.' Ahora Victoria me mostró su nuca al volver el rostro hacia la calle, se quedó mirando hacia la acera de la calle Fortuny junto a la que estábamos aparcados, tal vez imaginaba el cráneo deshecho de aquel travestido niña sobre ese mismo suelo o sobre alguno cercano. 'La muerte horrible y la muerte ridícula', pensé, 'la cabeza entre los muslos en el penúltimo instante, y el desprecio del muerto hacia su propia muerte. Qué maldición, ahora tendré que recordar también ese nombre cuyo rostro ni siquiera conozco: Franny'; o así lo imaginé yo escrito, por mis lecturas. También me quedé callado mientras lo pensaba, apoyado en el volante un codo y frotándome con el pulgar bajo los labios. Pero fue poco tiempo. Quizá nos observaban de lejos, desde la garita de la embajada alemana a oscuras.

'Qué te parece si vamos un poco al asiento de atrás', le dije a Victoria para sacarla de la ensoñación e interrumpir aquel otro gesto de su dedo índice. Le puse la mano en el hombro, luego le acaricié la nuca. 'Aún te tienes que ganar tu dinero', y señalé su bolso.

Ella me miró y se sacó el chicle. Esta vez abrió la ventanilla y lo tiró a la acera.

III. Hacia la difuminación

Es tradición definir la muerte como el último de los viajes, el comienzo de un trayecto indeterminado a partir de un destino cumplido. Para los que se quedan el momento es incognoscible; para los que se van es indecible. En este paso extremo del ser a la nada el tiempo acabado del hombre linda con el tiempo infinito del mundo, a lo largo de una desdibujada frontera de desapariciones, adioses, duelos. Aunque para Javier Marías no hay resurrecciones ni vueltas, la orilla de la región desconocida se configura sin embargo como una fatal línea de resistencia, donde cabe todo tipo de vértigo irracional —desde la perturbación hasta el encantamiento—, apto para aplazar la inminencia del fin o matizar los primeros efectos de la pérdida. Es el lugar secreto de las sensaciones evanescentes, de los conjuros emotivos, de las citas fantasmales: el principio mismo de la creación literaria que une, con su contigüidad imaginativa, lo que pertenece todavía a este mundo y lo que se dispersa en su negación, el así llamado «más allá». Son pues las peregrinaciones dudosas de los muertos las que justifican y ennoblecen las narraciones inciertas de los vivos, quienes toman sobre sí la tarea de representarlos y retenerlos a través de las palabras. En casos como estos, los testigos son el hilo de la continuidad, las voces de la memoria que, lejos de invocar esas verdades eternas o creencias inquebrantables que han dejado de guiar cualquier existencia humana, aún pueden narrar ambiguas elegías de la finitud, desde el límite oscilante de lo que también se suele pensar como sombra o silencio o vacío.

E. P.

INCAPACIDAD DE IMAGINACIÓN

Cuando mueras yo te lloraré de veras. Yo me acercaré hasta tu rostro transfigurado para besarte con desesperación los labios en un último esfuerzo, lleno de presunción y de fe, por devolverte al mundo que te habrá relegado. Yo me sentiré herido en mi propia vida, y consideraré mi historia partida en dos por ese momento tuyo definitivo. Yo cerraré tus reacios y sorprendidos ojos con mano amiga, y velaré tu cadáver emblanquecido y mutante durante toda la noche y la inútil aurora que no te habrá conocido. Yo retiraré tu almohada, yo tus sábanas humedecidas. Yo, incapaz de concebir la existencia sin tu presencia diaria, querré seguir sin dilación tus pasos al contemplarte exánime. Yo iré a visitar tu tumba, y te hablaré sin testigos en lo alto del cementerio tras haber ascendido por la pendiente y haberte mirado con amor y fatiga a través de la piedra inscrita. Yo veré anticipada en la tuya mi propia muerte, yo veré mi retrato y entonces, al reconocerme en tus facciones rígidas, dejaré de creer en la autenticidad de tu expiración por dar ésta cuerpo y verosimilitud a la mía. Pues nadie está capacitado para imaginarse la muerte propia.

DESPUÉS

Después, después… Nada acaba de morir del todo mientras no perece lo que le causó la muerte —la pasión, la palabra, la mano, el aguijón, el virus, el elemento—, y así se prolongan las existencias indefinidamente. Nada se extirpa ni corta desde la raíz: algo queda siempre, la cicatriz, el agujero, el hueco, el olor disipado que sin embargo un día volverá a condensarse idéntico, la señal de los dientes que mordieron la pipa, la huella de la cabeza sobre la almohada, la tortuosa e imprevisible semejanza de los descendientes, el último libro a medio leer que alguien tomará otra vez de un estante al cabo del tiempo, el dedo grasiento sobre la página, las gotas de vino que mancharon la alfombra, los cristales rotos de los lentes caídos, la medicina que nadie se molestó en tirar, las botas en buen estado que aprovecha y desgasta el sucesor, o el que usurpa, o el asesino; la tierra removida y los enigmáticos sueños…

EL VAIVÉN

Suena música en mi casa durante todo el día, pero cuando desciende la noche no puedo impedir que el lago, a veces enloquecido y otras sólo crepitante, se apodere de todo el sonido y me confunda con sus movimientos imaginarios. Creo descubrir en ocasiones que esas aguas tienen otra vocación, que no las hizo la Mano para permanecer estancadas, que se saben río, y mar, y rizo, y brisa, que se distraen de su dilatado destino jugando a ser lo que hoy no son pero tal vez fueron o quizá serán. Yo no las he visto bajo otra forma. Tampoco las veré, pues ya agonizo. Será ese lago sin duda lo último en mirarme, y lo único que ignoro es el aspecto con que sus aguas se me ofrecerán el día. Yo las prefiero como espejo empañado, cuando se muestran benévolas y sólo reproducen mis facciones difuminadas, sólo el contorno, la blanca mancha, lo esencial nada más, lo justo para reconocerme y poder, empero, contemplarme a voluntad como los muchos que fui, y los pocos que soy, y el esqueleto. Así las prefiero, pero su estatismo involuntario —tal vez impuesto— sólo sabe renegar de sí adquiriendo distintos rostros con la ayuda irreflexiva, indiferente y muda de la luna y el sol cambiantes. Si siempre fueran grises, si al menos el color no se mudara, me resultaría más fácil acostumbrarme a la fijeza absoluta, irme ya deteniendo y estar más tranquilo, aguardar la quietud habiéndola adivinado. Pero tienen el azul, y el blanco, el verde, e inestables nubes de oro y de plata, y me parecen granates cuando no se ven estrellas o se fraguan tormentas, cuando el fondo y el último término son tan ciegos y acordes que me contagian. Hace diez años vi desaparecer la plata o luna que alumbraba las negruras de su superficie y se invadieron de fuego. En aquella ocasión fueron amarillas y bermejas en equitativa alternancia, y a veces al tiempo, aunque sin mezclarse entre sí ni con algunos hilos delgados y centelleantes de color malva. Refulgieron la noche entera, mientras a lo lejos dicen que ardía la fábrica, o la casa de Berua, o la de los Monte (qué fue, después no me interesó averiguarlo), y por unos instantes creí que se quedarían ya así para siempre: amarillas y bermejas en inmóvil mudanza, parpadeantes. Con la llegada de la mañana esos tonos palidecieron, pero no se marcharon, y pensé entonces con alegría y ligera zozobra que asistía en verdad a una instauración, a uno de esos momentos inaugurales que siempre traen consigo un germen de infinitud, o bien al menos pretensiones, bandera incolora y necia de eternidad. El lago, por primera vez en lustros, había sufrido una transformación radical hasta el extremo de que me había sido dado advertir el proceso, incluso el inicio mismo de su cambio, ambos imperceptibles siempre en sus devaneos habituales, paulatinos, simuladores, contradictorios con frecuencia, demasiado esquivos. Sí, había presenciado el nacimiento del fulgor, seguido absorto su crecimiento y, atento a su lenta expansión, sin perder detalle de los diferentes dibujos que iba formando la mancha ignescente, había comprobado al fin que sus dimensiones se acoplaban, obedecían a las del lago. Vi necesidad en aquel fenómeno. Vi al menos exactitud, armonía, justeza y cabalidad. La magnitud y acabamiento de la modificación, ¿no eran por sí solos bastante como para pensar que ésta no podía producirse por casualidad ni en vano, que aquel esfuerzo desusado y brutal de la naturaleza debía responder a un designio o a un capricho y que en cualquiera de los dos casos merecía si no perennidad sí cuando menos larga vida para sus resultados? Confié en que el Tiempo, con su peso siempre creciente e inmitigable, amenazado tan sólo por su propia y súbita cesación, habría de sancionarlo y ahuyentar toda sombra o reflejo de ilusión e incertidumbre. Tan cautivado estuvo, tan conmovido y perplejo, que durante horas no saqué el dedo del libro cuya lectura había interrumpido al primer signo (durante horas flotó irónicamente en mi cabeza la última frase que había leído: *Con todo, este siglo no cambiará mis costumbres: sepa cada uno ir por su camino).* Y sin embargo al mediodía, cuando mis ojos empezaban a abrasarse de tanto mirar aquellos dos colores, se extendió sobre las aguas, anulando su espíritu, una humareda fétida y grave que deshizo el ensalmo; y entonces el lago experimentó un nuevo cambio aún más incomprensible y desasosegador, pues se perdió su líquido y quedó cubierto por humo y viento. Un apestoso olor racheado a papeles quemados se hizo suyo, violentándolo, y le perteneció durante varias jornadas, como en una ciudad tarda en disiparse el miedo después de una rebelión sofocada. Casi llegué a acostumbrarme a aquellas brumas bajas y arremolinadas que, como bandadas de insectos moribundos o mareados, se desplazaban insensiblemente en perfecta imitación hirviente de lo que usurpaban. También ellas, como las sonámbulas aguas que ocultaban temporalmente, cambiaron de color con frecuencia durante su ilegítimo y vacilante reinado, aunque las transmutaciones eran más indecisas y leves, atenuadas por su sujeción a un ritmo que jamás se alteraba: del gris negruzco matutino, reminiscente y anunciador de hollín, al oxidado ocre de la tarde, del blanco nocturno, espectral, luminoso, al índigo espejeante de la madrugada... Sí, ese lago amargado e insomne tiene por esencia la conspiración de sus cansinas e irredentas aguas, conspiración invariable y perpetua, interminable, liviana y estéril, pues sus objetivos o fines no son seculares y se anega y renueva solamente en su propia actividad desmemoriada y acéfala, amparada siempre, fomentada siempre, instigada siempre por cuanto lo atraviesa, circunda y cubre: los elementos, el cielo, las estaciones impuntuales y nunca idénticas, la vegetación austera y aun así imprecisa, los imprevisibles astros, que poca resistencia ofrecen incluso al más impúdico y transparente velo, las orillas, el breve oleaje; y sin duda también los oscuros pobladores anónimos de su fondo, mucho más oscuros y anónimos, a buen seguro, que los duendes fugitivos y los presagios incumplidos que aquellos de mis vecinos más llanos y más veteranos susurran en noches dementes que hallaron en él refugio cuando pasó su tiempo y aún hoy se esconden en sus simas más hondas, ateridos, arrugados y adormecidos en un sueño añorante de la tierra que los alumbró, o tal vez —más simple— apresados por algún alga. Otros moradores más prístinos e indistinguibles, a los que nada diría la pulposa luna o el rumor del viento, el trajín de pucheros en las cocinas, el olor de las hojas húmedas o las huellas dejadas tras un paseo, poseen y alimentan su espíritu con más eficacia y fuerza y también desde más antiguo, desde edades tan remotas que ni siquiera ellos recuerdan al no tener más conciencia que la de su sí inmanente y nada saber ellos de la sucesión del tiempo. Magmáticos y ensimismados, sin haber gozado nunca de individualidad ni nombre, son sin embargo los que con su energía irreflexiva y atávica animan esa insatisfacción tenebrosa que parecen rezumar las aguas. No hay propósito ni voluntad en esos habitantes, tan sólo inmemorial e incesante hacer. Pero de tal hacer es de donde al lago le viene su aparente afán, sus aspiraciones de turbulencia y flujo que tal vez jamás alcance. Nada tiene ese lago febril de amable o benevolente; toda tradición, toda familiaridad o poso quedan en él negados y desplazados, o quizá envueltos, asumidos y por tanto emponzoñados por el soplo maligno y duro que asciende burbujeante desde sus entrañas misteriosas y exhala su rostro mutante, esas superficies a veces melifluas que sin embargo traen siempre hasta mí la queja orgullosa y altanera, procedente de sus inveteradas masas hundidas, de un profundo descontento eterno. Parece justificado: parece como si esas aguas hubieran llevado alguna vez otra existencia y no quisieran perseverar por eso en su actual estado. Quién sabe si cumplen una condena que dioses ya depuestos hace tiempo les impusieron y olvidaron levantarles en su lento languidecer amnésico o en una precipitada huida. O quizá han oído hablar a la lluvia del correr libre y cambiante de sus hermanos los ríos. Quién sabe... Sea como fuere, yo ya desespero de ver satisfechos sus deseos de metamorfosis. Lo más que alcanzo a imaginar es que un día las suprima el hombre o bien les ocurra lo que al lago Cestella, no muy lejos de Venecia, que desapareció de golpe un domingo de julio sin dejar más rastro que una extensa hondonada —a la que ahora tocará permanecer ya seca por quién sabe cuánto—, como si hubiera sido víctima de extrañas iras terrestres más ancestrales que arbitrariamente hubieran decidido reclamar en aquella fecha lo que en un principio fue suyo o se hubieran acordado repentinamente, al despertar tal vez de una pesadilla sombría, de saldar viejas querellas. Cuentan que los campesinos de las cercanías y algunos vecinos de Belluno que habían salido de excursión para pasar la festividad junto a sus orillas vieron estupefactos cómo una enorme columna de agua se elevó hacia el cielo durante unos segundos para a continuación, espumeante y blanca, caer sin perder su forma, ordenadamente, y ser engullida por una tierra colérica y enigmática que nunca había visto ni la luz ni el aire. Dijeron los expertos —profesores de geografía— que un súbito y violento corrimiento subterráneo abrió una gigantesca grieta en el lecho del lago por el que se esfumaron aquellos millones de metros cúbicos de líquido blanco hacia un destino que nadie sabe. Pero las explicaciones científicas siempre me han resultado pueriles y un tanto enojosas, y no convencerán jamás al alma inconforme o simplemente imaginativa. Creo yo que el Cestella y sus moradores más arcanos llevaban mucho tiempo anhelando su cambio, tanto en verdad que seguramente acogieron con agrado la solución que se les brindó aquel domingo de julio: su propia aniquilación, su término. Eso es todo, llevaban más tiempo y aún eran fuertes. Yo desconfío, sin embargo, de la energía de mi lago. Veo en su obstinación inútil y atolondrada, en su impertinencia algo cándida, en su aspecto letárgico, rasgos de lo pusilánime. Le resta sin duda una antigua querencia a la que nunca renunciará del todo por mortecina y debilitada que vaya quedándose (pues es su esencia), pero tengo para mí que la dilatada espera y su quebradizo carácter le han arrebatado la convicción y la fe convirtiéndolo en un inepto. Todavía no hace mucho quizá hubiera podido alcanzar su exterminio, pero se le ha agotado ya el tiempo. Ahora sé bien que hace diez años llevó a cabo su postrer y supremo esfuerzo: nada hubo de casualidad en aquella llamarada creciente y acuosa ni en que el aire que transmitió el hedor y los humos soplara más tarde en su dirección, puesto que fue con certeza esa cuenca que le da cabida lo único de entre mi paisaje que se ofreció gustoso como recipiente de aquellas anomalías. Podría incluso pensarse que las provocó o atrajo, tan intensa es el ansia que aún posee a esas aguas de transformación y engaño. Pues a pesar de que nunca lograrán ya nada, se resisten a adoptar una forma definitiva y a helarse en un color último que pudiera calmarme, proporcionarme sosiego y la pauta, y la imagen limpia del presentimiento grande. Es continuo su movimiento baldío, y tanto más exasperante cuanto que se ha hecho divagatorio y senil y responde ya sólo a su fatigosa manera de sobrevivir. No quieren ceder, no quieren morir, como si al haber quedado su fin ya privado de cualquier grandeza, solemnidad o impacto por la prolongada agonía —titubeante, indolora, discreta—, se aferraran a una vida exangüe como única forma de hacerse notar. Pero la muerte no debería nunca titubear. La muerte es acción, no pensamiento. No fluye, sino que estalla; y casi nunca se anuncia: irrumpe, y jamás puede volverse atrás. Y yo me pregunto: ¿es que tan poca estima me profesan? ¿Tanto rencor me guardan? No tienen motivo. Antes al contrario, porque soy yo sólo quien de ellas se ocupa, sólo yo quien las mima y observa (los demás no saben nada, desconocen cuanto atañe a esas aguas). Y así me lo pagan las muy ingratas, con una veleidad trasnochada y marchita, con su estúpida, decrépita e infecunda inconstancia. Tal vez hayan descubierto que el secreto de la inmortalidad reside en estarse muriendo imperecederamente, en un vaivén agónico, inagotable y átono —como el de un barco que a toda vela no llegara nunca a doblar un cabo—, y hayan conseguido lo que parece imposible: vivir en el tránsito y pertenecer al límite, a lo que en sí no es nada. Eso explicaría el carácter tan extraño —como negativo siempre, como extraterritorial— de sus cambios imperceptibles y sus movimientos imaginarios, que no serían sino la sucesión inaudita de boqueadas interminables o el modo de manifestación lacustre, permanente, de sus herraduras de la muerte. Pero no mejorarán por ello su condición. Esas aguas están acabadas y mientras yo viva seguirán estancadas, presas de sí mismas, sumidas en el abismo y ausencia de un soliloquio errátil. Nada detendrá su cabeceo inane, arriba y abajo, arriba y abajo, noche y día y noche tras día, iguales en su cabeceo inane; con algún falso extertor del que en realidad un firmamento aburrido de contemplarlas y deseoso de enceguecer por un rato será responsable con sus precipitaciones. ¿Por qué no se paran?... Lo malo es que falta ya poco para que yo me despida, y en mi gesto valedictorio quizá se encuentre también encerrada, sin yo saberlo, la orden de su libertad.

La noche de San Juan de sus veintiocho años Casaldáliga se entretuvo más de lo previsible en el parque grande de la ciudad y no regresó al hogar hasta bien entrada la madrugada. Esto era en él infrecuente: hombre de maduración retardada, lacónico, concentrado y parco en todas sus manifestaciones y actividades, no solía trasnochar ni beber casi nunca, pero en aquella fecha permisiva su prima carnal, algo más joven que él pero con muchos más arrestos y vitalidad, se había empeñado en retenerlo a su lado por más tiempo del habitual exigiéndole por mor de la fiesta algunas efusiones suplementarias bajo el entoldado de fuegos y en la compañía invisible pero perceptible, reconfortante, risueña y cómplice de sus conciudadanos entre las frondas. Abrió la puerta de la mansión en un considerable estado de extenuación y embriaguez, y, sin tomar precauciones para no hacer ruido —a diferencia de los calaveras de la época, representados siempre zapatos en mano, andando de puntillas y atacados por un hipo incontenible—, recorrió tambaleándose el largo pasillo en forma de U e iluminado por una araña en su parte central en busca de su habitación, que se encontraba en el punto de la casa más alejado del salón del padre y equidistante con éste de la zona del aya. Cuando la hubo ganado, aún completamente vestido se dio cuenta de que ni había reparado en la acostumbrada luz encendida de aquel lugar insomne y de paso obligado ni tampoco hecho el alto correspondiente para efectuar el saludo protocolario que servía a quien ya iba siendo casi un anciano de aviso y señal para deponer la lectura y, al cabo de un rato, siempre un poco más tarde —como si precisara de un breve espacio de tiempo para asumir la sigilosa y súbita aparición—, retirarse a dormir. Volvió sobre sus pisadas guiado por la conciencia del deber, aunque dispuesto tan sólo a asomar la cabeza y cumplir perfunctoria y fugazmente con aquel rito tan piadoso también ahora como había sido siempre tradicional. Era la hora imprecisa y variable en que los perfiles de los edificios fuliginosos adquieren en las ciudades una aureola de cárdeno mientras la masa inmóvil y recortada del firmamento conserva todavía intacta su negrura. Al ver que la lámpara estaba apagada entró a tientas en el salón. Sintió la presencia plúmbea del torso en la oscuridad, sentada y amortiguada en el butacón, y pensó que por una vez, coincidiendo con su inusitado retraso, la mole inquebrantable había sucumbido al sueño sin esperar su regreso, saciado y aburrido quizá de las aventuras tan consabidas de Joseph Balsamo. Palpó al mismo tiempo la bombilla y el interruptor, y al no responder éste y notar fría aquélla, empezó a desenroscarla imaginando que se habría fundido y que la pereza de levantarse a cambiarla habría prevalecido sobre los deseos de seguir leyendo de su progenitor. Pero cuando estaba a mitad de esta operación el momentáneo fulgor de una salva de fuegos artificiales ya marchitos y carentes de convicción alumbró durante unos segundos el cuarto con sus coletazos y Casaldáliga vio al padre muerto. En un instante lo supo: supo que no estaba dormido y que había muerto desatendido y a solas en aquella víspera de San Juan, como si su particular ingreso en un verano más le hubiera parecido una indulgencia impropia de su firme temple e indigna de su consideración. La figura estaba doblada hacia adelante, el busto inmenso impidiendo la encorvadura absoluta a que seguramente habían aspirado en el tránsito a la ley incógnita de la muerte y la ley precisa de la gravedad; y así, sólo la cabeza sumisa se postraba del todo, como si fuera la de un decapitado a quien después se la hubieran ensartado para escarnio en el pecho, del cual parecía brotar en perfecta horizontalidad; las cejas pajizas y siempre enarcadas caían lacias al contraluz por efecto de la doblegación de la frente como las guías de un bigote que hubiera perdido su rigidez al final de una noche de excesos y el cuerpo enorme, aquel cuerpo gigantesco y altivo que se había distinguido siempre por su convexidad y tersura, se ofrecía desmadejado y vencido, habiendo cedido terreno a los pliegues y bultos y concavidades repelidos durante tantos años y que habían aguardado hasta aquel momento de descuido mortal para apoderarse de él al unísono y sin miramientos. Casaldáliga, espantado ante aquella su primera visión de los estragos y devastación causados por la dama férrea pero con el extraño equilibrio que la ebriedad y el agotamiento aportan en lo inesperado, salió de nuevo al pasillo y volvió con otra bombilla. La luz eléctrica no le mostró en la consumada y abatida figura nada que no le hubieran permitido vislumbrar las del artificio, pero en cambio sí le presentó un entorno muy distinto del que suponía. Sobre los muslos el padre no tenía infolio decimonónico alguno, sino, estrujada por el peso fláccido y desmoronado del vientre que había aflojado su musculatura recia quizá por primera y definitiva vez, una partitura abierta; y a su lado, rozando la mano derecha dormida y salpicado por las gotas de vino dulce de una postrera copa vertida —transparente vidrio caído e incólume junto al empañado vidrio caído y roto de sus gruesos lentes—, había, parado, un gramófono que Casaldáliga no había visto jamás en la casa y de cuya existencia ni siquiera tenía conocimiento. En él había un disco puesto con la aguja de acero inservible detenida a su término, y en la alfombra, desenfundados, una pila que sin duda se había derrumbado y desparramado en breve espiral al mismo tiempo que su posesor. Todos, de reducido formato y ya muy desgastados, llevaban el mismo título impreso sobre su centro, el mismo título de la partitura arrugada, manoseada y amarillenta que Casaldáliga libró de su prisión de carne de un fuerte tirón: los *Gurrelieder* de Schönberg. Y fue entonces cuando la borrachera y el cansancio del hijo se disiparon de golpe y como por ensalmo, y el hijo entonces emitió un alarido ahogado y tardío con el que no sólo rindió homenaje y lamento a la desaparición del padre, sino asimismo a la personalidad de repente perdida, de repente ahuyentada, negada y barrida por un soplo cálido en la noche de San Juan de sus veintiocho años, de aquel afrancesado admirable y contentadizo, de aquel estoico y solitario lector. El respingo involuntario e incrédulo que lo acompañó hizo que la madera del suelo crujiera con compunción y que las piernas muertas del progenitor resbalaran inertes unos milímetros, como si a través de ellas, que tan poco papel habían desempeñado en su vida, el torso dominante y extinto asintiera por última vez para confirmarle el desengaño y la revelación. El amanecer se filtraba en la noche con timidez y una brisa de otra estación ya cancelada e intrusa agitaba leve e irónicamente las páginas de la partitura germánica que Casaldáliga había dejado caer; y aún se oían a intervalos y en la lejanía algunas tracas aisladas, desfasadas y languidecientes lanzadas a buen seguro por ciudadanos inconformes con el paso del tiempo y el fin de todas las cosas: aunque nadie ya, sin embargo, las jaleaba.

Fue también aquella noche intempesta cuando Casaldáliga vio por única vez en su vida al aya teñida por un color: seguida de los demás criados de la casa, su silueta irrelevante y difusa compareció embutida en el blanco marfileño y sonámbulo de su camisón a los gritos de

Casaldáliga, que la llamaba e iba repitiendo por el pasillo como un endemoniado: «¿Dónde han metido *La Fin de Satan*? ¿Qué es toda esta desventura? ¿Qué es esta muerte? ¿Dónde está *Joseph Balsamo?»*, como si lo que para él era concreto y con nombre tuviera que resultar en medio de aquel trance fatídico igualmente conocido e identificable para una servidumbre supersticiosa e ignara que, habiendo presentido seguramente el final del señor de la casa —como es de rigor entre fámulos presagiar el fallecimiento del amo o entre súbditos leales el de su rey—, a pesar de la festividad se había apartado temprano de él para dejarlo morir y no verlo morir; y que sólo ahora, informada del desenlace por las voces esperadas del nuevo dueño, se atrevía a salir de sus cuartos tras el largo duermevela para darse por enterada de la desgracia que les habían anticipado la mirada o la actitud del difunto o la noche en calma y musitar exclamaciones y oraciones, ensayadas tal vez durante alguna vigilia, en la lengua nativa y velar. Casaldáliga, asaltado por una mezcla de cólera, estupefacción y temor, echó en seguida a todos con excepción del aya, sin permitirles todavía cumplir con su obligación de poner orden donde ya no lo había ni mover o alterar en el más nimio detalle la imagen descompuesta y ya por siempre acabada del muerto, testimonio y emblema a la vez de la ignorancia y la confusión en que él de súbito quedaba inmerso. Aquella estampa a un tiempo deletérea y póstuma había echado por tierra en un solo instante los años de aprendizaje y seguridad, sin contemplaciones y de manera brutal había sacudido su ordenada visión del mundo, y Casaldáliga sentía, antes que nada, la necesidad inmediata de familiarizarse con ella y grabarla en su alma para quizá poder entonces despejar la traicionera y extemporánea bruma que lo azoraba y enceguecía. Su padre había muerto, sí, sentado en el gran butacón, pero no leyendo a Dumas ni a Víctor Hugo, como hasta aquel momento habría sido consecuente con su destino y su historia, sino que imprevisiblemente había expirado escuchando música. ¡Escuchando música, música del siglo XX! Los *Gurrelieder* de Schönberg, una composición novedosa y reciente, de todo punto inimaginable, que nada tenía que ver con el carácter, los gustos o la trayectoria vital del progenitor. Jamás había éste escuchado ningún tipo de música ni mostrado el menor interés por tal arte. Era enteramente lego en la materia, carecía de todo conocimiento, de las más rudimentarias nociones, y sin embargo he aquí que venía a morir con los *Gurrelieder* de Schönberg junto a su cuerpo medio combado y yerto. A lo largo del breve lapso que duró el trajín indeseado de los domésticos, la paulatina asunción de que aquel hombre hubiera muerto oyendo música y en concreto los *Gurrelieder* de Schönberg le fue iniciado de manera incompleta y no formulada —como si le llegaran fogonazos reiterativos pero inaprehensibles— en la idea de que el destino de alguien, aquello de lo que tanto se le había hablado y sobre lo que tanto había él cavilado, no era algo que pudieran percibir los demás ni aun los más allegados, desde el exterior, sino que concernía tan sólo a la persona que lo recibía o lograba y en todo caso lo llevaba a su consumación. Nada más. El hecho increíble de que el padre no hubiera hallado su fin en la lectura de *Dieu o La Légende des Siècles* o *Joseph Balsamo* significaba tal vez que para que un destino fuera nítido e inconfundible en verdad, único e intransferible en verdad, había de pertenecer solamente al impenetrable reino de la intimidad y morar solamente en el seno recóndito de quien fuera su poseedor. Pero si aquello era así, ¿quién entonces podría contarlo y hacerlo reconocible tras unas pocas frases iniciales? ¿Quién podría juzgar si merecería contarse y acometer la tarea? En aquellos momentos de desvarío, penumbra y perplejidad los destinos se le aparecieron a la nueva y mortecina luz como siempre fragmentarios y pobres para un oyente o espectador, como un secreto indescifrable reñido por naturaleza con las apariencias y la objetividad, cognoscible tan sólo para cada destinatario individual y particular.

SIN QUE SE ENTERE NADIE

Hace cuatro años que no pienso. Debe entenderse: que no pienso en mí, la única actividad mental, en realidad, a la que con anterioridad a estos años solía entregarme. Preferentemente pensaba en mí por la noche, antes de darme la vuelta, ya en la cama, y dar con ello la espalda a Berta o a nadie, según estuviera en casa o de viaje en la habitación de un hotel de lujo. Cuando estaba en casa, lo último que veía justo antes de dormirme era un muro, porque Berta prefería dormir mirando hacia la ventana, y yo, aunque prefiriera lo mismo que ella, cedía siempre en esas ocasiones en las que, de algo, *sólo hay uno.* Mi carácter consistía en ceder, en buena medida consistía y consiste en eso todavía. Sólo he sabido negarme a las cosas o luchar por ellas con el pensamiento, y últimamente, como digo, ni siquiera pienso. Por eso quizá es mejor que esté solo, para que no exista la posibilidad de no negarme ante nadie ni de no luchar con nadie. Sin embargo, junto a mí casi siempre ha habido alguien, y uno de mis últimos pensamientos antes de cerrar los ojos era que nadie, ni siquiera Berta que yacía a mi lado, velaría *de verdad* mi sueño, y que durante ese prolongado estado de desprevención y olvido estaría perdido si me sucedía algo malo. No es que Berta me descuidara (me daba las buenas noches y un beso de despedida), pero estaba incapacitada para comprenderme en mi sueño o comprender mi sueño. Es aterrador cómo las personas son abandonadas, con toda naturalidad y la conciencia absolutamente tranquila de los demás, a unas larguísimas y azarosas horas en las que se da por supuesto que no necesitan nada *porque* duermen, como si el dormir fuera en efecto lo que han gustado de decir tantos literatos: una suspensión de las necesidades vitales, la analogía más próxima de la muerte. Las personas se afanan a veces por comprenderse entre sí, aunque nadie en realidad esté posibilitado para comprender nada —es decir, para ver la totalidad— de lo que existe ni de lo que no existe. Pero al menos hacen como que se afanan, durante el día. En cambio nadie se preocupa, nadie se toma la menor fatiga por comprender nuestro sueño, que aunque en mi lengua parezca lo mismo, no es lo mismo que nuestros sueños, para los que ya ha habido demasiadas explicaciones. En todo caso Berta ni siquiera se había parado a considerar la idea de que nuestro espíritu y nuestro cuerpo siguen siendo los mismos en medio de la esfera nocturna, sino que para ella —eso lo vi claramente desde la primera noche que pasamos juntos— toda mi persona se terminaba o interrumpía, dejaba de existir, se anulaba, en el momento en que los dos nos dormíamos, sobre todo en el momento en que se dormía ella; mientras que yo, consciente de que Berta requeriría tanta atención y cuidados dormida como despierta, esperaba largo rato con los ojos abiertos, pensando vagamente en mí y mirando aquel muro del que tan sólo colgaba un enorme calendario italiano (febbraio, maggio, luglio), para asumir en la medida de mis posibilidades su espíritu y su cuerpo dormidos, e intentaba hacerme a la idea de que con mi propio pensamiento dormido debía comprender *su* sueño, es decir, comprenderla dormida. A veces, por este motivo, seguía despierto durante dos o tres horas, velando a Berta. El cuarto de nuestra casa de Barcelona en el que pensaba y velaba o dormía era más bien pequeño, porque, como he oído decir a tantas parejas, es una lástima desaprovechar el espacio de un piso en los dormitorios, donde sólo hace falta que quepa la cama. Entonces no era tan famoso como voy siendo ahora, no ganaba tanto dinero, la casa era también pequeña, o al menos lo era en comparación con la que habito ahora. Ahora el cuarto tampoco es pequeño ni tengo frente a mí, al dormirme, un muro, porque hay ventanas en tres de sus cuatro paredes. Hay mucha luz y sobra el espacio. Duermo en una cama más amplia, en una cama descomunal con cuatro enormes patas que son patas de león talladas en la madera. Ahora soy el León de Nápoles, por ridículo que resulte que sea yo quien lo diga, sobre todo cuando ya no sé si ese sobrenombre me halaga o me ofende. Y mientras yo me he convertido en el célebre León de Nápoles, Berta está muerta y se ha convertido en nada. Hace unas tres semanas me escribió un hombre al que no conozco y que, según explicaba en su carta (una letra desazonante, pulcra y torcida), se había casado y había vivido junto a ella (es decir, había hecho prácticamente lo mismo que hice yo desde hace cinco años hasta hace cuatro) durante dieciocho meses, los que habían resultado ser los últimos dieciocho meses de la vida de Berta. Suponía que me interesaría saber que aquella persona ya no existía. En realidad era sólo información lo que me daba (se abstenía de comentarme su estado de ánimo, su desesperación o su alivio), lo cual agradecí, pues de este modo la muerte de Berta —sólo datos, detallados pero desapasionados— se me aparece un poco como las que se muestran en la televisión o se relatan en los periódicos, y así, aunque sé que es cierta, puedo permitirme no comprenderla. Vivían, me contaba ese hombre al que no conozco y cuyo nombre ya ni siquiera recuerdo (pero empezaba por N. Noriega o Navarro Noguer), en una de esas casas de Barcelona que allí llamamos torres, de dos o tres pisos y que se encuentran sobre todo en la parte alta. Berta, un día cualquiera ('un día no señalado por nada, hace once exactamente'), se había caído por las escaleras 'al bajarlas cargada de libros de usted que todavía conservaba de la época de su compromiso', y la caída había sido tan dura y tan aparatosa que había vomitado sangre 'nada más pararse'. Un médico amigo o vecino, a todas luces incompetente, no había acertado a establecer la relación, pero les había aconsejado que no se preocuparan más de la cuenta y, tras curarle a Berta algunos hematomas leves que se había producido en brazos y piernas, se limitó a recomendarle que guardara reposo durante un par de días hasta ver cómo evolucionaba y si se le pasaba la conmoción. En efecto, Berta no pareció haber sufrido más que contusiones sin importancia, además del susto momentáneo de la caída y de la visión de la sangre que salió por su boca como una llamarada y manchó tres o cuatro escalones y que, con la alarma, no había podido limpiarse hasta la mañana siguiente, cuando ya estaba seca y oscurecida, del mismo modo que mis libros no habían sido recogidos entonces ni de hecho puestos en orden 'hasta hoy mismo'. Berta se recuperó en seguida y reanudó sus quehaceres normales, pero al noveno día de la caída, que era tan sólo dos antes de que aquel hombre, Noriega, se sentara a escribirme la carta, no amaneció. Cuando su marido se había despertado ('a las siete y media, para ir al trabajo', pero no especificaba a qué se dedicaba) la había visto acurrucada en la cama, con el camisón hecho un fuelle, destapada hasta los muslos, vuelta hacia él y muerta, con un borrón de sangre medio coagulada que todavía le resbalaba un poco —cada minuto que pasaba un poco más lentamente— desde los labios entrecerrados y palidecidos. El marido, Navarro, no daba más explicaciones, como si las causas médicas ya no le importaran o no debieran importarme a mí. Tampoco se ensañaba con el médico negligente ni consigo mismo. 'Hoy la he enterrado', decía en singular, como si lo hubiera hecho a solas y con sus propias manos y Berta fuera un animal doméstico. 'He pensado que le interesaría saberlo.' Las cosas que uno sabe es imposible saber si le interesa o no saberlas una vez que ya las sabe. No sé si me interesaba saber que Berta ha muerto; ahora lo sé y basta, y si sueño con ello ya no es una figuración ni una alegoría, sino una repetición de lo que ha sucedido. Con aquellas palabras concluía la carta de Noguer, aunque añadía un post scriptum en el que me preguntaba si deseaba recuperar esos libros míos que Berta cargaba cuando cayó por las escaleras; y meticulosamente, en cuartilla aparte, me incluía la relación, una cincuentena de títulos de los que sólo reconocí haber poseído o leído tres o cuatro o cinco: *La caída de Constantinopla, Comentarios reales, Wagner Nights, Nuestros antepasados, Pnin.* Así, sin mención de los autores, aparecían los títulos en la lista adjunta de Noriega. Era evidente que aquel hombre habría oído hablar mucho de mí para decidirse a escribirme no conociéndome en absoluto, lo cual significaba que, mientras yo no había pensado en Berta (ni de hecho tampoco en mí mismo) durante los últimos cuatro años, hasta el extremo de no gustarme ni recordar que había llegado a vivir con ella durante uno entero, ella, en los dieciocho meses últimos de su vida y únicos de casada, tenía por fuerza que haber pensado en mí lo bastante para haberle hablado a su marido, Navarro, lo bastante para que éste, el mismo día de enterrarla, me escribiera dándome toda aquella información no solicitada y que en modo alguno me era debida tras tantos años de total silencio y desinterés por mi parte. La noticia, sin embargo, debe haberme afectado, o si no Berta no habría aparecido en mi sueño de esta mañana. Y aunque no he retenido en la memoria el nombre exacto de Noguer, en cambio se me han quedado grabados fragmentos de su carta, que releí varias veces hace dos semanas, al recibirla, tratando de imaginar lo que no se me relataba. No puedo por menos de pensar que esa muerte sigilosa de Berta, acaecida sin testigos ni aviso y justamente durante el sueño, jamás podría haberle llegado mientras vivió conmigo. Sólo hay una cosa más solitaria que morirse sin que se entere nadie, y es morirse sin enterarse uno mismo de lo que está ocurriendo, sin que el que muere se entere de su propia disolución y término, como quizá le ha sucedido a Berta. No cabe duda de que Noriega sería un marido desatento que no vigilaría su sueño con tanta constancia y alerta como yo lo hacía, y en ese sentido será tan culpable, por lo menos, como él ha intentado hacerme sentir a mí al mencionar por dos veces los libros que yo dejé despreocupadamente y sin mala fe hace mucho tiempo en otra casa de Barcelona, la que Berta compartió conmigo, y que —así debo entenderlo— fueron los responsables de su caída. Nunca más me había parado a pensar en tales libros, que estaban destinados a ocupar un milímetro del ingente cúmulo de mis olvidos y que sin embargo descubro ahora que han seguido llevando, sin mi conocimiento ni mi sospecha, una existencia propia 'hasta hoy mismo', y han sido la causa indirecta de la muerte de una persona que sé que me fue muy cercana, y, lo que es aún más sorprendente, han seguido siendo *míos,* puesto que Navarro se ofrece a restituírmelos. ¿Por qué no se deshizo Berta de ellos, sino que los llevó consigo cuando se mudó para iniciar una nueva vida a la torre donde encontró la muerte 'un día no señalado por nada'? ¿Por qué no se apropió de ellos y los mezcló con los suyos y los de Noguer, su marido, como hacen los matrimonios con los despojos de sus solterías? ¿Acaso eran —son— tan inequívocamente míos? Yo apenas los reconozco. ¿Y adónde se propondría bajarlos aquel día cualquiera? ¿Tal vez a un sótano maloliente y decrépito y paseado por alguna rata, para arrinconarlos en prueba de que el mal que yo debí causarle había pasado por fin del todo? ¿O iba a abandonarlos quizá en la calle inclinada, al lado de los cubos de la basura de un vecindario desconocido para que de pronto, ese día cualquiera, fueran finalmente triturados sin dejar vestigio junto a bolsas de plástico reventadas de sobras, mondaduras y envases de medicamentos después de haber permanecido guardados aparte y distinguidos como reliquias durante años? ¿O bien estaría, por el contrario, rescatándolos de un desván polvoriento y caliginoso en un día señalado tan sólo por la añoranza inconfesable y punzante de su vida conmigo perdida hace cuatro años? Es Noriega quien dice que aquel día fue un día cualquiera. ¿Habré estado yo presente en la vida ignorada de Berta Viella hasta el último instante? ¿Cuál sería su sueño cuando le vino la muerte? ¿Y cómo será Navarro, cómo será un elegido que habla de 'compromisos' y a cuyo lado durmiente puede expirar su elegida escupiendo sangre entre pesadillas y con medio cuerpo ('hasta los muslos') a la intemperie de una alcoba quién sabe si espaciosa o angosta, si sórdida o acogedora, si transparente o brumosa, quién sabe si bien caldeada o si húmeda y tibia, como es la ciudad entera de Barcelona? Mala ciudad para morir en ella. Me pregunto si ese dormitorio tendría más de una ventana, y si, de no tenerla, Noguer sería tan complaciente como para cederle a Berta la orilla del lecho que la mirara. Tendría que escribir a Noriega para saber todo esto, pero no me ha parecido, en su carta, persona comprensiva ni de calidad. Yo me habría despertado aquella noche adivinando la muerte con mi pensamiento dormido, y entonces la habría despertado a ella para que no muriera tan angustiosamente, para que no muriera tan sólo en sueños.

Pero en verdad me cuesta un enorme esfuerzo recordar a Berta, recordar que viví con ella y que dormía con ella igual que Navarro, y que ella procuraba siempre esperarme en casa cuando yo regresaba de alguno de mis viajes operísticos para que no me asaltara la misma sensación de desgracia —de llegar a un sitio en el que nadie me conocía o no me aguardaba nadie— que tenía en cada ciudad visitada en el momento de entrar en la habitación del hotel que me hubieran reservado. Me cuesta indeciblemente rememorar su carácter festivo y sus ojos diáfanos, el tacto precipitado de sus manos y los colores mal combinados de sus vestidos, su risa fácil, su olor infantil, su hablar perezoso, su impávida espalda vuelta durante mis horas de insomnio. El hecho de que esté muerta no le añade nada, más bien se lo resta: no sólo ya no es nada en mi imaginación, en mi pensamiento, en mi vida, sino que no es nada tampoco en *su* imaginación, en *su* pensamiento, en *su* vida. Ni siquiera tiene vida. De ahora en adelante, si tal cosa es posible, crecerá en mi olvido.

LA TARTA

Una de las niñas, cuando ya no era niña y no hacía mucho que había regresado de su viaje de bodas, entró en el cuarto de baño, se puso frente al espejo, se abrió la blusa, se quitó el sostén y se buscó el corazón con la punta de la pistola de su propio padre, que estaba en el comedor con parte de la familia y tres invitados. Cuando se oyó la detonación, unos cinco minutos después de que la niña hubiera abandonado la mesa, el padre no se levantó en seguida, sino que se quedó durante algunos segundos paralizado con la boca llena, sin atreverse a masticar ni a tragar ni menos aún a devolver el bocado al plato; y cuando por fin se alzó y corrió hacia el cuarto de baño, los que lo siguieron vieron cómo mientras descubría el cuerpo ensangrentado de su hija y se echaba las manos a la cabeza iba pasando el bocado de carne de un lado a otro de la boca, sin saber todavía qué hacer con él. Llevaba la servilleta en la mano, y no la soltó hasta que al cabo de un rato reparó en el sostén tirado sobre el bidet, y entonces lo cubrió con el paño que tenía a mano o tenía en la mano y sus labios habían manchado, como si le diera más vergüenza la visión de la prenda íntima que la del cuerpo derribado y semidesnudo con el que la prenda había estado en contacto hasta hacía muy poco: el cuerpo sentado a la mesa o alejándose por el pasillo o también de pie. Antes, con gesto automático, el padre había cerrado el grifo del lavabo, el del agua fría, que estaba abierto con mucha presión. La hija había estado llorando mientras se ponía ante el espejo, se abría la blusa, se quitaba el sostén y se buscaba el corazón, porque, tendida en el suelo frío del cuarto de baño enorme, tenía los ojos llenos de lágrimas, que no se habían visto durante el almuerzo ni podían haber brotado después de caer sin vida. En contra de su costumbre y de la costumbre general, no había echado el pestillo, lo que hizo pensar al padre (pero brevemente y sin pensarlo apenas, en cuanto tragó) que quizá su hija, mientras lloraba, había estado esperando o deseando que alguien abriera la puerta y le impidiera hacer lo que había hecho, no por la fuerza, sino con su mera presencia, por la contemplación de su desnudez en vida o con una mano en el hombro. Pero nadie (excepto ella ahora, y porque ya no era una niña) iba al cuarto de baño durante el almuerzo. El pecho que no había sufrido el impacto resultaba bien visible, maternal y blanco y aún firme, y fue hacia él hacia donde se dirigieron instintivamente las primeras miradas, más que nada para evitar dirigirse al otro, que ya no existía o era sólo sangre. Hacía muchos años que el padre no había visto ese pecho, dejó de verlo cuando se transformó o empezó a ser maternal, y por eso no sólo se sintió espantado, sino también turbado. La otra niña, la hermana, que sí lo había visto cambiado en su adolescencia y quizá después, fue la primera en tocarla, y con una toalla (su propia toalla azul pálida, que era la que tenía tendencia a coger) se puso a secarle las lágrimas del rostro mezcladas con sudor y con agua, ya que antes de que se cerrara el grifo, el chorro había estado rebotando contra la loza y habían caído gotas sobre las mejillas, el pecho blanco y la falda arrugada de su hermana en el suelo. También quiso, apresuradamente, secarle la sangre como si eso pudiera curarla, pero la toalla se empapó al instante y quedó inservible para su tarea, también se tiñó. En vez de dejarla empaparse y cubrir el tórax con ella, la retiró en seguida al verla tan roja (era su propia toalla) y la dejó colgada sobre el borde de la bañera, desde donde goteó. Hablaba, pero lo único que acertaba a decir era el nombre de su hermana, y a repetirlo. Uno de los invitados no pudo evitar mirarse en el espejo a distancia y atusarse el pelo un segundo, el tiempo suficiente para notar que la sangre y el agua (pero no el sudor) habían salpicado la superficie y por tanto cualquier reflejo que diera, incluido el suyo mientras se miró. Estaba en el umbral, sin entrar, al igual que los otros dos invitados, como si pese al olvido de las reglas sociales en aquel momento, consideraran que sólo los miembros de la familia tenían derecho a cruzarlo. Los tres asomaban la cabeza tan sólo, el tronco inclinado como adultos escuchando a niños, sin dar el paso adelante por asco o respeto, quizá por asco, aunque uno de ellos era médico (el que se vio en el espejo) y lo normal habría sido que se hubiera abierto paso con seguridad y hubiera examinado el cuerpo de la hija, o al menos, rodilla en tierra, le hubiera puesto en el cuello dos dedos. No lo hizo, ni siquiera cuando el padre, cada vez más pálido e inestable, se volvió hacia él y, señalando el cuerpo de su hija, le dijo «Doctor», en tono de imploración pero sin ningún énfasis, para darle la espalda a continuación, sin esperar a ver si el médico respondía a su llamamiento. No sólo a él y a los otros les dio la espalda, sino también a sus hijas, a la viva y a la que no se atrevía a dar aún por muerta, y, con los codos sobre el lavabo y las manos sosteniendo la frente, empezó a vomitar cuanto había comido, incluido el pedazo de carne que acababa de tragar sin masticar. Su hijo, el hermano, que era bastante más joven que las dos niñas, se acercó a él, pero a modo de ayuda sólo logró asirle los faldones de la chaqueta, como para sujetarlo y que no se tambaleara con las arcadas, pero para quienes lo vieron fue más bien un gesto que buscaba amparo en el momento en que el padre no se lo podía dar. Se oyó silbar un poco. El chico de la tienda, que a veces se retrasaba con el pedido hasta la hora de comer y estaba descargando sus cajas cuando sonó la detonación, asomó también la cabeza silbando, como suelen hacer los chicos al caminar, pero en seguida se interrumpió (era de la misma edad que aquel hijo menor), en cuanto vio unos zapatos de tacón medio descalzados o que sólo se habían desprendido de los talones y una falda algo subida y manchada —unos muslos manchados—, pues desde su posición era cuanto de la hija caída se alcanzaba a ver. Como no podía preguntar ni pasar, y nadie le hacía caso y no sabía si tenía que llevarse cascos de botellas vacíos, regresó a la cocina silbando otra vez (pero ahora para disipar el miedo o aliviar la impresión), suponiendo que antes o después volvería a aparecer por allí la doncella, quien normalmente le daba las instrucciones y no se hallaba ahora en su zona ni con los del pasillo, a diferencia de la cocinera, que, como miembro adherido de la familia, tenía un pie dentro del cuarto de baño y otro fuera y se limpiaba las manos con el delantal, o quizá se santiguaba con él. La doncella, que en el momento del disparo había soltado sobre la mesa de mármol del office las fuentes vacías que acababa de traer, y por eso lo había confundido con su propio y simultáneo estrépito, había estado colocando luego en una bandeja, con mucho tiento y poca mano —mientras el chico vaciaba sus cajas con ruido también—, la tarta helada que le habían mandado comprar aquella mañana por haber invitados; y una vez lista y montada la tarta, y cuando hubo calculado que en el comedor habrían terminado el segundo plato, la había llevado hasta allí y la había depositado sobre una mesa en la que, para su desconcierto, aún había restos de carne y cubiertos y servilletas soltados de cualquier manera sobre el mantel y ningún comensal (sólo había un plato totalmente limpio, como si uno de ellos, la hija mayor, hubiera comido más rápido y lo hubiera rebañado además, o bien ni siquiera se hubiera servido carne). Se dio cuenta entonces de que, como solía, había cometido el error de llevar el postre antes de retirar los platos y poner otros nuevos, pero no se atrevió a recoger aquéllos y amontonarlos por si los comensales ausentes no los daban por finalizados y querían reanudar (quizá debía haber traído fruta también). Como tenía ordenado que no anduviera por la casa durante las comidas y se limitara a hacer sus recorridos entre la cocina y el comedor para no importunar ni distraer la atención, tampoco se atrevió a unirse al murmullo del grupo agrupado a la puerta del cuarto de baño por no sabía aún qué motivo, sino que se quedó esperando, las manos a la espalda y la espalda contra el aparador, mirando con aprensión la tarta que acababa de dejar en el centro de la mesa desierta y preguntándose si no debería devolverla a la nevera al instante, dado el calor. Canturreó un poco, levantó un salero caído, sirvió vino a una copa vacía, la de la mujer del médico, que bebía rápido. Al cabo de unos minutos de contemplar cómo esa tarta empezaba a perder consistencia, y sin verse capaz de tomar una decisión, oyó el timbre de la puerta de entrada, y como una de sus funciones era atenderla, se ajustó la cofia, se puso el delantal más recto, comprobó que sus medias no estaban torcidas y salió al pasillo. Echó un vistazo fugaz a su izquierda, hacia donde estaba el grupo cuyos murmullos y exclamaciones había oído intrigada, pero no se entretuvo ni se acercó y fue hacia la derecha, como era su obligación. Al abrir se encontró con risas que terminaban y con un fuerte olor a colonia (el descansillo a oscuras) procedente del hijo mayor de la familia o del reciente cuñado que había regresado de su viaje de bodas no hacía mucho, pues llegaban los dos a la vez, posiblemente porque habían coincidido en la calle o en el portal (sin duda venían a tomar café, pero nadie había hecho aún el café). La doncella casi rió por contagio, se hizo a un lado y los dejó pasar, y aún tuvo tiempo de ver cómo cambiaba en seguida la expresión de sus rostros y se apresuraban por el pasillo hacia el cuarto de baño de la multitud. El marido, el cuñado, corría detrás muy pálido, con una mano sobre el hombro del hermano, como si quisiera frenarlo para que no viera lo que podía ver, o bien agarrarse a él. La doncella no regresó ya al comedor, sino que los siguió, apretando también el paso por asimilación, y cuando llegó a la puerta del cuarto de baño volvió a notar, aún más fuerte, el olor a colonia buena de uno de los caballeros o de los dos, como si se hubiera derramado un frasco o lo hubiera acentuado un repentino sudor. Se quedó allí sin entrar, con la cocinera y con los invitados, y vio, de reojo, que el chico de la tienda pasaba ahora silbando de la cocina al comedor, buscándola seguramente; pero estaba demasiado asustada para llamarle o reñirle o hacerle caso. El chico, que había visto bastante con anterioridad, sin duda permaneció un buen rato en el comedor y luego se fue sin decir adiós ni llevarse los cascos de botellas vacíos, ya que cuando horas después la tarta derretida fue por fin retirada y arrojada a la basura envuelta en papel, le faltaba una considerable porción que ninguno de los comensales se había comido y la copa de la mujer del médico volvía a estar sin vino.

EL QUE ACIERTA A PASAR

Hay un grado de irrealidad en lo que a mí me ha pasado, y además todavía no ha concluido, o quizá debería emplear otro tiempo verbal, el clásico en nuestra lengua cuando contamos, y decir *lo que me pasó,* aunque no esté concluido. Tal vez ahora, al contarlo, me dé la risa. Pero no lo creo, porque aún no es remoto y mi muerta no habita en el pasado desde hace mucho ni fue poderosa ni una enemiga, y sin duda tampoco puedo decir que fuera una desconocida, aunque supiera poco acerca de ella cuando murió en mis brazos —ahora sé más, en cambio—. Fue una suerte que aún no estuviera desnuda, o no del todo, estábamos justamente en el proceso de desvestirnos, el uno al otro como suele suceder la primera vez que eso sucede, esto es, en las noches inaugurales que cobran la apariencia de lo imprevisto, o que se fingen impremeditadas para dejar el pudor a salvo y poder tener luego una sensación de inevitabilidad, y así desechar la culpa posible, la gente cree en la predestinación y en la intervención del hado, cuando le conviene. Como si todo el mundo tuviera interés en decir, llegado el caso: 'Yo no lo busqué, yo no lo quise', cuando las cosas salen mal o deprimen, o se arrepiente uno, o resulta que se hizo daño. Yo no lo busqué ni lo quise, debería decir yo ahora que sé que ella ha muerto, y que murió inoportunamente en mis brazos sin conocerme apenas —inmerecidamente, no me tocaba estar a su lado—. Nadie me creería si lo dijera, lo cual sin embargo no importa mucho, ya que soy yo quien está contando, y se me escucha o no se me escucha, eso es todo. Yo no lo busqué, yo no lo quise, digo ahora por tanto, y ella ya no puede decir lo mismo ni ninguna otra cosa ni desmentirme, lo último que dijo fue: 'Ay Dios, y el niño'. Lo primero que había dicho fue: 'No me siento bien, no sé qué me pasa'. Quiero decir lo primero tras la interrupción del proceso, ya habíamos llegado a su alcoba y estábamos medio echados, medio vestidos y medio desvestidos. De pronto se retiró y me tapó los labios como si no quisiera dejar de besármelos sin la transición de otro afecto y otro tacto, y me apartó suavemente con el envés de la mano y se colocó de costado, dándome la espalda, y cuando yo le pregunté: '¿Qué ocurre?', me contestó eso: 'No me siento bien, no sé qué me pasa'. Vi entonces su nuca que no había visto nunca, con el pelo algo levantado y algo enredado y algo sudado, y calor no hacía, una nuca decimonónica por la que corrían estrías o hilos de cabello negro y pegado, como sangre a medio secar, o barro, como la nuca de alguien que resbaló en la ducha y aún tuvo tiempo de cerrar el grifo. Todo fue muy rápido y no dio tiempo a nada. No a llamar a un médico (pero a qué médico a las tres de la madrugada, los médicos ni siquiera a la hora de comer van ya a las casas), ni a avisar a un vecino (pero a qué vecino, yo no los conocía, no estaba en mi casa ni había estado nunca en aquella casa en la que era un invitado y ahora un intruso, ni siquiera en aquella calle, pocas veces en el barrio, mucho antes), ni a llamar al marido (pero cómo podía llamar yo al marido, y además estaba de viaje, y ni siquiera sabía su nombre completo), ni a despertar al niño (y para qué iba a despertar al niño, con lo que había costado que se durmiera), ni tampoco a intentar auxiliarla yo mismo, se sintió mal de repente, al principio pensé o pensamos que le habría sentado mal la cena con tantas interrupciones, o pensé yo solo que quizá se estaba ya deprimiendo o arrepintiendo o que le había entrado miedo, las tres cosas toman a menudo la forma del malestar y la enfermedad, el miedo y la depresión y el arrepentimiento, sobre todo si este último aparece simultáneamente con los actos que lo provocan, todo a la vez, un sí y un no y un quizá y mientras tanto todo ha continuado o se ha ido, la desdicha de no saber y tener que obrar porque hay que darle un contenido al tiempo que apremia y sigue pasando sin esperarnos, vamos más lentos: decidir sin saber, actuar sin saber y por tanto previendo, la mayor y más común desgracia, previendo lo que viene luego, percibida normalmente como desgracia menor, pero percibida por todos a diario. Algo a lo que se habitúa uno, no le hacemos mucho caso. Se sintió mal y no me atrevo a nombrarla, Marta, ese era su nombre, Téllez su apellido, dijo que sentía un mareo, y yo le pregunté: '¿Pero qué tipo de mareo, de estómago o de cabeza?' 'No lo sé, un mareo horrible, de todo, todo el cuerpo, me siento morir.' Todo aquel cuerpo que empezaba a estar en mis manos, las manos que van a todas partes, las manos que aprietan o acarician o indagan y también golpean (oh, fue sin querer, involuntariamente, no se me debe tener en cuenta), gestos maquinales a veces de las manos que van tanteando todo un cuerpo que aún no saben si les complace, y de pronto ese cuerpo sufre un mareo, el más difuso de los malestares, el cuerpo entero, como ella dijo, y lo último que había dicho, 'Me siento morir', lo había dicho no literalmente, sino como frase hecha. Ella no lo creía, ni yo tampoco, es más, ella había dicho 'No sé qué me pasa'. Yo insistí, porque preguntar es una manera de evitar hacer, no sólo preguntar sino hablar y contar evita los besos y evita los golpes y tomar medidas, abandonar la espera, y qué podía hacer yo, sobre todo al principio, cuando todo debía ser pasajero según las reglas de lo que ocurre y no ocurre, que a veces se quiebran. '¿Pero tienes ganas de vomitar?' Ella no contestó con palabras, hizo un gesto negativo con la nuca de sangre semiseca o barro, como si le costara articular. Me levanté de la cama y di la vuelta y me arrodillé a su lado para verle la cara, le puse una mano en el antebrazo (tocar consuela, la mano del médico). Tenía los ojos cerrados y apretados en aquel momento, pestañas largas, como si le dañara la luz de la mesilla de noche que aún no habíamos apagado (pero yo pensaba hacerlo ya en breve, antes de su indisposición había dudado si apagarla ya o bien todavía no: quería ver, aún estaba por ver aquel cuerpo nuevo que seguramente me complacería, no la había apagado). La dejé encendida, ahora podía sernos útil en vista de su repentino estado, de enfermedad o depresión o miedo o arrepentimiento. '¿Quieres que llame a un médico?', y pensé en las improbables urgencias, fantasmagorías del listín telefónico. Volvió a negar con la cabeza. '¿Dónde te duele?', pregunté, y ella se señaló con desgana una zona imprecisa que abarcaba el pecho y el estómago y más abajo, en realidad todo el cuerpo menos la cabeza y las extremidades. Su estómago estaba ya al descubierto y el pecho no tanto, aún tenía puesto (aunque soltado el broche) su sostén sin tirantes, un vestido del verano, como la parte superior de un bikini, le estaba un poco pequeño y quizá se lo había puesto, ya un poco antiguo, porque me esperaba esa noche y todo era premeditado en contra de las apariencias y las casualidades trabajosamente forjadas que nos habían llevado hasta aquella cama de su matrimonio (sé que algunas mujeres usan a propósito tallas menores, para realzarse). Yo le había soltado el broche, pero la prenda no había caído. Marta se la sujetaba aún con los brazos, o con las axilas, tal vez sin querer ahora. '¿Se te va pasando?' 'No, no lo sé, creo que no', dijo ella, Marta Téllez, con la voz no ya adelgazada, sino deformada por el dolor o la angustia, pues en realidad dolor no sé si tenía. 'Espera un poco, no puedo casi hablar', añadió —estar mal da pereza—, y sin embargo dijo algo más, no estaba lo bastante mal para olvidarse de mí, o era considerada en cualquier circunstancia y aunque se estuviera muriendo, en mi escaso trato con ella me había parecido una persona considerada (pero entonces no sabíamos que se estaba muriendo): 'Pobre', dijo, 'no contabas con esto, qué noche horrible'. No contaba con nada, o tal vez sí, con lo que contaba ella. La noche no había sido horrible hasta entonces, si acaso un poco aburrida, y no he sabido si adivinaba ya lo que iba a ocurrirle o si se estaba refiriendo a la espera excesiva por culpa del niño sin sueño. Me levanté, de nuevo di la vuelta a la cama y me recosté en el lado que había ocupado antes, el izquierdo, pensando (volví a ver su nuca inmóvil surcada, encogida como por el frío): 'Quizá es mejor que espere y no le pregunte durante un rato, que la deje tranquila a ver si se le pasa, no obligarla a contestar preguntas ni a calibrar cada pocos segundos si está un poco mejor o un poco peor, pensar en la enfermedad la agudiza, como vigilarla demasiado estrechamente'.

Miré hacia las paredes de aquella alcoba en la que al entrar no me había fijado porque tenía la vista en la mujer antes vivaz o tímida y ahora maltrecha, que me conducía de la mano. Había un espejo de cuerpo entero frente a la cama, como si fuera la habitación de un hotel (un matrimonio al que gustaba mirarse, antes de salir a la calle, antes de acostarse). El resto, en cambio, era un dormitorio doméstico, de dos personas, había rastros de un marido en la mesilla que había a mi lado (ella se había deslizado desde el principio hacia el que ocuparía cada noche, algo indiscutible y mecánico, y cada mañana): una calculadora, un abrecartas, un antifaz de avión para ahuyentar la luz del océano, monedas, cenicero sucio y despertador con radio, en el hueco inferior un cartón de tabaco en el que sólo quedaba un paquete, un frasco de colonia muy viril de Loewe que le habrían regalado, acaso la propia Marta por un cumpleaños reciente, dos novelas también regaladas (o no, pero yo no me veía comprándolas), un tubo de Redoxon efervescente, un vaso vacío que no le habría dado tiempo a retirar antes de salir de viaje, el suplemento de una revista con la programación de televisión, no la vería, estaba hoy de viaje. La televisión estaba a los pies de la cama, al lado del espejo, gente cómoda, durante un instante se me ocurrió ponerla con el mando a distancia, pero el mando estaba en la otra mesilla, en la de Marta, y tenía que dar otra vez la vuelta o bien molestarla con mi brazo estirado por encima de su cabeza, en qué estaría pensando, si era depresión o miedo lo que la había atacado. Lo estiré y cogí el mando, ella no se dio cuenta aunque le rocé el pelo con la manga subida de mi camisa. En la pared de la izquierda había una reproducción de un cuadro algo cursi que conozco bien, Bartolomeo da Venezia el pintor, está en Francfort, representa a una mujer con laurel, toca y bucles escuálidos en la cabeza, diadema en la frente, un manojo de florecillas distintas en la mano alzada y un pecho al descubierto (más bien plano); en la de la derecha había armarios empotrados pintados de blanco, como los muros. Allí dentro estarían las ropas que el marido no se llevó de viaje, la mayoría, era una ausencia breve según me había dicho su mujer Marta durante la cena, a Londres. Había también dos sillas con ropa sin recoger, tal vez sucia o tal vez recién limpia y aún sin planchar, la luz de la mesilla de Marta no alcanzaba a iluminarlas bien. En una de las sillas vi ropa de hombre, una chaqueta colgada sobre el respaldo como si éste fuera una percha, un pantalón con el cinturón aún puesto, la hebilla gruesa (la cremallera abierta, como todos los pantalones tirados), un par de camisas claras desabrochadas, el marido acababa de estar en aquel lugar, aquella mañana se habría levantado allí mismo, desde la almohada en la que yo apoyaba ahora la espalda, y habría decidido cambiarse de pantalones, las prisas, puede que Marta se hubiera negado a planchárselos. Aquellas prendas aún respiraban. En la otra silla había ropa de mujer en cambio, vi unas medias oscuras y dos faldas de Marta Téllez, no eran del estilo de la que aún tenía puesta sino más de vestir, tal vez se las había estado probando indecisa hasta un minuto antes de que yo llamara a la puerta, para las citas galantes uno no sabe nunca elegir atuendo (yo no había tenido problemas, para mí no era seguro que fuera galante, y es monótono mi vestuario). La falda escogida se le estaba arrugando enormemente en la postura que había adoptado, Marta estaba doblada, vi que se apretaba los pulgares con los demás dedos, las piernas encogidas como si hicieran un esfuerzo por calmar con su presión el estómago y el pecho, como si quisieran frenarlos, la postura dejaba las bragas al descubierto y esas bragas a su vez las nalgas en parte, eran bragas menores. Pensé estirarle y bajarle la falda por un repentino recato y para que no se le arrugara tanto, pero no podía evitar que me gustara lo que veía y era dudoso que fuera a seguir viendo —en aumento— si ella no mejoraba, y Marta tal vez habría contado con esas arrugas, habían empezado a aparecer en la falda ya antes, como suele suceder en las noches inaugurales, no hay en ellas respeto por las prendas que se van quitando, no por las que van quedando, sí lo hay por el nuevo desconocido cuerpo: quizá por eso no había planchado aún nada de lo que estaba pendiente, porque sabía que de todas formas tendría que planchar también al día siguiente la falda que esta noche iba a ponerse, cuál de ellas, cuál favorece, la noche en que me recibiría, todo se arruga o se mancha o maltrata y queda momentáneamente inservible en estos casos.

Bajé el sonido de la televisión con el mando antes de ponerla en funcionamiento, y, como yo quería, apareció la imagen sin voz y ella no se dio cuenta, aunque aumentó la luz de la habitación al instante. En la pantalla estaba Fred MacMurray con subtítulos, una película antigua por la noche tarde. Di un repaso a los canales y volví a MacMurray en blanco y negro, a su cara poco inteligente. Y fue entonces cuando ya no pude evitar pararme a pensar, aunque nadie piense nunca demasiado ni en el orden en que los pensamientos luego se cuentan o quedan escritos: 'Qué hago yo aquí', pensé. 'Estoy en una casa que no conozco, en el dormitorio de un individuo al que nunca he visto y del cual sé sólo el nombre de pila, que su mujer ha mencionado natural e intolerablemente varias veces a lo largo de la velada. También es el dormitorio de ella y por eso estoy aquí, velando su enfermedad tras haberle quitado alguna ropa y haberla tocado, a ella sí la conozco, aunque poco y desde hace sólo dos semanas, esta es la tercera vez que la veo en mi vida. Ese marido llamó hace un par de horas, cuando yo ya estaba en su casa cenando, llamó para decir que había llegado bien a Londres, que había cenado en la Bombay Brasserie estupendamente y que se disponía a meterse en la cama de su habitación de hotel, a la mañana siguiente le esperaba trabajo, está en viaje breve de trabajo.' Y su mujer, Marta, no le dijo que yo estaba allí, aquí, cenando. Eso me hizo tener la casi seguridad de que aquella era una cena galante, aunque por entonces el niño aún estaba despierto. El marido había preguntado por ese niño sin duda, ella había contestado que estaba a punto de acostarlo; el marido probablemente había dicho: 'Pásamelo que le dé las buenas noches', porque Marta había dicho: 'Es mejor que no, anda muy desvelado y si habla contigo se pondrá aún más nervioso y no va a haber quien lo duerma'. Todo aquello era absurdo desde mi punto de vista, porque el niño, de casi dos años según su madre, hablaba de manera rudimentaria y apenas inteligible y Marta tenía que tantearlo y traducirlo, las madres como primeras tanteadoras y traductoras del mundo, que interpretan y luego formulan lo que ni siquiera es lengua, también los gestos y los aspavientos y los diferentes significados del llanto, cuando el llanto es inarticulado y no equivale a palabras, o las excluye, o las traba. Tal vez el padre también le entendía y por eso pedía que se pusiera al teléfono aquel niño que, para mayor dificultad, hablaba todo el rato con un chupete en la boca. Yo le había dicho una vez, mientras Marta se ausentaba unos minutos en la cocina y él y yo nos habíamos quedado solos en el salón que también era comedor, yo sentado a la mesa con la servilleta sobre mi regazo, él en el sofá con un conejo enano en la mano, los dos mirando la televisión encendida, él de frente, yo de reojo: 'Con el chupete no te entiendo'. Y el niño se lo había quitado obedientemente y, sosteniéndolo un momento en la mano con gesto casi elocuente (en la otra el conejo enano), había repetido lo que quiera que hubiera dicho, también sin éxito con la boca libre. El hecho de que Marta Téllez no permitiera que el niño se pusiera al teléfono me hizo tener aún más certeza, ya que ese niño, con su semihabla obstaculizada, podría pese a todo haberle indicado al padre que allí había un hombre cenando. Comprendí al poco que el niño pronunciaba sólo las últimas sílabas de las palabras que tenía más de dos, y aun así incompletas ('Ote' por bigote, 'Ata' por corbata, 'Ete' por chupete y 'Ete' también por filete: salió en la pantalla un alcalde con bigote, yo no llevo; Marta me dio de cenar solomillo, irlandés, dijo); era difícil de descifrar aun sabiendo esto, pero puede que su padre estuviera acostumbrado, agudizado también su sentido de la interpretación de la primitiva lengua de su único hablante que además la abandonaría pronto. El niño aún empleaba pocos verbos y por tanto apenas hacía frases, manejaba sobre todo sustantivos, algunos adjetivos, todo en él tenía un tono exclamatorio. Se había empeñado en no acostarse mientras cenábamos o no cenábamos y yo esperaba el regreso de Marta a la mesa tras sus idas a la cocina y su paciente solicitud hacia el niño. La madre le había puesto un vídeo de dibujos animados en la televisión del salón —la única para mí hasta entonces— por ver si se adormilaba con las luces de la pantalla. Pero el niño estaba alerta, había rehusado irse a la cama, con su desconocimiento o conocimiento precario del mundo sabía más de lo que yo sabía, y vigilaba a su madre y vigilaba a aquel invitado nunca antes visto en aquella casa, guardaba el lugar del padre. Hubo varios momentos en los que habría querido marcharme, me sentía ya un intruso más que un invitado, cada vez más intruso a medida que adquiría la certidumbre de que aquella cita era galante y de que el niño lo sabía de forma intuitiva —como los gatos— e intentaba impedirla con su presencia, muerto de sueño y luchando contra ese sueño, sentado dócilmente en el sofá ante sus dibujos animados que no comprendía, aunque sí reconocía a los personajes, porque de vez en cuando señalaba con el índice hacia la pantalla y a pesar del chupete yo lograba entenderle, pues veía lo que él veía: '¡Tittín!', decía, o bien: '¡Itán!', y la madre dejaba de hacerme caso un segundo para hacérselo a él y traducir o reafirmarlo, para que ninguna de sus incipientes y meritorias palabras se quedara sin celebración, o sin resonancia: 'Sí, esos son Tintín y el capitán, mi vida'. Yo leía Tintín de pequeño en grandes cuadernos, los niños de ahora lo veían en movimiento y le oían hablar con una voz ridícula, por eso yo no podía evitar distraerme de la conversación fragmentaria y de aquella cena con tanto intervalo, no sólo reconocía también a los personajes, sino sus aventuras, la isla negra, y las seguía sin querer un poco desde mi sitio en la mesa, sesgadamente.

Fue la obstinación del niño en no acostarse lo que acabó de darme el convencimiento de lo que me esperaba (si él por fin se dormía, y si yo quería). Fue su propia vigilancia y su propio recelo instintivo lo que delató a la madre, más aún que el silencio de ella en su charla con Londres (el silencio respecto a mi presencia) o el hecho de que me esperara demasiado arreglada, demasiado pintada y demasiado ruborizada para estar en casa al final del día (o tal vez era iluminada). La revelación del temor da ideas a quien atemoriza o a quien puede hacerlo, la prevención ante lo que no ha pasado atrae el suceso, las sospechas deciden lo que aún estaba irresuelto y lo ponen en marcha, la aprensión y la expectativa obligan a llenar las concavidades que crean y van ahondando, algo tiene que ocurrir si queremos que se disipe el miedo, y lo mejor es darle su cumplimiento. El niño acusaba a la madre con su desvelo irritante y la madre se acusaba a sí misma con su tolerancia (más vale que tengamos la fiesta en paz, estaría pensando, habría pensado desde el principio; si coge una rabieta el niño estamos perdidos), y ambas cosas dejaban sin ningún efecto el disimulo que es siempre forzoso en las noches inaugurales, lo que permite decir o creer más tarde que nadie buscaba ni quiso nada: yo no lo busqué, yo no lo quise. Yo también me veía acusado, no sólo por el esfuerzo del niño por no rendirse, sino por su actitud y su manera de contemplarme: en ningún momento se me había acercado mucho, me miraba con una mezcla de incredulidad y necesidad o deseo de confianza, esto último perceptible sobre todo cuando me hablaba con sus vocablos interjectivos y aislados y casi siempre enigmáticos, con su voz potente tan inverosímil en alguien de su tamaño. Me había enseñado pocas cosas y no me había dejado su conejo enano. 'El niño tiene razón y hace bien', había pensado yo, 'porque en cuanto se duerma yo ocuparé el lugar habitual de su padre durante un rato, no más que un rato. Él lo presiente y quiere proteger ese sitio que es también garantía del suyo, pero como desconoce el mundo y no sabe que sabe, me ha allanado el camino con su temor transparente, me ha dado los indicios que podían faltarme: él, pese a todo y a no saber nada, conoce a su madre mejor que yo, ella es el mundo que mejor conoce y para él no es un misterio. Gracias a él yo ya no vacilaré, si así lo quiero'. Poco a poco, empujado por el sueño, se había ido recostando y había acabado por tumbarse en el sofá, una figura minúscula para aquel mueble —como se ve a una hormiga en una caja de cerillas vacía, pero la hormiga se mueve—, y había seguido mirando su vídeo con la cara apoyada en los almohadones, el chupete en la boca como un recordatorio o emblema superfluo de su edad tan breve, las piernas encogidas en posición de sueño o de conciliación del sueño, muy abiertos sin embargo los ojos, no se permitía cerrarlos ni siquiera un instante, la madre se inclinaba un poco de vez en cuando desde su asiento para ver si su hijo se había dormido como deseaba, la pobre quería perderlo de vista aunque fuese su vida, la pobre quería estar a solas conmigo un rato, nada grave, no más que un rato (pero 'la pobre' lo digo ahora y no lo pensaba entonces, y quizá debía). Yo no le preguntaba ni hacía ningún comentario al respecto porque no me gustaba parecer impaciente ni falto de escrúpulos, y además ella me informaba con naturalidad cada vez, tras inclinarse: 'Huy, aún está con los ojos como platos'. La presencia de aquel niño había dominado todo, pese a su sosiego. Era un niño tranquilo, parecía tener buen humor y apenas si daba la lata, pero en modo alguno quería dejarnos solos, en modo alguno quería desaparecer de allí e irse solo a su habitación, en modo alguno quería perder él de vista a su madre, que ahora adoptaba la misma postura que su hijo en el sofá desmedido mientras forcejeaba con el cansancio, sólo que ella forcejeaba con la enfermedad o el miedo y la depresión o el arrepentimiento y no se veía minúscula en su propia cama de matrimonio ni estaba sola, sino que yo estaba a su lado con un mando de televisión en la mano y sin saber bien qué hacer. '¿Quieres que me vaya?', le dije. 'No, espera un poco, tiene que pasárseme, no me dejes', contestó Marta Téllez, y al hacerlo volvió la cara hacia mí más como intención que como hecho: no pudo llegar a verme porque no la volvió lo bastante, sí entró en su campo visual en cambio la televisión encendida, la cara estulta de Fred MacMurray que yo empezaba a asociar con la del marido ausente mientras pensaba en él y en lo sucedido, o no sucedido y planeado hasta entonces. Por qué no llamaría ahora, en Londres insomne, sería un alivio si sonara el teléfono ahora y ella lo cogiera y le explicara al marido con su voz escasa que se encontraba muy mal y que no sabía lo que le estaba pasando. Él se haría cargo aunque estuviera lejos y yo quedaría exento de responsabilidad y dejaría de ser testigo (la responsabilidad tan sólo del que acierta a pasar, no otra), él podría llamar a un médico o a un vecino (él sí los conocía, eran los suyos y no los míos), o a una hermana o a una cuñada para que se levantaran sobresaltadas del sueño y en mitad de la noche llegaran hasta su casa para ayudar a su mujer enferma. Y yo me iría mientras tanto, ya volvería otra noche si se daba el caso, en la que no harían falta trámites ni más prolegómenos, podría visitarla mañana mismo a estas horas, tarde, cuando ya fuera seguro que se hubiera dormido el niño. Yo no, pero el marido podía ser intempestivo.

'¿Quieres llamar a tu marido?', le pregunté a Marta. 'A lo mejor te tranquiliza hablar con él, y que sepa que no estás bien.' No soportamos que nuestros allegados no estén al corriente de nuestras penas, no soportamos que nos sigan creyendo más o menos felices si de pronto ya no lo somos, hay cuatro o cinco personas en la vida de cada uno que deben estar enteradas de cuanto nos ocurre al instante, no soportamos que sigan creyendo lo que ya no es, ni un minuto más, que nos crean casados si nos quedamos viudos o con padres si nos quedamos huérfanos, en compañía si nos abandonan o con salud si nos ponemos enfermos. Que nos crean vivos si nos hemos muerto. Pero aquella era una noche rara, sobre todo lo fue para Marta Téllez, sin duda la más rara de su existencia. Marta volvió ahora más el rostro, se lo vi un momento de frente como ella debió ver el mío, hacía ya rato que me mostraba tan sólo la nuca cada vez más sudada y más rígida, los hilachos de pelo que la recorrían cada vez más apelmazados, como si el barro los fuera impregnando; y la espalda desnuda, sin accidentes. Al volverse del todo le vi tan guiñados los ojos que parecía improbable que vieran nada, las largas pestañas casi los suplantaban, no sé si la extrañeza de la mirada que adiviné se debía a que se había olvidado de mí transitoriamente y no me reconocía o a mi pregunta y a mi comentario, o quizá a que nunca se había sentido como se sentía ahora. Supongo que estaba agonizando y que yo no me daba cuenta, agonizar es nuevo para todo el mundo. 'Estás loco', me dijo, 'cómo voy a llamarle, me mataría'. Al girarse se le resbaló el sostén que sujetaba involuntaria o voluntariamente con los brazos o con las axilas, cayó en la colcha; el pecho le quedó al descubierto y no hizo nada para tapárselo: supongo que estaba agonizando y que no me di cuenta. Y añadió, demostrando que lograba acordarse de mí y que no se había desentendido: 'Has puesto la televisión, ay pobre, te estarás aburriendo, ponle el sonido si quieres, ¿qué estás viendo?'. Al tiempo que me decía esto (pero como si hablara para sus adentros) me puso una mano en la pierna, un aviso de caricia que no pudo cumplirse; luego la retiró para retornar a su posición, de espaldas, encogida como una niña, o como su niño que por fin dormía desentendido de mí y de ella en su cuarto, seguramente en una cuna, no sé si los niños de casi dos años todavía corren el riesgo de rodar durante la noche hasta el suelo si duermen en cama como los mayores; si se acuestan por tanto en cunas, donde están seguros. 'Una película antigua de Fred MacMurray', contesté (ella era más joven que yo: me pregunté si sabría quién era MacMurray), 'pero no la estoy viendo'. También dormiría el marido desentendido en Londres, desentendido de ella e ignorante de mi existencia, por qué no se despertaría angustiado, por qué no intuía, por qué no llamaba buscando consuelo a Madrid, a su casa, para encontrarse allí con la voz de otra angustia mayor que le haría desechar la propia, por qué no nos salvaba. Pero en mitad de la noche todo estaba en orden para todas las personas o figuras posibles, atrasadas de noticias: para el hijo muy cerca, desconocedor del mundo bajo el mismo techo, y para el padre lejos, en la isla en que suele dormirse tan mansamente; para las cuñadas o hermanas que soñarían ahora con el futuro abstracto en esta ciudad nunca inmóvil y en la que dormir es difícil —más un vencimiento, nunca una costumbre—; para algún médico atribulado y exhausto que quizá podría haber salvado una vida si se lo hubiera arrancado de sus pesadillas aquella noche; para los vecinos de aquel inmueble que se desesperarían pensando dormidos en la mañana siguiente cada vez más próxima, cada vez menos tiempo para despertarse y mirarse al espejo y lavarse los dientes y poner la radio, un día más, qué desventura, un día más, qué suerte. Sólo para mí y para Marta las cosas no estaban en orden, yo no estaba desentendido ni sumergido en el sueño y ya era muy tarde, antes dije que fue todo muy rápido y sé que así fue, pero recordarlo resulta tan lento como resultó asistir a ello, yo tenía la sensación de que pasaba el tiempo y sin embargo pasaba muy poco según los relojes (el de la mesilla de Marta, el de mi muñeca), yo quería dejarlo pasar sin prisa antes de cada nueva frase o movimiento mío y no lo lograba, apenas si transcurría un minuto entre mis frases y mis movimientos o entre movimiento y frase, cuando yo creía que pasaban diez, o al menos cinco. En otros puntos de la ciudad estarían ocurriendo cosas, no muchas, en desorden y en orden: los coches se oían a cierta distancia, aquella calle quedaba un poco apartada de las necesidades del tráfico, Conde de la Cimera su nombre, y lo que sí sabía es que había un hospital muy cerca, de La Luz su nombre, en el que enfermeras de guardia dormitarían con la cabeza apoyada en el puño, sueño mínimo nacido para ser quebrado, sentadas en incómodas sillas con las piernas cruzadas a través de sus blanquecinas medias con grumos en las costuras, mientras más allá algún estudiante con gafas leería renglones de derecho o física o de farmacéutica para el examen inútil de la mañana, olvidado todo al salir del aula; y más allá, más lejos, en otra zona, al final de la cuesta de los Hermanos Bécquer una puta aislada daría tres o cuatro pasos expectantes e incrédulos hacia la calzada cada vez que un coche aminorara la marcha o respetara el semáforo: vestida con sus mejores galas en noche de martes frío, para ser vista desde demasiado cerca o tan sólo a distancia y tal vez fuera un hombre, un joven que arrastraría sus tacones altos por la costumbre aún no arraigada o por la enfermedad y el cansancio, sus pasos y sus espaciadas visitas al interior de los coches destinados a no dejar huella en nadie, o a superponerse en su memoria confusa y fatalista y frágil. Algunos amantes se estarían tal vez despidiendo, no ven la hora de volver a solas cada uno a su lecho, el uno abusado y el otro intacto, pero todavía se entretienen dándose besos con la puerta abierta —es él quien se va, o ella— mientras él o ella esperan el ascensor que llevaba ya quieto una hora sin que lo llamara nadie, desde que volvieron de una discoteca los inquilinos más noctámbulos: los besos del que se va a la puerta del que se queda, confundidos con los de anteayer y los de pasado mañana, la noche inaugural memorable fue sólo una y se perdió en seguida, engullida por las semanas y los repetitivos meses que la sustituyen; y en algún lugar habrá una riña, vuela una botella o alguien la estampa —agarrada del cuello como si fuera el mango de una daga— contra la mesa de quien mal le hace, y no se rompe la botella sino el cristal de la mesa, aunque salta la espuma de la cerveza como si fuera orina; también se comete un asesinato, o es un homicidio porque no está planeado, tan sólo sucede, una discusión y un golpe, un grito y algo se rasga, una revelación o la repentina conciencia del desengaño, enterarse, oír, conocer o ver, la muerte es traída a veces por lo afirmativo y activo, ahuyentada o quizá aplazada por la ignorancia y el tedio y por la que es siempre la mejor respuesta: 'No sé, no me consta, ya veremos'. Hay que esperar y ver y a nadie le consta nada, ni siquiera lo que hace o decide o ve o padece, cada momento queda disuelto más pronto o más tarde, con su grado de irrealidad siempre en aumento, viajando todo hacia su difuminación a medida que pasan los días y aun los segundos que parecen sostener las cosas y en realidad las suprimen: desvanecido el sueño de la enfermera y el baldío desvelo del estudiante, desdeñados o inadvertidos los pasos de ofrecimiento de la puta que quizá es un muchacho disfrazado y enfermo, renegados los besos de los amantes al cabo de unos meses o semanas más que traerán consigo, sin que se anuncie, la noche de la clausura —el adiós aliviado y agrio—; renovado el cristal de la mesa, disipada la riña como el humo que la albergó en su noche, aunque quien hiciera mal continúe haciéndolo; y el asesinato o el homicidio simplemente sumado como si fuera un vínculo insignificante y superfluo —hay tantos otros— con los crímenes que ya se olvidaron y de los que no hay constancia, y con los que se preparan, de los que sí la habrá, pero sólo para dejar de haberla. Y ocurrirán cosas en Londres y en el mundo entero de las que jamás tendremos constancia ni yo ni Marta, y en eso nos asemejaremos, es allí una hora antes, tal vez el marido no duerme tampoco en la isla sino que entretiene el insomnio mirando por la ventana invernal de su hotel —ventana de guillotina, Wilbraham Hotel su nombre— hacia los edificios de enfrente, o hacia otras habitaciones del mismo hotel cuyo cuerpo hace ángulo recto con sus dos alas traseras que no se ven desde la calle, Wilbraham Place su nombre, la mayoría a oscuras, hacia aquella habitación en la que vio por la tarde a una criada negra haciendo las camas de los que ya partieron para los que aún no llegaron, o quizá la ve ahora en su propio cuarto abuhardillado —los más altos del hotel, los más angostos y de techo más bajo para los empleados que no tienen casa— desvistiéndose tras la jornada, quitándose cofia y zapatos y medias y delantal y uniforme, lavándose la cara y las axilas en un lavabo, también él ve a una mujer medio vestida y medio desnuda, pero a diferencia de mí él no la ha tocado ni la ha abrazado ni tiene nada que ver con ella, que antes de acostarse se lava un poco por partes británicamente en el mísero lavabo de los cuartos ingleses cuyos inquilinos deben salir al pasillo para compartir la bañera con los demás del piso. No sé, no me consta, ya veremos o más bien nunca sabremos, Marta muerta no sabrá nunca qué fue de su marido en Londres aquella noche mientras ella agonizaba a mi lado, cuando él regrese no estará ella para escucharlo, para escuchar el relato que él haya decidido contarle, tal vez ficticio. Todo viaja hacia su difuminación y se pierde y pocas cosas dejan huella, sobre todo si no se repiten, si acontecen una sola vez y ya no vuelven, lo mismo que las que se instalan demasiado cómodamente y vuelven a diario y se yuxtaponen, tampoco esas dejan huella.

Ella seguía sin querer ser movida ni importunada ni distraída ('No, no hagas nada todavía, no hagas nada, espera'), ni quería seguramente voces ni movimiento a su lado, como si tuviera tanto recelo que prefiriera la paralización absoluta de todas las cosas y permanecer al menos en la situación y postura que le permitían seguir viviendo antes que arriesgarse a una variación, aunque fuera mínima, que podría arruinar su momentánea estabilidad tan precaria —su quietud ya espantosa— y que le daba pánico. Eso es lo que el pánico hace y lo que suele llevar a la perdición a quienes lo padecen: les hace creer que, dentro del mal o el peligro, en él están sin embargo a salvo. El soldado que se queda en su trinchera sin apenas respirar y muy quieto aunque sepa que en breve será asaltada; el transeúnte que no quiere correr cuando nota que unos pasos le siguen a altas horas de la noche por una calle oscura y abandonada; la puta que no pide auxilio tras meterse en un coche cuyos seguros se cierran automáticamente y darse cuenta de que nunca debió entrar allí con aquel individuo de manos tan grandes (quizá no pide auxilio porque no se considera del todo con derecho a ello); el extranjero que ve abatirse sobre su cabeza el árbol que partió el rayo y no se aparta, sino que lo mira caer lentamente en la gran avenida; el hombre que ve avanzar a otro en dirección a su mesa con una navaja y no se mueve ni se defiende, porque cree que en el fondo eso no puede estarle sucediendo de veras y que esa navaja no se clavará en su vientre, la navaja no puede tener su piel y sus vísceras como destino; o el piloto que vio cómo el caza enemigo lograba ponerse a su espalda y ya no hizo la tentativa última de escapar a su punto de mira con una acrobacia, en la certidumbre de que aunque lo tuviera todo a favor el otro erraría el blanco porque esta vez *él* era el blanco. 'Mañana en la batalla piensa en mí, y caiga tu espada sin filo.' Marta debía de estar pendiente de cada segundo, contándolos mentalmente todos, pendiente de la continuidad que es la que nos da no solamente la vida, sino la sensación de vida, la que nos hace pensar y decirnos: 'Sigo pensando, o sigo diciendo, sigo leyendo o sigo viendo una película y por lo tanto estoy vivo; paso la página del periódico o vuelvo a beber un trago de mi cerveza o completo otra palabra de mi crucigrama, sigo mirando y discerniendo cosas —un japonés, una azafata— y eso quiere decir que el avión en que viajo no se ha caído, fumo un cigarrillo y es el mismo de hace unos segundos y yo creo que lograré terminarlo y encender el siguiente, así que todo continúa y ni siquiera puedo hacer nada en contra de ello, ya que no estoy en disposición de matarme ni quiero hacerlo ni voy a hacerlo; este hombre de manos tan grandes me acaricia el cuello y no aprieta aún: aunque me acaricie con aspereza y haciéndome un poco de daño sigo notando sus dedos torpes y duros sobre mis pómulos y sobre mis sienes, mis pobres sienes —sus dedos son como teclas—; y oigo aún los pasos de esa persona que quiere robarme en la sombra, o quizá me equivoco y son los de alguien inofensivo que no puede ir más de prisa y adelantarme, tal vez debiera darle la oportunidad sacando las gafas y parándome a mirar un escaparate, pero puede que entonces dejara de oírlos, y lo que me salva es seguir oyéndolos; y aún estoy aquí en mi trinchera con la bayoneta calada de la que pronto tendré que hacer uso si no quiero verme traspasado por la de mi enemigo: pero aún no, aún no, y mientras sea aún no la trinchera me oculta y me guarda, aunque estemos en campo abierto y note el frío en las orejas que no llega a cubrirme el casco; y esa navaja que se aproxima empuñada todavía no llegó a su destino y yo sigo sentado a mi mesa y nada se rasga, y en contra de lo que parece aún beberé otro trago, y otro y otro, de mi cerveza; como aún no ha caído ese árbol, y no va a caer aunque esté tronchado y se precipite, no sobre mí ni sus ramas segarán mi cabeza, no es posible porque yo estoy en esta ciudad y en esta avenida tan sólo de paso, y sería tan fácil que no estuviera; y aún sigo viendo el mundo desde lo alto, desde mi Spitfire supermarino, y aún no tengo la sensación de descenso y de carga y vértigo, de caída y gravedad y peso que tendré cuando el Messerschmitt que se ha puesto a mi espalda y me tiene a tiro abra fuego y me alcance: pero aún no, aún no, y mientras sea aún no puedo seguir pensando en la batalla y mirando el paisaje, y haciendo planes para el futuro; y yo, pobre Marta, noto todavía la luz de la televisión que sigue emitiendo y el calor de este hombre que vuelve a estar a mi lado y me da compañía. Y mientras siga a mi lado no podré morirme: que siga aquí y que no haga nada, que no me hable ni llame a nadie y que nada cambie, que me dé un poco de calor y me abrace, necesito estar quieta para no morirme, si cada segundo es idéntico al anterior no tendría sentido que fuera yo quien cambiase, que las luces siguieran encendidas aquí y en la calle, y la televisión emitiendo mientras yo me moría, una película antigua de Fred MacMurray. No puedo dejar de existir mientras todas las otras cosas y las personas se quedan aquí y se quedan vivas y en la pantalla otra historia prosigue su curso. No tiene sentido que mis faldas permanezcan vivas en esa silla y yo ya no voy a ponérmelas, o mis libros respirando en las estanterías si yo ya no voy a mirarlos, mis pendientes y collares y anillos esperando en su caja el turno que nunca les llegaría; mi cepillo de dientes recién comprado esta misma tarde tendría que ir ya a la basura, porque lo he estrenado, y todos los pequeños objetos que uno va acumulando a lo largo de toda una vida irán a la basura uno a uno o quizá se repartan, y son infinitos, es inconcebible lo que cada uno tiene para sí y lo que cabe dentro de una casa, por eso nadie hace inventario de lo que posee a menos que vaya a testar, es decir, a menos que esté ya pensando en su abandono e inutilidad inminentes. Yo no he testado, no tengo mucho que dejar ni he pensado nunca mucho en la muerte, que al parecer sí llega y llega en un solo momento que lo tergiversa todo y que a todo afecta, lo que era útil y formaba parte de la historia de alguien pasa en ese momento único a ser inútil y a carecer de historia, ya nadie sabe por qué, o cómo, o cuándo fue comprado aquel cuadro o aquel vestido o quién me regaló ese broche, de dónde o de quién procede ese bolso o ese pañuelo, qué viaje o qué ausencia lo trajo, si fue la compensación por la espera o la embajada de una conquista o el apaciguamiento de una mala conciencia; cuanto tenía significado y rastro lo pierde en un solo instante y mis pertenencias todas se quedan yertas, incapacitadas de golpe para revelar su pasado y su origen; y alguien las apilará y antes de envolverlas o quizá meterlas en bolsas de plástico puede que mis hermanas o mis amigas decidan quedarse con algo como recuerdo y aprovechamiento, o conservar el broche para que mi niño se lo pueda regalar cuando crezca a alguna mujer que aún no ha nacido seguramente. Y habrá otras cosas que no querrá nadie porque sólo a mí me sirven —mis pinzas, o mi colonia abierta, mi ropa interior y mi albornoz y mi esponja, mis zapatos y mis sillas de mimbre que Eduardo detesta, mis lociones y medicamentos, mis gafas de sol, mis cuadernos y fichas y mis recortes y tantos libros que sólo yo leo, mis conchas coleccionadas y mis discos antiguos, el muñeco que guardo desde la niñez, mi león pequeño—, y habrá tal vez que pagar porque se las lleven, ya no hay traperos ávidos o complacientes como en mi infancia, que no hacían ascos a nada y recorrían las calles obstaculizando el tráfico entonces paciente con carretas tiradas por mulas, parece increíble que yo haya llegado a ver eso, no hace tanto tiempo, aún soy joven y no hace tanto, las carretas que crecían inverosímilmente con lo que recogían e iban cargando hasta alcanzar la altura de los autobuses de dos pisos y abiertos como los de Londres, sólo que eran azules y circulaban por la derecha; y a medida que la pila de objetos se hacía más elevada, el vaivén del carro tirado por una sola y fatigada mula se hacía más pronunciado —un bamboleo— y parecía que todo el botín de desechos —neveras reventadas y cartones y cajas, una alfombra de pie enrollada y una silla vencida y rota— fuera a desplomarse a cada paso arrojando a la niña gitana que invariablemente coronaba la pila dándole equilibrio, como si fuera el emblema o Virgen de los traperos, una niña sucia y a menudo rubia sentada de espaldas con las piernas fuera de la carreta, que desde su altura adquirida o su cima contemplaba hacia atrás el mundo y nos miraba a las niñas de uniforme mientras la adelantábamos, que a nuestra vez la mirábamos abrazadas a nuestras carpetas y masticando chicle desde el segundo piso de los autobuses camino del colegio y también al atardecer, de vuelta. Nos mirábamos con mutua envidia, la vida aventurera y fácil, y yo siempre me preguntaba cómo esquivaría ella las ramas de los árboles que sobresalían desde las aceras y restallaban contra las ventanillas altas como si quisieran protestar por nuestra velocidad y penetrar y rasgarnos: ella no tenía protección e iba sola, encaramada y suspendida en el aire, pero supongo que al ir su carro tan lento le daría tiempo a verlas y a agachar la cabeza vuelta, o a ir frenándolas y apartándolas con su mano llena de churretes que asomaba desde la larga manga de un jersey de lana con cremallera estampado de sietes. No es sólo que en un momento desaparezca la minúscula historia de los objetos, sino también cuanto yo conozco y he aprendido y también mis recuerdos y los que he visto —el autobús de dos pisos y las carretas de los traperos y la niña gitana y las mil y una cosas que pasaron ante mis ojos y a nadie importan—, mis recuerdos que al igual que tantas de mis pertenencias me sirven tan sólo a mí y se hacen inútiles si yo me muero, no sólo desaparece quien soy sino quien he sido, no sólo yo, pobre Marta, sino mi memoria entera, un tejido discontinuo y siempre inacabado y cambiante y estampado de sietes, y a la vez fabricado con tanta paciencia y tan extremo cuidado, oscilante y variable como mis faldas tornasoladas y frágil como mis blusas de seda que en seguida se rasgan, hace tiempo que no me pongo esas faldas, me he cansado de ellas, y es raro que todo esto sea un momento, por qué ese momento y no otro, por qué no el anterior ni el siguiente, por qué este día, este mes, esta semana, un martes de enero o un domingo de septiembre, antipáticos meses y días que uno no elige, qué es lo que decide que se pare lo que estuvo en marcha sin que la voluntad intervenga, o acaso sí, sí interviene al hacerse a un lado, acaso es la voluntad lo que de pronto se cansa y al retirarse nos trae la muerte, no querer ya querer ni querer nada, ni siquiera curarse, ni siquiera salir de la enfermedad y el dolor en los que se encuentra cobijo a falta de todo lo demás que ellos mismos van expulsando o quizá usurpando, porque mientras están ahí es aún no, aún no, y se puede seguir pensando y uno se puede seguir despidiendo. Adiós risas y adiós agravios. No os veré más, ni me veréis vosotros. Y adiós ardor, adiós recuerdos.’

RECUERDA QUE ERES MORTAL

Durante las ceremonias de coronación de un nuevo emperador, los romanos tenían la sana y disuasoria costumbre de apostar a su lado a un individuo que, en aquel momento de máxima gloria, susurrase una y otra vez al oído del ensalzado: «Recuerda que eres mortal, recuerda que eres mortal».

El mejor equivalente a ese aviso para cualquier escritor que se vea muy exaltado en vida en forma de premios, elogios o ventas es indagar en muchas de las figuras que fueron famosas en el pasado. Uno de los casos más notables es el del escritor inglés Wilfrid Ewart, un completo desconocido en la actualidad, tanto en el mundo como en su país de origen: su nombre hoy no aparece en ningún diccionario o historia de la literatura que yo conozca, ni siquiera en la exhaustiva *New Cambridge Bibliography of English Literature,* que da secas listas de nombres y títulos hasta el agotamiento. Cuando yo incluí uno de sus cuentos en mi antología de rarísimos relatos *Cuentos únicos** (1989), comenté en la exigua nota biográfica que pude componer sobre él que Ewart debió ser sin embargo célebre a la hora de su muerte, acaecida la Nochevieja de 1922 en Ciudad de México, cuando sólo había cumplido la treintena, ya que gente entonces tan prestigiosa como Lawrence de Arabia o Conan Doyle dijeron de él, respectivamente: «No necesita presentación ante el público lector», y «No hay que equivocarse: ese joven habría llegado hasta lo más alto». Por otra parte John Gawsworth, el autor de la introducción a uno de sus volúmenes póstumos (de 1933), decía allí lo siguiente: «Wilfrid Ewart murió hace diez años y tres meses; la noche de Año Viejo de 1922, para ser exactos, en la sofocante oscuridad de la ciudad de México. La historia es demasiado conocida para precisar aquí de ampliación, y demasiado trágica para permitir insistir en ella con un comentario de pasada. Otro de los grandes

* Publicado por Ediciones Siruela en «El ojo sin párpado», núm. 25.

novelistas de Inglaterra cayó muerto, y la Literatura fue tanto más pobre por su pérdida. Junto al Árbol de la Noche Triste… fue enterrado».

Pero tan olvidado está hoy Ewart que si en 1933 la historia de su trágica muerte era «demasiado conocida para precisar de ampliación», en 1989 ni siquiera fui capaz de averiguar cuál había sido esa tragedia (y no me tengo por mal investigador). Meses después, no menos de tres mexicanos, entre ellos el interesante autor Sergio González Rodríguez y el joven Rafael Muñoz Saldaña, me escribieron dándome cuenta de las pesquisas que habían llevado a cabo en su país a raíz de mis comentarios. He aquí el resumen de lo que puede leerse con más detalle, y con profusas citas de los periódicos mexicanos que en su día reseñaron el suceso, en el artículo «El misterio de Wilfrid Ewart», que González Rodríguez publicó en la revista *Nexos* en diciembre de 1989:

Ewart murió la noche de su llegada a la ciudad, tras haber pasado poco más de una semana viajando por otros puntos del país; su cadáver fue descubierto por Angelina Trejo de Estrevelt, una camarera del Hotel Isabel, en cuyo piso cuarto él se hospedaba; la camarera, no se sabe por qué (pero así lo indica la noticia del diario *Excelsior* del 3 de enero de 1923), miró por la cerradura de la habitación 53 y le extrañó ver que la luz artificial estaba encendida; llamó entonces sin obtener contestación y, preocupada, abrió con su llave y entró, encontrando la cama hecha; pero al dirigir la mirada al balcón con vista a la calle, que estaba abierto, vio el cadáver del señor Ewart, rodeado por un charco de sangre ya coagulada; dicho cadáver estaba «en decúbito dorsal» y presentaba una herida por arma de fuego en el ojo izquierdo, sin orificio de salida: la bala había quedado alojada en el cráneo; la noticia de otro diario, *El Universal,* aportaba un detalle más, inquietantemente contradictorio: también había manchas de sangre en un sillón, «que demuestran que ahí estaba Ewart cuando recibió la mortal herida.» La explicación tanto de la policía como de la prensa fue la siguiente: el señor Ewart debió de oír el estrépito de las celebraciones del Año Nuevo en la calle; se asomó al balcón para contemplarlas y tuvo la mala suerte de recibir en el ojo el impacto de una de las muchas balas que los insensatos mexicanos tenían a bien disparar al aire por aquel entonces. Hasta aquí la explicación oficial.

Pero mis informantes añadían una serie de datos que, dado el olvido de Ewart hoy en día, hacen pensar que hasta lo más misterioso es también mortal: en las mismas fechas otros dos extranjeros sufrieron violentos percances en las cercanías del Hotel Isabel, uno muerto, víctima accidental de la pendencia que el 3 de enero dirimieron a tiros en plena calle el general Leovigildo Ávila y el teniente coronel Constantino Lazcano (dicho sea de paso, la balacera hirió a un total de siete individuos, incluyendo a los duelistas, al muerto y «al torero Petete, que pasaba por ahí»), el otro malherido al ser atropellado y arrastrado por un automóvil Ford enloquecido la misma noche de fin de año: este último siniestrado, llamado Duems, se alojaba, para mayor coincidencia, en el mismo piso que Ewart del Hotel Isabel. A todo esto debe añadirse que Ewart había cenado esa noche en compañía de otro escritor inglés, Stephen Graham, y su mujer; a ese colega y amigo lo había conocido durante la Primera Guerra Mundial, siendo él capitán y Graham soldado raso. Éste y su mujer fueron las últimas personas que lo vieron vivo; Graham fue quien hubo de identificar el cadáver; ambos, junto con veintidós miembros de la colonia británica que no habían conocido al difunto (recuérdese que acababa de llegar a la ciudad), fueron los testigos de su entierro en el Cementerio Británico de la Calzada de la Verónica, que hoy ya no existe; fue Graham también quien explicó más tarde a la prensa que Ewart era un distinguido escritor, autor de dos obras y numerosos artículos, e igualmente distinguido ciudadano, hijo de Lady Mary Ewart, descendiente de famosos militares y lejanamente emparentado con William Ewart Gladstone, quien fuera primer ministro de la reina Victoria.

Hace tan sólo unos días recibí de Inglaterra un libro casi inencontrable: su autor, Stephen Graham; su título, *The Life and Last Words of Wilfrid Ewart (La vida y las últimas palabras de Wilfrid Ewart);* su fecha de publicación, mayo de 1924. Lo que aquí interesa es su penúltimo capítulo, titulado «El último día del año viejo», en el que por fin se ofrece la versión de los hechos a cargo del amigo Graham. Estas son las novedades: Ewart estaba sin equipaje, ya que tras enviarlo a Nueva Orleans, adonde pensaba viajar de inmediato, había decidido quedarse una larga temporada en México, entusiasmado por el país; allí se proponía escribir un libro sobre las relaciones entre los Estados Unidos y el Canadá, entre otros motivos porque dudaba que fuera a escribir más novelas (la llamada *Way of Revelation* había sido su éxito); ahora le interesaba sobre todo la política exterior; también había llegado a la conclusión de que su pensamiento era conservador, tras haber tenido tentaciones liberales e incluso radicales; se mostraba muy fascinado por el toreo y ya admiraba a Marcial Lalanda, un ídolo entonces, aunque al mismo tiempo temía no ser capaz de volver a asistir a una corrida en su vida, de tan asquerosas; durante el almuerzo rechazó el pavo y los platos más sólidos en favor de una inacabable ración de fresas con nata; habló de un autor que en aquellos momentos le impresionaba mucho, a saber, ¡Blasco Ibáñez!, aunque parece que eran más bien las adaptaciones cinematográficas de *Sangre y arena* y *Los cuatro jinetes del Apocalipsis* las que le habían hecho mella. Pasaron la tarde en el Teatro Lírico viendo una revista; a la salida ya se oían sin cesar cohetes y tracas y seguramente disparos al aire. Durante la cena, extrañamente, la única conversación que recuerda Graham (y fue la última) es totalmente absurda, suscitada por la anodina pregunta del camarero: «¿Cómo quieren los huevos?», la cual hizo que Ewart perorara largamente sobre los mismos y presumiera de poder calcular su edad con un margen de error de tan sólo un día. Luego se separaron, camino de sus respectivos hoteles. Como si hubiera estado presente, Graham cuenta cómo su amigo «se desvistió, se lavó, se puso el pijama, colocó una cuchilla en su maquinilla de afeitar, y evidentemente tenía la intención de afeitarse antes de acostarse cuanto lo atrajo algún nuevo suceso en la calle. Fue a la ventana, y en ese mismo momento una bala perdida le atravesó el ojo y cayó muerto dentro de la habitación». Tenía puestas las gafas, pero la bala atravesó el cristal sin dañar la montura. La muerte, con piedad irónica, le entró por el ojo por el que nunca había podido ver: físicamente perfecto, estaba sin embargo desconectado del cerebro; con el otro veía bien sólo de cerca y lo cierto es que no debía haber combatido en la guerra: un verdadero regalo para los enemigos, había sido milagroso que sobreviviera a tantas otras balas disparadas con aún mayor intención de matar.

Aunque al tiempo ya no le importe lo que fue de Ewart, quizá hay que pensar lo siguiente: es raro que la camarera confesara haber mirado por el ojo de la cerradura antes de llamar; parece extravagante que Ewart fuera a afeitarse si no pensaba recibir a nadie, sino meterse en la cama; ningún periódico mencionó que el cadáver estuviera en pijama, como así debió ser según Graham; es extraño que el sillón tuviera manchas de sangre si Ewart recibió el balazo (que le causó la muerte instantánea) asomado al balcón; y más extraño sería aún que el difunto hubiera llevado el sillón hasta el balcón considerando lo mal y poco que veía a distancia con su único ojo útil; pero lo más extraño de todo es saber que ese balcón se hallaba en el cuarto piso cuando resulta que en el fatídico Hotel Isabel, aún existente, sólo hay balcones en el primer y segundo pisos. Cabe terminar señalando que Stephen Graham vivió hasta los noventa años, cincuenta y dos más que su infortunado amigo Ewart, y que a lo largo de su tan prolongada vida logró escribir más de cincuenta volúmenes. Los cuales, sin embargo, no le han permitido ser hoy menos mortal ni olvidado que el joven de treinta años cuya vida y obra quedaron truncadas una asesina noche de fin de año en Ciudad de México.

Desde la primera visita de Alan Marriott, un año antes o más, yo había incluido entre los raros autores de los que buscaba libros a aquel John Gawsworth, desconocido para mí hasta entonces, cuyo nombre él había mencionado y apuntado antes de despedirse y para quien Machen había redactado un prólogo. Sus cosas, como había dicho el propio Alan Marriott, eran muy difíciles de encontrar. De su escasa obra nada está editado en Inglaterra en la actualidad, pero poco a poco, con paciencia y fortuna y la progresiva agudización de mi ojo cazador, fui hallando algún que otro opúsculo suyo en mis librerías de viejo de Oxford y Londres, hasta dar al cabo de unos meses con un ejemplar de su libro *Backwaters,* de 1932, firmado además por el propio escritor: *John Gawsworth, written aged 19 1/2,* decía a pluma nada más abrirlo; o bien: 'John Gawsworth, escrito a la edad de 19 años y medio'. También había una enmienda de su puño y letra en la primera página de texto (había añadido, después del nombre *Frankenstein,* la palabra *monster,* a fin de dejar bien claro que se refería a la criatura y no al creador). Fue justamente la sensación de vértigo temporal o de tiempo negado que produce tener en las manos objetos que no silencian enteramente su pasado lo que avivó mi curiosidad, y a partir de aquel momento inicié una labor de investigación que resultó más bien infructuosa durante muchos meses, tan huidiza y desconocida era entonces y es hoy la figura de Terence Ian Fytton Armstrong, el verdadero nombre de quien acostumbró a firmar Gawsworth.

Sin embargo, y a pesar de que sus escritos no pasaban de decorosos o raros y hacían bastante explicable su absoluto olvido y su falta de reedición, a medida que iba averiguando datos dispersos (no existía ningún libro ni, al parecer, artículo sobre Gawsworth, y apenas si venía mencionado en los más voluminosos y exhaustivos diccionarios y enciclopedias de literatura), mi interés iba creciendo, no tanto por la regular obra cuanto por el irregular personaje. Descubrí primero las fechas de su nacimiento y muerte, 1912 y 1970, y luego, en una página de muda bibliografía, que varios de sus textos habían sido publicados (a veces con otros pseudónimos, a cual más absurdo) en lugares tan extravagantes e improbables para un autor londinense como Túnez, El Cairo, Sétif (Argelia), Calcuta y Vasto (Italia). Su obra poética, reunida entre 1943 y 1945 en seis volúmenes —la mayoría de estampa india—, ofrece la particularidad de que el cuarto tomo, según parece, no se publicó jamás pese a tener hasta título *(Farewell to Youth* o *Adiós a la Juventud).* Simplemente no existe. Su obra en prosa —breves ensayos literarios y cuentos de horror principalmente— se encuentra desperdigada en extrañas y oscuras antologías de los años treinta o vio la luz —es un decir— en ediciones privadas o limitadas.

Y no obstante Gawsworth había sido toda una personalidad y una promesa literaria en esos mismos años treinta. Impulsor infatigable de movimientos poéticos neoisabelinos reaccionarios a Eliot y Auden y demás renovadores, tuvo, cuando aún era poco más que un adolescente, trato y amistad con muchos de los escritores más relevantes de la década; se ocupó de la obra del célebre vanguardista y pintor Wyndham Lewis y de la del celebérrimo T. E. Lawrence o Lawrence de Arabia; recibió distinciones literarias y en su día fue el miembro electo más joven de la Royal Society of Literature; conoció al viejo Yeats y al moribundo Hardy; fue protegido y luego protector de Machen, del famoso psicólogo del sexo Havelock Ellis, de los tres hermanos Powys, del entonces (y ahora de nuevo, algo) conocido novelista y cuentista M. P. Shiel. Poco más pude averiguar, hasta que finalmente, en un diccionario especializado en literatura de horror y fantástica, hallé algo más. En 1947, a la muerte de su maestro Shiel, Gawsworth fue nombrado no sólo su albacea literario, sino asimismo heredero del reino de Redonda, minúscula isla antillana de la que el propio Shiel (nativo de la vecina y mucho mayor de Montserrat) había sido coronado rey a la edad de quince años, en 1880 y en una festiva ceremonia naval, por expreso deseo del anterior monarca, su padre, un predicador local metodista que además era naviero y que había comprado la isla años atrás: si bien no se sabe exactamente a quién, dado que los únicos habitantes eran, a la sazón, los alcatraces que la poblaban y una decena de hombres que se dedicaban a recoger los excrementos de las aves para hacer guano. Gawsworth no pudo nunca tomar posesión de su reino, pues el gobierno británico —con cuya Oficina Colonial pleitearon incansablemente tanto los dos Shiel como él—, atraído por el fosfato de alúmina que producía la isla, había decidido anexionarse su territorio en prevención de que los Estados Unidos hicieran lo propio. A pesar de ello, Gawsworth firmó algunos de sus escritos como Juan I, King of Redonda (rey en el exilio, es de suponer), y otorgó títulos ducales o nombró almirantes a varios escritores admirados o amigos, entre ellos el maestro Machen (a quien más bien se lo confirmó), Dylan Thomas, Henry Miller y Lawrence Durrell. La nota de ese diccionario, tras *no* explicar cuanto acabo de contar y descubrí algo después, terminaba así: 'Pese a su amplio círculo de amistades, Gawsworth se convirtió en una especie de anacronismo. Pasó sus últimos años en Italia, volviendo a Londres para vivir de la caridad, durmiendo en los bancos de los parques y muriendo, olvidado y sin un penique, en un hospital'.

Que el hombre laureado que pudo ser rey y que con indudable entusiasmo y orgullo juvenil firmó un día de 1932 el ejemplar de *Backwaters* que obra en mi poder terminara de ese modo no pudo por menos de impresionarme —aún más que las historias del violín Mollineux y del teólogo papal Mew—, aunque tantos otros escritores y hombres mejores que él hayan corrido parecida suerte. No podía dejar de preguntarme qué le habría sucedido *en medio,* entre su precoz y frenética iniciación literaria y social y aquel final anacrónico y harapiento; qué le habría sucedido —tal vez— *durante* aquellas estancias o viajes suyos por medio mundo, siempre publicando, siempre escribiendo, dondequiera que se encontrara. ¿Por qué Túnez, El Cairo, Argelia, Calcuta, Italia? ¿Sólo por la guerra? ¿Sólo por alguna oscura y nunca registrada actividad diplomática? ¿Y por qué no había vuelto a publicar después de 1954 —dieciséis años antes de su patética muerte— quien lo había logrado en lugares y en fechas en los que debía de ser heroico o suicida conseguir una imprenta? ¿Qué había sido de las —al menos— dos mujeres con las que estuvo casado? ¿Por qué, a los cincuenta y ocho años, aquel desenlace de viejo inútil, aquella muerte de mendigo oxoniense?

Hacia 1977, cuando yo formaba parte de un comité asesor de las Ediciones Alfaguara que dirigía arriesgadamente Jaime Salinas, llegaron a su sede cuatro novelas firmadas por Aliocha Coll, de las cuales me tocó llevarme dos a casa para su lectura e informe, *Vitam venturi saeculi* y, si mal no recuerdo el título, *Ofelia, Casandra y Juana de Arco*. Se trataba de un tipo de literatura más bien «imposible» y que nunca me había interesado mucho: antes que intentar definirla con alguna aproximación que a Aliocha Coll no le habría gustado (vanguardismo, experimentalismo, joycismo elevado al cubo), prefiero recordar una página de *Ofelia,* en la que a lo largo de sus treinta renglones sólo figuraba, repetida, la palabra «galopando» («galopando galopando galopando»), o reproducir unas líneas del otro libro, el único que publicó, en 1982: «Desperté y estaba en pleno arenal el alba era del punto en que aún era posible la noche marcha atrás. Recogí mis armas el rocío había puesto huellas en forma de escama al principio creí que rojas de óxido después que azul de yema de huevo y plata». O bien, a modo de ejemplo extremo (ya que el texto se hace cada vez más quebrado a medida que avanza), las frases finales: «... yo es el rey de nosotros que un dios dio el mundo unombre lo nombró y los dos se envidian con el fuego a la zaga como buenos hermanos ver venir hablar veremos hablar hablaremos venir as asedio puespues endíadis puesto a asa as» *(sic).*

Si llegué a interesarme por estas obras y luego por conocer a su autor, ello fue debido a que creí percibir, en aquella literatura tan aventurada y a veces difícilmente legible, un talento verbal y un sentido del ritmo de primer orden. Cuando vino el momento de conocernos, en Barcelona, recuerdo que esperaba encontrarme con un individuo de aspecto montaraz o estrafalario o iconoclasta; apareció, en cambio, un joven perfectamente trajeado e incluso atildado, de excelentes modales, con un rostro anticuado que parecía salido de los años treinta y con unos conocimientos literarios, musicales, pictóricos y filosóficos que para mí habría querido. En contra de lo que ingenuamente había supuesto al leer sus libros, no sólo no era alguien irrespetuoso frente al pasado, sino que se sentía tan vinculado a él que por eso mismo, explicó, había optado por escribir como lo hacía. «En la literatura todavía no ha llegado Mondrian», dijo. En el avión había venido leyendo a Ovidio en latín.

Llegaba de París, donde vivía desde muy joven, aunque había nacido en Madrid, en 1948, y se había criado en Barcelona, de donde era su familia. A partir de entonces nos escribimos con frecuencia y nos vimos en París con la frecuencia menor que mis viajes allí permitían. Era médico, estaba casado con una francesa de origen chino, vivía de unas rentas y se dedicaba exclusivamente a escribir. Creo no haber conocido a una persona tan atenta y educada, y se me ha quedado grabada su imagen un día de lluvia en que su mujer, Lysiane, quería ir a comprar plantas y flores a un mercado al aire libre. Mientras ella paseaba y miraba, concentrada en las plantas, Aliocha Coll la seguía, un paso detrás y en la mano un paraguas que, para protegerla debidamente del agua, renunciaba a cubrirle a él, empapado e impertérrito como un antiguo mayordomo.

Cuando se acabaron sus rentas empezó a ejercer como médico, pasó ciertos apuros y padeció alguna otra pérdida, entre ellas un hijo recién nacido. Su única otra obra publicada fue una extraordinaria traducción del *Teatro* de Marlowe, en versos endecasílabos, que hizo para Clásicos Alfaguara. Antes de su edición nos reunimos un día: él me la leía en voz alta mientras yo seguía el original en inglés, y pocas veces he tenido una sensación de tan perfecto acoplamiento entre dos lenguas.

Después de aquellas primeras novelas apenas si leí nada más de cuanto sin cesar escribía: me envió algunos sonetos, fragmentos de su *Ética,* de su *Ensayo sobre el dolor,* que, como el resto, jamás fueron publicados pese a los intentos de Carmen Balcells, quien además de la agente de tantas figuras célebres, también lo era de este médico casi desconocido.

Su conversación era quebrada y llena de pausas, pero siempre inteligente y apasionada, una de esas personas, cada vez más escasas, que se involucran en cuanto van diciendo. Seguro de su talento, yo intentaba convencerle de que probara a escribir cosas más «tradicionales», aunque sólo fuera como divertimento. Conviene puntualizar que para él era «tradicional» casi todo, incluyendo a Juan Benet en nuestra lengua. Tengo entendido que algunos de sus textos más recientes eran por fin así, más «tradicionales». De ellos sólo sé sus títulos: *Laocoonte, El hilo de seda, Atila.* También sé que tradujo cuatro obras de Shakespeare y que investigó sobre el dolor consigo mismo.

Hace unos días, estando casualmente en París, me enteré de su muerte, ocurrida el pasado 15 de noviembre. Murió por su propia mano, y al parecer justo antes se hallaba eufórico, pese a que su situación personal no era fácil en los últimos años, circundado por la enfermedad, las de sus pacientes y la de alguien muy próximo. Según me cuentan, acababa de concluir ese título, *Atila,* que consideraba su última obra. Consideró asimismo que nada le quedaba por hacer y puso fin a su vida, con serenidad, incluso con frialdad, de manera que no pudiera fallar, y los médicos nunca fallan en estos lances.

Resulta extraño que alguien que apenas publicó en vida asociara tanto la vida a lo que escribía. Acabado el papel se acabó la vida. Resulta extraño en alguien que tampoco hizo nunca muchos esfuerzos por publicar las obras que, una tras otra, seguía escribiendo impávido, guardando en un cajón, enseñando parcialmente a un amigo de vez en cuando. Su talento verbal, insisto, era formidable. Tenía cuarenta y dos años. Si publicar esas obras fue difícil en su vida, supongo que no lo será menos porque haya muerto, y quizá por ello haya que esperar aún mucho tiempo para ver cómo había evolucionado ese talento desde *Vitam venturi saeculi.* En la dedicatoria que escribió en mi ejemplar dice así: «Para Javier, mi amigo, y mi compañero errante de palabras, de silencios y de siglos». Su verdadero nombre era Javier, así que podría decirle lo mismo, sin cambiar una palabra. Por los siglos venideros.

DON JUAN BENET SE VA DE VIAJE

Don Juan Benet se ha ido de viaje, lo cual no tiene nada de particular, pues no otra cosa se ha pasado la vida haciendo. Además de recorrer la península centenares de veces, normalmente en un coche con volante a la derecha, escribió más de treinta libros, construyó varias presas, montó numerosas casas, trabajó durante casi todos sus años en una oficina, erigió una empresa, leyó casi todos los libros, escuchó casi todas las músicas (siempre en disco, detestaba los conciertos) y nunca le dijo no a un amigo que le propusiera salir a cenar o ir a visitarlo. (Las creaciones familiares no hace falta mencionarlas, pero tampoco fueron escasas.) Todos los amigos, más jóvenes o más viejos, envidiábamos su generosidad y energía y, para consolarnos, tendíamos a pensar que algunas de las muchas cosas que hacía no las hacía en persona, aunque sin saber de qué otro modo se puede hacer nada.

Gustaba de parecer algo huraño en sus apariciones públicas, pero quienes lo trataron solían considerarlo el hombre más gracioso y encantador de la tierra. Tenía la elegancia de encubrir su extrema bondad, aunque a veces no lograba disimularla. No he conocido a nadie a quien la gente consintiera más impertinencias y barbaridades, porque hacía reír con ellas, no sólo a las amistades, sino a completos desconocidos. Era, por ejemplo, la alegría de las tiendas, no tanto por sus considerables dispendios cuanto por sus peticiones y sugerencias teñidas de broma. La última vez que lo acompañé fue a una farmacia: buscaba unas grageas contra un ataque hepático, que recordaba haber tomado antes envasadas en frasco; ahora, en cambio, venían en sobre. «¿Y está usted seguro de que no le queda ningún frasco antiguo?», preguntaba. Y aún insistía tras la negativa respuesta: «¿Y no le sobra a usted algún frasco vacío de otro producto para que podamos meter éstas dentro?» . Luego se mostró satisfecho del nombre del medicamento: «Hepadigest», decía, «yo creo que esto me pone nuevo», mientras se deleitaba no poco con la prosa farmacéutica.

Era largo y distinguido de aspecto y vestía a la inglesa, es decir, con una mezcla de despreocupación y de la leve inseguridad que da no cambiar de estilo a lo largo de una vida entera: tal vez por eso se repeinaba como un niño, con agua, en las ocasiones importantes. En los últimos años se había dejado un bigote que, junto con su pelo blanco abundante, lo hacía asemejarse un poco a su admirado Faulkner y otro poco a Dashiell Hammett, que no le desagradaba. Se tenía prohibido quejarse, y aunque admitía la lamentación ajena procuraba ponerle fin por métodos expeditivos. Aún recuerdo cómo logró animar una vez a una amiga común que padecía un fuerte mal de amores: invitada a la casa de campo que Benet tenía en Zarzalejo, la despertaba de la siesta llamando con los nudillos al cristal de su ventana y anunciándole con voz cavernosa que era el amado perdido que volvía a ella. Tal vez así contado parezca algo más bien poco compasivo, pero aún oigo las carcajadas de nuestra amiga (las primeras en muchas semanas) ante la afectuosa brutalidad, en la que era evidente que prevalecía el afecto. «En estos casos», decía don Juan Benet, «lo mejor es aplicar un tratamiento de shock». Y la amiga empezó a olvidar a partir de aquel fin de semana.

En los últimos tiempos perdió a muchos amigos menos viajeros que sin embargo se le adelantaron: lo anticipaba, se ensombrecía, no podía soportarlo. Tal vez ahora lo soporte algo mejor. Hace tan sólo unos días, ya muy enfermo, me cuentan que tuvo un momento en que se quedó sonriendo largo rato, y quien estaba con él le preguntó: «¿En qué pensabas?». «En nada», dijo él. Y al insistir esa persona cercana y decirle: «¿Cómo que en nada? Si has estado varios minutos embelesado», él contestó con pudor: «Bueno, estaba viendo un río». Y ahora recuerdo que nada le gustaba tanto, cuando viajaba, como bañarse en los ríos desconocidos.

Recuerdo que hace casi tres años, cuando aún no había pasado un mes desde la muerte de uno de mis mejores amigos, un librero me preguntó qué tal me iba; y al no poder yo disimular y responderle que no muy bien a causa de aquella muerte, este individuo alzó una mano llamándome exagerado con ella y me dijo: «Hombre, si de eso hace ya por lo menos tres semanas». También recuerdo que, al ser mi amigo un hombre público (el escritor Juan Benet, estas son fechas para nombrar a los muertos), desde el primer momento los periódicos y televisiones me estuvieron atosigando para que escribiera o contara cosas acerca de él, sin dejarme ni un día para encajar el golpe en silencio, ni lamerme la herida a solas, ni guardar el luto que sin embargo aquel librero daba por bien concluido a las tres semanas. Aún es más, de un periódico me pidieron que escribiera una pieza necrológica cuando mi amigo todavía no había muerto pero su expiración se veía inminente, y lo mismo solicitaron a otros amigos. Cada uno por nuestro lado y sin acuerdo dijimos que no, que no podíamos ponernos en la situación de ver a Benet como pasado mientras viviera, aunque la suerte estuviera echada y todo fuera irremediable. El amigo murió de madrugada, y entonces sí, todos nosotros escribimos nuestros textos dolientes utilizando para él un tiempo verbal que nunca le habíamos aplicado y al que de ahora en adelante tendríamos que recurrir ya siempre al referirnos a él, que en nuestra imaginación seguía tan presente y vivo como tres meses antes.

En todos estos hechos se ven las actitudes contemporáneas hacia los muertos, aunque parezcan contradictorias. No lo son, y en realidad van todas encaminadas a la negación, de la muerte y del muerto, que ha cometido la horrible falta de encarnar a aquélla, de asociarse a ella. La sociedad actual ve cada vez más la enfermedad como una culpa, y el resultado máximo de esa enfermedad parece por tanto la culpa máxima. Va calando la idea de que el enfermo habrá hecho algo para ponerse enfermo, no se habrá cuidado y no habrá llevado una vida «sana», como prescriben los Estados modernos, los cuales, en su cinismo rampante, llegan a reprochar a los «insalubres» el gasto que ocasionan con su necesidad de asistencia o el dinero que dejan de generar al estar de baja. Si a esto se añade que el enfermo muere en vez de recuperarse, entonces su desmán habrá sido absoluto; toda la inversión para nada, un dispendio inútil que no va a compensarse puesto que los muertos ya no producen ni consumen. Nadie lo reconoce a las claras, pero lo que se está llevando a cabo es la anatematización de los muertos, y esa es una de las cosas más graves que pueden sucederle a una sociedad, porque ellos son nuestra historia y nuestro pasado, es más, son parte de nuestra identidad y de nuestra vida.

El luto, o duelo, sobre el que Freud escribió un extraordinario ensayo, era algo bien inventado. No en su aspecto formal y estricto y obligatorio, porque es inadmisible obligar a nadie a mostrarse triste si no logra estarlo, por una mera convención social o por un ridículo exhibicionismo de la pena, de puertas afuera. Pero sí en su aspecto más auténtico y sincero: el hombre moderno ha olvidado que a veces toca estar triste porque hay motivos para ello, y que hay que atravesar esa tristeza sin que nada ni nadie pueda sortearla o saltársela. Es un proceso, requiere tiempo; no es un simple engorro con el que hay que acabar cuanto antes, ni es una anomalía por la que se deba consultar a un psicólogo, ni siquiera es otra enfermedad de la que uno debe intentar «restablecerse» pronto. Y sin embargo se actúa ante la muerte como si el pesar que deja en los vivos fuera todo eso, un accidente y una molestia. En el caso que ahora recuerdo tuve la sensación de que una forma de negarla era hacer desplegar a los vivos una actividad frenética respecto al muerto: escribir, hablar, intervenir en homenajes, preparar libros conmemorativos. Luego, a las tres semanas, podía considerarse que ya no cabía la pena puesto que todo había pasado. Y entonces empieza el olvido, rápido y deliberado. Pero quizá lo más significativo fuera la anticipación por parte de aquel periódico de la condición de muerto de quien aún no lo era. Ya sé que se trata de su trabajo, y que sin duda ese diario obraba con buena intención, con el propósito de honrar a Benet de la mejor manera posible. Pero, ¿acaso no es el mayor castigo dar por muerto al enfermo cuando aún está vivo? No sé, han transcurrido casi tres años y son pocos para una amistad que duró más de veinte. De vez en cuando viene la tristeza y pienso que su proceso en realidad nunca concluye del todo. Pero no puedo verlo como un engorro, ni como una enfermedad, ni como una anomalía, sino tan sólo como parte de mi propia historia, o de lo que me ha ocurrido.

Philip I-B era un colega mío de la Universidad de Oxford, durante los dos años en que enseñé allí. Me tocó preparar y dar con él algunas clases *de traducción* que siempre se impartían al alimón. Nos reuníamos una hora antes en la Senior Common Room, bebíamos café por el que pagábamos diez peniques a una confiada hucha, comentábamos el texto traducido por los estudiantes y charlábamos un poco. Era un hombre afable y reservado, con un inglés tan distinguido que según los alumnos «sonaba como el de la BBC de antes». En su día había sido el miembro más joven de la Universidad a lo largo de su historia, es decir, había pasado directamente de estudiante a profesor, tal era su capacidad. Durante mi estancia allí él estaba enfermo, hace de esto diez u once años. Con la habitual discreción británica, nadie le preguntaba más que lo justo, si se encontraba mejor o peor, nunca por la naturaleza de su enfermedad. De pronto desaparecía, faltaba a clase durante semanas. Cuando regresaba, por lo general con buen aspecto, se sabía que había estado hospitalizado, por una recaída o bien sometido a exámenes. Algo de hígado, algo de riñón, todo era vago, un poco preocupante pero no alarmante, sobre todo por su sano aspecto ocasional. Era alto y delgado, con un bigote de espadachín y unos ojos que parecían grises o azul marino, levemente acuosos. Era atento y educado y excelente profesor, en una oportunidad me contó que estaba escribiendo una novela titulada *Jerónimo o el desierto* y que se la publicaría Faber, la prestigiosa editorial de Eliot y Auden. Los demás colegas se mostraban escépticos ante este proyecto: llevaba demasiados años hablando de él. Murió poco después de mi marcha, en 1986, a los cuarenta años. Póstumamente salió su voluminosa novela *El centro del laberinto,* aunque no en Faber. Todavía no he sido capaz de leerla.

Gilles B era el director de la colección de literatura extranjera que publicaba y aún publica mis novelas en Francia. También escribía ensayos y fue autor de dos novelas. También él era alto y delgado, con una nariz huesuda y un aire vehemente en su rostro. Muy irónico, gustaba de la exageración, o lo que es lo mismo, era capaz de entusiasmo y denuesto, tenía las ideas claras, lo que necesita un editor. Su talento descubridor lo llevó a publicar en su lengua textos de autores jóvenes y obras olvidadas de maestros incuestionables. Puso en pie esa colección que, dirigida ahora por otros, aún conserva el prestigio que él le otorgó. Al cabo de unos años de conocerlo me dijeron que estaba mal de salud, aunque él no me contó nada. La última vez que lo vi fue en el café Aux Deux Magots, y para entonces ya me habían ratificado su gravedad. Pero él seguía sin decir nada, y yo no debía darme por enterado. No me di, pese al aspecto demacrado y descorazonador con que se presentó, llevaba una burda peluca, mal colocada probablemente porque él no era calvo ni lo había sido jamás hasta que fue sometido a sesiones de quimioterapia. Como era presumido, no debía de soportar que nadie le viera sin pelo. Tenía una tos atroz y constante, sobre la que no tuve más remedio que preguntarle. Me dijo con desenfado: «Ah, una gripe muy fuerte que no se va». «Sí, claro», contesté yo, «la tos siempre tarda en desaparecer». Acababa de publicar un libro de recuerdos de su infancia bretona con un éxito considerable, el primero como escritor. Era una persona muy valiosa. Murió no mucho después de ese encuentro, en 1992, a los treinta y seis años. Póstumamente se publicó un libro suyo con el relato de su enfermedad, se titulaba *Memorias de un joven convertido en viejo.* Todavía no he sido capaz de leerlo.

Fernando S era abogado, había ido al mismo colegio que yo, aunque coincidí poco con él, era cuatro años mayor. Llevaba una barba cuidada y tenía los ojos muy azules, a veces parecía un señor del pasado siglo. Destacó enormemente en su profesión, abogó siempre por causas difíciles con un espíritu combativo y nada complaciente con el poder, hasta el punto de que llegó a atentarse contra su vida, tan incómodo resultaba. No lo traté mucho, pero le recuerdo bien. Nadie supo que estaba enfermo casi hasta que murió, hace ahora dos o tres años, cuando él tendría unos cuarenta y cuatro.

Un inglés, un francés y un español. Los tres eran jóvenes y personas de calidad, los tres fueron discretos y murieron de sida. Ninguno era exactamente amigo mío, pero los conocí, los traté y los aprecié. Ahora que un hombre aquejado de esa dolencia ha sido dado de alta en Estados Unidos tras un complicado trasplante de médula, ahora que por primera vez se atisba una esperanza si no de curación sí de freno a esa enfermedad, no he podido evitar acordarme de estas tres personas que, como tantas otras no menos valiosas, murieron antes de que hubiera la menor esperanza de salvación. La fortuna y la mala suerte son a menudo cuestión de tiempo, pero del tiempo no entienden nunca la vida y la muerte.

EL FANTASMA Y LA SEÑORA MUIR

El fantasma y la señora Muir tiene una particularidad que seguramente pocas otras películas comparten con ella: uno desea desesperadamente la muerte de la protagonista, contra la cual, sin embargo, no tiene nada. Al contrario: el personaje interpretado por Gene Tierney, Lucy Muir, es alguien que resulta simpático y conmovedor desde su primera aparición en escena, cuando, viuda desde hace un año, decide abandonar a sus antipáticas cuñada y suegra e irse a vivir junto al mar con su hija pequeña, Anna (Natalie Wood), y una vieja criada que ella aportó al matrimonio, Martha (Edna Best). Con el dinero de unas acciones que le legó su marido, el difunto Edwin Muir, comprará una casa en Whitecliff-by-the-Sea. Ese primer momento aparece como una tenue rebelión y una modesta huida, también como la decisión de un extraño encierro: Lucy Muir va a aislarse en un mundo diminuto y femenino, en el que uno podría pensar que nada inesperado podría ocurrir, como si en la viuda se hubiera producido no ya una asunción rápida y fácil de la propia viudez, sino más bien una recuperación de la espera adolescente: espera vaga y quizá sin esperanza, espera vacía, transcurrir de los días probablemente monótonos y sin más accidentes que el crecimiento de la niña Anna y el lento envejecimiento de la señora Muir y de su criada Martha. Lucy Muir comenta lo inútil que se siente mediada su vida, incluso respecto a la propia Martha, que por lo menos ha frito numerosos filetes a lo largo de su existencia servicial. El comentario sobre su inutilidad es sólo eso, un comentario, ni siquiera una protesta. En cierto sentido podría verse a Lucy Muir como a alguien no tanto resignado cuanto conforme con lo que la vida le ha ido dando: un matrimonio convencional, con afecto pero sin pasión; una hija por cuya existencia no se atribuye ningún mérito («Simplemente ocurrió»), una muerte que ni siquiera le ha quitado la razón de ser ni le ha causado desesperación; la aceptación del silencio, la ausencia de deseos: tal vez en eso consista toda conformidad.

La película de Mankiewicz es, sin embargo, una película sobre las palabras, sobre su fuerza, su capacidad de encantamiento, de persuasión, también de instigación, de seducción y de enamoramiento. No sólo se trata de eso, pero sin duda trata *también* de eso. El fantasma que habita la casa, el capitán de barco Daniel Gregg con el rostro magnífico del actor Rex Harrison, contagia su vocabulario marino y levemente rudo a Lucy Muir desde su primer encuentro. Lucy va a la cocina en medio de una tormenta nocturna para calentar agua, se le apagan las velas y las cerillas que va encendiendo, e, irritada, desafía al fantasma a hablar y aparecerse, tachándolo de cobarde. Entonces hace acto de presencia el capitán Gregg por vez primera: una voz audible, luego una imagen visible, y Lucy lo acepta en seguida, pidiéndole sólo un instante para «acostumbrarse». Y en esa misma conversación, en la que el fantasma se muestra todavía algo amenazante y le comunica el motivo de su acecho a la casa de la que fue dueño (un mero pretexto argumental algo débil: desea que se convierta en una residencia para marinos retirados y por eso no quiere inquilinos allí), Lucy se enfada y para mostrar su enojo grita tres veces la palabra favorita del capitán: *«Blast! Blast! Blast!»* en la versión original, el primer síntoma del contagio. Contagio verbal, eminentemente.

También en esa escena aparecen otros dos elementos fundamentales de la película: la natural aceptación de los muertos como presencia activa y la potencia de lo inanimado, de los objetos, la capacidad que éstos tienen para *elegir* a los vivos y a las personas en general, no meramente a la inversa, como suele ser la común creencia. Lucy reconoce en seguida al capitán —muerto, sin materialidad, sin carne como él mismo se encarga de recordar («No tengo cuerpo desde hace cuatro años»)— como verdadero propietario de la casa, que de hecho ha pasado a pertenecer oficialmente a un primo, al cual Lucy paga el alquiler. Cuando el capitán le propone un acuerdo y le dice que puede quedarse, que no va a ahuyentarla, ella reacciona con gratitud, como si hubiera recibido la bendición y el permiso del verdadero dueño, el espíritu de la mansión: las cosas pertenecen a la persona que ellas eligen, viva o muerta, y no al revés; la posesión legal del mundo convencional de los vivos carece de verdadera importancia, no es más que un engorro formalista y burocrático que hay que esquivar o que sortear o que combatir. Para Lucy se hace en seguida evidente que esa casa que ella habita ahora y por la que paga *es* del capitán, que la ideó y la construyó, y por lo tanto acepta su mundo sin pestañear, en un acto de justicia. A su vez, el capitán acepta que ella se quede en contra de sus intenciones iniciales porque Lucy confiesa que desde el primer momento en que vio la casa sintió que ésta la llamaba y la estaba esperando. El capitán lo entiende, recuerda que tuvo la misma sensación cuando se vio frente a su primer barco, deteriorado, casi podrido y lleno de limitaciones, recuerda cómo ese barco sin duda navegó al doble de su capacidad de marcha solamente para complacerlo a él, en unas breves frases que parecen sacadas de las memorias de Joseph Conrad (sobre todo *El espejo del mar),* en las que el escritor inglés habla largamente de la sensibilidad de los barcos, de su agradecimiento, de su negativa a ser violentados, de su percepción del carácter de quien está a su mando, de su facultad para reconocer, para sentirse traicionados o apoyados por quien los gobierna. Por ese motivo la casa, llamada Gulls Cottage, se aparece como un barco al instante no sólo en la imaginación de los personajes sino también del espectador, al que además ayudan la vecindad del mar y el telescopio que preside la habitación de Lucy, en la que transcurrirán la mayoría de las escenas entre ambos, en realidad la habitación de ambos; el capitán se compromete a no salir de ella y no asustar a la niña, Anna, con la sola condición de que Lucy traslade allí su retrato («Pero es un retrato bastante malo», dice ella. «Es *mi* retrato», responde el fantasma).

A partir de ese momento comienza una vida casi conyugal, Lucy comprende con naturalidad que el capitán es sólo espíritu aunque ella lo vea y lo oiga, acepta desvestirse y acostarse en esa habitación no sólo encantada por él sino aún habitada por él. Incluso cuando la primera noche la voz del fantasma se permite un comentario elogioso sobre su figura, que evidentemente ha contemplado a sus anchas, ella no protesta apenas, el capitán es sólo espíritu, también palabra, una figuración. Uno de los más extraordinarios aciertos de *El fantasma y la señora Muir* es que los dos personajes son plenamente conscientes de las diferentes dimensiones en que se mueven —la dimensión física y la dimensión ilusoria— y nunca se rebelan contra ellas. Habría sido un fácil recurso conmovedor que uno u otro hubieran intentado tocarse o abrazarse en algún momento, sin éxito y para su desesperación. Esto no sucede nunca: jamás se rozan, jamás se subraya la imposibilidad del contacto, la frustración y el horror de desearlo y no tenerlo jamás se hace visible: tan sólo en esa primera escena entre ambos, la de la cocina, hay un momento en que Lucy se acerca a él llena de contento al saber que podrá permanecer en la casa y él la frena, advirtiéndole que mantenga las distancias, pero eso puede deberse simplemente al hecho de que no se conocen y en Inglaterra la gente no suele estrecharse la mano ni menos aún besarse o abrazarse a modo de saludo; tampoco en esta escena se hace hincapié, por tanto, en esa distinta materialidad, o inmaterialidad mutua de los dos personajes. Y sin embargo ésa es la principal causa de la desolación contenida en la historia que se nos cuenta: se sabe, y se sabe lo bastante para que no haga falta insistir visualmente en ella.

He dicho que la historia es desoladora, y a mi modo de ver lo es pese a su final feliz, porque ese final queda fuera de la historia misma, aunque le sea necesario y en modo alguno parezca un añadido ni una concesión para contentar al público. Ese final feliz es el único posible desde el instante en que se acepta la convivencia entre el mundo de los vivos y el de los muertos, pero no hace menos triste lo que les ha ocurrido a los personajes *mientras* dura la película, sobre todo a Lucy Muir. Como dice una vez el capitán, él tiene por delante todo el tiempo del mundo (es de suponer que no tiene siquiera tal cosa como «tiempo»), ella no; el tiempo de la dimensión de ella —la única que conoce y por tanto puede imaginar para sí misma— es limitado y debe ser aprovechado, porque *de esa clase* ya no habrá otro, y el fantasma, que conoce ambos, lo sabe bien: el tiempo en el que hay cuerpo y hay carne, el tiempo de los vivos, el tiempo de la realidad no vuelve. Hay varios momentos de la película en los que Lucy se rebela ante la actitud de leve superioridad que muestra el capitán. Cuando él intenta convencerla de que no caiga en las redes del seductor Miles Fairley, el autor de cuentos infantiles conocido como «Tío Ned» y extraordinariamente interpretado por George Sanders, Lucy le pregunta si considera un crimen estar vivo, si se siente tan superior por no estarlo él. Y el capitán responde que estar vivo puede ser un gran inconveniente a veces, porque «a los vivos puede hacérseles daño» («the living may be hurt»). Y poco después añade: «Por la verdadera felicidad vale la pena correr casi cualquier riesgo», y tras esta confesión de su memoria se esconde ya su decisión de desaparecer.

El enamoramiento entre Lucy y el capitán es el enamoramiento de la conyugalidad, de la costumbre, del trato, de la confianza creciente, del descubrimiento paulatino de que alguien ya no puede prescindir de otro. Es el enamoramiento de la conversación, y quizá resulte oportuno recordar que Joseph L. Mankiewicz, poco antes de morir y preguntado en una entrevista qué le parecía el cine actual, contestó que lamentaba sobre todo la pérdida de la palabra: para él el cine no era sólo imagen, sino una combinación inseparable de imagen y palabra desterrada esta última, según él, en los años setenta y ochenta. La relación se ha forjado en la cotidianeidad primero (Lucy cose, y en vez de coser en silencio y a solas, lo hace acompañada del fantasma —enteramente desocupado a diferencia de cualquier marido real— y charlando con él); después, durante la escritura común del libro autobiográfico que el capitán decide dictar a la viuda para ganar dinero y que ella pueda conservar la casa cuando las acciones legadas por Edwin Muir dejan de cotizarse y la convierten en una mujer arruinada. Es la historia de la vida del capitán, *Blood and Swash,* a través de la cual —Lucy es la intermediaria material, la que pone las palabras sobre el papel, no sin sonrojo en alguna ocasión— lo va conociendo y empieza *ya a echarlo de menos,* a lamentar no haber coincidido con él *también* en el tiempo, en el tiempo que transcurre y no está inmóvil, no haber podido verlo con dieciséis años, cuando se embarcó por primera vez, o aun antes, cuando era niño y vivía con una tía que lo echó de menos cuando él se marchó. Uno de los instantes más emotivos de la película es aquel en que Lucy Muir, antes de tiempo, se asimila ya, se identifica ya con esa tía que, según el capitán, debió de alegrarse de perderlo de vista y poder mantener por fin sus alfombras limpias. Lucy se queda pensativa, y cuando el capitán le pregunta en qué piensa ella responde: «Pienso en lo solitaria que debió sentirse con sus alfombras limpias». Lucy sabe lo que está ocurriendo, y el fantasma también: «Nunca he comprendido por qué el amor llega tan tarde a la cita con la persona», escribió en una de sus novelas el escritor español Juan Benet. Aquí llega más tarde que nunca, llega cuando nada puede ocurrir, cuando no hay proyecto posible y todo lo que se vive es ya pasado. Cuando terminan de escribir el libro y Lucy se da cuenta de que mientras lo hacía era feliz porque llevaban a cabo algo juntos, le pregunta al capitán: «¿Qué va a ser de nosotros, de ti y de mí?», y la respuesta del capitán no deja lugar a dudas: «Nada puede ser de mí. Todo ha sucedido. No puede suceder». «A mí sí», contesta Lucy, de pronto consciente de que *su* tiempo aún fluye. Y es entonces cuando el fantasma le recuerda que hay un mundo de vivos al que ella debería acercarse, y «ver a hombres», en sus propias palabras.

Pero la desoladora historia no es esta exactamente, con serlo bastante: no es la de un amor que llega demasiado tarde, que empieza ya demasiado tarde y que no se puede cumplir, sino la de su renuncia, es decir, la renuncia de lo que no es nada más que palabra y figuración, de lo insatisfactorio y lo absurdo, lo soñado o fantaseado, sobre todo del recuerdo. Lucy conoce a Miles Fairley, quien la corteja y seduce. Hay un momento de la película en que la maravillosa música de Bernard Herrmann (comparable a las mejores bandas sonoras que compusiera para Hitchcock) anuncia la amenaza y la terminación de una manera muy tenue, mientras lo que se ve en pantalla no parece preludiarla en modo alguno: un viejo marino, el señor Scroggins, acaba de inscribir en un madero de la playa el nombre de la niña Anna Muir, que quedará allí visible para siempre, le dice. Lucy se está bañando en el mar, la niña la llama para que vea el regalo del marinero. Eso es todo. La escena parece de transición (aunque el estado progresivamente deteriorado de ese madero y el nombre intacto nos irán informando más adelante del paso de los años), tranquila, neutra, más bien alegre. Y sin embargo la música es aterradora: una música *ya* nostálgica a la vez que ominosa, que parece hacer referencia a lo que va a pasar *como si* ya hubiera pasado: esa renuncia, la desaparición del capitán, su despedida, su olvido, su negación. Miles Fairley envuelve a Lucy y ella se ilusiona con él, se entusiasma. Al capitán no le gusta el individuo y es indudable que está celoso, aunque lo niega diciendo: «Los celos son una enfermedad de la carne», a sabiendas que justamente no son eso, o no sólo eso. «Tío Ned» tampoco gusta a Martha, quien hace lo posible por que Lucy no siga adelante, hasta que queda convencida por el mayor argumento, por el inapelable: «Pero él es real», le dice Lucy.

En una película tan medida, tan intensa y a la vez tan sobria, tan llena de lirismo como *El fantasma y la señora Muir* es difícil destacar momentos cimeros, *morceaux de bravoure*. Pero si existe alguno que sobresalga del resto es aquel de la despedida: el capitán ha decidido hacerse a un lado y no estorbar en «el tiempo temporal» de Lucy, pese a que ella espere todavía que él impida su proyectada boda con el real Fairley, su boda con la realidad: justo después de explicarle a Martha el porqué de su amor por ese hombre presumido y pueril cuyos defectos no se le escapan, una vez a solas se acerca al retrato del fantasma y le dice: «Y tú, Daniel, ¿no tienes nada que decir?». Y la voz del capitán no suena atronadora como en tantas otras ocasiones, sólo hay silencio, él ya está yéndose. Y así llega la despedida: Lucy duerme y el capitán entra por el balcón como otras veces, le habla, le reprocha primero que no sea tan sabia y sensata como él creía, pero en seguida añade: «No te inquietes, no es culpa tuya, has elegido la vida, lo único que podías elegir». Luego le da en su sueño instrucciones para que se olvide de él, para que «mañana, y en los años siguientes» lo recuerde sólo como un sueño, un estado de ánimo, una atmósfera que la invadió y llegó a hacerla escribir un libro, lo escribió ella sola. El capitán le entrega no sólo los derechos que ya le dio para su causa común de conservar la casa, sino también su propia historia, la historia de su vida que a partir de ahora ella tiene que haber inventado. El momento es de gran importancia, porque el fantasma se hace ahí doble fantasma, o mejor dicho, pasa de ser un fantasma «real» a convertirse en el objeto de un sueño y en un personaje de ficción, una mera creación de Lucy. Y en contra de lo que había afirmado, algo más le «sucede». Es como si el fantasma muriera por segunda vez, se desvaneciera y desrealificara aún más, se fantasmizara aún más al descubrir que aun no siendo nadie, aun no siendo carne ni teniendo cuerpo, todavía puede hacer daño. Hay ahí una especie de desesperación ante la vida y lo vivo, como si, aun muerto, aun instalado desde hace tiempo en una condición en la que «nada puede ser de él y nada puede suceder», aquella parte suya que entra en contacto con los vivos, aquello que aún hay de vivo en él —sus palabras, su risa, su compañía— fuera incansablemente dañino y obstaculizador. Antes de desaparecer o de su segunda muerte el capitán se permite un momento de nostalgia que es el precedente más claro de la muerte de Batty (Rutger Hauer) en *Blade Runner* de Ridley Scott, cuando el replicante lamenta que con él se pierda cuanto ha visto y vivido («Yo he visto cosas que vosotros los hombres no podríais creer…»). Aquí el capitán Gregg mira a Lucy dormida y exclama unas frases aliterativas que parecen salidas del *Prufrock* de T. S. Eliot: «¡Cómo te habría gustado el Cabo Norte, y los fiordos bajo el sol de medianoche, y navegar junto al arrecife en Barbados donde el agua azul se torna verde, y hacia las Falkland donde la galerna del sur desgarra el mar entero y lo vuelve blanco!», hasta acaba diciendo: «Lo que nos perdimos, Lucía, lo que nos hemos perdido ambos».

El resto de la película va rápido aunque transcurren años y años, indicados, como antes dije, por el madero con la inscripción «Anna Muir» y por los planos de las olas rompiendo una y otra vez contra la costa y acompañados por una música ahora vertiginosa del maestro Herrmann. A continuación, es la falda mucho más corta de Gene Tierney la que nos informa asimismo del mucho tiempo transcurrido en soledad: no tardó Lucy en descubrir que Miles Fairley estaba casado y tenía dos hijos, en otra gloriosa escena en que va a buscarlo a su casa de Londres y es recibido por su mujer (Anna Lee), que acaba por intentar consolarla a ella, «otras veces ha ocurrido algo parecido».

La vida de Lucy, su tiempo, el tiempo de su materialidad, el que está sujeto a transcurso y ella tenía asignado, aquel en el que las cosas todavía podían suceder, ha fluido en la soledad y el vacío. No en la nostalgia del capitán exactamente, ya que él la eximió de recordar cuando le dio sus instrucciones antes de salir por el balcón, un regalo extraordinario, el más delicado: eximirnos de recordar. Pero en todo caso esa vida, ese tiempo o tiempo «real», ha transcurrido sin amor ni carne ni cuerpo ni palabra ni conversación, en la espera sin esperanza en que ya desde el principio Lucy parecía haberse instalado y de la que salió con la intrusión en su vida del capitán Gregg. Para éste, a su vez, es de suponer que su tiempo sin tiempo ha transcurrido esperando un futuro que es igual al pasado, aguardando a «vivir» lo ya «vivido», la compañía de Lucy Muir que no puede volver a darse mientras ella siga entre los vivos. Su impaciencia habrá sido por tanto hacia el pasado, un pasado que en realidad no lo era porque él ya estaba muerto cuando empezó.

La niña Anna ya es una joven, que viene a visitar a Lucy con un marino al que va a prometerse. Y de pronto en la conversación que sostienen madre e hija, ambas descubren que la otra también vio y conoció al capitán, o soñó con él durante el primer año de estancia en Gulls Cottage, la casa junto al mar. Ambas estuvieron enamoradas de él, la niña como una niña y la madre como una mujer. Y Anna le dice a su madre: «Ojalá fuera cierto que era un fantasma. Así al menos tendrías un recuerdo de felicidad», mencionando aquí el recuerdo como justamente lo opuesto a lo que el propio capitán consideró que era, la fuente mayor de desdicha.

No hay mucho más. Vuelven a verse las olas contra los acantilados y Lucy Muir aparece brevemente con el pelo ya muy blanco. Aún vive con Martha, ambas han envejecido juntas como estaba previsto casi desde el inicio de su aventura, ambas se tratan con el espíritu a la vez afable y gruñón de quienes llevan demasiado tiempo juntos. Lucy tiene una nieta de su mismo nombre que se va a casar, según lee en una carta. Esta escena es sólo un epílogo, la escena de su muerte queda y sin dolor, el momento deseado y esperado, no por ella tal vez (o tal vez sí), desde luego por el capitán y por el espectador. El vaso de leche se derrama, y el fantasma le dirá a su amada en cuanto ella ha expirado: «Y ahora ya nunca volverás a estar cansada, Lucía». Le ofrece sus manos para que se levante del sillón en que ha muerto y los dos salen cogidos del brazo de aquella casa en la que se conocieron y convivieron.

Ese final aparentemente feliz es el único posible en una película en la que lo sobrenatural se acepta con naturalidad desde el primer instante, en la que uno debe pasar continuamente de una a otra dimensión no sólo para disfrutarla, sino para comprenderla. No obstante, la historia de Lucy Muir y el capitán Daniel Gregg me parece, como antes dije, una de las más desoladoras de la historia del cine: está contenida en aquella exclamación del fantasma creado por Mankiewicz y el guionista Philip Dunne, en el momento de su despedida: *«What we missed, Lucia! What we both mised!»*. El capitán está anticipando, pues no sólo se perdieron conocerse cuando para los dos había tiempo y materialidad y transcurso, no sólo el Cabo Norte y los fiordos bajo el sol de medianoche, sino también los años de conversación y risas y compañía que podían haberles aguardado durante el tiempo asignado a Lucy, cuya elección de los vivos se convirtió en la elección de la nada, cuya vida fue malgastada y dañada: eso es lo que fue de ella, a quien aún podía sucederle todo y le sucedió la nada en su tiempo. O quizá la espera sin esperanza. *El fantasma y la señora Muir* no es un mero cuento de hadas ni un mero cuento de fantasmas; y aunque su director, Joseph Mankiewicz, la considerara una obra temprana y de aprendizaje, al hacerla logró la película que en mi opinión ha llegado más lejos —junto con *Los muertos* de John Huston— en algo a lo que ni el cine ni la literatura se han atrevido a menudo: la abolición del tiempo, la visión del futuro como pasado y del pasado como futuro, la reconciliación con los muertos y el deseo sereno e íntimo de ser por fin uno de ellos.

EL INCREÍBLE HOMBRE MENGUANTE

Lo peor que le ocurre a Scott Carey, el Increíble Hombre Menguante, le ocurre fuera de lo que se nos cuenta, fuera de la pantalla. Si mal no recuerdo, la película de Jack Arnold termina con su personaje, ya más pequeño que una brizna de hierba, perdiéndose por el césped como si se adentrara en una selva: ya no tendrá que temer a los perros o a los gatos o a las ratas o a las arañas, sino a las hormigas. El Increíble Hombre Menguante desaparece de nuestra vista justamente cuando nuestra vista no podría ya percibirlo. Pero hay que pensar que todo el proceso sufrido por él —desde el día en que creyó descubrirse un poco más menudo y un poco más bajo de lo acostumbrado hasta este momento— es una transformación continua e interminable. A diferencia de otros monstruos que se metamorfosean a fecha fija —el Hombre Lobo—, o tras ingerir una pócima —Mr Hyde—, o que son innegables monstruos pero lo son todo el rato y viven, por así decir, instalados en su ser o condición monstruosos sin contradicciones ni cambios, el Increíble Hombre Menguante no es nunca igual a sí mismo: primero se ve y es visto como un hombre enfermo, luego disminuido, luego como una especie de niño adulto, luego como un bebé o un animal doméstico, más tarde como un roedor, la cámara lo abandona a su suerte cuando es menor que un insecto. Tiene, por tanto, que irse enfrentando a diferentes monstruosidades, irse habituando a ellas a velocidad vertiginosa, sabedor además de que cada hábito mínimamente adquirido será en seguida parte de su pasado y ya no le servirá de nada. Su lucha es contra su condición y contra su presente, pero también contra su falta de condición última y contra su futuro, siempre más amenazante. Y a partir de un instante sabe, sobre todo, que el proceso no tiene fin. La idea de alguien que mengua indefinidamente —de Richard Matheson esa idea— es una de las más perversas de la historia de la literatura y el cine, una de las mayores pesadillas: cuando Scott Carey se adentra en la jungla de lo que para él fue sólo césped un día, lo más grave no son los peligros que allí lo aguardan: lo más grave y desolador es que seguirá menguando hasta hacerse no sólo invisible, sino inconcebible, y que sin embargo no tendrá que morir por ello, sino que probablemente seguirá existiendo, y tendrá memoria.

Quien negaba todos los simulacros de agitación y daba cuerpo y verbo al estatismo o estabilidad del lugar era Will, el anciano portero del edificio (la Institutio Tayloriana, llamado con pompa y latín) en el que yo solía trabajar con sosiego y despreocupación. Nunca he visto una mirada tan limpia (desde luego no en mi ciudad, Madrid, donde *no existen* las miradas limpias) como la de aquel hombre de casi noventa años, menudo y pulido, vestido invariablemente con una especie de mono azul, al que se permitía permanecer muchas mañanas en su garita de cristales y dar los buenos días a los profesores según entraban. Will no sabía literalmente el día en que vivía, y así, sin que nadie pudiera predecir la fecha de su elección y menos aún saber qué la determinaba, cada mañana la pasaba en un año distinto, viajando por el tiempo adelante y atrás a su voluntad, o, mejor dicho, probablemente sin su voluntad. Había días en los que, más que creer que estaba, en verdad estaba en 1947, o en 1914, o en 1935, o en 1960, o en 1926, o en cualquiera de los años de su larguísima vida. A veces se podía intuir si Will se hallaba instalado en un año malo por una ligera expresión de temor (era un ser demasiado puro para que en él cupiera la preocupación, pues carecía absolutamente de la visión de futuro asociada siempre a ese sentimiento) que sin embargo nunca llegaba a ensombrecer su mirada confiada y ufana. Uno podía sospechar que una mañana de 1940 estaba para él dominada por el miedo a los bombardeos de la noche anterior o de la que vendría, y que una mañana de 1916 podía encontrarle algo abatido por las malas noticias procedentes de la ofensiva del Somme, y que una de 1930 lo había despertado sin un penique en el bolsillo y con los ojos tanteadores y tímidos de quien tiene que pedir un préstamo y aún no ha decidido a quién. Otros días el ligerísimo apagamiento de su inmensa sonrisa o del brillo de su mirada tan afectuosa era indescifrable del todo —ni siquiera objeto de fabulación— porque sin duda se debía a pesares y sinsabores de su vida personal, que nunca habría interesado a ningún alumno ni profesor. En ese continuo viajar a lo largo de su existencia casi todo era insondable para los demás (a la manera de los retratos de pasados siglos o de una fotografía hecha anteayer). ¿Cómo podíamos saber en qué aflictiva jornada de sus numerosos días se hallaba Will cuando lo veíamos saludar con tan sólo una media sonrisa en vez del gesto entusiasta de las fechas joviales o incluso neutras? ¿Cómo saber qué tramo melancólico de su inacabable trayecto estaba recorriendo cuando no alzaba la mano con ademán infantil al tiempo que daba los buenos días? Aquella mano levantada verticalmente que le hacía sentir a uno el convencimiento de que en aquella ciudad inhóspita alguien se alegraba en verdad de verlo, aunque ese alguien no supiera quién era uno, o, mejor dicho, cada mañana lo viera como a alguien distinto del día anterior. Sólo en una ocasión supe, gracias a Cromer-Blake, en qué momento exacto de su vida sin sobresaltos, pasada durante tantas horas tras los cristales de su garita, se encontraba Will. Cromer-Blake aguardó en la puerta del edificio a que yo llegara y me advirtió:

—Dile algo a Will, unas palabras de consuelo. Parece ser que hoy vive el día de 1962 en que murió su mujer, y le dolería mucho que alguno de nosotros no se diese por enterado al pasar. Está muy triste, pero su natural buen humor le permite disfrutar de su protagonismo de hoy lo justo para que no haya perdido del todo su sonrisa. Así que hasta cierto punto está también encantado. —Y, ya sin mirarme, acariciándose el pelo prematuramente canoso, Cromer-Blake añadió—: Esperemos que no le dé por quedarse a diario en esta fecha: tendríamos que cruzar cada mañana el umbral con una condolencia en los labios.

Will llevaba corbata negra sobre la camisa blanca bajo el mono azul, y sus ojos clarísimos parecían aún más transparentes y líquidos que de costumbre, quizá por efecto de una noche pasada por lágrimas y por ver morir. Me acerqué hasta la puerta de la garita, que estaba abierta, y le puse la mano en el hombro. Noté sus huesos. No sabía bien qué decir.

—Buenos días, Will, aunque para usted sean tan malos. Acabo de enterarme, lo siento muchísimo, ¿qué puedo decir?

Will sonrió apaciblemente y una vez más se le iluminó el rostro rosado, tan rosado que parecía terso. Puso su mano sobre la mía y me dio unas palmaditas sin fuerza, como si fuera él quien me consolara.

Cromer-Blake, con su toga al hombro, nos observaba (Cromer-Blake siempre llevaba su toga al hombro y siempre observaba).

—Gracias, Mr Trevor. Es verdad lo que ha dicho, los días no pueden ser peores para mí. Murió anoche, ¿sabe?, esta madrugada. Llevaba algún tiempo un poco enferma, pero no tanto. Esta madrugada me desperté y estaba muriéndose. Se murió en seguida, sin aviso, de golpe, a lo mejor no quería despertarme. Le dije que esperara, pero no pudo. Ni siquiera me dio tiempo a levantarme. —Will se interrumpió un momento y preguntó—: ¿Qué tal me sienta la corbata, Mr Trevor? Yo no suelo llevarla. —Luego sonrió y añadió—: Pero tuvo una vida buena, o eso creo yo, y no fue corta tampoco. Debe saber que ella era cinco años mayor que yo. Me llevaba cinco, no importa que lo cuente ahora. Ahora yo seré más viejo, quizá. Seguiré cumpliendo años y quizá sea más viejo de lo que ella lo fue jamás. —Se tocó la corbata con inseguridad—. Y además: aunque los días sean malos para mí, no hay razón para que yo no se los desee buenos a usted. Buenos días, Mr Trevor.

La mano no se alzó desde la mía —desde su propio hombro— tan aérea como otras veces, pero se alzó, con su vertical saludo.

Aquella mañana estábamos en 1962, y por eso yo era Mr Trevor. De haberse encontrado Will en los años treinta, yo habría sido el doctor Nott, y de haber estado en los cincuenta entonces me habría visto como Mr Renner. Durante la guerra del 14 me convertía en el doctor Ashmore-Jones, en los años veinte era Mr Brome, en los cuarenta el doctor Myer y en los setenta y ochenta el doctor Magill, y esa era la única manera de saber hacia qué década se había inclinado y dirigido Will, el viajero del tiempo, cada mañana. Para él yo era cada día un miembro de la facultad perteneciente al pasado, aunque siempre el mismo en cada período elegido cotidianamente por su espíritu para habitar en él. Y nunca se equivocaba. En mí, y a sus ojos puros e intemporales, volvían a vivir su propio pasado rutinario aquellos Dr Magill, y Dr Myer, y Mr Brome, y Dr Ashmore-Jones, y Mr Renner, y Dr Nott, y Mr Trevor, algunos ya muertos y otros jubilados, otros simplemente trasladados o desaparecidos sin dejar más recuerdo que el de sus nombres, o quizá expulsados de la universidad por algún desliz grave del que el pobre Will, en su garita eterna, nunca habría tenido la menor noticia.

Y extrañamente también vivió en mí, algunas mañanas, un tal Mr Branshaw del que nadie guardaba memoria ni sabía nada, lo cual

—cada mañana en que me oía llamar así: Buenos días, Mr Branshaw— me hacía pensar si la capacidad de Will para desplazarse en el tiempo no abarcaría también el futuro (tal vez el más inmediato, aquel que cubriera lo que le restara de vida) y si, instalado en los años noventa, no estaría saludando a alguien que aún no había llegado a Oxford y que quizá, dondequiera que se encontrara, aún ignoraba que le tocaría vivir en la ciudad inhóspita y conservada en almíbar, como la llamó hacia tiempo uno de mis predecesores. Alguien a quien Will tampoco reconocería con sus ojos ensoñados y diáfanos y a quien tal vez diera mi nombre, que jamás pronunció ante mí, cuando lo saludara con su mano festiva a la entrada de la Tayloriana.

Pasó toda su vida dedicado a resolver un enigma:

El padre de su mejor amigo, llamado Isaac Custardoy, recibió una amenaza, una maldición, un vaticinio en su juventud. Vivía en La Habana, poseía tierras, era militar, se jactaba de su carrera y su fama de conquistador y no pensaba casarse, al menos hasta ser cincuentón. Una mañana, cuando paseaba a caballo, se cruzó en su camino un pordiosero mulato y le pidió una limosna, que él denegó: siguió adelante y espoleó su montura, pero el mendigo pudo aún detenerla cogiéndola de la brida y le anunció: «Tú, y tu hijo mayor, y el hijo mayor de tu hijo mayor, los tres moriréis cuando estéis en un viaje lejos de vuestra patria; no cumpliréis los cincuenta ni tendréis sepultura». El padre de su amigo no hizo mucho caso, regresó tras su cabalgadura, narró en casa la anécdota a la hora de comer y después la olvidó. Esto sucedía en 1873, cuando el padre de su amigo contaba tan sólo veinticinco años.

* * *

En 1898, cuando, casado y con siete hijos y ya teniente coronel, vio que el comodoro Schley llevaba las de ganar y comprendió que Cuba estaba a punto de caer en poder extranjero, se negó a ver ondear otra bandera que no fuera la española en el puerto de La Habana. Malvendió apresuradamente sus posesiones, se hizo a la idea de abandonar para siempre su tierra natal y, pese a no haber salido jamás de la isla y padecer de vértigo Ménière, se embarcó con toda su familia rumbo a España. Cuando había transcurrido tan sólo una semana de travesía, un espantoso ataque de esta enfermedad acabó con su vida: meditaba acodado sobre la barandilla de la cubierta, preguntándose con curiosidad (permitiéndose incluso una cierta ilusión) por el país cuyo nombre conocía tan bien, cuando de repente, sin duda tras oír ruidos pavorosos y luego ya nada a juzgar por sus aspavientos fugaces de dolor primero y de estupefacción después, cayó fulminado. Su cadáver fue arrojado al océano con una bala de cañón. Iba a cumplir los cincuenta.

* * *

Su primogénito, llamado Isaac Custardoy como él, prosiguió en España la carrera militar que ya había iniciado en Cuba bajo los auspicios de su padre. Siendo auténtica o incuestionada su vocación, y no careciendo de voluntad, fue ascendiendo a gran velocidad hasta alcanzar el rango de coronel y convertirse en ayudante de Fernández Silvestre. Vivía en Madrid, y sintiéndose desde muy joven responsable de sus hermanos y hermanas menores, velaba siempre por ellos y procuraba no abandonar nunca la capital. En 1921, sin embargo, no tuvo más remedio que partir hacia Marruecos acompañando a su amigo y superior. En medio del desastre de Annual, cuando las tropas españolas se hallaban ya dispersas y derrotadas por los cabileños de Abd-el-Krim, el general, Custardoy y el hijo de aquél, víctimas del desconcierto, el pánico masivo y la confusión, quedaron aislados de los restos del grueso: desamparados, pero con una camioneta a su disposición. Silvestre se negó a abandonar el campo y Custardoy se negó a abandonar a su superior: entre ambos convencieron al hijo de que intentara salvar la vida y huyera en el vehículo. Los dos militares quedaron solos ante la desbandada general y nunca se hallaron sus cadáveres. De Custardoy se encontraron tan sólo los gemelos de campaña y sus correajes de coronel. Presumiblemente fueron empalados. Isaac Custardoy contaba cuarenta y cinco años de edad. Sólo dejó mujer.

* * *

Su mejor amigo pasó toda su vida dedicado a resolver el enigma: ¿por qué la predicción del pordiosero mulato se había cumplido cabalmente y con absoluta exactitud en sus dos primeras partes y en la tercera no? Nunca había habido un hijo mayor del hijo mayor. Pensar en un vástago espúreo era demasiado banal. Si nada se hubiera cumplido… Si todo se hubiera cumplido… En cualquiera de los dos casos, ¡qué tranquilidad! Pasó toda su vida dedicado a resolver el enigma.

* * *

Cuando ya era viejo y estaba aburrido de inactividad, sólo gustaba de leer la Biblia. Y un día, releyendo por enésima vez, se paró donde dice: *Tenía Abraham ochenta y seis años cuando Agar le parió a Ismael.* Y más adelante se volvió a detener: *Era Abraham de cien años de edad cuando le nació Isaac, su hijo.* Y pensó que el nacimiento de Isaac ya lo había anunciado Yavé mucho antes de que naciera Ismael, el hijo de Agar, que ya tenía trece años de edad cuando Sara dio a luz. Aquello le llevó a preguntarse y a reflexionar: «¿Dónde estuvo Isaac durante todo ese tiempo, desde que se lo profetizó hasta que nació, desde que se lo vaticinó hasta que fue concebido? Pues tuvo que estar en algún lugar, porque ya desde entonces se sabía de él: no sólo Yavé; también Abraham y Sara sabían de él». Y aquello le llevó aún más lejos, a su problema; le llevó a pensar: «El nieto de Isaac Custardoy había sido anunciado también, pero nunca había nacido, no había llegado a nacer ni a ser engendrado. Pero el pordiosero mulato y el mismísimo Custardoy sabían también de él desde 1873. ¿Dónde había estado desde entonces? En algún lugar tenía que estar».

* * *

Siguió cavilando y dedicó lo que le quedaba de vida a resolver el enigma. Y cuando ya iba a morir, escribió en una hoja sus pensamientos: «Adivino que voy a morir, emprenderé mi último viaje. ¿Qué va a ser de mí? ¿Adónde iré? ¿Iré a alguna parte? ¿Adónde iré? Atisbo la muerte porque he estado vivo y he sido engendrado, porque estoy vivo aún; la muerte, así, es imperfecta, no todo lo abarca, no puede impedir que exista otra cosa distinta de ella, que desde allí se la espere y desde allí se la piense: tiene que transigir. Sólo le pertenece del todo quien no ha llegado a nacer; más aún, quien no ha sido engendrado ni concebido. El que no se concibe es quien muere más. Ese ha viajado sin cesar por la senda más tortuosa, por la más intrincada: por la senda de la eventualidad. Ese es el único que no tendrá patria ni sepultura jamás. Ese es Isaac Custardoy. Yo, en cambio, no soy».

Es difícil saber si se trata de las casas mismas o de ciertos moradores, pero algunas de las primeras no acaban de desprenderse de quienes las habitaron un día, tal vez —simplemente— cuando queda memoria de ellos: aquí vivió alguien famoso, aquí se cometió tal crimen, aquí hubo un suicida. Se coloca una placa que lo anuncie o, por el contrario, se hace todo lo posible porque el hecho terrible se lo trague el olvido. Los fetichistas aprecian que alguien notable haya paseado por el mismo espacio que ahora ocupan ellos; los supersticiosos temen que la desgracia pertenezca al ámbito, y no a sus propias vidas: ha habido casas demolidas por culpa de una maldición, o porque se creía en ella; a veces eso no ha bastado, y la culpa se ha echado al terreno, al indiferente suelo sobre el que no importaba qué se edificara de nuevo, nadie quiso pisarlo hasta que no quedó nadie para recordar la leyenda.

Hoy, en las ciudades, se guarda poca memoria de quienes nos precedieron en los pisos y apartamentos, y a casi nadie preocupa saber si esas personas fueron allí razonablemente felices o desdichadas, si las paredes que contemplamos a diario fueron testigos de vehemencias o incertidumbres o esperas, de imploraciones o de rutinas, de tarareos o de imprecaciones o de crueldades: si alguien aquí padeció antes que nosotros o se ruborizó de gozo, si entre estas paredes se dijeron cosas que alguien que salió de aquí —quizá obligado— ya no va a olvidar nunca, alguien en cuya retina están para siempre impresas las habitaciones en las que dormimos, comemos, vemos la televisión o escribimos. Alguien que tal vez escribió aquí mismo la carta que lo condenó a abandonar esta casa.

Mi experiencia de este tipo de lugares que no esconden enteramente su pasado es exigua, pero se remonta al inicio de mi vida, tan sólo un mes después de mi nacimiento, cuando, según he sabido, fui llevado a América, a Wellesley, Massachusetts, donde se encuentra la relativamente famosa Universidad femenina conocida como Wellesley College, un paraje feérico dominado por un lago, el Waban, y por el otoño cambiante de los gigantescos árboles de Nueva Inglaterra. Pero todo eso no lo supe con mis propios ojos sino hasta treinta y tres años más tarde, cuando por un increíble azar fui invitado a enseñar en esa misma Universidad durante un semestre, y supe también que la casa en que me alojé era la misma en que había vivido siendo menos que un niño, el primer año de mi existencia. Y aún me enteré de más: en esa casa había vivido antes el poeta Jorge Guillén, y en el piso de arriba Vladimir Nabokov cuando aún no había publicado —y quién sabe si ya escribía o tramaba— su más célebre novela *Lolita,* ambos profesores de Wellesley hacia la mitad del siglo. El espacio es capaz de crear la ilusión de que se anula el tiempo, y del mismo modo que cuando volvemos a una ciudad que en el recuerdo ya se nos difuminaba tenemos la impresión de que en realidad aún no hemos salido de ella y el tiempo intermedio queda repentinamente comprimido o incluso cancelado, así es posible imaginar que en un mismo lugar conviven simultáneamente todos sus habitantes de diferentes épocas. Y con mis treinta y tres años imaginaba al poeta Guillén escribiendo sus versos de exilio y oyendo tal vez los pasos del exiliado ruso, que debía de dar numerosas vueltas por la habitación, impacientado por mis berridos. No escribí una línea durante aquellos meses, y en cambio creí reconocer olores, o el ruido de los pies sobre la nieve escarchada, de cuando no sabía pisar ni seguramente tenía olfato ni podía tener memoria.

Un profesor español que vivía en la ciudad de Providence me contó que durante sus primeros años en Brown University había vivido en la que había sido la casa del maestro de la literatura de terror H. P. Lovecraft, inventor de un sinnúmero de criaturas semihumanas y preferentemente pisciformes o informes, predecesor absoluto de todas las «cosas», «aliens», «seres» y «magmas» que luego el cine ha hecho tan familiares. Eso en tanto que escritor. En tanto que individuo, al parecer se trataba de alguien huidizo, solitario, tímido hasta el espanto y de ideología nazi-estrafalaria. Al preguntarle yo a aquel profesor si nunca, en mitad de la noche, él o su mujer habían notado ninguna presencia extraña, me contestó que por suerte jamás se les había aparecido ninguna criatura de ascendencia o físico inciertos, pero que sí había una rara hosquedad en aquella casa, una especie de silencio forzado que cualquier sonido delataba, como si los muros, acostumbrados durante demasiado tiempo a la taciturnidad y misantropía de Lovecraft, no aceptaran de buen grado una palabra en tono elevado o los canturreos de su mujer en la ducha. Y al enterarse de quién los había precedido, a las pocas semanas de instalarse, habían decidido regalar los pececillos de colores con los que habían llegado, solamente por si acaso.

Más numerosos son los ejemplares de moradas que, según la leyenda o los estudiosos como O'Donnell o Hopkins o Leslie o Halifax, han albergado directamente a fantasmas, y durante más tiempo a veces del que ningún vivo tendrá jamás a su disposición. Lo que sin embargo sí parece probado es que el tiempo también afecta a estos seres poco perecederos, y que cuanto más transcurre desde la comisión del asesinato o el acaecimiento de la desgracia, más infrecuentes y tenues son las apariciones o manifestaciones del espíritu de las víctimas, como si también la protesta, la venganza, la queja, el dolor y el resentimiento de quienes no están vivos ni del todo muertos se mitigaran con la lejanía o con la desaparición material de quienes fueron sus verdugos, quién sabe si involuntarios. Por ésо probablemente, y porque los fantasmas pueden retirarse ofendidos si no se cree lo suficiente en ellos, hay en Inglaterra una sociedad que los vigila y cuida como si fueran una especie más en peligro de extinción. Esa sociedad se ocupa, entre otras cosas, de buscar para ciertos entusiastas casas en las que haya o en el pasado haya habido algún espectro. Editan un boletín bianual en el que dan cuenta de sus logros y actividades, y en el último se lamentaban de la impaciencia de un cliente holandés que a los tres meses de haberse instalado en una mansión con considerable *pedigree* fantasmal, había rescindido enojado su contrato de alquiler acusándolos de estafa, ya que durante su estancia no había visto ni oído nada anómalo, ni siquiera, decía, una mísera pisada inexplicable.

Es muy posible que los fantasmas, si es que aún existen, tengan por criterio contravenir los deseos de los inquilinos, apareciendo si su presencia no es deseada y escondiéndose si se los espera y reclama. Aunque a veces se ha llegado a algunos pactos, como se sabe gracias a la documentación acumulada por Lord Halifax y Lord Rymer en los años treinta: uno de los casos más conmovedores es el de una anciana de la localidad de Rye, hacia 1910. Esa anciana, en su juventud (Molly Morgan Muir era su nombre), había sido señorita de compañía de otra mujer mayor a quien, entre otros servicios prestados, leía novelas en voz alta, y era durante estas sesiones cuando había observado que el fantasma de la casa hacía su aparición: cada tarde, mientras ella pronunciaba las palabras de Stevenson o Jane Austen o Dumas o Conan Doyle, veía difusamente la figura de un hombre joven y de aspecto rural, un mozo de cuadra o de establo. La primera vez que lo vio, de pie y con los codos apoyados en el respaldo del sillón que ocupaba la señora, como si escuchara atentamente el texto que recitaba ella, estuvo a punto de gritar del susto. Pero en seguida el joven se llevó el índice a los labios y le hizo tranquilizadoras señas de que continuara y no denunciara su presencia. La joven obedeció, y a partir de entonces, tarde tras tarde y con pocas excepciones, leyó para su señora y también para él, sin que aquélla se diera nunca la vuelta ni supiera de las instrusiones de éste. Cuando la señora murió, ella siguió en la casa, y durante unos días, desconcertada, dejó de leer: el joven no apareció. Covencida de que aquel muchacho rural deseaba tener la instrucción de la que seguramente había carecido en vida, volvió a leer en voz alta para invocarlo, y no sólo novelas, sino tratados de historia y de ciencias naturales, todos los cuales el muchacho siguió escuchando con la misma atención, aunque ya no de pie, sino cómodamente sentado en el sillón vacante. La joven, que se fue haciendo mayor, le hablaba con cada vez más confianza, pero sin obtener nunca respuesta: los fantasmas no siempre pueden o quieren hablar. Hasta que llegó un día en que el muchacho no se presentó, y tampoco lo hizo durante los días ni las semanas siguientes. La joven que ya era casi vieja se desesperó: increpaba al silencio, hacía dolidas preguntas a la nada, lanzaba reproches al aire invisible, se preguntaba cuál había sido su falta o error. Aun así seguía leyendo en voz alta a diario, por ver si él acudía. Una tarde se encontró con que la señal del libro de Dickens que le estaba leyendo no se hallaba donde la había dejado, sino muchas páginas más adelante. Leyó con atención allí donde él la había puesto, y entonces comprendió. Había una frase del texto que decía: «Y ella envejeció y se llenó de arrugas, y su voz cascada ya no le resultaba grata». Cuenta Lord Rymer que la anciana se indignó como una esposa repudiada, y que le dijo al vacío: «Eres injusto. Tú no envejeces y quieres voces gratas y juveniles. Pero yo te he instruido y distraído durante años, y si gracias a mí has aprendido a leer no es para que ahora me dejes mensajes ofensivos. Comprendo que puedas ir en busca de otras voces, nada te ata a mí y nunca me has pedido nada, luego tampoco nada me debes. Pero si conoces el agradecimiento, te pido que al menos vengas una vez a la semana a escucharme y tengas paciencia con mi voz que ya no te agrada. Yo me esforzaré y seguiré leyendo lo mejor posible. Porque ahora que ya soy vieja soy yo quien necesita de tu distracción».

Según Lord Rymer, el fantasma del joven rústico no fue enteramente desaprensivo y atendió a razones: a partir de entonces, y hasta su muerte, Molly Morgan Muir esperó con ilusión e impaciencia la llegada del día elegido, la llegada de cada miércoles. Y se piensa que quizá fue eso lo que la mantuvo todavía viva durante bastantes años.

Cuando uno está solo, cuando uno vive solo y además en el extranjero, se fija enormemente en el cubo de la basura, porque puede llegar a ser lo único con lo que se mantiene una relación constante, o, aún es más, una relación de continuidad. Cada bolsa negra de plástico, nueva, brillante, lisa, por estrenar, produce el efecto de la absoluta limpieza y la infinita posibilidad. Cuando se la coloca, a la noche, es ya la inauguración o promesa del nuevo día: está todo por suceder. Esa bolsa, ese cubo, son a veces los únicos testigos de lo que ocurre durante la jornada de un hombre solo, y es allí donde se van depositando los restos, los rastros de ese hombre a lo largo del día, su mitad descartada, lo que ha decidido no ser ni tomar para sí, el negativo de lo que ha comido, de lo que ha bebido, de lo que ha fumado, de lo que ha utilizado, de lo que ha comprado, de lo que ha producido y de lo que le ha llegado. Al término de ese día la bolsa, el cubo, están llenos y son confusos, pero se los ha visto crecer, transformarse, formarse en una mezcla indiscriminada de la cual, sin embargo, ese hombre no sólo conoce la explicación y el orden, sino que la propia e indiscriminada mezcla es el orden y la explicación del hombre. La bolsa y el cubo son la prueba de que ese día ha existido y se ha acumulado y ha sido levemente distinto del anterior y del que seguirá, aunque es asimismo uniforme y el nexo visible con ambos. Es el único registro, la única constancia o fe del transcurrir de ese hombre, la única *obra* que ese hombre ha llevado a cabo verdaderamente. Son el hilo de la vida, también su reloj. Cada vez que uno se acerca al cubo y echa en él algo, vuelve a ver y a tener contacto con las cosas que tiró en las horas previas, y eso es lo que le da un sentido de la continuidad: su día está jalonado por sus visitas al cubo de la basura, y allí ve el envase del yogurt de fruta que desayunó, y aquel paquete de tabaco del que al comenzar la mañana quedaban sólo dos cigarrillos, y los sobres ahora vacíos y rotos que le trajo el correo, los botes de coca-cola y la viruta de un lápiz al que sacó punta antes de empezar el trabajo (aunque fuera a escribir con pluma), las hojas arrugadas que juzgó imperfectas o equivocadas, el envoltorio de celofán que contuvo tres sandwiches, las colillas vertidas numerosas veces desde los ceniceros, los algodones empapados en colonia con los que se refrescó la frente, la grasa de los fiambres que comió distraído para no interrumpirse, los informes inútiles recogidos en la facultad, una hoja de perejil, una de albahaca, papel de plata, las briznas, las uñas que se cortó, la oscurecida piel de una pera, el cartón de la leche, el frasco de la medicina acabada, las bolsas inglesas de papel crudo y áspero en las que envuelven sus libros los libreros de viejo. Todo se va apretando y se va concentrando, se va tapando y se va fundiendo, y así se convierte en el trazo perceptible —material y sólido— del dibujo de los días de la vida de un hombre. Cerrar y anudar la bolsa y sacarla fuera significa comprimir y clausurar la jornada, que tal vez habrá estado punteada tan sólo por esos actos, por el acto de arrojar desechos y mondaduras, el acto de prescindir, el acto de seleccionar, el acto de discernir lo inútil. El resultado del discernimiento es esa *obra* que impone su propio término: cuando el cubo rebosa está concluida, y entonces, pero sólo entonces, su contenido son desperdicios.

IV. Palabras móviles

El objeto toma cuerpo en dirección horizontal de izquierda a derecha y luego sigue su curso en sentido vertical, según el tamaño y el margen de la superficie que lo enmarca: he aquí el itinerario geométrico de la escritura occidental, una raya hecha por una sucesión de pocos signos alfabéticos que, combinados a su vez con cierto orden lineal, encauzan de forma visible y perdurable cualquier pensamiento o discurso. Idealmente el texto es para siempre o, mejor dicho, tiene por delante un destino indefinido y universal, que depende de su circulación en el tiempo y en el espacio. Las palabras emigran sin cesar. Por eso no menos importante que la escritura es la lectura, es decir la posibilidad de simular todo tipo de conversación con un sinnúmero de ausentes, cuya identidad suele reducirse a un nombre, unas fechas, un esbozo biográfico y, si hay suerte, un retrato. El resto lo tiene que hacer la fantasía, que desde el artificio abstracto de la página sueña con reinventar la plenitud emocional de la vida. Como ha demostrado más de una vez Javier Marías, es la lectura el taller fundamental del escritor, la ocasión de ensayar su capacidad imaginativa en la lengua materna o, indiferentemente, en otras lenguas extranjeras. La literatura ha sido siempre extraterritorial y cosmopolita y la traducción que la transforma y contagia con diferentes visiones del mundo, representa un perfecto ejemplo de lectura creativa. En cuanto a su propia escritura, siempre atenta a las posibilidades y a las consecuencias del decir, este autor asimila el proceso de la invención verbal al trayecto azaroso de la existencia, negándose todo esquema preconcebido y no rectificando jamás páginas o capítulos. Es lo más parecido a la temporalidad de la acción humana, cuyas intenciones se ajustan a los obstáculos que ofrece el camino. Escribir, como viajar o vivir, requiere una buena dosis de pasión por lo que no se sabe.

E. P.

El padre, sentado en una mecedora o en un butacón, el grueso de su cuerpo enorme sobresaliendo por la iluminación parcial de la lámpara casi como si fuera el torso exento y descomunal de un mutilado, se bamboleaba pausadamente al ritmo de los versos pareados de Victor Hugo o, tenso e inmóvil, se ofrecía en la suspensión a que le sometían las páginas trepidantes y misteriosas de *Joseph Balsamo*. Cuando Casaldáliga se llegaba hasta el salón para desearle buenas noches —único momento del día en que le era dado verle—, se detenía a la entrada y, apoyado en el quicio de la puerta abierta, posaba en él sus ojos neutros y se quedaba un rato mirándolo hasta que el padre reparaba en el hijo. Aquél, entonces, levantaba lentamente el rostro, como deslumbrado, desde las profundidades sobrehumanas de *Dieu* o de *La Fin de Satan* y, quitándose las gafas, con la cara transformada quizá por su participación en los conflictos divinos de que emergía, de pronto visible el azul de sus ojos bajo las cejas pajizas siempre enarcadas —con un inusitado aspecto de alemán—, lo escudriñaba confundido sin comprender su presencia muy bien. Casaldáliga, cuando el padre reanudaba la lectura tras haberle contestado con cortesía, leve afecto y parquedad, desaparecía por el pasillo y, sin otra sensación que la de un ligero cansancio, pensaba en viajar, como si la expresión de sorpresa de su padre y el posterior reconocimiento le hubieran sugerido la reacción de un hombre que al volver de una larguísima travesía primero extrañara sobremanera su propia ciudad para comprobar al poco que todo en ella, en esencia, permanecía igual. Esto sucedía todas las noches: puede decirse que había sucedido todas las noches de la vida de Casaldáliga desde que tenía memoria y hasta que el padre murió. Siendo ya un joven, siendo estudiante y más tarde, incorporado a la empresa familiar —cuando ya no era el único momento del día en que lo veía—, seguía encontrando a su padre al regresar a casa por la noche, a la hora que fuese, hundido en la mecedora de mimbre si leía *L'Année terrible* o *La Fin de Satan,* rígido en el butacón si había elegido las *Mémoires d'un médecin.* Cada noche le aguardaba aquel mismo busto prominente, delimitado o casi serrado por el fin del chaleco y la zona de sombra, balanceándose con un vaivén acompasado en el que podían adivinarse su complacencia en la rima y la duración exacta de cada alejandrino en su mente: *Et l'esquif monstrueux se ruait dans l'espace. / Les noirs oiseaux volaient, ouvrant leur bec rapace.* O bien: *Qu'importe que mon corps se blesse et se meurtrisse! / Mon âme ira montrer à Dieu la cicatrice;* o, si no, lo hallaba petrificado sobre el borde del butacón, inmerso en las peripecias vividas por Joseph Balsamo, encorvado, absorto, saliente y nostálgico como una gárgola amarillenta bajo la luz eléctrica, con el cuerpo y el alma en vilo, ambos fáciles y contentadizas presas de una intriga tan archisabida y ajena a él como memorizados y en su corazón estaban lo versos corpulentos de Victor Hugo que infatigablemente releía una y otra vez. Y aquel afrancesado entusiasta y empedernido y poco exigente se acostaba siempre más tarde que él, como si realmente esperara y le fueran imprescindibles su fugaz aparición en la puerta y su saludo mecánico para dar por terminada la sesión de lectura, su velada solitaria. Casaldáliga, de joven, seguía mirándolo de hito en hito durante unos segundos, con los ojos inertes, como sin conciencia de la inapelable visión —mirando aquel torso desmesurado e idéntico a través de los años, aquel convexo fragmento humano que en todo caso no había hecho sino abombarse aún más con la edad—, y luego, con un tremendo cansancio acumulado a lo largo de lustros, desaparecía por el pasillo en silencio y pensaba en viajar.

Sin embargo Casaldáliga también veía a su padre los domingos por la mañana; y cada domingo asimismo, de igual modo que el anterior. El padre, con los guantes negros y el sombrero en la mano, iba a buscarlo a su cuarto a las doce en punto y lo llevaba a dar un paseo breve por el parque grande de la ciudad. Su exagerada estatura lo acompañaba durante unos treinta minutos por las alamedas, sin pisar jamás hierba, con un aire entre ausente y circunspecto, y Casaldáliga, que mientras estuvo en edad de ir cogido de su mano no llegó nunca a ella, se agarraba al bastón y debía andar más pendiente del movimiento y el ritmo de éste que del de sus pasos para no correr el riesgo de trompicarse ni molestarle a él. El imponente volumen del torso —que se asemejaba entonces, al caminar (tanta era la inestabilidad de su avance), al desconchado mascarón de proa de una embarcación pequeña cuya parte inferior resultara casi invisible por la espuma soliviantada y el constante cabeceo del tajamar— lo obligaba a detenerse exhausto a cada cuarenta o cincuenta pasos, y era durante aquellos altos más que mientras andaban cuando el padre le dirigía la palabra desde su altura colosal —sólo entonces le dirigía la palabra en su infancia y hablaba efectivamente con él— con el propósito de aleccionarlo. De aquellos paseos dominicales heredó Casaldáliga su determinación de hacerse con un destino nítido e inconfundible: fue a lo largo de aquellas mañanas de fiesta cuando el padre, de manera paulatina, deliberada y pertinaz, le fue inoculando el germen de una necesidad y una esperanza que llegaron a hacerse incesantes y cotidianas, pero que, al carecer de plazo fijo para su inconcreta realización y sin embargo sentirse siempre como apremiantes e ineluctables, como inherentes al curso mismo de los días, fueron ya desgastándose y consumiéndose antes de verse, en sentido estricto, formuladas con precisión y dotadas de una figura clara. Pero fuera como fuese —y era todo difuso—, en virtud de ello Casaldáliga había tenido desde muy temprana edad la capacidad de contemplarse a sí mismo como a un extraño, de verse objetivado y a distancia, como a un otro disociado de él; en virtud de ello había poseído desde muy pronto la rara facultad de considerar la existencia como algo externo e independiente del que la lleva, y por ende como algo moldeable y que se hallaba a la entera disposición del usuario: algo hueco y vacante de lo que además el poseedor no tendría en realidad —y por así decir— más que una responsabilidad estética. Y en efecto —juzgaba él—, la imagen de su progenitor se le mostraba única y acabada, nítida, inconfundible e inalterada, como si su vida, que él desconocía y sobre la que tampoco se interrogaba, consistiera tan sólo en leer infolios decimonónicos como una estatua sedente después de cenar y en pasear con él los domingos por la mañana dando bandazos por las alamedas. Y aquel hombre gigantesco y permanentemente inflado clavaba el bastón en el suelo cada pocos minutos y, con más ahínco que elocuencia, le hacía saber sus ideas sobre el destino y sus deseos respecto a él:

—Has de tener bien presente que un hombre no es nada sin un destino. Pero, ¡ojo!, no confundas, como con tanta frecuencia se hace, el destino con el porvenir, pues éste, si en algo está a veces relacionado con aquél, no es nunca sino una parte del mismo y una parte aleatoria por lo demás. Un hombre puede ya poseer un destino desde su nacimiento (aunque se dan pocos casos, los reyes que llegan a reinar son un ejemplo); un hombre puede poseer un destino sin tener el menor porvenir; hasta el hombre muerto puede poseer un destino. ¿Y por qué? Pues porque su historia, si ha merecido contarse, se puede contar, y si tiene un destino a buen seguro lo merecerá. Así que escucha lo que te digo, hijo mío: el porvenir tú lo tienes asegurado, ya que un día serás el dueño de la empresa familiar. Pues bien, con eso te basta para despreocuparte de él, centrarte desde ahora mismo en la configuración de tu destino y evitar el riesgo de caer en esa confusión tan común contra la que te he prevenido. Así que escucha lo que te digo; ponte manos a la obra sin más dilación, lábrate un destino, hazte con uno nítido e inconfundible, que merezca contarse y se pueda contar, que sea sólo tuyo y desde un principio reconocible como tal. Porque si no no serás nada, ¿me oyes?... Que sea reconocible desde un principio como tuyo. Exactamente igual que las notas con que se inicia una pieza musical concreta son ya, en esa determinada ordenación, única, inequívoca y eternamente las del inicio de esa pieza musical concreta. Y aunque un día desaparecieran de la faz de la tierra todas las partituras y no restara nadie en el mundo con memoria suficiente para recordar esas notas y hubieran quedado flotando y extraviadas en el reino del olvido, si otro día, al cabo del tiempo, alguien volviera a inventarlas o a creer que las inventaba, también entonces, también entonces y aun así, esas notas seguirían siendo las del inicio de aquella pieza musical concreta y sólo las suyas. ¿Me entiendes, muchacho? ¿Comprendes lo que significa mi comparación? Así que escucha lo que te digo: lleva cuidado y al labrar tu destino procura no repetir el destino de nadie. Aplícate a esa tarea. Si los que vengan después de ti repiten el tuyo, allá ellos, serán otros Casaldáliga aunque no lo sepan, y no habrán encontrado uno propio (quizá porque carezcan de propio). Pero tú, tú, hijo mío, si quieres que tu historia merezca contarse y se pueda contar, no deberás repetir. ¿Y cómo sabrás que no repites el destino de nadie habiendo existido tantos y tantos millones, incontables millones de seres previos cuyas historias se cuentan continuamente en todo tiempo y en todo lugar sin que sea posible conocerlas todas para tener la certeza de no repetir? Desde luego no te será fácil saberlo, y podrás engañarte numerosísimas veces; pero cuando de veras consigas hacerte con un destino nítido e inconfundible (en el caso de que consigas hacerte con él), con un destino que pueda y merezca contarse y que además pueda ya adivinarse y reconocerse como tuyo tras unas pocas frases iniciales (al igual que ocurre con las primeras notas de una pieza musical concreta), ten por seguro que lo sabrás. ¿Cómo? Ah, no me preguntes, muchacho, porque no es algo que se pueda explicar. Pero yo me imagino, en fin, supongo que lo sabrás. Será intuición y será clarividencia, ambas cosas a una, y su conjunción o su mezcla te harán sentir en lo más profundo y recóndito de tu ser la voz unívoca de lo único, y así sabrás. Así que escucha lo que te digo: sé original, hijo mío, sé original... Sé único.

Ahora sé que la cita de Shakespeare procedía de *Macbeth* y que ese símil está en boca de su mujer, al poco de que Macbeth haya vuelto de asesinar al rey Duncan mientras dormía. Forma parte de los argumentos dispersos, o más bien frases sueltas, que Lady Macbeth va intercalando para quitarle hierro a lo que su marido ha hecho o acaba de hacer y es ya irreversible, y entre otras cosas le dice que no debe pensar 'so brainsickly of things', de difícil traducción, pues la palabra 'brain' significa 'cerebro' y la palabra 'sickly' quiere decir 'enfermizo' o 'enfermo', aunque aquí es un adverbio; así que literalmente le dice que no debe pensar en las cosas con tan enfermo cerebro o tan enfermizamente con el cerebro, no sé bien cómo repetirlo en mi lengua, por suerte no fueron esas palabras las que en aquella ocasión citó la mujer inglesa. Ahora que sé que esa cita venía de *Macbeth* no puedo evitar darme cuenta (o quizá es recordar) de que también está a nuestra espalda quien nos instiga, también ese nos susurra al oído sin que lo veamos acaso, la lengua es su arma y es su instrumento, la lengua como gota de lluvia que va cayendo desde el alero tras la tormenta, siempre en el mismo punto cuya tierra va ablandándose hasta ser penetrada y hacerse agujero y tal vez conducto, no como gota del grifo que desaparece por el sumidero sin dejar en la loza ninguna huella ni como gota de sangre que en seguida es cortada con lo que haya a mano, un paño o un venda o una toalla o a veces agua, o a mano sólo la propia mano del que pierde la sangre si está aún consciente y no se ha herido a sí mismo, la mano que va a su estómago o a su pecho a tapar el agujero. La lengua en la oreja es también el beso que más convence a quien se muestra reacio a ser besado, a veces no son los ojos ni los dedos ni labios los que vencen la resistencia, sino sólo la lengua que indaga y desarma, la que susurra y besa, la que casi obliga. Escuchar es lo más peligroso, es saber, es estar enterado y estar al tanto, los oídos carecen de párpados que puedan cerrarse instintivamente a lo pronunciado, no pueden guardarse de lo que se presiente que va a escucharse, siempre es demasiado tarde. No es sólo que Lady Macbeth induzca a Macbeth, es que sobre todo está al tanto de que se ha asesinado desde el momento siguiente a que se ha asesinado, ha oído de los propios labios de su marido 'I have done the deed' cuando ha vuelto, 'He hecho el hecho', o 'He cometido el acto', aunque la palabra 'deed' se entiende hoy en día más como 'hazaña'. Ella oye la confesión de ese acto o hecho o hazaña, y lo que la hace verdadera cómplice no es haberlo instigado, ni siquiera haber preparado el escenario antes ni haber colaborado luego, haber visitado el cadáver reciente y el lugar del crimen para señalar a los siervos como culpables, sino saber de ese acto y de su cumplimiento. Por eso quiere restarle importancia, quizá no tanto para apaciguar al aterrado Macbeth con las manos manchadas de sangre cuanto para minimizar y ahuyentar su propio conocimiento, el de ella misma: 'Los dormidos, y los muertos, no son sino como pinturas'; 'Aflojas tu noble fuerza, al pensar en las cosas con tan enfermizo cerebro'; 'No se debe pensar de esta manera en estos hechos: así, nos hará volver locos'; 'No te pierdas tan abatido en tus pensamientos'. Esto último se lo dice tras haber salido con decisión y haber regresado de untar los rostros de los sirvientes con la sangre del muerto ('Si sangra...') para acusarlos: 'Mis manos son de tu color', le anuncia a Macbeth; 'pero me avergüenzo de llevar un corazón tan blanco', como si intentara contagiarle su despreocupación a cambio de contagiarse ella de la sangre vertida de Duncan, a no ser que 'blanco' quiera decir aquí 'pálido y temeroso', o 'acobardado'. Ella sabe, ella está enterada y esa es su falta, pero no ha cometido el crimen por mucho que lo lamente o asegure lamentarlo, mancharse las manos con la sangre del muerto es un juego, es un fingimiento, un falso maridaje suyo con el que mata, porque no se puede matar dos veces, y ya está hecho el hecho: 'I have done the deed', y nunca hay duda de quién es 'yo': aunque Lady Macbeth hubiera vuelto a clavar los puñales en el pecho de Duncan asesinado, no por eso lo habría matado ni habría contribuido a ello, ya estaba hecho. 'Un poco de agua nos limpia' (o quizá 'nos limpie') 'de este acto', le dice a Macbeth sabiendo que para ella es cierto, literalmente cierto. Se asimila a él y así intenta que él se asimile a ella, a su corazón tan blanco: no es tanto que ella comparta su culpa en ese momento cuanto que procura que él comparta su irremediable inocencia, o su cobardía. Una instigación no es nada más que palabras, traducibles palabras sin dueño que se repiten de voz en voz y de lengua en lengua y de siglo en siglo, las mismas siempre, instigando a los mismos actos desde que en el mundo no había nadie ni había lenguas ni tampoco oídos para escucharlas. Los mismos actos que nadie sabe nunca si quiere ver cometidos, los actos todos involuntarios, los actos que no dependen ya de ellas en cuanto se llevan a efecto, sino que las borran y quedan aislados del después y el antes, son ellos los únicos e irreversibles, mientras que hay reiteración y retractación, repetición y rectificación para las palabras, pueden ser desmentidas y nos desdecimos, puede haber deformación y olvido. Sólo se es culpable de oírlas, lo que no es evitable, y aunque la ley no exculpa a quien habló, a quien habla, éste sabe que en realidad no ha hecho nada, incluso si ha obligado con su lengua al oído, con su pecho a la espalda, con la respiración agitada, con su mano en el hombro y el incomprensible susurro que nos persuade.

EL MOMENTO JUSTO

Todo lo que nos sucede, todo lo que hablamos o nos es relatado, cuanto vemos con nuestros propios ojos o sale de nuestra lengua o entra por nuestros oídos, todo aquello a lo que asistimos (y de lo cual, por tanto, somos algo responsables), ha de tener un destinatario fuera de nosotros mismos, y a ese destinatario lo vamos seleccionando en función de lo que acontece o nos dicen o bien decimos nosotros. Cada cosa deberá contarse a alguien —no siempre el mismo, no necesariamente—, y cada cosa va poniéndose aparte como quien ojea y aparta y va adjudicando futuros regalos una tarde de compras. Todo debe ser contado una vez al menos, aunque, como había dictaminado Rylands con su autoridad literaria, deba ser contado según los tiempos. O, lo que es lo mismo, en el momento justo y a veces ya nunca más si ese momento justo no se supo reconocer o se dejó pasar deliberadamente. Ese momento se presenta a veces (las más) de manera inmediata, inequívoca y apremiante, pero muchas otras veces se presenta sólo confusamente y al cabo de lustros o de decenios, como sucede con los mayores secretos. Pero ningún secreto puede ni debe ser guardado siempre para todo el mundo, sino que está obligado a encontrar al menos un destinatario una vez en la vida, una vez en la vida de ese secreto.

Por eso algunas personas reaparecen.

Por eso nos condenamos siempre por lo que decimos. O por lo que nos dicen.

'Todo se contagia muy fácilmente, de todo podemos ser convencidos, la razón puede dársenos siempre y todo puede contarse si se ve acompañado de su exaltación o su excusa o su atenuante o su mera representación, contar es una forma de generosidad, todo puede suceder y todo puede enunciarse y ser aceptado, de todo se puede salir impune, o aún es más, indemne. Nadie hace nada convencido de su injusticia, no al menos en el momento de hacerlo, contar tampoco, qué extraña misión o tarea es ésa, lo que sucede no sucede del todo hasta que no se descubre, hasta que no se dice y se sabe, y mientras tanto es posible la conversión de los hechos en mero pensamiento y en mero recuerdo, en nada. Pero en realidad el que cuenta siempre cuenta más tarde, lo cual le permite añadir si quiere, para alejarse: "Pero he dado la espalda a mi antiguo yo, ya no soy lo que fui ni tampoco el que fui, no me conozco ni me reconozco. Y yo no lo busqué, yo no lo quise". Y a su vez el que escucha puede escuchar hasta el fin y aun así decir la que es siempre la mejor respuesta: "No sé, no me consta, ya veremos".'

CONTAGIO

No hace falta decir que hablo por mí mismo:

Escribir novelas es la asunción de una anomalía. Publicarlas es el intento de imponer a otros esa anomalía. El novelista tiene la visión deformada, también la lengua, quizá el gusto. Pero no es sólo eso: se ha dicho muchas veces que quien vive no escribe, quien escribe no vive. Creo más bien que quien escribe lleva a cabo continuamente una selección de la vida. Elige lo que le interesa vivir, y por tanto elige su propia muerte. O, dicho de otro modo, muere numerosas veces, cada vez que quiebra lo que no puede sino ser un continuum para los que no padecen su anomalía.

El novelista lo soporta todo si confía en poder contarlo, o, en palabras de Isak Dinesen, sabe que «todas las penas pueden soportarse si se meten en una historia o se cuenta una historia acerca de ellas». Soporta incluso su propia tarea de fragmentación, la constante jerarquización a que somete a las cosas del mundo, el esfuerzo y el cansancio que supone discernir hasta en los menores detalles: un color, un gesto, un diálogo. En eso consiste su anomalía: en la enfermedad de elegir y ordenar cuanto su ojo imagina o capta y su lengua puede silenciar o nombrar.

Pero el novelista quiere influir y tener partidarios, aunque en la actualidad rara vez se confiesen tales pretensiones por parecer ingenuas y estar desprestigiadas las altas metas. Pretende, además, un cambio duradero, y obra solapadamente, pensando en el tiempo. No tiene prisa, pero aspira a contagiar su anomalía particular y a que lo que él ve deformado y muestra por vez primera sea, sin embargo, reconocido como propio por quien cae en la tentación de pasar sus páginas una detrás de otra. Para ello, a diferencia del así llamado pensador y del así llamado poeta tiene que disimular, y hacer saber de qué habla sólo cuando ya es demasiado tarde para que el lector pueda seguir pretendiendo ignorarlo.

Sin embargo el novelista no es un iluso, porque lo que aspira a contagiar puede ser, en efecto, contagioso.

LOS SUEÑOS

No sé por qué la memoria selectiva de los sueños es tan distinta de la de nuestros sentidos despiertos, pues no puedo creer en esas explicaciones justicieras según las cuales aflora en los primeros, bajo disfraces diversos, lo que los segundos suprimen. Hay en esa creencia un elemento que me parece religioso en exceso, una vaga idea de reparación en que no puedo por menos de imaginar la huella de cosas tales como la advertencia del mal, los oídos sordos, la opresión de los justos, la contienda entre opuestos, la verdad que aguarda su revelación y la noción de que existe una parte de nosotros que está en contacto más directo con las divinidades de lo que lo está nuestro discernimiento. Y por ello me inclino más bien a creer que los obstinados detenimientos del tiempo en los sueños son civilizados, convencionales respiros de carácter dramático o narrativo o rítmico, como el fin de un capítulo o los entreactos, como el cigarrillo que se fuma después de almorzar, los minutos que se dedican a hojear el diario antes del inicio de las actividades, la pausa que precede a la lectura de una carta temida o la última mirada al espejo antes de salir de noche. O quizá se deben a la duda, pues la verdad soñada y el razonamiento soñado no siempre transcurren tan resueltamente como es su fama. Hay en algunos sueños, como a la luz del día, vacilación, retroceso, rectificación y tiempos muertos. A veces hasta hay que hacer tiempo para encauzarlos, es decir, que matar esos tiempos deliberadamente. No me encuentro demasiado lejos de las creencias de algunos antiguos, y, como ellos, además de premoniciones y avisos que nos damos a nosotros mismos veo en los sueños intuiciones y explicaciones que no están reñidas con la conciencia alerta, comentarios explícitos —por metafóricos que sean: no hay contradicción en ello— acerca del mundo, del mismo y único mundo que alberga al día, por muy ajena que nos parezca por la mañana la esfera nocturna.

LA HUELLA DEL ANIMAL

El acto de leer literatura nos parece tan natural que solemos olvidar que ese acto depende de una serie de convenciones sin las cuales sería poco menos que imposible. Esas convenciones las tenemos tan incorporadas a nuestras costumbres que las activamos de manera automática y sin pensar, de modo semejante a como aceptamos en el teatro que cuando se apagan las luces y se levanta el telón empieza «otra cosa» y nos disponemos a verla y aun a creerla, como si no supiéramos que lo que contemplamos y acaece en el escenario se corresponde con un texto que *ya no está ocurriendo* (sino que ya está escrito, es decir, es premeditado y *ha* ocurrido) o que los hombres y mujeres que se mueven ante nosotros son actores disfrazados que recitan y —para mayor artificialidad— son pagados por ello. De muy parecida forma, cuando abrimos un libro —una novela—, no se nos oculta que eso es creación o producto de un individuo como nosotros, con nuestra misma materialidad; es más, tal cosa se nos recuerda en la cubierta, donde leemos su nombre; en la solapa, donde a menudo están su foto y algunos datos biográficos; en la portadilla, donde vuelve a aparecer su nombre; en la contracubierta, donde se nos suele hablar a las claras de las excelencias del trabajo realizado por ese nombre y ese rostro. La convención principal, la más necesaria y por tanto la más arraigada en el ánimo de cualquier lector, es hacer caso omiso de todos esos datos manifiestos a partir de una página determinada, aquella en la que la costumbre o la voz súbitamente impostada del autor nos comunican que desde ahí ya todo es «ficción» o debe ser tomado por tal. Quizá como si la cubierta, la solapa, la portadilla, la contracubierta, la dedicatoria y las citas si las hay, debieran ser tomadas sólo como envoltorio, como elementos que no forman parte de la novela, esto es, del texto. Si bien se mira y perdemos por un instante esa convención, la lectura de lo que se nos presenta como «ficción» es puro absurdo, un disparate.

Recuerdo que Juan Benet detestaba los sueños contados, sobre todo en las novelas (y es un odio que yo comparto). Pero no sólo les tenía aversión, sino que le parecían un tremendo error por parte del novelista, una contravención de sus propósitos. En el momento en que un narrador o un personaje, comentaba Benet, empieza a contar un sueño y además lo advierte (con fórmulas como «Anoche soñé...» o «Te voy a contar lo que he soñado...»), el interés del lector se desvanece al instante, es como si se le abriera un paréntesis de algo que, por así decir, no tiene la menor importancia. La propia irrealidad anunciada y confesa, el arbitrario carácter de lo onírico, venía a decir Benet, invalidaba el contenido de las páginas de sueño, provocaba una inmediata indiferencia en el ánimo del lector, o en el de un lector como él (y pocos he conocido mejores o más atentos). Lo curioso del caso es esto: el anuncio o etiqueta de «ficción» (o «ficción a partir de este momento»), ¿no resulta muy parecido a la etiqueta «sueño» o al anuncio, dentro de la ficción, de «aquí comienza un sueño»? ¿No sería natural que *no* se leyesen novelas por lo mismo que nos podríamos saltar los sueños relatados por los personajes o el narrador de una obra de ficción? Y sin embargo no es así, pese a que el carácter de lo ficticio es tan arbitrario como el de lo onírico. O puede que no lo sea tanto. Puede que una de las tareas del novelista sea vencer su propia confesión de irrealidad, y fingir que no es arbitrario lo que sí lo es, y que no es azaroso lo que sí lo es. Tal vez sea esta la palabra clave: fingir. En un sueño uno puede afirmar: «Vi a mi madre al final de la escalera. Era un hombre con barba, pero era mi madre...». Eso no puede decirlo nadie en una ficción a menos que se trate de un personaje o narrador loco, o borracho, o alucinado, cuya credibilidad es nula y cuyo relato, por tanto, no interesa más que a título de curiosidad episódica. La ficción, como es lógico, debe saber fingir.

Pero quizá no sea sólo esto. Quizá es precisamente el envoltorio, la certeza de que lo que leemos lo ha escrito «otro» como nosotros (el autor con su nombre y su cara bien visibles en ese envoltorio), lo que nos permite interesarnos por lo que según él no es más que «ficción», invención. A fin de cuentas, sabemos o creemos saber que lo es sólo porque él nos lo presenta como tal. Y aunque lo que nos ofrezca sea una novela histórica en la que no hay ninguna posibilidad de confusión o identificación entre el autor y los personajes o el narrador (si lo hay), los lectores podemos tener siempre la sospecha —puesto que detrás de la ficción hay siempre alguien «real» y eso no se nos oculta— de que en todo caso estamos asistiendo a una verdad... cómo llamarla... una verdad transpuesta, una verdad fingida, un informe verdadero en clave, una traducción cuyo original no conocemos porque se borra en el acto de traducir, una analogía de algo que tuvo realidad, una metáfora en la que desconocemos lo metaforizado o comparado, la huella de un animal que se extingue al dejarla y que nunca veremos más que en esa huella, la cristalización de una experiencia que ignoraremos siempre fuera de su cristalización y en la que sin embargo podemos reconocernos. No conocernos, sino reconocernos. El lector está siempre obligado a ser un espía, y seguramente lo es por partida triple: espía lo que se le cuenta y lo que no se le cuenta, y también se espía a sí mismo mientras espía ambas cosas. Aunque sepa que está leyendo «ficción», sabe asimismo que en ella hay inevitablemente atisbos de verdad. Puede incluso sospechar que ciertas verdades no hay forma de conocerlas si no es a través de su fingimiento, de su metáfora, de su traducción, de su disimulo, de su presentación como ficción o invención, de su mera huella. Que sólo se manifiestan de este modo. El lector sabe, además, que en ningún caso se le está «mintiendo», palabra que debería ser desterrada del campo de la literatura, pues ésta no la admite en su seno en contra de lo que creen tantos escritores que incomprensiblemente la confunden con la invención o la ficción y hablan del novelista como de un «mentiroso», justamente lo que está imposibilitado para ser por la propia naturaleza de su trabajo, que nunca intenta hacer pasar por «crónica» o «hechos» aunque en su origen proceda, como sucede a veces, de unos hechos que él conoce. Dicho de otro modo, nunca intenta hacer pasar la huella del animal por el animal mismo.

El lector asiste a una historia, la escruta y la espía; pero además asiste a la narración de esa historia, es decir, a la actividad relatora del autor; por último, asiste asimismo a su propia actividad lectora, a su propio padecimiento o diversión o ilustración o deducción, y a su reconocimiento. En realidad podría decirse que admite ver y saber de manera no muy distinta de como ve y sabe en su propia vida, en su propia experiencia: parcial, fragmentaria, esquinada, subjetivamente, sólo que participando y adoptando aquí la esquina o subjetividad de otro, sufriéndola y aprovechándola, las dos cosas a la vez. Cuando nos asomamos a la ventana y miramos por ella disponemos de un campo visual limitado, estamos a expensas de lo que se ofrece a nuestra vista, como el personaje del relato de Cornell Woolrich que inspiró *La ventana indiscreta* de Hitchcock, que sin embargo se vio obligado a «perseverar en su mirada», como hace cualquier novelista. Nos conformamos con eso de la misma manera en que nos conformamos con lo que nos relata una ficción, en la que el autor decide cuál es nuestro campo visual y a través de él nos permite descifrar una verdad que de otro modo sería indescifrable. O quizá sería más propio decir que el autor decide cuál es nuestro campo de entendimiento, el campo de nuestra información. Y, en ese sentido, el escritor espía también al lector futuro: lo acota, lo administra, lo manipula, lo guía.

Hay una novela reciente, *La soledad era esto* de Juan José Millás, en la que se plantea y describe con nitidez este mutuo espionaje. Una mujer encarga a un detective que la siga y vigile y le pase informes no sólo descriptivos, sino interpretativos, sobre ella misma. El detective desconoce que la persona espiada y su cliente son la misma, y va cumpliendo su tarea, primero como buenamente se le ocurre, luego según las indicaciones de la mujer, instigadora y objeto de la investigación. Ella, al leer esos informes, no sólo se espía a sí misma a través de los ojos del detective, sino que espía al detective en su misión. Se podría decir que esa mujer *quiere ser contada,* esto es, quiere ser objetivada y subjetivada a la vez y convertirse hasta cierto punto en personaje de ficción, como si sólo mediante ese tránsito o transformación pudiera saber de sí misma o, si se prefiere, pudiera reconocerse. Esto la faculta asimismo para comportarse con el único fin de que ese comportamiento sea percibido y relatado por quien la espía, sólo para eso (como Don Quijote actúa con menor inocencia cuando se entera de que hay alguien contando sus aventuras), creando de este modo un interminable juego de espejos o círculo vicioso que no se diferencia apenas del que se produce entre el lector y el escritor o entre el escritor y su propia ficción, porque el novelista también se espía a sí mismo, mientras escribe. Lo curioso —y ahora hablo de mi propia experiencia— es que se espía eminentemente a posteriori o de forma retrospectiva. Sólo en la escritura descubre que vio cosas que no sabía que vio hasta ese momento, que se fijó en detalles que le pasaron inadvertidos y que recupera o descubre para su escritura, un poco como el personaje del cuento de Cortázar que inspiró *Blowup* de Antonioni, que al escudriñar y ampliar una fotografía (al perseverar en su mirada) fue viendo en ella lo que siempre estuvo a la vista pero no fue capaz de percibir al hacerla ni al verla por primera vez. Y aún es más, el escritor puede también descubrir que sabe o entendió más de lo que creía saber o entender. El escritor cuenta y explica, y al hacerlo *se* cuenta y *se* explica lo que de otra forma no habría llegado a saber ni a entender jamás. Lo mismo que el lector al leer, y tal vez de manera no muy distinta de como un verdadero espía comprende lo que averiguó cuando tiene que ordenar las piezas sueltas de su observación y su escucha y hacer un informe ante sus superiores; cuando tiene que convencerlos de que en efecto ha averiguado algo que vale la pena y que por ello merece seguir en su puesto. Los espías deberían conocer mejor que nadie la etimología de la palabra «inventar», mejor aún que los escritores: viene del latín *invenire,* que no quiere decir otra cosa que «encontrar», o más bien «descubrir».

LA NOVELA MÁS MELANCÓLICA
(*Lolita* recontada)

Tras la publicación de *Lolita,* en 1955, Vladimir Nabokov, hasta entonces un muy distinguido autor exiliado y semidesconocido, tuvo que hartarse de decir que no sólo no le gustaban en absoluto las niñas de la edad de su personaje, sino que ni siquiera conocía a ninguna niña. Tampoco conocía bien América, por lo que la suya era inventada y difícilmente podía haber una intención ridiculizadora del país en que ahora vivía. Su dominio del inglés, añadió, era mediocre comparado con el de la lengua rusa que había tenido que abandonar. Esa, dijo, era su única tragedia particular. Cuando le preguntaban por qué había escrito entonces semejante libro, contestaba: «Era interesante hacerlo. ¿Por qué he escrito cualquiera de mis libros, a fin de cuentas? Por el placer, por la dificultad. No tengo ningún propósito social, ningún mensaje moral; no tengo ideas generales que explotar, simplemente me gusta componer enigmas con soluciones elegantes».

Lolita fue, además de la novela que le trajo escándalo, fama, dinero y estudiosos de su obra, el libro que le costó más trabajo: desesperado, estuvo más de una vez a punto de arrojar el manuscrito al fuego. Más adelante diría: «Tengo por *Lolita* una especial predilección. Fue mi libro más difícil, el libro que trataba de un tema tan alejado, tan remoto de mi propia vida emotiva, que me proporcionó un especial placer utilizar mi talento combinatorio para hacerlo verdadero». Luego se tomó la molestia de traducirlo personalmente al ruso, lengua en la que era previsible que no pudiera leerse mientras él viviera, como así ocurrió.

Casi cuarenta años después, esta novela tan artificial ha creado una nueva palabra internacional («lolita»), ha inventado una América —la de moteles y carreteras— de la que aún se nutre buena parte de la narrativa americana contemporánea, es una de las obras con un inglés más rico y preciso de la literatura de este siglo, y, en contra de las acusaciones iniciales de pornografía que hubo de padecer, es quizá —y en lo que a mí respecta— la novela más melancólica, elegante y lírica de cuantas he leído.

Lolita *recontada*

Esta es la historia de una fidelidad:

Lolita, luz de mi vida, fuego de mis entrañas, mi pecado, mi alma, la primera invocación del narrador Humbert Humbert, quien en su oscura infancia europea se enamoró impúdica y frenéticamente de una niña de su edad llamada Annabel, muerta de tifus cuatro meses después de su primera y última agonía estival: nos queríamos con amor prematuro, con la violencia que a menudo destruye vidas adultas. Desde entonces Humbert niño, Humbert adolescente y Humbert adulto sólo ha deseado a niñas, o a nínfulas, según el término acuñado por él, sin particular interés por despejar la duda de si su amor infantil fue la primera manifestación de algo inherente a su personalidad o si su biografía quedó para siempre fijada en aquella inicial imagen de su adoración. Las nínfulas existen entre los nueve y los catorce años, pero no todas las niñas lo son, por fortuna para Humbert: su corazón se acelera cuando vislumbra a una, pero es un hombre respetuoso de la ley y se resigna a ir con mujeres, un paliativo, con busconas aniñadas, como lo pareció también su mujer, Valeria, ante quien él fue tan candoroso como sólo un pervertido puede serlo: tras los mohínes infantiles se ocultaba un cuerpo hinchado, de piernas cortas y grandes pechos, que al poco lo engañó con un taxista ruso exiliado. Humbert partió de París solo hacia América, heredero de una modesta renta anual legada por su tío de ese continente. Esto sucedía en 1939; Humbert supo luego que su Valeria había muerto al dar a luz en 1945, ya señora de Taxovich. Víctima de un agotamiento nervioso, Humbert pasó algún tiempo hospitalizado, y cuando le dieron de alta (reducido al mínimo su trabajo en el negocio de perfumería que había sido de su tío y le permitía vivir), buscó un lugar tranquilo en Nueva Inglaterra para descansar y estudiar.

La casa en la que alquiló una habitación pertenecía a la señora Haze, viuda de Ramsdale, un lugar como cualquier otro en el que todo se reduce a su vecindario. Charlotte Haze, entre los treinta y los cuarenta (zapatos razonables, traje sastre), era para Humbert esa cosa lamentable y chata que se llama una mujer atractiva, pero vivía con una niña de doce años, su hija Dolores, Lolita, luz de mi vida. Esa niña no era sólo una niña, era una nínfula, y no sólo eso, sino la encarnación, veinticuatro años después, de aquella otra que murió de tifus. Humbert decidió quedarse, e inició un diario con su letra minúscula e ilegible en el que iba anotando cada reflexión, cada loa, cada encuentro, cada roce fortuito o intencionado con la niña, en el que daba espita a su deseo y a su amor crecientes, también a su irritación ocasional hacia la madre, vaca vieja, la gorda Haze, paquidérmica mamá que fumaba sin darse cuenta de que lo hacía y escuchaba sin atender y no tenía sino impaciencia y destemplanza hacia su hija, todos creemos que Lo debe irse a la cama. Humbert es un hombre muy apuesto o muy atractivo, lo es para las mujeres y lo es para las niñas, para la niña Lolita, fuego de mis entrañas, con quien juega y tontea amparado en el contacto físico a que obliga todo trato afectuoso con los menores. Humbert llega a saber que podría besarla. Humbert se aprende los nombres de sus compañeros de clase, y entre ellos brilla: Haze, Dolores. Pero Humbert es tímido, y su alma romántica se vuelve trémula y viscosa ante la sola idea de recurrir a alguna inmundicia.

La señora Haze decidió enviar a Lolita, mi pecado, al campamento, dos meses perdidos en la corta vida de una nínfula. Humbert la veía partir desde la ventana cuando Lolita, mi alma, salió corriendo del coche, subió las escaleras, y su boca inocente, según dijo Humbert, se fundió bajo la feroz pasión de unas oscuras mandíbulas masculinas. Una vez idas madre e hija, la criada le entregó una carta: «Esta es una confesión: te amo...», una ristra de banalidades no debidas a la edad, sino más bien al carácter, la firma es de la señora Haze, no de la niña, qué ridículo todo, pero eso puede convertir a Humbert en un padrastro, puede darle opinión, y voz, y legalizar sus caricias. Al mes de llegar a Ramsdale, un viudo europeo se casó con una viuda americana, ni siquiera fue necesario hacer venir a la niña para la escueta ceremonia.

Durante los cincuenta días que duró el matrimonio Humbert descubrió que, pese a su pasión por él, la nueva esposa era una mujer de principios que lo intimidaba, y no supo oponerse a su resolución de enviar a Lolita, luz de mi vida, a estudiar fuera cuando regresara. Qué hacer. Una tarde Humbert volvió a casa y encontró a su Haze escribiendo unas cartas. Ella se volvió hacia él con el rostro arrugado y citó del diario que en su ausencia había violado, la gorda puta, la mamá abominable, nunca volverás a ver a esa desgraciada mocosa. Humbert desapareció en la cocina, se preparó un whisky, pensó en hacerle creer que se trataba de una novela. Sonó el teléfono, lo cogió, alguien le comunicó que su mujer acababa de ser atropellada, él rió, se lo dijo a Charlotte a través de la puerta, oye, dicen que te han matado. Pero la vaca vieja ya no estaba allí, sino sobre el pavimento, arrollada por un coche que no había podido esquivar la figura lamentable y chata que corría hacia el buzón para depositar en él las cartas ya selladas. Humbert las recogió del suelo, las hizo pedazos, se los guardó en el bolsillo. Y entonces, Lolita, Lolita, Lolita. Repítelo hasta llenar la página, tipógrafo.

Lo que sigue duró más tiempo, pero se cuenta más de prisa. Humbert fue a buscar a la niña, aún no le habló de la muerte, sino de una enfermedad de su madre. En el primer hotel que compartieron —un hotel lleno, sólo una habitación, sólo una cama, un padre y su hija— Humbert le dio somníferos con agua para asegurarse su sueño. Luego hizo tiempo hasta subir a la habitación única, a la compartible cama, la llave de oro en su bolsillo. En la galería, en penumbra, un hombre al que no vio bien le preguntó: «¿Quién es la chiquilla?» «Mi hija.» «Miente, no es su hija... Lo siento, estoy bastante borracho.» El hombre se retiró. Humbert pasó esa noche en vela o en duermevela, acostado con extremo cuidado al lado de su niña amada, que se despertaba sin despertarse. A las seis de la mañana despertaron del todo ambos, a las seis y cuarto ya eran amantes. A partir de ahora, Humbert debe andar con tiento, debe hablar en un susurro.

Lolita, fuego de mis entrañas, le relató después sus iniciaciones en el campamento, primero una compañera, luego el hijo de la directora, de trece años, el único macho en leguas a la redonda, aquello era «bastante divertido», y «bueno para la piel». Al día siguiente Lolita, mi pecado, insistió en llamar a su madre, y Humbert tuvo que hablarle por fin de su muerte. Y entonces, ¿comprenden ustedes?, Lo no tenía absolutamente ningún sitio a donde ir.

De agosto a agosto, del 47 al 48, durante un año entero Humbert y Lo viajaron en su viejo automóvil de motel en motel, ruido de camiones, habitaciones sin decorar, toallas ajadas y cisternas anémicas. A partir de ahora, Humbert está condenado a aterrorizar a su niña-amante, si hablas o me dejas yo iré a la cárcel, pero tú acabarás en un reformatorio. A partir de ahora, está también condenado a padecer el adulterio, Lolita, mi alma, llevará vida de niña, tratará con chicos, irá creciendo, él tiene la desventaja de ser además un padre, la obligación de mostrar sus celos, de descubrir las mentiras de ella, puede llamar impunemente a la amiga con quien Lolita, luz de mi vida, dice haber pasado la tarde. Y hay que vigilar, a los tipos de las estaciones de servicio, a los dueños de automóviles lujosos, a los jovenzuelos tostados junto a piscinas azuladas, pues la concupiscencia inyectada por Humbert no sabe esconderla una niña, sino que se manifiesta en ella como emanación y fulgor. Durante ese año el cuarentón y cultivado Humbert fue al cine doscientas veces, compró muchos refrescos, helados, chicles, pulseras, comics. Hasta leyó un libro titulado *Conoce a tu propia hija.* Y al cabo de ese tiempo, menguadas sus rentas y desquiciada la niña por la vida itinerante, se establecieron en la localidad de Beardsley, que contaba con una tan seria como fútil escuela para niñas.

Con la vida sedentaria, con una percepción más fuerte de lo que se llama «realidad», la capacidad de aterrorizar de Humbert disminuyó, pero no su amor ni su deseo (la niña seguía siendo nínfula: chupaba los lápices), que hubieron de verse recompensados a cambio de asignaciones y caprichos en aumento. Humbert se sintió esclavizado. Temía que Lolita, fuego de mis entrañas, pudiera reunir suficiente dinero para huir; le confiscaba sus ahorros, a sus espaldas. Tuvo que aceptar que participara en los ensayos de una obra de teatro escolar, *Los cazadores encantados,* de Quilty y Darkbloom. Una noche Humbert y Lolita, mi pecado, tuvieron una fuerte discusión, él la agarró de la muñeca, le hizo daño, ella escapó de la casa, él salió en su busca, se reconciliaron, decidieron irse una temporada, otro largo viaje, pero ella trazaría esta vez el itinerario. Asentí con la cabeza. Mi Lolita.

En la carretera, ella desaparecía durante demasiado rato en los lavabos, cercanos a los teléfonos siempre. Una vez Humbert intentó oler en su cuerpo el rastro de una infidelidad, pero tal vez aquello era el antojo de un maniático. Poco después vieron por primera vez un descapotable rojo que parecía seguirlos: un policía, un detective. A veces, sesgadamente, se encontraban con un tipo con bigotito en lugares espaciados. Los pequeños embustes a menudo quieren ser creídos, más aún los de una niña, más pequeños todavía: estuve tomando helados, bueno, no tomé helados, estuve mirando escaparates, bueno, no sé cuáles. A Humbert lo llamaron una vez en conferencia; tardó más de veinte minutos en averiguar que no existía tal llamada. El descapotable rojo seguía apareciendo y retirándose luego, con su ocupante invisible.

En Elphinstone Lolita, mi alma, se puso enferma. Pasó unos días hospitalizada, y cuando Humbert fue a visitarla una mañana como todas las demás mañanas, le dijeron que su hija había sido dada de alta y que se la había llevado su tío en un Cadillac negro. La cuenta estaba pagada. Su tío, mi hermano, mi semejante, mi hipócrita, mi segundo Humbert.

El primer Humbert siguió viajando, ahora en busca de Lolita, luz de mi vida. En cuatro meses registró 342 hoteles, moteles y albergues sin resultado, aunque en muchos reconoció la letra de quien se había inscrito con su niña, antes. Regresó a Beardsley, contrató a un detective inútil, acarició y besó unos zapatos de goma y unos viejos vaqueros usados por ella, hallados un día en el maletero del coche. Tesoros fútiles. El sexo no está sino supeditado al arte. Las otras niñas, las otras nínfulas ya no lo atraían, a medida que pasaba el tiempo y Humbert sabía que Lolita, fuego de mis entrañas, estaría dejando de ser ambas cosas. Se hizo acompañar de una mujer calamitosa y buena, de nombre Rita. Pasaron dos años o quizá tres, y al cabo de ese tiempo recibió una carta: «Querido papá: ¿Cómo anda todo? Me he casado. Voy a tener un niño». Le pedía ayuda, dinero para su marido y ella, al marido iban a darle un empleo en Alaska.

Humbert se puso en camino, llevaba una vieja pistola heredada de Haze padre y Haze madre. Pero no iba a matar a Haze hija, ella era un amor a primera vista, ¿comprenden?, a última vista, a cualquier vista. Lolita, mi pecado, estaba muy embarazada, ya no era una nínfula, vivía modestamente con un mecánico duro de oído, él no era el raptor, no podía serlo. Qué madura, qué desconocida la sombría división entre los pechos pálidos de Lolita, mi alma, cuando se inclinó un momento. Aun así, pese a sus diecisiete años, quiero que te vengas a vivir conmigo, que mueras conmigo, que lo hagas todo conmigo. No, antes preferiría volver con Q (y Humbert piensa los pensamientos de ella: él me destrozó el corazón, tú apenas me destrozaste la vida). Q de Quilty, el autor televisivo, el cazador encantado que visitó la escuela, el raptor, el amado, el segundo Humbert, que la tuvo consigo un tiempo hasta que Lolita, luz de mi vida, huyó espantada. Humbert le dio dinero: adiós, mi dulce, inmortal, desaparecido amor norteamericano.

Ahora Humbert va en busca de Quilty, con su pistola. Averigua dónde se encuentra su mansión orgiástica y llega hasta allí y es de mañana: duermen los habitantes exhaustos, Humbert se desliza dentro. Quilty está en bata, aturdido. Hablan, porque Quilty debe saber por qué va a morir. Forcejean, pero Quilty es flojo. Quilty habla para entretener la muerte, Humbert dispara y Quilty habla, Humbert sigue disparando y Quilty aún sigue hablando, y antes de morir llegó hasta su cama, y se metió en ella, y se cubrió con las mantas. Humbert Humbert montó en su coche: se le ocurrió que, habiendo violado todas las leyes de la humanidad, podía violar ahora las reglas de la circulación.

Antes de su proceso escribió esta historia: deseo que esta memoria se publique cuando Lolita ya no viva. Ninguno de los dos vivirá cuando el lector abra este libro. Pero mientras palpite la sangre en mi mano que escribe, tú y yo seremos parte de la bendita materia y aún podré hablarte. Lolita, luz de mi vida, fuego de mis entrañas, mi pecado, mi alma.

En el planteamiento de las numerosas reflexiones que acerca de la traducción se han ido produciendo a lo largo del presente siglo, con aportaciones tan notables y valiosas como las de George Steiner, Ortega, Benjamin, Nabokov, Hermann Broch u Octavio Paz, nos encontramos explícita o implícitamente con una aseveración o convicción —en algún caso es sólo un sobreentendido— casi invariable por mucho que difieran sus formulaciones y el contexto en que se hallen. A saber: que la traducción existe como actividad concreta, precisa, delimitada, inequívoca y, desde luego, distinta de la creación. Esto es lo que asimismo opina el sentido común, y quizá, aparentemente, nada haya que oponer a semejante asunción cuando se trata de verter de una lengua a otra un manual de química o una enciclopedia de bricolage. Pero sin duda sería oportuno revisarla si nos centramos en la traducción de literatura, y más específicamente en la traducción poética, por la simple razón de que la poesía es el territorio donde todas las fronteras, de la índole que sean, se hacen más difusas y en ocasiones invisibles.

Tal vez sean Paz, Steiner y Benjamin los autores que han rondado más de cerca la idea de una posible indiferenciación entre traducción y creación literarias. El primero ha llegado a afirmar que «son operaciones gemelas»[1], pero al hacer tal concesión no puede por menos de dar por descontado que son *dos,* y en consecuencia, aunque idénticas, no la misma. Steiner ha postulado el carácter translaticio no ya de toda obra literaria, sino de todo acto de lenguaje: sin embargo, al manifestar, por ejemplo, que «un ser humano lleva a cabo un acto de traducción, en el sentido cabal de la palabra, al recibir un mensaje verbal ("speech-message") de cualquier otro ser humano»[2], lo que está obrando es una reducción que, fuera del campo teórico y especulativo, deja las cosas

[1] Paz, Octavio: *Traducción: literatura y literalidad.* Barcelona, 1971.

[2] Steiner, George: *After Babel: Aspects of Language and Translation.* Oxford, 1975.

exactamente igual que estaban; es decir, su espléndida y convincente hipótesis —coincidente en algunos puntos con el propio Paz y con Jakobson— enriquece sobremanera la idea de la traducción, le confiere una nueva dimensión, de hecho la hace inseparable de la condición humana, pero a costa de convertirla en una categoría universal, casi en sistema; así, la hace perder su inveterada misión subalterna sólo en función de su capacidad abarcadora. Y en ese caso, si todo es traducción —podría decirse—, si ésta engloba todo fenómeno verbal, lo que hasta ahora hemos llamado de ese modo, la traducción propiamente dicha, la más cotidiana, tangible y real, tal y como se la ha entendido a lo largo de los siglos, permanece intacta, inmutable, con las mismas diferencias que siempre le han sido imputadas respecto a otras operaciones literarias, en el mismo plano de tradicional servidumbre, aun cuando ahora forme parte de un sistema más amplio cuyo carácter esencial es translaticio. La particularidad de la traducción es elevada a generalidad, pero, dentro de esa generalidad que ella posibilita, sigue ocupando el mismo lugar, el sesgo de sus relaciones no ha cambiado. Walter Benjamin, finalmente, habló de la implicación de una tercera presencia activa en el proceso de traducción de un texto, viendo en ella un atisbo, una intervención, una manifestación del sustrato común a todas las lenguas, del habla universal, del «habla pura»[3]; intuyó los aspectos mágicos y originarios de la actividad de traducir, y en la traducción vislumbró, oculto, el lenguaje verdadero, el lenguaje de la verdad, la luz remota del sentido auténtico y fundacional. Pero, con todo, no puede decirse que por desarrollar una metafísica exaltadora de la labor traductora dejara de considerarla algo inequívocamente distinto a la creación. Benjamin probablemente juzgaba la *Antígona* traducida por Hölderlin más profunda, más verdadera que cualquiera de sus poemas, pero indudablemente le parecían dos cosas diferentes.

Este, por ocioso y disparatado que pueda parecer a primera vista, es el tema que me interesa: ¿es la traducción, en efecto, algo esencialmente distinto de la creación? ¿O bien cabría considerar la posibilidad de que *en el fondo* fueran una y la misma cosa —o cuando menos modalidades de una misma cosa— y que sus aparentes e insalvables dife-

[3] Benjamin, Walter: *Die Aufgabe des Übersetzers*. Heidelberg, 1923.

rencias fueran meramente de orden cuantitativo y por consiguiente secundarias e irrelevantes?

Mucho me temo que ni el sentido común ni los editores lo crean así. Vaya por delante, para tranquilidad sobre todo de los segundos, que a mi modo de ver prácticamente sólo sería dable una respuesta afirmativa al interrogante planteado en las traducciones espontánea y libremente escogidas; en ocasiones, quizá, en algunas así aceptadas, y muy rara vez en aquellas que se llevan a cabo maquinalmente, por puro encargo mercantil y con el solo ánimo de subsistir en el espíritu del traductor.

Una definición posible de la traducción, rudimentaria y apresurada, que sin embargo suscribirían seguramente tanto el sentido común como los editores, sería la de una operación consistente en trasladar un significado dado de unos significantes a otros sin que lo primero se pierda o cambie, o lo haga en el grado menor posible: de tal manera, en cualquier caso, que ese significado original o inicial, tras la fabulosa modificación que supone su paso de una lengua a otra, siga siendo, empero y paradójicamente, el mismo; siga siendo, por expresarlo así, *reconocible*. (Dejo de lado las melindrosas variantes amparadas en matizaciones insignificantes respecto a si en una traducción se da primacía a la conservación o representación del significante sobre la del significado, así como aquellas otras que toman en consideración, suponiéndole connotaciones diferenciales, la existencia de lo que se ha dado en llamar «versión»: ni las unas ni las otras son, a mi entender, sino una más entre las ilimitadas formas de traducir.)

Pero examinemos los elementos que, dentro de esta posible definición, actuarían como factores decisivos a la hora de establecer diferencias entre la traducción y la creación.

Tal vez el primero sería el hecho de que no hay «originalidad», de que no hay «descubrimiento» o «revelación» en el texto traducido: lo que éste dice ha sido ya dicho, y además «pertenece a otro». Para advertir las grietas de semejante planteamiento quizá bastaría con recordar a aquellos autores que se traducen a sí mismos de una lengua a otra, como Beckett o Nabokov, sin que importe mucho para su «originalidad» en cuál redacten su obra antes (cosa que ni siquiera se sabe a veces, como frecuentemente sucede con Beckett). Pero olvidémonos de eso de momento.

El factor mencionado sería muy discutible, pero aceptable en primera instancia, en la novela o el ensayo, por ejemplo. En ambos suele haber un argumento (al menos lo había en la novela tradicional), una línea de imaginación o de pensamiento que impone una determinada sucesión narrativa o conceptual en el texto traducido. Pero en la poesía esta imposición es, cuando menos, mucho menor —y quizá de distinta índole—, y es en su cenagoso terreno donde vamos a plantearnos la existencia de esa supuesta originalidad.

La creación de un poema es, por decirlo de alguna manera, la cristalización de una experiencia, en el sentido más amplio de esta palabra. Esa experiencia puede ser un sentimiento, una vivencia, una idea, un pensamiento, una visión, un impulso, un instante, una lectura, el hacerse mismo del poema o cualquier otra cosa, sin que las tales se diferencien esencialmente entre sí en tanto que origen del poema. Pero voy a traer a colación un ejemplo, de entre los muchísimos posibles, que ilustra lo que quiero decir: en su famosa novela *Santuario,* William Faulkner escribió, muy al principio, lo siguiente: «He smells black, Benbow thought; he smells like that black stuff that ran out of Bovary's mouth and down upon her bridal veil when they raised her head.» («Huele a negro, pensó Benbow; huele como aquella sustancia negra que salió de la boca de la Bovary y cayó sobre su velo nupcial cuando le levantaron la cabeza».) El símil suele empleare en literatura como referencia o alusión a una experiencia que *puede* ser común a escritor y lector, y que —sobre todo si ambos, efectivamente, la comparten— hará más vívida e inteligible la visión, comprensión o imaginación de lo que se pretende decir, relatar o describir. Es una figura que apela eminentemente al recuerdo, a la memoria, que trata de suscitar un *reconocimiento* —en este caso concreto, de hacer reconocible un olor—. Faulkner, en el párrafo citado, se vale para ello de una referencia, de una experiencia estrictamente literaria. Es evidente que el olor mencionado no podrá ser concebido cabalmente más que por aquellos que también hayan olido el olor del líquido negro surgido de la boca de Madame Bovary ya muerta. Pero un hombre de tierra adentro tal vez no logre saber en mayor medida cómo era el cielo encapotado de una noche determinada si se le dice que parecía un océano mate, por ejemplo. El símil de Faulkner no es de índole distinta a la de cualquier otro y tiene tanta validez como el que más; y no por recordar una experiencia literaria resulta menos eficaz, auténtico, vívido, creativo u original. Y en tal sentido me atrevería a afirmar que, de igual modo (y a no ser que cayéramos en la trivialidad y la grosería de reducirlo todo a un problema de propiedad intelectual, asunto que, dicho sea de paso, nada tiene que ver con la literatura), la traducción de un poema es un acto de creación que toma como motivo, inspiración, fuente, causa, impulso o recuerdo una experiencia literaria que hace *reconocible.*

Podrá argüirse, quizá, que el recurso de Faulkner es muy distinto porque no cubre un todo, un conjunto acabado, como hace una traducción. Pero, ¿no es ese un argumento de orden cuantitativo y, en consecuencia, prácticamente superfluo? ¿Dónde establecer, en tal caso, el límite de lo «permisible»? ¿Qué cantidad de material «ajeno» puede utilizarse o traducirse antes de que la obra que así se haga deje de ser creativa? ¿Cómo considerar los poemas de Eliot plagados, más que de citas, de versos traducidos de Dante o de Jules Laforgue? ¿Acaso son remedo, imitación, plagio las poesías de *Prufrock* o de *La tierra baldía?* ¿Son traducciones del francés? Desde luego que son traducciones, pero —esto me parece obvio— no por ello dejan de ser creaciones.

Si convenimos en que cualquier motivo, de la índole que sea, es válido como origen de un poema, también lo será el motivo de un poema completo en otra lengua.

Pero aquí podría hacer su aparición un segundo factor supuestamente decisivo a la hora de juzgar la traducción cosa distinta de la creación, a saber: el hecho de que en la primera el motivo es realización de un motivo anterior, está ya dado, no precisa ser plasmado al ser él mismo ya plasmación, encarnación. En otras palabras, el motivo está presente, y en consecuencia no hay que hacerlo presente ya, no hace falta re-presentarlo. En efecto, es cosa del sentido común considerar que la traducción depende, se basa y tiene su razón de ser en la presencia del texto original, que la posibilita y esclaviza a un mismo tiempo. Esa presencia activa la priva de una existencia libre; es abrumadora e ineludible; impone pautas, más aún, reglas, leyes, modelos de los que el traductor no puede ni debe apartarse. La traducción no es paráfrasis, ni recreación, ni adaptación —cosas todas ellas que sí podrían admitirse como creaciones—; no obra como estímulo, inspiración, acicate, ni siquiera como reminiscencia, porque hay una presencia. Pero, ¿la hay realmente? O, mejor dicho, quienes así opinan, ¿aciertan al ver dicha presencia como característica esencial de la traducción? Yo creo, por el contrario, que lo que prima en la actividad de traducir no es la presencia del texto original, sino justamente su ausencia o carencia.

Porque la traducción no es tampoco fotografía, copia. No puede serlo. Un texto, por el hecho de pasar de una lengua a otra, sufre ya una transformación objetiva de tal carácter y magnitud que nunca podrá ser idéntico, ni será *el mismo* en ambas; aunque, como rezaba la posible definición de la traducción que manejábamos, sí se lo podrá *reconocer* como el mismo, de igual o parecido modo que el olor descrito por Faulkner en el párrafo antes citado de *Santuario* podrá ser reconocido como el mismo que el de la negra sustancia vomitada por el cadáver de Emma Bovary cuando le movieron la cabeza, a pesar de no ser, evidentemente, el mismo y de que Flaubert, de hecho, no dijera una sola palabra acerca de él.

El traductor, al encararse con su tarea, siente el texto original como una ausencia. Lo que cuenta para él y para su labor es la ausencia de ese texto en su lengua, en la llamada lengua receptora, y por ende en el sistema de pensamiento de dicha lengua. El traductor no reproduce, no copia, no calca, entre otras cosas porque no está en su mano hacerlo, porque no se halla capacitado para ello. Plasma siempre por vez primera una experiencia única, irrepetible e intransferible; crea en su lengua lo que en su cabeza se encuentra en otra lengua. Y digo «en su cabeza» en lugar de «en el texto original» muy a conciencia, pues ese texto por sí solo, dentro del ámbito de la traducción, no es nada: es como un rumor de olas que ningún poeta escucha. Vladimir Nabokov, en el prefacio a su versión del poema épico del siglo XII *La gesta de la campaña de Igor,* dice, al exponer los criterios que ha seguido para su traducción: «... he intentado dar una versión literal ("a literal rendering") del texto tal y como yo lo entiendo». Esa declaración me parece clave. Se trata de *La gesta de la campaña de Igor* tal y como la entiende Nabokov, sólo de esa. Aunque tal vez debería haber dicho, más propiamente, «tal y como yo la recuerdo». Pues con su «versión literal», con su traducción, está haciendo presente algo ausente, algo que se ha convertido en pasado en el momento de atravesar la mente del traductor y sentirlo éste como carencia. Lo siente como tal a través de la memoria. El traductor no posee del texto original más que su recuerdo. Ha de reconstruir lo que en su memoria está deshecho, es fragmentado —toda lengua aislada, como el propio recuerdo, como el olvido, es per se fragmentaria, parcial—, y ha de darle una forma particular que sólo él, cada traductor personalmente, puede forjar, sintiéndola como necesaria, como necesariamente *esa*, y con entera independencia de que el origen del recuerdo concreto pueda ser común a un número indefinido de traductores (por eso cada época vuelve a traducir). La traducción es una actividad de la memoria, y si hubiera que encuadrarla dentro del espectro de la literatura de creación, habría que decir que es uno de los actos o procesos creativos que origina el recuerdo, en el mismo sentido en que, por ejemplo, *En busca del tiempo perdido* tiene el origen de su formación en el recuerdo encarnado en el aroma de la famosísima magdalena de Marcel Proust. Digo en el mismo sentido, y habría que agregar, por supuesto, que en muy distinto grado. Pero esa puntualización sólo supone, también aquí, una diferencia de orden cuantitativo: evidentemente el recuerdo, en una traducción, es más claro, más fiel, más nítido, está más fijado; pero en contra de lo que tal vez se tendería a pensar por la presencia física del texto original, no puede ser revivido como algo presente, porque el recuerdo no es exactamente ese texto original, sino lo que de él queda en la memoria del traductor. Lo que sí resulta posible, como es natural, es que dicho recuerdo se vaya modificando y alterando infinidad de veces, al igual que acontece con cualquier otro recuerdo, sea de la índole que sea. Pero, esencialmente, la memoria del texto no es diferente del aroma de la magdalena.

No hace falta subrayar, tras lo que acabo de apuntar, la importancia del quién traductor a la hora de juzgar desde un punto de vista valorativo los resultados de esa actividad plenamente creadora. «Tal y como yo entiendo en ruso este poema anónimo del siglo XII, así lo pondré en inglés», venía a decir Nabokov. En esa frase suya, aparentemente perogrullesca, está encerrado el misterio todo de la traducción. Las versiones de un mismo poema —quizá fuera más adecuado decir: las creaciones suscitadas por el recuerdo de un mismo poema— podrán hacerse en número ilimitado; unas seguirán determinados criterios y otras otros distintos, a veces opuestos; unas serán mejores y otras peores, unas conmoverán más y otras menos, pero ninguna dejará de ser creación literaria, ni aun la más literal, ni tampoco se podrá acusar a unas de ser menos «fieles» que otras. Todas lo serán por igual, no al texto original tal vez, que, como antes dije, no es nada en sí, sino al recuerdo que de dicho texto se haya impuesto en cada una de ellas. Es esta una cuestión que Borges ha visto con singular penetración en su escrito «Las versiones homéricas», donde explica cómo para él la *Odisea* es un vasto conjunto de diferentes textos en distintas lenguas («una librería internacional», en sus propias palabras), firmado por

Chapman, Morris, Lang, Bérard, Pope, Buckley, Cowper, Butler, abierto a nuevas firmas y donde ninguna niega ni estorba a las otras.

Pero esto nos lleva a un penúltimo reparo: ¿no será la traducción en realidad, en definitiva, una interpretación, en el sentido amplio de la palabra, pero sobre todo en el musical del término? En efecto, se ha establecido con frecuencia esta comparación, en verdad muy seductora. ¿Se puede considerar la partitura de una pieza musical como equivalente del texto original en una traducción? Es cierto que una partitura puede ser interpretada de innumerables formas sin dejar por ello de ser la misma —o de poder ser reconocida como la misma—, y en ese sentido la comparación parece afortunada y no va por mal camino. Sin embargo, parte de equiparar algo ideal, algo no encarnado (la partitura), con algo real, ya encarnado (el texto original de un poema). Porque, efectivamente, cabría preguntarse, con George Steiner[4], en qué sentido existe la música no interpretada. A mi modo de ver, establecer esta comparación sería como poner en un mismo nivel los planos que el arquitecto traza para la construcción de un edificio y el edificio mismo. Sin mucho tiempo ya para ahondar en ello como es debido, más plausible me parecería a primera vista, puestos a buscarle a la traducción un equivalente musical, que se la equiparara con las variaciones. Téngase en cuenta que en ellas lo que varía es el tema: las variaciones musicales no son, de hecho, «sobre tal o cual tema», sino que son el tema variando; el *mismo* tema, siempre reconocible, variando tantas veces y de tantas maneras como lo permitan los diversos entendimientos o recuerdos que dicho tema suscite en el autor de la nueva pieza. ¿Y podría decirse que, por ejemplo, las *25 variaciones sobre un tema de Haendel,* de Brahms, no son creación? Creo que huelga la respuesta.

Sólo me queda hacerme una última objeción, de orden estrictamente empírico: ¿por qué no se traducen las traducciones? Tengo que confesar que a eso sólo puedo responder con una cita, no menos enigmática que la pregunta, de Walter Benjamin: «... en algún grado, todo los grandes escritos... contienen entre líneas su traducción virtual»[5].

---

[4] Steiner, George: *After Babel.*

[5] Benjamin, Walter: *Die Aulgabe des Übersetzers.*

MI LIBRO FAVORITO

Preguntarle a un escritor cuál es su libro favorito es tentarlo a la mentira o a la jactancia, ya que, si es verdaderamente sincero (cosa que tampoco tiene por qué ser, ni en tal ocasión ni en ninguna otra), deberá responder que su libro preferido es alguno de los que él mismo ha escrito. No es que todos los escritores, como aseguraba el jactancioso y difunto Juan Rulfo sobre su *Pedro Páramo,* escriban el libro que desearían leer y que de otro modo no podrían leer jamás, pero sí es cierto que los propios libros son los que un autor lee más veces, con mayor detenimiento, paciencia, afán, comprensión e indulgencia (a veces como si le fuera la vida en ello). También —es de presumir— con mayor satisfacción, y en caso contrario el autor en cuestión debería abstenerse de darlo a la imprenta. Escribir es, en suma, la forma más perfecta y apasionada de leer, y seguramente por ese motivo los adolescentes, que suelen disponer de tiempo, se toman la molestia de transcribir a veces el poema que tanto les ha gustado: volverlo a escribir es no sólo una manera de apropiarse de él, de asumirlo y de suscribirlo, sino también la mejor manera de leerlo, la más cabal, la más alerta, la más segura. Aquel personaje francés de Borges, Pierre Menard, decidió escribir el *Quijote,* y logró completar antes de su muerte, por sus propios medios (es decir, no copiándolo, no transcribiéndolo, ni tan siquiera intentando vivir la misma vida que tuvo Cervantes por ver si las vivencias le llevaban a escribir el libro), dos capítulos enteros y un fragmento. Su obra quedó, por tanto, inacabada, lo cual debe de resultar muy doloroso y frustrante para un escritor, aun cuando en este caso Menard, de haber querido, podría haber sabido cómo iba a ser el resto de su novela. Lo cierto es que al ser escritor, y no mero lector, no lo supo.

Yo tengo la suerte de poder responder sin incurrir en embustes ni en una vanagloria excesiva, pues traduje *Tristram Shandy* de Laurence Sterne *(La vida y las opiniones del caballero Tristram Shandy,* su título completo), y, por consiguiente, además de leerlo, también lo he escrito. Probablemente es y será mi mejor texto, y si digo *probablemente* es pensando en alguna otra traducción que he hecho (*El espejo del mar* de Conrad o las obras de Sir Thomas Browne) o en alguna que quizá me gustaría hacer algún día (*Prufrock* de Eliot o *The Wild Palms* de Faulkner).

Ahora bien, si digo que *Tristram Shandy* es mi libro preferido, no se me escapa que lo es justamente *porque* lo traduje, porque todas y cada una de las frases, de las palabras que lo componen (hasta las páginas en blanco y en negro que contiene), no sólo pasaron ante mi atenta vista, sino por mi cuidadoso entendimiento, y por mi vigilante oído, y luego por mi propia lengua (quiero decir el castellano, no la húmeda), y finalmente fueron reordenadas y plasmadas sobre papel por mis laboriosos y fatigados dedos. De no haber sucedido así, quizá mi libro favorito sería el *Quijote,* o *Madame Bovary,* o *El corazón de las tinieblas,* o *Adolphe,* o la poesía de Baudelaire. Pero con ninguno de esos textos pasé casi dos años de mi vida; en ninguno, por cuidadosamente que los haya leído (y el *Quijote* hube de leerlo una vez *para* explicarlo, que es otra de las formas más perfectas de leer un libro, pero no de las más apasionadas), me sumergí como en *Tristram Shandy,* ninguno me obligó a escribir o redactar o componer alrededor de un millar de folios, cada folio hecho y rehecho numerosas veces; ninguno me exigió encontrar o inventar más de mil notas; ninguno, por último, se apoderó de mi prosa, me hizo ponerme literalmente en la piel del autor, del otro, pensar como él, hablar como él, decir lo que él como lo dijo él. Puedo, en consecuencia, no mentir al señalar el título de mi libro preferido. Y sin embargo, pese a que la verdad no me impulsa (como le pasaría a la mayoría) a señalar una de mis propias novelas, la absoluta sinceridad no me salva enteramente de la jactancia.

Pues en rigor debería decir que mi libro favorito es mi *Tristram Shandy,* es decir, *Tristram Shandy* en mi versión o según ella, que necesariamente es distinta de la de Sterne (aunque también sea necesariamente la misma, es esa una de las paradojas irresolubles de la traducción, de toda traducción, buena o mala), como sin duda los dos capítulos del *Quijote* que logró Pierre Menard eran distintos de los de Cervantes pese a coincidir palabra por palabra y estar en la misma lengua. Esto no quiere decir precisamente que considere mi versión de la novela de Sterne superior a la propia novela de Sterne, sino algo más sencillo y menos competitivo: sé el porqué de cada opción, de cada línea, el porqué de la elección de cada palabra de mi versión, de Sterne según Marías, mientras que lo ignoro en Sterne según Sterne. Por eso mismo podría corregir aún esa versión mía, podría seguir trabajando en ella, mejorándola según lo que considero mis mejores criterios, aptitudes y entendimiento actuales (la traducción se publicó en 1978), cosa que no podría ni querría hacer con el texto inglés, que, a diferencia del español, en modo alguno me pertenece.

Pero a todo esto se añade otra circunstancia, de carácter aparentemente contradictorio con lo que acabo de decir, que resulta decisiva a la hora de mi elección. Mi admiración por un libro es tanto mayor cuanto más fuera de mi alcance se encuentra. Hay libros que no me interesaría escribir ni me gustaría haber escrito y que sin embargo admiro, justamente porque, *además* de no desear hacerlos, me siento incapacitado para ello. Pues bien, de entre todos los libros que he escrito o traducido, y que por tanto *sé* que en un sentido o en otro he sido capaz de hacer, *Tristram Shandy* es el único que, pese a saber que lo he hecho, hoy en día me considero incapaz de hacer. Quiero decir que si algún día, por el placer que cualquiera de sus páginas proporciona, lo abro al azar y empiezo a leer (a releer, de mi propia versión), veo ante mí una tarea que me resultaría del todo imposible. Por así expresarlo, no concibo cómo alguien puede verter o haber vertido al castellano, de manera aceptable, todas y cada una de las páginas de este libro, y no acierto a explicarme cómo quien fui lo hizo una vez. El que soy hoy, creo, no sería capaz. Mi libro favorito reúne, por tanto, todas las condiciones necesarias para serlo: es, a un mismo tiempo, la novela clásica más cercana al *Quijote* y la más cercana a la novela de mi propio siglo; tanto su recuerdo como su frecuentación esporádica me producen un indefectible placer; finalmente, mi admiración es absoluta en la medida en que lo veo como algo que no está a mi alcance. Pese a saber que, además de leerlo (lo que por suerte podré seguir siempre haciendo), hubo un día en que lo volví a escribir.

EL APÓCRIFO APÓCRIFO

En el número LVIII (enero-febrero de 1988) de la excelente revista francesa *Le Promeneur,* que dirigía Patrick Mauriès, se publicó, con el título «Borges: un fragment apocryphe de Sir Thomas Browne», el artículo que viene a continuación y cuyo contenido utilicé parcialmente unos meses después en el titulado «Falsificaciones literarias» *(El País,* 30 de mayo de 1988, incluido posteriormente en mi libro *Pasiones pasadas,* Anagrama, 1991). También hablé de esta cuestión —recuerdo no sin poco rubor— en una charla dada en Zaragoza y reproducida luego en el librito *Acerca de la escritura* (Universidad de Zaragoza, 1991) junto con las demás intervenciones del ciclo. No me abstuve de comentarla en las clases de Teoría de la Traducción que durante cuatro años di en el Instituto de Lenguas Modernas y Traductores de la Universidad Complutense de Madrid. Por último, en un número de *Le Magazine Littéraire,* alguien anónimo se hacía eco de mi artículo de *Le Promeneur* bajo el epígrafe «Javier Marias enrichit la légende de Borges».

Todo sea para mi vergüenza y vayan mis disculpas para lectores, oyentes, alumnos y reseñadores, españoles y franceses. También para Bioy Casares; y para Borges y Browne, que no podrán recibirlas. Pero será mejor reproducir el artículo y explicar después en qué consistió la muy misteriosa metedura de pata.

Un apócrifo borgiano de Sir Thomas Browne

El narrador del célebre cuento de Borges «Tlön, Uqbar, Orbis Tertius»[1] terminaba su relato con las siguientes palabras, supuestamente escritas en 1947: «Entonces desaparecerán del planeta el inglés

---

[1] En *Ficciones* (1944).

y el francés y el mero español. El mundo será Tlön. Yo no hago caso, yo sigo revisando en los quietos días del hotel de Adrogué una indecisa traducción quevediana (que no pienso dar a la imprenta) del *Urn-Burial* de Browne».

Yo, al acometer mi propia traducción de *Hydriotaphia* o *Urn-Burial* en 1982[2], decidí, en cambio, olvidarme de la existencia de un Quevedo en mi lengua. Pero lo que sí tuve a mano fue la única versión que de algún texto de Sir Thomas Browne se había publicado —según mi conocimiento— con anterioridad en español: la que el propio Jorge Luis Borges y Adolfo Bioy Casares habían ofrecido del famoso capítulo V de *Hydriotaphia* (considerado por ellos una de las cumbres de la literatura inglesa) en la revista argentina *Sur* (n.º 111, enero de 1944). A diferencia del narrador de «Tlön, Uqbar, Orbis Tertius», ellos habían dado al menos un capítulo a la imprenta.

Esa versión de Borges y Bioy es tan hermosa como inexacta. Pero sin duda su mayor mérito es el de ofrecer una extraordinaria particularidad: en ella aparece un fragmento de *Hydriotaphia* o *Urn-Burial* que no existe en el original inglés. Ni en el de 1658, ni en las ediciones modernas, ni tan siquiera en las abundantes marginalia que C. A. Patrides incluye en la suya de 1977[3].

Pocos meses después de terminar mi traducción, Borges visitó Oxford, en cuya Universidad yo me encontraba a la sazón enseñando literatura española y teoría de la traducción. Era el 9 de octubre de 1983, y el coloquio en inglés a que Borges se prestaba en St Peter's College discurría plácidamente sobre sus temas predilectos, sin más sobresaltos que el del tañido de alguna que otra campana, con las preguntas esperables y esperadas por parte de los *dons* y estudiantes oxonienses. En un momento dado no pude resistir la tentación y pedí la palabra:

—Borges —dije (pues así pidió él que se le llamara durante el coloquio)—, en 1944 usted publicó, con Bioy Casares, una traducción del capítulo V de *Hydriotaphia,* de Sir Thomas Browne.

Borges hizo primero un aspaviento, el de cualquier hombre al que

[2] Véase Sir Thomas Browne, *Religio Medici / Hydriotaphia / De los sueños,* prólogo de C. A. Patrides, traducción y notas de Javier Marías. Alfaguara, Madrid, 1986.

[3] Sir Thomas Browne, *The Major Works,* edited with an introduction and notes by C. A. Patrides. The Penguin English Library, Harmondsworth, 1977.

se le pide que retroceda cuarenta años de golpe, pero en seguida asintió:

—Sí, es cierto, lo recuerdo.

—Yo he traducido ese mismo texto recientemente —seguí yo—, y al examinar la traducción de ustedes he descubierto en ella un pasaje que no existe en el original. Quería preguntarle si recuerda haberlo inventado. Si en efecto lo inventó usted.

Borges fingió primero gran sorpresa, luego negó y por último, como quien ha sido cogido en falta, le echó la culpa a Bioy:

—¿De veras? No recuerdo tal cosa. Pero no, yo nunca me habría atrevido a añadir una sola línea a la incomparable prosa de Sir Thomas, al que tanto admiro. Sería Bioy Casares, tal vez.

Yo estoy casi convencido de que Borges no dijo la verdad en aquella ocasión, quizá porque nos encontrábamos a pocos metros de Pembroke College, donde Browne estudió; en la ciudad de Oxford, donde se tiene al médico londinense por uno de sus hijos más preclaros. Se me ocurre que, de haberle hecho esa pregunta en español y por ejemplo en Madrid, la respuesta podía haber sido otra. Ya nunca lo sabré. Aunque aún cabe la posibilidad de preguntarle a Bioy Casares. Pero mientras esa consulta no se lleve a cabo, el fragmento apócrifo que reproducimos a continuación carece de paternidad, si bien tampoco puede decirse que sea anónimo. Y quizá sea preferible que esa consulta no se lleve a cabo, pues mientras tanto también es posible imaginar que el apócrifo se deba al narrador de «Tlön, Uqbar, Orbis Tertius» y que Bioy o Borges (al que tanto se parece dicho narrador) se lo arrebataran en 1947 para darlo a la imprenta en 1944, en contra de su voluntad, como si fueran los poseedores de la máquina del tiempo.

El *apócrifo* (insertado entre los párrafos del capítulo V de *Hydriotaphia* o *Urn-Burial* que empiezan, respectivamente, con las palabras «Oblivion is not to be hired» y «Darknesse and light divide the course of time»):

> Amplios son los tesoros del olvido, e innumerables los montones de cosas en un estado próximo a la nulidad; más hechos hay sepultados en el silencio que registrados, y los más copiosos volúmenes son epítomes de lo que ha sucedido. La crónica del tiempo empezó con la noche, y la

oscuridad todavía la sirve; algunos hechos nunca salen a la luz; muchos han sido declarados; muchos más fueron devorados por la oscuridad y las cavernas del olvido. Cuánto ha quedado en vacuo, y nunca será revelado, de esos longevos tiempos en que los hombres apenas recordaban su juventud, y más que antiguos parecían antigüedades, cuando perduraban más en sus vidas que ahora en nuestras memorias.

Hasta aquí el artículo de 1988. No hace falta decir que, siguiendo mi preferencia, no hice demasiado (aunque sí algo, sin éxito) por consultar a Bioy Casares. Alguien perplejo, sin embargo, y de manera indirecta, consultó por mí. Con fecha de 6 de noviembre de 1991, una persona llamada Francis Korn me escribió desde Buenos Aires la carta que me permito reproducir a continuación:

Estimado Marías:

Un colega de Oxford que está traduciendo para una colección que dirijo una selección de la *Pseudodoxia Epidemica**, me envió su capítulo sobre «falsificaciones literarias» para que le preguntase a Bioy cuál era la verdad, ya que él tampoco podía encontrar el párrafo en cuestión.

Bioy me mostró en su edición de 1929, *edited by* Geoffrey Keynes, publicada en Londres por Faber & Gwyer Limited, vol. four, página [51], el párrafo siguiente:

«HYDRIOTAPHIA

Additional passage from a MS.

P. 47, 1. 13, Wilkin prints the following similar passage from a MS.: «Large are the treasures of oblivion, and heapes of things in a state next to nothing almost numberlesse; much mores is buried in silence than is recorded, and the largest volumes are butt epitomes of what hath been...».

Y sigue en concordancia con la traducción de Bioy.

Espero que pueda usar esta información. Bioy, por su lado, se siente orgulloso de que lo haya creído capaz de inventar a Sir Thomas.

Lo saluda amistosamente,
Francis Korn

---

* Otra de las principales obras de Browne

Esta fue mi respuesta a quien tomé por un hombre y resultó ser una de las mejores amigas bonaerenses de Bioy Casares:

Madrid, 26-11-91

Querido Francis Korn:

Muchísimas gracias por su carta del 6 de este mes, a la que contesto con sello de urgencia por lo mal que funciona aquí el correo últimamente.

La verdad suele ser menos atractiva que la incertidumbre, y así, por una parte le agradezco infinito (y a Bioy Casares, claro, indirectamente) que me haya sacado del error y me haya aclarado un misterio (o lo que para mí lo era). Por otra, me temo que lamento que el párrafo de *Hydriotaphia* exista también en inglés. Planteaba cuestiones muy interesantes, como ¿a quién pertenece ese párrafo? A Browne no, si no estaba en el original, pero tampoco a Bioy y Borges, que en ningún caso lo firmaban.

Miro ahora mi edición moderna de los *Selected Writings* edited by Sir Geoffrey Keynes (1970), y ahí está, en la página siguiente al «fin» (sin duda por eso no lo había visto cuando cotejé con seis diferentes ediciones inglesas del texto), el Additional passage from a MS que usted menciona y Bioy le mostró. Lo curioso es que, habiendo decidido Borges y Bioy incluirlo en su versión de 1944, veo que no lo tradujeron entero (¿o quizá me estoy equivocando otra vez?). Así que hay unas líneas de Browne que siguen sin estar en español.

Hace un año, cuando supe de la estancia de Bioy en Madrid, le dejé en el Hotel Mindanao, donde nuestro común amigo Fernando Savater me dijo que se alojaba, una nota y un texto en francés en el que, con parecidas palabras, relataba la cuestión de mis «Falsificaciones literarias». No sé si los recibió, en todo caso no contestó, aunque ahora veo que lo hace a través de usted.

Me alegra que lo enorgullezca que yo lo haya creído capaz de inventar a Sir Thomas. La verdad es que lo sé capaz de eso y de mayores proezas. Transmítale mi gratitud y mis saludos, por favor, que también van para usted,

Javier Marías

Sólo se me ocurren dos cosas para hacerme perdonar: la primera es subrayar, en mi descargo, que el «colega de Oxford», con todas las magníficas bibliotecas de esa Universidad a su disposición, «tampoco podía encontrar el párrafo en cuestión» (yo había hecho mi traducción de Browne con anterioridad a mi estancia de dos años en esa ciudad); la segunda es completar la tarea y traducir aquí las seis líneas que, si no me equivoco de nuevo (durante el tiempo tanscurrido he perdido el original de la traducción de *Sur),* tanto Borges como Bioy como seguramente el narrador anónimo de «Tlön, Uqbar, Orbis Tertius» estuvieron a punto de convertir en tesoros del olvido:

> Cuando los hombres temían apoplejías y parálisis tras setecientos u ochocientos años; cuando la vida era tan duradera que el homicidio podía admitir diferentes reservas según la edad de la persona, y podía parecer menor delito matar a alguien a los ochocientos que a los cuarenta, y cuando la vida valía tanto la pena de ser vivida que pocos o ninguno se la quitaban.

EL DOBLE FILO DE LA AVENTURA

Al final de *La náusea,* Antoine Roquentin, pensando en la clase de libro que podría o debería intentar escribir, dice: «Je ne sais pas très bien laquelle, mais il faudrait qu'on devine, derrière les mots imprimés derrière les pages, quelque chose qui n'existerait pas, qui serait au-dessus de l'existence. Une histoire, par exemple, comme il ne peut pas en arriver, une aventure. Il faudrait qu'elle soit belle et dure comme de l'acier et qu'elle fasse honte aux gens de leur existence»[1]. Evidentemente, ni a Sartre ni a Roquentin podía, en efecto, *acaecerles una aventura,* y si sólo hubiera sido a ellos, la cosa no habría tenido mayor importancia y en cualquier caso nos habría quedado una bastante buena definición de la aventura. Pero lo grave es que la literatura del siglo parece haberles dado la razón en lo que quizá no pasó más que por una generalización subjetiva y algo tendenciosa cuando se publicó *La náusea* por primera vez, en 1938.

Es posible que la narración, la novela de aventuras, haya desaparecido prácticamente, entre otras causas, porque a partir de Flaubert y Baudelaire, de Joyce y Mallarmé hasta nuestros días, la obra literaria no responde de su bondad más que ante sí misma, ante su propia cohesión interna y, por extensión, ante el lenguaje, único baremo por el que el hipotético lector (cada día más hipotético, difuso y abstracto) podrá juzgarla habida cuenta de que a la vez será lo único que ambos tendrán en común. De ahí, por tanto, que quizá no haya ninguna *necesidad* de que acaezcan aventuras. Y si a necesidad contraponemos gratuidad, habrá que reconocer que lo gratuito rara vez acontece, o, según Roquentin, *«ne peut pas* en arriver». Habría que detenerse un momento y llamar la atención, empero, sobre ese verbo, *arriver,* pues a mi juicio

[1] «No sé muy bien cuál, pero tendría que adivinarse, tras las palabras impresas detrás de las páginas, algo que no existiese, que estuviera por encima de la existencia. Una historia, por ejemplo, como no puede acaecer, una aventura. Tendría que ser hermosa y dura como el acero y hacer avergonzarse a la gente de su propia existencia.»

puede tener buena parte de culpa, si no de la supuesta desaparición de la novela de aventuras —cosa que aún está por certificar—, sí al menos del cambio de actitud operado en los escasos escritores que en alguna ocasión la han cultivado después del primer cuarto de siglo

No tiene aquí mucho sentido pararse a ver el porqué de tal fenómeno (las razones pueden ser cuantas y cuales se deseen), pero lo cierto es que a los autores del siglo XX no les suceden, no les *llegan* aventuras. O al menos no con la facilidad y abundancia con que les llegaron, por ejemplo y por mencionar a dos grandes novelistas que además son impecables representantes del género, a Melville o a Conrad. (Dicho sea de paso, a la hora de buscar el porqué tal vez habría que invertir los términos y pensar que quizá antes sólo escribían narraciones aquellos a los que les *pasaba* algo conmovedor o de interés —fuera en un barco, fuera por la imaginación—, mientras que ahora las escribe todo el mundo.) En cualquier caso, es muy posible que a esa circunstancia se deba el hecho de que algunos de los mejores, más complejos y profundos relatos de aventuras del presente siglo sean la narración de una peripecia propiciada, *buscada,* no encontrada, no *arrivée* al protagonista.

Un buen ejemplo inicial podría ser el libro de T. E. Lawrence *The Mint (El troquel)*[2]: en él el autor —que es además indistinguible del personaje, entre ambos no hay ningún distanciamiento o mediación— no halla casual ni fatalmente la situación que describe y que a un mismo tiempo posibilita su obra, sino que se zambulle en ella por su propia voluntad, con entera deliberación, llevando a cabo sin ningún género de dudas esa operación de búsqueda, de anticipación, de pasar de lo que se es a lo que se desea ser: independientemente de que en este caso concreto lo que el famoso Lawrence de Arabia pretendiera al alistarse como soldado ruso y con nombre falso en la Royal Air Force, tras sus muy celebradas y aventureras experiencias en Oriente Medio, fuera justamente huir de la aventura, alcanzar un anonimato y la más absoluta falta de notoriedad (aparentes y pasajeros, por otra parte). Poco importa eso: quizá el contenido de su operación es, paradójicamente, el inverso al mencionado con anterioridad (es decir, la búsqueda de la rutina en lugar de la búsqueda de la aventura), pero la operación es con certeza la misma, e incluso también lo son los fines: sus intenciones, manifestadas en una carta a Edward Garnett, eran las de escribir «un li-

[2] Publicado en español en Alianza Editorial, traducción de Victoria Ocampo.

bro de hierro, rectangular, aborrecible y que ningún hombre leerá de buena gana», propósito que hasta en su formulación coincide en gran medida, curiosamente, con la última parte del texto de *La náusea* citado al principio.

Pero hay un caso aún más claro y que no admite vuelta de hoja que valdría la pena examinar con atención. Se trata de la excelente novela de aventuras de Ernst Jünger *Afrikanische Spiele (Juegos africanos)*[3]. La historia de su personaje es, en apariencia, fácilmente interpretable. Los elementos que la integran y, más aún, las circunstancias que la rodean y los datos relativos a su forjador parecen apuntar en una misma y unívoca dirección. Tanto es así que, a primera vista o tras una lectura torpe, podría tomarse... ni siquiera por una alegoría, sino más bien por una demostración: *Juegos africanos,* publicada en 1965, es la novela de un hombre de setenta años que relata cómo el adolescente Herbert Berger, hastiado de su rutina escolar y enamorado de los nombres exóticos, los mapas, los cuadernos de viajes y los libros de aventuras, se escapa de su casa y de su aldea alemana para ingresar en la Legión Extranjera y vivir toda suerte de emocionantes experiencias. La novela va describiendo con detalle —en primera persona— sus sucesivos pasos hasta llegar a Sidi-bel-Abbès, el punto más oriental que alcanza, y la creciente impaciencia de Berger ante la decepcionante dilación de la acción que tanto ansía. La Legión Extranjera no responde a las expectativas de su imaginación, los caracteres con que va topando son desgraciados antes que feroces, abúlicos antes que aguerridos, en el mejor de los casos escarmentados veteranos o simples camorristas de su misma edad. La esperada aventura no tiene lugar, el joven Berger ni siquiera llega a estar en peligro en ningún momento, hasta el paisaje le resulta en exceso civilizado y, finalmente, regresa al hogar. Así contada, *Juegos africanos* parece una narración pedagógica, moralizante y disuasoria: no hay nada al final del camino, para qué moverse, todo es mentira. Nos lo dice un viejo experto que sin ningún escrúpulo se ríe del joven inocentón que un día fue (al parecer Jünger relata, en efecto, una experiencia propia de sus años mozos).

Nada más alejado de la realidad. Jünger cuenta un fracaso, en rigor no llega a contar una aventura sino la búsqueda fallida de una aventura, pero para poder hacerlo tiene en verdad que salir y correr un riesgo, un

---

[3] Publicado en español en Guadarrama, traducción de Luis Alberto Martín Baró.

auténtico y descomunal riesgo: justamente el de fracasar y convertirse en un descreído, justamente el que lo alcanza. Aquí los peligros de la aventura son mucho mayores que en la novela clásica del género, donde se pude perder la vida pero no la ilusión o la fe, donde lo que se pone en juego es un tesoro o la propia integridad física, el éxito de una empresa vital o un amor, el aprecio de los amigos o la cordura, pero nunca la propia condición, la propia esencia. En *Juegos africanos* el fracaso en la búsqueda de la aventura es la aventura, la búsqueda misma ya es aventura, la emoción está presente en todo instante, viene dada por la constante incertidumbre sobre la suerte que correrán los afanes del joven Berger. Quien vea en la obra de Jünger una intención disuasoria o un tono escéptico y paternalista se equivoca, a mi modo de ver, de medio a medio. Desde su punto de vista, bien es verdad, el joven Berger fracasa («El tiempo de la adolescencia había acabado», «Nacemos un poco demasiado bravíos y curamos de fiebres y calenturas a fuerza de tragos amargos» son frases que aparecen en su boca en las últimas páginas del libro), pero incluso esto le supone al personaje una de las características principales del relato de aventuras: un aprendizaje, una iniciación. Hasta desde la perspectiva más miope, la que busca a toda costa una moraleja en las obras de ficción, se impondría reconocer que la de Jünger sería, en todo caso, que para llegar a saber que no hay aventuras es preciso correr la aventura de averiguarlo.

Y no deja de ser curioso, para mayor inri, que el autor se valga de un libro de aventuras para contar la historia de un muchacho que desenmascaró la falacia de los libros de aventuras. En la operación de Jünger hay evidentemente algo de cervantino, y en consecuencia *Juegos africanos* es, pese a todo lo expuesto, un libro amargo. Pero cabría pensar si esa amargura no le viene dada, más que por el desengaño del joven Berger —es a él a quien decepcionan sus correrías, no al lector—, por el hecho de que, tras haber abandonado los libros en favor de la acción, en cierto modo ha optado entre dos cosas que se adivinan incompatibles, ha renunciado a aquéllos, que ya no podrá volver a leer con el espíritu antiguo, con igual ilusión. Tal vez la única amargura verdadera y posible sería la de comprobar que la aventura vivida es un arma de doble filo: que quizá es más plena pero a cambio descarta las demás, las aventuras infinitas que contienen los libros. Lo que sí parece intuirse tras la lectura de *Juegos africanos* es la posibilidad de que Roquentin tuviera a la postre razón, de que la auténtica aventura «ne peut pas en arriver» y por eso se encuentra necesariamente en la literatura y no en la vida.

En un momento dado, el joven Herbert Berger pregunta a un veterano: «Karl, tú has tomado parte en batallas. ¿Qué se siente en realidad cuando oyes silbar las balas?». La respuesta es: «Nada de particular. Suena mejor cuando se lee en viejos libros. Nunca he oído silbar una bala». Tal vez la única tragedia de Berger al acabar la novela será que de ahora en adelante las únicas balas que silban ya no le sonarán tan bien.

Una de las más empecinadas manías de los críticos españoles actuales invita a pensar que se han educado en la lectura de novelas policiacas, en las cuales —se supone— cualquier personaje, cualquier episodio, cualquier detalle han de tener una misión y un sentido; o, dicho más a las claras, han de constituir una pista. (También parecen haberse formado en Chéjov y en su conocida y estúpida lección: si al comienzo de un relato aparece un clavo, tiene que ser el clavo del que al final se cuelgue el protagonista.) La apelación continua a lo «necesario», a la «pertinencia» de todos los elementos, a la simplona «unidad» de las narraciones, es una de las más escandalosas pruebas de la miopía presente e histórica que aqueja a esos críticos, dominados por una concepción utilitarista de la literatura. Si hay un modelo de novelista moderno, ese es Cervantes, quizá con el precedente de Rabelais y la estela de Sterne. En esos tres autores se da todo menos esa supuesta «unidad» convencional, y sus obras están literalmente plagadas de episodios que no son necesarios ni pertinentes al relato: en el caso del *Quijote* no se trata sólo de la famosa, criticada y por lo demás fundamental interpolación de «El curioso impertinente», sino de la mayoría de las aventuras contadas, que casi nunca añaden nada ni al conjunto de la historia ni a la personalidad de Don Quijote y Sancho. Las mejores novelas de nuestra tradición, de Cervantes a Proust, de Sterne a Faulkner, de Conrad a Nabokov, son por el contrario divagatorias, están llenas de rodeos y desvíos, de digresiones, de lo que esos críticos llamarían «elementos gratuitos» y no lo son en modo alguno, sino que constituyen la configuración misma de sus mundos. Lo importante de una novela es su discurrir, no su fin ni tampoco lo que conduce en línea recta hasta ese fin.

Pero lo más sorprendente es comprobar que ni siquiera las mejores obras de esa tradición policiaca se ajustan a los requisitos de esos reseñadores tan unitarios y tan cortos de vista, y ello resulta particularmente llamativo en Dashiell Hammett, de cuyo nacimiento se cumple ahora el centenario. Bien es verdad que para sus novelas se han buscado términos alternativos al de «policiacas», pero no es menos cierto que en ellas suele haber una búsqueda y más de un asesinato, un descubrimiento, una misión que cumplir o un caso que resolver, por lo que podrían incluirse en el género sin demasiadas objeciones, aunque también lo trasciendan. Pues bien, habiendo pasado Hammett a la historia como uno de los autores más perfectos e influyentes de la novela detectivesca, es curioso comprobar cómo ni siquiera en él la intriga o trama tiene la menor importancia, cómo la resolución es algo enteramente secundario, cómo los cabos sueltos o los «caprichos» o los episodios «impertinentes» son el verdadero entramado y la verdadera alma de sus ficciones, cómo son obras que asimismo dependen mucho más del discurrir y de la voz que cuenta que de los hechos narrados, que por sí solos no significan gran cosa y podrían ser intercambiables con los de tantas otras novelas y películas. En Hammett lo que invita a prestar atención y seguir leyendo no es la curiosidad ni es el hilo argumental, por lo común tan enrevesado y oculto —tapado— que hasta resulta a veces arduo seguirlo (tan trivial también, a la postre); no es la averiguación ni el deseo de «saber», pues lo último que se recuerda de sus novelas y cuentos es el desenlace. Por el contrario, lo que queda en la memoria es justamente aquello que más de un crítico consideraría prescindible o aleatorio: la atmósfera, la caracterización de los tipos, el diálogo rápido y cortante y tan a menudo inútil, el adjetivo insólito o bien de una precisión heladora, el detalle («En el arte elevado y en ciencia pura el detalle lo es todo», dijo Nabokov). Lo que queda de Hammett es lo mismo que queda tras la lectura de las grandes novelas: una voz, un tono, una escena, un gesto, la manera en que alguien habló o sostuvo un cigarrillo o se ladeó el sombrero, la sequedad de unas frases o la muerte de un perro.

Acabo de leer su novelita *Woman in the Dark (Una mujer en la oscuridad,* Debate), y apenas cerrado el volumen ya empiezo a olvidar de qué trataba, lo que sucedió a los personajes y por qué se los perseguía: nada de eso importó más que *mientras* la estaba leyendo, y aun entonces bastante poco. Sin embargo sé que hay dos cosas que no olvidaré, y la primera de ellas es tal vez la que más interesó al propio Hammett, habida cuenta de que en ningún otro momento emplea más líneas y pone más afán en describir algo, a saber: la imagen inicial, en la cual se relata cómo una mujer de la que aún no sabemos nada se tuerce el tobillo, pierde un tacón y cae al suelo: «El viento que soplaba colina abajo desde el sur, azotando los árboles junto a la carretera, convirtió su exclamación en un susurro y le arrebató el pañuelo, que fue a adentrarse en la oscuridad». La segunda es la muerte de ese perro que he mencionado: con sobriedad o más bien frialdad, como es habitual en Hammett, se cuenta como un hombre acerca la boca de su pistola a la oreja del animal y le atraviesa la cabeza de un balazo. Lo que sin embargo hiela la sangre y aún resuena en mi memoria es una frase aún más breve, que llega unas cuantas líneas después, durante las cuales han proseguido la acción y el diálogo de los personajes. Es entonces cuando Hammett intercala de pronto esto: «Las patas del perro dejaron de moverse». Como he dicho, no recordaré la trama ni los motivos ni los nombres ni la curiosidad sentida durante la lectura, idéntica en sí misma a tantas otras curiosidades que no dejan ninguna huella una vez satisfechas. Pero en cambio es seguro que no olvidaré los detalles impertinentes que son la marca del gran novelista, policiaco o no, y Hammett lo era y a la vez no lo era. No olvidaré ese pañuelo adentrado en la oscuridad del viento ni las patas de ese perro que, para mi espanto, se estuvieron moviendo durante un rato sin que yo lo supiera hasta que se pararon.

En el origen de *El hombre sentimental* están dos imágenes: la primera podría pertenecer, más que a la realidad, a una edición ilustrada de *Cumbres borrascosas* o a alguna de las versiones cinematográficas que se han hecho de la novela de Emily Brontë. La imagen muestra a un hombre y a una mujer separados por una valla en un paisaje rural. Están hablando, quizá encontrándose, quizá despidiéndose. Esta imagen, sin embargo, no aparece en mi libro; sirvió de estímulo, fue su latido inicial —según la expresión de Nabokov— y desapareció. La segunda imagen sí es real y sí ha quedado en el libro, en su primera sección: viajando en el tren de Milán a Venecia tuve frente a mí, durante tres horas, a una mujer que respondía exactamente a la descripción física y moral que el lector hallará a las pocas páginas de empezar a leer. Cuando me puse a escribir casi sólo tenía eso y la frase que abre el relato.

Esa es mi manera habitual de trabajar. Necesito ir tanteando, y nada me aburriría y disuadiría tanto como saber cabalmente de antemano, al iniciar una novela, lo que ésta va a ser: qué personajes la van a poblar, cuándo y cómo van a aparecer o a desaparecer, qué será de sus vidas o del fragmento de sus vidas que voy a contar. Todo eso acontece mientras la novela se va escribiendo, pertenece al reino de la *invención* en su sentido etimológico de descubrimiento, hallazgo; e incluso hay momentos en que uno se detiene y ve abiertas dos posibilidades de continuación, totalmente opuestas. Una vez concluido el libro —es decir, una vez concluido el *descubrimiento,* una vez que el libro *es* de una manera determinada, que la publicación convierte en inmutable—, parece imposible que pudiera haber sido distinto de como es. Y entonces *cree* uno que puede hablar de él, incluso que puede explicarlo con otras palabras de las que ha empleado en el mismo libro, como si éstas no debieran bastar en todos los casos.

El hombre sentimental es una historia de amor en la que el amor no se ve ni vive, sino que se anuncia y recuerda. ¿Puede esto ocurrir? Algo como el amor, que es siempre urgente e inaplazable, que requiere la presencia y la consumación o consumición inmediata, ¿puede anunciarse sin que aún exista, o recordarse de veras cuando ya no existe? ¿O será que el propio anuncio y el mero recuerdo forman, *ya* y *todavía* respectivamente, parte de ese amor? Lo ignoro, pero lo que sí creo es que el amor está fundamentado en gran medida en su anticipación y en su memoria. Es el sentimiento que exige mayores dosis de imaginación, no sólo cuando se lo intuye, cuando se le ve venir, y no sólo cuando quien lo ha experimentado y lo ha perdido tiene necesidad de explicárselo, sino también mientras el propio amor se desarrolla y tiene plena vigencia. Digamos que es un sentimiento que exige siempre algo ficticio *además* de lo que le procura la realidad. Dicho con otras palabras, el amor tiene siempre una proyección imaginaria, por tangible o real que lo creamos en un momento dado. Está siempre por cumplirse, es el reino de lo que puede ser. O bien de lo que pudo ser.

En ese reino se mueven los personajes de *El hombre sentimental,* o al menos asistimos sobre todo a aquellos fragmentos de su historia en los que —por anticipación o recuerdo— más obligados están a convivir con el amor cuando aún no lo tienen o lo han perdido ya. La diferencia entre los dos principales personajes masculinos del libro estriba en que, así como uno de ellos no se conforma con esa dimensión imaginaria, proyectiva o ficticia, sino que da los pasos necesarios para que su amor vislumbrado se vea desplazado por su amor vivido (para que su amor se cumpla), el otro, el verdadero hombre sentimental, es quien ha aceptado —con paciencia, pero con resignación— esa vía imaginaria, unilateral, y se ha instalado vitalmente en ella. Para el primer personaje, el término de su amor no será excesivamente grave —como de hecho no lo es para casi nadie en la sociedad actual— porque desde el momento en que ha optado por lo real, o si se prefiere por lo *cumplido,* ha elegido ya el punto de vista de la memoria, que hace soportables todas las cosas. El otro personaje, en cambio, al perder un amor incumplido (y concebido como tal), se ve obligado a abandonar el verdadero reino del amor, el de la posibilidad y la imaginación. Y es esa pérdida, sobre todo, la que lleva a la desesperación.

En medio hay un personaje femenino, Natalia Manur, que en la novela es mostrada sólo de manera difusa, como a través de un velo. Sólo se la ve con nitidez en una ocasión, al principio, dormida, como yo vi a la mujer del tren Milán-Venencia. Esto puede sorprender, ya que al mismo tiempo se trata de un personaje central. Pero quizá pertenezca a esa larga estirpe de mujeres de ficción que (como Penélope, como Desdémona, como Dulcinea y tantas otras de inferior alcurnia) están y quizá no son: seguramente las más peligrosas para quienes entran en contacto con ellas, y el narrador de *El hombre sentimental* no parece ignorarlo: «Pues bien sé», dice, «que no hay sometimiento más eficaz ni más duradero que el que se edifica sobre lo que es fingido, o aún es más, sobre lo que nunca ha existido». Cabe preguntarse si ese narrador quiso decir también: «sobre lo que no se ha cumplido».

¿Quién no ha escrito repetidas veces su propio nombre en una hoja en blanco durante su adolescencia, mientras simulaba tomar apuntes o demoraba el momento de iniciar los deberes? ¿Quién no ha ensayado su propia firma antes de tener que estamparla por vez primera? Parece como si los jóvenes necesitaran acostumbrarse a su nombre, verbalizarse, dotarse de existencia oral, aprender a renunciar a ser sólo una *cosa,* como en los célebres versos de Lorca: «Entre los juncos y la baja tarde / ¡qué raro que me llame Federico!»

Qué raro, en efecto, empezar a tener nombre, o, mejor dicho, empezar a ser *también* un nombre. Eso es quizá justamente lo que yo empecé a ser también cuando publiqué *Los dominios del lobo,* no mientras lo escribía ni por supuesto tras redactar y encuadernar ilusionadamente el texto de mis quince años. Hasta entonces yo había escrito como creían los románticos que podía y debía hacerse: el escritor escribe como el ruiseñor canta. Yo lo había hecho precisamente mientras no podía tener la menor conciencia de ser eso, un escritor. Pero ya lo dijo Emily Dickinson: «Publication — is the Auction / Of the Mind of Man», «La Publicación es la Subasta / de la Mente del Hombre», y quién sabe si en este contexto no habría que poner el acento en la palabra *Man,* en la medida en que tal vez sólo un Hombre puede sacar a subasta su pensamiento, y para aquellos que escriben ese paso supone, de hecho, el ingreso en la edad adulta y la pérdida de la juventud.

En siglos más modestos y sobrios los artistas no se diferenciaban de los artesanos, y por ello no necesitaban tener un nombre. Hoy en día son los artesanos quienes, en imitación y envidia de los artistas que se desgajaron de ellos, vuelven a intentar alinearse junto a sus compañeros de antaño y han logrado que vayan firmadas hasta las suelas de los zapatos. Se podría decir que es a la *artisticidad,* al estatuto o condición de artista, a lo que aspira el planeta entero, cualquiera que sea su empleo, actividad u oficio. Y sin embargo ser artista supone haber muerto, como explicó Thomas Mann en su tiempo con nitidez excesiva y cuantos hemos venido después de él hemos ido comprobando. Hasta el más artesanal de los que hasta hace no mucho tenían la exclusividad artística, el novelista (y es de éste de quien más puedo hablar, por experiencia propia), necesita cada vez más ponerse en el punto de vista de quien *ya ha pasado* para contar sus historias: en el punto de vista de quien se ve a sí mismo y cuanto acontece como algo ya acabado, ya concluido, ya casi olvidado y por tanto merecedor quizá de ser rescatado y contarse. De quien se ve a sí mismo como ya *sólo* un nombre, al que es posible atribuir cualquier vida —es decir, todas las vidas—, porque ya no se corresponde con ese nombre la *cosa* que estaba «entre los juncos y la baja tarde». Con el nombre no se corresponde nada, y en buena lógica podría no haber ni siquiera nombre. Así, el artista, en contra de lo que se le achaca desde el sentido común y la convención, es el mayor enemigo de la immortalidad, su mayor negador, puesto que se alimenta y vive de su propia muerte; convive con ella; la anticipa con impaciencia, la atrae (el novelista, además, la cuenta); vive su futuro como si fuera ya su pasado; lo que le espera es lo que ya le ha ocurrido, y está permanentemente de espaldas. De espaldas a su propia vida y contemplando su propia espalda.

Por eso la idea del artista joven parece una contradicción en sí misma. «Ningún hombre joven piensa que morirá jamás», así empieza el breve y clásico ensayo del escritor inglés William Hazlitt «On the Feeling of Immortality in Youth» («Sobre el sentimiento de inmortalidad en la juventud»), publicado en libro por vez primera en 1839. En la juventud, dice Hazlitt, nuestra reacción ante la muerte ajena es un bobo y exaltado grito de comprobación, una jubilosa ratificación de nuestra inmortalidad: «¡Pues yo no!», o bien —podría también traducirse— «¡Así que no soy yo!» (Hazlitt cita aquí a un personaje del *Tristram Shandy* de Sterne). En la juventud, dice Hazlitt, nos «protege un hechizo», como al usurpador Macbeth hasta que luchó con Macduff. «El ejemplo de otros en nada nos hace efecto.» «Sabemos de nuestra existencia sólo por nosotros mismos, y confundimos nuestro saber con los objetos externos. Nosotros y la Naturaleza somos, por tanto, uno.» «La muerte, la vejez, son palabras sin significado, un sueño, una ficción, con la que nada tenemos que ver.» «Arrancamos un nuevo plazo a la existencia fijando nuestro cariño en ciertos objetos: nos volvemos puros, impasibles, inmortales en ellos. No podemos concebir cómo ciertos sentimientos han de decaer algún día hasta enfriarse en nuestros pechos; y, por consiguiente, para mantenerlos en su primer brillo y vigor juveniles, la llama de la vida debe continuar ardiendo tan brillante como siempre.» Y quizá la cita más llamativa: «Somos herederos del pasado; contamos con el futuro como nuestra forma natural de volver atrás».

O, dicho con otras palabras, todo es aún posible porque aún no hay nada, mañana no es aún tarde, sino el tiempo adecuado para llenar el ayer. Es sobre todo eso a mi modo de ver, la falta de huellas, la falta de impresión, la falta de impronta (la falta de imprenta), lo que trae ese sentimiento de inmortalidad de que hablaba Hazlitt. El joven siente que el mundo comenzará en el momento en que él decida incorporarse a él y darle la cara, no antes. Siente, por tanto, que el mundo le está esperando para poner en marcha su débil rueda, y que no hay prisa, que el mundo le esperará indefinidamente. Pues esa puesta en marcha depende de él, y mientras él no dé la orden el tiempo no empezará a contar, es a él a quien toca dar la vuelta al reloj. Pues el tiempo y su tiempo no se distinguen. Es la edad, en la que aún se es *cosa,* en la que el nombre es algo que no nos excluye, o, mejor dicho, que aún no nos suplanta, un adorno, una mera prolongación subsidiaria de la *cosa* que somos, aún no la firma sino sólo la rúbrica. Como bien observó Stevenson en su ensayo sobre «Crabbed Age and Youth» («Agria edad y juventud»), «no es tanto que los jóvenes no sepan, cuanto que no eligen». Es esa no-elección, ese no-hacer, ese ir-descartando, ese discurrir a la espera de ser o en la dilación de ser (ese no-nombrarse y por tanto no-definirse), lo que trae ese sentimiento de inmortalidad. Y ese sentimiento no es ya que no quiera perderse, sino que parece imposible que se pueda perder. Pues a diferencia de la niñez, que en palabras del pensador Félix de Azúa «es axiomáticamente un estado efímero, moralmente obligado a suprimirse a sí mismo», la juventud es un estado igualmente efímero, pero lo bastante consciente de sí mismo como para intentar perpetuarse a sí mismo. «Somos herederos del pasado», decía Hazlitt, «contamos con el futuro como nuestra forma natural de volver atrás». Pensar que el *después* puede convertirse en *antes,* que todo es enmendable y nada es irreversible, que el *ahora* no es tal *ahora* sino un momento indistinguible del que ya ha pasado y del que está por venir, es un privilegio de la juventud, un privilegio de la inmortalidad o, si se me apura, un privilegio de la eternidad. Así como el niño, por feliz que sea, sabe y comprueba en sus propios cambios físicos, en su crecimiento, que el suyo es un estado de espera y evolución, el joven, que en cierto sentido se ve cristalizado, tiene la sensación de haber «llegado», y de que lo futuro no serán sino añadidos, perfeccionamientos, retoques de su verdadera estampa, de su verdadero estado, aquel hacia el que tendía durante la interminable espera infantil. En la juventud se produce un cierto reconocimiento, que se recibe con alegría o pesar pero que en todo caso es más fuerte que el de cualquier otra edad, como si por fin se viera terminado un cuadro de lentísima ejecución: «Así que éste soy yo». Y es quizá entonces cuando el nombre empieza a adquirir verdadero sentido y a ganar terreno, en la medida en que lo que ahora nombra no es una *cosa* cambiante que se va corrigiendo a sí misma incesantemente (no tan cambiante como solía serlo en la niñez), sino una *cosa* que parece inamovible y fija, o que tal vez merecería serlo. Si además ese nombre es público, si se convierte en seguida en el nombre de un «artista» o un «creador», entonces bien puede decirse que además ha dado comienzo el proceso de cuyo resultado final habla Borges en su célebre texto «Borges y yo». «Al otro, a Borges, es a quien le ocurren las cosas», así empiezan esa página, en la que más adelante se añade: «Por lo demás, yo estoy destinado a perderme, definitivamente, y sólo algún instante de mí podrá sobrevivir en el otro». «Yo he de quedar en Borges, no en mí (si es que alguien soy).» Y termina: «Así mi vida es una fuga y todo lo pierdo y todo es del olvido, o del otro. No sé cuál de los dos escribe esta página». Tal vez este sea el destino de todo adulto, parece serlo de todo artista o creador.

Y con todo... Quizá Thomas Mann exageró (como solía hacer, a fuerza de ser explícito donde hay que ser ambiguo) cuando en su novelita *Tonio Kröger,* de 1903, afirmó que «se debe morir para la vida para ser cabalmente un creador». Subyace a esa afirmación la antigua creencia (o quizá no tanto) de que el creador lo es todo el rato, desde que se levanta hasta que se acuesta a lo largo de los días todos de su vida entera, y en mi opinión el artista actual, para su gran fortuna, no mantiene ya con su arte una relación tan sacerdotal. No es tanto que en la actualidad un artista pueda serlo a ratos y a ratos no, que —por así decirlo— pueda ponerse y quitarse la máscara o velo artístico a su voluntad (Mann habría negado tajantemente la condición de artista a un individuo tan inestable y acomodaticio). Pero lo que sí puede hacer es disimular. Dosificarse, disfrazarse, administrarse, alternarse, ocultarse, no ejercer permanentemente de tal artista, no llevarlo grabado en la frente. En un mundo poseído, como decíamos antes, por la aspiración de *artisticidad,* el artista puede no sentirse en absoluto traidor si a su vez aspira a la mundanidad, pues ésta está cada vez más hecha a su imagen y semejanza. En otras palabras, digamos que si quien diseña una silla o un sacacorchos es artista (cosa que desde la Bauhaus nadie se atreverá a discutir), no resulta difícil ser artista todo el rato *en algún grado* sin que ello suponga pasión, intensidad, renuncia y dolor constantes. El acercamiento del mundo al arte (a los tics del arte) hace que en cierto sentido el artista vuelva a asemejarse al antiguo artesano, y gracias a ese acercamiento puede permitirse ser o ejercer de artista sólo *mientras* trabaja: mientras escribe o pinta o compone. Terminada su jornada, puede serlo algo menos, serlo de manera incompleta o superficial o simplemente potencial, serlo *sólo* en la medida en que lo es todo el mundo (el mundo artistificado), desde el oftalmólogo eximio hasta el fabricante de envases para refrescos.

Quizá Thomas Mann exageró, o fue demasiado explícito para lo que admite una novela; al menos en el sentido que él quiso darle a su frase, precedida en el texto por esta otra. «Quien vive no trabaja» (no trabaja para el arte, se entiende). Pero quizá sí cabría darle toda la razón a Mann si tomamos la frase en cuestión en un sentido levemente distinto, es decir, en el sentido de que todo crear, todo producir, todo hacer *algo* trae consigo el peligro, si no la certeza, de acabar definiéndose mediante ello, de acabar nombrándose, de dejar de ser *cosa* para ser *alguien* determinado por su actividad, por sus obras, por su particular quehacer. «Se debe morir para la vida», podríamos decir, en la medida en que se va eligiendo *una* vida, una parte de la vida que será siempre mínima. En cuanto el joven elige, en cuanto el joven hace, «la vida de la vida», como dijo el poeta Burns, queda reducida drásticamente, empieza a contarse y a consumirse, y el sentimiento de inmortalidad, de posibilidad infinita, de negación del *antes* y del *después,* desaparece inmediatamente. Se ha dado la vuelta al reloj. Cuando yo escribí y publiqué *Los dominios del lobo* y puse y vi mi nombre en letras de imprenta junto a ese título, hubo constancia de que lo había hecho, y, por así decir, empecé a sepultarme o empecé a contemplar mi propia espalda. Estos son sin duda los hechos, y sin embargo no estoy seguro de que entonces se vieran acompañados por el sentimiento correspondiente, esto es, por la pérdida del sentimiento de inmortalidad.

NIÑOS EXPÓSITOS

Yo publiqué mi primera novela a los diecinueve años, y la había escrito entre mis diecisiete y mis dieciocho, una edad a la que los poetas tienen la obligación de estar dando lo mejor de sí mismos pero a la que quizá un proyecto de novelista, como recuerdo que con frecuencia me reprochaba Juan Benet en aquellos años, aún debería estar saltando a la comba. (Dicho sea entre paréntesis, a la comba no saltaba yo a la sazón, pero sí hacía piruetas y daba peligrosos volatines y saltos casi mortales en el Paseo de Recoletos de Madrid, en unas sesiones nocturnas gimnástico-circenses que organizaba el propio Benet y de las cuales él, como empresario, sacó mucho más beneficio que yo.)

Claro está que una buena parte de los novelistas que en el mundo han sido han empezado a emborronar papel o, como lo llamó Stevenson, a cultivar *this childish task* cuando no eran sino eso, niños o poco más. Pero la mayoría de ellos, para su fortuna, no pudieron dar una sola línea a la imprenta hasta ser hombres o mujeres hechos y derechos, y consecuentemente no hubieron de tener en cuenta —ni preguntarse por ellos— los motivos, ínfulas o presupuestos que los indujeron *to play at home with paper,* por ampliar la cita del novelista escocés, hasta que hubieron alcanzado la madurez y la osadía necesarias para ser intérpretes de sí mismos: hasta que, por así decirlo, hubieron tenido tiempo de perder todas las inocencias posibles y adquirir una cierta capacidad —que sólo otorgan los años o los desengaños— para teorizar, explicar, glosar, anteponer el juicio al gusto e incluso los fines a los impulsos. Una cosa es que esa mayoría de novelistas que en el mundo han sido —y sobre todo *son*—, a la hora de responder a preguntas sobre sus obras o echar la mano que les solicita algún crítico demasiado perplejo o descaminado, coqueteen, se hagan de rogar y pretendan no saber mucho acerca de sus propios escritos. Otra cosa es que realmente no sepan. En un siglo en el que para ser novelista —y no simplemente un insensato, un perverso, un mero artesano o un iluminado— son recomendables unos conocimientos teóricos bastante complejos y elevados sobre el propio medio del que el escritor se vale, resulta difícil creer que alguien como el mismo Benet en España, o Thomas Bernhard en Austria, o Vargas Llosa en el Perú, o Thomas Pynchon en Estados Unidos, no pudiera, si el pudor y la comprensible pereza se lo permitieran, dar una explicación suficientemente cabal de sus textos, o al menos de por qué esa explicación suficientemente cabal no es posible o quizá aconsejable. (Esta afirmación, dicho sea de paso, no supone contradicción con lo que antes he dicho: en este siglo casi todos los novelistas son de la estirpe de los Thomas Mann, los Balzac o incluso los Galdós.)

Pero indudablemente un muchacho de diecinueve años, que por supuesto aún no había terminado sus estudios universitarios y todavía era capaz de dar volatines en medio de la calle, que apenas si había leído a los autores «obligatorios» de su país y a los que aún hoy jalonan las adolescencias de los inquietos (Salinger, Hesse, quizá el *Werther* y poco más), que pocas o ninguna vez se había parado a pensar en tendencias, corrientes y progresiones históricas, difícilmente podía tener la más leve idea acerca de sus intenciones, proyectos, determinaciones o aspiraciones. Para él, al igual que para algunos de los románticos, todavía el escritor escribía como el ruiseñor canta. Pero ya Emily Dickinson nos advirtió de que *publication is the auction of the mind of man,* la subasta de la mente del hombre, y una vez que el pensamiento sale a subasta hay que tasarlo, asegurarlo, someterlo a la opinión de los expertos y mirarlo con lupa si es preciso. Por el mero hecho de leer críticas y escuchar fallos sobre lo que hizo en casa al jugar con papel, ese muchacho se verá obligado a hacer apresurada recapitulación del acervo novelístico que lo precedió, a reparar consecuentemente en su supina ignorancia, a tener conciencia de las influencias que hasta entonces quizá habían sido inconscientes, a horrorizarse ante el descubrimiento de las gigantescas lagunas de su saber, a convertir el antiguo juego en estudio y, sobre todo (la máxima tragedia), a tener que justificar ante sí mismo el atrevimiento de haber dado a las prensas algo que quizá no supone ninguna novedad, que —en la mortal frase de la vieja escuela de críticos valorativos— «no añade nada». Y no tendrá más remedio que preguntarse por qué su novela es como es y no de otra manera, la razón de su irresponsable opción.

Aquella primera novela mía, titulada *Los dominios del lobo* y aparecida en la primavera de 1971, era, más que nada, una combinación de trepidantes relatos de aventuras que transcurrían íntegramente en Estados Unidos y que suponían tanto una parodia como un homenaje al cine de Hollywood de los años 40 y 50 y a una indiscriminada serie de escritores norteamericanos que había ido leyendo sin orden, concierto ni respeto y que incluía desde un Faulkner visto con ojos folklóricos hasta John O'Hara, desde un Hammett indisociable del rostro de Humphery Bogart hasta la sombría Flannery O'Connor, desde un Melville sin ningún simbolismo hasta el novelista lógico-policiaco S. S. Van Dine. La crítica española se sintió sorprendida ante aquel cúmulo de peripecias extravagantes contadas con impunidad del infante, pero la sorpresa no pareció serle desagradable del todo, y consideró que «narrativamente» el libro era maduro y que tenía la suficiente dosis de ironía para no resultar simplemente una ingenuidad. Un crítico insigne dictaminó que si bien estaba el autor en posesión de un buen y sólido esqueleto (por lo que me imagino que quería decir instrumento o algo así), ahora le aguardaba la tarea más ardua, a saber: la búsqueda de la propia carne. Recuerdo que este veredicto me dio que pensar. La acusación implícita de aquel comentario (que además se hizo explícita en otras reseñas más intolerantes y menos avezadas) no era sino la siguiente: «Este nuevo novelista maneja un mundo de referencias que en última instancia le es y nos es ajeno; se nutre de experiencias tenidas en la butaca de un cine o leyendo en un sillón; posiblemente aún sea demasiado joven para disponer de un material verdaderamente suyo, personal, surgido de sus vivencias y su observación de la realidad; esperemos que llegue el día en que sea capaz de hablarnos de nuestros problemas, de nuestra sociedad, de nuestra historia o nuestro presente; en suma, de España».

No andaba descaminado el insigne crítico al aventurar que al novelista le faltaban experiencias propias dignas de ser contadas, pero (y esa fue tal vez la primera conciencia que tuve de *una* de las causas de que mi novela fuera como era y no de otro modo) erraba al suponer que ese era el único o principal motivo de que éste no hablara de su país. *Yo no quería hablar de España.* Aquel libro había sido escrito, si se me permite la expresión, desde la irresponsabilidad absoluta y desde la casi absoluta inocencia. Lo que hacía la inocencia menos absoluta que la irresponsabilidad era, justamente, la conciencia de no desear escribir necesariamente sobre España ni necesariamente como un novelista español. Este rechazo se basaba en parte en razones literarias: como todo el mundo sabe pero no todo el mundo está dispuesto a reconocer, la tradición novelística española es, además de escasa, pobre; además de pobre, más bien realista; y cuando no es realista, con frecuencia es costumbrista. El realismo y el costumbrismo suelen aburrir sobremanera a los niños y a los adolescentes, es decir, a los representantes más conspicuos de la inocencia. El atractivo que la novela española en su conjunto ofrecía a un cuasi adolescente (con las excepciones de rigor: el *Quijote,* la picaresca, *La Regenta,* Valle-Inclán: permítaseme generalizar) era mínimo comparado con el que le brindaba la inglesa, la francesa, incluso la alemana, la rusa y la norteamericana, de vidas mucho más cortas. Por otra parte, España como tema, de fondo o de superficie, era algo de lo que tanto yo como —según comprobé en seguida— el resto de mi generación estábamos literalmente hartos. Hasta la del 98, que desde un punto de vista formal había intentado una novela ambiciosa, había incurrido con facilidad en semejante y obsesiva cuestión, que para los escritores nacidos después de 1939 tenía aproximadamente el mismo interés que Alemania como tema, Portugal como tema o el tema de Uruguay. Como motivo literario, como algo que poner al lado de los grandes temas novelísticos tradicionales (la muerte, la soledad, el miedo, la guerra, la traición, el amor y cosas por el estilo), nos parecía paupérrimo y levemente ridículo. Añádase a todo esto que la generación anterior a la mía, la llamada del social-realismo, había participado a su manera de la misma obsesión. En su caso las intenciones habían sido tan respetables como ingenuas —el deseo de luchar contra el franquismo a través de la literatura—, pero el resultado, la producción novelística de los años cincuenta y gran parte de los sesenta, lo juzgábamos enteramente desdeñable: ramplón, poco sutil, torpe, demasiado obvio, en último término extraliterario. Desde una posición diferente, habían participado de la secular desconfianza española hacia lo que podríamos llamar «lo puramente novelesco», como si ese género en efecto híbrido precisara, para su existencia y práctica, de alguna justificación externa que lo redimiera de su inanidad y frivolidad. La novela social y desmañadamente simbólica de aquellos decenios era a nuestros ojos, por lo demás, el fiel reflejo de la situación de indigencia intelectual que vivía la España de Franco.

La otra clase de motivos para el mencionado rechazo estaba muy emparentada con los que he llamado literarios, pero eran simplemente cotidianos. Éstos, como es natural, los compartí todavía en mayor medida con los demás miembros de mi generación. Era la nuestra la primera que en verdad no había conocido otra España que la franquista, y se nos había tratado de educar en el amor a España desde una perspectiva grotescamente triunfalista. A la hora de la rebeldía contra esa educación, la consecuencia no podía ser otra que un virulento desprecio no ya hacia esa España cotidiana y mediocre, sino hacia todo lo español, pasado, presente y casi futuro. Con la intolerancia propia de lo que éramos, aspirantes a literatos jóvenes y airados (si es que la unión de los dos adjetivos no supone redundancia), llevamos a cabo una muy simplista operación de identificación de lo español con lo franquista. Y decidimos dar la espalda a toda nuestra herencia literaria, ignorarla casi por completo.

Quizá uno de los hechos más curiosos e insólitos que rodean al nacimiento de nuestra generación, llamada por el momento generación de los novísimos o del 70 (en el 68, francamente, yo aún estaba en el colegio), es que no sólo asesinó a los padres, como es obligado y de buen gusto, sino también a los bisabuelos y los tatarabuelos. A los abuelos sólo los maltrató, en buena medida gracias a la presencia cercana, benéfica, constante y admirable de Vicente Aleixandre; también, sin duda, en virtud del innegable vínculo que unió a los poetas novísimos con los de la generación del 27 (sobre todo con Cernuda y el propio Aleixandre, ya que no dejaba de molestar que García Lorca fuera a veces tan inequívocamente español o Alberti tan coplero, cosa que asimismo nos parecía castiza en exceso). Pero esta generación había dado escasos novelistas y la mayoría estaban en el exilio, de manera que durante nuestro crecimiento, durante nuestros años de formación primera, habían contado poco o nada. Todos, pero principalmente los novelistas, nos convertimos en verdaderos *niños expósitos,* como los mismos protagonistas de las novelas según la interpretación freudiana. Y por eso dudo de que haya habido en España otra generación que, al menos en sus inicios, se sintiera más hermanada, tuviera una mayor conciencia de grupo, tendiera más a cerrar filas y a defenderse como una casta, a actuar como una fratría.

Pero, al declinar la herencia natural, nos sentimos libres de abrazar cualquier tradición, y es de imaginar que los escritos primerizos de los novísimos, vistos en conjunto y a cierta distancia, deben de ofrecer un aspecto delirantemente ecléctico, por no decir esquizofrénico. El poeta Félix de Azúa escribía novelas que recordaban vagamente a *Heinrich von Ofterdingen* y poemas que parecían lejanos descendientes de la prosa de Baudelaire; el filósofo Fernando Savater (que, sin decirlo, bastante ha explicado sobre esta generación en su libro *La infancia recuperada)* no se reclamaba discípulo de Unamuno, Ortega o Zubiri, sino de Cioran; el crítico y poeta Luis Antonio de Villena mezclaba a Catulo con Kavafis, a los goliardos con Yeats; Eduardo Mendoza mezclaba diez géneros en una novela unitaria; había quien seguía los pasos de Beckett, quien los de Musil; Leopoldo María Panero escribía versos surrealistas y cuentos británicos de terror; Vicente Molina Foix se paseaba por los museos provinciales del extranjero; Pedro Gimferrer titulaba su segundo libro de poemas *La muerte en Beverly Hills;* los vástagos de Borges —en tanto que escritor inglés— eran legión; y yo mismo, en mi segunda novela, titulada *Travesía del horizonte* y publicada en 1973 (aunque con fecha de 1972), hacía un nuevo homenaje y una nueva parodia —mucho más consciente ahora—, de la novela eduardiana en esta ocasión, particularmente de Joseph Conrad y Henry James, con unas gotas de Conan Doyle. Todo este cultismo, a caballo entre la rebeldía y la más insoportable pedantería, no podía sentar nada bien a nuestros inmediatos mayores, aún apegados a la idea de una literatura militante y «útil» que nunca se había preocupado mucho del ornamento sino solamente de lo que todavía por aquellos años se conocía como «mensaje». Fuimos llamados exquisitos, escapistas, venecianos, extranjerizantes (todo ello, por supuesto, como insulto), e incluso, en mi caso, algo tan malsonante pero supongo que vallisoletano, castizo y cheli como «anglosajonijodido» *(sic).* (En este punto quisiera hacer una breve aclaración, por si lo expuesto burlonamente hasta ahora pudiera inducir a error: el compromiso político de los miembros de mi generación fue tan absoluto o más que el de la anterior, sólo que la lucha antifranquista fue librada en las aulas universitarias, en las reuniones clandestinas en oscuros sótanos y en las carreras a campo o a calle abierta delante de las patas de los caballos de la policía, casi nunca en los libros: quizá porque ninguno de nuestros modelos había escrito literatura *engagée.)*

Así, hacíamos caso omiso de lo español, pero sin embargo escribíamos en español. Es más de una ocasión se me dijo despectivamente que mi castellano «sonaba a traducción» cuando yo aún no sabía que al cabo de unos años tal acusación iba a significar para mí algo no reñido necesariamente con el elogio. Pero de esto hablaré en seguida. Lo cierto es que a pesar de todo, y por fortuna, los novelistas que empezamos a publicar hacia 1970 no estuvimos tampoco totalmente desprovistos de parentesco en nuestra propia lengua. Habíamos crucificado a nuestros padres (cometiendo, dicho sea de paso, alguna que otra injusticia), pero nos habíamos encontrado, de manera providencial, con uno de esos tíos en apariencia descastados pero en el fondo tan solidarios como corruptores de los sobrinos que existen en casi todas las familias, así como con unos cuantos primos mayores llegados de América —del Perú, de Colombia, de Cuba, de México— y que en la actualidad son bien conocidos de todos ustedes. Ese tío no era otro que mi antiguo empresario de espectáculos circenses, el novelista Juan Benet, quien, si bien por edad pertenece a esa generación anterior, llamada por los críticos «del social-realismo», no empezó a publicar de forma continuada hasta dos o tres años antes de que la nuestra comenzara a hacerlo. Ateniéndonos, pues (como creo que se debería hacer siempre al estudiar su obra), no menos a la fecha de su aparición literaria que a la de su nacimiento, puede decirse que se encontraba con un pie en cada generación. Y sus novelas supusieron tal innovación en el panorama cultural de lo que quizá aún había que llamar postguerra que a más de uno nos sirvieron de coartada, de antecedente y de brecha abierta para escapar. No puedo extenderme aquí sobre la importancia que la figura de Benet ha tenido para muchos escritores de mi generación, pero me limitaré a señalar o recordar tan sólo un hecho significativo que además es una coincidencia: Benet, al igual que los «venecianos», había tenido como modelo, siempre confesado, nunca ocultado ni disimulado por él, a un autor extranjero, William Faulkner.

Puede haber dado la impresión, hasta ahora, de que siento un cierto desapego hacia mis dos primeras novelas, y no es así. Antes al contrario: precisamente por no ser en modo alguno autobiográficas, por no inscribirse en ninguna moda ni tendencia imperantes en un momento dado en España y ahora periclitadas, por no reflejar ninguna circunstancia de la vida de mi país, creo que, pese a sus deficiencias, todavía hoy pueden leerse con curiosidad y agrado. Yo al menos no me sonrojo ante su existencia. Como antes he dicho, no cabe duda de que ambas eran en exceso deudoras de estilos ajenos, pero no es menos cierto —y de esto fui siempre consciente— que ese enmascaramiento voluntario me sirvió de aprendizaje, de ejercicio literario, me afinó el instrumento. La necesidad de ejercitación fue algo asimismo sentido vivamente por la mayoría de los integrantes de la generación y, vistos aquellos primeros años de tanteo desde la perspectiva actual, cabe pensar si lo que entonces llevamos a cabo no fue, por un lado, un disciplinario adiestramiento de resonancias casi neoclásicas, con patrones y modelos, y, por otro, una nada despreciable labor de normalización y puesta al día de la vida literaria española, a la que, por así decir, incorporamos a algunos de los autores que ya he mencionado y a muchos otros de cuya existencia, en España —tras un provincianismo cultural que venía desde principios del XIX, que sólo había cejado durante los años veinte y treinta de nuestro siglo y que se había visto coronado por tres décadas de guerra abierta a todo lo que oliera a cultura, de enclaustramiento y falta de información—, no se tenía casi ni noción mientras en el resto de Europa eran moneda corriente.

Pero era evidente que aquella actitud «extranjerizante a ultranza» no podía durar eternamente. Yo deseaba que en España fuera posible —y no una extravagancia— escribir una novela no necesariamente castiza, pero tampoco tenía particular empeño en cultivar una novela obligadamente extraterritorial. Después de la publicación de mi segundo libro, de estructura y estilo más complejos que el primero, vi con claridad que si seguía única y exclusivamente por ese camino paródico, corría el riesgo de convertirme en una especie de falso cosmopolita a lo Paul Morand, quien a decir verdad no se contaba entre mis modelos.

QUIÉN ESCRIBE

Al escribir *Todas las almas* (1989) me encontré con una situación que para mí era enteramente nueva como autor, es decir, que no se me había presentado en ninguna de las cinco que había escrito con anterioridad. En esta novela, el lugar en que transcurría la acción era la ciudad de Oxford, en la que yo, como el narrador y protagonista, había pasado dos años recientemente. Estaba escrita en primera persona, y de esa primera persona no puede decirse que no hubiera un parcial antecedente en las cartas que yo mismo había escrito a mis amigos de España durante mi permanencia en Inglaterra. Ese narrador ocupaba en la novela el mismo cargo o puesto que yo ocupé entonces, y no puedo negar que vivía en una casa idéntica a la que yo habité. Algunos de los otros personajes del libro tienen *algo* en común con personas que yo conocí en Oxford, aunque ninguna de estas personas esté «retratada» en *Todas las almas,* es decir, sea identificable. Por poner un ejemplo, el personaje llamado «Toby Rylands», o «autoridad literaria Toby Rylands», se corresponde en su descripción física casi exactamente con un viejo profesor, también retirado, que conocí y traté durante mi estancia. El parecido, sin embargo, prácticamente termina ahí. El carácter de ese personaje tiene *algo* del de otro viejo al que tuve la fortuna de conocer y tratar en sus últimos años, Vicente Aleixandre, y en lo que se refiere a las cosas que dice «Toby Rylands» (su intervención más destacada y larga en la novela es un monólogo dentro de una conversación con el narrador, páginas 151-164), puedo asegurar que ni el viejo profesor retirado de Oxford ni Vicente Aleixandre las dijeron jamás: son tan de mi propia invención como las pronunciadas por cualquier personaje de mi anterior novela, *El hombre sentimental* (1986).

No se me escapa que este tipo de mezclas entre lo vivido o conocido y lo imaginado o inventado no tiene nada de particular; es más, seguramente es la base misma de la mayoría de las novelas que en el mundo son y han sido. Eso no quita, sin embargo, para que la experiencia para mí fuera insólita: jamás había recurrido (más que en leves detalles) a algo que yo hubiera visto u oído o sabido para edificar sobre ello una novela mía. Al menos no lo había hecho *a sabiendas* de ello, que era justamente la forma en que tenía que llevarlo a cabo sin remedio en *Todas las almas.* Al mismo tiempo, y desde un principio, yo sabía que lo que me traía entre manos era una novela y no un relato autobiográfico ni una rememoración de hechos pasados y vividos por mí, aun cuando algunos de los episodios de la novela sí hubieran sido vividos por mí de manera aproximativa. (Dicho sea entre paréntesis, el título del libro en su versión francesa es *Le Roman d'Oxford,* en el que se hace hincapié en la palabra *novela,* y ese mismo título, *La novela de Oxford,* yo mismo lo consideré para la versión española original.)

Así pues, a la hora de elaborar mis personajes me encontré con que, a diferencia de lo sucedido en mis demás novelas, en las que el *origen* de todos ellos había sido el mismo (por así decir, mi imaginación), en *Todas las almas* los orígenes de los personajes eran distintos y varios. Y aun cuando la configuración de cada uno de ellos constituiría un caso aislado y único, en un intento de concentración podemos considerar que, en lo relativo a dichos orígenes, los personajes eran de tres tipos, a saber: a) personajes enteramente inventados, como lo eran todos los de mis anteriores novelas; b) un personaje histórico (el del escritor John Gawsworth); c) personajes inspirados en mayor o menor medida, o, mejor dicho, relacionados en mayor o menor medida con personas reales.

No entraré a comentar los de la primera categoría, de los cuales el principal sería el personaje llamado «Clare Bayes», ya que el único problema novedoso que tales personajes me plantearon fue el de encajarlos y hacerlos convivir en un mismo plano indiferenciado con los que tenían otra procedencia. Tampoco hablaré del escritor John Gawsworth, ya que su tratamiento sería complejo y requeriría otro artículo como éste o incluso un libro. Del tercer grupo, al que pertenecen el ya mencionado «Toby Rylands» y varios más, me centraré en el más llamativo y más problemático, el del Narrador, al que también llamaré de vez en cuando el Español, pues así se lo llama en un par de ocasiones a lo largo del texto.

Como ya he dicho, las semejanzas de este personaje conmigo mismo en lo referente a su situación (digamos a lo comprobable) eran tan grandes que me pareció ridículo «camuflarlo». No hice ninguna descripción física de él ni le di nombre (es decir, decidí mantener una ambigüedad que se habría quebrado irremediablemente si en un momento dado el Narrador hubiera dicho de sí mismo que era pelirrojo y medía un metro noventa, o, por el contrario, que era castaño y media uno setenta; si hubiera dicho que se llamaba Juan o Pedro o, por el contrario, que se llamaba Javier). Pero además de eso decidí no crear una voz ficticia para su narración, una voz impostada, como sin duda lo era la voz del personaje llamado «El León de Nápoles», narrador de mi novela *El hombre sentimental.* Aquí no rehuí mi propia voz, esto es, mi dicción habitual o natural por escrito, la de —por ejemplo— las cartas que había escrito a mis amigos cuando estaba en Inglaterra. Sin embargo, pese a que a ese personaje, el Narrador o Español, yo le estuviera prestando mi propia voz y parte de mis experiencias, yo sabía que no se trataba de mí, sino de alguien distinto de mí, aunque parecido. Si se prefiere, se puede utilizar la fórmula de que ese personaje era «quien yo pude ser pero no fui».

No negaré que al comienzo de la escritura de *Todas las almas* esta separación no me resultaba tan clara como me resulta ahora, con el libro ya terminado, publicado, fuera de mis manos; y no sé si una de las primeras frases de la novela no obedece a un deseo de establecer ante mí mismo, y desde un principio, esa nada fácil separación. Así, en las páginas 9-10, que se corresponden con las dos primeras del texto, se dice lo siguiente:

> ... Pero para hablar de ellos tengo que hablar también de mí, y de mi estancia en la ciudad de Oxford. Aunque el que habla no sea el mismo que estuvo allí. Lo parece, pero no es el mismo. Si a mí mismo me llamo *yo,* o si utilizo un nombre que me ha venido acompañando desde que nací y por el que algunos me recordarán, o si cuento cosas que coinciden con cosas que otros me atribuirían, o si llamo *mi casa* a la casa que antes y después ocuparon otros pero yo habité durante dos años, es sólo porque prefiero hablar en primera persona, y no porque crea que basta con la facultad de la memoria para que alguien siga siendo el mismo en diferentes tiempos y en diferentes espacios. El que aquí cuenta lo que vio y le ocurrió no es aquel que lo vio y al que le ocurrió, ni tampoco es su prolongación, ni su sombra, ni su heredero, ni su usurpador.

Estas frases, que pertenecen al primer párrafo de la novela, son ya innegablemente parte de ella al estar puestas en boca del Narrador, que será quien se ocupe de seguir contando cuanto venga a continuación. Sin embargo, es muy probable que en el momento de ser escritas estas frases fueran «aún» mías, del autor, y que fuera justamente aquí y por medio de ellas donde y como el autor se despidiera de sí mismo (o se despidiera a sí mismo) para dejarle verdaderamente la palabra al Narrador, al Español. Es decir, en la medida en que puedo hacer una afirmación como la que sigue, creo que yo necesité intervenir en el texto de mi narrador una primera vez para después poder dejar de intervenir. O, dicho de otro modo, necesité establecer de manera explícita esa ardua separación y distinguir entre «el que aquí cuenta lo que vio y le ocurrió» y «aquel que lo vio y al que le ocurrió», para así negar la identidad entre ambos. Pero temo que esa distinción o diferenciación, establecida sobre la común idea de que ninguno somos todo el tiempo el mismo más que —si acaso— en virtud de la memoria y el nombre, no me bastaba para despedirme de mí mismo, para excluirme a mí, Javier Marías, del texto y de la narración. Por eso el texto añade: «ni tampoco es su prolongación, ni su sombra, ni su heredero, ni su usurpador». Esa, más que la frase anterior, supuso para mí la verdadera despedida de mí mismo y, por tanto, el grado de libertad necesario para poder contar con la misma impunidad o impudor con que un narrador enteramente ficticio o, como antes dije, impostado, es capaz de contar o está acostumbrado a contar normalmente. Lo curioso del caso es que esta última frase citada se hizo y es verdad, creo yo, justamente porque no es posible saber quién la escribió o escribe, el Narrador o el autor, o, si se prefiere, porque la escribieron y escriben los dos.

Lo cierto es que una vez establecida (para mí mismo, el autor) esa separación o distinción entre autor y Narrador, me sentí libre no sólo —como ya he comentado— de prestarle al Español mi propia voz o dicción habitual por escrito, sino que además me permití disfrazarlo de mí mismo, al menos en lo más accesorio, en lo más secundario. Por poner algún ejemplo, el Narrador menciona en un momento dado su infancia, y recuerda cómo una criada vieja los llevaba a él y a sus tres hermanos por «la calle de Génova, o de Covarrubias, o de Miguel Ángel». Yo tengo en efecto tres hermanos, la calle de Covarrubias es la calle de Madrid en la que nací y pasé mis primeros años, la de Miguel Ángel la calle de mi colegio, la de Génova aquella a la que más frecuentemente iba a cine. O bien se dice que el Narrador cumple años el 20 de septiembre, que es el día en que efectivamente nací yo.

Este disfraz, que justamente podía permitirme tranquilamente en virtud de la disociación llevada a cabo *ante mí mismo en el texto* con las frases citadas, fue sin embargo, y al cabo de un centenar de páginas, convirtiéndose en un arma de doble filo. El Narrador que antes definí como «quien pudo ser yo» empezaba, por así decir, a *no poder ser otro que yo,* cuando precisamente la frase «ni tampoco es su prolongación, ni su sombra, ni su heredero, ni su usurpador», lo que había logrado era, a mi juicio, que el Narrador no fuera Nadie, y por tanto que pudiera también ser Cualquiera. A mi modo de ver, que el Narrador no fuera ni mi prolongación ni mi sombra ni mi heredero ni mi usurpador (ni tampoco los suyos) daba a ese Narrador, nada más comenzar el texto, una autonomía absoluta, tanta que incluso yo podía permitirme, como he dicho, prestarle mis atributos y ráfagas o imágenes de mi pasado sin que yo corriera por ello el peligro de confundirme con él. Es difícil confundirse con quien en realidad no es Nadie. Ahora bien, todo esto era desde el punto de vista del autor, del que escribía, de mí *mientras* escribía. Desde este punto de vista, las frases ya mencionadas me facultaban o bien para tratarme a mí mismo como personaje de ficción (lo cual se correspondería exactamente con la fórmula «quien yo pude ser pero no fui»), o bien, si se quiere, para tratar a un personaje de ficción como a mí mismo (lo cual podría corresponderse con la fórmula «quien no es Nadie, y sin embargo se me parece»). El nuevo problema apareció justamente en virtud de ese parecido que quien no era Nadie, o no era a secas, iba teniendo o adquiriendo conmigo. Y aquí pasó a segundo plano el punto de vista del autor, del que escribía, de mí *mientras* escribía. En un momento dado fui consciente de que, si bien ese punto de vista era importante y aun vital haberlo solucionado desde el principio con vistas a mi propia tarea, a la ejecución o realización del relato, lo que no quedaba del todo resuelto era la percepción que el lector podría tener de ese personaje, el Español. La especie de declaración de principios hecha en el primer párrafo podía ser olvidada por el lector, podía ser dejada de lado una vez comenzada efectivamente la narración y, consecuentemente, carecer de peso y de efecto y de valor desde *su* punto de vista. No sólo para el lector cercano que conoce al autor, sino incluso para el lector desconocido y anónimo, el hecho de leer en la nota biográfica de la solapa sobre el autor que éste «ha sido profesor de literatura española en la Universidad de Oxford durante dos años (1983-85)», podía inducirle a tomar esa declaración inicial como un mero recurso retórico y a convertirme a mí, el autor, en el mismo personaje o persona que el Narrador. Hasta cierto punto tal asimilación o identificación (o la tendencia a ellas) eran y siguen siendo inevitables, pero el hecho de que el Narrador estuviera disfrazado o caracterizado de mí, o contara con muchas de mis características, hacía, como he dicho, que ese Narrador, aunque no fuera yo, caso de ser alguien no pudiera ser otro que yo, en vez de Nadie o Cualquiera o, por lo menos, Otro-además-de-yo, como en realidad era mi intención. Así, en un momento dado necesité (siempre pensando más en el punto de vista del lector que en el del autor) una coartada, algo que permitiera que el Narrador pudiera ser por lo menos Otro-además-de-yo, o que, con otras palabras, no lo obligara a ser necesariamente yo (un yo ficticio, se entiende, pero ni siquiera ese yo ficticio).

El procedimiento o recurso elegido fue de gran sencillez, aun cuando el camino para llegar a él no lo fuera. Me bastó atribuir al Narrador una circunstancia o hecho que en modo alguno tenía correlato en mí, en el autor. El Narrador cuenta, en un momento dado, que tras su estancia de dos años en Oxford, ahora, ya de regreso a su ciudad, Madrid, se ha casado y ha tenido un hijo, de pocos meses en el instante en que está escribiendo su texto. Yo no he estado nunca casado ni tengo ningún hijo, y ese es el único dato comprobable que impide o impediría una total identificación entre Narrador y autor por parte de un lector cualquiera, cercano y conocido o desconocido y anónimo, que quisiera establecerla. Ese dato comprobable, debo añadir, me dio aún mayor libertad a la hora de acentuar cualesquiera semejanzas entre el Narrador y yo mismo, sin que, a mi modo de ver, el dato en cuestión quebrara la ambigüedad deliberada por la que yo había optado al no dar nombre ni hacer descripción física alguna del Narrador. Pues hay, a mi juicio, una diferencia sustancial entre el recurso empleado en la página 107 (el Narrador casado y con un hijo) y el recurso desdeñado desde el principio (el Narrador pelirrojo y altísimo o el Narrador llamado Juan), y la diferencia estriba en que, así como yo, el autor, nunca podría ser un individuo pelirrojo y de un metro noventa, ni llamarme Juan (puesto que me llamo Javier), yo, el autor, sí podría haberme casado y haber tenido un hijo a mi regreso de la ciudad de Oxford. Mediante este sencillísimo subterfugio (que por otra parte no era sólo eso, sino que resultaba necesario para la trama de la novela), el Narrador pudo seguir acumulando características o elementos del disfraz del autor hasta la saciedad sin que la ambigüedad requerida se quebrara en uno ni en otro sentido. Pudo, en suma, constituirse a lo largo de la totalidad del texto en «quien yo pude ser pero no fui», y también en «quien no es Nadie, y sin embargo se me parece», y finalmente también —quiero creerlo— en Nadie o Cualquiera, o por lo menos en Otro-además-de-mí.

CREACIÓN Y LOCURA

Creo que si a menudo las vidas de los artistas resultan raras u originales o sus costumbres estrafalarias y caprichosas es más porque sobre ellas se aplica un foco y un primer plano que porque lo sean realmente. La misma ingente cantidad de datos conocidos y registrados acerca de Joyce, de Oscar Wilde o de Stevenson, de poseerlos sobre un banquero, un político, un oficinista, un ingeniero, un médico o un zapatero que con el paso del tiempo se han hecho anónimos, estoy convencido de que daría una imagen de rareza o anomalía no muy distinta de la que nos ha quedado acerca de esos escritores. Que Joseph Conrad se negara a quitarse un albornoz sucio y raído durante una época de su vida no tiene nada de particular si se piensa en la cantidad de ancianos que en un momento dado podrían empecinarse en cosas muy parecidas. Que William Faulkner se empeñara en salir a montar a caballo una y otra vez, y a saltar vallas que con frecuencia hacían que diera con sus huesos en el suelo, cuando ya no tenía edad para semejantes hazañas y los médicos se lo desaconsejaban no tiene nada de particular si se piensa en la cantidad de personas de edad que desobedecen a su organismo y prefieren seguir viviendo peligrosamente antes que renunciar a lo que les procura disfrute. Que Madame du Deffand se enamorara entusiásticamente de un hombre veintiún años más joven que ella y al que había conocido estando ya ciega y con el que cruzó alrededor de mil cartas a lo largo de varios lustros no tiene nada de particular si pensamos en la cantidad de amores quiméricos que a lo largo de la historia han alimentado y alimentan las existencias de los seres algo fantasiosos o bien algo solitarios. Que Ivan Turgueniev, por adoración de la cantante Pauline Viardot, también conocida como «La García», aceptara vivir con ella y con su marido durante años y, por complacerla, acabara a cuatro patas disfrazado de sultán o incluso bailando el cancán con una niña de doce años en los espectáculos caseros que ella montaba en el declive de su carrera no tiene nada de particular si pensamos en las incontables e inefables abyecciones en que han incurrido los enamorados o los sometidos por conservar la estima de quienes idolatraban. Lo verdaderamente peculiar, lo que puede llamar la atención, es que fueran Conrad, Faulkner, Madame du Deffand y Turgueniev quienes tuvieran esas manías o comportamientos supuestamente indignos. Mucha gente acepta de muy mal grado que los grandes hombres o las grandes mujeres en el campo de su preferencia (en este caso la literatura) no hayan estado, por así decirlo, a la altura de sus grandes obras en todos los demás aspectos de sus vidas, como si sus existencias individuales imperfectas o grotescas o desdichadas o despóticas amenazaran con menoscabar la excelencia de sus textos. Esta clase de gente tal vez no comprende que la historia o vida de cualquier mujer u hombre es también susceptible de ser contada, y que en tanto que relato ya no tiene mucho sentido enjuiciarla en función de virtudes y defectos, honores y agravios, o no más que la historia o vida de cualquier personaje de ficción que jamás haya existido. Lo que pervive, lo que se recuerda, lo que una vez acabado se sigue relatando, sufre una especie de nivelación en virtud justamente de ese recuerdo: no es muy distinta la manera en que recordamos a Don Quijote o a Sherlock Holmes, que nunca alentaron en este mundo, de la manera en que podemos recordar los días de Cervantes y de Conan Doyle: sus respectivas historias ya son relatos, aunque las de los primeros lo fueran desde el principio y las de los segundos sólo una vez concluidas, es decir, una vez muertos los protagonistas. No son ya menos ficticios los casos «reales» narrados por Sigmund Freud que las metamorfosis del doctor Jekyll en Mr. Hyde.

Así pues, y a la hora de indagar entre las posibles relaciones o dependencias entre creación y locura, no me parecen muy significativas ni las gamberradas de Rimbaud ni el exhibicionismo de Mishima ni las paranoias de Lowry ni el sadismo de Paul Verlaine, por un lado; ni tampoco esas otras anomalías más comedidas como el vicio hípico de Faulkner ni el enamoramiento ciego de Madame du Deffand ni el humillado de Turgueniev ni las obsesiones indumentarias de Conrad, todo ello perfectamente compartible por individuos varios a los que jamás se les habría ocurrido escribir una línea ni componer dos notas ni dar tres o cuatro pinceladas encima de un lienzo.

Tal vez más interesante me parecería ver si existe alguna anomalía en todos o en cada uno de ellos que tal vez sea menos compartible con las que el resto de la humanidad sin duda fomenta y a la vez padece. Y, en lo que a los escritores se refiere, creo que la respuesta más sensata a esta pregunta es también la más simple y aun la más obvia, aunque no por ello menos verdadera: los escritores suelen tener sus cabezas llenas. Es casi seguro que también las tendrán así los pintores (tal vez de imágenes y volúmenes y colores), y los músicos (tal vez de notas y de melodías), y aun todos los hombres y las mujeres, independientemente de sus profesiones (las cabezas llenas de pensamientos, sin que importe mucho la calidad, el orden o lo fructífero de esos pensamientos): pensar en zapatos o en el culebrón diario de la televisión o en medicinas o en ríos no supone que estén menos llenas que la de un pensador o filósofo las respectivas cabezas de un zapatero, un ama de casa, un farmacéutico y un ingeniero hidráulico. Ahora bien, lo más probable es que las cabezas de los escritores estén llenas principalmente de palabras. También de imágenes, de historias, de argumentos, de personajes, de diálogos, de escenarios, de rimas, pero sobre todo, aunque sólo sea porque todo lo interior depende en su caso de ellas, sobre todo de palabras.

No voy a entrar en ninguna consideración de tipo filosófico ni retórico ni psicoanalítico en torno a las palabras o su importancia o sus funciones simbólicas y analógicas de la realidad. Me voy a limitar a recordar lo que todo el mundo sabe y experimenta a diario, a saber: las palabras son el instrumento o el material de que nos servimos para comunicar, transmitir, informar, preguntar, pedir, además de una de las principales maneras no ya de expresarnos, sino de ser ante los demás. No hace falta recordar cómo las formas del lenguaje suponen en cada individuo algo tan personal e irrepetible como las huellas dactilares: nadie habla la misma lengua, aunque sólo sea porque la biografía de cada cual hace que palabras que aparentemente tienen el mismo significado para todos los hablantes de una misma lengua tengan en cada caso particular una carga connotativa —o, lo que es lo mismo, de la memoria— que las hace diferentes. La palabra «azul» no es para mí la misma que para cualquiera de mis tres hermanos, cuya habla será lo más cercana posible a la mía, ya que ese era «mi» color desde niño, mientras que los de ellos eran el rojo, el verde y el amarillo. Las palabras sirven, por consiguiente, tanto para establecer un territorio común cuanto para impedirlo, es decir, cuanto para que, *a la vez,* haya un territorio único de cada individuo, personal, intransferible, no abarcable, en el fondo inviolable.

Pues bien, la verdadera anomalía, una anomalía que no sólo se ha de dar y expresar forzosamente en la escritura, sino posiblemente también en la verbalidad, esto es, en la manera de relacionarse con el mundo y con los semejantes, es, para los escritores, que sus cabezas estén llenas de palabras. Inevitablemente esto lleva a una distorsión, aunque sólo sea en la medida en que habría hacia ellas una atención mayor de la habitual; pero no es sólo eso, sino que —lo más grave— habrá una continua vigilancia y, sobre todo, una continua elección y ordenación, una continua selección o preferencia de unos términos y un continuo rechazo o prohibición de otros, un deseo consciente de exactitud o un deseo inconsciente de imprecisión, una constante elección de lo que se cuenta y lo que no se cuenta y del orden en que se hace.

A menudo sus admiradores se han preguntado cómo era humanamente posible que Shakespeare escribiera tanto como escribió y de la manera en que lo escribió. A menudo esa pregunta admirativa se ha respondido a sí misma, como única solución al misterio: «Debía de hablar así, debía de salirle sin esfuerzo porque *también* hablaría así». La idea de un sujeto que sólo supiera expresarse tan metafóricamente como lo hace Shakespeare en sus textos sí es una verdadera anomalía, una verdadera locura: alguien que se relacionara en el mercado, en la plaza, en la taberna con ese lenguaje sería en verdad un monstruo cuyo trastorno difícilmente sería compartido por otros humanos de otras profesiones. Y sin embargo ese desvarío no sólo cabe en nuestra imaginación para explicarnos admirativamente a Shakespeare, sino que al parecer se ha dado en más de una ocasión. Henry James, por ejemplo, cuya prosa es famosa por sus larguísimas frases llenas de incisos, circunloquios, alusiones, denominaciones indirectas y sintaxis enrevesada, necesitaba no menos de tres minutos para ordenarle a una criada que le lavara las camisas, tan incapaz se sentía, por temor a la inexactitud, de decírselo así: «Láveme esas camisas». Como he contado en otra ocasión, una vez relató cómo al llegar de visita a una casa le salió al encuentro un enorme perro: tal era su horror a emplear los términos directos, propios de los demás mortales, que para evitar llamar perro al perro dijo que se le había aparecido «algo grande, algo canino». Al perrito pekinés de un vecino lo llamaba invariablemente «ese vomitivo infalible», y cuando le preguntaron acerca de la belleza de dos damas que habían ido a verlo, a fin de evitar decir que ambas eran abiertamente feas, contestó: «Una de las pobres casquivanas poseía cierta gracia cadavérica». En el caso de Henry James la influencia de su escritura sobre su manera de hablar o de su manera de hablar sobre su escritura acabó por ser neutralizada de forma en verdad ejemplar: hacia el final de su vida dictaba a una secretaria sus novelas, y hay que apresurarse a comentar que las tres últimas que publicó completas, *The Wings of the Dove, The Ambassadors* y *The Golden Bowl,* ofrecen el mayor enrevesamiento sintáctico y la mayor complejidad semántica de toda su carrera, hasta el punto de resultar a veces poco menos que ininteligibles. Hay que pensar que tal vez se debió al carácter precisamente oral de su composición.

La obsesión de James Joyce por las palabras y las lenguas es bien conocida, y desde luego dejó excesiva constancia de ella en sus obras, para desgracia de sus lectores y de los numerosos epígonos que ha tenido, muchos de los cuales han acabado confundiendo la literatura con los juegos de palabras fáciles, los crucigramas y los chistes malos. Esa verborrea babélica de sus últimos escritos lo obligaba, sin embargo, según algunos testimonios (los hay que justamente contradicen esto), a guardar demasiado silencio en su vida cotidiana, como si necesitara descansar en el habla de la superabundancia lingüística de sus escritos. Hay quien, durante toda una cena a su lado, no logró arrancar de su boca más que un «Sí» o un «No» o un «Tal vez».

En cuanto a Nabokov, su conciencia de las lenguas era justificadamente inmensa, ya que hubo de renunciar a su ruso natal para escribir en inglés cuando ya era un hombre maduro. Su inglés era uno de los más precisos que se conocen, exacto hasta la pedantería, con una utilización desenvuelta de términos que la mayoría de los demás escritores han visto como mucho en los diccionarios, de una riqueza léxica abrumadora. Sin embargo era bien consciente, y así lo expresó, de que al abandonar el ruso para pasar al inglés había pasado de estar instalado «en un lujoso palacio» a vivir «en un cómodo apartamento». Cómodo, pero apartamento. Su exigencia de precisión escrita (además de su acento) no cabe duda de que influyó y configuró su forma de hablar: esa influencia consistió en que hablaba poco, sobre todo en público: durante sus muchos años de profesor en diversas universidades americanas jamás dio una clase que no hubiera escrito y por tanto pudiera ser leída, y rara vez aceptó una entrevista cara a cara, sino que solía exigir las preguntas por escrito para contestarlas por el mismo medio. Nada modesto, pero con gran capacidad irónica, en una ocasión lo dijo muy claro (lo dijo por escrito, claro): «Yo pienso como un genio, escribo como un autor distinguido y hablo como un niño». A diferencia de Henry James, que logró la mezcla perfecta y por tanto la indistinción, a Nabokov debía de horrorizarlo no estar verbalmente a la altura que sabía que podía alcanzar en un texto.

Con el escritor cubano-británico Guillermo Cabrera Infante, gran conversador, no siempre resulta, sin embargo, fácil hablar, sobre todo cuando encadena una larga serie de dobles sentidos y de *puns* o *calembours* que obligan a su oyente a estar más pendiente de ellos que de lo que su autor está diciendo. A veces el diálogo se queda interrumpido, el oyente pierde literalmente el hilo y sus posibles contestaciones quedan anuladas y sustituidas por la mera risa que provoca el ingenio de quien también escribe ya en dos lenguas, español e inglés, según los casos.

Las cabezas —es de temer, aunque no muy comprobable— están siempre llenas, las de los escritores lo están a menudo de palabras y frases, y esa frecuentación seguramente excesiva lleva a estar alerta en todas las oportunidades.

Quizá no sea lo más sensato por parte de un escritor que sobre todo hace novelas confesar que cada vez le parece más raro no ya el hecho de escribirlas, sino incluso el de leerlas. Nos hemos acostumbrado a ese género híbrido y flexible desde hace por lo menos trescientos noventa años, cuando en 1605 apareció la primera parte del *Quijote* en mi ciudad natal, Madrid, y nos hemos acostumbrado tanto que consideramos enteramente normal el acto de abrir un libro y empezar a leer lo que no se nos oculta que es ficción, esto es, algo no sucedido, que no ha tenido lugar en la realidad. El filósofo rumano Cioran, muerto recientemente, explicaba que no leía novelas por eso mismo: habiendo ocurrido tanto en el mundo, cómo podía interesarse por cosas que ni siquiera habían acontecido; prefería las memorias, las autobiografías, los diarios, la correspondencia y los libros de Historia.

Si lo pensamos dos veces, tal vez a Cioran no le faltara razón y tal vez sea inexplicable que personas adultas y más o menos competentes estén dispuestas a sumergirse en una narración que desde el primer momento se les advierte que es inventada. Todavía es más raro si tenemos en cuenta que nuestros libros actuales llevan en la cubierta, bien visible, el nombre del autor, a menudo su foto y una nota biográfica en la solapa, a veces una dedicatoria o una cita, y sabemos que todo eso es *aún* de ese autor y no del narrador. A partir de una página determinada, como si con ella se levantara el telón de un teatro, fingimos olvidar toda esa información y nos disponemos a atender a otra voz —sea en primera o en tercera persona— que sin embargo sabemos que es la de ese escritor impostada o disfrazada. ¿Qué nos da esa capacidad de fingimiento? ¿Por qué seguimos leyendo novelas y apreciándolas y tomándolas en serio y hasta premiándolas, en un mundo cada vez menos ingenuo?

Parece cierto que el hombre —quizá aún más la mujer— tiene necesidad de algunas dosis de ficción, esto es, necesita lo imaginario además de lo acaecido y real. No me atrevería a emplear expresiones que encuentro trilladas o cursis, como lo sería asegurar que el ser humano necesita «soñar» o «evadirse» (un verbo muy mal visto este último en los años setenta, dicho sea de paso). Prefiero decir más bien que necesita conocer lo posible además de lo cierto, las conjeturas y las hipótesis y los fracasos además de los hechos, lo descartado y lo que pudo ser además de lo que fue. Cuando se habla de la vida de un hombre o de una mujer, cuando se hace recapitulación o resumen, cuando se relata su historia o su biografía, sea en un diccionario o en una enciclopedia o en una crónica o charlando entre amigos, se suele relatar lo que esa persona llevó a cabo y lo que le pasó efectivamente. Todos tenemos en el fondo la misma tendencia, es decir, a irnos viendo en las diferentes etapas de nuestra vida como el resultado y el compendio de lo que nos ha ocurrido y de lo que hemos logrado y de lo que hemos realizado, como si fuera tan sólo eso lo que conforma nuestra existencia. Y olvidamos casi siempre que las vidas de las personas no son sólo eso: cada trayectoria se compone también de nuestras pérdidas y nuestros desperdicios, de nuestras omisiones y nuestros deseos incumplidos, de lo que una vez dejamos de lado o no elegimos o no alcanzamos, de las numerosas posibilidades que en su mayoría no llegaron a realizarse —todas menos una, a la postre—, de nuestras vacilaciones y nuestras ensoñaciones, de los proyectos frustrados y los anhelos falsos o tibios, de los miedos que nos paralizaron, de lo que abandonamos o nos abandonó a nosotros. Las personas tal vez consistimos, en suma, tanto en lo que somos como en lo que no hemos sido, tanto en lo comprobable y cuantificable y recordable como en lo más incierto, indeciso y difuminado, quizá estamos hechos en igual medida de lo que fue y de lo que pudo ser.

Y me atrevo a pensar que es precisamente la ficción la que nos cuenta eso, o mejor dicho, la que nos sirve de recordatorio de esa dimensión que solemos dejar de lado a la hora de relatarnos y explicarnos a nosotros mismos y nuestra vida. Y todavía es hoy la novela la forma más elaborada de la ficción, o así lo creo.

En cierto sentido el libro que el jurado del Premio Internacional Rómulo Gallegos acaba de premiar tan aventurada y discutiblemente trata de eso. En el texto que tienen en la mano ustedes se dice que *Mañana en la batalla piensa en mí* habla, entre otras cosas, del engaño en el sentido más amplio de la palabra, y se cita una frase de la novela que dice: «Vivir en el engaño es fácil, y aún más, es nuestra condición natural, y por eso no debería dolernos tanto». Se recuerda que todos vivimos parcial pero permanentemente engañados o bien engañando, contando sólo parte, ocultando otra parte y nunca las mismas partes a las diferentes personas que nos rodean. Y sin embargo a eso no acabamos de acostumbrarnos, según parece. Y cuando descubrimos que algo no era como lo vivimos —un amor o una amistad, una situación política o una expectativa común y aun nacional—, se nos aparece en la vida real ese dilema que tanto puede atormentarnos y que en gran medida es el territorio de la ficción: ya no sabemos cómo fue verdaderamente lo que parecía seguro, ya no sabemos cómo vivimos lo que vivimos, si fue lo que creíamos mientras estábamos engañados o si debemos echar eso al saco sin fondo de lo imaginario y tratar de reconstruir nuestros pasos a la luz de la revelación actual y del desengaño. La más completa biografía no está hecha sino de fragmentos irregulares y descoloridos retazos, hasta la propia. Creemos poder contar nuestras vidas de manera más o menos razonada y cabal, y en cuanto empezamos nos damos cuenta de que están pobladas de zonas de sombra, de episodios inexplicados y quizá inexplicables, de opciones no tomadas, de oportunidades desaprovechadas, de elementos que ignoramos porque atañen a los otros, de los que aún es más arduo saberlo todo o saber un poco. El engaño y su descubrimiento nos hacen ver que también el pasado es inestable y movedizo, que ni siquiera lo que parece ya firme y a salvo en él es de una vez ni es para siempre, que lo que fue está también integrado por lo que no fue, y que lo que no fue aún puede ser.

El género de la novela da eso o lo subraya o lo trae a nuestra memoria y a nuestra conciencia, de ahí tal vez su perduración y que no haya muerto, en contra de lo que tantas veces se ha anunciado. De ahí que acaso no sea justo lo que digo al principio, a saber, que la novela relata lo que no ha sucedido. Quizá ocurra más bien que las novelas *suceden* por el hecho de existir y ser leídas, y, bien mirado, al cabo del tiempo tiene más realidad Don Quijote que ninguno de sus contemporáneos históricos de la España del siglo XVII; Sherlock Holmes ha sucedido en mayor medida que la Reina Victoria, porque además sigue sucediendo una vez y otra, como si fuera un rito; la Francia de principios de siglo más verdadera y perdurable, más «visitable», es sin duda la que aparece en *En busca del tiempo perdido;* e imagino que para ustedes la imagen más auténtica de su país estará mezclada con las páginas inventadas de don Rómulo Gallegos. Una novela no sólo cuenta, sino que nos permite asistir a una historia o a unos acontecimientos o a un pensamiento, y al asistir comprendemos.

Saber todo esto —querer creerlo es más exacto— no resulta a veces bastante para el escritor, mientras está escribiendo. Hay momentos en los que yo levanto la vista de la máquina de escribir y me extraño del mundo del que estoy emergiendo, y me pregunto cómo, siendo adulto, puedo dedicar tantas horas y tanto esfuerzo a algo sin lo que muy bien podría pasarse el mundo, incluyéndome a mí mismo; cómo puedo ocuparme de relatar una historia que yo mismo voy averiguando a medida que la construyo, cómo puedo pasar parte de mi vida instalado en la ficción, haciendo suceder cosas que no suceden, con la extravagante y presuntuosa idea de que eso puede interesar algún día a alguien. Cómo, según definió la actividad literaria el novelista y ensayista y poeta Robert Louis Stevenson, puedo estar «jugando en casa, como un niño, con papel». Todo escritor es aún más lector y lo será siempre: hemos leído más obras de las que nunca podremos escribir, y sabemos que ese interés, ese apasionamiento, es posible porque lo hemos experimentado centenares de veces; y que en ocasiones comprendemos mejor el mundo o a nosotros mismos a través de esas figuras fantasmales que recorren las novelas o de esas reflexiones hechas por una voz que parece no pertenecer del todo al autor ni al narrador, es decir, no del todo, a nadie. Averiguamos también que quizá escribimos porque algunas cosas sólo podemos pensarlas mientras lo hacemos, aunque cuando me preguntan eso tan reiterado, por qué escribo, prefiero contestar que para no tener jefe y para no madrugar. Además creo que es verdad, mucho más que lo que les acabo de decir aquí.

Lo cierto es que recibir un premio como el Rómulo Gallegos supone, además de un honor y una gran alegría, una especie de recordatorio benévolo para el futuro. Cuando escriba mi próxima novela, y de vez en cuando haga un alto y levante la vista y me extrañe de lo imaginario que me habrá absorbido durante largo rato, podré pensar que, en contra de mis previsiones y mis aprensiones, una vez, muy lejos de mi país, hubo unos lectores generosos y atentos que no sólo comparten la lengua en la que me expreso sino que lograron interesarse por lo que yo inventé e incorporé al cúmulo interminable de lo que a la vez no sucede y sucede, o lo que es lo mismo, de lo que pudo y puede ser.

ERRAR CON BRÚJULA

Me temo que lo principal es que carezco enteramente de visión de futuro. No sólo no sé lo que quiero escribir, ni a dónde quiero llegar, ni tengo un proyecto narrativo que yo pueda enunciar antes ni después de que mis novelas existan, sino que ni siquiera sé, cuando empiezo una, de qué va a tratar, o lo que va a ocurrir en ella, o quiénes y cuántos serán sus personajes, no digamos cómo terminará. Supongo que esa puede ser una de las razones de que, con cuarenta años y diez u once títulos publicados, tenga la sensación de haber atravesado ya no menos de tres etapas muy distintas, aunque ello pueda asimismo deberse a la zozobra que supone haber empezado a publicar muy joven, en 1971, y a los cambios a que está expuesto todo individuo desde su primera juventud a su madurez.

Lo cierto es que todavía hoy sigo escribiendo sin mucho propósito y sin ningún objetivo del que pueda hablarse, y así decir: «Con esta novela he tratado de reflejar...». Hay escritores y hay diplomáticos, para mí envidiables, que saben, como Balzac o Fuentes, en qué quieren que consista la totalidad de su obra. Hay otros que no llegan a tanto pero a los cuales envidio igualmente, ya que, ciñéndose con más modestia a un solo mixto, saben sin embargo, desde el comienzo, cómo quieren que sea y de lo que se proponen hablar. Son escritores que, por así decirlo, trabajan con mapa, y antes de ponerse en marcha conocen ya el territorio que deben atravesar: se limitan a recorrerlo seguros de poseer los medios adecuados para conseguirlo. Las escasas ocasiones en que yo he visto el trazado de antemano (en algún cuento, no más), he tenido la sensación de que redactaba tan sólo, y me he aburrido, lo cual es lo penúltimo en que debe incurrir un escritor.

Yo trabajo más bien con brújula, y no sólo ignoro cuál es mi propósito y de qué quiero o voy a hablar en cada oportunidad, sino que también desconozco enteramente la representación, por utilizar un término que puede englobar tanto lo que suele llamarse trama, argumento o historia cuanto la apariencia formal o estilística o rítmica, y la estructura también. Escribir a tientas es, supongo, muy peligroso, y las más de las veces da catastróficos resultados. Si en mi caso tal vez no lleguen a tanto, quiero creer que se debe a una extraña e innecesaria disciplina, a saber: no me permito cambiar lo que he escrito según me vaya conviniendo o vaya *averiguando* —exactamente igual que el lector— de qué trata o qué sucede en esa novela, sino que me obligo a *atenerme* a lo ya escrito, y hago que sea eso lo que condicione la continuación. En cierto sentido aplico a la configuración de un libro el mismo principio de conocimiento que rige la vida, la realidad o el mundo, como prefiera llamárselo: no podemos comportarnos, ni decidir, ni elegir, ni obrar en función de un final conocido o de lo meramente posterior, sino que ese final o lo posterior deberán *atenerse* a lo ya vivido o acaecido o padecido, sin que eso pueda borrarse ni alterarse, ni olvidarse apenas.

Ese no saber me permite, por otra parte, instalarme en lo que llamaré la errabundia (una errabundia sólo aparente en mi caso, creo yo), algo sorprendentemente mal visto por la mayoría de los críticos actuales, quienes, educados sin duda en la lectura de novelas policiacas, dan gran importancia a lo que es «pertinente» o «esencial» al relato, como si todo lo que apareciera en un texto narrativo debiera ser información útil y encaminada a un mismo y único fin. Barthes habló de *l'effet du réel* para denominar justamente aquellas cosas, detalles o episodios que se dan u ocurren porque sí, tanto en la vida como en las novelas, sin que tengan más significado o relación con una historia que la que el autor o el lector quieran hallarles con sus facultades asociativas. Cervantes o Sterne o Proust, o más modernamente Nabokov, Bernhard o Benet han sido maestros en esa errabundia de los textos, o, si se prefiere, en la divagación, la digresión, el inciso, la invocación lírica, el denuesto y la metáfora prolongada y autónoma, respectivamente. En ninguno de ellos, sin embargo, podría decirse que su inclinación sea gratuita, o que no sea «pertinente» o «esencial» al relato. Es más, son esas inclinaciones las que posibilitan el relato de cada uno de ellos.

En mi última novela, *Corazón tan blanco,* he logrado averiguar (pero sólo tras terminarla) que trataba del secreto y de su posible conveniencia, de la persuasión y la instigación, del matrimonio, de la responsabilidad de estar enterado, de la imposibilidad de saber y la imposibilidad de ignorar, de la sospecha, del hablar y el callar. Pero si he llegado a saber todo esto ha sido porque, como sucede al leer a esos autores que he mencionado, mientras escribía me he visto obligado a detenerme por una divagación o una digresión o un inciso: mi interés de escritor no es muy distinto de mi interés de lector: como tal quiero verme forzado a pararme a pensar, y mientras eso suceda no me importa demasiado lo que me vayan contando. Pues al fin y al cabo, lo que es *contable* en una novela es sólo lo que se puede decir también en unas pocas e intercambiables palabras. Las novelas, sin embargo, suelen tener muchas palabras, y esas, justamente, nunca son intercambiables.

Epílogo

de Javier Marías

CONTAR EL MISTERIO

Hace ahora veinticinco años justos, en el mes de mayo, se publicó mi primera novela, *Los dominios del lobo.* Vengo dándome cuenta de ello desde hace meses, y todavía no he logrado salir del estupor y el desasosiego que el número me produce. Entonces, en 1971, tenía diecinueve años y ahora tengo cuarenta y cuatro, y eso quiere decir que llevo bastante más de la mitad de mi edad siendo «un escritor», ya que a veces se califica así a alguien por el mero hecho de haber publicado. Si lo pienso en abstracto —esto es, sin recordarme a mí mismo entonces ni la vida que ha transcurrido—, me parece un poco duro y exagerado. Hoy veo tan jóvenes a quienes tienen menos de veinte que me da algo de pena retrospectiva pensar en alguien de esa edad que me es próximo delante de una máquina, encerrado, escribiendo a solas. Da lo mismo que aquella novela fuera indefectiblemente juvenil y hasta muy gamberra, que aún hoy me divierta mucho y le tenga aprecio: yo sé bien lo que cuesta llenar páginas, por malas o apresuradas que sean. Y si retrocedo aún más en el tiempo, la cosa resulta más grave: lo primerísimo que publiqué fue a los quince años, un cuento titulado «La vida y la muerte de Marcelino Iturriaga», en un vespertino barcelonés ya desaparecido.

Si lo pienso en abstracto, no puedo evitar tener la sensación de haber perdido parte de mi juventud por no decir de mi vida. Y además batallando siempre: aquella novela salió en mayo y no en marzo del 71 porque los responsables de la editorial que iba a sacarla no se ponían de acuerdo al respecto. Ya no recuerdo quién era director de la colección y quién director general, pero la una era entusiasta del libro y el otro lo detestaba y se oponía a su publicación. Hubo un forcejeo del que fui sabiendo retazos, cartas cruzadas llenas de furia y la consiguiente demora. En una de esas cartas —lo que a uno le pasó de joven nunca lo olvida—, mi detractor, defendiendo a otro autor más realista y maduro, dijo: «En una sola página de este escritor hay más literatura de la que escribirá Javier Marías en toda su vida». No soy quién para juzgar al respecto, aunque esa vida mía haya avanzado un buen trecho. Al menos me queda el consuelo de que quien profirió el vaticinio que heló la sangre del casi niño ya no lo sostiene, como me reconoció noblemente hace poco. Lo cierto es que desde el principio me encontré con resistencias que en nuestro país nunca menguan, y aquel conflicto interno de la editorial propició que el cartel de *Los dominios del lobo* apareciera con el siguiente lema: «El autor novel más polémico del año». Pobre de mí, no había tantos noveles en aquellos tiempos.

Han pasado veinticinco años y en ese periodo he publicado catorce libros sin contar este, que aunque compuesto principalmente por páginas mías ha sido concebido por Elide Pittarello con su sagacidad acostumbrada. De esos catorce, ocho son novelas o lo parecen, dos son de relatos, tres de artículos y ensayos y uno de breves biografías reales que semejan ficticias. También he preparado una rara antología de cuentos que llamé «únicos», y he traducido otros diez libros, de autores ingleses, irlandeses, escoceses, americanos, polacos y daneses, aunque todos de lengua inglesa. Hay entre ellos textos de los siglos XVII, XVIII, XIX y XX, y entre esos textos hay novela, cuento y ensayo, y además poesía, un género que como escritor jamás he cultivado. Hay otras invenciones mías y otras traducciones dispersas, pero me siento responsable en total de veinticinco volúmenes, porque todas y cada una de sus palabras, originales o trasladadas desde otra lengua, han sido elegidas por mí en ellos. A veces me siento cansado.

Y sin embargo no es para tanto. Tengo la sensación de que podía haber hecho mucho más todavía. De haber sido perezoso y haber sesteado durante largas temporadas. De haber tenido «otras cosas en que ocuparme», como dijo Cervantes con sencillez y misterio para explicar su silencio de veinte años entre la *Galatea* y el *Quijote*. Si miro hacia el pasado con concreción, si lo miro con su contenido, no me veo encerrado, escribiendo a solas, sino más bien lejos de la máquina y por lo general acompañado. Y desde luego no veo la escritura como algo reñido con la vida, ni como su negación o usurpación o revés, sino como una actividad más de esa vida —y no la principal—, que me ha ido asistiendo sin imponerse a nada ni excluir o suplantar otras cosas, sin insistir demasiado. No me ha impedido viajar ni vivir en ciudades distintas de la natal, Madrid: en Barcelona y en Oxford, en Boston y en Venecia. Tampoco, creo yo, me ha privado de amores, y hasta es posible que me trajera alguno. Si todos han acabado por no cumplirse y por eso mismo permanecen en cierto modo (quiero decir que son perdurables), se ha debido a mis propias dificultades y no a las que la escritura nos impusiera, a mí y a ellas, las mujeres de esos amores. Tampoco me ha faltado aventura ni he dejado nunca de llevar la existencia propia de mis diferentes edades: a los diecinueve años daba volatines y saltos mortales en el Paseo de Recoletos, como he contado en otras ocasiones, y a los veintisiete —la línea de sombra— salía todas las noches hasta las tantas; a los treinta y tres cruzaba desesperado un océano para impedir que una mujer se casara con otro, y ahora creo tener más o menos la vida que quiero. Cuando me hacen esa pregunta retórica que todo escritor padece de vez en cuando, por qué escribo, suelo contestar que para no madrugar y no tener jefe, y aunque algo de broma hay en esa respuesta y sin duda no fueron esos los motivos por los que *empecé* a escribir en su día, no es menos cierto que me parecen dos de las mayores y más raras bendiciones que pueden caer sobre los ciudadanos y que sí es seguramente por eso por lo que *sigo* escribiendo. Y no me cabe duda de que los libros me han traído amistades, aunque también hayan destruido algunas.

Todo lo enumerado sigue teniendo prioridad sobre lo que podría parecer desde fuera mi «profesión» o «tarea». Y aun otras cosas: el cine y el fútbol, la conversación y la risa, y la lectura. En realidad me cuesta ver la literatura como una profesión o una tarea, pues el profesional sabe que, mal que bien, podrá seguir siempre ejerciendo su oficio. Podrá dar sus clases si es profesor, aunque sea desganada y rutinariamente; podrá acudir a la oficina si es oficinista o pasar consulta si es médico, aunque ya no estudie ni se mantenga al día. Un escritor —o al menos el tipo de escritor que soy, o en que me voy convirtiendo— no tiene la menor certeza de que vaya a seguir escribiendo. No tengo un plan trazado ni he imaginado nunca una trayectoria con una meta, sino que siempre improviso, y cuando termino un libro no tengo la menor idea de cuándo vendrá el próximo ni de si habrá siguiente. Es probable que sí lo haya, dados los antecedentes, pero para mí será siempre una incógnita. A veces creo que necesito la inseguridad y la indecisión, como otros precisan de seguridad y certidumbres. Y por eso espero. Espero.

Tal vez sea esa una de las razones por las que Elide Pittarello y yo hemos elegido como título de esta antología el de un artículo reciente sobre el actor George Sanders, aquí incluido. No sé si ese título, *El hombre que parecía no querer nada,* me cabría a mí mismo, pero sí desde luego a muchos de mis personajes y a todos mis narradores en primera persona, hombres dotados de voz incansable pero de escasa presencia, voces que cuentan y persuaden y reflexionan pero rara vez intervienen en lo que pasó y ellos relatan, contadores de historias de las que se han enterado o a las que han asistido o en las que han participado, pero más como testigos o depositarios que como protagonistas, hombres pasivos que miran y esperan mucho y apenas juzgan, y que a veces muestran una extraña conformidad con lo que acontece, algo muy distinto del conformismo. Y que sin embargo son todo menos indiferentes a eso que ven u oyen o saben; al contrario, se sienten tan vinculados a la «débil rueda del mundo», al «revés del tiempo y a su negra espalda» que en cierto modo se sienten responsables de todo, de cuanto acontece o se transmite con o sin su intervención, porque lo ven todo unido. *Parecen* no querer nada, quizá porque en el fondo quisieran demasiadas cosas o no pueden sustraerse enteramente a ninguna, hasta sentirse paralizados a veces y limitarse por tanto a ser relatores. «El mundo depende de sus relatores», se dice en algún pasaje de *Mañana en la batalla piensa en mí,* mi novela más reciente; y si eso fuera verdad, tal vez ellos sabrían que esa es en realidad la mayor intervención posible en las cosas del mundo, la intervención última y definitiva. Quien eso sabe y esa capacidad posee, bien puede parecer no querer nada. O nada más, para ser exactos.

Algo más quiero decir. Todavía no me ha llegado el momento —quién sabe— de ver el ejercicio o práctica de la literatura como un simple medio de ganarme la vida o incluso de obtener beneficios. Todavía no me preocupa mi «carrera», ni si hace poco o mucho que saqué una novela, si seré olvidado en seguida en el caso de no «emitir» lo bastante y con la adecuada frecuencia en este mundo ya más de emisiones que de productos o creaciones. Es de suponer que seguiré escribiendo, pero sólo cuando sienta verdaderas ganas —la palabra «necesidad» me resulta pomposa y solemne— y no tenga «otras cosas en que ocuparme». Lo que sí sé, sin embargo, es que si pasara demasiado tiempo sin hacerlo acabaría por echarlo en falta, y sólo por esta razón: sé que al escribir o al contar historias e inventar personajes he sabido o he reconocido o he pensado cosas que sólo en la escritura pueden saberse o reconocerse o pensarse. A veces sólo en la ficción, esto es, en la escritura de novelas y cuentos. A menudo recuerdo la existencia de algo que tiende a olvidarse y que antiguamente se llamó «pensamiento literario», diferente de cualquier otro, del científico y el filosófico y el lógico y el matemático y hasta el religioso o político. No se trata, claro está, de pensamiento sobre la literatura ni sobre lo literario, sino de un *pensar literariamente* sobre cualquier asunto, y es este un pensar privilegiado y a la vez difícil, porque puede contradecirse y no está sujeto a razonamiento ni a argumentación ni a demostraciones. Puede parecer arbitrario y caprichoso y también ridículo, puede contener una visión y su contraria, opiniones y juicios opuestos y hasta aseveraciones no del todo comprensibles ni analizables por el entendimiento, quizás más por el discernimiento. Pero esas proposiciones a veces gratuitas y enigmáticas *dicen*, en su mundo de representaciones, y lo que es más llamativo, a menudo las *reconocemos* como verdaderas, y pensamos: «Sí, esto es así». A diferencia de otras clases de pensamiento, que sí son formas de conocimiento, el literario es más bien una forma de reconocimiento, para mí al menos. O dicho de una manera a la vez simple y enrevesada: es una forma de saber que se sabe lo que no se sabía que se sabía. Acaso porque no podía expresarse. La literatura que a mí me interesa leer —y por tanto intentar escribir— es muy variada. Pero toda participa de eso: no cuenta lo consabido, sino lo sólo sabido y a la vez ignorado. O en menos palabras: sin poder explicarlo, cuenta el misterio.

JAVIER MARÍAS
1996

Bibliografía

Los textos seleccionados proceden de las siguientes obras y ediciones:

Los dominios del lobo, Barcelona, Anagrama, 1987.

Travesía del horizonte, Barcelona, Anagrama, 1988.

El siglo, Barcelona, Anagrama, 1995.

El hombre sentimental, Barcelona, Anagrama, 1986.

Todas las almas, Barcelona, Anagrama, 1989.

Mientras ellas duermen, Barcelona, Anagrama, 1990.

Pasiones pasadas, Barcelona, Anagrama, 1991.

Corazón tan blanco, Barcelona, Anagrama, 1992.

Vidas escritas, Madrid, Siruela, 1992.

Literatura y fantasma, Madrid, Siruela, 1993.

Mañana en la batalla piensa en mí, Barcelona, Anagrama, 1994.

Vida del fantasma, Madrid, Alfaguara, 1995.